欧丽娟

红楼梦公开课

（二）

细论宝黛钗

欧丽娟 著

北京大学出版社
PEKING UNIVERSITY PRESS

图书在版编目（CIP）数据

欧丽娟红楼梦公开课：细论宝黛钗. 二 / 欧丽娟著. —北京：北京大学出版社，2024.3

ISBN 978-7-301-34757-7

Ⅰ. ①欧… Ⅱ. ①欧… Ⅲ. ①《红楼梦》研究 Ⅳ. ① I207.411

中国国家版本馆 CIP 数据核字（2024）第 018991 号

书　　　　名	欧丽娟红楼梦公开课（二）：细论宝黛钗
	OU LIJUAN HONGLOUMENG GONGKAIKE（ER）：
	XILUN BAO DAI CHAI
著作责任者	欧丽娟 著
责 任 编 辑	吴　敏
标 准 书 号	ISBN 978-7-301-34757-7
出 版 发 行	北京大学出版社
地　　　址	北京市海淀区成府路 205 号　100871
网　　　址	http://www.pup.cn　新浪微博 @ 北京大学出版社
电 子 邮 箱	编辑部 wsz@pup.cn　总编室 zpup@pup.cn
电　　　话	邮购部 010-62752015　发行部 010-62750672
	编辑部 010-62757065
印 刷 者	北京中科印刷有限公司
经 销 者	新华书店
	965 毫米×1300 毫米　16 开本　37.5 印张　429 千字
	2024 年 3 月第 1 版　2024 年 3 月第 1 次印刷
定　　　价	128.00 元

序

这套书的出版，真是始料未及的浩大工程。原来从逐字稿到书面文章，等于是脱胎换骨，重新炼造。

自最初于 2019 年春天开始动工，迄今已达五年，仅完成了前四部，共约 160 万字。期间的工序耗时费力，首先是兆泳帮忙录音的转档，接着是北京大学出版社的实习生进行初步梳理，再由责编吴敏女士大致调整结构，删冗去复之处并添加小标，以利于读者分节把握要点，说来简单，其实是付出两三倍于其他书种的编辑精力；最主要是我的逐句定稿，四册便总计投入二千多个小时，终而在付梓前由编审做最后巡礼，挑出若干漏网之鱼。唯到了台版的排版稿，我又全部修订一次，耗时逾月，至此，才算是符合理想的样貌，说是字斟句酌，实不为过。

此外，必须特别致谢的还有联经出版公司，副总编逸华先生慨允支付部分助理费，第三卷、第四卷始得以聘请菁菁同学帮忙将初稿书面化，让我的定稿可以省下一半的时间心力，否则我的总工时势必再暴增七百多个钟点，超过三千之数，那更是不堪设想。为了呈现出最佳质量，两岸出版社的同仁多方赞助，至所铭感，唯其大大延宕了我个人的研究规划，让身心负担雪上加霜，这也是后续的工程难以为继的原因。倘若已完成的书稿能够有所贡献，也差堪告慰。

一路行来，百感交集。人生被时间推进，回首仅余雪泥鸿爪，现代科技重新定义了存在的形态，固然有拟真再现的临场感，但就文明的承载而言，影音传输终究不比文字刻记。若说视频犹如流动的水，则书籍便似稳固的山。定稿工作漫长而辛苦，过程中却也重温一直以来的知识关怀，偶尔进行若干修补，更正了两三个说法，表示自己仍在继续成长，尤其是从字里行间再度瞥见当年授课时的灵光乍现，那绝非学术论著所能产生，也不是一般讨论所能激发。课堂确实是一个独特的空间，不仅让讲者进入百分之百的专注状态，同时又可以灵动地挥洒延伸，从而出现创造性的联结，包括融入人生的体悟，因之既有纯粹的知识性，并且焕发心智的活力，别具一格。

这应该也是此一系列套书还值得面世的价值所在。学术未必生涩，尤以探索人文现象为主的文学领域更是引人入胜，何况学者做研究的目的本来就是对知识的追求，而知识乃是心智提升、社会进步的指标，则将象牙塔中的学术进展推广到社会上，使一般文学爱好者得以在浅层的个人感悟之外看到学问的重要乃至必要，更是当今世俗化当道之下的一大课题。诚如《红楼梦》中最好的一段话，即曹雪芹借薛宝钗之口所言："学问中便是正事。此刻于小事上用学问一提，那小事越发作高一层了。不拿学问提着，便都流入市俗去了。"确实，曹雪芹远不只是在书写一般的青春与爱情，他洞视人情事理的复杂纠葛、人性的深沉奥妙，往往已经达到现代最前沿的专业等级，所以经得起哲学、心理学、人类学、社会学、文学批评等各种理论的检验，这才是他在令人惊叹的传统文化集大成之外，真正超时代的地方。

若问曹雪芹的创作宗旨，答案非关政治意图，更绝未反对构成其人生精华与存在核心的贵族礼教，而是如钱穆先生以六朝为例所指引的，实乃刻画出"当时门第中人之生活实况，及其内心想象"，那正体现出一个民族经过两三千年的文化努力所缔造出来的大传统（**Great** tradition），精致而优雅，截然不同于一般读者所置身的小传统（little tradition），日常而世俗。重新了解《红楼梦》，为的是让眼界作高一层，窥见曹雪芹笔下的美丽与深沉，也开启另一种存在样式的可能，原来天外有天，一个人的视野可以如此宏大辽阔，通过学问而发现到世界是那等深不可测。

欧丽娟

2023 年 11 月

目录

第一章

如何解读红楼人物

关于《红楼梦》人物的相关讨论，堪称汗牛充栋，而"人物"大概也是对读者最有吸引力的小说构成要素。在进行人物总论之前，我想把自己多年以来研究《红楼梦》的心得——人物诠释原则——和大家分享，在过去，这些原则非常有效地帮我重新认识了《红楼梦》中的人物。必须说，它们并非一开始便那么清晰，而是我在尽量用客观的态度阅读《红楼梦》、深入认识个中角色的过程里，逐渐产生的一些反省。种种反省所获的心得，其实在西方思想家的论辩中也可以找到踪迹，并且通过哲理分析而被更明晰地确立出来。我将先通过别人的学说对自己的心得加以说明，因为那些学说的背后有比较深厚的哲理背景，可以把个人多年来的体验表达得更精确和深刻。以下所引述的，便是对这些林林总总之心得的更好呈现。

标签化的读法

首先，希望读者注意一个道理：如同我们面对身边人一样，如果小说中的人物是鲜活、丰富、引人入胜的，那就应该被当作一个特定的具体对象来看待，除非该作家实在是个笨伯，是第二流的小说家。但很不幸的是，许多读者都习惯于给小说中的人物贴标签，事实上，恐怕不只对小说人物如此，对身边很多的人也是动辄标签化，不在乎削足适履、以偏概全，而我则很难接受这种轻率的态度。

在现实中，我们置身于社会网络里免不了会有一个很大的困扰，即人与人之间实在充满了许多幢幢魅影，让我们失去对整体的把握，以至于要了解身边的人真的太难。而小说却不是如此，小说中的人物可以"躺"在那边，任由我们彻底解剖；我们可以像侦探一样，搜罗各种蛛丝马迹来重新建构对他／她的认识，也就是说，小说家想让你知道的东西，在作品中一定都会提供出来，只要读者非常努力便能够找到，从而组合成一个完整的拼图。因此相形之下，小说可以让我们充分实验对人性的好奇和探索，获得一种穷究的乐趣。

这么多年以来，在考察过一个个红楼人物之后，我的整体感受是：法国哲学家路易·杜蒙（Louis Dumont）于《阶序人》一书中的论说真是深获我心，在这本书里，他一开始就着眼于所谓的"个人"（individual）做出精到的分析，由此让我们警觉到：人物一定是一个个体，也即 individual，然而用"individual"来看待人物的时候，我们恐怕会混淆很多的范畴而不自知。如此一来，当讨论人物的性格特质和品格价值时，常常便会把特质变成价值，并且很快地贴上一些标签，那就引发了很大的问题。

在此要请读者一起思考：什么叫"个人"？一个人只是因为他单独存在，便叫作"个人"吗？我们应该要怎样去认识"个人"？杜蒙提醒我们注意，所谓的"个人"至少有两个含义：第一，指特定经验上的个人，也就是说，每一个个体都有他的生命史，有其从出生开始在成长过程中面对的家庭教育环境，以及后来接受同侪或社会的各种意识的影响，才形成他现在的这般样貌，所以，必须要把一个人还原到特定的经验上加以认识。第二，杜蒙发现西方文化会把个人当作价值的拥有者，意即个人的存在就是体现某种价值，尤其在小说中更是如此，而我们现在也正是不自觉地这般操作。因为小说不可能把每一个人物每天二十四小时的各种样态巨细靡遗地呈现出来，经过作家取舍之后在小说文本中所呈现的形象，便被我们很自然地当成作家想要表达的某一种观念或是价值。

尤其因为《红楼梦》写得太吸引人，读者更容易把《红楼梦》中的某个人物视为某种价值的拥有者，以致简化或膨胀其存在意义，而言过其实。举个例子来看：不少读者或研究者主张薛宝钗代表了礼教、作伪，林黛玉则代表了性灵、追求自由、反抗礼教。那其实是大有问题的，原因正在于我们没有把人物当作一个特定经验上的个人来看待，没有进入他们的生活空间、人际关系及其内外在的各种处境，反而很快抓住一些现象就贴上标签，说这个人代表什么，那个人代表什么，并且正邪不两立，这便是米兰·昆德拉所谓"简化的白蚁大军"之所以形成的原因。

倘若我们承认《红楼梦》不是那种独白型小说，其作者仅仅只把笔下的人物当成自己某些信念的传声筒，而是客观细腻地把他所认识到的丰富人性具体呈现出来，那么就应该调整心态，把林黛玉、贾宝玉、薛宝钗、茗烟、贾政、王夫人等人都当作特定经验上的个人来看待。比如说，不要只看到贾政作为大家长对子孙严酷的那一面，而是了解一下：他过去是怎么成长的？整个过程中有没有发生过人生的重大转变？此一转变的意义又在哪里？他和他的家族关系如何，以至于他用这样的方式来对待他的孩子？他和他的母亲关系又如何？他对子孙就只有严酷的那一面吗？又为什么会出现这种严酷的情况？如果不仔细地一一检验、努力客观地找出答案，而是立刻贴标签，一概用几个空洞的形容词来下定论，以至于永远只看到原先已经预设的偏见，那就是读者在耽误自己，而这是最令人担心的结果。

但即便如此，《红楼梦》本身并不会因此而受损，对于薛宝钗、袭人的贬低，对于王夫人、贾政的歪曲，也不会真正有损于这些人物本身，我相信总会出现有眼光的人能够重新好好看待《红楼梦》。我们已经到了应该挣脱那些限制自己成长的旧衣服的时刻，这身旧衣服早已显得太狭窄、太陈旧，会束缚我们的成长和跳跃，为什么还要把它牢牢地穿在身上，导致自己发育不全？即使必须经历拆肌裂骨的椎心之痛，也要自觉地把它脱去，因为一旦缺乏这样的努力，人类就会一直停留在原始蒙昧的状态，这是我结合阅读和对人生的理解所得到的很深的感慨。通过哲学家路易·杜蒙的精密分辨，可以提醒读者，小说中的每一位人物，尤其在曹雪芹此等伟大的小说家笔下，都属于特定经验上的个体，而不是用来代表某些单一的价值和理念的。

那么，何以读者会如此自然地从"价值的拥有者"的视角来看待那些角色？细究起来当然有着各种原因，有的是来自文化传统，有的是出于现代社会的某些意识形态，也有的是源自人性的本能反应。读者总是很快地认为林黛玉就代表本真，代表自由的性灵，薛宝钗则代表被礼教扭曲的人。之所以会如此迅速地做出这种分类，而且都采用很简单的二分法，对人物的其他丰富面向与深层底蕴一概视而不见，其背后至少有一个自己察觉不到的文化传统在发挥作用。

就此，可以引述一位学者的看法来加以说明：我们过去的艺术经验，包括阅读小说与欣赏戏曲的经验，导致了创作者与读者／观众之间互相加强与调整之后而形成的一种微妙审美准则——作家希望读者能很快地掌握自己所创造出来的人物，读者则只想要娱乐和轻松，不想耗费心力去探究那些人物到底具备何等内涵，因此希望作品不要那么复杂。这种双重的需要便共同塑造出一个文类的边界，达成了创作和欣赏时的一种默契，在中国传统里就是"脸谱式"的塑造和理解，只要人物一出场，大家即一目了然：他在剧中代表的价值是什么？他的立场是什么？他的正邪道德属性是什么？

针对这种现象，戏剧理论家洛地已经指出："'脚色'是我国戏剧构成中特有的事物，它既是班社一群演员各有所司又互补相成的分工，又是剧中众多相互关系的人物的分类。……所以中国传统戏剧（剧本）以'脚色'登场并不以'人物'登场。"这是来自文化传统中的艺术经验所导致，洛地发现传统戏剧构成中的特有要素是"脚色"。请注意此处的"脚色"是指传统戏剧中的"脚色"，和现代的叙事学语境中的"角色"是不同的，传统戏剧采取"班社制"，剧团中的演员各有所司。中国传统戏剧是以脚色登场而不是以人物登场，"人物"意指比较具体的、特定经验上的人，而"脚色"则已经脸谱化了，也因此被扁平化，成为某一种价值观的拥有者。

换句话说，作家本身在创作时已经先为各种角色贴上标签、做好分类，所以观众一下子即看得很清楚，演员所扮演脚色的善恶好坏一目了然，以至于见到白色抹脸的曹操便很生气。可是在现实生活中，有谁会一出现就告诉你"我是奸人"？每个人都有其深不可测的复杂性，绝对不会这么简单。但很不幸的是，读者常不自觉地用"脚色"而不是"人物"来看待《红楼梦》中的各个构成要素，使之流于十分简化而变得扁平又单一。

扁平人物与圆形人物

再补充一个曾经给我很大启发的论说，虽然那并非从中国传统戏剧文化中观察到的类似情况，但道理是相通的。英国小说家兼文艺批评家 E. M. 福斯特在《小说面面观》里指出，"人物"是构成小说不可或缺的最基本要素，其塑造方式或表现形态大约可以分为两种：一种是"扁平人物"，一种则是"圆形人物"。"扁平人物"，"他们最单纯的形式，就是按照一个简单的意念或特性而被创造出来"，例如，这个人是忠心耿耿的，另一个人是追求自由的。因此，扁平人物意谓他们总是代表某一种观念或功能，在整个故事中只表现出公式化的言行，仿佛在他们的身上牢牢挂着理智、傲慢、情感或偏见等固定的标签。他们给读者的主要印象用一句话即可以完全概括，所以也非常容易辨认，容易为读者所记忆。福斯特在他的论述里举了一篇英国小说的例子：这则故事里只要管家一出现，无论他说什么话、做什么事，表面上话可以说得不一样，所做的事情也不相同，可是归根究底，从一个角度就可以完全理解他唯一的动机与目的：他要为主人效忠，一切都为了维护主人的利益，这便是标准的扁平人物。

福斯特说，还有另一种更重要的小说人物即"圆形人物"，他"能以令人信服的方式给人以新奇之感……圆形人物的生命深不可测——他活在书本的字里行间"。这最可以考验一个小说家的功力，只有对人性的认识足够深刻才能创造出成功的圆形人物，简单来说，就是能够用令人信服的方式给人以新奇之感。更重要的是，圆形人物的生命是深不可测的，他有阴影，有我们看不到的部分，他穿梭在书本的字里行间，不被书本所限制；读者必须跟着他一起呼吸，延伸到小说没有触及的地方，这样的小说人物才是圆形人物，也只有该等人物才能短期或长期地进行悲剧性的表现，要负担悲剧性的表现非圆形人物不可。因此，要判断一部小说伟大与否，有一个很简单的标准，即它有没有创造足够多的圆形人物，如果一部小说里没有圆形人物，相关言行都不能够让我们信服，也不够新奇，形象一目了然，两三句话便可以将其所有的言行举止解释清楚，那么该小说家恐怕就是二流、三流或不入流的。

当然，这并不意味着假若一部小说里所有的人都是圆形人物，则那部作品就最伟大，因为小说毕竟是人为的艺术，必须要有稳定的参照系，如果每个角色都是不断变化的圆形人物，那么它的内部结构将会非常混乱。所以福斯特说，在一部真正伟大的小说中，扁平人物也是不可或缺的，只是扁平人物的功能比较可怜，是要用以衬托圆形人物的丰富表现。

小说的主角通常都是圆形人物，否则这部小说无法一直发人省思，读者看一两遍就没有兴趣再读下去了。从圆形人物的角度去看待《红楼梦》中的诸多角色，即呼应了杜蒙所说的：必须把小说人物看成特定经验上的人，回到他特殊的、与众不同的生命史中，才能够找出他和别人不一样的地方，而且那会带来令人信服的新奇之感。这便是研究《红楼梦》时非常有趣的地方，可以一直寻幽探胜，不断发现原来迎春不只是这副模样，其实惜春是那般形态，而黛玉、探春、李纨、贾政等更是不仅如此，都和当初看到的时候大不相同。

对于这一点的认识，古人其实走在我们之前，如明代的董复亨，他有一段关于《史记》的解释说得非常有意思。《史记》虽然是史书，但在写列传这类的人物传记时，史家的视野一定带有想象和虚构的成分，那是无可置疑的，毕竟事过境迁，生无旁证、死无对证，尤其关于列传中的主角在战争、君臣纠葛等情境中，为什么有如此这般的言语行为，史家一定要设身模拟、移情进入，才能够描述得合情入理，那和小说家的书写策略是一样的。

对中国文学史有所涉猎的人都知道，小说在发展过程中，史传是其重要来源，正是在史传的传统下，衍生出了小说的创作。董复亨在《程中权诗序》一文中转述顾天埈所言：

余友顾太史（顾天埈引者）尝与余论史，谓："太史公列传每于人祇漏处刻画不肯休，盖纰漏处即本人之真精神，所以别于诸人也。"余叹为知言。

所谓"太史公列传每于人祇漏处刻画不肯休"，纰漏，就是缺点、弱点，对此史家是不会放过的，一定会加以刻画，"盖纰漏处即本人之真精神，所以别于诸人也"。换句话说，缺点、弱点甚至"不足为外人道也"的阴暗面，才是构成这个人的真精神所在，也是让这个人和别人不一样的地方。例如，黛玉和妙玉同样都很"高傲"，但是两个人分明非常不同，而且她们各自有着不同的缺点。像董复亨如此体察史家用心的文人已经感觉到，即便面对一个过去的古人，也应该把他当作特定经验上的个人，不要放过他的纰漏处。

《红楼梦》也是如此，一个立体的人物当然有优点也有缺点，或者是有时为优点而在其他情境中却变成了缺点，因此我们必须在特定的脉络下进行个案式的看待。对《红楼梦》知之甚深的脂砚斋也有类似的体会，他非常讨厌一般小说的扁平化描写，尤其是很多公式化的才子佳人小说，佳人大多是十全十美，贞洁又深情，才貌兼备，但她们其实只是某种概念的投射，是想象的产物，作者进行架空式的描绘，让人觉得乏味而不真实，因此脂砚斋对之批评很多。曹雪芹同样也对此不屑一顾，第一回开宗明义便抨击道："历来野史，皆蹈一辙。"所以另辟蹊径写一部小说，它有如一个反射了美好的、丑陋的、一切形形色色的万花筒，附着作者自己一生对人性的所有观察与深刻领悟，而脂砚斋很清楚地体察到曹雪芹的这一番用心及其伟大的才华。

就此，有几段相关的脂批可供参考，首先是第四十三回的评论：

> 尤氏亦可谓有才矣。论有德比阿凤高十倍，惜乎不能谏夫治家，所谓人各有当也。此方是至理至情。最恨近之野史中，恶则无往不恶，美则无一不美，何不近情理之如是耶。

比较起来，宁国府的尤氏并不是重要的角色，读者对她的印象大多不深，但即使这样的一个人也是圆形人物。尤氏看似很无能，挡不住王熙凤的"攻势"，宁国府的家务也没处理妥当，以至于混乱失序，但如此的印象恐怕是误判，脂砚斋便说尤氏"亦可谓有才矣"。之所以会产生相反的误解，是因为我们不在那个环境里，不知道处于那般复杂的家族中，她能做到这种地步已经算是有才，换作我们的话，宁国府早就衰亡了！脂砚斋还说她"论有德比阿凤高十倍"，尤氏的才能明显比不上王熙凤，但道德层面则较之要高出十倍，她的缺点在于"不能谏夫治家"，只一味地放任丈夫贾珍胡作非为，这便是她的纰漏处。脂砚斋借由她来指出"人各有当"的道理，每个人都有其优点，而有优点当然就有缺点，庄子早已一针见血地指出"有成必有毁"的道理，在这一面有所成就，即必然丧失另一面的长处。

脂砚斋让我们看到曹雪芹是一位非常杰出的人性观察者，他也很愿意深刻细腻而丰富多样地呈现笔下所刻画的对象，所以脂砚斋说，如此写小说才是"至理至情"，能够极度地合情合理。脂砚斋从来不吝于表达爱恨之心，出于十分客观中肯的义愤，他又说："最恨近之野史中，恶则无往不恶，美则无一不美，何不近情理之如是耶。"如果以《红楼梦》的文本相参照，所谓的野史便包括第二十三回提到的《杨太真外传》以及《牡丹亭》《西厢记》，还有才子佳人小说等，脂砚斋觉得那些故事中的人物写得根本不合乎真实的逻辑，其实都属于"把人看作价值的拥有者"的扁平人物。

因此，脂砚斋始终愤愤不平，更早地于第二十回批评说："可笑近之野史中，满纸羞花闭月，莺啼燕语。除（殊）不知真正美人方有一陋处。"其实真正的美人都一定是有缺陷的，因为她们也是人，我们到目前为止也没有看到十全十美的美人，《红楼梦》中只出现过一位，但是那个人对读者来说显得很不真实，以至于难以留下深刻的印象，她就是薛宝琴。宝琴这位少女十分完美，一到贾府便压倒群芳，确实找不到任何缺点，然而我们对她却没有产生鲜明、强烈的感觉，可见脂砚斋说的话是很有道理的。当然，之所以会出现这种情况，也源于作者对薛宝琴的刻画还不够充分，如果后四十回能由曹雪芹亲自延续，或许便可以看到不同的人物风光。总而言之，脂砚斋所谓的"真正美人方有一陋处"正呼应了明代董复亨所说的"纰漏处即本人之真精神，所以别于诸人也"。

因而，读者不必过度揄扬妙玉、黛玉的所谓"本真"，而且她们的本真也谈不上是一种人格价值，只能说是她们的人格特质。人格特质和人格价值并不相同，可是一般却常常混为一谈，换句话说，"率真"是一种人格特质，但绝对不是人格价值，好比很率真地对人说"你好丑""你很笨"，那当然绝不能说是一种人格价值。然而却常见到把率真当作一种人格价值来加以推崇，又像贴标签一样地把它黏附在那些人物身上，诚为对人物的严重简化和削足适履。

在《红楼梦》里，曹雪芹固然主要是通过引人入胜的叙事来塑造人物的形貌，但又在很多地方微妙而间接地表达出他对人性之所以如此的看法，整体而言，这位伟大的小说家对其笔下人物的呈现，包括了两个层面：一个是"知其然"，也就是清楚而完整地掌握到这些人物究竟是什么样子，并丰富、客观、全面、有趣、传神地加以呈现出来；一个是"知其所以然"，即进一步了解他们为什么会是这个样子的原因，那更必然是各不相同。所以他们都是圆形人物，具有很多的面向，而且每一面都还有层次上的差异，当我们在"知其然"即如实地看待他们之后，先不要急着判断他们的好坏，还应该要追踪一个问题：他们为什么会是这般模样？那也就是要"知其所以然"。曹雪芹对此等问题的认识非常周全而深刻，不仅作为一个人性的观察者，通过直接的经验和思考，把林林总总的多样人性在小说里生动传神地组织起来，此外，其实他也以人性之研究者的高度在告诉读者，他很了解人物何以会变成如此这般的各种原因，那更是深入到心理学的层次。

每个人都是他自己的主人

必须说，"知其然"已经很不容易了，要"知其所以然"便更加困难，这个层面一般读者几乎不会涉足，需要做深入的研究才能有所领略。关于"知其所以然"，我们先简单地指出两个角度，即先天和后天。人都会有自己与生俱来的先天禀赋，很多科学家和心理学家已经陆续证明，固然勇气、智慧之类的品质可以靠后天加强，但其实也有先天的因素。有的人天生比较聪明，理解力强，那明显是先天的禀赋，但科学研究却告诉我们，可能连道德都有很大的成分是由基因所决定的，我们总以为道德可以"自觉"而"自决"，然而这些特质也有一些比例是来自于天赋。先天禀赋到底决定了哪些东西，到目前为止还是研究者汲汲探求的课题；至于后天，大家都知道教育和环境会影响人格塑造和性格内涵，而最主要的环境即是家庭，因为一个人在成长过程中，最关键的就是幼儿时期，此一阶段完全受到家庭的影响。

《红楼梦》第二回便借由贾雨村的一番理论来告诉读者，书中那些人物都具备了很特殊的先天禀赋，"正邪两赋"便被用来解释宝玉此种奇怪而无法归类的人物，作为他们之所以成为特异甚至病态人格的先天理由，但并非每个人都是"正邪两赋"者，只有极少数人属于这一类。推而扩之，我们还可以知道，曹雪芹对人物先天禀赋的解释是"气本论"，即人的形成来自于天地间的阴阳二气，正气、邪气各自以不同的比例调配，而构成了不同的人格特质，再加上后天的环境和教育，才会塑造出有别于他人、各有其优缺点的独特存在。

这番道理，恰恰符合了西方的学术成果，倡导主体心理学的

W. P. 詹维克（W. P. Jenwick）于 1927 年的研究中指出，在人类智力的发展过程中，遗传因素占比高达 45%，环境因素占比 35%，另外的 20% 则是两者相互作用的结果。但纵使有这么多令人无奈的先天决定因素，主体心理学还是告诉我们：人仍然可以有一定程度的自主，不必如同贾环那样，永远安着坏心，要往下流走，还只管怨别人偏心。

此一学派之所以称为"主体心理学"，是因为它把教育、环境都视为构成主体心理发展的要素，形成了三维结构模式，但它特别强调其中的一个要素，即主体的能动性。相关学者认为，主体能动性在人的成长发展过程中最为重要，正是具有这种主体能动性，所以每个人都是他自己的主人，不可以把一切现况都归诸环境或怪罪别人，最终还是应该要自己负责。我个人比较喜欢主体心理学反求诸己的立场，你要做什么样的人是必须自己反省和做决定的，犹如德国哲学家黑格尔非常喜欢的一句话："这里就是罗德岛，要跳就在这里跳。"这是从《伊索寓言》里引述而来的，因为他常常引用，因此在哲学界也很知名。如果一个人在罗德岛能够跳得很高，则到了任何地方都应该可以跳得一样高，不要说跳得不高是因为该处不是罗德岛！同样地，切莫以为现况不好是因为教育资源不足、机会不多，那当然也是原因之一，但却不能只归诸这个原因；其实任何地方都是罗德岛，要做什么样的人，都应该反求诸己，都必须人格自决。

主体心理学特别强调每一个人都应该去开发、凸显自己内在所具备的主体能动性，自己想要做什么样的人，一定要自己去选择、判断和努力追求，而不是归因于先天禀赋或者后天的教育和环境，否则便形同推卸责任。

每个人都可以做自己的主人，但做自己主人的方式绝对不是任性，而是真心反省并努力超越，依迪丝·汉密尔顿（Edith Hamilton）在《希腊精神》一书里有一段话，可以带给我们一些省思，她说："心灵，是它自己的殿堂。它可以成为地狱中的天堂，也可以成为天堂中的地狱。"那么，我们想让自己的心成为天堂还是地狱？在天堂中却感到自己的心受困于地狱，或者是明明受困于地狱但想要创造天堂，那是截然不同的心态，对此，每个人都应该扪心自问，去自我探寻和追求答案。你是什么样的人，归根究底，钥匙是在自己的手上，塑造自己的力量也同样是在你自己的内心，每个人都是自己灵魂的雕刻师，也是自己心灵的打造者，应该要自己去负这个责任。

奥地利心理学家弗兰克（Viktor E. Frankl）正是采用这样的观点。身为犹太人，弗兰克曾经有过非常惨烈的被迫害经历，他被抓进纳粹集中营，九死一生幸存之后，他开始反省让人可以努力活下去的原因，于是善用自己非常在行的心理分析去挖掘人内在的意义，而开创了维也纳第三心理治疗学派，用"意义治疗法"探讨人要如何去定义自己的生命价值，有哪些方式可以去塑造有意义的人生。他借由这个学说帮助很多人解除生命的困境。整体来说，人活着都很辛苦，但要自己努力从人生的各种遭遇里寻找价值，并且无论在任何地方、任何处境，一个人都可以活得高贵而有尊严。

从集中营的纪录片中可以看到，人一送进去就被剥光衣服，剃光头发，像一大批牲畜般被热水冲洗，在集中营里，人类的一切都被践踏、被粉碎，最后连生命也会被剥夺，但即使在这种情况下，弗兰克却告诉我们，人还是可以拥有自由！人最后的也是唯一的自由，归根究底，便取决于人可以选择自己的态度和立场，这是你的心灵真正可以拥有的自由。将选择态度和立场的权利给放弃掉，而抱怨环境的不公、周遭的恶劣，那真的是在推卸责任。

既然人拥有心灵的自由，则不同的人就会表现出不同的样态，纵然在同等的条件之下，遭遇类似的打击，有的人选择的是绝望，而有的人选择的却是希望。一位英国诗人佛雷迪克·朗布里奇（Frederick Langbridge, 1849—1922）曾于《不灭之诗》中说过：

> 两个囚犯从同一个铁窗向外眺望，一个看到的是泥泞，一个看到的是星辰。（Two men look out through the same prison bars: One sees the mud and the other the stars.）

由此可见，在同样的绝境里，有的人还是仰望着闪烁的星星，有的人却觉得整个世界充满污秽。所以说，推卸责任和归咎环境是没有意义的，只能让自己变成环境的奴隶，但其实你是你自己的主人，作为一个主人，你事实上拥有最根本的自由，可以决定自己的心态。因此，黛玉一直固执而偏颇地用一种主观的弱者视角来看待自己，以至于活在感伤之中以泪洗面，我们必须尊重她，但是并不赞成这种生活态度；同样地，也切莫将赵姨娘的卑劣归咎于姨娘的低贱身份，因为在那种环境下根本可以不必如此，所以头脑清楚的探春便举了周姨娘为例，一样身为贾政的妾室，周姨娘就完全不像赵姨娘那般惹是生非。

弗兰克的洞见传达了一种极其珍贵的心态，告诉我们如何在一个没有希望和自由的绝境里，继续更积极地创造存在的意义，他在其自传中提到，可以通过三种可能性来寻找生命的意义。第一种可能性是"创造"的价值，例如做好一件事，甚至去完成一种创新，在人文的世界里开启不同的可能或提供崭新的发现，那基本上是一般人可以认知到的一种存在的价值。当然人的价值并非只有这一种，也不必非常努力去竞争求新，倘若一定要去和古往今来的人相对抗，势必会造成另外一种压力，那就适得其反了。

第二种可能性是创造生命的意义，也就是"经验"的价值，从经验中累积生命的真切感受，包括各种喜怒哀乐的体认，最重要的便是人与人之间的互惠与相爱，好好爱一些人，好好爱这个世界，和周围的人有非常美好的互动交流，在回忆中充满的是灿烂的笑容，感受到人与人之间、人与大自然之间友善的温情，这也会让人的存在变得有意义。而珍惜人与人之间的缘法，可以在日常生活中点点滴滴地累积，重点还是在成就自己存在的意义，所以绝对不是做乡愿、滥好人。

第三种可能性在于我们可以拥有的自由，便是确立自己面对人生、面对世界的态度，这对于很多人来说也是最有意义的一点。面对无法改变的命运，如果能做到这一点，便拥有了生命的意义，创造了一种态度上的价值。

我们看待小说中的人物，其实也等于是在看待我们自己，所以请大家同时思考自己人生的问题。小说中的人物受限于他们的时代，也受限于作者为他们所设定的艺术框架，因而有其专属的生命内涵，我们的工作不是去要求他们走出来满足读者的需要，而是走进去真正如实并客观地了解他们。在了解他们的同时，切记必须实事求是、客观公正，不需要过分为他们开脱，也不需要过分替他们张扬，我们只应认真地认识他们所处的时空背景，以及他们如何在那个环境下展演自己生命的各种意义。

"抑钗扬黛"现象

在人物总论之前，我提取了《红楼梦》研究二百年以来争议和论战最多的一大问题，这个热点使清末的文人们一谈起《红楼梦》，就立刻站队变成了"拥钗派"或者"拥黛派"，一语不合还几乎要老拳相向，可见争论是非常激烈的。而此一现象至今犹然，历久弥新，将钗、黛的褒贬问题向外延伸，也可以是《红楼梦》人物评论现象的总体反映。为什么会拥钗？为什么会拥黛？"抑钗扬黛"的现象背后是否有一些心理原因，使得读者如此强烈地投入对人物的认同或者反对中？

所以，我先来谈一谈"抑钗扬黛"现象的心理分析，也是希望大家提前准备好做一个有自觉的读者，而不是顺着一般的感性本能去阅读《红楼梦》，也唯有以自觉的、更高的学问来支撑，才能真正进入它更丰富、深邃的世界。

我们可以注意到，"抑钗扬黛"基本上反映了红学人物论的主流，虽然也有人是"抑黛扬钗"，但"抑钗扬黛"者显然比较多，占压倒性的多数，情绪也特别强烈，所以我先以这般的现象作为起点。"抑钗扬黛"现象的心理分析让我们更清楚地知道，原来我们在阅读过程中，往往很不自觉地受到一些本能的、潜意识的或者是外在环境若干主流价值观的干扰和主导，如此一来，对《红楼梦》的认识便容易会产生很大的偏差。

过去很长的一段时间中，我一直疑惑着并不断推敲：为什么会出现这种现象？对小说中的人物无论是喜欢还是讨厌，背后有没有一些原理在不自觉地运作，却凌驾于我们的理性之上，导致我们的评论显得隔靴搔痒，甚至流于颠倒失误？经过多年的思考，我把这些心理现象的肇因分成四层，比较完整地涵盖了各种因素，厘清之后也让人可以超越出来，获得更清明的眼光。

"人人皆贾宝玉，故人人爱林黛玉"

首先，我在前文中隐约涉及过，读者于阅读的过程中，很容易会对主角特别是叙事所聚焦的主轴进行投射和认同。由于《红楼梦》的主角是贾宝玉，读者便很自然地依照他的眼光来看世界，以他的好恶为标准，他喜欢的人，读者当然比较倾向于跟着欣赏；他不喜欢的人，我们也很容易顺着他的恶感而产生比较负面的反应。

古人早已注意到了这个现象，以下我要引述两段红学评论作为参考，第一段是清朝评点家赵之谦《章安杂说》所言：

> 《红楼梦》，众人所着眼者，一林黛玉。自有此书，自有看此书者，皆若一律，最属怪事。

《红楼梦》中的人物五彩缤纷，展现出人性的多元多样，但为什么我们却偏偏只钟情于一人？大家所聚焦的、热烈讨论的对象都是林黛玉，这实在是一大怪事。赵之谦注意到了此一现象，接着提出了很有洞察力的解释，他说自己忽然大大领悟到，那是因为："人人皆贾宝玉，故人人爱林黛玉。"确实，我们总是不自觉地认同主角，由他带领我们贯穿全书始末，因此很容易以他为中心，结果人人都变成了贾宝玉，也都随着贾宝玉去爱林黛玉。虽然这个解释并非使用分析性的语言表述，但赵之谦深刻发掘出一种非常顽强而普遍的潜在心理，十分难能可贵。

在如此的背景下，我们应该要进一步思考一个问题：宝玉所爱的人就一定是最好的吗？宝玉所不喜欢的人便一定是不好的吗？答案是：其实未必尽然。因为爱情本来即是非理性的，它之所以会发生，之所以引发的感受会那么强烈，甚至强烈到让人生死以之，都是由一些盲目的、超越理性的、不能够解释的因素造成的。简单来说，爱一个人不是计算过的，既然不是理性运作的结果，因此你爱上的人未必就是客观世界里最好的，甚至不一定是最适合你的，否则又怎么会有离婚的情况？所以，用主人公是否爱一个人作为判断人物高下的准则，恐怕会大有问题。

关于这一点，清代重要的红学评论家二知道人也有过一个说法，其《红楼梦说梦》揭示出问题的症结所在：

> 人见宝、黛之情意缠绵，或以黛玉为金钗之冠。不知宝、黛之所以钟情者，无非同眠同食，两小无猜，至于成人，愈加亲密。不然，宝钗亦绝色也，何以不能移其情乎？今而知一往情深者，其所由来者渐矣。若藻鉴金钗，不在乎是。

他指出读者总是忽略了一大问题，即宝玉确实最爱黛玉，但黛玉未必因此便是金钗之冠。宝玉之所以会钟情于黛玉，并不是因为黛玉比较好，而是因为他们从小青梅竹马，有长期的情感培养和生活伦理的加强，通过时间上和生活上点点滴滴累积起来的深度和厚度，才形成了非常强韧的情感坚持，那更是构成彼此不可或缺的原因。相对地，宝玉和宝钗的关系自然就有所不同。宝钗的绝色当然也会转移宝玉的注意力，只是宝钗欠缺了和宝玉青梅竹马的关系，以及在童年期的漫长时间孕育起来的深厚感情，因此才会永远比不上黛玉，但这并不表示宝钗本身有其他的问题。

二知道人犀利地点出宝玉之所以对黛玉情有独钟，"其所由来者渐矣"，背后有一个逐渐累积的漫长过程，这才是让他一往情深的原因，绝非因为黛玉在客观评价上都是五颗星。所以在品评众多金钗的时候，并不应该采取宝玉的感情趋向进行判断。一般人因为宝玉喜欢黛玉，便断定黛玉是宝玉所肯定的最高价值，甚至是人格的最高典范，那是大有问题的推论。

何况，即使是宝玉所肯定的最高价值，那也只是他个人的主观意念，绝不等于客观的真理，甚至不代表作者的取向。传统评点学史上最杰出的评点家张竹坡，即提醒读者要注意作者与主人公是不同的，不应混为一谈："仍依旧看官误看了西门庆的《金瓶梅》，不知为作者的《金瓶》也。"同样地，宝玉的标准和眼光未必可以作为一个客观的判准，宝玉喜欢谁是一回事，但是曹雪芹如何评价他笔下的金钗，那又是另外一回事，两者之间是不能画上等号的。然而直到现在，还是有很多读者以宝玉的情感趋向为准则，作为评价金钗们的依据，这是第一层次的范畴混淆，可谓"仍依旧看官误看了贾宝玉的《红楼梦》，不知为作者的《红楼》也"。

至于把宝玉视为曹雪芹的代言人，所以把宝玉的判断当成是曹雪芹的旨意，那又是更严重的第二层次的范畴混淆。脂砚斋于第十九回提醒道："按此书中写一宝玉，其宝玉之为人，是我辈于书中见而知有此人，实未目曾亲睹者。"意思是宝玉这个人物，连曹雪芹周遭很亲密的亲人或朋友也都不曾真正见过，而是只形诸文字作品中，可见纵使这部小说带有很浓厚的自传色彩，但那些自传的材料早就已经转化为另外一套创作法则下的运用成分，服从的是和曹雪芹的家族历史无关的艺术法则，所以一定会被改头换面，而且会焕发出完全不同的意义。如果因此便将小说人物与作者或其亲族家人相等同，当然是一种重大的认知谬误。对脂砚斋而言，在这部小说中可以看到曹家及其亲友等一群人的共同集体经验，但那只不过是来自现实的吉光片羽，并不等于这部小说的全部，因此就连宝玉都是他们从来没见过的人。如此一来，贾宝玉再怎么重要，也只是曹雪芹笔下的众多人物之一，当然不能完全代表曹雪芹本身。

因此，喜爱《红楼梦》的人应该要尊重而且理解到，《红楼梦》是一部独立自足的完整的艺术作品，所有的意义都得在文本中去寻找。固然作者的家世传记可以提供给我们一些资讯，具有辅助性的功能，却不可以喧宾夺主，更不可以主从颠倒。

回到钗、黛评价的问题，普林斯顿大学浦安迪教授曾经于《中国叙事学》一书中指出："一般的市民读者对《红楼梦》的理解，流于简单化，他们或是迷恋于二玉的奇缘，或是痛骂封建社会对有情人的不平。也就是说，很多人基于本书的自传性质，而误以为贾宝玉只代表作者自身的本相，殊不知自传体的虚构作品也常常有作者内省自己往事的反讽意味。"我认为，《红楼梦》事实上是自我谴责、自我忏悔之作，作者绝对不是为了宣扬自己的某些被当时所否定的价值，然后故意写书给予讽刺或进行反抗，那其实是一种比较低的创作层次，因为创作变成了一种现实的工具。但很多读者依然认为小说中有一个作者所给予的固定判准，因而存在着一种"褒中贬"或"贬中褒"的曲折笔法，以符合自己的主观看法。

所谓"褒中贬"，又云"明褒暗贬"，即当作者明确赞美某个小说人物具有优点的时候，评论者或读者便会宣称作者表面上肯定了那个人物，但真正的用意是在贬低；而相应地也创造出"贬中褒"即"明贬暗褒"的诠释方式，主张作者字面上虽然是否定某些人物，实则乃暗中给予褒扬。此种说法独立来看当然是没有问题的，本来文学作品就可以有很多种解读方式，也可能会存在表里不一的反讽，但殊堪玩味的是，在《红楼梦》的人物评论上，这一类的评论者都是将两种诠释方式分离看待，并且僵化二分、各自套用，以至于所谓"褒中贬"的手法都集中于宝钗、袭人、麝月等人身上。确实，这三个人物在《红楼梦》以及脂批中常常被美言盛赞，然而那一类的评论者却不愿意接受，执意认为曹雪芹乃在使用"褒中贬"的写作手法来反讽她们是负面人物。至于"贬中褒"的主张则都是用在黛玉、晴雯或者其他比较离经叛道的人物身上，评论者此时便会宣称：曹雪芹虽然对那些人做出比较负面的描述，但其实是在"贬中褒"。很显然，这般的诠释角度在于他们坚持自己的喜爱、认同观与作者一致，所以非得套上符合自己想法的逻辑不可，于是创造出"褒中贬"或"贬中褒"的解释方式。

如此泾渭分明的二分法，显系现代的批评者建立起来的意识形态，所谓"褒中贬""贬中褒"全然出于读者主观的好恶，为了迁就自己的个人成见，便不惜加以曲解，去改变作者确切明示的褒贬倾向，而最终其实都只是在坚持读者自身的主观判断而已。回到浦安迪先生所说的"自传体的虚构作品也常常有作者内省自己往事的反讽意味"，确实，本来作者在书中即可以表达出自愧自责的个人忏悔，所以第三回说宝玉"潦倒不通世务""于国于家无望"之类的批评性话语，都是如实地自我谴责，而不是在"贬中褒"地自我揄扬，暗指他们这种人虽然是当时的失败者，可其实是超越时代的先进。所以书中但凡涉及贬词之际，我认为都应该要视之为直抒其意，而不是正言若反的曲折用法。当然，人物究竟是什么样子，往往都是见仁见智，因为人文的事物本来就没有绝对唯一的诠释和判断，然而一旦能够自觉地减少意识形态所带来的干扰与误导，此时我们必定能够看得更多、更精确。

关于这一点，清末民初评点家野鹤在《读红楼札札记》中早已提醒道："读《红楼梦》，第一不可有意辨钗、黛二人优劣。"他认为读《红楼梦》之前，首先要建立一个自觉的心态，即不要急着去评论谁好谁坏，在不够了解对象的情况下，切莫让自己的好恶起主导作用来占据对小说的理解。确实，我们为什么要把自己的好恶看得如此重要，而不好好要求自己、检查自己，自问我们下过功夫了吗，真的苦心去了解他们了吗？"了解"应该是先于好恶判断的，既然都还不够了解，何以要急着去判断人物的优劣？那岂不是过于轻率而不负责任吗？野鹤接着又评论说：

> 或曰："黛玉憨媚有姿，雅谑不过结习，若宝钗则处处作伪，虽曰浑厚，便非至情，于以知黛高而钗下。"或曰："黛小有才，未闻君子之大道，一味捻酸泼醋，更是蓬门小家行径，若宝钗则步履端详，审情入世，言色言才，均不在黛玉之下，于以知钗高而黛下。"野鹤曰：都是笑话。作是说者，便非能真读《红楼梦》。

换言之，无论是"扬钗抑黛"或是"抑钗扬黛"，都不是真正地读懂了《红楼梦》，野鹤从一个比较理性的角度来要求自己、要求读者，在诸多的评点意见中实属难得。

必须说，个人的好恶是非常不重要的，因为任谁都有好恶，而好恶必然受限于个人的有限性，以至于往往是很片面的，片面的成见便不应膨胀为真理，由此可以类推，我们怎么读书其实也就是在考验我们怎么做人。所以，当我们在日常生活中想要批评谁的时候，请先停下来想一想：我们真的了解他了吗？我们为了了解他又下过多少功夫，花费多少时间？假若不曾用心也不够了解，那么最好就闭上嘴巴，因为批评别人、伤害别人太过容易，我们真的可以拥有这样的权柄吗？

同情弱者，同情失败者

至于"抑钗扬黛"现象的第二层心理成因，便在于人性本能都是同情弱者，同情失败者。对此，很有思辨能力的小说家米兰·昆德拉也有同感，他在《不能承受的生命之轻》中即说道："每个人看事情的倾向都是在强大之中看到有罪的人，而在弱小之中看到无辜的受害者。"显然那是人类共通的基本人性。因此，只要有人在我们面前哭得梨花带雨，我们就很容易接受他的委屈，并且站在他那一边，认为一切都是别人的错，可真相绝非如此简单。一旦意识到这个问题，想要超越人性弱点的人便会加以审视，而力图避免让自己陷入此等的窠臼之中。

换句话说，我们要认识到在人的内心都存在着一种看事情的倾向：倘若面对的是一个强大的人，我们会不自觉地努力去找出他的原罪，如果看到的是一个弱势的人、失败的人，便很容易把他视为无辜的受害者。但是真相可能完全不是如此，甚至恰恰相反，一个强大的人，很可能又正直又有才能又十分努力，他为什么不应该强大？一个弱小的人，可能是因为他资质平庸乃至愚钝，或懒惰不认真所致，因而强弱成败都是恰如其分、公平应得的结果。所以，我们要如实地去看待眼前的人物，不要想当然耳，被盲目的本能所误导。

其实，很多的人生经验以及相关论证，还有各种的人物呈现都告诉我们，越是表现出无奈和可怜的人，他恐怕也只是一种策略的操作，那真的叫作"巧言令色"，即话说得很动听，脸色装得很和善，而当一个人在巧言令色的时候，你根本无法看穿他的虚伪不真诚，得要事后才能察觉，可见"感觉"常常是会骗人的，所以要揭开蒙蔽，如实地去看待这个世界。更奥妙的是，也许有一个人现在哭得很伤心，而且明显地浑身伤痕累累，并不是装出来的策略运用，但实际上他可能正是罪魁祸首！因为我们所看到的只是眼下的一个片段，却不清楚之前到底发生了什么状况，若是单用这一瞬间来判断事件的是非始末乃至总结一个人的一生，就注定会误入歧途。

米兰·昆德拉的上述感言作为一个总纲性的说明，十分呼应刘勰在《文心雕龙·才略篇》中所说的道理：

> 俗情抑扬，雷同一响，遂令文帝以位尊减才，思王以势窘益价，未为笃论也。

《文心雕龙》是中国最伟大的文学批评著作，其系统之严谨、见识之深刻，恐怕现在的所有学者都还未必能够穷尽其底蕴。刘勰这一段话的意思是说，一般人的情感反应总会带有一定的褒贬，而且其好坏判断会呈现出高度的人云亦云的趋向，此一人性弱点在文学批评上也处处皆然，于是乎，因为曹丕当上了皇帝，拥有了至高的权力地位，故而后人通常便对他的才能降格评论，这叫作"以位尊减才"，其中隐含着一种平衡心理。相反地，曹植的性格上明明有一些缺点，固然谢灵运赞美他才高八斗，但是从文学的角度来比较，他也未必会胜过曹丕，可就因为曹植后来的处境非常窘迫，那般地忧谗畏讥，让他写出了《七步诗》，何况还有一篇优美动人的《洛神赋》，他的人生是如此痛苦，最后还很凄惨地死去，如此一来，后人的同情心与赞美便都倒向他那一边，曹植的历史评价也因此被抬高，这便属于"以势窘益价"，显然是出自一种补偿心理。刘勰告诉我们，即使以客观为终极标准的文学批评家，大部分却都仍然摆脱不掉这般的人性弱点，所以才会"俗情抑扬，雷同一响"。

　　把《文心雕龙》的"俗情抑扬，雷同一响"这番观察放在《红楼梦》的人物评价上，也同样适用。如同夏志清所说："由于读者一般都是同情失败者，传统的中国文学批评一概将黛玉、晴雯的高尚与宝钗、袭人的所谓虚伪、圆滑、精于世故作为对照，尤其对黛玉充满赞美和同情。"于是"除了少数有眼力的人之外，无论是传统的评论家或是当代的评论家都将宝钗与黛玉放在一起进行不利于前者的比较"，由此透显出"一种本能的对于感觉而非对于理智的偏爱"。可叹"理智"并非与生俱来的能力，是必须千锤百炼，要自觉努力去追寻才会得到的禀赋，而顺任本能的感觉则太容易，难怪会出现"俗情抑扬，雷同一响"的情况。

此外，其中还包括一层心理作用，可以参考被视为法国第一位社会学家的涂尔干（Émile Durkheim）所言：

> 在一般情况下，我们可能容忍一些人类通常都有的弱点、缺陷，例如自私、软弱、偏见、固执、好色，但一旦这些弱点带来了甚或仅仅是伴随了严重后果，人们往往就无法容忍这些弱点了。而且，戏剧效果越好，艺术感染力越强（越"真实"），观众就越容易为这种情感左右，就越不容易理性、冷静体察和感受裁判者的视角。一种强大的……情感和心理需求会推动我们去寻找和发现敌人，创造坏人。

倘若用此一心理现象来解释《红楼梦》的钗、黛褒贬，恰恰可以说明宝钗、袭人还有王夫人之所以会被视为宝、黛之恋爱悲剧的替罪羊，原因便在于读者被那种强大的戏剧效果所影响，无法忍受宝、黛如此严重的悲剧后果，才会被驱动去发现敌人和创造坏人。所以，一旦在为宝、黛之恋而感到悲愤不舍，需要寻求情感发泄的时候，我们就要真的要小心了——小说中一些强大的人，他们其实完全无辜，却因读者的心理需要而被定罪为坏人。

对"面具"的恐惧心理

以读者对钗、黛的不同反应而言，应该也牵涉小说家不同的写法，而触动了不同的阅读心理，这是造成抑钗扬黛现象的第三个原因。福斯特《小说面面观》一书便分析过，人们之所以喜爱读小说的心理学原因，在于我们处于现实世界的存在状态中会面临到的一个重大问题：

> 人类的交往……看起来总似附着一抹鬼影。我们不能互相了解，最多只能作粗浅或泛泛之交；即使我们愿意，也无法对别人推心置腹；我们所谓的亲密关系也不过是过眼烟云；完全的相互了解只是幻想。但是，我们可以完全地了解小说人物。除了阅读的一般乐趣外，我们在小说里也为人生中相互了解的蒙昧不明找到了补偿。

换句话说，我们总是苦于人与人之间的隔阂、误会、不了解，但却可以完全透视小说人物，因此，除了阅读的一般乐趣以外，我们从小说里也为人生中无法相互了解的困境找到了一种心理补偿，因而阅读小说时，基本上就是在消解或放下现实中人和人之间的种种猜防，暂时可以松懈下来，终于感觉到全心全意的投入与信赖。这种出于本能所偏爱的"感觉"，让读者比较容易不自觉地倾向于接受里外透明的林黛玉，而对藏愚守拙的薛宝钗，则不免仍然保有现实中对"面具"的恐惧心理，但是这种心理也会干扰我们对小说人物的正确判断。

可以说，曹雪芹塑造林黛玉的手法是所谓"探照解剖式"的，"内聚焦"的角度使得这个人物内外敞亮明晰、一览无遗；相对而言，塑造宝钗的手法则是"投影扫描式"的，只投影一定的外在呈现，并且是单一角度的投影，扫描到的部分大都只是一个外观，所以是一种"外聚焦"的叙事角度，自始至终都比较少琢磨宝钗的心理活动。而根据福斯特的分析，读小说本来就是为了消解现实中人和人之间的猜防，但一碰到薛宝钗的时候却行不通了，还是只能看到她表现在外的部分，因此，人们当然比较倾向于能够有效地帮助心理补偿需求加以落实的林黛玉。

以上是造成"抑钗扬黛"现象的第三个心理因素，接下来谈第四个原因。

时代价值观

这个原因牵涉一大问题，让我苦思很多年，即为什么贾宝玉、林黛玉总是被现在的读者从如此之张扬的角度，推崇为所谓反封建、反传统的叛逆者甚至革命先锋，是超越时代的领航人？何以类似这样的标签都往他们身上贴附，他们真的达到了那般的程度吗？即便他们确已达到，又是以怎样的方式去做到的？种种问题都还需要非常仔细地去检验，而不应该如此简单化地直接给他们戴上这么一顶大帽子。

经过多年的思考，我终于明白一个道理，那也可作为对如今这个时代的反省。通常来说，人们活在特定的时空之中，很自然地会受到时代价值观的影响而不自知。但是，该类思想信念既然叫作"时代价值观"，便意味着其实是受限于特定历史时空而产生的，所以它注定是有限的，甚至很有可能是偏颇的。我们以经过百年来历史的剧烈变动之后所形成的现代世界观，去理解两百多年前的一部小说作品，势必存在着极为巨大的隔阂而不自知。"以今律古"的做法是否会带来很大的问题？答案是肯定的。换句话说，有限的现代价值观会导致我们没有仔细检验小说中的种种细节，便做出符合己见的定论，然而，一位伟大小说家的伟大之处便在于他能够在细节的地方去建构人物，越是优秀的小说家，就越能够在细节里去活生生地呈现人物的光彩，正如西方一句谚语所说的："魔鬼就藏在细节里。"我们面对的是一部举世公认的伟大小说，无比复杂、深刻而奥妙，却对那么丰富的细节都视而不见，只片面地、选择性地找一些相关段落大加发挥，同时用以支持论断的又都是现代人所信仰的价值，那岂不是一个很值得反省的问题吗？

事实上，我们这个时代和过去的文化传统几乎是完全断裂的，并且此一断裂是我们身在现代而不容易有所察觉，但只要有所意识便会发现两者是如此之天差地别。更何况，即使和传统的文化没有那般令人惊心动魄的断裂与分解，人和人之间本来就已经存在着很大的差距，犹如德国一位科学家恩斯特·海克尔①所说："人和人之差，有时比类人猿和原人之差还远。"这确实是真知灼见，因此单靠推己及人的做法是不足以真正了解红楼人物的。

概括言之，现代读者身处个人主义盛行的时代，此种风气不但受到尊崇，而且常被当作一个绝对的价值，所有的文化发展、社会运作，便以这等标准作为努力的方向。在如此的背景下所孕育出来的读者，很容易倾向于认同小说中比较不受束缚的角色，似乎只要不受束缚，即比较投合个人主义的价值观，于是就给那些人物贴上勇气、反

---

① 恩斯特·海克尔（Ernst Haeckel，1834—1919），德国近代伟大的生物学家、艺术家、哲学家、医生。

传统之类带有进步性的标签。

心理学家弗洛姆发现："每一个社会排斥某些思想和感情，使之不被思考、感觉和表达。有些事物不但'不做'，而且甚至'不想'。"在弗洛姆看来，任何一个社会，其成员在共同的群体生活中都会孕育出一种共通的价值观，以至于他们排斥某些思想和价值，那些被排斥的思想和感情不但不被思考，甚至也不被"感觉"。那么，在个人主义受到极力推崇的现代环境下，我们不愿意去思考，不愿意去感觉和表达的那些思想与情感，究竟有哪些？简单地说，即"礼教"与"伦常"，"伦常"的一面会造成人与人之间的束缚以及必须迁就别人的无奈，而"礼教"更被视为对个人的压抑乃至戕害。于是对于礼教的优点，我们根本不去思考，甚至一听便本能地立刻加以反对。

我们活在其中，就像呼吸那样不自觉地采用的一套意识形态，至晚可以追溯到清末，那真的是一个剧烈变动的时代，西方的坚船利炮与文化制度扑面而来，中国的许多方面相形见绌，于是对传统产生了非常极端的态度。在如此剧烈的冲击下，出现了几句非常重要的标语性口号，言简意赅地显示近一百多年来文化制度和价值观是如何发生根本性的巨变，其中之一，即谭嗣同在《仁学》的自述中所高唱的"冲决伦常之网罗"。《仁学》写于1896年，处于清朝末年，即将要国破了，民族要灭亡了，那是一个充满危机的时刻。这批知识分子所要冲决的"伦常"乃是以儒家两千年的思想为核心，包括君君、臣臣、父父、子子，儒家思想认为天地之间一切秩序都是由此而建构的，结果谭嗣同却主张，现在志士仁人的努力是要"冲决伦常之网罗"，显然那已经被视为一种应该被打破的牢笼了。这么一来，和伦常有关的一切即完全被否决，而且完全被唾弃，传统中国的价值观与文化秩序面临彻底的瓦解。一路延续下来，民国初年五四运动的代表人物之一胡适，他也宣称要"重新估定一切价值"，意欲重新丈量中国传统，而虽然表面上说的是"重新估定"，其实就是要全部加以反对。

历史学家林毓生认为，五四运动的特征及其不平衡的地方可以围绕两点来谈：第一点便是激烈地反传统，也即对中国传统社会与文化全面而整体地反抗；第二点乃是在五四运动的影响之下，产生了对西方文化特殊的欢迎态度，最主要的是民主自由的思想以及达尔文主义关于生物学的"演化论"。在这样的情况下，一方面反对既有的东西，而且是全盘否定，另一方面所吸收的西方思想主要又是所谓的个人主义。但个人主义并不是在中国土壤上孕育生发的，而是由西方背景所产生出来的价值观，有其整体的配套环节，却又被悬空地单独移植到中国，于是在缺乏制衡与调节的情况下便出现了很大的问题。

值得注意的是，其实近数十年来，欧洲的思想家们自己也开始检讨反思：西方所产生出来的个人主义是不是也有其本身的问题，尤其是当它作为别的文化的标准时，这些问题就更大了。法国哲学家路易·杜蒙便认为，西方文明有他们的历史脉络，所以产生了个人主义；但事实上，施行个人主义的西方人自身也面临个人主义所带来的问题，更何况把个人主义运用到其他的社会，那一定会出现更严重的问题。路易·杜蒙进一步说，西方近代所孕育出来的、所崛起的个人主义，其思想预设了自由和平等的概念，那实在不可以用来取代其他社会本身的思想范畴，因为西方这样的近代文明和其他的文明或文化是根本不同的，其中充斥了唯名论（nominalisme）的思想，可是这一种唯名论"只承认个体之存在，而不承认关系之存在，只承认个别要素，而不承认要素组群。事实上唯名论可说是个人主义的另一个名字，或说是个人主义的一个面"。

简单地说，所谓的个人主义基本上只承认个体，而不承认关系的存在，但是，"关系"不正是构成伦常的核心吗？于是个人主义思潮一旦进入中国，刚好就和当时所谓的"冲决伦常之网罗"彼此合拍。换句话说，一方面我们排斥既有的传统文化，另一方面西方又提供了一种非常不同的思考，于是一百多年以降，我们的思想价值观便发生了激烈的变化乃至断裂，几乎无法再衔接起来。如此一来，不只我们的生活方式出现了巨大的差异，就连我们头脑里所认识到的、所想去追求的都完全不同。

这也恰恰可以解释读者为什么比较倾向于林黛玉，而比较不喜欢薛宝钗的理由，因为薛宝钗是活在关系之中，活在伦常之中，而林黛玉则个人化一点，不太理会既有的群体调节模式。据此而言，于"抑钗扬黛"的现象上，也许存在着一种现代人活在个人主义之下所引发的心理效应。

以上四项，我认为是导致《红楼梦》人物论的评价倾向背后的重要原因。一旦我们有了自觉之后，便应该要尽量避免那些本能的或者时代环境的影响，而重新客观阅读《红楼梦》，如此我们将会看到非常不同的内涵，并带来更大的扩充与崭新的启发。

总而言之，切莫把我们现代的价值观当作衡量过去一切的唯一标准，以至于只要传统的文本符合我们价值观的就奉之为经典，就是具有前瞻性，就是进步的，这其实反映出现代人面对历史的无知与傲慢。其实，每一个时代都有它所必须面对的问题和想要彰显的价值，没有必要也不可能去迎合未来的人类，因此，当面对过去的文本世界时，我们实在不应该用今天的个人主义和民主思想作为意义判断的唯一标准。

滑疑之耀

《红楼梦》不同于其他知名的中国古典小说，这部作品里没有绝对的是非不相容、善恶不两立的人物塑造，未曾单纯地依据主观好恶而神圣化或是丑化书中的人物，而且充分体现出文化的高雅与人性的高度。但很不幸的是，出于中国文化的特质和人性的安全需要，读者往往很不自觉地以一种简化的二分法来读小说，如此的做法对《红楼梦》而言是很大的伤害，其实也反过来阻碍了读者自己的成长。《庄子·齐物论》有一段话说：

> 凡物无成与毁，复通为一。唯达者知通为一……是以圣人和之以是非而休乎天钧，是之谓两行。……是故滑疑之耀，圣人之所图也。为是不用而寓诸庸，此之谓以明。

庄子主张物我平等，认为人类并不是世界上唯一的存在，自我也不是宇宙的中心，有道是"蜗牛角上争何事，石火光中寄此身"（白居易《对酒五首》之二），个人是无比渺小而短暂的存在，又何必如此执着于一己的小小好恶？只可惜，偏偏这小小的"个人好恶"却是最难以超越的。西方小说家米兰·昆德拉，他以小说写作实践者的身份在反省小说艺术时，也觉得现代读者常常落入一种简化的潮流之中，因此感叹道：

> 可惜啊，小说也不能幸免，它也被简化所统领的白蚁大军好好啃了一顿，这群白蚁不仅简化了世界的意义，也简化了作品的意义。……小说的精神是复杂的精神。每一部小说都对读者说："事情比你想象的复杂。"这是小说的永恒真理，但是在简单快速回应的喧哗之中，这样的真理越来越少让人听见了，喧哗之声先问题而行，并且拒斥了问题。对我们时代的精神来说，要么是安娜有理，要么是卡列宁，而塞万提斯却向我们诉说着知之不易，告诉我们真理是无从掌握的，可他老迈的智慧却看似笨重累赘又无用。

诚然，对我们现在这个快速的、简单的、寻求快餐的世界而言，塞万提斯的智慧恐怕已经变得"笨重累赘又无用"，然而我总是相信，古老的智慧更经得起时间的考验，我们应该要好好地回到庄子、回到塞万提斯的智慧，借此领略面对小说以及面对整个人生应该要有的态度。这个世界以复杂、吊诡的方式向我们展开，我们没有理由撇过头只用一只眼睛来看它，所以要转换回我们的双眼，甚至转动我们看望世界的眼光，才能够拥有多重观照所带来的"滑疑之耀"。

复调型小说

此外，来自于音乐学的复调观念，也有助于我们理解小说中兼收并蓄的各种不同价值观，而开阔地面对作品里形形色色的人物。"复调"不同于我们平常所熟悉的音乐呈现方式，即整段乐章或是整首歌曲内只有一条主旋律，其他的声部只是和声，因此本身往往不成旋律。例如在合唱表演中，主旋律通常在第一声部，总是受其他声部的烘托，而我们也常常只记得主旋律，对于其他声部的存在往往听而不闻。倘若用这种单一主旋律的乐曲谱写或呈现方式来理解小说，面对第二、第三流的作品时尚有可行之处，因为那些创作者之所以书写小说，也只不过是为了传达自己所要批判或宣扬的理念与情感，所以他们的小说便有所谓的单一主旋律，由主角来代表，而其他作为对立或是旁衬的人物，基本上即是次要的、可有可无的。

就此，俄国伟大的文学理论家米哈伊尔·M.巴赫金（Mikhail M. Bakhtin）认为，在一般独白型的浪漫主义小说作品中，"人的意识和思想只不过是作者的激情和作者的结论；主人公则不过是作者激情的实现者，或是作者结论的对象。正是浪漫主义作家，才在他所描绘的现实中，直接表现出自己的艺术同情和褒贬"。在此等的作品中，小说家意图通过他的笔墨来宣扬理念或发泄好恶，而直接主宰了小说中单一价值观的设定，所有的角色都只是为了表达或凸显该单一的价值观。作者成为小说背后的操控者，小说人物只不过是他的代言人、传声筒，或者变成他结论的对象，这类作家在他所描绘的现实中直接表现出自己的艺术同情和褒贬，使"我"变成主宰整部小说的唯一标准。

巴赫金认为，在欧洲小说的发展历史上，有一位非常了不起的作家突破了这样的窠臼，那就是陀思妥耶夫斯基："陀思妥耶夫斯基的独特之处，不在于他用独白方式宣告个性的价值（在他之前就有人这样做了），而在于他把个性看作是别人的个性、他人的个性，并能客观地艺术地发现它、表现它，不把它变成抒情性的，不把自己的作者声音同它融合到一起。"陀思妥耶夫斯基不用独白的方式来宣告个性的价值，换句话说，他不把"我"丢进作品里，以之作为唯一的价值标准。陀思妥耶夫斯基的独特之处便在于，他把个性看作是他人的个性，并且能够客观地发现它、艺术地表现它。

确实，我们都不过是大千世界的一小部分，我们自己固然很重要，可是别人也和我们一样重要。在如此的认识之下，客观地发现不同的价值，再艺术地表现不同的个性，这就是小说在巴赫金的眼中应该要达到的目标，同时也意味着不要把主角的或者作者的声音和小说中人物的声音融合为一，亦即作家本身不能介入叙事中，不能变成整部小说的主宰，而是要让多元的角色和声音一起出现，如此便属于"复调型小说"。

简言之，所有主张复调曲式的伟大音乐家都有一个基本原则，那便是声部之间的平等，没有任何一个声部应该突出于其他声部之上，没有任何一个声部应该只是单纯的伴奏，或者只是作为配角去烘托主角的地位。"复调型音乐"里的每一个声部都是主旋律，不是为了衬显某一主旋律而存在的，因此每一个声部都非常优美动听，也都有它自己的独立性，完全可以单独被欣赏，并且各个声部又那么平等地共同构成了一阕和谐的乐曲。巴赫金用复调这一音乐概念，来说明陀思妥耶夫斯基所达到的突破：

> 他的作品里，不是众多性格和命运构成一个统一的客观世界，在作者统一的意识支配之下层层展开；这里恰是一个众多的地位平等的意识连同他们各自的世界，结合在某个统一的事件之

中，而互相不发生融合。

换句话说，作者不是如同木偶或傀儡的操纵者。"复调"的观念告诉我们，人物和人物之间的关系并不是你正我邪，哪一个角色代表作家所肯定的价值，就以该角色作为唯一的判准，完全不是如此。每一个人物，即便其阶级身份比较低下渺小，但是从生命和个性的价值来说，他背后都展现着一个完整世界的存在意义。

巴赫金的复调说是小说理论里发展出来的一个新观念，米兰·昆德拉于《小说的艺术》中也提到，他从音乐那儿借了"复调"一词来指称这种写作的结构，而此一观念事实上是来自巴赫金的，显然米兰·昆德拉身为一名创作者，同样认同、吸收这个概念并努力实践。他说，你将会看到小说与音乐的对比并不是没有意义的，从复调音乐更可以清楚地了解小说学所可以开展的丰富性。

一旦我们从复调的概念出发，便不会总是以为林黛玉、贾宝玉最重要，他们固然重要，然而刘姥姥也一样重要，她出现的次数非常少，作者给予比较多的篇幅来呈现的情节甚至只有两次，但是只要我们善于阅读，就会发现她的活色生香、灵动传神，以及她背后所隐含的丰富世界、老练的智慧。伟大的小说家可以使一个小小的、身份卑微的乡下老太太同样绽放光亮，所以读者更不应该用一种简单的、快速的方式去看待《红楼梦》这部小说，以及其中的所有人物。

在人物总论之前，我先做如此这般的一个开场白，是希望读者知道，当作者在调配他笔下形形色色各种人物的出场时，必须要有一整个艺术结构的通盘考虑，所以在篇幅的安排上一定会有主从的差异与呈现形式的划分，但那绝不等同于这些人物的价值高下。

　　回到小说来看，如何才能让每一个人物都如同复调音乐中的声部一样彼此平等，并且各自都具有生动传神而耐人寻味的生命事件？关于这个问题，可以参考清初评点家张竹坡的洞见，他在《金瓶梅读法》的第四十三则中写道：

> 　　做文章，不过是情理二字。今做此一百回长文，亦只是情理二字。于一个人心中，讨出一个人的情理，则一个人的传得矣。虽前后夹杂众人的话，而此人一开口，是此一人的情理。非其开口便得情理，由于讨出这一人的情理，方开口耳。

　　这一段话的意思是说，"情"与"理"当然并非只有唯一的固定内涵，它们会因人而异，不同世界的情与理都具有它自己的脉络，我们要进入那个特定的脉络中才能够好好掌握人物的意义。小说家当然也是如此，他必须很了解刘姥姥的成长背景、人格特质，才能塑造她的种种言行举止，并合情合理地设计她进贾府的情节，这并不是简单的工作。所谓"于一个人心中，讨出一个人的情理"，请注意他强调的是这位人物的情理，而不是作者的情理，更不是主角的情理，此一说法事实上已经隐隐然触及一个道理，那便是小说家不应该用他自己独白的声音去介入、操纵，将其个人当作是小说世界的唯一天平，因为一旦这么做的话，人物即会变成传声筒，没有其自身的情理，当然就不会生动，也不会充满魅力。

　　大家很熟悉的一位怪杰金圣叹，同样在《读第五才子书法》中说过：《水浒传》"写一百八个人性格，真是一百八样。若别一部书，任他写一千个人，也只是一样，便只写得两个人，也只是一样"。所谓别的小说写一千个人物都只是一个样子，那就是所谓的独白型小说，然而复调型小说并非如此，它会让每一个人都获得真正属于他的声音、属于他的生命姿态，展现出唯独他才能够探索到的生命内涵。别的小说会让人觉得不耐读，原因正在这里，因为它们无法让读者不断地寻幽探胜，不断地去挖掘以前看不到的东西原来是这么迷人！

我们从张竹坡和金圣叹所说的道理，应该要省思到：连《金瓶梅》《水浒传》都已经可以用复调的方式去理解，那么《红楼梦》就更应该如此！比起《金瓶梅》和《水浒传》，《红楼梦》更让我们领略到各个声部之间互相平等，而又多彩多姿、形形色色的人性风光。

"一字定评"与代表花

下面，将围绕"一字定评"与代表花来展开人物总论，希望以最言简意赅的方式，让大家对红楼人物有一个比较清楚而简要的完整掌握。而选择以代表花来探讨人物的原因，在于花与女性相互映衬而彼此定义，那是中国古典文学常见的表现手法。通过用花品来比配美人，让每一种花卉独特的生物特性、外形姿态与小说中特定的人物互相定义而紧密结合，这种描写手法既超越了泛泛地说美人如花的通套，同时也是作者杰出才能的呈现。

读者千万不要忘记一件事情：《红楼梦》是中国传统小说里唯一一部描写贵族阶级的小说，我们常常忽略这一点，以至于总是把它当作一般的罗曼史来看待，可那是大错特错的。古往今来极少有贵族出身的人去写小说，因为在文化精英看来，写小说是堕落的、反文化的行为，一直到清代，和曹雪芹同时代的几位作家都依然被如此看待，其中一个便是《儒林外史》的作者吴敬梓，他的好友曾为他感慨说："吾为斯人悲，竟以稗说传。"意思是，我真为吴敬梓感到悲哀啊，这个人拥有那么大的才能，却只能靠"写小说"此种微不足道的小事留名。另外一位旗人出身的小说家文康，身为《儿女英雄传》的作者也深自忏悔："人不幸而无学铸经，无福修史，退而从事于稗史，亦云陋矣！"他自叹无能去参与比较伟大的工作，比如铸经修史，而只能去写小说这种稗官野史，痛感自己一生卑陋无成。由此可见，古人其实把小说看得非常低下，他们的世界和我们真是非常不同，在价值观上更是南辕北辙，因此，倘若用今天的思想观念去衡量传统社会，常常便会产生误解，给予过度的评价乃至颠倒的论断，所以希望读者一定要不断回归到这一点来校正思考的坐标。

曹雪芹作为一位普世认可的经典大师，他对笔下的人物基本上是平等看待的，但是如果回到他的出身背景来看，小说中还是深深打上了他所在的阶级烙印，对他而言，将人以阶级来进行划分根本上就是天经地义的，虽然他们都各有特色甚至一样耐人寻味。所以读者可以看到，太虚幻境的金钗正册全部都是贵族小姐，副册的女性如香菱，虽然出身名门，但是五岁时便被拐走，沦落于婢女贱籍，她因为身份的滑动模棱，以至于不容易清楚定位，所以才被放在副册之中。而在又副册内的女子包括晴雯和袭人，其身份都是婢女贱籍，她们甚至没有法律地位，是完全属于主人的财产，这当然也决定了她们在小说中的各种举止。不同阶级的人生活在同一个空间里，彼此的互动要根据哪一种礼法，如何以其个性来执行她们的任务，又是否有所逾越等，这些问题都应该回到它的文化脉络下去看待，当我们要判断她们是什么样的人之时，必须要把此一归属原则考虑进去。

元春之"贵"

由于贾府是小说聚焦的舞台，所以我把贾府的四位嫡系女儿：元春、迎春、探春、惜春放在最前面，并且按照她们的排行来说明。此处所言的排行是指"大排行"，也就是说，这四名同辈的女孩子虽然由四个不同的母亲所生，甚至出于不同的房系，可是一体将她们依循古代的辈分观念，再按照年龄的大小顺序来加以排列。根据此一规则来看，位居第一的贾元春为贾政的正配嫡妻王夫人所生，身份当然非常正统，只不过元春在小说一开始的时候便已经缺席，因为她在年纪轻轻的 13 岁时即入宫去了，那反映的是旗人文化。

清朝的宫廷制度对于旗人女性有着严格的管理，简单来说，八旗家的女儿在 13 岁到 16 岁之间全部要造册，每三年一次送到宫中备选，条件好的会被选入宫中指婚，成为皇族王公的妃嫔；而在内三旗的选秀女系统里，从 13 岁起每一年都要列名参选，选进宫中的要当服务人员，依照条件又分几个等级，才学高的便像元春一样做女史，担任公主、郡主的陪侍伴读。事实上，宝钗之所以会来到贾府，便是因为她奉命上京选秀女，因此在贾家暂住，由第四回所谓"除聘选妃嫔外，凡仕宦名家之女，皆亲名达部，以备选为公主、郡主入学陪侍，充为才人、赞善之职"这一段的说明，可知宝钗走的是内三旗系统，与妃嫔的指婚无关，结果一住就住很久，选秀女也没了下文，可见该段情节应该是曹雪芹为了要把相关的男男女女集合到这里，而运用了当时现实社会制度的一种合理性，让宝钗名正言顺地来到贾府，同时小说家根据自己的创作需要，又对现实原则做了一些调整。总而言之，从元春、宝钗两位女性身上，我们可以很清楚地看到小说如实地反映清朝所特有的旗人文化制度，而且是属于内三旗的系统。

虽然元春从小说伊始便处于缺席状态，但是她的存在其实决定了贾府以及依附于贾府的众多成员乃至宝玉在内的每一个人的命运。对于贾元春此一人物，该用哪一个字来指引她整体最重要的特色？也只有在深入了解这位女性之后，才足以找到合适的某一个用字。用一个字来定评一位人物，当然也难免简化，如何让那些不得不简化的概括形式不至于削足适履，而能够有其贴切中肯之处甚至发挥画龙点睛之效，诚然是重大的考验。

我有过种种的考虑，但思前想后，还是认为"贵"这个字最为恰当，因为元春身为贵妃，在清朝的后宫体系里仅次于皇后、皇贵妃，那是非常尊贵的一种身份，《红楼梦》中便用凤凰来比喻她。而元春所代表的皇权是凌驾于人世间的各种权力之上的绝对权威，此一"贵"字适足以彰显她的地位，并且因为这种"贵"的等级更凌驾于父权之上，所以大观园里少男少女的命运就不完全仅是由父权所决定，在某种意义上，元春才是他们命运的真正决定者。此外，元春是以贤孝才德选入宫中做女史，后来又被破格拔升封为贤德妃，可见她的内在素质确实足以体现贵族的精神性，因此"贵"字也可以同时表达她的高贵品格。

至于元春的代表花，参考学术界的相关讨论，虽然有人提到元春和石榴有关，但讨论的重心在于石榴的果实，也引用了北朝的史传记载里提到过的石榴故事，不外乎就是取其多子的象征意义。当然身为皇宫中的妃嫔，尤其在传统的父权文化下，母以子贵，多子基本上能够给予母亲一个地位上的保障，所以石榴本身确实属于吉祥的物品，作为馈赠或祝祷也是常见的。

但必须注意的是，已经有学者仔细分辨《北齐书·魏收传》那一段史料的内容，发现和元妃的状况并不相同，其实不能相提并论；最重要的是，我认为，石榴的果实和花朵是两种不同的对象与概念，虽然二者都来自同一个植物。元春的代表花确确实实是石榴花，依据便在第五回宝玉神游太虚幻境时所看到的预告各个女性命运的图谶中，元春的判词是"二十年来辨是非，榴花开处照宫闱"。

特别值得注意的是第三十一回中所出现的石榴花意象，那更与为元妃所创建的大观园息息相关。当时，湘云和她的贴身丫鬟翠缕在大家散会以后，也要回到她们的暂时住处，主仆两人一路在大观园里走着，同时欣赏园中的景致，翠缕便问道：

> "这荷花怎么还不开？"史湘云道："时候没到。"翠缕道："这也和咱们家池子里的一样，也是楼子花？"湘云道："他们这个还不如咱们的。"翠缕道："他们那边有棵石榴，接连四五枝，真是楼子上起楼子，这也难为他长。"

所谓的"楼子花"是一个专有名词，并非泛泛地形容好几朵单独的花高高低低分布在枝杈上的整副样子，而是指某一朵花从花心里长出来的雄蕊、雌蕊变成一枝花梗，顶端又开出一朵完整的花，看起来就如同盖楼房一样，一层上面还有一层，那是一种很特别的生物形态，来自于基因突变，在大自然中也并不常见。在这里，曹雪芹将生活中的细致观察与他的叙事需要结合起来，以所谓的"楼子上起楼子"来象征富贵的显赫等级。

根据这一段主仆的对话，可知史家也有楼子花，但他们家开出楼子花的是荷花，不同于贾家的石榴花，并且贾家的石榴花不只是普通地起一层楼而已，它是接连四五枝的"楼子上起楼子"，简直堪称奇观，根本是世界上不可能出现的景象。就此，曹雪芹很明显地利用了合乎自然原理的生物状态，又再进一步加以虚构夸张，目的便是要呈现贾家"楼子上起楼子"的非凡气势，更盛于史家。一般地说，贾、史、王、薛四大家族互相联络有亲、共存共荣，但是贾家还要更胜一筹，其原因即在于府内出了一个皇妃。石榴花在大观园中开出了接连四五枝"楼子上起楼子"的特殊样态，隐隐然其实也就是暗喻贾家出了一个皇妃，并催生了大观园，因此才能够取得高于史家的声势，正是气脉充足的巧妙体现。

但偏偏事情又没有那么简单。曹雪芹深深了解到世间辩证的奥妙法则，即这个世界绝对没有唯一的真理，有成便有毁，老子早已提醒我们："祸兮福之所倚，福兮祸之所伏。"贾家开出了"楼子上起楼子"的石榴花，诚所谓"烈火烹油，鲜花着锦"（第十三回），然而其背后所暗藏的阴影事实上却是非常让人惊恐，这是常人在羡慕甚或嫉妒的时候恐怕都不知道的。通过对书中诸多人物的研究，我越来越体会到每个人都有他的地狱，每个人都有他必须面对的弱点，也都有不为人所知的痛苦与煎熬，所以不要太轻易地去批评别人，也不要太随便地去嫉妒或讨厌别人，那都是我们在缺乏"滑疑之耀"的情况下很容易做出的一种情绪化反应。

迎春之"懦"

接下来要讨论的红楼女性，是年龄居次的二小姐贾迎春，她是荣国府长房贾赦之女，由妾所生。参考第七十三回的回目"懦小姐不问累金凤"，我便用"懦"字作为迎春的一字定评，也确实，全书中关于迎春的性格描述都在支持着这个"懦"字，"懦"绝对是迎春最重要的一个性格特质，同时更可以说是她的人生悲剧的根源所在。

迎春之"懦"表现在哪里呢？最鲜明的解说见诸第六十五回中，兴儿向尤二姐介绍贾家的重要成员时，提到了大家给迎春这位二姑娘起的诨名乃是"二木头"，因为她"戳一针也不知嗳哟一声"。"木头"真的是非常贴切的一个比喻，因为所谓的"木头"即是死亡的植物的遗体，完全没有生机，缺乏作为一个活的生命体该有、必有的动态反应。具有这种人格特质的迎春，当然会遭受外在各式各样的力量的欺凌和压迫，然而，当一个人不懂得或不愿意反抗时，其实也等于是在自我缩减，别人自然而然就更会得寸进尺，一旦缩减到最后，便会把自我给吞没掉，那也正是迎春的悲剧所在。西方很早便提出了"性格决定命运"的说法，我真的觉得确实是迎春的性格决定了她的命运，小说家在她身上显示出对古老箴言很惨烈的一个印证。

除兴儿之所言，第五十七回通过宝钗的心理活动，也让读者得知"迎春是个有气的死人，连他自己尚未照管齐全"，当然更照顾不来寄住在她房里的邢岫烟，于是岫烟也说："二姐姐也是个老实人，也不大留心，我使他的东西，他虽不说什么，他那些妈妈丫头，那一个是省事的，那一个是嘴里不尖的？"此外，第七十三回中邢夫人也骂迎春"心活面软"，意思是她的心思容易受影响，拿不定主意，又不敢拒绝别人，以至于做事不知道坚持原则，也没有能力捍卫基本的界线，到最后一直不断地牺牲自己，配合别人。而第七十七回迎春之大丫头司棋的内心独白，同样是说迎春"语言迟慢，耳软心活，是不能作主的"，在在显示她没有魄力，没有坚定的意志力，不敢表达自己的想法，因此发生事故时便无法做主，难怪连自己的命运都不能够自己选择、自己争取。

以上种种关于迎春人格特质的评论都辐辏到同一个核心，即迎春事实上是没有办法去帮助别人的一个人，因为她连自身都难保。如此软弱无能的人物，以"懦"字作为她的一字定评是毫无问题的，而她之所以没有代表花，主要的原因就是一块木头怎么能开出花呢？

探春之"敏"

再下来是三姑娘探春。第五十五回凤姐目睹探春上任理家之后一鸣惊人的表现，她深深感觉到家里多了一个人才、一副臂膀可以互相帮衬，毕竟她一个人终究孤掌难鸣，独木难支大梁。就在这个过程中，王熙凤非常客观地把贾家的各方人等做了一番评论，对平儿说道：

> 虽有个宝玉，他又不是这里头的货，纵收伏了他也不中用。大奶奶是个佛爷，也不中用。二姑娘更不中用，亦且不是这屋里的人。四姑娘小呢。兰小子更小。环儿更是个燎毛的小冻猫子，

只等有热灶火坑让他钻去罢。真真一个娘肚子里跑出这样天悬地隔的两个人来，我想到这里就不服。再者林丫头和宝姑娘他两个倒好，偏又都是亲戚，又不好管咱家务事。况且一个是美人灯儿，风吹吹就坏了；一个是拿定了主意，"不干己事不张口，一问摇头三不知"，也难十分去问他。倒只剩了三姑娘一个，心里嘴里都也来的，又是咱家的正人，太太又疼他，虽然面上淡淡的，皆因是赵姨娘那老东西闹的，心里却是和宝玉一样疼呢。

确实，探春拥有内在高度的品格与才能，心思细腻精密，口才又好，懂得说话的分寸，是十分难得的人才。然而，请注意"又是咱家的正人"一句，很多读者论及探春的性格尖锐如同玫瑰花时，都认定她之所以带刺是因为有自卑感，只要一碰触到她庶出的身份，她就十分敏感，所以才会激烈反击。必须说这类的推论是不正确的，其实探春一点都不自卑，也根本不需要自卑，她才不会为出身而敏感，因为如此光明正大的人根本不会在乎所谓的出身，所谓"英雄不怕出身低"，真正的英雄看到的是高远的层次，更何况她姓贾，是名正言顺的贾家子孙、贵族血脉，即王熙凤所谓"咱家的正人"，因此平儿也说："他便不是太太养的，难道谁敢小看他，不与别的一样看了？"显然和庶出是否就更没有关系了，足证上述常见的自卑说根本扞格不通，和探春的性格及其真正的身份归属是完全不合契的想当然耳。总而言之，王熙凤掐指算到后来，唯独探春一个才是足以和她搭档的理想人选。

透过脂砚斋的批语，以及第五十六回的回目"敏探春兴利除宿弊"的提示，我便采用"敏"字作为贾探春的一字定评。脂砚斋特别挑出回目中的"敏"字做了一番很清楚的说明：

> 探春看得透，拿得定，说得出，办得来，是有才干者，故赠
> 以"敏"字。

毋庸置疑，脂砚斋对"敏"字所提供的诠释是最精准的。"敏"表示一个人拥有在群体世界中迅捷斡旋的反应态度、才干气魄、决断力、真知灼见以及长远的策略。探春的才干与黛玉的诗才并不一样，虽然其实黛玉也有与探春类似的一面，但由于她天赋上的深闺弱质无法负担人世的繁杂，于是她选择留在闺阁中吟咏个人的性灵；而探春属于儒家的那一派，因此她一方面可以独善其身，一方面也可以积极介入人群中。

依照脂砚斋所提到探春的四个特点，以下一一进行分析说明。

首先，所谓的"看得透"，即具有高度的判断力，那实在不是一件容易的事。应该说，判断力是来自于高度的认识力，而"认识"这个心理活动背后所牵涉的关键在哪里？如何才能掌握主从之分、轻重缓急的界限？这些都需要有很高的智能、学养和自我训练才能做到。没有认识力就没有好的判断力，可是认识力需要优异的天赋加上后天的努力始足以培养出来，而探春便具备了这两个条件，所以她"看得透"，不会只流于表面而被小人的行为所蒙蔽，也不会只专注于短暂的无常现象而浮动反复，她看到的是现象背后的真相和核心，因此清晰而坚定。有判断力的人通常不会优柔寡断，不会容许自己在灰色地带里犹豫煎熬而举棋不定，也不会因为想要讨好两端而左右失据。探春之所以"拿得定"，关键在于她只要一做出判断之后，便会依据这个非

常精准的原则，接下来清清楚楚地朝着此一定向去进行处理，由此显出一种魄力。

而"说得出"是指有绝佳的表达能力，可以抓住重点、掌握逻辑，把一个道理说得非常清楚，那也真的不是一件容易的事情。想想看，有的时候虽然心里明白，可是却说得不清不楚，类似的情况我们自己都发生过，比如找不到恰当的语词，或者没有清晰的思路便开始描述，结果就陷入夹缠混乱之中，让人听不懂。探春不仅拥有绝佳的判断力，对于事态的轻重主从之分可以非常迅速地把握，同时在口头言说上也有条有理，最重要的是抓住重点，让对方无法在枝枝节节的地方纠缠而模糊焦点，因此清晰有力，直指核心。第五十五回王熙凤已经点出"倒只剩了三姑娘一个，心里嘴里都也来的，又是咱家的正人"，所谓心里"也来的"便相当于"看得透"，而嘴里"都也来的"即口才非常，能够把道理说得最精准、最清楚，很快地把不必要的纠葛剪除殆尽。同时，"说得出"还包括一种不畏压力敢于表达的勇气，唯有如此才足以显出好口才的真正价值。显然这样的"说得出"实在是不容易的，难怪会特别得到王熙凤的赞赏。

探春另外一处口才绝佳的表现，在于第七十四回抄检大观园的过程中。当时王善保家的媳妇藐视这位年轻的主子，很没有眼色地故意去掀探春的裙子，还说了几句非常僭越无礼的话，简直把探春当成了私藏赃物的窃贼，于是探春立刻毫不客气地给了她一巴掌，那当然也是王善保家的媳妇应得的惩罚，因为她自视甚高，以为具有邢夫人陪房的优势便可以不把探春放在眼里。从彼此的针锋相对中，清楚可以看出不仅探春的口才一流，就连她的丫鬟待书也很伶牙俐齿，给予对方狠辣的反击，因此王熙凤赞叹说："好丫头，真是有其主必有其仆。"

探春听了冷笑道："我们作贼的人，嘴里都有三言两语的。这还算笨的，背地里就只不会调唆主子。"其实这话充满了反讽的意味，意思是说，你们既然把我们当贼看、羞辱我们，我便顺着这个羞辱以讽刺的方式承认我们是做贼的，既然是贼当然油嘴滑舌，而手下的这个待书还不够厉害，缺点还有很多，但她有一个优点就是背地里不会挑唆主子，不会做出小人的行为。这其实都是在讽刺王善保家的媳妇暗箭伤人、挑拨离间。

探春在这种情况下还能够用词精准，字字都正中对方的祸心，让对方恶形恶状无所遁形又无法反驳，真的是非常精彩！一般人都误会了，当吵架的时候，说话过度尖锐而流于伤害性的人其实不是真正会争论的人，口才不是用在那种地方的，例如晴雯便属于这一种，试看第五十八回芳官的干娘欺负芳官，因此在怡红院闹出风波，那个婆子一味蛮横地强词夺理，袭人便唤麝月道："我不会和人拌嘴，晴雯性太急，你快过去震吓他两句。"相形之下，探春的口才在这几个特殊的场景里表现得既具有君子之风，可是又不为小人所欺，还能恰当反击，让对方只得弃甲缴械，诚属真正高明的君子！一般说来，敦厚老实的君子容易被小人所蒙蔽、所欺侮，那也是我们在历史中常常看到的悲剧，但探春则是一个非常聪明的君子，所以绝对不会被小人骑到头上，她也很能够坚持分寸，懂得适时给予下马威，让对方知难而退，如此种种实在都是非常不容易的境界。

此外，探春还有高度的处理事务的能力，即"办得来"，这又让她更高一层。试想：有的人看得透、拿得定也说得出，可就是没有办法调动一群人做事，于是只能当辅助性的幕僚。能够指挥一群人共同合作，使每个人各安其位，发挥他们各有的才能，大家相辅相成，把事情迅速有效而且干净利落地完成，那实在是太不容易了，得要有很高的领导能力才足以做到。探春深具干才，这份干才就是指直接处理事务的能力，首先是体现于结诗社一事，第三十七回她写了一副花笺给宝玉，想要号召园中的姊姊妹妹们一起来舒展性灵风雅，不必让男人专擅，女儿也可以不让须眉。此时的探春还处于韬光养晦的沉潜阶段，既然不在其位便不谋其政，故而她不自我张扬，不过分展现自己，只把实务才干用在业余的结诗社上，堪称是一名非常有为有守的优秀女性。

探春展现干才的第二次也是最重大的一件事，就是我们所熟知的整顿大观园。当时接替凤姐来协理大观园的有三位金钗，第一个是李纨，身为贾府的媳妇，那是她应该负担的家务事，由她出面来管理，具有伦理上的优势，也因此名正言顺，可是她的性格太过于温厚宽和，下人都不怕她，因此李纨基本上是挂名的，是一块理家的招牌，确保这几个人的理家名正言顺；而利用李纨长嫂的伦理优势赋予职责，那也是王夫人安排人选的绝佳策略之一。第二个是宝钗，通过外人的参与可以让家人们更加收敛，不敢放肆，而起到约束的效果，但也因为宝钗是异姓亲戚的关系，她不好过多地介入家务事，所以常常只是从旁做一名幕僚，提供一些意见，很多时候她都保持缄默，因为她懂得分寸，这么一来，实际上操持家务和决策执行的人都是探春。读者可以发现，自第五十五回以后，探春的戏份突然大幅增加，那正是因为她已经处在一个合适的位置上，可以浮出台面开始展现才气纵横的辉煌生涯。根据以上的种种情况，可以印证探春确实是说得出、办得来，堪可赠以"敏"字。

由此足见脂砚斋的那四句话虽然非常简单，总共才十二个字，却足以把探春所有的优点都面面俱到地表达出来。

此外还应该特别注意的，是第五回中关于探春的人物判词，作者所提供的描述乃"才自精明志自高"，其中的"才"是一种能力，"志"是志气，属于精神上对理想的追求与对品格的坚持，这一点至关紧要。因为一个人有才能而缺乏理想、品格，便会流为枭雄，例如曹操之类；可是有理想却没有才干的人，则会眼高手低，变成一个没有用的君子。有才而无志的代表，在《红楼梦》里不就是王熙凤吗？而有志却无才的人物，可以举甄士隐为例，第一回说他的全名叫作"甄费"，脂砚斋的评点指出那是要用以谐音"真废"，暗示这位"神仙一流人品"其实真是没用！可见有才又有志，才是对现实世界具有提升力量的一种人格特质，而探春便完全符合此等条件。

其实，探春在干才之外还身怀文才以及书法才艺，其文才虽然与宝钗、黛玉不能相比，但也绝非平庸。例如第三十八回中大家分题作菊花诗，黛玉的作品因为题目新、立意也新，非常纤巧，于是得了第一名，而第二名的名单里即包括了探春，可见探春的诗才事实上并不太算逊色，她具有良好的文学素养。再看第三十七回她写给宝玉的那一副花笺，便是用十分整齐优美的骈文写成，更何况诗社是在探春的号召下成立的，让其他少女们都能够借此充分地吟咏风月、抒情言志，不也表现出文人雅士的风范吗？再加上她堪称众姊妹中最优秀的书法家，当元妃省亲之后将姊妹们的诗篇编次完成，接着便是交给探春誊写的，难怪秋爽斋里摆放了满桌的笔砚，这一项才华显得高人一等，无出其右。

再看第二十七回，探春请托宝玉到外面走动的时候，顺道替她找一些小玩意儿回来作为闺中消遣，她给宝玉的选择标准为"朴而不俗、直而不拙”，即东西要朴素，但是不可以流于庸俗；不要有任何虚夸的雕饰，不过也不能一点精心的设计都没有，而落入拙劣。可见探春既不喜欢“俗”与“拙”，也不欣赏过分装饰、过分花巧，此人其实是非常中庸均衡的，不偏向任何一种过分的极端，单单审美品位就极有意思。

总归而言，探春不仅身怀四才，更重要的是人格与品位都很高尚，再加上对贾家的认同感很强，所以王熙凤在细数一千人之后作出结论，宣称唯有探春可作为臂膀，帮助她一起理家。凤姐更说：“他又比我知书识字，更厉害一层了。”王熙凤是没有读过书的，所以未曾受到较高深的思想训练，培养更具穿透性的眼光，以至于无论她多么能干，也还是停留在“市俗”的层次，终究略逊探春一筹，由此益发凸显出探春的卓越。

至于探春的代表花，小说中有过很明确的提示，其一便是红杏花，主要是用来暗示探春的命运。第六十三回众人于宝玉的生日宴上掣花签助兴时，探春抽到的那一支上面画有杏花，并且附带一句诗云：“日边红杏倚云栽。”这朵红杏以云层作为土壤，高高在上接近太阳，那当然带有很浓厚的皇家寓意，而花签上注云：“得此签者，必得贵婿。”也暗指探春的夫家地位非常尊贵，她将来应该会成为海疆藩王的王妃。

探春的代表花之二是玫瑰花。第六十五回中，兴儿在向尤二姐介绍家中的太太小姐时，说道：“三姑娘的浑名是‘玫瑰花’。……玫瑰花又红又香，无人不爱的，只是刺戳手。也是一位神道，可惜不是太太养的，‘老鸹窝里出凤凰’。”玫瑰花确实很美丽、很芳香，可惜浑身带刺，但是如果给予尊重，让它安静地绽放生命的风采，不去加以侵犯，它是绝对不会反击的；它之所以会戳手，是对那些无理逾越、失了分寸的入侵者的迎头痛击。探春这个人和迎春完全不一样，迎春是"戳一针也不知嗳哟一声"，而玫瑰花则是：我尊重你，你也要尊重我，如果你逾越应有的分际，我也会毫不留情地一掌打回去加以反击。探春绝对不会主动伤人，但却勇于维护自己的尊严，人格不容侵犯，这是她很重要的人格特质，作者以玫瑰作为探春的代表花之一，主要便是要展现她的性格风范。

探春是我最欣赏的一个人物，她有为有守，能够拿捏世道情理的分寸，可以说，探春在其环境中的表现给了我们一个很好的参考与示范。

惜春之"僻"

接下来是对四妹妹惜春的探讨。首先，对"惜春"这个名字其实可以有完全不同的理解，一般红学界的普遍看法，是认为春天代表希望，象征美好与完满，成为各式各样的人们心中所向往的一个象征符码，而前面加个"惜"字，则是在惋惜春天的离去，是对时光流逝、美丽事物消殒的感伤不舍。这种理解方式当然没有错，而从四春整体组成谐音"原应叹息"的象征来看，其中便包含着生灭的循环，对于一个追忆乐园的作者而言，少女的沦丧、青春的消逝、繁华的溃散，就如同春天离去、百花凋零一般，都是他心中难以磨灭的伤痛。

但是，一旦将惜春的"惜"字扣紧这位金钗本身的独特性来思考，我发现这个"惜"字并不是指惋惜，而是完全相反的意思，即吝惜。其实惜春一点都不惋惜春天，因为她根本就不要春天，她甚至厌恶春天！这名人物在《红楼梦》中的第一次出场，是在第三回，作者通过黛玉的眼睛来呈现惜春的样貌，她是"身量未足，形容尚小"。与此同时，迎春的形象是"肌肤微丰，合中身材，腮凝新荔，鼻腻鹅脂，温柔沉默，观之可亲"，显得平庸而缺乏个性。再看探春的容态，则是"削肩细腰，长挑身材，鸭蛋脸面，俊眼修眉，顾盼神飞，文彩精华，见之忘俗"，这般的人物形象会让我们眼前为之一亮，显示探春拥有非常鲜明的特性，在人群之中一眼即可以辨别出来。相较之下，惜春"身量未足，形容尚小"的体貌，基本上就是发育不完全，还是一个幼小的孩童，岁月在她身上尚未创造出使之区隔于他人的独特性，因此对她的描写完全没有涉及专属的个性特质，连属于可以辨认的面目长相，作者都没有一笔描写。

　　最值得注意的是，从第三回黛玉眼中的"身量未足，形容尚小"，至第五十五回王熙凤细数理家人才之际，给予惜春的评价也是"四姑娘小呢"，再到第七十四回抄检大观园，整个故事已经进入了尾声，但此时作者对于惜春的描写依然是"年少，尚未识事"的"小孩子"。由此可见，自第三回一路到第七十四回，经过了七十几回的漫长篇幅，时间在惜春身上却几乎是停顿的，她整个的人物形象等于没有成长，一直都处于很幼小的状态。这到底是怎么回事？究竟是《红楼梦》的叙事时间本来便十分缓慢，以至于大家的成长迹象都不明显，或是另外有一种情况，即惜春根本是非常幼小，幼小到就算给她五年的时间，也还是只能成长为一个小朋友？而我觉得第二种的可能性更高，因为黛玉的案例已经呈现出从五六岁到十五六岁长达十载的叙事过程，以及由时间所带来的飞跃性的成长，惜春不可能置身于时间之外。不过奥妙的是，纵使惜春这般幼小，面对周遭环境却也发展出了一套处世哲学，一种适合她自身性格的应对之道。惜春与她周遭的环境交涉互动时所呈现出来的独特人格特质，可以说是众多金钗乃至所有红楼人物中绝无仅有的一种。

我给惜春的一字定评是"僻"字，即冷僻、孤僻，很不合群的意思。而严格言之，其孤僻的程度岂止是不合群，对于惜春来说，她弃世、出世、厌世，选择的是离开这个世界。面对这个她所厌恶的世界，她显然十分地愤世嫉俗，可是她年纪太小，以至于没有办法处理问题，世界对她来说就是一个过分庞大的罪恶，她那么细小的拳头如何有力量去抵抗它？连自我保全都唯恐力有未逮，于是这小小的女孩便从佛家思想中找到一种处理此等困境的方式，亦即出世。对佛家来说，人间尘世形同"火宅"，遍布着罪恶的污秽，是种种苦恼、焦虑、痛苦的祸首，惜春作为佛教徒，她充满厌世的心态，所采取的方式便是放弃这个世界，选择出世。从"僻"字也可以看出她尽量和世界切割、与世隔绝，主动选择做一个局外人，不参与这个世界的任何成分，包括春天的盛美都宁可抛弃，正如第五回太虚幻境中，有关她的《红楼梦曲·虚花悟》所说的"把这韶华打灭，觅那清淡天和"，由此也证明了惜春的名字其实是"吝惜春天"的意思，所以此一"僻"字基本符合惜春的性格。

小说中有一段描述，恰好淋漓尽致地触及了"僻"字。第七十四回写到"谁知惜春虽然年幼，却天生成一种百折不回的廉介孤独僻性"，作者在此清楚指出，一个人的人格构成必然包含了先天因素，虽然先天成分并不是造就人格特质的全部充分条件，另外还有后天的环境因素也必须加进来共同发挥作用。无论如何，作者已经告诉我们，这名小女孩与众不同的孤独僻性是与生俱来的一种特质，其实不止惜春，作者认为每个人都一定有各式各样不同的天赋，例如宝玉是正邪两赋，而惜春的天性则是一种"百折不回的廉介孤独僻性"，其中的"廉"代表一种非常干净的人格特质，可是加上个"介"字，则已经变成是过分的洁癖。惜春对洁癖的坚持堪称百折不回，绝不打折扣，绝不和稀泥，绝对没有灰色地带，她的世界不讲人情世故，干净得没有商量的余地，那也是来自她的天生禀性。

说实在的，这种个性很不容易与人相处，如果一个人追求洁癖到如此的程度，最后一定会沦为孤独者，也确实惜春后来遁入空门，整日面对着青灯、佛卷，所过的正是一种非常空寂孤独的生活。因此这个"僻"字也暗含着惜春有一点偏离健全之道，过分偏执与过分冷僻，以至于决绝，而那也恰恰符合心理学中所定义的病态人格特质。在此，所谓的"病态人格"并没有批评高下的意思，只是用以说明在她的人格构成中带有某些不寻常的要素，以及她和现实世界、和别人的互动模式是与一般人不同的。

如果要为惜春找一种代表花，其实非常令人困扰，因为在客观的文本里，作者完全没有提到她和任何花卉有什么关联，巧妇难为无米之炊，既然作者没有提及，我们便不可妄加揣测。虽然《红楼梦曲·虚花悟》中说道："将那三春看破，桃红柳绿待如何？……说什么，天上天桃盛，云中杏蕊多。到头来，谁把秋捱过？"但所谓的桃红、杏蕊都只是诗词里常见的套语，用来表示盛衰无常，和惜春之间并没有针对性的关系，绝不能泛泛地穿凿附会。

至于惜春为什么没有代表花，则可以找出非常合理的原因。简单来说，惜春始终非常幼小，还不够健全与成熟，可以说是"苗而不秀"，没有足够的后天学习和启发，让她可以逐渐地改变自己，于是她早早地便决定要摆脱这个世界，这样的人当然不能开出花来，因为花朵是要植根在现实土壤中的。然而对惜春来说，土壤恐怕也是肮脏的地方，事实上她觉得整个世界都是肮脏的，任何地方都不能豁免，所以根本无所遁逃，最后就只能到空门内去找到一片庇护之地。

黛玉之"愁"

关于林黛玉的一字定评，根据第五回对黛玉的判词"堪怜咏絮才"，有人主张"才"字可以派上用场。所谓的"咏絮才"运用了六朝才女谢道韫的典故，她歌咏雪花纷飞的景象"未若柳絮因风起"的名句脍炙人口，"咏絮"即用以赞美黛玉很有创作才华，非常扼要地传达了黛玉让人印象深刻的形象特质。不过我认为，单用"才"字来呈现黛玉的特质，其实并不够充分而无法切中核心，因为这只展现了她很会作诗的一面，而她颇具感伤性和毁灭性的生活样貌却无法完整呈现，不足以传达黛玉那种使眼泪变成生命线的特殊状态。而且"才"其实又分为很多种，有治世范畴的干才，有创作方面的诗才，还有书法、绘画之类的才艺，涉及的范围太广，单单一个"才"字过于笼统，很容易混淆，于是小说家特别说是"咏絮才"，以突显黛玉最主要的特征。就此而言，将"才"字作为黛玉的一字定评其实并不精确。

再看第六十三回，众金钗为宝玉庆生的过程里，采用了一种很风雅的酒令游戏：掣花签，轮到黛玉的时候，她"伸手取了一根，只见上面画着一枝芙蓉，题着'风露清愁'四字，那面一句旧诗，道是：莫怨东风当自嗟。"其中的"风露清愁"四个字，呈现出非常幽静和寂窦的感觉，显示了黛玉身处诗情画意的生活情境中，自己仿佛和周遭的落花秋风融合为一，形成李商隐式的悲剧情态。在我看来，这可能比诗才更能够展现黛玉主要的人格特质，所以用"愁"字来作为黛玉的一字定评，应该更为贴切。

同时在这一段情节里，也清楚地告诉我们黛玉的代表花是芙蓉花。可是问题来了，芙蓉在中国传统文化的认知中存在着两种类属，一种是木芙蓉，一种是水芙蓉。木芙蓉生长在陆地上，花朵硕大；而水芙蓉即是荷花，生长在水里，那么黛玉的代表花到底是水芙蓉还是木芙蓉？学界对此众说纷纭，存在争议的原因便在于晴雯作为黛玉的重像，她的代表花有所争议。

具体来看第七十八回，当时宝玉问两个小丫头晴雯过世前说了什么遗言，一个小丫头很老实地把晴雯临终时的痛苦挣扎做了如实陈述，但是宝玉并不满意，继续追问晴雯除了一夜喊娘之外，还叫了谁的名字？旁边另一个伶俐的小丫头便趁此机会，虚构了晴雯死后到天上做司花之神的谎话。这种浪漫的死亡正投宝玉之所好，如同传说中李贺年纪轻轻二十七岁就死了，其实是被召到天上去修白玉楼文，都属于一种用以平衡死亡之悲痛的心理反应，也是人类对自己喜爱的对象的一种补偿心理的表现，并将之美化得更神圣、更美丽、更具有传奇性，果然让宝玉听了以后转悲为喜。接着宝玉又继续追问晴雯是管哪一样花的神？那丫头听了，一时诌不出来，恰好这是八月时节，园中池上芙蓉正开，小丫头便见景生情，忙答道：

> 我也曾问他是管什么花的神，告诉我们日后也好供养的。他说："天机不可泄漏。你既这样虔诚，我只告诉你，你只可告诉

宝玉一人。除他之外若泄了天机，五雷就来轰顶的。"他就告诉我说，他就是专管这芙蓉花的。

而后宝玉被贾政叫去作诗，当他再回到园中时，"猛然见池上芙蓉，想起小丫鬟说晴雯作了芙蓉之神，不觉又喜欢起来，乃看着芙蓉嗟叹了一会"。"池上芙蓉"这个词在宋诗中曾出现过，而结合该诗中的上下文语脉，非常清楚地可知描写的是陆生的木芙蓉，所以"池上芙蓉"并不等于水芙蓉或是荷花，而是木芙蓉，只是因为它长在水边，枝杈往侧边延伸，它的枝叶甚至花朵便和水面交相辉映，这般的木芙蓉也可以叫作池上芙蓉。详细的分析请参人物专论的部分。

宝钗之"时"

接下来谈薛宝钗的一字定评与代表花。

第五回宝玉神游太虚幻境时，看到关于钗、黛合一的判词，其中的"可叹停机德"一句形容的便是宝钗，于此用到乐羊子之妻的"停机"典故，以彰显宝钗拥有传统大家闺秀的完美品德。采取"德"字来作为宝钗的一字定评，当然没有问题，不但具有文本根据，也很符合宝钗的人生价值观。此外，如果用"贤"字——贤、德二字往往有连称的含义，如元春便是被封为贤德妃——来作为宝钗的一字定评，确实也可以，然而我思来想去，认为《红楼梦》其实提供了另一个更重要的一字定评，而且那个字更能充分含括宝钗最被作者所肯定的高明智能，因为"德"还只是指人与人之间相处的一种正面表现，可是宝钗并不仅止如此，她的心性处在一个更高明的境地。

作者于第五十六回回目上所拟设的"敏探春兴利除宿弊，时宝钗小惠全大体"，已经清楚地给予这两位优秀女性一字春秋，分别为"敏"字、"时"字，探春的"敏"已见前文所述。然而不幸的是，在充斥着个人主义、反对儒家礼教，不屑从群体中认识自我的现代意识中，通常很难察觉到该"时"字的重要性，尤其我们关于传统文化和古典文学的素养实在是非常粗浅又单薄，注定了我们对"时"视而不见。其实，"小惠全大体"断断不可解释为宝钗很会做人，凭一点小手段就可以使各方皆大欢喜，以说明此人多么高明，因为前面还有一个"时"字，"时"不单单只是用以表达活动过程中与先后相关联的时间范畴，在中国儒家传统的道德体系里，这个字已经升华成为宇宙的核心概念之一，因此也成为对最完美人格的描述。

对此，《孟子·万章下》有几段话提供了最佳佐证，孟子说道：

> 伊尹……治亦进，乱亦进……柳下惠，不羞污君，不辞小官。进不隐贤，必以其道。遗佚而不怨，厄穷而不悯。与乡人处，由由然不忍去也。"尔为尔，我为我，虽袒裼裸裎于我侧，尔焉能浼我哉？"故闻柳下惠之风者，鄙夫宽，薄夫敦。……可以速而速，可以久而久，可以处而处，可以仕而仕，孔子也。

> 伯夷，圣之清者也；伊尹，圣之任者也；柳下惠，圣之和者也。孔子，圣之时者也。孔子之谓集大成。集大成也者，金声而玉振之也。

由此我们可以发现，儒家其实非常多元而宽广，一点都不迂腐，它尊重每一个人的性格特质，让每一个人都能够在自己的个性下去精进、去升华，进而达到圣人境界。不要误以为儒家就是僵化古板、压抑个性的代表，那真是一种出自无知的天大误解，试看在孟子对儒家的道德体系建构中，即显示了儒家承认或接受至少三种其他的圣人形态。因为每个人天赋的个性气质是不能勉强的，但都可以在各自不同的性格下变成更好的人，好到极限便会成为圣人，这是儒家对个别差异的肯定。

以儒家的理想人格来说，第一种圣人形态叫作"圣之清者"。伯夷不同意周武王用"以暴易暴"的方式所建立起来的政权，宁愿归隐"采薇而食"，直至饿死首阳山。此人干净到极点，不打一点折扣，最后也势必奉献了他的生命，作为保有理想的代价。

另外一种完全不同的圣人形态则是以伊尹为代表。伊尹"治亦进，乱亦进"，无论是处在光明的、美好的时代，还是黑暗的、混乱的时代，他都努力地勇往直前，努力地自我实践，因为他希望借由一己之力来推动这个世界前进。他不会在乱世的时候选择明哲保身或者隐居不仕，而是大无畏地大踏步往前走去。像伊尹这样的人便被称为"圣之任者"，他们勇于任事、勇于承担、勇于前进。

还有一种圣人形态乃是由柳下惠所体现，他"不羞污君，不辞小官。进不隐贤，必以其道"。原来一个品德崇高的人不见得一定要和这个世界划清界限，而是可以非常温柔融洽地与之结合在一起，同时他的原则依然坚定鲜明，不同流合污、沆瀣一气，那也实属难得。因此孟子称柳下惠那般的圣人是"圣之和者"，和光同尘，与周遭世界并没有扞格。

这三种人格形态十分不同，但是都被儒家称为圣人，成为后人可以效仿的最高典范。不过，正所谓人外有人，以最全面的伟大人格来说，他们都还远远不够，而真正的集大成者便是孔子，"孔子，圣之时者也"。从整段话的表述脉络来看，显然压轴的"圣之时者"超越了圣之任者、圣之清者、圣之和者，是一种最伟大、最全面的人格境界。而所谓的"圣之时者"，考察上下文可以得知，那就是当清则清、当任则任、当和则和，能够因时制宜，不墨守成规，不单一僵化地面对事物，所以孟子说："孔子，圣之时者也。孔子之谓集大成。"

这个"时"字可圈可点，诚然是一个形容最伟大之人格境界的用词，并且与孔子密切相关，而《红楼梦》作者用"时"字来评价宝钗，显示出对宝钗的人格给予了高度的赞美。可叹太多的读者都讨厌宝钗，认为她做人太完美，一般人对做人太完美的人天生即容易产生反感，同样地，"圣之时者"拥有灵动的智慧，那般层次的人一旦落入现实世界中，便很容易遭到怀疑，这实在是一个很奇怪并应该要警觉的心理反应。古人早已观察到此一现象，如洪应明《菜根谭》中的经典名句所言：

> 淡薄之士，必为浓艳者所疑；检饬之人，多为放肆者所忌。
> 君子处此，固不可少变其操履，亦不可太露其锋芒。

显然这是一般人很容易产生的本能心态：既然大家都热中于各种现实追求，于是认为淡泊之士是在故作姿态，作假欺瞒，而以自我为中心的放肆者也会对自我控制的检饬之人产生疑忌，主张他们其实别有所图。类似的疑忌心态真是处处可以得到印证，人们总觉得"非我族类，其心必异"，而且还要将其贬低，做出各种非理性的攻击，反映出盲目而冲动的常见心态。例如黛玉有些任性，也很努力地在追求她心目中的爱情，刻意地要让自己的才华得以显现并获取肯定，是一个非常争胜好强的少女，所以在第四十五回之前，读者会发现黛玉常常疑忌宝钗。面对这种世间的流俗常态，《菜根谭》则提醒我们："君子处此，固不可少变其操履，亦不可太露其锋芒。"《菜根谭》中的这几句话，很可以帮助我们仔细琢磨，应该如何在现实世界中调整自己——不是调整自己的原则，而是调整自己外显的方式。

以宝钗而言，只要我们不带有成见和先天的疑忌，便可以很清楚地看到，宝钗确实一直在努力使"老者安之，朋友信之，少者怀之"（《论语·公冶长》），她真是尽心尽力让周围所有的人都能够得到安顿，也因此常常体现出"饱而知人之饥，温而知人之寒，逸而知人之劳"的难得心性。吃饱的人永远不知道饥饿有多么痛苦；当身上穿得暖和的时候，根本不知道忍冬受冻的感觉是多么刺骨；而在安逸悠闲的时候，也不知道劳苦挥汗的人是多么吃力。正如散文作家琦君曾说过，一个吃过苦的人才能够慈悲，诚哉斯言！确实如此，如果一路都太顺利，根本不知道什么叫受苦，又怎么可能对人产生同情，怎么可能了解对方需要什么帮助？所以小小的挫折、小小的失败、小小的不顺利，都是上天给我们的恩赐，教我们懂得柔软，懂得慈悲！

更何况宝钗出身于贵族家庭，是个不折不扣的闺秀千金、人中之凤，却还能够"饱而知人之饥，温而知人之寒，逸而知人之劳"，真是一种非常了不起的人格境界。所以作者用"时"字来作为宝钗的一字定评，我认为是很合理的，也与宝钗在小说中的各种表现非常一致。只是因为我们这个时代不讲究礼貌教养，不讲究心性修为，也不讲究自我节制，以至于常常会对那一类的人产生疑忌，我们正是所谓的放肆者、浓艳者，所以总认为别人实际上也都是另有所图，才会如此故作姿态。于此再一次地提醒大家：事实上《红楼梦》的儒家血统是非常深厚的，那是精英文化的基本根柢，第七十三回即清楚说到不爱读书的少年宝玉乃"《学》《庸》《二论》是带注背得出的"，可见儒家经典不可或缺，也是宝钗的一字定评"时"字必定出于《孟子》的文化背景。我们如果不能够认识或是接受这一点，便会与《红楼梦》格格不入。而只有尽量在《红楼梦》的世界里思考问题、感同身受，才能真正地贴近它，那是很重要的一种阅读训练。

应该补充说明的是，有关薛宝钗的一字定评"时"字，依据的是《红楼梦》第五十六回的回目，但不同的版本之间用字并不完全相同。由于《红楼梦》的版本问题比较复杂，在此我们选择曹雪芹生前便已经写好，并且存留下来回数最多、最完整的定本：庚辰本。

庚辰本用"时"字来作为薛宝钗的一字定评，衡诸全书中薛宝钗的各种言行举止的表现，诚可谓非常切合，宝钗面对不同的对象、身处不同的环境即扮演不同的角色，而且努力尽心到完美的极致。就这一点而言，我们现代人大概很不能理解，可是对大家闺秀或世家公子来说，那根本是理所当然的，先天的条件以及后天教育的塑造都使得友善待人此一品行已经内化到他们的心底，成为他们品格的一部分。这并不是所谓的作伪，也不是由外在强加的规训而导致人对自我本性的异化，那其实是他们个性中的一部分，对他们来说，此乃理所当然、发自内心的表现，他们没有敌人，唯一的敌人就是嫉妒他们的人。我在现实生活中真的见过这般的完美人物，近距离、远距离默默地观察了很多年，发现他们堪称薛宝钗的现代典范。

其实，世界是如此丰富多元，每个人尽可以各适其性、各安其位，有的人是淡泊者，有的人是浓艳者，浓艳者可以热中于各种追求，但不必去质疑淡泊之士；同样地，放肆者可以充分地享受伸展自我的痛快，而不必去怀疑、去猜忌那些超越自我的检饬之人。每个人的人生价值观都不一样，每一种生命的造型和关于这个世界的图像也彼此截然不同，没有必要以自己所习惯的信念来诽鄙别人。而对于薛宝钗的众多曲解，或许正反映了我们这个时代过于个人主义的集体风气。

宝钗的代表花是牡丹花。在第六十三回"寿怡红群芳开夜宴"中，宝钗抽到的花签上"画着一支牡丹，题着'艳冠群芳'四字，下面又有镌的小字一句唐诗，道是：任是无情也动人"。"艳冠群芳"四个字明确地赞美此人非常漂亮，与黛玉的美丽可以分庭抗礼，然而如果真的要选出第一，宝钗恐怕还是首选，第五回便说："来了一个薛宝钗，年岁虽大不多，然品格端方，容貌丰美，人多谓黛玉所不及。"第四十九回宝玉也提到"你们成日家只说宝姐姐是绝色的人物"，显无疑义，加上宝钗的人格特质在传统时代中是最完美的，这个人实在没有缺点，倘若非得派上缺点的话，那大概就是她缺乏改革的信念了。

至于花签上的签诗"任是无情也动人"乃是一种假设性的复句结构，存在着让步语气，因此其中的"无情"二字绝对不可以断章割裂来看，而误以为作者是要用这个词去批判宝钗。正确的解读方法是联系整首诗的上下脉络进行分析，然后便会了解那其实是说此人哪怕无情也还是很动人，何况她一点都不无情，所以更动人，因此称她为"艳冠群芳"。详细的分析请参人物专论的部分。

湘云之"豪"

接下来进入下一个人物，史湘云。

基于《红楼梦》中各个人物的展现，读者很容易误以为曹雪芹写《红楼梦》的宗旨是反封建礼教，张扬所谓的真人真性，如果就这一点而言，史湘云确实可以被归类到具有率真人格特质的那一群人之中，但她从来都不曾反封建礼教，可见那些常见的论调确实过于简单化。至于史湘云的一字定评，我想还是用"豪"字比较切合。

此字出于第五回，当贾宝玉神游太虚幻境时，耳闻了非常动听的《红楼梦十二曲》，其中有一支针对史湘云而作的曲子题为《乐中悲》，通过曲文的叙述，我们可以看出史湘云先天具有一种非常特别的素质。她和林黛玉不同，林黛玉天生注定是要还泪的，所以她整天哭泣，每每自苦，一味钻牛角尖，相较之下史湘云的命运其实更为不幸，自幼父母双亡，由叔父和婶母照管，但二位长辈基本上就是把这位千金小姐当成廉价劳工，湘云每天都得做各式各样的针黹女红，常常要持续到三更半夜，而且没有薪水可领；有时稍微帮袭人做一点精巧的活计，被婶母看到了还会不受用，只有来到贾府时才能恢复一点青春少女的活泼快乐。且看第三十六回，史家打发人来接她回去，只见"那史湘云只是眼泪汪汪的，见有他家人在跟前，又不敢十分委曲"，在此必须注意《红楼梦》里所谓的家人，大部分的时候指的是奴仆。这时家里的奴仆来接她，湘云分明很舍不得回去，眼泪都快掉下来了，可是她却连流露出不舍的情绪也不敢，所以宝钗很体贴地反倒催促她赶快离开，以免回家后又要受罪。

很明显，真正处境恶劣的史湘云并没有像林黛玉那般整天为自己的不幸怨天尤人，她生来就带有一种很特殊的开朗禀赋，具备了非常健全的天性，即《乐中悲》所谓的"幸生来，英豪阔大宽宏量"，使得她不会偏执地、情绪化地回应现实的遭遇，即使处境悲惨，也可以毫无心机地去看待人生，看待世界。

史湘云也"从未将儿女私情略萦心上"，不被种种细腻的，虽然有时候很悱恻动人，可是实在太过纠缠的心思所困限。"好一似，霁月光风耀玉堂"，史湘云生在富贵人家，却拥有如同光风霁月般的坦荡人格，那该是多么迷人！所以我认为，"豪"字比较贴近史湘云的人格描述，而"霁月光风"或者"宽宏大量"这些成语都可以参与到"豪"字的内涵联想之中，因为豪爽、豪迈等形容词本即让我们感受到一个人的豁达明朗，不至于斤斤计较，也不会把个人情绪过分地放大。

根据第六十三回掣花签的情节，可以断定史湘云的代表花乃是海棠花。回到传统文化脉络中探寻海棠花的象征内涵，可以发现此花地位崇高，唐代贾耽（730—805）《百花谱》里便称海棠为花中神仙。虽然历代的《群芳谱》或《花谱》对于各种花的评价及其所衍生、投射的象征意涵多少会有些变动，但采用"花中神仙"这个意象来形容史湘云，应该是比较贴切的。史湘云不大像是人间凡种，她不怎么具有一般的人性弱点，即得意时便开心张扬，失意时即怨怼不已。史湘云超越了她的孤儿处境，依然能够那样开阔爽朗，犹如霁月光风一般散发给周遭的人，而不会给别人带来情绪的负担，那真的是非常不容易的一件事情。"花中神仙"这个评价比较能够展现出史湘云的脱俗，而她的脱俗和林黛玉的脱俗不同。其实一旦仔细分辨、客观评量之后，应该说林黛玉是一个"浓艳者"，具有较强的人间性，她很执着甚至陷溺于现世的某一些情感和情绪，那些频繁的伤春悲秋都仍然是属于此岸世界的；而史湘云则根本不把这类的得失悲喜放在心上，她不往内去钻营纠结，而是向外去扩延舒展，于是她的世界就不会只偏执在个人的小小天地中。

其实海棠花的品种有很多，有春天绽放的，也有秋天吐蕊的，还有一种是四季都可以开花的，而富贵人家种植的海棠自然非比寻常，比如怡红院中蕉棠两植，其中一株即是珍贵的西府海棠。以秋天开花的种类来说，便称为秋海棠，根据明代《群芳谱》的说明，秋海棠的异名也称"断肠花"或是"相思草"。如果把《红楼梦》看成是一阕关于女儿的集体悲剧命运交响曲，秋海棠便特别能够展现出史湘云作为一名悲剧女儿会有的悲剧下场，《乐中悲》所说的"终久是云散高唐，水涸湘江"，清楚暗示了湘云也会不幸地守寡，孤独一生。不过由于后稿的遗失，无法确定曹雪芹或小说的原意，读者大约领略即可，也无须过度地穿凿附会。

李纨之"静"

下面进入正册中又一个重要人物，李纨。

曹雪芹非常特别又细腻地透过花品，呈现出李纨被隐藏在意识表层底下那幽微的一面，触及了潜意识里的某一些生命原欲。第四回写道：

> 原来这李氏即贾珠之妻。珠虽夭亡，幸存一子，取名贾兰，今方五岁，已入学攻书。这李氏亦系金陵名宦之女，父名李守

中，曾为国子监祭酒，族中男女无有不诵诗读书者。至李守中继
承以来，便说"女子无才便有德"，故生了李氏时，便不十分令
其读书，只不过将些《女四书》《列女传》《贤媛集》等三四种
书，使他认得几个字，记得前朝这几个贤女便罢了，却只以纺绩
井臼为要，因取名为李纨，字宫裁。

从这一段介绍可以得知，作者不太强调李纨的先天禀赋，而是突
显后天教育在她身上所发挥的压倒性影响。李纨的父亲叫作"李守
中"，依据脂砚斋的指示，此名乃是谐音"理守中"，蕴含着守住正统
中道，代表了儒家礼教的那一套正统观念；而李纨的"纨"字则与妇
德和妇功有关，"纨"字即纨素，代表精细的丝织品，那与自古以来女
性的生活样态和她们的价值内涵密不可分。

有学者做过相关研究，认为"李纨"这个名字可能是出自李白《拟
古十二首》第一首的"闺人理纨素"，二者刚好存在谐音的对应关系。
我觉得此一推测很有道理，但也没人敢百分之百确定，曹雪芹到底是
从丰沛的中国文化和文学传统的哪个方面汲取命名的灵感。倘若据此
加以分析来看，"闺人"指闺中女性，即少妇或少女，她们在闺中"理
纨素"，从事的完全是和女性空间有关的女性活动。"闺人理纨素"这
句诗如实地传达出在传统妇德的教育下，女性被限定于某种活动类型
中，一则与李纨的命名有谐音现象，二则整句诗也符合李纨最重要的
基本人物设定，所以该研究成果还是很有值得参考的地方。

一个女孩子被取名为"纨"，又字"宫裁"，名与字之间相辅相
成，"纨"与"裁"二者代表因果关系并具有逻辑意涵，就性别意义来
说，也与"女子无才便是德"的观念完全吻合。再看李纨只读过一些

《女四书》《列女传》《贤媛集》等，这类书的内容大致都是赞美女性的典范，而书中的女子又全是以辅助性的角色出现的，简单地说，女性之所以会被赞扬，原因在于她把所有的才能以及生命意义都用来作为男性的辅助，只要能够成功地辅助男性，做一位好母亲、好妻子、好媳妇等，她就是一名有价值的、成功的女性。当然以我们今天的立场来说，不会认为那是好的、理想的观念，但我还是要重申，希望大家必须要有一个心态，即了解到我们之所以会认为此种情况并不可取，是因为我们这个时代在努力地往前走，但在理解过去的文化和文学遗产时，却不应该用今天的角度去评判，以免落入时代错置的陷阱，造成削足适履的问题。

确实，后天教育完全内化到李纨的核心人格，把她塑造成为一个贤女、贤媛，"因此这李纨虽青春丧偶，居家处膏粱锦绣之中，竟如槁木死灰一般"。青春大都是奔放的，是追求的，是向外探寻的，何况又生活在膏粱锦绣的富贵人家，面临更多的各种外在诱惑，但李纨身处如此的生命阶段和外在环境下，竟然"一概无见无闻，唯知侍亲养子，外则陪侍小姑等针黹诵读而已"。揣摩良久之后，我发现作者无形中传达出对于李纨现有的人格情态的一种因果性解释，也就是说，"因此这李纨虽青春丧偶，居家处膏粱锦绣之中，竟如槁木死灰一般"的"因此"这个词，说明了后天教育是造成她现在这般模样的主要原因，她从小所接受的教育已经变得和她的呼吸一样，浑然天成，如同我们也很少去怀疑从小就接受、习以为常的现代观念。

可见李纨这个人物的塑造范畴和林黛玉、史湘云或者贾惜春都不相同，作者并没有强调她先天的禀赋，而主要是在描述她的成长过程，由此看来，她的天赋应该是比较普通，和我们平常人差不多，而平常人受后天的影响其实是更大的。在后天的教育之下，李纨被塑造成"竹篱茅舍自甘心"，展现出完全不问世事，也与世无争的一种生命姿态，这是我们今天一般人往往不大能够理解的奥妙之处。

在第六十三回"寿怡红群芳开夜宴"一段情节中，李纨抽到的花签上画着一枝老梅，所以她的代表花即是梅花。梅花本身便具有遗世独立的意味，再加上个"老"字，更是有如老僧入定一般，处于一种禅心淡泊、夷然不动的状态。签上附带的一句"竹篱茅舍自甘心"，出自宋朝王淇的《梅》诗，它的前一句是"不受尘埃半点侵"，意指世间的半点尘埃都侵扰不到她身上，她对外面的世界已经完全漠不关心，因为她是个寡妇。这是对女性的贞节要求所致，如果一名寡妇还存有对生命的热情，别人很容易会觉得她不安于室，而增加了出轨的疑虑。对此，我们现在看来都会觉得很不合理，但那个时代就认为这才是最高的妇德表现，李纨则完全内化了这一套价值观。那支签上还注云："自饮一杯，下家掷骰。"自己的酒自己喝，在人生的路上，作为一个寡妇便要自甘其道，没有人可以与你共饮这一杯人生之苦酒，所以是非常孤独的一种处境。但话说回来，从本质上而言，其实何独寡妇为然，谁人不是如此？只是寡妇特别明显而已。在掣花签的一段情节中，"自饮一杯"或者"共饮一杯"也都与签主的性格命运是相关的。

有趣的是，李纨抽到这支签时的反应竟然是感到欣欣然，深获我心！她觉得这支签太好了，让她心有戚戚焉，完全能够共鸣，所以笑道："真有趣，你们掷去罢。我只自吃一杯，不问你们的废与兴。"世界的沧桑兴亡、人的生死得失，对她而言都不在人生的视野之中了，她甘心于竹篱茅舍，在自己划定的小小世界里栖居，终身安于这般状态，所以"槁木死灰""一概无见无闻"等形容语句全部都是同质同构的，互相呼应，表明李纨将妇德视为她人生的最高理想，并且充分实践，不问周边事物的废与兴。

同样地，在第六十五回中，兴儿给尤二姐介绍李纨时也说道："我们家这位寡妇奶奶，他的浑名叫作'大菩萨'，第一个善德人。我们家的规矩又大，寡妇奶奶们不管事，只宜清净守节。妙在姑娘又多，只把姑娘们交给他，看书写字，学针线，学道理，这是他的责任。除此问事不知，说事不管。"我们可以清楚地发现，种种小细节都非常一致地辐辏到同一个核心，即李纨要做一位完美的寡妇，完美的女性典范。她待人待事宽和大度，然而宽和一旦太过即变成了放任，所以下人都不怕她，因为她不管事、一概无见无闻，不把这个世界的得失放在心上，所以对下人来说，她当然是"第一个善德人"。而对于大户门阀、贵族仕宦之家，寡妇奶奶们向来不管事，以此等家族特性来说，只要是守寡了，便应该恬淡自甘，做到清净守节，不宜对现实世界还有任何积极的参与。果然李纨也确实完全符合了这一套要求，她在家庭内部闺阁中所要做的唯一工作，就是陪伴未出嫁的小姑们，带着她们学一些针线规矩，把妇德灌输给姊妹。可见这几段重要的、相关的描述都一致地指向老梅花此一意象，李纨在其意识层次上很笃定地走向一条寡妇清净守节的人生道路。

以这般的生命形态而言，可用"静"字作为李纨的一字定评。中国传统妇女在守节之际，她们的内心状态常被比喻为心如止水、波澜不兴，如唐代孟郊《列女操》诗中所言："波澜誓不起，妾心井中水。"以宣示情感的忠贞，不被外力所诱惑而发生摇荡。我之所以给李纨一个"静"字，着眼点在于回应传统女性守节时常常会使用到的意象，表达出那种沉静无求，不为外界风起云涌的干扰和刺激所动。

然而必须注意的是，李纨这株老梅毕竟是个活生生的人，其内在依然同样保有任何一个活生生的人都会具备的生命本能。事实上，李纨根本不可能完全心如止水，她的心表面上是所谓的槁木死灰，可其实在灰烬之下还是有一些残余的火焰在焖烧，有的时候会蹿出来一些火星，显示出情绪的翻搅，所以我喜欢用"休火山"来描述她。李纨绝对不是死火山，她的生命力只是表面上沉睡甚至消亡，但实际上她还是一个活生生的人，所以曹雪芹特别以红杏与老梅并置，通过红杏来体现出李纨本身所没有察觉，也是每一个人都不可能完全根除的另一个内在的自我。李纨在小说中很有趣的几个现象，都来自这个自我，包括她非常节省甚至吝啬，对于金钱很敏感，还会嫉妒她的同类，即和她处境很类似却不像她那般甘于寂寞的人：妙玉。这些奥妙都留待人物专论的篇幅中再加以详述。

妙玉之"洁"

妙玉作为一个妙龄的出家女性，照理来说，和李纨这位寡妇的处境最为接近，只不过妙玉是所谓的带发修行，更别有一番女性的吸引力。举个例子，第四十四回中，当王熙凤发现贾琏偷情时，在盛怒之下泼醋厮打，夫妻两人闹到了贾母面前，贾琏被贾母喝令向凤姐赔罪，贾琏一开始心有不甘，但他再看看王熙凤，黄黄脸儿也没有妆饰，却比平常更加美丽可爱，于是心动气软，诚心诚意地道歉，可见不化妆有不化妆的美。所以说，女性的美有各式各样的形态，不要以为浓妆艳抹就是最好看的，有的时候人淡如菊，又如水上青莲、出水芙蓉，都别有一番魅力，犹如第三十七回宝钗《咏白海棠诗》所说的"淡极始知花更艳"，据此而言，妙玉恐怕拥有比浓妆艳抹更具诱惑力的女性美感。

同时妙玉的内心也确实不甘寂寞，于栊翠庵中种植的是如胭脂一般的红梅花，再加上她对宝玉保有一种很朦胧的情愫，还将自己每日使用的茶杯拿给宝玉使用，暗透出属于尘世的少女情怀。作为一个极端洁癖的人，妙玉对刘姥姥喝过的茶杯是宁可砸碎或者丢掉，却竟然把她个人专属的杯具给宝玉使用，其中微妙的女儿心思已是昭然若揭。所以，虽然都是以梅花为代表花，借以传达那一种出世的生命处境，但妙玉的红梅与李纨的老梅又十分不同，于是便出现了同类之间非常微妙的特殊情绪反应。巧妙的是，红梅花的"红"所展现出来的人性内在，包括对生命、对生活的欲望和追求，于李纨身上的这一片死灰之中，却是透过红杏来呈示。

就妙玉而言，她的代表花即是红梅花。在中国传统文化的设定里，梅花原本代表着超然的出世意象，然而"红"却是一种非常入世的、很具有世俗内涵的颜色，例如古典建筑中的朱栏玉砌，宫殿内红色的丹墀、朱红色的亭柱，还有以红色为主的喜庆婚宴等，都属于红尘色彩。乍看之下，红梅花简直有如小型的玫瑰，在白雪红梅的优美图景中，晶莹剔透的白雪围绕着艳丽的红梅，衬托得红梅更加鲜明抢眼，难怪宝玉看到栊翠庵前面那十数株如胭脂般的红梅时，会停下脚步细细赏玩一回方走，那真是非常具有审美性的一幅景象。故而红梅既有出世也有入世的双重形象，兼具一种很难兼容的矛盾性，也是妙玉这位少女最特别的一点。

我取"洁"字作为妙玉的一字定评，是根据第五回《红楼梦曲》

里关于妙玉的曲子《世难容》，而导致这个曲名的原因是"过洁世同嫌"，曲文说："气质美如兰，才华阜比仙。天生成孤癖人皆罕。你道是啖肉食腥膻，视绮罗俗厌；却不知太高人愈妒，过洁世同嫌。"妙玉同样是先天带来的一种孤僻性，加上后天官宦家庭培育出来的千金小姐所特有的傲慢之气，构成了她很特别的性格。

不过事实上，曲文中的"高"与"洁"并不完全都是正面的描述，读者一定不要断章取义，切莫只因其中的某一个字词便限定了全面的观照，流于以偏概全或范畴混淆。试看"高"与"洁"这两个字的前面都有一个很重要的副词，即"太"与"过"，凡事太过或不及都会迷失它正面的那一面，所谓的"太高"其实更是过犹不及，而妙玉过分地把"高"当成一种偏执的价值，形成了一种"高傲"，以至于和世界形成太大的决裂，当然就有人厌恶或嫉妒她的"高"；同样地，一旦"过洁"便会"世同嫌"，过分洁癖必然造成别人的压力，何况妙玉的过洁是真的太过极端，连黛玉她都不放在眼里，当面嫌弃黛玉是个大俗人，则可想而知，妙玉注定是难为世界所容。

在此，我要特别提醒大家思考一下：当世界容纳不下你的时候，便反控世界的庸俗与肮脏，此乃常见的一种评论方式，但我觉得那是一个不负责任的做法。难道你是世界的中心，其他人都得配合你才对？你坚持自己的个性，但别人也同样有权利坚持他自己的个性，为什么不顺应你的人就叫作世俗，而你却可以唯我独尊，自诩为高洁而骄傲呢？要知道，高洁并不等于高傲，试看老庄再高洁不过，却和光同尘，连鸟兽都可以和谐共处；程颢是位学问高深、品格崇高的理学家，却让人感到如沐春风，都证明了高洁并不等于高傲。换句话说，一个高傲的人往往比较多的是"骄傲"，而不是"高洁"，这是我们应该仔细分辨的地方。

对妙玉此种"太高""过洁"之人格特性的形成原因，作者曾解释如下：一是受天生的禀赋所影响，其二则是后天的环境使得她的"高"与"洁"发展得太过，那恐怕也不是作者所推崇的一种人格形态。"人格特质"与"人格价值"意义不同，这两个词完全是不同的概念，却常常被混为一谈：所谓的人格特质是构成或呈现某个人的一种特殊状态，和好坏高下没有关系，并不涉及评价；但当我们论称人格价值的时候，指的是某一人格形态是有价值的，是值得追求的，它甚至可以成为很多人学习和效仿的对象。所以当我使用这两个词之际是有严格区分的。妙玉的人格特质便是太高、过洁，而从某个意义来说，因为"太"与"过"，她的人格特质也就被扭曲到另一个极端的方向，故而并不能成为一种人格价值。

凤姐之"辣"

对于《红楼梦》全书，即使我真的是浸润其中，不放过任何一个细节，但却实在找不到王熙凤的代表花。关于惜春与迎春，我已经找出一套心理的机制来解释他们为什么没有代表花，然而在王熙凤的部分，我目前还没有答案，所以只好悬缺。学术界仍然不乏使用创造性的方式，来为悬缺的空白给予填补，例如有人提出一种说法，认为结合了王熙凤既美艳又毒辣，既精彩热烈又阴暗深沉，具有既丰富又复杂的双面性，于是便选择罂粟花作为她的代表花。此一说法很有意思，也有一定的参考价值，可惜缺乏文本证据，所以我并不加以采用。

进一步而言，王熙凤确实是很漂亮，又非常精明能干，而此人有时手段之毒辣，带有不留后路的决绝，罂粟花似乎可以表达出这些特点。但其实，鸦片最早传到东方的时候，乃是运用在外科手术中作为麻醉剂，属于一种对病患大有帮助的医药产品，只是任何东西在使用时只要太过或不及，良药也会变成毒药。所以把鸦片当成罪恶渊薮的一类论述，反映的是在半殖民时代之后，我们对此一物品的好恶已经受政治、国族命运的影响，其原意已经被大大改写。倘若就这个角度来说，罂粟花可能较吻合王熙凤的人格特质以及她与贾府的关系，亦即王熙凤并不是只有毒鸦片的一面而已，事实上，我清清楚楚看到凤姐背后所隐藏的非常无可奈何的辛酸面，而且王熙凤也拥有心灵良善温厚的那一面！王熙凤这位女性非常复杂，绝对不应该用白蚁大军来简化她，我们必须看到女强人背后的辛酸与牺牲，以及她非如此心狠手辣不可的那些不得已的苦衷，要成就女强人的辉煌，背后是以血泪为代价的。

关于王熙凤的人物定评，其实很难单用一个字眼来概述，但《红楼梦》提供了一个很重要的关键字。在第三回里，贾母向黛玉介绍这位未见其人、先闻其声的人物时，说道："你不认得他，他是我们这里有名的一个泼皮破落户儿，南省俗谓作'辣子'，你只叫他'凤辣子'就是了。"其中的"辣子"一词原本来自南方，是对所谓"泼皮破落户儿"的一种昵称、诨名或是贬词。然而被贾母转换一用，则成为"其辞若有憾焉，其实乃深喜之"（朱熹《四书集注》），意即表面上那些评价王熙凤的话语有一点点负面，但"其实乃深喜之"才是关键。贾母常常用这样的方式来表达她对儿孙的喜爱，最有代表性的一个例子，是在第四十回刘姥姥逛大观园时，她们一行人来到了探春的秋爽斋，停留片刻之后，贾母向薛姨妈笑道：

"咱们走罢。他们姊妹们都不大喜欢人来坐着，怕脏了屋子。咱们别没眼色，正经坐一回子船喝酒去。"说着大家起身便走。探春笑道："这是那里的话，求着老太太姨妈太太来坐坐还不能呢。"贾母笑道："我的这三丫头却好，只有两个玉儿可恶。回来吃醉了，咱们偏往他们屋里闹去。"

显然贾母很了解这些女孩子们的心思，知道她们比较喜欢清静，不乐于外人来搅扰，只因需要招待外客，不可失礼，才不得已而勉强为之。贾母在此特别点出"只有两个玉儿可恶"，两个玉儿即黛玉和宝玉，可是贾母并非指责他们真的可恶，而其实是说这两个人是我的心肝宝贝，却偏偏有那么多稀奇古怪的品性，真麻烦！很明显，贾母以这般的方式来表达对两个玉儿的一种偏爱，对王熙凤也是如此，作为长辈的贾母完全明白晚辈身上具有小小的人格缺憾，而在必须凸显那些缺憾的时候，常常便故意用反话。

因此，以"辣"字作为王熙凤的一字定评是合理的。而且"辣"有很多种效果，有的时候是辣得够味，有的时候是辣得呛鼻，有的时候是辣到令人无法承受，眼泪鼻涕直流；辣是一种非常丰富的滋味，很多食物加了一点辣便很有风味，突然焕发出完全不同的吸引力。我认为王熙凤这个人物也是如此，当她把"辣"发挥到极致的时候，对周围人来说，恐怕都会是很大的压力；可是当她不过分张扬之际，又会使周遭的人们感到轻松愉快，例如她很会说笑话，当她要说笑话的时候，大家都争相走告呼朋引伴，赶紧去听二奶奶讲笑话，因为错过了实在可惜！此刻她便起到调味剂的正面作用，让如此一个大家族里沉闷肃穆的人际关系变得良性而活泼，更具有人情的诙谐和温暖，所以贾母会疼爱她并不是没有理由的。

宝琴与香菱

在此，我要补充两位没有放在正册中的少女，首先要谈宝钗的堂妹薛宝琴。

宝琴这位金钗是后起之秀，迟至第四十九回才第一次现身，却青出于蓝而胜于蓝，排在前面那么多耀眼的金钗之后上场，居然还可以一举夺魁，领袖群芳，真可以说是曹雪芹的神来之笔。宝琴的代表花是哪一种呢？经过长期的研究推敲，我认为正确的答案应该是水仙花。主要的依据是在第五十二回，当时贾家的大总管赖大婶子赠予宝琴两盆腊梅、两盆水仙，宝琴把其中的一盆腊梅送给探春，一盆水仙送给黛玉，黛玉收到以后还想转送给宝玉呢。就此而言，腊梅和水仙便和宝琴有了连结，尤其是水仙花，从名字到花品都显示为不食人间烟火的仙子，很符合宝琴给人的印象。

恰恰在第四十三回中也写到，宝玉要私祭投井死去的金钏儿，于是偷偷来到了城外的水仙庵，他提到"这水仙庵里面，因供的是洛神，故名水仙庵"，也证明了"水仙"确实是水中女神的意思。刚好这两处又是整部小说里仅有的提到"水仙"的地方，比对之下，宝琴岂不正是洛神般的优雅仙子吗？难怪她一到贾府，便让见多识广的贾母惊艳不已，也被大家公推为最出色的少女。那么，说宝琴的代表花是水仙花，应该是可以确定的了。

接着，我们看金钗副册中唯一提到的香菱。

香菱的身份比较模棱含糊，因为她事实上是望族大户的女儿，可惜后来不幸沦落为拐子的货品，变成了黑户贱民，只能够做人家的侍妾或婢女，如此一来她就被列入正册与又副册之间的副册。通过第五回的人物图谶，可以很清楚地看出香菱的代表花是莲花，图谶上用莲花遭受到秋风霜降的摧残之后莲枯藕败、水涸泥干的景象，来暗示香菱的不幸命运。

关于香菱的一字定评，有两个参考用字都很适合，其一是"呆"，其二是"苦"。就"呆"字而言，最关键的是第六十二回的回目"呆香菱情解石榴裙"给出了清楚的标示，香菱确实有憨厚、憨傻、可爱的一面，"呆"应该是她人格最重要的一个核心。有趣的是第四十八回中，香菱进园以后一心一意地作诗，沉醉入迷到了废寝忘餐的程度，宝钗见状忍不住怜惜地嘲笑她说："何苦自寻烦恼。都是颦儿引的你，我和他算帐去。你本来呆头呆脑的，再添上这个，越发弄成个呆子了。"脂砚斋也为香菱学诗批注云："今以'呆'字为香菱定评，何等妩媚之至也。"薛宝钗连用三个"呆"字形容香菱，再加上脂批注明"呆"字很能传达出她的妩媚感，更显得她那天真纯粹的可爱一面如在目前，所以这个"呆"字确实很恰当，脂砚斋也证明"呆"字是香菱的一字定评。

只不过香菱的存在状态整体上并不单以"呆"为主，另外，第四十八回中一再提及香菱整日苦心作诗，包括："香菱拿了诗，回至蘅芜苑中，诸事不顾，只向灯下一首一首的读起来。宝钗连催他数次睡觉，他也不睡。宝钗见他这般苦心，只得随他去了。"到了第四十九回，宝钗便笑着调侃道："呆香菱之心苦，疯湘云之话多。"其中更将"呆"与"苦"连用并称，如果把"苦"这个字单独摘取出来，考察香菱整个人生的重要特质所在，应该也可以作为参考。她真的是最悲惨、最可怜的一个女孩子，小小年纪才五岁（实岁四岁）便被迫离开父母家人，在拐子的暴力阴影下生活，后来又被卖给薛蟠为妾，再受疼爱也都还是必须终日被人差遣。一般而言，人活在这种情况中很难健全地成长，尤其是在童年成长期就遭遇如此巨大的不幸，那种创伤几乎是彻底影响一生的，但幸亏香菱天生呆头呆脑，对那么多悲惨的事情，她竟然可以用比较健全的方式去面对，种种惨烈的不幸遭遇居然没有为她的性格带来阴影、造成扭曲，真的是令人匪夷所思。我在仔细研究之后发现，原因可能源于她的先天禀赋与家族的血缘遗传，尤其是其母亲封氏的影响，使得她在这般的遭遇之下，还能够有大家闺秀式的表现，这一点以后再详细说明。

无论如何，香菱的遭遇是最苦楚的，她一辈子简直是为了完成悲剧而存在，活着的目的似乎就只是为了白白受苦、白白牺牲，最后以默默死亡终结自己的生命旅程。据此来说，我真的觉得香菱是最悲哀的一种生命类型，因为她完全是为了没有意义的受苦而来到人间，所以用"苦"字作为香菱的一字定评也有其合理性。

袭人之"贤"

下面进入金钗又副册，其中所收纳的都是婢女，首先看袭人的部分。袭人原是贾母房中的大丫鬟，后来被挪给宝玉使唤。而凡是来自贾母房中的无论是人或是物全部都非常尊贵，更受敬重，一如第六十三回林之孝家的所言："别说是三五代的陈人，现从老太太、太太屋里拨过来的，便是老太太、太太屋里的猫儿狗儿，轻易也伤他不的。"

所以袭人也是怡红院中唯一领取一两银子月钱的超级大丫鬟。相比于晴雯，她的位阶确实更高，这是毋庸置疑的一个客观事实。

我们可以用"贤"字作为袭人的一字定评，原因有两点。其一是第二十一回的回目"贤袭人娇嗔箴宝玉"，作者清楚点明袭人的"贤"；其二，第七十七回中，当晴雯、芳官等人被撵出大观园以后，宝玉与袭人谈论那些人被赶走的原因时对她说道："你是头一个出了名的至善至贤之人，他两个又是你陶冶教育的，焉得还有孟浪该罚之处！"在此第二次点明了袭人的"贤"。由此可见，"贤"确为袭人最重要的人格特质。

至于袭人的代表花是桃花，这也毋庸置疑，因为第六十三回掣花签时，袭人抽到的是一支桃花，签上题着"桃红又是一年春"。由于读者往往都用简单二分的方式来讨论《红楼梦》人物，再加上不喜欢袭人的读者很多，而且他们的反感很是强烈，总觉得她在虚假作伪，一心一意想要做宝玉的妾，于是对她的任何评论全部都是负面的，连带在诠释她的代表花时，也刻意选用杜甫《绝句漫兴九首》其五的"颠狂柳絮随风舞，轻薄桃花逐水流"，以此来证明袭人的轻薄。

可是要知道，自从《诗经》以来，桃花的意象便不断为中国传统文人所歌咏，而不同的诗家赋予桃花的意涵也各式各样，有人觉得桃花就是轻薄，有人感到桃花便是美丽，有人认为桃花表现了女性生命的圆满，各方观点其实十分多元乃至悬殊，根本不可一概而论。可叹人们一旦对某个对象抱有成见之后，常常便会刻意选择一种可以支持自己成见的说法，于是便拿杜甫这首以桃花为轻佻的诗歌作为依据，抒发对袭人的不满。但其实，柳絮随风纷飞、桃花逐水漂流都是暮春时节再自然不过的风物景象，在心生不满的人眼中就把它解释为颠狂、轻薄，该诗句即反映出诗人杜甫当时的特殊心境，那实在是"欲加之罪，何患无辞"了。事实上，杜甫赞美桃花的诗远远更多，这句"轻薄桃花"的诗堪称是仅有的一首，根本不能作为桃花的主要象征意义，但后来的诠释者不仅严重地以偏概全，又在脱离诗人创作心态的脉络之下，单用这一句诗来解释《红楼梦》中的袭人，只因为该诗句与小说中都有桃花此一意象，便将两者的寓意等同而论，其中实在进行了太多跳跃式的连接，显然完全是受到主观成见的主导。

回到文本中仔细考察，清楚可见袭人的代表花桃花完全与轻薄无关。从"冰山一角式的引诗法"来看，此处的桃花其实象征着幸福美好的婚姻，那是从《诗经·桃夭》的"桃之夭夭，灼灼其华。之子于归，宜其室家"便已经确定下来的。而包括"桃红又是一年春"这一句签诗所源出的原诗的整体描述，都清楚地告诉我们，袭人会有二度婚姻。但二度婚姻并不代表袭人就有人格的缺陷，因为二度婚姻在古代有很多种可能，我们必须回到贾府的特殊阶级特性来观察袭人的身份归属问题，以及贾府面临抄家的大环境，再参照许多相关的因素，才足以对桃花的象征意义、袭人的性格评价给予正确而合理的定位。然后我们才能够明白，纵然袭人嫁作蒋玉菡之妻，其实也可以不违背她对宝玉的真情，那都是复杂的人世间所可能发生的情况。关于这一点请参考人物专论的部分，于此无烦详述。

晴雯之"勇"

接下来轮到晴雯了。在花费多年的时间去观察和思考我周边以及文学作品中的人物后，我认为一般对于晴雯的认识，事实上存有太多"想当然耳"的简化。我们总是太快地将一个人的人格特质当作人格价值来看待，可是如此一来，对于人格特质和人格价值的掌握其实便发生了混淆，以至于和客观真相产生了很大的落差。

首先，晴雯的代表花是芙蓉，这一点并没有问题，因为在第七十八回中，伶俐的小丫头胡诌晴雯死后去天上担任芙蓉花神，于是宝玉作了《芙蓉女儿诔》以悼念她，再加上晴雯是黛玉的重像，即所谓的"替身"设计，那么，晴雯和黛玉共享芙蓉作为代表花便顺理成章。

关于晴雯的一字定评"勇"固然明白无误，但其意义该如何理解则有些争议，那却是大部分的读者都没有意识到的。作者用"勇"字来形容晴雯，出处在第五十二回的回目"勇晴雯病补雀金裘"，单单就这个字来说，它通常表示勇敢、勇气、勇往直前，而晴雯确实没有做过任何见不得人的事，她的表现也堪称光明磊落，自己病重还熬夜支撑为宝玉缝补孔雀裘，尤其是最后她含冤而死，更让人跟着宝玉悲恸不舍，以"勇"字作为晴雯的一字定评，基本上不会有太多的疑义。

但不要忘记细节就是魔鬼。晴雯并非只存在于那些经典画面之中，小说在其他各处还展现了她的全面个性，我们不应该只局限于一两个经典字句或情节上，割裂地、孤立地来看待此一人物。如果把全书中关于晴雯的所有表现加起来一并考虑，读者恐怕对于这个"勇"字定评会有一些保留；或者说，其实还必须加上很多其他的限定，才能对晴雯的"勇"有更精确的认识。

应该注意到，晴雯的"勇"和她的其他重要人格特质事实上是息息相关的，而晴雯还有哪些人格特质呢？通过贾府上上下下各式人等对晴雯的描述，便呈现出更完整、更真实的样貌。例如第三十一回，晴雯不小心跌断了宝玉的扇子，被宝玉埋怨了两句以后，她立刻抢白了一大篇尖酸刻薄的话去攻击宝玉和好意来劝架的袭人，经由袭人的回应，我们知道晴雯说话总是"夹枪带棒"，那是晴雯开口时很重要的一个特质，她说话确实很伤人，和黛玉如出一辙，如同第八回宝玉的奶娘李嬷嬷曾责怪黛玉道："真真这林姐儿，说出一句话来，比刀子还尖。"可见这两个具有重像关系的人物，她们也拥有相通的人格特质，其中之一便是讲话尖酸刻薄，带有强大的杀伤力。

其次，她们的性格也都比较惯娇，不愿意受任何委屈。第三十一回中宝玉便对晴雯埋怨道："你的性子越发惯娇了。"第七十七回宝玉又提到晴雯的情况，说："他自幼上来娇生惯养，何尝受过一日委屈。"以至于养成了爆炭般的性格，动辄发脾气，第五十一回宝玉即描述晴雯是"素习好生气，如今肝火自然盛了"。果然第五十二回当晴雯获悉坠儿偷窃虾须镯时，当场气得"蛾眉倒蹙，凤眼圆睁"，立刻要抓坠儿过来训斥一番，可见这个人实在很沉不住气，她是一生气便立刻要爆发的那一种，然而整个家族人口众多、牵涉很广，如果任何事情都以如此激烈的方式来解决，真的会永无宁日。难怪平儿用"爆炭"形容晴雯的这种性格，所谓"爆炭"就是随时有火苗蹿烧，火光四溅，和爱生气、容易发怒是很吻合的一种描述，也是很生动传神的一个比喻。

再看第七十七回晴雯被撵出去以后，宝玉担心她离开怡红院在外面会承受不了，因为晴雯"自幼上来娇生惯养，何尝受过一日委屈。连我知道他的性格，还时常冲撞了他。他这一下去，就如同一盆才抽出嫩箭来的兰花送到猪窝里去一般"。然而只要仔细想一想，便会发现这个现象真的很奇特，一个到人家府里去做帮佣的婢女，居然从小到大没有受过一天的委屈，娇惯得有如"才抽出嫩箭来的兰花"，而我们现代人在互相平等自由的社会生活中，却可能常常都在受委屈，比起做丫鬟的晴雯还不如，这岂不是很违反常理吗？所以我们应注意到晴雯的遭遇非常特别，她会如此之娇生惯养，那是需要有特殊的环境条件来配合的。果然宝玉素来知道她的性格，作为一个主子却反过来处处配合她，竟然还常常让她不满意，就连袭人也曾调侃宝玉说"一天不挨他两句硬话村你，你再过不去"（第六十三回），意思是宝玉已经受惯了晴雯的气，一天没有被晴雯抢白两句，便等于没过完那一天，可见宝玉天天都得被晴雯用硬话回呛顶撞。但是纵然如此地低声下气，好性子的宝玉也曾一度受不了她暴烈的脾气，第三十一回中即震怒到非得要撵她出去不可；而当跌扇子事件平息之后，宝玉还对晴雯说"你的性子越发惯娇了"。不仅如此，第七十四回凤姐也认证晴雯是"论举止言语，他原有些轻薄"，什么叫轻薄？就是指沉不住气、不够沉稳，完全顺着自己的情绪任性地说话做事。

另外，作者也描写了晴雯质朴粗疏的一面，第五十三回说她"素习是个使力不使心的"，意指心思简单，不费脑力，所以即使生了病也很快便会好转，不比林黛玉整日缠绵病榻，因为黛玉的心思太纠结、太钻牛角尖，势必连带损及健康。结合种种相关的描述来看，晴雯之"勇"，很明显是在一个十分特别的环境中，于各方面条件都配合的情况下，让她塑造出来的人格特性。

当我沉浸在《红楼梦》的世界里，与每一个人物近距离相处，慢慢去揣摩他们、理解他们，进而整体掌握人物的生命脉络之后，我认为晴雯虽然"勇"，但性格中缺乏一种自我控制的理性沉稳，她缺少客观思考的头脑，更没有一种冷静地把自己抽离出来的能力。她只瞻前却不顾后，缺乏全局的概念，对她来说，高兴就是高兴，不高兴便直接表达出来，甚至迁怒于他人，显示出一种粗率的野性，这和她的成长过程具有一定的关联。

在当时的社会背景下，所有的丫鬟都不可能接受教育，那是我们应该知道的常识。例如第六十三回宝玉要庆生的时候，认为单喝酒实在太无趣，于是提议行酒令来变变花样，但立刻被袭人否决了。袭人说，玩文雅的要用文字来创造趣味，而她们都不识字，占了现场人数的一半，所以必须选择相对简单的游戏形式，那样才能雅俗共赏。由此可以清楚地知道，这些丫鬟都不认识字，更不用说接受学问的陶冶，进而提升性灵。加上晴雯是名孤儿，缺乏伦理熏陶，也因此，晴雯所拥有的是与生俱来的一种原始状态，那固然有其优点，但同时也有其缺点。缺点是没有经过知识学问与伦理关系的打磨与升华，晴雯始终处于一种相对原始的心智形态，并且因为怡红院这个特殊的环境而变本加厉。一直到十六岁死去为止，晴雯都处于这般状态，她身上反映的是一种来自原始脑筋的武断和直爽，在"使力不使心"的情况下带有盲目的冲动，因而她的情绪经常失控。难怪坠儿偷窃虾须镯的事件爆发之后，平儿和麝月等人都认为最好不要让晴雯知道，因为她瞻前不顾后，到时候一气起来或打或骂，事情被揭发，一定会导致更多人际上的困扰，也果然不幸言中。

当然曹雪芹写作的心态是"怀金悼玉"，第五回的《红楼梦曲》很清楚地做了这个总论，该组曲是为了缅怀众多美好的女孩子，故而基本上不会用负面的评论加诸她们身上。但是，我们也不能以偏概全或望文生义，而必须实事求是、客观分析。以下是我关于此一问题的补充，对读者可能是更有帮助的。

暴虎冯河式的"勇"

其实，所谓的"勇"有很多层次，也有很多面向，不能一概而论，因此，单单一个"勇"字并不能做扩大化的运用，何况每一个人都是独特的个体，有其特殊的生命史的脉络，所以很多的抽象语词都不能被直接套用，否则便会削足适履。就晴雯的个案而言，她的"勇"乃是暴虎冯河式的有勇无谋，因为对她而言，直接把强烈的情绪抒发出来便是全部，她没有去考虑在发泄情绪之外当前的客观环境与局势状况，以及在人与人之间不同的身份地位关系下，做什么样的反应才是合适的。只有很受宠爱的环境才足以让一个人一辈子横冲直撞而永远不改变，而晴雯正是一个娇生惯养的人，这一点业经宝玉的再三强调，确属事实。假设这个说法和论断足以成立，则如此的有勇无谋无疑足以引发我们的一些思考。

我们一般都认为，率直胜过虚伪，从而将率直合理化为一种"人格价值"，以至于率直本身所蕴含的一些人格缺陷便被模糊和掩盖掉了。经过长时间的思考，我认为率直的人通常具有某种性格缺陷，而人们却往往基于率直者的表里如一而加以包容。由于世人误认为只要做到表里如一，直接表达出人性内在的实质想法就是很好的人格，但这是对"率直"的极大误解。因为每一个人都很有限，势必形成各种盲点，并且每一个人的内心也不免存在着各种小小的邪恶，包括了会嫉妒和贪婪，或为一些不足为外人道的意念而产生内心的波动，那么，率直的人将这些部分直接表达出来就是正当的吗？就会因此而让他成为君子吗？答案当然是否定的。

　　显然"率直"具有不同的层次，在人格价值上也相差悬殊，但多数人总是未经区辨而混为一谈。这个体认是我在人生经验中花费了二十年之久的时间，通过观察身边的人以及反省自己所领悟到的，至少需要用数百字的文章才能把其中的道理讲清楚，但是《论语》只用一句话便说得明明白白，十分通透，那次的阅读经验让我印象极为深刻，甚至十分震撼，从此对《论语》心悦诚服。《论语·阳货》记载了子贡与孔子的师生对话，子贡问老师："君子亦有恶乎？"孔子回答道："恶称人之恶者。"孔子讨厌讲别人坏话的人。可奇怪的是，我们与亲朋好友在一起时就很容易批评别人，往往很难自省，一旦处于网络上的匿名空间，便更加肆无忌惮。可见当一群人沆瀣一气的时候，身处其中之人通常不会意识到这个问题，以至于沉沦而不自知，也因此君子要时常反省自己，才能够真正地避免人性的堕落。

　　而孔子所厌恶的另外三种人，还包括了"居下流而讪上者"和"勇而无礼者"两类。以"勇而无礼者"来说，率直的人仅仅追求表里如一，他们勇往直前，却不懂得尊重别人，很少替对方考虑，根本不担心对方是否会受到言词的伤害，而我们也常忽略"勇而无礼"的层次，那便是平常人很少去辨析的混淆之处。接着，孔子进一步反问子贡说："赐也，亦有恶乎？"此时子贡回答道：

　　　　恶徼以为知者，恶不孙（逊）以为勇者，恶讦以为直者。

　　原来，子贡也发现到人们常常混淆了"不孙（逊）"和"勇"的区别，以至于把不逊当成了勇敢，所谓"恶不孙（逊）以为勇者"即呼应了孔子所厌恶的"勇而无礼"，而他又进一步指出"讦"和"直"

其实并不相同，但有人却在"讦以为直"的混淆下把攻击别人视为直率，一语点出一般人的盲点，显示出他洞察事理的明辨睿智，以及对世人美化自身之放纵的不满。

讲到这里，可以清楚看到我们对于晴雯的"勇"必须下一个更精确的定义，事实上，晴雯绝非"勇者无惧"的勇，她的"勇"带有无礼和不逊，甚至到了攻讦别人的地步。态度张狂恶劣，对别人缺少尊重才会有所谓的"无礼"，而为所欲为不仅不是"勇"，反而已经落入"不逊"。通过一番思考，我终于明白关于直率的问题在于对概念的模糊，以"讦"为直，把直率地表达出伤害、攻击和不尊重他人的行为叫作"表里合一"，那无疑是严重的范畴混淆。由于这二者的差异非常微妙，以至于没有受过思想训练、没有分辨透彻的人会自然而然地认为，表里如一就是人格价值，那真是大谬不然的误解。

我们很多时候混淆了"直"与"讦"之间的差异，用"直"的概念掩盖、偷渡并合理化"讦"的作为，导致那样的"直"已经变质成为一种负面的人格特质。在具体的行为中，这些概念很容易重叠或混淆在一起，需要我们用足够的眼光分辨清楚，通过仔细的检证，才足以辨别一个人究竟是"直"还是"讦"，而不应该仅仅因为其人表里合一、直抒胸臆，便认为他的行为是正面的、带有人格价值的"直"。好比未曾受过教育的小孩子不可能成为伟大的君子，因为他根本不懂得如何控制自己，但小孩子确实很直率，因此会揭穿"国王的新衣"。换句话说，人格问题是非常复杂的，我们不能用一种简化的概念来对所遇到的各式各样的人进行评论，那般做法时常会谬以千里。

就此，中西方的相关文献有助于我们对此一概念的厘清。现代人对朱子多持一种抵触的态度，但这种态度纯然是偏见所导致的。我们不应该预设立场，而理应就事论事，倘若朱子所说的内容合乎情理，我们便必须认识到朱子的深刻与高妙。试看庄子认为庖丁解牛达到刀刃无伤的地步，那已经是相当高明的逍遥境界，然而《朱子语类》则进一步指出：

> 人不可无戒慎恐惧底心。庄子说，庖丁解牛神妙，然才到那族，必怵然为之一动，然后解去。心动便是惧处。

所谓的"族"，即孔隙非常狭窄的骨节与经脉聚集处，解牛最难的一关，是要求穿过"族"的时候不伤到刀刃，即不可以碰触到"族"，那实在很需要高超灵巧的技术，也需要凝神专注的心智意念。而在刀刃通过"族"的时刻，面临狭窄曲折的缝隙，庖丁那一瞬间的心动便是"惧处"，意指那一瞬间他是很恐惧的，唯恐稍有偏失便出了差错，因此，所谓的逍遥并不是不顾一切地放浪人间，然后毫发无伤。哪里可能这么简单？

朱子的话使我们明白，恐惧与勇气是相关的。一个无所畏惧的人，事实上并不懂得真正的勇气，也不可能拥有真正的勇气，更谈不上逍遥。此外，西方哲人对思辨有着高深而精微的要求，因而他们累积了相当多的真知灼见，也可以避免很多的概念混淆，相形之下，我们很多人的思维方式往往是跳跃式延伸的，于是便常常用"直""率"和"真"这些抽象的概念评价他人，造成了严重的混淆而不自知。我们理应清楚认识到，勇气并非一种简单的心态，一位法国哲学家即认为："恐惧才能显示勇气的价值，无知的勇气不是真正的勇气。"这位哲学家犀利地洞察到，一个不懂得恐惧的人，根本就不具有勇气的价值，同样地，朱熹的那段话也告诉我们，庖丁在心念一动的瞬间已经产生了恐惧，这才让他有了勇气去推进刀刃，所以说，没有恐惧，真正的勇敢或逍遥便无从谈起。一个不晓世事、被宠坏的人会认为整个世界都是他的游乐场，那般为所欲为的人只能称之为横冲直撞，而不能叫作具有勇气。

另外，欧洲中世纪的一位学者兼诗人葛加提（Oliver St. John Gogarty）也曾论及勇气与恐惧的关系。死亡大概是人类所能面对的最大恐惧，正是在一首关于死亡的诗歌里，诗人写道："若无恐惧，何来英勇？汝哀为何？徒增阻挠。"其中，"若无恐惧，何来英勇"这句诗与那位法国哲学家所说的话几乎完全一致，可见"勇者无惧"并不是不懂得何为恐惧，而是心志坚强到了某一程度，能够超越并克服恐惧，唯其如此，才会展现出真正的勇敢。因此，勇气的前提是建立在恐惧之上的，我们熟悉的罗马诗人西塞罗（Cicero）也提到，"勇气就是对艰难和痛苦的蔑视！"

综上可知，"勇气"的前提或相关条件，一是要懂得恐惧，因此不知恐惧为何物的人不配谈勇气；二是要有艰难的前提和痛苦的必要，没有经历过艰难痛苦和无法面对的障碍，便谈不上所谓的勇气，因为勇气要求我们超越艰难和痛苦。再看海明威在《老人与海》里也提到："勇气，就是在高度压力之下，仍然保持优雅态度。"这又从另外一个角度说明应该如何定义"勇气"，即纵使面临重重压力，一个人还是能够不失控，不捶胸顿足、呼天抢地和怨天尤人，而仍然保持沉静和优雅，如此才可谓超越恐惧。换句话说，人唯有克服强大的压力才足以展现他所具有的勇气。

一旦我们同意以上这些对于勇敢和勇气的认识和定义，再去对比晴雯所呈现出来的"勇"，那么就会发现，晴雯的勇敢其实更像是有恃无恐。首先，贾母非常喜欢晴雯，因此把她拨给宝玉使唤，而此一做法背后的含义，便是要让晴雯将来做宝玉的姨娘。对于贾母这一潜在的用意，晴雯是心知肚明的，因此她在临终前对宝玉说"只说大家横竖是在一处"（第七十七回），以至于有恃无恐。第二，宝玉对晴雯也过于宠爱纵容，总是放任她为所欲为。因此，晴雯的率性不能称之为勇气，她仅仅是有恃无恐而已。此外，晴雯非常容易生气，只要稍不如意便会暴跳如雷，动辄打骂，所以被比喻为"爆炭"，那又有何优雅可言？

我并无刻意从负面角度批评晴雯的意思，而是就事论事，厘清事情的真相。对于晴雯，以及具有和晴雯同样直率性格的人，我们都应该做更精细的区分，而不能仅凭单一的抽象概念一概而论。一个所谓率直的人之所以会产生问题，便是因为他自认为很诚实、不虚伪，所以并没有意识到"自我控制"的重要与必要，更不明白单单诚实无伪并不足以构成明智的头脑而掌握到真理。正如上文所指出的，率直仅是"人格特质"而并非"人格价值"，却因为大家对这些概念模糊不清甚至混淆为一，才会认定"率直"是一种人格价值，而更加不愿意反省自身，拒绝做出改善。因此，当一个率直的人自以为表里合一的时候，他会更加有恃无恐甚至不逊、无礼地抒发个人的好恶与成见，以致伤害到别人而不知。

何况一般人都是很有限的人，只能用有限的心思见识而发为意见，因此注定片面而偏颇。"意见"与"知识"判然有别，前者是个人的成见，或是人云亦云的普通看法，但后者是经过千锤百炼而不变的道理，可叹社会上却多的是把自己的主观意见当客观真理之辈，因此，清朝乾嘉时期一位很有学问的大学者戴震，他不甘成为概念混淆的思想家，也致力于区分主观的"意见"与客观的"理"，在《孟子字义疏证》一书中提及：

> 心之所同然始谓之理，谓之义；则未至于同然，存乎其人之意见，非理也，非义也。……因以心之意见当之也。

他同样认为，一般人尽管真诚地表达个人的看法，但那些看法只能够叫作"意见"，问题就出在"以心之意见当之也"，误以为个人的意见即等于客观道理并坚持己见，而率直的人由于自恃表里如一，不愿意反省自己的不足，因此更容易被浅薄狭隘的成见所蒙蔽。戴震进一步指出：

> 即其人廉洁自持，心无私慝，而至于处断一事，责诘一人，凭在己之意见，是其所是而非其所非，方自信严气正性，嫉恶如仇，而不知事情之难得，是非之易失于偏，往往人受其祸，己且终身不寤，或事后乃明，悔已无及。

也就是说，尽管率直的人居心坦荡无私，但如果仅凭一己之意见而是其所是、非其所非，以自己的意见作为唯一的判断标准，这便是误把意见当作真理。换言之，尽管当事人没有任何诈伪且秉心坦荡，也不能把个人的意见等同于真理，更何况一旦人们"自信严气正性，嫉恶如仇"的时候，却往往会忽略"事情之难得，是非之易失于偏"。此处的"情"即"实"的意思，"事情"便是指事实。戴震认为，绝大多数的人都只能够了解自己所看到的那一面，然而事实非常复杂，很少有人足以真正掌握到事实的全部真相，所谓的是非也会因为立场或角度的改变而变化，而失于偏颇。因此，人们不能把表里如一和对人直率无欺等同于真理，更不能因此便"是其所是，非其所非"，一味坚持自己认为是对的想法，任意批评自己认为是错的见解，如此"嫉恶如仇"的结果会使得人受其祸，甚至相比于虚伪的小人，这样的人所造成的伤害并不会更少；换句话说，当人们自以为是的时候，并未意识到自己已经是呈现出大义凛然姿态的刽子手！可悲的是，即使发生了这种情况，我们往往未曾察觉，或事后才能明白，但那时后悔已经来不及了，毕竟伤害已经造成。正如戴震所说，天下智者少而愚者多，没有人可以完全代表真理。一般人理解的"理"都只是主观的意见而已，因此，如果任由人们表达意见的话，一定会对他人造成伤害。

我借由古人所讲的道理阐发多年思考的心得，并以此来检视《红楼梦》中的人物，也确实发现到，在坠儿窃取镯子之举东窗事发以后，晴雯的自信严气正性与嫉恶如仇表现得尤为明显，也果然对"事情之难得，是非之易失于偏"毫无警觉，完全"凭在己之意见"来处断一事、责诘一人。当时平儿把麝月悄悄叫出去，告诉她镯子已经找到了，罪魁祸首乃是怡红院的小丫头坠儿，并吩咐麝月不要让晴雯知道，因为晴雯是个"爆炭"，一旦她知道了就必定会爆发，对家族内部的人际关系产生不良的影响。而在窗外偷听到这番事由的宝玉，竟然又把情况一五一十地告诉了晴雯。

在此，我们又可以发现宝玉确实是很复杂的一个人，不但偷听别人的谈话，还把谈话内容转告晴雯，晴雯果然气得杏眼圆睁，即刻要处置坠儿，以至于事情最终还是闹了出来。而晴雯是如何对待坠儿的？她拔下发簪，发簪的一端是很漂亮的装饰造型，另一头由于需要能够插进头发里而非常尖利，晴雯便用发簪如针尖的一端试图戳烂坠儿的手，同时言辞尖锐地辱骂坠儿，最后更以宝玉的名义把坠儿给撵了出去。关于这一段情节，我们可以注意的是，晴雯确实完全印证了戴震的描述，甚至还假传了"圣旨"，因为宝玉根本没有下那道驱逐指令。从此一做法来看，晴雯是否具备真正良好的人品，也是很需要进一步思考和斟酌的。

麝月与平儿等

接下来要探讨的是麝月。第七十七回中，宝玉指出袭人是"头一个出了名的至善至贤之人"，而"善"与"贤"都是道德的评价，由于麝月与袭人之间确实也存在所谓的替身关系（the double），故而麝月的一字定评不妨采用"贤"字。所谓"替身关系"并不是一般用语，而是运用精神分析理论来解读小说人物之间一些错综复杂的对应关系时所形成的专有名词，即"重像"之意。总而言之，因为袭人是至善至贤之人，而秋纹和麝月皆得益于袭人的陶冶教育，并无孟浪该罚之处，因此用"贤"字来评价麝月也是恰当的。

第六十三回中，麝月抽到的花签诗是"开到荼蘼花事了"，意指到了荼蘼盛开时也就敲起了春天落幕的警钟，从此将进入百花凋谢、万绿满溢的夏天。麝月之所以会抽到荼蘼花乃是小说家的精心设计，原来，作者要让麝月成为留在宝玉身边的最后一位少女，从这一层面来说，我们也可以认为，麝月是大观园之春的最后一朵花。脂砚斋曾经提到，袭人出嫁前千叮咛、万嘱咐要宝玉留下麝月，否则宝玉无人侍候，那会让爱他的人何等担心！宝玉从小到大是一位集三千宠爱在一身的贵公子，他根本不懂得如何照顾自己，因此袭人央求宝玉一定要把麝月留在身边，脂砚斋就此认为袭人"虽去实未去也"。袭人为宝玉百般尽心，并做到了她所能做的所有努力，我们实在不应该强迫一个人用"死"来证明对政治的忠诚和对情感的坚贞，事实上，要人"以死明志"更像是"吃人"，从本质来说就是法西斯式的霸道要求，无论是礼教还是情教，皆然。

我个人非常欣赏平儿，这与人生阅历有关，而十八岁的人不能欣赏平儿也是合理的。关于平儿的一字定评，当然是"平"字最好。固然小说的回目上两次用了"俏"这个形容词（第二十一回"俏平儿软语救贾琏"、第五十二回"俏平儿情掩虾须镯"），照理来说，"俏"作为平儿的一字定评是有凭有据，没有问题的。但"俏"字比较偏向于外貌的娇美可爱，很少用来传达人物的性格特质，完全无法呈现出平儿在性格上的卓越，何况《红楼梦》中上上下下、里里外外的诸多姑娘，哪一个不是美丽漂亮的？就连恐怖夜叉夏金桂，都是花朵儿一般的美人呢！再参考其他金钗们的一字定评，包括黛玉的"愁"、宝钗的"时"、湘云的"豪"、妙玉的"洁"、探春的"敏"、迎春的"懦"、惜春的"僻"、袭人的"贤"、紫鹃的"慧"等，没有一个是和外貌有关的。所以我认为，与其用"俏"作为平儿的一字定评，不如用"平"这个字更贴切，既充分展示出平儿在性格上的优点，也足以凸显平儿与众不同的独特性。

平儿确实人如其名，例如第六十五回里，兴儿在向尤二姐介绍家中的太太小姐时，言语中涉平儿与王熙凤，他认为凤姐两面三刀，上头一脸笑、脚下使绊子，手段狠毒、心思毒辣；但是平姑娘则为人很好，赤胆忠心，还是王熙凤的好姐妹，这就呈现出舆论对平儿的正面评价。而在此必须特别澄清的是，很多人误以为王熙凤是一个极为势利的人，可这般的想法却大错特错，王熙凤对平儿是非常照顾和宽容的，事实上平儿也是她唯一的知己，两人属于同一阵营，彼此亲如姐妹。固然平儿也有和王熙凤不同的另一面，但那一面与她对王熙凤的赤胆忠心绝不矛盾，读者不能只抽取其中的几个情节便以偏概全。

读者们往往把人性简单化，认为平儿与王熙凤一体，那么平儿一定与王熙凤出于一辙。其实平儿和王熙凤的关系是多面的：平儿非常忠爱自己的主子，而王熙凤也极为疼惜平儿，她们这一对妻妾有如姐妹般联手作战。与此同时，平儿保有一份对别人的善心和慈悲，她拥有王熙凤分沾给她的权力却从不滥权，反倒善用权力来帮助那些受欺侮的弱者。平儿经常背着王熙凤做很多好事，面对那些受到不合理的对待或正在受苦的人，平儿都会利用她作为王熙凤之心腹所拥有的权力来加以照顾，如同兴儿所说的，"小的们凡有了不是，奶奶是容不过的，只求求他去就完了"。此外，平儿也会故意向王熙凤报告错误的资讯，以免他人受到惩罚，在平儿看来，但凡是无伤大雅的事，对那些下位弱势的人稍微纵容和宽恕都是允许的。道理的微妙之处就在于此，事实上权力不一定会带来邪恶，我们也可以使用权力去救助弱者；有钱人也并非完全都为富不仁，而是可以做到富而好礼。权贵和富豪的人品高下决定了权力和金钱所发挥的作用，高尚的人品会使得权力和金钱发挥正面积极的效益，而人品卑劣者即使手无分文也能作恶多端。

接下来要看莺儿。她是宝钗身边的贴身丫鬟，本来姓黄，名叫金莺，宝钗认为这个名字太拗口，所以便用单字"莺"来称呼她，也确实更加简洁而有意味。莺儿最明显的特征，即她拥有非常灵巧的双手，会以柳条编制一些新奇别致的花篮，也会打出各式各样的络子。总之，任何平凡的素材到了她手上都会脱胎换骨，而变成非常精美的用品，因此还曾受到黛玉的称赞。《红楼梦》中有几段重要的情节都与莺儿的巧手有关，这也是莺儿在小说中最被凸显的一点，故可以取"巧"字为定评。

此外还有紫鹃。紫鹃的一字定评是"慧"，出于第五十七回的回目"慧紫鹃情辞试忙玉"，那一段情节描绘得非常清楚。"慧"指心思灵慧，作者用"慧"字正面表示出紫鹃人格的正直良善，她在对黛玉赤胆忠心的同时，也对黛玉未来的人生归宿深谋远虑。紫鹃对二玉自幼培养出来的青梅竹马的深情是十分清楚的，也很有心要促成这段良缘。但需要我们注意的是，如何在礼教社会中人我两全，用一种更加周备的视角看待"情"的问题，便决定了曹雪芹及其《红楼梦》与传统才子佳人式的浪漫爱情叙事是分道扬镳的。

一般来说，女主角身边的丫鬟往往成为才子与佳人之间的中介和过渡桥梁，甚至是才子佳人之间穿针引线的撮合者，红娘便属其中最知名的代表，但紫鹃却完全不是如此，固然紫鹃为了黛玉的幸福而着想，有心要促成宝、黛的婚姻，然而她的所作所为都合乎礼教。于传统文化中，上层阶级的礼教极为森严不可逾越，甚至攸关性命，在这种情况下，符合礼教是促成黛玉婚姻的必要前提。身处《红楼梦》的时代，一段坚贞的爱情只要不合乎礼教，便无法被各方承认和接纳，更难以在现实中立足，也就不可能得到幸福。因此，紫鹃在有心促成二玉姻缘的过程中，始终未曾如传统戏曲小说里的红娘和梅香那般去做一些传诗递简、携衾抱枕的事情，而仅仅只是测试宝玉的心意。一旦掌握了宝玉对黛玉的真心，紫鹃才开始在心里进行盘算，但在盘算之后也并未做出任何逾越规矩的行为，她仍然认为要用一种合乎正道、遵照礼教的方式来促成双方的姻缘，如此将来二人的婚姻才会是圆满的。紫鹃的"慧"，体现于她并没有架空时代环境，自以为婚姻只是两个人之间的私事，不必顾虑其他。只不过在现代个人主义盛行的当下，多数人对婚姻的理解太过简单，与《红楼梦》的落差悬殊，我们实在不应该用现今的意识形态去理解《红楼梦》中的婚姻和爱情。

上述内容介绍了小说中一些比较重要的人物，遗憾的是，我们不可避免地遗漏了部分角色，例如秦可卿和巧姐。要一字定评秦可卿十分困难，因为用"淫"字来评价她是有失全面而欠妥当的，她的代表花是什么也令人困扰，唯一有凭证的，是她房内挂着一幅唐伯虎画的《海棠春睡图》，或许海棠可以作为她的代表花。但海棠同时又是湘云的代表花，一花二用自无不可，显然象征意义也大不相同：可卿的海棠充满了妩媚风情，带有情色意味；而湘云的海棠则妩媚而豪迈，展现出光风霁月的男子气概，可说是小说家匠心独运的安排。此外，尽管秦可卿位居金陵十二钗正册之内，但在书中她却很快便消失退场了，因此，对秦可卿的定评缺乏充足的凭据，我们也不宜妄加推测。至于巧姐，则根本还是一个女婴，女婴当然无一字定评可言，既然她尚未成长，因此也没有开花的可能性。

经过思考和取舍，这一章"如何解读红楼人物"仍存在着些许不可避免的遗漏，对此，我们也无法求全责备，请再参看后续的个别人物论，当可以更加清楚而完整。

第一章

《红楼梦》里的重像

影子关系

透过作者独特的设计，《红楼梦》中不同的人物之间会产生所谓的"重像"或"替身"关系。例如麝月是袭人的分身，第二十回写她"公然又是一个袭人"，至于林黛玉与晴雯之间的重像呼应，以及甄宝玉与贾宝玉的翻版复制状况，都是读者很快便可以把握到的。毋庸置疑，这些人物彼此的映照也都是作者刻意设计的一种孪生关系和对应联结。

在小说的写作策略中，设计不同人物之间的对应关系乃是小说家的特权。作家运用人物彼此的关涉来传达特定的意义，并使得情节产生相应的延伸、扩大与波澜曲折，从而引发读者对作品之深刻意味的思考。过去的评点家也有类似的发现，只不过他们采取的语汇与"重像""替身"之类不同，传统的评点家会使用"影子"或"影身"来说明人物的对应情况。评点者发现两个人物之间的投影关系，而此一投影关系往往建立于某一种类似性上，"某一种"便是指人物之间存在着或建立起各式各样的同质性之一，就《红楼梦》而言，"影子说"最早见诸脂砚斋的评语。

众所周知，甄宝玉乃是贾宝玉的主要重像，但《红楼梦》上半部只在第二回透过冷子兴稍微交代了甄宝玉的相关情况，该处有一段脂砚斋的夹批：

> 甄家之宝玉乃上半部不写者，故此处极力表明以遥照贾家之

宝玉。凡写贾宝玉之文，则正为真宝玉传影。

这一段批语提到，《红楼梦》上半部之所以不写甄家的宝玉，并非因为甄宝玉不重要，而是可以由贾宝玉来代替甄宝玉演出，即所谓的"遥照贾家之宝玉"，因此不必重复浪费笔墨，使行文冗赘，那是作者在书写中为求简约所使用到的巧妙的处理方法。脂砚斋的批语又进一步提醒"凡写贾宝玉之文，则正为真宝玉传影"，此处的"影"即是指甄宝玉和贾宝玉之间具有一致性，写贾宝玉便是在写甄宝玉，这两个人长得一模一样，不仅如此，连个性也完全一致，因此只要写一个就够了，借由一个人来呈现另一个人，而对于没有写到的一方即属于"不写之写"。

除甄宝玉和贾宝玉以外，《红楼梦》里还有几组存在着"影子"关系的人物，比如晴雯与黛玉，袭人与宝钗。脂评本都保存了相关的评点，第八回中脂砚斋便提及："余谓晴有林风，袭乃钗副，真真不错。"晴雯具有林黛玉的风范与性格特质，而袭人则是薛宝钗之"副"，即宝钗的影子和分身。第七十九回还有一段关于贾宝玉《芙蓉女儿诔》的眉批，指出该段诔文"虽诔晴雯，而又实诔黛玉也"，证明了晴雯与黛玉之间"二而一"的关系，接着脂砚斋又云："试观'证前缘'回黛玉逝后诸文便知。"也就是说，如果把《芙蓉女儿诔》一段情节与后面"证前缘"一回互相比较，晴雯与黛玉二人的影子关系便更明确了。可惜"灯前缘"的文字已经散佚，我们无从得知相关的细节。

陈其泰、张新之、解盦居士和涂瀛都是清代晚期的评点家。陈其泰于《红楼梦回评》中曾说："袭人，宝钗之影子也。写袭人所以写宝钗也。"正式提出"影子"这一评点用语。张新之的《红楼梦读法》也提及："叙钗、黛为比肩，袭人、晴雯乃二人影子也。"在此，"影子"一词再度出现。此外，解盦居士《石头臆说》则特别指出："微特晴雯为颦颦小影，即香菱、龄官、柳五儿，亦无非为颦颦写照。"同样也是对"影子"这个术语的运用。

不过，对于解盦居士的此一提法我持保留意见，因为过分推衍"影子说"会有穿凿附会之嫌。其中，称龄官为黛玉小影的说法是可以成立的，文本证据历历可验，但是香菱和柳五儿二者则属推论过度，试看解庵居士的依据与推论在于："盖菱龄皆与林同音也，柳亦可成林也，香菱原名英莲，亦谓颦颦之应怜也。英莲、颦颦幼时均有和尚欲化去出家，其旨可知矣。"然而，柳可成林，别的植物也能成林，何况同音字在中文里很多，再加上音近字，可谓没完没了，按照过于宽松的谐音逻辑，《红楼梦》中岂非很多人物都可以成为林黛玉的影子？这种"想当然耳"的逻辑是很不严密的。再说，英莲与黛玉二人幼时的确都曾被和尚化去出家，但若就此便认为二人是彼此的影子，其中的逻辑也过于宽泛。

西方的重像说

因此需要注意的是，在建立"影子"关系的时候，读者很容易出于自己预设的成见而去寻找各式各样的比附，但那些观点背后的逻辑往往都存有很大的缺陷，以致"影子说"容易引起过度推论，在跳跃式的逻辑之下也难免流于穿凿附会。为了避免这一类的问题，我们需要借鉴西方的概念和理论，因为西方学界对概念的界定比较严格，在方法论上也非常讲究，从而建立了一套如何去建构影子关系的手法。西方不使用"影子"而使用"the Double"此一说法，有学者翻译成"替身"，不过"替身"这个词在中文语境里似乎有冒名顶替的意味，就语感而言，我个人倾向于使用"重像"，"重像"一词相对不会引起误会，也不会由于过度口语化而引起误解。"重像"之说可以涵盖传统的"影子"这一术语乃至于"替身"的翻译，而总体上来看，这三者其实是三合一的。

自从弗洛伊德在 1900 年出版了《梦的解析》之后，精神分析理论为心理学带来了深远的影响，并延伸到人文领域里，于文学作品乃至绘画以及各式各样的艺术形式和种类中，批评家常常会操作潜意识理论进行分析。例如，弗洛伊德使用他的精神分析理论研究过达·芬奇（Leonardo da Vinci）的绘画，认为达·芬奇具有恋母倾向，其实在文学批评中，小说以人物为主，因此这套方式更适合用来对人物进行心理深度的分析。就我现在掌握到的资料而言，西方至少有三本专书在心理学以及精神分析的符号系统下探讨"重像"问题，因此"重像"是十分严格的学术术语。那么，在西方学者的建构之下，小说人物之间的替身关系应该如何界定？

罗伯特·罗杰斯（Robert Rogers）的《文学中之替身》（*A Psychoanalytical Study of the Double in Literature*）一书，即借由精神分析对文学作品中的替身关系进行了研究。在这本书中，他分析了文学作品里作者操作并建立小说人物之间替身关系的方式，而把那些替身关系分为两种，一种是"显性替身"（manifest double），一种是"隐性替身"（latent double）。要回答"显性替身是什么"这个问题，我们首先要梳理所谓的"显性"是建立在何等基础上？一望可知，"显性"乃建立于最明显可以判断的条件上，即形貌——"容貌相似"是最容易判断的显性关系。换句话说，"形貌相似"构成了显性替身的关键性准则。

至于隐性替身，是指二者在外貌上不呈现相似性，乍看之下，我们无法把握到两人具有替身关系，因此除了容貌之外，还必须根据人物的特质来进行判断。换句话说，隐性替身关系存在于两个外貌不同的角色之间，要辨识他们是否具有替身关系，需要留心双方的身份处境是否相似，命运个性是否相似；除此之外，作者在书中是否随时利用叙事情节将两个人相互对照、彼此衬托，倘若答案皆然，这才可以称得上他们具有隐性替身关系，否则便可能只是一种巧合而已。

至此，显性替身与隐性替身的区别已十分清楚明白，显性替身关系最重要的条件就是容貌相似，而隐性替身关系中容貌一定不能相仿，但是二者的命运、个性与处境都具有相似性，并且书中需反复表现这一点，使替身互相衬托。以下列表简要说明之：

1. 显性替身：两个**形貌相似**却独立存在的角色，其身世或相似或对立。

2. 隐性替身：两个**外貌不同**的角色，但**身份处境相似，命运个性相似**，书中随时将此二人对照比较，以衬托彼此。

既然有隐性替身也有显性替身，人物之间存在着相仿或不相似的地方，那么如何使人物去复制、投射到替身角色上？罗伯特·罗杰斯认为，有"重叠复制"和"分割复制"两种方式。把同一个特点放在另一个人物身上，便属于重叠复制，如果重叠的是容貌，彼此就属于显性替身；如果把一个人的命运、个性、处境复制于另一个人物上，而双方长得并不相像，则他们之间所建立的即是隐性替身关系。至于分割复制，可以望文生义，指的是通过两个对立的部分来呈现同一个整体，类似"一体两面"的模式。这是一种比较复杂的复制方式，二者必须互补而构成一个完整的整体，因此形成如同"理智对情感"或"精神对肉欲"之类的分割方式，并且仅存在于显性替身上。对于分割复制的判定，我们必须极为谨慎，例如当两个人物的相貌并不相类，彼此的命运处境也不雷同却又看不出对立互补的关系，此时我们便不能判断其中具有分割复制的设计。

精神分析学说十分艰涩高深，但就目前我们所掌握的原则来分析《红楼梦》，仍足以对《红楼梦》产生新的认知，为《红楼梦》的研究带来别开生面之感，甚至可能完全推翻读者既有的认识，因为既有的认识往往建立在从小耳濡目染的观念上，但那些又往往只是一些想当然耳的成见。

贾宝玉的重像：甄宝玉与薛宝钗

我把贾宝玉、薛宝钗与林黛玉三位主角之间的关系，以及他们与其他人物的"重像"关系进行了全面的整理，以此进一步分析而深入认识《红楼梦》。就贾宝玉而言，他最主要的显性重像是甄宝玉。

第二回已经提到，宝玉性格淘气，对姐姐妹妹有一种很独特的温柔体贴，姐姐妹妹对他也有很独特的"解痛剂"效用，和甄宝玉一模一样。再看第五十六回，贾宝玉做了一场白日梦，梦中到了甄宝玉家与他相会，在碰面之前，贾宝玉还被甄宝玉家的丫鬟们嫌弃，认为贾宝玉是个臭小子却跑来污染这里。从未被别人那般嫌弃过的宝玉终于理解被讨厌的感觉是什么，同时，因为自己是男生而被责骂的遭遇又与梦中的甄宝玉如出一辙，这么一来，甄宝玉与贾宝玉的梦中会见便有如照镜子一般，二人完全可以互相对应甚至互换。

第五十六回的另一段还提到，甄府有四位地位比较高的仆妇来到贾府拜望，与贾母有了一番对话，在交谈的过程中大家发现甄府和贾府的少爷都叫宝玉，十分巧合，贾母便让那四位仆妇看看宝玉的模样。没想到一见之下四人大感惊讶，几乎要以为是甄府自家的少爷也跟着来到了这里，据此我们就不难发现这两人长得一模一样，加上个性完全相同，难怪众人都分辨不出来。可见第五十六回是非常重要的一回，需要我们仔细去阅读。甄宝玉与贾宝玉的容貌相似绝无疑问，二人也同属贵宦阶级的王孙公子，最后更都面临抄家的命运，因此，这两个人之间的显性重像关系毋庸置疑。

令我们吃惊的是，薛宝钗、荣国公贾源同样和贾宝玉具有显性重像关系，可按理说，与宝玉具有重像关系的人应该是黛玉，因为二人是灵魂知己，但事实上却并非如此。在传统主流的认知理解中，宝玉反对科举考试，认为读书做官的人是"禄蠹""国贼禄鬼"，同时抗拒家族所赋予他的使命与责任，只想做长不大的彼得·潘；然而宝玉的外貌雷同于荣国公贾源的此一事实，恐怕会颠覆我们原先的认知。很多读者仅从现代价值观出发，片面而偏执地强调宝玉追求个人性灵的一面，拒绝接受《红楼梦》是一部自我忏悔之书，以至于始终没有留意到贾宝玉和荣国公这两个人物之间的重像关系。

贾宝玉与薛宝钗之间的替身关系同样是建立在彼此的容貌相似

上。第三回的相关内容可作为二人之为显性重像关系的证据，在黛玉眼中，宝玉"面若中秋之月，色如春晓之花，鬓若刀裁，眉如墨画，面如桃瓣，目若秋波"，所谓的"鬓若刀裁"属于男性的容貌特征，当然不能与宝钗相貌相对应，但其他所有的面部特征则简直如出一辙。到了第八回，作者进一步通过宝玉的眼睛来看宝钗的容貌，当时宝钗由于宿疾发作而在家里休养，宝玉前来探望她，看到宝钗"唇不点而红，眉不画而翠，脸若银盆，眼如水杏"，其中的"脸若银盆"的"盆"并不是指脸的大小，而是指脸的形状。

表面上，宝玉与宝钗一个是"面若中秋之月"，一个是"脸若银盆"，文字描写有所不同，但实际上他们的面部特征是完全一致的。请看宝玉"面若中秋之月"，中秋之月是百分之百最圆的，其他月份的月亮不足以企及，而圆正好是薛宝钗"脸若银盆"的特征；此外，银盆是银白色的，中秋之月也是银白色的，皎洁光亮。因此，这两个人的脸型完全一样，并且同等白皙光润，带有富贵人家子女的特质，而不是黑黑瘦瘦的外形。再看宝玉"色如春晓之花""面如桃瓣"，指的是脸色白里透红，显示宝玉身体健康，营养充足。同样地，宝钗"唇不点而红"，是说宝钗完全不用涂口红便血色鲜丽，也表明她个人的营养是良好的，因此五官鲜明，不用化妆就很亮眼。而黛玉则与他们完全不同，黛玉的五官像水墨画般平淡悠远，虽然别有一番情韵，却绝不是轮廓鲜明的美感形态。

还有，宝玉"眉如墨画"，说明他有着两道漆黑的浓眉，而宝钗的"眉不画而翠"也是一样。此处的"翠"是墨绿色的意思，而不是青绿色。在古代一般不用黑色来形容眉毛，"翠"即接近黑色的深青色，是古人形容妇女之眉漂亮好看时常常会用的词汇，唐代诗人李贺甚至直接用"绿"来形容眉毛。可见宝钗不用化妆，美丽的容颜便自然呈现出来了。此外，宝钗和宝玉还有一个非常相像的地方，即灵魂之窗，宝玉是"目若秋波"，眼波流转，眼神灵动；而宝钗乃"眼如水杏"，"杏"表示宝钗的眼睛是圆的，故成语中有"杏眼圆睁"之说，"水杏"则形容目光如水，这表明二人都是浓眉大眼，眼波清澈，因此二人的长相是完全吻合的。在第二十八回，对宝钗长相的描述再度出现过一次，与上述几乎完全一致。

至于宝、黛的外貌则截然不同。第三回透过宝玉的眼睛来看林黛玉，黛玉是"罥烟眉"，眉色淡如轻烟，而第二十三回中，宝玉用《西厢记》的情色话语来挑拨试探黛玉，笑说："我就是个'多愁多病身'，你就是那'倾国倾城貌'。"黛玉听了以后非常生气，认为自己被贬低为情色关系下的性对象，对她而言是莫大的侮辱，因此她十分愤怒，"不觉带腮连耳通红，登时直竖起两道似蹙非蹙的眉，瞪了两只似睁非睁的眼，微腮带怒，薄面含嗔"。我们看到宝玉向黛玉表达出爱情关系的认定，而黛玉却是不接受的，并且非生气不可，从二人出身的阶级特性来理解，便会知道这才是真正大家闺秀的必然反应，宝玉的做法违背了她的教养。从上述的描写可以看出，黛玉的眉毛比较疏淡，朦朦胧胧、似有若无，而她的眼睛"似睁非睁"，由此可见黛玉的眼睛不够大，是狭长的凤眼，显示出黛玉的美感造型是那个时代特殊的美丽，与我们现代人的审美观恐怕相距甚远。从眼睛就可看出，黛玉与宝钗的美完全不同，相比之下宝钗的外貌更接近于宝玉的长相，二人连面部轮廓都十分相似，形成了一种"夫妻脸"。

不止如此，宝玉和宝钗在体态上也属于同类，第三十回说宝钗"体丰怯热"，所以被比拟为杨妃；而第二十九回张道士则说宝玉"越发发福了"，"越发"一词表明宝玉的发福是进行式，比过去更甚。再者，从第三十回宝玉于午后滂沱的雷阵雨中狼狈返家，叫门时被麝月误以为"是宝姑娘的声音"，也显示二宝的声音雷同，更加强了彼此的联系。需要注意的是，无论是五官的浓眉大眼、轮廓鲜明，还是体态上的富态，其整体外形所反映的，实际上乃上层阶级所欣赏的金玉般的仪表形貌。所谓的"金玉般"是表明宝玉相貌堂堂、粉妆玉琢，不至于憔悴瘦弱，而小说中一再提到宝玉之所以备受宠爱，尤其是受到贾母的宠爱，原因很多，其中之一即是他的长相。宝玉作为贾府未来继承人的态势十分明确，因此第二十五回中赵姨娘试图借助马道婆的魔法来铲除他，以便让自己的亲生儿子贾环取而代之，其实赵姨娘本身对宝玉并无个人角度的厌恶，只因宝玉是贾环得到家产的一大阻碍，所以才会对宝玉产生如此强烈的仇恨。当时她也提到宝玉的长相讨人喜欢，于是大人便偏心多疼爱他一些，这很客观地指出外貌是宝玉得宠的重要原因。

就此而言，宝玉和宝钗的美感形态十分符合当时的主流审美标准，所以两个人的名字中都有一个"宝"字互相映照，所谓的"宝"便是世俗世界里共同形成的价值观。曹雪芹的写作十分精细，从双方的夫妻相以及门当户对的家世背景等，他通过各个角度和细节来建构宝钗与宝玉之间金玉良姻的关系。

二宝"远中近"

然而，这两个人的关系其实并非纯然仅仅是由外在条件建构而成的金玉良姻，他们是否还有内心中无形而深刻的某一种亲近？这是至关紧要的一大问题。正巧有一段脂批告诉我们，二宝之间不是只有外力所加的金玉良姻，他们内在也有一种很特殊的紧密相通。第二十一回里，关于"一时宝玉来了，宝钗方出去"的一段描写，脂砚斋说那是"奇文"。他提及：

> 写得钗玉二人形景较诸人皆近，何也。宝玉之心，凡女子前不论贵贱皆亲密之至，岂于宝钗前反生远心哉。盖宝钗之行止端肃恭严，不可轻犯，宝玉欲近之而恐一时冒渎，故不敢狎犯也。宝钗待下愚尚且和平亲密，何反于兄弟前有远心哉。盖宝玉之形景已泥于闺阁，近之则恐不逊，反成远离之端也。故二人之远，实相近之至也。至颦儿于宝玉实近之至矣，却远之至也。

宝玉从小即自封为绛洞花主，只要是年轻漂亮的女性，他都会一片真心对待。既然是如此的个性，宝玉又何以会对宝钗反而生出远心，单单在宝钗面前刻意疏离？原因并不是他们两个人之间难以沟通，而是在于宝钗"行止端肃恭严，不可轻犯"，宝玉担心自己太靠近宝钗的话恐怕不免"一时冒渎"，那样会让宝钗不高兴，以至于影响到他们之间的感情，所以宝玉不敢随意狎昵，不敢像对别的女孩子一般地对待宝钗。举个例子，宝玉爱吃女孩嘴上的胭脂，而如果宝玉用此种方式对待宝钗这位大家闺秀，二人便不可能再有任何亲近的机会。

宝玉是很细腻的人，他这么做并不是因为与宝钗不熟、不喜欢宝钗，或两个人意见不合而和她撇清关系。恰恰相反，他出于对宝钗的尊重以及维持两个人之间的好感才会如此行事，保持距离才是更长久之道。同样地，宝钗"待下愚尚且和平亲密"，何以对宝玉这位姨表兄弟反而有远心？"盖宝玉之形景已泥于闺阁"，宝玉和女孩子的亲近是没有界限的，一旦接近宝玉，"近之则恐不逊"，那就等于鼓励宝玉继续放纵习性。总而言之，因为要尊重对方的个性并且维持他们彼此的某一种亲近，两人之间反倒刻意疏远。于是，脂砚斋对宝玉、宝钗的双方关系下了一个评语，直言"故二人之远，实相近之至也"。

这和一般人的感觉恰好相反。一般总认为宝钗与宝玉之间似乎太客气了，他们保持距离互不侵犯，于是推论两个人的价值观不合，双方的互动很不投契。但如此的推论太过简单化，事实上，正是因为他们非常亲近，亲近到不想破坏彼此的关系，因此才刻意违反自己一般待人的原则，以维护良善的情谊。

脂砚斋还说："至颦儿于宝玉实近之至矣，却远之至也。不然，后文如何凡较胜角口诸事皆出于颦哉。"这一段批语更加引人深思。黛玉与宝玉青梅竹马，关系极为亲密，后面吵架拌嘴、不愉快的事件全部都发生在宝、黛身上，"以及宝玉砸玉，颦儿之泪枯，种种孽障，种种忧忿，皆情之所陷，更可（何）辩哉"。至于宝玉与宝钗相处时却完全没有这类的情况，显得顺当融洽。

总而言之，宝钗与宝玉属于"远中近"，而黛玉和宝玉则是"近中远"，这一段脂评盖棺定论，颠覆了我们对三人之间关系的认知。关于这一点，其实黛玉自己也感受到了，第四十五回述及黛玉独处漫思的时候，"一面又想宝玉虽素习和睦，终有嫌疑"，即证明了这一点，显然两人之间"终有嫌疑"，并非全如第五回所说的"言和意顺，略无参商"。可以说，脂砚斋的这段话对于我们理解爱的深与浅、远与近具有醍醐灌顶的作用。由此再继续分析下去，则宝钗和宝玉二人容貌相近，那不仅说明了双方是金玉良姻，也可以隐喻他们"远中近"之互动关系的本质。

宝玉的另一重像：荣国公

宝玉的另一个重像是荣国公贾源，此一设计的寓意十分深刻，也很值得特别注意。第二十九回贾母领衔到清虚观祈福打醮，与住在道观的张道士有一番对话，张道士是国公爷的替身，代替国公爷去出家。张道士对贾母说："前日我在好几处看见哥儿写的字，作的诗，都好的了不得，怎么老爷还抱怨说哥儿不大喜欢念书呢？依小道看来，也就罢了。"又叹道：

> 我看见哥儿的这个形容身段，言谈举动，怎么就同当日国公爷一个稿子！

说着两眼流下泪来。贾母听说，也由不得满脸泪痕，说道："正是呢，我养这些儿子孙子，也没一个像他爷爷的，就只这玉儿像他爷爷。"张道士和贾母所言，重点在于他们都指出宝玉和荣国公的"形容身段，言谈举动"完全相像，可谓符合显性替身的最高标准。前面提到的那几个人物中，甄宝玉的长相固然和贾宝玉一模一样，宝钗同样是外貌上雷同于宝玉，而宝玉却连言谈举动都完全是当日国公爷的翻版，让张道士一看到宝玉便想到国公爷，两人的显性替身关系其实更加强烈而明确。

于此还需要进一步推敲的是，宝玉所相像的国公爷究竟是哪一个？国公爷的爵位是可以世袭的，但因为随代降等制度的关系，荣国府应该只有一代的国公爷，也就是始祖贾源。可是，从贾母的情感反应来看，似乎指的是贾代善，也即贾母早已过世的丈夫，因此贾母听到张道士的那段话之后才会感慨万分，满眼泪痕，这也是合理的情况。不过，在随代降等的爵位继承制度之下，第二代的贾代善应该已经不是国公爷了，何况张道士又向贾珍道："当日国公爷的模样儿，爷们一辈的不用说，自然没赶上，大约连大老爷、二老爷也记不清楚了。"贾珍是孙子辈的，孙子记不得爷爷的长相通常很合理，因为年龄差距比较大。但大老爷是贾赦，二老爷指贾政，他们两个身为儿子怎么会不记得父亲的长相？仔细加以推敲，最大的可能是父亲很早去世，在孩子才四五岁的时候便亡故了，因此孩子长大后记不清楚父亲的长相，那也算合理。

但是，情况似乎不是如此。在第二回"冷子兴演说荣国府"一段里，冷子兴历数贾家世系各方人等的状况时，提到了贾代善："自荣公死后，长子贾代善袭了官，娶的也是金陵世勋史侯家的小姐为妻，生了两个儿子：长子贾赦，次子贾政。如今代善早已去世，太夫人尚在。"接着冷子兴又提及："代善临终时遗本一上，皇上因恤先臣，即时令长子袭官外，问还有几子，立刻引见，遂额外赐了这政老爹一个主事之衔，令其入部习学，如今现已升了员外郎了。"既然贾赦、贾政有这般的经历和遭遇，显然当时年龄已经不小，则应该不会记不清楚父亲的长相，因此，如果与宝玉相似的人是贾代善，那是很不合理的一件事。假设张道士的说法成立，那么他指的国公爷应该是贾源，玉字辈的宝玉这一代没见过曾祖父是非常合理的，孙子辈的贾赦、贾政记不得祖父也很合理。

　　但如此一来，又和贾母的情感反应不能契合了。从贾母的话语和反应来看，张道士担任应该是贾代善的替身；而从张道士的那段话分析，他也可以是贾源的替身，单单从年龄上来看，两者都有可能，倘若以焦大醉骂的情节作为参考，张道士担任第一代荣国公贾源的替身也是完全可能的。第七回说，宁国府的焦大"从小儿跟着太爷们出过三四回兵"，"太爷们"是指水字辈的贾源、贾演那一代，焦大亲眼见证了贾家祖宗九死一生挣下家业的全部过程，同时活到了玉字辈这一代，因此，他和宝玉甚至玉字辈的下一代草字辈是同时共存的。照此一情况来看，如果与贾源同期的焦大可以一直活到宝玉的时代，那么作为贾源替身的张道士还可以和贾母对话，也是合理的。这个例子告诉我们，张道士可能是贾代善的替身，也可能是贾源的替身，问题的重点不在于笔墨上的误差，而在于无论宝玉肖似的是贾源或贾代善都可以成立，作者也许刻意混淆了三个人的外貌，其用意便是要借此来强化宝玉和贾府开宗肇基的父祖辈之间的传承关系，并强调宝玉作为贾府继承人选的唯一性。

　　试看贾母说："我养这些儿子孙子，也没一个像他爷爷的，就只这玉儿像他爷爷。"作为对应的是，在第五回贾宝玉神游太虚幻境时，宁、荣二公叮嘱警幻仙姑的话也是："遗之子孙虽多，竟无可以继业。其中唯嫡孙宝玉一人，禀性乖张，生情怪谲，虽聪明灵慧，略望可成。"考虑到这些情况，可以肯定的是，宝玉作为贾府唯一继承人的身份，也确实反映在他与祖宗外貌的相似上。人类学家马林诺夫斯基曾经提到，外貌的相似是人与人之间一种很特殊的强烈联系，则可想而知，宝玉是贾家能够延续下去的唯一希望。据此我推测，贾源和贾代善父子之间应该也有容貌相似的地方。

《红楼梦》中一再凸显贾宝玉和祖宗之间的关系，由此我们也可更清楚地认识和定位这部书的宗旨。作者不断强调宝玉作为家族存亡绝续的唯一关键所在，宝玉却偏偏没有完成此一使命，也因此构成了全书浓厚的忏悔色彩。作者借由宝玉这个人物，对自己一生潦倒、一技无成进行忏悔，他愧对祖宗的天恩祖德，因为他是一个无材补天的失败者，完全没有承担起祖宗所寄予的使命与责任。

甄宝玉作为宝玉的显性重像，也为我们理解全书的忏悔情绪提供了观照视角。其实，作者是通过重叠复制和分割复制建立二人之间的重像关系的，在《红楼梦》的后四十回中，相对于贾宝玉，甄宝玉有了一个截然不同的人生发展状况，即回归于经济仕途。续书者塑造了一段情节，让甄宝玉、贾宝玉二人面对面谈话交流，而甄宝玉的那一番关于文章经济、为忠为孝的话语让贾宝玉觉得很不入耳，于是之后宝玉对宝钗说道："只可惜他也生了这样一个相貌。我想来，有了他，我竟要连我这个相貌都不要了。"这段话表现出续书者并非我们所想象的那么不堪，事实上，续书者比大多数读者更真切地掌握了前八十回所留下来的线索。按照后四十回的描写，甄宝玉和贾宝玉分裂成两种不同的价值观，二人虽然长相一致，但已经变成两种不同的人了，所以甄宝玉和贾宝玉之间替身关系的复制手法，是先重叠而后分割。

关于贾宝玉的重像，还有一位是芳官，第六十三回对于芳官有一段非常繁复的描写：

> 当时芳官满口嚷热，只穿着一件玉色红青酡绒三色缎子斗的水田小夹袄，束着一条柳绿汗巾，底下是水红撒花夹裤，也散着裤

腿。头上眉额编着一圈小辫，总归至顶心，结一根鹅卵粗细的总辫，拖在脑后。右耳眼内只塞着米粒大小的一个小玉塞子，左耳上单带着一个白果大小的硬红镶金大坠子，越显的面如满月犹白，眼如秋水还清。引的众人笑说："他两个倒像是双生的弟兄两个。"

这两个人的重像关系，其中必有特别的意义，因为作者把芳官塑造为宝玉的重像之一是很明确的，但现在暂且不表。关于贾宝玉的部分，到此先告一个段落。

宝钗之重像：宝琴、袭人和杨贵妃

接下来要说明的人物是薛宝钗，因为她和贾宝玉具有重像的关系，所以我把她放在第二位进行讨论。

谈到薛宝钗，便无法回避宝钗与宝玉之间的情感问题，针对这一点，常常有人提出宝钗对宝玉是否有爱的疑问。要回答这个问题，其实首先应该要把握爱的定义究竟是什么，否则便是囫囵吞枣、随口漫谈。然而，即使爱具有基本的共同条件，如弗洛姆在《爱的艺术》中所归纳的，但其形态与方式却是没有定论的，有一千个人就有一千种爱，无法一概而论，黛玉的爱情绝非唯一的标准，更谈不上最高的境界。固然黛玉对宝玉是爱，但宝钗对宝玉也可以是某一种爱，所谓的"某一种"便需要我们谨慎定义。例如香菱对薛蟠其实有很深的爱，书中证据斑斑，只是那种爱明显与黛玉的爱并不一样，因为黛玉和香菱两个人的人生遭遇与生命处境天差地别，她们对爱的理解和表现形态当然也是截然不同的。

此外我们同样应该明白，任何一个人都不会永远活在十八岁，十八岁的人对爱的理解与二十八岁、三十八岁和四十八岁的人对爱的理解也是不一样的，换句话说，一个人身上存在着多种多样的爱，在不同时期更会发生不同的变化，所以某个人对爱的定义并不是了不起的绝对真理。世间的爱有千千万万种，黛玉和宝玉的爱情并不需要过分膨胀夸大，以为双方由前世爱到今生，他们之间拥有极其伟大的爱，其实这二人之间的情爱恐怕未必有那般崇高的意义，何况正确说来，前世的木石前盟根本毫无爱情的成分，只要客观细读便知。参照宝钗与宝玉有很明显的显性重像关系，两人的情感是所谓的"远中近"，脂砚斋所谓"远中近"与"近中远"的概念无形中也为我们提供了一个思考的新角度。

宝钗的显性重像是宝玉，已见诸前文的解说，此外，宝钗同时也有三个隐性替身。第一位是薛宝琴，而宝琴与宝玉之间恰巧也有联姻的潜在关系，作者透过宝琴的凫靥裘与宝玉的雀金呢互相辉映，共同构成贾母看了以后非常欣赏的美丽画面：双艳图。因此，这两人之间确实有婚姻的暗示，而薛宝琴也是全书中贾母真正唯一明白透露出求配意愿的对象，可惜薛宝琴已经许给了梅翰林之子，贾母等同于碰了一个软钉子。薛宝琴的出现是作为宝钗和宝玉之间金玉良姻的巩固与加强，所以她确实有如宝钗的替身，而且彼此刚好又是堂姐妹，二人名字里共同的"宝"字也更明显关联为一。由于小说中并未描绘宝琴的形貌，我们无法判断她的长相是否与宝钗有相似之处，不过从二宝联姻的角度而言，宝琴理应为宝钗的隐性替身。

宝钗的另一个隐性替身是袭人，刚好都是以大局为重的贤德之人。宝钗与袭人的外貌并无十分相似之处，身份处境上也有小姐丫鬟的贵贱之别，但她们的命运是类似的，作者明确告诉我们，这二人都与宝玉有婚姻关系，一个是妻，一个是妾。袭人虽然"妾身未分明"，但她已被王夫人内定为宝玉的姨娘（见第三十六回），姨娘一个月领的月钱是二两，先前袭人做贾母的大丫头时领的月钱是一两，被拨到怡红院后仍旧从贾母处领一两，此时王夫人决定从自己的月钱里匀出二两来给袭人，原先的一两则另外换补别的丫头，这便是在私底下、实质上认可袭人为宝二姨娘，保证袭人享受贾府姨娘的共同待遇。

无论如何，就实质上来说，袭人、宝钗二人确实都与宝玉有着广义上的婚姻关系。至于麝月则是袭人的替身，第二十回提到麝月"公然又是一个袭人"，二人都很顾全大局，不以自己的好恶欲求为重，因此麝月在性格和命运上也同样是袭人的延伸，根据脂砚斋所言，当袭人不得不嫁给蒋玉菡时，她千叮万嘱让宝玉把麝月留下来，因此"袭人虽去实未去也"，可见麝月和袭人是一体的。综上所述，宝钗的隐性替身有宝琴、袭人和麝月等三位。这是我目前整理出来的大概线索，以后还可以继续修正和完善化。

有趣的是，除上述的人物重像之外，宝钗还有一位历史人物重像：杨贵妃。第二十七回回目"滴翠亭杨妃戏彩蝶，埋香冢飞燕泣残红"，很明确地指出宝钗的历史人物重像是杨贵妃。这两句回目是对称性的骈偶语句，却有读者针对"杨妃戏彩蝶"做出一些负面的推论，并使用很刻薄的表述方式批评宝钗，例如认为杨贵妃在历史上淫乱滥权，她与自家的姐妹兄弟祸乱宫廷，是引发安史之乱的罪魁祸首，而作者把宝钗类比为杨贵妃，即意在借此贬低、讽刺宝钗是祸水，诸如此类的推论不胜枚举。这便清楚显示出人文学科很容易犯的一种错误，在于轻易做出不严谨的推论，妄下断言。第五回的《红楼梦曲》开宗明义地告诉我们，作者是抱着"怀金悼玉"的心态来悼念十二支曲子所对应的十二位女性，曹雪芹缅怀悲怜这十二位女性，纵使有所批评，也是在不掩其正面性的情况下委婉透露出来，比如晴雯就是一个代表性的例子，更何况宝钗是和宝玉、黛玉鼎足而立的女主角。

换句话说，曹雪芹把宝钗比喻为杨贵妃是不可能带有负面意味的，更何况杨贵妃并非祸水，实际上她完全不干涉朝政，而且与唐玄宗是能够心灵相通的灵魂知己，这二人的爱情在历代帝妃的关系中几乎绝无仅有。杨贵妃三十八岁时被缢死于马嵬坡，她与玄宗相处十六年，彼此专一忠诚，相较于古代帝王拥有三千佳丽是极为普遍的情况而言，唐玄宗在十六年内却完全没有外遇，实在是很不可思议的，何况平民夫妻尚且有七年之痒，帝妃两人如此专一的感情真可以称得上是奇迹！再者，杨贵妃的人品与才华都是超凡脱俗的，不仅从未恃宠干政，她的艺术才华也远远超乎一般平凡的女性，甚至高过于专业的艺术家，足以和玄宗夫唱妇随、琴瑟和鸣，这才有资格让一位伟大的帝王钟情于她。

除此之外，还有一个非常重要的证据可以说明此一历史重像的设计完全是正面的，从第二十七回的回目来看，与宝钗"滴翠亭杨妃戏彩蝶"相对的是黛玉"埋香冢飞燕泣残红"，作者以赵飞燕比拟林黛玉，可见赵飞燕属于黛玉的历史人物重像之一。但人所共知，赵飞燕在历史上声名狼藉，有非常丰富的史料记载了赵飞燕的淫荡问题，就此而言，作者采用赵飞燕来比喻林黛玉，难道是对林黛玉的批评和贬低吗？当然不是。因此，既然连赵飞燕这般人物被用以比喻为林黛玉而不带任何淫荡的内涵，则作者选择杨贵妃来比喻薛宝钗，也纯粹在于薛宝钗与杨贵妃都是丰美绝色的女性，以及二人共同出身贵族的身份背景。

不过，宝钗的历史重像不仅是明显可见的上述几位，从情节叙述中所隐然对应的文献典故来看，其相关的历史人物还包括孔子、屈原这两大贤圣之辈。其中的屈原最为明显，曹雪芹刻意安排了蘅芜苑作为宝钗的居所，于第十七回、第四十回一再特写其苑中所种植的各种香草，例如藤萝、薜荔、杜若、蘅芜、茝兰、清葛、紫芸、青芷之类，乃如宝玉所点明的，皆出自《离骚》，而寄托了"香草美人"的道德象征，这也是蘅芜苑得名的依据，凡稍有中国文学史常识的人也都一望可知，可见屈原确然为宝钗的历史重象之一。至于孔子的取义则比较巧妙，除第五十六回回目上"时宝钗小惠全大体"的"时"字是来自孟子用以赞美孔子的"圣之时者"（《孟子·万章》），请参"一字定评"的部分；此外还有第二十二回元宵节的一段情节，具体详情请参《红楼十五钗》的说明，此处不再赘述。

黛玉的显性替身：小旦、龄官、尤三姐和晴雯

在全书中，黛玉的重像数量是最多的，那些人物之间赖以建立重像关系的共通特点也是最多的，作者颇费苦心，使用特殊的写作策略，使得黛玉的分身无处不在，以至于当黛玉不在场时也形同在场。

首先，第二十二回出现了黛玉的显性替身，一个唱戏的小旦。在清朝，王公贵族的生日都是重大的节日，除安排生日礼物之外，还需

要演戏庆贺，对于贾府此种大户人家而言，那也是他们过生日时必备的一种方式。我查阅了有关清代王府的一些生活实录，这些材料提到王府贵族对于过生日的说法不是"做寿"，《红楼梦》里也没有使用"做寿"一词，唯独"寿怡红群芳开夜宴"这个提法，由此可见，我们对该等阶级的了解还十分有限。

回到第二十二回，宝钗的生日宴上安排了戏曲班子演出，文中写道：

> 至晚散时，贾母深爱那作小旦的与一个作小丑的，因命人带进来，细看时益发可怜见。因问年纪，那小旦才十一岁，小丑才九岁，大家叹息一回。贾母令人另拿些肉果与他两个，又另外赏钱两串。凤姐笑道："这个孩子扮上活象一个人，你们再看不出来。"宝钗心里也知道，便只一笑不肯说。宝玉也猜着了，亦不敢说。史湘云接着笑道："倒象林妹妹的模样儿。"宝玉听了，忙把湘云瞅了一眼，使个眼色。众人却都听了这话，留神细看，都笑起来了，说果然不错。一时散了。

接着，书中写到了宝玉、黛玉二人因此事而起的争执：

> 宝玉没趣，只得又来寻黛玉。刚到门槛前，黛玉便推出来，将门关上。宝玉又不解何意，在窗外只是吞声叫"好妹妹"。黛玉总不理他。宝玉闷闷的垂头自审。袭人早知端的，当此时断不能劝。那宝玉只是呆呆的站在那里。黛玉只当他回房去了，便起来开门，只见宝玉还站在那里。黛玉反不好意思，不好再关，

只得抽身上床躺着。宝玉随进来问道："凡事都有个原故，说出来，人也不委曲。好好的就恼了。终是什么原故起的？"林黛玉冷笑道："问的我倒好，我也不知为什么原故。我原是给你们取笑的，——拿我比戏子取笑。"宝玉道："我并没有比你，我并没笑，为什么恼我呢？"黛玉道："你还要比？你还要笑？你不比不笑，比人家比了笑了的还利害呢！"宝玉听说，无可分辩，不则一声。黛玉又道："这一节还恕得。再者，你为什么又和云儿使眼色？这安的是什么心？莫不是他和我顽，他就自轻自贱了？他原是公侯的小姐，我原是贫民的丫头，他和我顽，设若我回了口，岂不他自惹人轻贱呢。是这主意不是？这却也是你的好心，只是那一个偏又不领你这好情，一般也恼了。你又拿我作情，倒说我小性儿，行动肯恼。你又怕他得罪了我，我恼他。我恼他，与你何干？他得罪了我，又与你何干？"

黛玉的不成熟和无理取闹在此表现得十分显著，我们认识到这一点并非是对她的批评，而是客观的把握。平心而论，从书中的这段描写可以看出，黛玉是一名心态不够成熟的女孩子，她的爱情也是不够成熟的，因为她还只是个少女，而且在待人处事方面所受到的教育更十分有限。由于双亲去世，黛玉总是自认处于孤弱状态，因此尽管她在贾府十分受宠，她仍旧把自身的不安全感以及对这个世界莫名的恐惧，全部都投射到宝玉身上，让宝玉去承担，而宝玉对黛玉十分体贴包容，这是宝玉的优点所在。

黛玉的另一个重像是龄官。在第三十回里，作者透过宝玉的眼光介绍了龄官的形貌：

眉蹙春山，眼颦秋水，面薄腰纤，袅袅婷婷，大有林黛玉之态。宝玉早又不忍弃他而去，只管痴看。只见他虽然用金簪划地，并不是掘土埋花，竟是向土上画字。宝玉用眼随着簪子的起落，一直一画一点一勾的看了去，数一数，十八笔。自己又在手心里用指头按着他方才下笔的规矩写了，猜是个什么字。写成一想，原来就是个蔷薇花的"蔷"字。……里面的原是早已痴了，画完一个又画一个，已经画了有几千个"蔷"。外面的不觉也看痴了。

龄官不但眉眼之间仿佛黛玉，她对贾蔷的苦恋影姿也犹如黛玉的翻版，在第三十六回中，贾蔷为了讨好龄官，花了一两八钱银子，从外头买来了一只会衔旗串戏台的雀儿，兴兴头头往里走着找到龄官，表演给她看，贾蔷只管赔笑，问她好不好。龄官却说道：

"你们家把好好的人弄了来，关在这牢坑里学这个劳什子还不算，你这会子又弄个雀儿来，也偏生干这个。你分明是弄了他来打趣形容我们，还问我好不好。"贾蔷听了，不觉慌起来，连忙赌身立誓。……龄官还说："那雀儿虽不如人，他也有个老雀儿在窝里，你拿了他来弄这个劳什子也忍得！今儿我咳嗽出两口血来，太太叫大夫来瞧，不说替我细问问，你且弄这个来取笑。偏生我这没人管没人理的，又偏病。"说着又哭起来。

看看龄官是如何折磨贾蔷，如何自怨自艾，如何说反话歪派自己喜欢、也喜欢自己的人，那就十分清楚了，她确确实实是黛玉如假包换的重像。

除小旦和龄官外，尤三姐也是作者所设计的黛玉之重像。尤三姐在身份教养、人品心性等诸多方面都与黛玉相去甚远，读者也很难将风情浪荡的尤三姐与冰清玉洁的林黛玉相提并论，故而在阅读中便自动地过滤和忽略那些客观资料。然而在文学研究中，我们不能受限于固有的成见，而应该根据文本所提供的信息，全面并客观地分析作品中人物的成长与变化。尤三姐和尤二姐在小说中刚出场时都是十分淫荡的形象，这对姐妹起初的确与贾珍、贾蓉父子等人存在着不正当的男女关系，尽管她们事后都已经改过自新，但我们无法否认二人的道德瑕疵。第六十五回中，兴儿对尤二姐描述府中的成员时提及：

> 奶奶不知道，我们家的姑娘不算，另外有两个姑娘，真是天下少有，地下无双。一个是咱们姑太太的女儿，姓林，小名儿叫什么黛玉，面庞身段和三姨不差什么，一肚子文章，只是一身多病，这样的天，还穿夹的，出来风儿一吹就倒了。我们这起没王法的嘴都悄悄的叫他"多病西施"。

"三姨"就是尤三姐，既然尤三姐的面庞身段与黛玉十分相似，二者便足以构成了重像关系，再由其中的"多病西施"来看，西施乃是黛玉的历史重像，早在第三回黛玉首度登场时，即描写黛玉"病如西子胜三分"，提到了西施与黛玉的重像关系，此处等于是再度加以强化。

黛玉还有一位显性替身：晴雯。第七十四回中王夫人提及："上次我们跟了老太太进园逛去，有一个水蛇腰、削肩膀、眉眼又有些像你林妹妹的，正在那里骂小丫头。我的心里很看不上那狂样子。"鉴于当时与老太太同行，王夫人出于对贾母的尊敬，不便在贾母面前施展家长的权力，所以当下并没有追究晴雯的放肆。这一段话很值得我们注意，一方面证实了晴雯是黛玉的显性替身，另一方面也说明王夫人不常进大观园。但偶尔才去一次大观园的王夫人却亲眼目睹晴雯骂小丫头的场景，十分轻狂，由此可见晴雯确实常常打骂小丫头，并非巧合；而王夫人评价晴雯的"狂样子"其实是很客观的，晴雯对待小丫头时很少收敛、克制自己的脾气，甚至比正规的主子还凶狠，违背了贾府宽柔待下的家风，因此王夫人心里对晴雯留下了很恶劣的印象。很显然，晴雯与黛玉在外形和性格上都有类似之处，不同的是，黛玉口齿伶俐却不失雅致，晴雯则是由于缺乏教育而表现出一种近乎原始的野性状态。

黛玉的隐性替身：妙玉、茗玉和慧娘

无论是小旦、龄官、尤三姐还是晴雯，林黛玉与她们之间的重像关系都建立在形貌相似的基础上，因此属于显性替身，除此之外，黛玉还有一些隐性替身，例如在第十八回出现的妙玉。因为元妃省亲，妙玉以带发出家的女尼身份进入贾府，作者对妙玉的身家背景做了一番交代：

> 外有一个带发修行的，本是苏州人氏，祖上也是读书仕宦之家。因生了这位姑娘自小多病，买了许多替身儿皆不中用，足的这位姑娘亲自入了空门，方才好了，所以带发修行，今年才十八岁，法名妙玉。如今父母俱已亡故，身边只有两个老嬷嬷、一个小丫头伏侍。文墨也极通，经文也不用学了，模样儿又极好。因听见"长安"都中有观音遗迹并贝叶遗文，去岁随了师父上来，

现在西门外牟尼院住着。他师父极精演先天神数，于去冬圆寂了。妙玉本欲扶灵回乡的，他师父临寂遗言，说他"衣食起居不宜回乡，在此静居，后来自然有你的结果"。所以他竟未回乡。

妙玉的身世背景与黛玉简直如出一辙，包括她们的籍贯都是苏州，两人都生于"读书仕宦之家"，妙玉自小多病，而黛玉也是如此，二人得要用出家来治病的方法也都一致，差别只在于妙玉的父母买了许多代她出家去祈福消灾的替身都不中用，直到妙玉亲自入了空门方才痊愈；而早先和尚也是专程前来要渡化黛玉，还说如果黛玉不出家，她这一辈子的病便会好不了，除非不见外姓亲友，不许听见哭声。那是因为出家让人六根清净，可以斩断情根，不受其苦，但黛玉既然留在尘世，又日夜与宝玉这位外姓亲友共处，她的病就一辈子不会好转，因此注定泪尽而亡，至于妙玉亲自出了家以后即是一个健康的人，反倒走上另外一条俗情纠缠的道路。综上可见，妙玉和黛玉两人的宿命是完全一样的，而在双方的重像关系上，法名妙玉的"玉"字也是很重要的符号指引。

黛玉与妙玉二人皆出自读书仕宦之家，但"读书仕宦"并不表示这般的家族不会因为人丁稀少而逐渐没落。妙玉本家与黛玉自家又很类似，都由于人口太过单薄，以至于其家族难以支撑下去，一旦父母亡故，孤子独女便会无依无靠。必须说，古代大家族的繁茂壮盛与人口是成正比的关系，第一回指出，贾雨村正是因为"生于末世，父母祖宗根基已尽，人口衰丧，只剩得他一身一口"，整个家族只剩一个人的时候即面临灰飞烟灭，所以古人才会喜欢多子多孙，以之为多福气的象征。以前我完全不能同意古人的某些想法和观念，但进入他们的社会脉络以后，才终于能够理解，在当时社会的运作情况下，如果没有足够的人口延续世代，那么即便是一个非常昌盛的大家族，也会很快地败落，而那是在传统的社会结构与社会条件下必然产生的结果。

妙玉的父母俱已亡故，身边只有两个老嬷嬷、一个小丫头服侍，这和黛玉来到贾府时的情况同样如出一辙，第三回说："黛玉只带了两个人来：一个是自幼奶娘王嬷嬷，一个是十岁的小丫头。"再者，小说描述妙玉"经文也不用学了，模样儿又极好"，足见妙玉与黛玉二人的学问都很好，也都长得很漂亮，参照重像设计的手法，妙玉乃是属于黛玉的隐性替身，因为书中并没有涉及她们容貌的相似，但她们身份处境和命运个性则很类同。另则妙玉为人非常孤傲，其洁癖的程度比起黛玉还更有过之，显然作者处处是采用重叠复制的手法来设计妙玉与黛玉的替身关系。

此外，小说中还提到一位名叫"茗玉"的小姐，这个茗玉也是黛玉的重像。第三十九回刘姥姥逛大观园时，为了讨老太太等人的欢心，现场胡诌了一位十七八岁极标致的地方小姑娘，夜晚到人家院子里抽柴草的故事，没想到贾府凑巧发生走水失火的事故，还惊动了贾母，刘姥姥此一不吉利的故事中途被打断，于是她见风转舵，换了一个吉祥的故事给贾母听，但在"情哥哥"宝玉的追根究底之下，那则故事有了后续的说明，而在我看来，其中即隐藏了作者在背后所操纵的一个重像设计。由于宝玉打破砂锅问到底，刘姥姥只得把故事编下去：

> 那原是我们庄北沿地埂子上有一个小祠堂里供的，不是神佛，当先有个什么老爷。……这老爷没有儿子，只有一位小姐，名叫茗玉。小姐知书识字，老爷太太爱如珍宝。可惜这茗玉小姐

生到十七岁，一病死了。

此处的"小姐知书识字，老爷太太爱如珍宝"，与黛玉的背景也十分相像，第二回说，黛玉的父母只有她这么一个女儿，对之爱如珍宝。而茗玉小姐十七岁就死了，也呼应了黛玉将来的青春夭亡。整体而言，故事中的茗玉与黛玉、妙玉都拥有良好的家世背景，都备受父母的疼爱，而她们同时也都是青春早夭。并且和妙玉一样，茗玉的名字里也有一个关键字"玉"，那是一个非常重要的指引。

接下来再看第五十三回"宁国府除夕祭宗祠，荣国府元宵开夜宴"一段，其中的慧娘也是作者为黛玉所设计的人物重像，曹雪芹大费笔墨详细地介绍了她所创造的精品"慧绣"：

> 一色皆是紫檀透雕，嵌着大红纱透绣花卉并草字诗词的璎珞。原来绣这璎珞的也是个姑苏女子，名唤慧娘。因他亦是书香宦门之家，他原精于书画，不过偶然绣一两件针线作耍，并非市卖之物。凡这屏上所绣之花卉，皆仿的是唐、宋、元、明各名家的折枝花卉，故其格式配色皆从雅，本来非一味浓艳匠工可比。每一枝花侧皆用古人题此花之旧句，或诗词歌赋不一，皆用黑绒绣出草字来，且字迹勾踢、转折、轻重、连断皆与笔草无异，亦不比市绣字迹板强可恨。他不仗此技获利，所以天下虽知，得者甚少，凡世宦富贵之家，无此物者甚多，当今便称为"慧绣"。竟有世俗射利者，近日仿其针迹，愚人获利。偏这慧娘命夭，十八岁便死了，如今竟不能再得一件的了。凡所有之家，纵有一两件，皆珍藏不用。有那一干翰林文魔先生们，因深惜"慧绣"

之佳，便说这"绣"字不能尽其妙，这样笔迹说一"绣"字，反似乎唐突了，便大家商议了，将"绣"字便隐去，换了一个"纹"字，所以如今都称为"慧纹"。若有一件真"慧纹"之物，价则无限。贾府之荣，也只有两三件，上年将那两件已进了上，目下只剩这一副璎珞，一共十六扇，贾母爱如珍宝，不入在请客各色陈设之内，只留在自己这边，高兴摆酒时赏玩。

此中提到，"原来绣这璎珞的也是个姑苏女子，名唤慧娘"，姑苏就是苏州，同为黛玉的籍贯。慧娘是仕宦贵族家庭的子女，受到良好的教育，这与林黛玉的出身也十分类似。至于慧娘的个性虽然并没有显现出来，但我们通过慧娘专心投入她的刺绣作品上，完全以审美自娱为目的，可以推测出二人的个性应该相近，慧娘把璎珞当成艺术品，灌注自己的心血，而黛玉写诗也有如此的意味，双方都有脱俗的艺术化生活。而彼此命运的相似之处，在于她们都是十七八岁便去世了，从现代人的长寿价值观来看，黛玉与慧娘的人生在还没有来得及充分开展之前即面临结束，因此她们的命运带有悲剧性。由此可见，慧娘与黛玉的重叠关系并不在于她们外貌的相似，因此她们不是显性替身，而是隐性替身。

就出身经历与命运的相似性而言，茗玉、慧娘都是黛玉的隐性替身，但根据罗伯特·罗杰斯的评判标准，隐性替身还需要作者在书中随时将这两个人对照比较以衬托彼此，而我们可以发现，除了妙玉之外，茗玉与慧娘二人于出现时便已经去世了，仅仅只在书中匆匆一带而过，却还是起到对比衬托的作用。如此说来，西方的理论可以帮助我们认识小说的深层意蕴，但也不需要削足适履去加以迁就。

黛玉的历史人物重像

林黛玉之历史人物重像的数量是最多的，除了上文提到的西施以外，另一组就是姐妹并称的娥皇、女英。最直接的证据见诸第三十七回，当时在探春的号召下开了诗社之后，大家都做了诗翁，所以要取别致的雅号，书中写道：

> 探春笑道："我就是'秋爽居士'，罢。"宝玉道："居士，主人到底不恰，且又瘰赘。这里梧桐芭蕉尽有，或指梧桐芭蕉起个倒好。"探春笑道："有了，我最喜芭蕉，就称'蕉下客'罢。"众人都道别致有趣。黛玉笑道："你们快牵了他去，炖了脯子吃酒。"众人不解。黛玉笑道："古人曾云'蕉叶覆鹿'。他自称'蕉下客'，可不是一只鹿了？快做了鹿脯来。"众人听了都笑起来。探春因笑道："你别忙中使巧话来骂人，我已替你想了个极当的美号了。"又向众人道："当日娥皇女英洒泪在竹上成斑，故今斑竹又名湘妃竹。如今他住的是潇湘馆，他又爱哭，将来他想林姐夫，那些竹子也是要变成斑竹的。以后都叫他作'潇湘妃子'就完了。"大家听说，都拍手叫妙。林黛玉低了头方不言语。

在小说中，大凡别人对黛玉调侃和开玩笑，而黛玉低了头或红了脸不说话的反应，都是表示她心里喜欢和愿意接受。就此来说，黛玉对"潇湘妃子"这个雅号是非常喜欢的，因为此一称呼很美，而且该神话故事里所透显的娥皇、女英二人对于情感的执着，也相当脍炙人口和引人遐思，所以黛玉十分中意。

此外，林黛玉还有一个历史人物重像：赵飞燕。赵飞燕在历史上声名狼藉，以淫荡好色著称，却被作者用来类比冰清玉洁的林黛玉，那恐怕会引发某些具有古典常识的读者的疑惑。其实，作者采取赵飞燕这般的历史人物来比喻书中的人物形象时，并不遵从历史人物的单一面貌或人格特征，而是侧重于其他的特点，毕竟历史人物是多面性的，创作者完全可以依照自己的需要加以取舍，因此，要正确认识一个文本对历史典故的运用重点所在，便必须回到文本本身仔细推敲。我们绝对不能因为历史上的赵飞燕声名狼藉，就认为曹雪芹选择此一典故的用意是为了讽刺或贬低林黛玉，那是不尊重创作之独立性的做法。

试看李白被召入宫中担任翰林供奉，随侍在唐玄宗和杨贵妃身边时，曾根据亲眼所见创作出与赵飞燕关系密切的《清平调词三首》：

> 云想衣裳花想容，春风拂槛露华浓。若非群玉山头见，会向瑶台月下逢。（其一）
>
> 一枝红艳露凝香，云雨巫山枉断肠。借问汉宫谁得似，可怜飞燕倚新妆。（其二）
>
> 名花倾国两相欢，长得君王带笑看。解释春风无限恨，沉香亭北倚阑干。（其三）

在这一组诗的第二首中，李白以赵飞燕比喻眼前那位倾国倾城的杨贵妃，所谓"借问汉宫谁得似，可怜飞燕倚新妆"，其中的"可怜"是可爱的意思，李白认为，美丽可爱的赵飞燕在刚刚画好妆最美的时刻，才足以比得上眼前如同牡丹花般"长得君王带笑看"的杨贵妃。此一写法历来受到了很多诗评家的穿凿误解，在字里行间创造出一些弦外之音，他们指出，赵飞燕在历史上声名狼藉，而李白采取赵飞燕来进行类比，用意是在讽刺杨贵妃的行迹淫荡，借机抨击皇宫的秽乱，但那是非常荒谬的见解。研究李白的专家詹锳就曾指出，认为李白的《清平调词》存有讽刺杨贵妃的意思，此一说法是违反常识的，面对拥有生杀予夺之大权的君王，李白根本不可能在唐明皇面前去讽刺他心爱的贵妃，这是人性的基本常识。简单地说，李白之所以选择赵飞燕加以比喻，是侧重于其身为汉成帝皇后的身份，乃是用来褒扬杨贵妃的一种手法，也符合杨贵妃等同于皇后的实质待遇。

同理，曹雪芹也可以根据自己的需要，把赵飞燕安排成林黛玉的历史人物重像，这两人的相似之处就在于她们的体态纤弱细瘦，身轻似燕，因此曹雪芹拟出"埋香冢飞燕泣残红"作为回目之名。但是，我个人认为其匠心还不止于此，曹雪芹用赵飞燕类比林黛玉，与李白以赵飞燕比喻杨贵妃，关键原因还包括赵飞燕的皇后身份与地位，而我们往往忽略了作家的这一层用意。赵飞燕固然出身倡家，但她成为汉朝的皇后，是身份地位最为尊贵、能够母仪天下的女性。虽然赵飞燕在人格上存在很大的问题，但客观上确实是名正言顺、不折不扣的皇后。唐玄宗碍于杨贵妃原来是其儿媳妇的身份，难以册封她为真正的皇后，只能退而求其次册封她为贵妃，但实际上，杨贵妃的衣饰仪礼等级是完全比照皇后的，所以她是实质上的皇后。李白之所以以赵飞燕类比杨贵妃，最重要的一个原因便是只有赵飞燕才有资格与杨贵妃的尊贵地位相提并论，二人都是世俗社会中最有权力地位的、最尊贵的女性。

当然曹雪芹早已作古，我们无法起曹雪芹于地下而问之，因此作者采取赵飞燕来类比黛玉的用意难以确考，不过以黛玉在贾府中如此受宠的地位，作者用"埋香冢飞燕泣残红"加以等同，恐怕不只是着眼于体态的纤细而已，也应是为了突出与强调黛玉的尊贵地位。总而言之，人文学科十分多元，很难用科学的绝对唯一标准来衡量。因此进行人文学科的阅读与研究更要求我们必须细心谨慎，不能想当然耳。

在此，我要特别澄清一个常见的误解，即很多读者都以为林黛玉喜欢阅读《西厢记》《牡丹亭》，所以会认同其中追求爱情的女主角崔莺莺、杜丽娘，也因此把两位戏曲女性也视为黛玉的分身。但其实那是一种充满跳跃式联结而极为粗疏的错误推断。事实上，基于世家大族的礼教观念，贵族千金连婚前的私情都被视为罪大恶极的淫滥，避之唯恐不及，又岂能与该类"淫邀艳约、私订偷盟"（第一回）者流相提并论！是故，黛玉自己即使在第三十五回私下无人之际想到了崔莺莺，但心中同时一并明确提出"我又非佳人"的定义，断然给予区隔。而在第五十一回不小心引述了两书中的曲文后，也清楚宣称"咱们虽不曾看这些外传，不知底里"的撇清立场。据此而言，以现代的意识形态而将黛玉与崔莺莺、杜丽娘画上等号，实属违反文本事实的主观认定，无法成立。

综合林黛玉的隐性替身、显性替身以及历史、神话两界的人物重像来看，黛玉的影身具有一些相通的特点。首先，诸位女性人物都美丽绝伦，十分漂亮，其中最突出的当属晴雯。王熙凤曾说"若论这些丫头们，共总比起来，都没晴雯生的好"，可见晴雯之美貌。至于黛玉的容貌，第二十六回形容她"秉绝代姿容，具希世俊美"。由此可见，黛玉美得举世罕见、非比寻常。黛玉的其他替身，如妙玉也是模样极好的，而那个演小旦的女伶也一定具有外貌的优势，否则无法担纲这般角色。

就此而言，可以举一个例子来说明。我曾经在学生时代看过一出关于汉武帝与陈阿娇、卫子夫两位皇后之三角爱情故事的歌仔戏，出饰卫子夫的演员扮相并不出色，甚至还比不上陈阿娇的美丽动人，无法达到倾城倾国的视觉效果，于是每当演到卫子夫的娇艳让汉武帝倾倒、让陈阿娇嫉妒时，便毫无说服力，戏剧效力即大打折扣。因为戏剧是视觉的艺术，舞台上聚光灯下的演员需要有外型上的说服力，小旦如果不够年轻貌美就不足以令人信服。前文提到过，贾母特别疼爱宝钗生日宴上那位唱戏的小旦，而贾母最喜欢的女孩子都具备了容貌美丽和口才伶俐两大特点，萨孟武对此早已有所研究和关注，这也可以间接证明小旦的清丽不俗。

再者，林黛玉的众多重像和黛玉一样都才华出众，她们各自拥有独特的才艺，比如龄官是十二个戏子里演得最好的，因此元妃给了她特别的赏赐，宝玉也特别到梨香院去央她唱曲；晴雯的手艺可以补好连外面最好的工匠都束手无策的孔雀裘，慧娘更具备高雅的艺术品位和精湛的绣工技巧。此外，林黛玉的重像们都是个性鲜明的人，比如第三十六回中，宝玉专程去央求龄官唱《袅晴丝》时，龄官忙起身躲避，并正色拒绝了宝玉，她甚至曾在元妃省亲时拒绝领班贾蔷的指定，只肯表演自己擅长的戏码，因此是十分特立独行的一个人。同样地，晴雯极为自我乃至骄纵，妙玉的清高孤傲更不用说了，显示出各色人等与林黛玉都有性格方面的此一特点，同时她们也都口齿伶俐，在在呈现了黛玉之重像的共通性。

还有，林黛玉的重像都面临体弱多病、青春早夭、家世单薄的命运。例如尤三姐没有家庭可以倚靠，以至于她沦落成为男性的玩物，并遭遇自刎而死的悲剧命运，而妙玉、晴雯、小旦以及龄官也都是无枝可依之人，龄官甚至年纪轻轻就出现吐血的症状。另外，黛玉与她的重像也都表现出对待感情的深切执着，例如晴雯和妙玉都钟情于宝玉。而龄官对贾蔷更是一往情深，因此面对人中龙凤、集万千宠爱于一身的宝玉却冷眼相待，这是宝玉从来没有过的经验，也给宝玉另一种情感的启蒙。类似地，尤三姐对待感情也很执着，她的心中只有柳湘莲，愿意等候他一辈子，否则宁可终身不嫁。

最后，我必须特别提醒一点，林黛玉的人物重像群还有一个往往被忽视的重要共同特点。出于对黛玉的偏爱，读者们满心要为黛玉一掬同情的泪水，所以往往偏执地把黛玉看作寄人篱下的孤女，以至于忽略了黛玉其实备受爱宠的客观事实。我们可以看到，黛玉的重像之一龄官也十分受宠，她获得了元妃的喜爱和照顾，拥有皇妃谕赐的"不可难为了这女孩子"的特权，因此没人敢为难她。至于晴雯，她在怡红院蒙受到宝玉和众人的纵容，在多数情况下，晴雯甚至凌驾于宝玉之上，在怡红院中拥有绝对的话语权和决定权。此外，妙玉的来临其实是受贾府的邀请，她所居住的栊翠庵是一处独立的宗教圣地，宗教的特殊性反而让妙玉可以免除世俗权威的侵扰，因此栊翠庵犹如妙玉的个人王国，可见妙玉是很受礼遇的。至于茗玉与慧娘也都是被父母爱如珍宝的掌上明珠，是贵族或大户出身的千金小姐。

总而言之，这些女孩子在特定的环境中都受到很多宠爱，即使像晴雯此等出身低贱并且没有受过教育的人，由于各种因缘际会，也在特定的环境里得到偏爱而发展出格外骄纵的个性。对晴雯而言，她的际遇就是怡红院，没有怡红院，晴雯也不可能如此地走极端；类似地，妙玉也是到了贾府中的大观园内安顿，才把个性发展成更加地放诞诡僻。我们要真正认识林黛玉和她的重像，便必须回到她们的生命史中，把握到这些人都备受宠爱的客观事实，绝对不宜只从一般性的角度看待她们。

有关贾宝玉、薛宝钗、林黛玉的显性及隐性重像可以罗列如表 2-1，并为本章做一总结：

表 2-1　贾宝玉、薛宝钗、林黛玉的显性及隐性重像

重像	贾宝玉	薛宝钗	林黛玉
显性	甄宝玉、薛宝钗、荣国公贾源、芳官	贾宝玉	小旦、龄官、尤三姐、晴雯
隐性	贾政、北静王水溶	薛宝琴、袭人、麝月	妙玉、茗玉、慧娘
历史人物		孔子、屈原、杨贵妃	娥皇女英、西施、赵飞燕
共同特点			美丽绝伦、才华出众、个性鲜明、口齿伶俐、纤弱多病、青春夭逝、备受宠爱、家世单薄、深情执着

第二章

贾宝玉

对绝大多数读者来说，贾宝玉代表着纯真与性灵，是一位有着赤子之心的"新人"，这位"新人"诞生于封建体制最成熟的帝制晚期，他抗拒了成人世界的污秽与虚伪狡诈，由此被赋予超越传统乃至带有革命英雄的意味。由于近百年以来历史、政治、社会主流的特殊发展，导致我们更愿意去强调宝玉投合今天价值观的部分，尤其是在文化意义方面，比如读者所以为的反传统、反礼教。

在未经反思的情况下，我们通常都是用自己的视野去看待各种现象，犹如德国思想家卡西尔（Ernst Cassirer）于《论人》一书中所说：

> 人总是倾向于把他生活的小圈子看成是世界的中心，并且把他的特殊的个人生活作为宇宙的标准。但是，人必须放弃这种虚幻的托词，放弃这种小心眼儿的、乡下佬式的思考方式和判断方式。

确实，现代人常不自觉地落入"这种小心眼儿的、乡下佬式的"眼界中，导致集体的偏颇误解，因此我们应该要努力抽离出来，重新反思与警觉，不应继续局限于个人生活的小圈子里，形同井底之蛙。岂不见第四十九回中，当宝玉在见识到薛宝琴的出类拔萃之后，连他自己都承认："可知我井底之蛙，成日家自说现在的这几个人是有一无二的，谁知不必远寻，就是本地风光，一个赛似一个，如今我又长了一层学问了。"那么，倘若我们一味以自己的好恶去看待小说人物，便更容易变成小心眼儿的乡下佬了。

对于贾宝玉这位人物的介绍与认识，我想借由一个对照的方式，循序渐进地探讨。首先看宝玉的出身背景，他诞生于贵族世家，这等背景在根本上已深深影响着此人的人格特质、意识形态、文化品味和审美观等，他所在的阶级已经与他的内在人格结合为一体，那绝不是一个外来强加的虚伪外壳，而是构成了自我的一部分。在第二回中，作者开宗明义地利用先天禀赋，即正邪二气来解释宝玉不同于一般的人格形态，然而单单只有先天禀赋还不够，从小成长的后天环境也是个人性格之塑造、分化的重要关键，其影响并不亚于天赋。小说家清楚地指出：正邪两赋之人，"若生于公侯富贵之家，则为情痴情种；若生于诗书清贫之族，则为逸士高人；纵再偶生于薄祚寒门，断不能为走卒健仆，甘遭庸人驱制驾驭，必为奇优名倡"。这是《红楼梦》对人性理解的一大思想纲领，其中的人性论非常精彩，绝对不能用一般所谓的反封建、反礼教来加以简化套用。

从上引正邪两赋的一段气论可知，首先，宝玉显然并不是逸士高人，因为他诞生于公侯富贵之家，所以必须从这个角度来理解他的人格特质。其次，宝玉的前身来历是女娲补天遗落弃用的唯一畸零残石，它的象征意义究竟是什么？宝玉的复杂性绝对不能一言以蔽之，因为身为一个真正有血有肉的人，他自己就处于内在矛盾冲突的状况中，再加上他既然作为世家子弟，同时必须担负起家族的命运，何以竟然如此之不肖？这些问题都必须结合宝玉的家庭背景，才能够真正解释其正邪两赋的意义究竟在哪里。

"石—玉—石"循环三部曲

　　回到玉石的来历，宝玉诞生之际所携带的玉就是他的前身，即女娲补天时留下唯一未用的畸零残石，《红楼梦》在第一回中便用"顽石"来称呼这块石头。那么应该如何理解"顽石"呢？首先，"顽石"可能是一个客观的描述，说明这块石头朴素原始、完全没有经过雕琢，是自然的产物；另一种说法是，"顽石"暗含着一种人文的贬义，即是不够格。所以，这块顽石到底是指很原始、很粗糙、很自然的石头，还是说它本身带有一种人文价值的贬义在其中？无论哪一个问题的答案，都不应该直接判断。只是，大部分的人在下判断之前很容易望文生义，因为人性往往是想当然耳，产生感性直觉的反应，导致读者都只用一般的人性本能去读书，然而，如果我们想要追求真正的知识，就一定要超越人性，并努力地去打破自己的主观成见。倘若意识不到自身其实必然受困于一种自我局限，我们便永远不会蜕变；而不愿意忍受蜕变的拆肌裂骨之痛，那更不可能超越自我，如此一来，我们的知识只会永远停留在一般性的常识反应上。

　　关于这块石头的本质与内涵问题，有一种传统式的"石头循环三部曲"说法，用以对应解释宝玉的前身、今生与来世：前身是指入世之前的宝玉，就是一块顽石，比较原始自然，没有经过人为的雕琢；而今生是指顽石幻化成宝玉口中的美玉与宝玉之后，一起来到人间，进入贾府；来世则指宝玉出家历经一段时间之后，又回到天庭仙班，复还本质，因为他曾经是太虚幻境中的仙人，最终又回归到了石头的存在形态。此一"石—玉—石"循环三部曲大致可以概述宝玉不同的生命变化，而所对应的存在空间即是神界—俗界—神界。神界是石头存在形态的栖息地，而石头又代表着自然与真我，比较具有精神性的一面。对于我们现代人来说，这种超越世俗的"真"被视为一种毋庸置疑的崇高价值，如此一来，顽石便代表了所谓的本真、最本然的真我，也是一般人认为最可贵的地方。

当顽石被一僧一道大施法术缩成一块鲜明莹洁的美玉，携入人间受享温柔乡和富贵场时，在一般人的认识中，此刻的玉属于可佩戴的吉祥物，能够用来彰显世俗身份，它本身即具有炫富的价值属性，因此玉就代表着文明，也是一种所谓的"假我"。"假我"意指外在所附加于我们身上的表层之我，人们为了生存，不得已需要调整自我去应对周遭的社会，在这种情况下所形成的那个我便被叫作"假我"。而玉作为市场流通中具有金钱价值的珍宝，则被视为一种物质层面的产品，属于世俗化的范畴。如此一来，石与玉的分化，以及神界与俗界的判然二分，也形成了一种二元对立的关系。

然而，真的有这般二元对立关系的存在吗？我们首先来检验小说文本的描述。在《红楼梦》第一回中，当顽石听闻一僧一道说到红尘中的荣华富贵时，即"不觉打动凡心，也想要到人间去享一享这荣华富贵"，可见顽石并不是来人间受苦修炼的，它是要去温柔乡和富贵场中受享的。由此看来，这块石头真如读者所以为的，是那般完全的自然纯真吗？其实未必，它会起心动念，想要受享荣华富贵，这难道不就是物质性的展现吗？并且顽石明确指定要到人间去，而人间又是世俗的场域，显然石头尚在神界时，便已经具备了凡心。足见当我们采取并强调神界与俗界、真与假、自然与文明的二元对立之分时，根本上就已经是问题重重。

接着，文中说到顽石"自恨粗蠢，不得已，便口吐人言"，此处顽石称自己粗蠢，有可能是客观上的描述，说明这块石头的外形又粗丑又蠢笨，但也有可能是价值上的判断，谦称自己内在粗陋蠢笨，因为顽石此时面对的是二位仙师，出于对一僧一道的尊敬，才自我贬抑以凸显对仙师的崇仰。那顽石向一僧一道说道：

> "大师，弟子蠢物，不能见礼了。适闻二位谈那人世间荣耀繁华，心切慕之。弟子质虽粗蠢，性却稍通；况见二师仙形道体，定非凡品，必有补天济世之材，利物济人之德。如蒙发一点慈心，携带弟子得入红尘，在那富贵场中、温柔乡里受享几年，自当永佩洪恩，万劫不忘也。"二仙师听毕，齐憨笑道："善哉，善哉！那红尘中有却有些乐事，但不能永远依恃；况又有'美中不足，好事多魔'八个字紧相连属，瞬息间则又乐极悲生，人非物换，究竟是到头一梦，万境归空，倒不如不去的好。"这石凡心已炽，那里听得进这话去，乃复苦求再四。二仙知不可强制，乃叹道："此亦静极思动，无中生有之数也。既如此，我们便携你去受享受享，只是到不得意时，切莫后悔。"石道："自然，自然。"那僧又道："若说你性灵，却又如此质蠢，并更无奇贵之处。如此也只好踮脚而已。也罢，我如今大施佛法助你助，待劫终之日，复还本质，以了此案。你道好否？"石头听了，感谢不尽。那僧便念咒书符，大展幻术，将一块大石登时变成一块鲜明莹洁的美玉，且又缩成扇坠大小的可佩可拿。

单看此段描写中几个关键的形容词，包括"粗蠢""一块大石""质蠢"等，根据这些点点滴滴的微小描写，如果只凭直觉式的反应，我们可能会觉得这石头是一块笨重的顽石，于是"顽石"就变成了客观的外形描述；而且顽石后来又被缩成扇坠大小、可佩可拿的鲜明莹洁的美玉，似乎又有了小与大、玉与石之间清楚的区隔，正好对应于以上所引述的"石—玉—石"循环三部曲中，石与玉被赋予完全不同的价值内涵，即石头代表神性，是精神的、自然的，是"真我"；玉则代表着俗界的文明，是一种被社会所改写的价值，符合人间的审美观，所以被称为"假我"。我们可将这种思维之下所形成的对应现象做一对比：

神界：石——自然、真我、精神、超俗、神性

俗界：玉——文明、假我、物质、世俗、俗性

王国维解宝玉之"玉"

不仅如此，"玉"字除了代表文明、假我、世俗的物质意义之外，在王国维的解释中，更被赋予了生物的本能性。王国维作为一位国学大师，大概也是第一位借哲学思想以分析《红楼梦》的开宗祖师，并且真正地把《红楼梦》当作一部文学作品来探讨，这是很具开创性的贡献。从红学的发展历史来看，人们一直摆脱不掉对《红楼梦》做各方面非文学性、非文本性的使用，甚至直到现在还有人声称：把《红楼梦》当作文学作品来研究，是红学中最大的谬误！可想而知，王国维的《红楼梦评论》诚然可以算是红学史上的一座里程碑。

王国维采取西方的哲学思想来认识《红楼梦》，确实是一种非常具有开创性的做法，也彰显出《红楼梦》本身的思想深度以及超越民族、

超越文化之樊篱的普遍性，只不过这么做是否能够真正打通中西的款曲，或许又存在着穿凿套用的危险，仍都可以另当别论。当王国维运用叔本华（Arthur Schopenhauer，1788—1860）的生命哲学去理解《红楼梦》时，其思维方式存在着两个问题：第一，对于所用的理论或思想体系是否已完全掌握？第二，运用已知的理论去分析文学作品，其间是否存在着距离的问题？在承认王国维对红学研究具有贡献的同时，也应该看到此一做法所产生的另外一个负面影响。事实上，王国维是借他人之酒杯来浇自己心中之块垒，王国维所苦恼的是他自己的人生问题，他由《红楼梦》所看到的就是他自己的人生困境，于是采取从叔本华那里所得到的认识来解决自己的人生困境，同时也投射到《红楼梦》中，运用叔本华的理论解释小说里的人、事、物。

王国维认为，《红楼梦》也同样在解决生活或生命本身最严重的、很难破解的一大问题，即人会受制于欲望，他说："生活之本质为何？欲而已矣。"他认为生活的本质仅仅只是"欲"而已，"欲"便是欲望，即生命各种基本的需求。当王国维认为生命的本质就是欲望的时候，那会产生一个问题，即以偏概全，因为生活的本质并非只有欲。而王国维将此说法再套用到《红楼梦》中，自然便得出了如此看法："所谓玉者，不过生活之欲之代表而已。"换句话说，他又运用了谐音联想，将宝玉的"玉"双关等同于欲望的"欲"，然后再联系叔本华的哲学思想进行阐释，这大致就是王国维整体思想背后的一个理路。

随后他又将欲望简单化成两样东西，即《礼记》所说的："饮食男女，人之大欲存焉。"而《孟子·告子上》也提到过："食、色，性也。"又如《列子》引古语所说："人不婚宦，情欲失半。"在在指出人类存在最基本的共通性就是食与色，这是古人所提到并一致认可的。

于是我们很容易会认为：食与色对于每个人来说都很重要，而且一样重要，我们不可加以压抑，否则就是在戕害人性，就是礼教吃人，这便是百年以来一直在操作的一种推论模式。如此一来，宝玉入世到公侯富贵之家以后的人生，即被我们当作是受享的过程，然后"玉"本身进而被认定为代表着世俗欲望与"假我"。

但是这样的推论，其实包含了好几层跳跃式的联结，甚至包含了错误的定义。例如第一个基本定义本身便是错的，因为生活的本质真的是王国维所说的"欲而已"吗？用"而已"这两个字，岂不是认为"欲"即人类存在的全部核心，并且将生活限缩在"欲"之中吗？那事实上是把人给严重简化、矮化甚至卑下化，似乎人在根本上只不过是本能的运作而已，这种理解当然有很大的问题。其实人之所以为人，绝对不是只有这个层面，人永远拥有超越"欲"之上无边无际的层次，而且永远可以具有向无穷无限的高处去攀爬、去向往、去追升的空间。所以就这个定义来说，一开始便出现了很大的问题。

其次，当我们觉得"饮食男女，人之大欲存焉""食、色，性也"的时候，又犯了一个很严重的所谓"本能主义"的错误，即用本能来解释人格问题，以及人在社会中的种种问题。然而事实上，人与人之间的很多问题并不是由本能所引发的，人际关系中有太多的是非纷扰及恩怨纠葛，足以引起内在的心灵病变，甚而导致精神疾病，那其实都与本能无关。通过心理学和社会学的研究，我们可以得知，用本能主义来思考人的问题是严重的以偏概全。固然每一个人都得要靠吃才能活下去，可是在我们把"食、色，性也""饮食男女，人之大欲存焉"当作人的最大本质来讨论时，便犯了一个严重的错误，那就是误以为食与色都是人所具有的大欲，并且每一个人的食色程度与样态是完全一样的。

其实并非如此，否则又怎么会有孔孟与盗跖之别？我们确实都得吃饭，然而怎么吃、吃什么却是可以大不相同，比如可以像弘一大师那般粗茶淡饭，也可以像暴发户一样铺张浪费，二者之间天差地别，根本不能一概而论。固然"欲"是作为人之存在，或者是任何生命之存在都不可或缺的根本需求和本能，但如果只用这种本能来看待人，就一定会出现很多问题，因为即便是本能也都具有很多的差异，而那些差异才是决定人的价值的关键。一般人常把放任本能叫作自由，其实是大错特错，因为放纵本能的同时，也等于是使人的真正价值堕落而不自知，这个道理涉及很多的问题和辩证，尤其是很多想当然耳的一般推论更隐含了不少谬误与漏洞，往往令人误入歧途，但此处无暇细说，容后再详谈。

回到对于宝玉之"玉"的认识，王国维开启了一个诠释的方向，却也限定了后人在思考上的突破，因此把宝玉的玉只当成是欲望的欲。但《红楼梦》乃一部复杂又伟大的作品，岂会那么简单地来看待"玉"的存在？尤其从几千年的中华历史来看，玉的文化内涵非常丰富，又怎是一个"欲"字了得！更何况再进一步仔细地考察，书中名字带有"玉"的人物也真的都是在展现欲望吗？都是做世俗的表现吗？试看林黛玉的"欲"可能具有爱情渴望的部分，但却完全不涉及食与色，此等世家大族的贵族小姐饮食上非常节制，一般都只拣自己喜欢的吃一两口（见第四十回），而黛玉更是"平素十顿饭只好吃五顿"（见第三十五回），简直有一点厌食症。并且在黛玉身上也没有一般形而下的情欲，她至死之前完全不涉及所谓的情欲，这就已经清楚推翻了《红楼梦评论》中"所谓玉者，不过生活之欲之代表而已"的论点。

超越二元对立

由此可见，虽然可以直接采取谐音法，再套上一个普遍可以通用的哲学思想体系，看起来也仿佛可通，然而一遇到具体对象便会大有出入，乃至于扞格不通。显然我们太常用二元对立的思考模式去认识世界，包括去认识经典，而归根究底，这种情况也其实是非战之罪，因为它是来自于人性，我们虽然不抨击这个普遍的现象，却必须清楚意识到此一问题，并努力加以克服。

确实，我们从小在一开始认识这个世界的时候，都必须通过二元的方式去展开，因为建立知识一定得用二元的方式，以至于我们始终很本质性地陷入二元的概念框架中。虽然如此，人类还是可以追求一种超越二元对立的境界，例如在佛学经典中可以看到，佛家希望我们能够解脱、解离、破除这种二元的方式，以体悟超越界的大智慧，因此当佛经在谈"真如"、说"涅槃"的时候，并不是用我们所习惯的正反高下的概念去理解，而是采取不左不右、不高不低、不热不冷的表述方法去破除二元对立的思考框架。因为只有在打破二元的框架之后，才能够真正掌握到所谓涅槃真如的智慧，此所以龙树有"不生、不灭、不断、不常、不一、不异、不去、不来"的"八不中道"之说。

然而，二元的思考框架涉及语言的复杂操作，既然它作为人类学习、认识这个世界，与追求知识、掌握道理时不可或缺的基本思想运作模式，我们以此去理解玉与石的对立，真的是自然而然甚至必然而然，可问题便在于：这样做的结果，不会让我们超越一般常识的层次。真正的智慧是超越于此一框架之上的，而曹雪芹触及了那般更高一层的辩证智慧，他并未宣扬礼教吃人，主张人就应该要发泄情绪并鼓励纵容本能，甚至把这种自我放任当作人类唯一真实的价值来加以弘扬。正如太虚幻境两侧的对联写道："假作真时真亦假，无为有处有还无。"我认为这两句的意思是在告诉我们，真与假是一体的两面，是可以互相转化的互补关系，因此，当我们把假当作真的时候，假即会是真；当我们把"真"当做一个价值而加以追求的时候，真也就变成了假，因为那变成了刻意的模仿。

此一真假互转的道理，在第五十八回"杏子阴假凤泣虚凰，茜纱窗真情揆痴理"中，便提供了一个很容易理解的例证：藕官和葯官在戏台上扮演才子佳人，因"常做夫妻，虽说是假的，每日那些曲文排场，皆是真正温存体贴之事，故此二人就疯了，虽不做戏，寻常饮食起坐，两个人竟是你恩我爱"。这个案例告诉我们，假的可以变成真的，虽然演戏是假，女扮男装是假，演戏的"假凤""虚凰"更是假中又假，但却培养出了真情，正所谓的假戏真做、弄假成真。所以用二元对立去思考人性事理或《红楼梦》之类的经典作品，其实都是将《红楼梦》贬低和简单化，也把世界看得太过单一。

而所谓的"真亦假"，则可以印证于明末文人所流行的一种文化雅癖——崇真。崇真就是崇扬率真、真我的思想，当崇真思想流行之后，大家便将这种真我等同于有个性、有性灵，它成为一个人人追捧的价值，于是吸引了众多的文人去追求与模仿，然而吊诡之处便在于，一旦大家都来模仿率真的时候，其流弊是最终反倒成了造假。因为他们的心中其实并没有处于"真"的状态，也不是内在有一个很强大的自我力量需要表达，而只是故作姿态。换句话说，这一类的人之所以宣扬"真"只是为了获得奖赏，被大家推崇，也正因为能得到外在的名声，导致大家都来模仿，纷纷表现出"真"的样子，而那些模仿的人当然就是在造假。所以说，真与假的定义和它们彼此的关系并没有那么简单。再比如说，一个刚刚出生的婴儿确实可以叫作"真"，然而这个"真"是没有意义、没有内容的，因为婴儿根本不知道"真"是什么，那只是什么都不懂的空白状态，所以崇真思想本身是很有问题的。

曹雪芹一定深刻认识到了明代后期流行性灵说与崇真观的弊病，以及它所产生的混淆，才会在太虚幻境的对联中标示出"假作真时真亦假"一句，并安排一段"杏子阴假凤泣虚凰，茜纱窗真情揆痴理"的情节。现在学术界常常说《红楼梦》受到性灵思想、崇真思想的影响，所以追求婚姻恋爱自主，甚至宣扬所谓的个性觉醒或情欲解放，但我认为刚好相反，由于明代留下来的思想弊端以及社会遗毒，曹雪芹深刻地洞察到那类观念的缺失，以至于他要告诉我们，事情并没有如此简单！在我看来，曹雪芹绝对不是在反封建礼教，相反地，他是在指点礼教与自然其实是可以合而为一的，正所谓"名教中自有乐地"，名教与自然事实上是一体两面，而不是互相对立。

玉石一体

针对"石—玉—石"循环三部曲的说法，接下来还要再提出一些疑问，因为很明显地，这三部曲的二分法本身是无法成立的，事实上每一个阶段无论是玉还是石，都兼具了双重性，不单以"玉"代表欲望这一点已被证明是错误的，其实宝玉在神界的时候便不仅仅是石头而已，它的本质更属于玉石，是一块玉。

试看宝玉的前身是女娲炼石补天所遗留下来的五色石，《淮南子·览冥训》明确指出："女娲炼五色石以补苍天，断鳌足以立四极，杀黑龙以济冀州，积芦灰以止淫水。"而这般的五色石不可能是一般未经雕琢过的所谓"顽石"，也不同于自然界中吸收天地精华所形成的灵石，如孙悟空的前身之类。又其分身神瑛侍者所居住的赤瑕宫，"赤瑕"之名可以直接联想到"赤霞"，那其实是一个专有名词，早在宋代便有记载，《路史》一书说女娲补天时"炼石成霞"，而"霞"正是天边的彩霞，彩霞是红色的、多彩的，即等同于女娲所炼造的五色石。只因曹雪芹为了凸显宝玉的"无材补天"，于是保留了"赤"字，而将彩霞的"霞"改为瑕疵的"瑕"，显示其间具有一个同音兼同质的连带关系。可见有关宝玉的所有神话都与女娲补天相关联，赤瑕宫的神瑛侍者也是脱胎于五色石的神话脉络。

然则五色石又岂会是普通的"顽石"？它根本上便如同玉一般缤纷可喜，具有视觉上的美感，再加上女娲的锻炼，使得这块石头"灵性已通，因见众石俱得补天，独自己无材不堪入选，遂自怨自叹，日夜悲号惭愧"，所以我们称此块石头为通灵宝玉，而通了灵的石头就是玉，所谓的"灵性已通"根本已经证明了这块石头是一块玉了。再根据文学批评家刘勰在《文心雕龙·原道》中对灵性的解释："惟人参之，性灵所钟，是谓三才。为五行之秀，实天地之心。"意指人类作为五行之秀、天地之心，是性灵所钟的独一无二的存在物，所以人才能够参透宇宙自然运行的奥秘。而参透到宇宙自然奥秘的人，又是如何体现天地之心的呢？刘勰说，是"心生而言立，言立而文明，自然之道也"，亦即参透了天地之心以后，才能够使用语言，而有了语言之后文化、文明也才会彰显出来，足见文明、文化的建立是来自于语言文字的运用。而能够使用语言文字的前提则是要有一颗天地之心，这颗心便是性灵之所钟，可以用来"原道"，推动文明、文化的进程。

反观顽石灵性已通，又口吐人言，正暗示着顽石已经有了天地之心，是性灵之所钟，属于一个非常宝贵的存在，因此当它意识到自己的不足后，便日夜悲号惭愧、自我罪咎，所以它不可能是一块自然的石头，自然的石头不能参透道，更不可能说话，也不会有价值观的评断。总而言之，在神界的时候，石头早已不是天然的石头，它根本就是一块玉，外在五色缤纷，内在又性灵能言，能够参透到天地之心而成为五行之秀。换句话说，女娲用来补天的石头是顶天立地、维系人类文明的社会支柱，因而当这块石头不能派上用场时，真的是发自内心地悲号惭愧，由衷感觉到自己是被抛弃的瑕疵品，是一个不足以参与宏大事业的败笔。

这块通灵的五色石被遗弃在青埂峰之后，又发展出另外一个存在的形态，那就是以神瑛侍者为中介，与绛珠仙草建立了一个还泪的木石前盟的神话，那是小说家为了整体叙事的需要而设计的。有很多人认为神瑛侍者并不是顽石，两者各自独立不一，可是从整体的叙事结构上来说，二者必须是同一的，只是以不同的形态在神界活动，尤其神话思维与科学逻辑不同，神话本来就带着象征性，可以有不同的分身构成并存的关系，更何况赤瑕宫的"瑕"也是玉的一种形态，"赤瑕"又隐含了五色石的意思，所以隶属于由五色石之名称所转化的赤瑕宫的神瑛侍者，当然还是贾宝玉。而绛珠仙草入世之后变成了林黛玉，她要还泪的对象一定是前生的神瑛侍者，后者入世后也显然是贾宝玉，所以神瑛侍者必然是贾宝玉的前身，而宝玉最早的前身又很明确，是一块女娲遗落的五色石，足证顽石与神瑛侍者是一而二的关系，读者实在不需用机械化的方式去区隔对应，而产生无中生有的揣测。

再看神瑛侍者的名字也非常有趣，"神"表示对立于俗界的神界，而"瑛"是玉字旁，神瑛侍者居住的赤瑕宫又有五色石的含义，其中的"瑕"也是玉字旁，这两个字都以玉作为部首，显然都属于同一类，更充分证明了神界的遗石不是顽石而是玉石。根据《说文解字》的训诂解释来看，瑛是"玉光也"，即玉散发出来的光芒，而石头是不会发光的。《玉篇》中也提及："瑛，美石，似玉；水精谓之玉瑛也。"由此可见，宝玉在神界还没有幻形入世之前，所出现的相关物品、词汇、意象都与玉有关，因此，声称宝玉的前身是石，到了人间之后才变成玉的这种说法，根本是错误的。

事实上从神界开始，宝玉的前身就是一块玉石，它的功能是要顶天立地，创造人类文明与维系世界秩序，被赋予了很高的期望，即所谓的"补天"。既然这块石头有很高的内在性灵特质，便绝对不能用自然，或用一般所谓的真我去看待它。只是当这块石头到了俗界之后，才开始出现"宝"与"玉"的分化，即宝与玉变成两种可以分开看待的不同的东西，一是灵秀的美石，一是高价的珍宝。从这一点来说，也证明了宝玉幻形入世的人间俗界不单只有世俗的范畴，然而我们一般本能反应的直觉成见是：入世之后的宝玉来到了俗界，便代表了文明、假我、物质、俗世等。可是要知道，在神界的时候，顽石本身已经不是原始自然的石头，它已经是被严格锻炼过的通灵玉；即使"顽石"在外形上变成了美玉来到人世间，它也不是很单纯的只有物质世俗的一面，而是仍有精神的、性灵的一面，形同拥有形上的生命，与世俗物质的"宝"存在着价值上的区隔，一般只把玉等同于金银珠宝之类的贵重品，实在是不正确的认知。因此，无论宝玉在哪一个阶段，其三世的每一世都是玉、石并存，也即玉、石一体。

复名宝玉

玉具有一种很特别的双重性，这种双重性到了人世间后便会产生一种比较复杂的关系，而且只有在俗界才会有如此之呈现，因为到了人间的玉被赋予了世俗价值，导致人们争相追逐，于是以宝物的属性引发了很多纷争。然而玉的本质又是通灵的美石，这么一来，到了人间的玉石即产生一种世俗性与精神性兼具的双重性。

此一双重性也表现在宝玉的命名之上。我们注意到，与宝玉同一辈的人，名字上带斜玉字边的有：贾珍、贾琏、贾珠、贾环、贾瑞、贾琮、贾瑞、贾珩、贾珖、贾琛、贾琼、贾璘等，这些人都是单名，也就是除了姓氏之外，名字里只有一个单字，而唯独只有宝玉是复名，由两个字构成，显示他的名字背后寄托了很复杂的用意。再考察清朝时期的命名现象，学者告诉我们，当时取复名的比例比单名来得多，高达百分之七十，可是这种情况与中华文化早期的命名趋势并不一致。

先秦时代，《公羊传》中便提及："二名，非礼也。"换言之，除了姓氏以外，名字中有两个字者被视为不合礼教，到了王莽时期，甚至还有所谓的"二名之禁"，即禁止名字采用两个字，这显示一直到汉代为止，使用复名其实是一个禁忌，所以古人诸如孔丘、孟轲、庄周、韩非、曾参、邹衍、商鞅、屈原、宋玉、贾谊、司马迁、班固、扬雄、张衡，以及著名的建安七子等，大都是单名。单名现象一直到西晋也还大为流行，有学者认为，汉、晋之间流行单名是为了便于避讳，尤其是皇族在取名字时故意取比较冷僻的字。西晋之后，因为五胡乱华的影响，南北文化有了交流，所谓的"二名之禁"开始松弛，取复名的情况也就越来越多。学者王泉根在《中国人名文化》一书中，比较唐、宋、元、明、清时期与之前的取名方式，他发现：唐宋明清间的取名方式与前期相比，复名（二字名）的使用率越来越高，大致说来，唐、宋、元时代复名的使用率占人名的一半左右，到了明、清阶段，则逐步递增至 60% 与 70%。

也就是说，在《红楼梦》所处的历史环境里，取复名的比例大约是 70%。所以如果把命名现象的社会背景一起进行考察，便会发现宝玉取名为"贾宝玉"虽然反映了社会主流，却又与同辈兄弟的桃名完全不一致，显得十分突兀。更何况对照小说来看，当"宝"与"玉"作为"二名"一起出现在他身上时，这两个字事实上是不同的概念，价值观也完全不同。确切而言，宝玉之所以叫作贾宝玉，便是要呈现出玉在世俗和精神上的双重性，这当然是来到俗界才会产生的，也因此是发生在"贾宝玉"此一阶段。换句话说，当他还在神界的时候，就已经是玉了，而那块玉有着非常深刻的文化意涵；一旦这块玉石来到人间之后，它本身仍然还是玉石，但是人间的金钱观、利益追求赋予了玉一种世俗价值，因此到了俗界的玉开始有了双重性，该双重性便在"宝玉"的二名上呈现出来。

进一步比较宝玉那些玉字辈的堂兄弟们，在我个人的专题研究中注意到，他们名字中的"玉"都属于偏旁，"玉"所占有的比例仅仅只是字体上的 1/2 乃至 1/3，唯独宝玉的"玉"保留了玉的全形，也因此容纳了玉的所有特性，神性与俗性都可以在宝玉身上全部体现。相比之下，包括贾珍、贾琏、贾环、贾瑞、贾琼这些人，他们名字中的的"玉"作为偏旁，是被边缘化的，相应地玉比较正面的那一面也被削减，以至于降低了神性、心灵价值与精神性的成分。那些只占有偏旁的玉字辈的人，他们通常都比较庸俗，诸如贾琏的好色，贾珍的爬灰，贾环的黑心下流种子，贾瑞的癞蛤蟆想吃天鹅肉，总之都非常不堪；贾珠则属于唯一的例外，但这应该也是他必须早死的原因，以免与其他单名玉字旁的同辈并列，构成了矛盾不一致。可见所有单名采斜玉旁的玉字辈人物，他们的"玉"只不过是占有名字一小部分的偏旁而已，他们的精神价值面也相应地受到挤压、掩盖，而流于市俗。

总而言之，宝玉来到人间以后，得要用玉的全形来命名，正是因为"宝玉"一词所可以涵盖的精神面是一般玉字辈所没有的。在第五十六回中提到了宝玉命名的来历，借由甄府四个管家娘子的回话，可知甄家也有一位少爷叫宝玉，她们说：

> "今年十三岁。因长得齐整，老太太很疼。自幼淘气异常，天天逃学，老爷太太也不便十分管教。"贾母笑道："也不成了我们家的了！你这哥儿叫什么名字？"四人道："因老太太当作宝贝一样，他又生的白，老太太便叫作宝玉。"

甄宝玉其实就是贾宝玉的显性重像，二人无论容貌还是性格、命运等各方面都非常相似，而这一段则是整部《红楼梦》中唯一提到何以宝玉要叫作"宝玉"的地方。虽然描述的是甄宝玉，不过既然这两个宝玉具有重像关系，即使最后分道扬镳，然而前面他们重叠的程度高达约 99%，因此据之也可以合理地说明为什么贾宝玉会叫作宝玉，其中透露出两个重要的原因：

第一，因为他像宝贝一样，宝玉的"宝"字来自于世俗，唯有到了世俗后才有所谓的宠爱与贵重。在自然界中大家都是平等的，那里的玉根本上不会成为一种价值，更不会被叫作宝贝。玉只有来到人间以后，才被附加了这么多的珍惜与人为价值，所以宝玉在人间的名字中一定要有一个"宝"字。

第二，因为他生得白，洁白如玉，这个"白"字也对应了"玉"字。当然，单单如此还不足以说明宝玉的"玉"的复杂意义与深厚内涵，不过即使只是从一般的层次来看，也已经清楚告诉我们，为什么宝玉的名字里要有一个"宝"字，原因便在于他来到了人间，而人间是有比较的，因此产生了贵贱、高下之分，"宝"字就是在人间这种很势利的条件下所产生的。以这一点来说，畸零玉石来到了人间，取名"宝玉"，虽然违背了家族中的单名规则，但是反而吻合了清代的主流环境，所以贾宝玉之名看来也与清代当时的社会背景有一定的对应关联。

曹雪芹创作《红楼梦》的时间点主要是在乾隆时期，而康、雍、乾三朝也被研究清朝的历史学家称为"盛清"，那是一个繁荣和平的时代，宝玉正是诞生在此一最富庶、处于巅峰状态下的太平盛世，他既然是生长于其中的宠儿与佼佼者，深受其滋养与塑造，当然不会反对自己所处的时代与阶级。且第一回已经明白交代，补天弃石指定要到人间的富贵场与温柔乡中，完全是为了受享荣华富贵，而不是来苦修和受折磨的。从这一后设指定的阶层便可以清楚地看出，《红楼梦》意欲书写的是贵族世家，是精英阶层中最鼎盛高雅、文化集中的美好代表。因此宝玉的"宝"字，除了说明他在贾府中是一位备受宠爱的宠儿之外，也呼应了"玉"字所容纳的精神性与世俗性的双重面向。

贾宝玉的双重面向

既然"宝"和"玉"带有重叠与分化的不同层次，确实我们也可以在宝玉身上看到很多矛盾的情况。如果说玉具备了精神性的价值，代表一种对于理想的坚持、对于性灵的执着，那么就宝玉这个人渴望受享荣华富贵的入世动机来说，他与玉的精神性功能完全是冲突的；可是假若以玉被附加了所谓的世俗欲望，代表一种世俗的追求而言，又会发现宝玉这个人与通灵玉石根本上发生了矛盾。所以首先要把握到，宝玉此一人物的特殊性是源于所谓的"玉石"，从神界到俗界，从前生到今世，宝玉一切的故事都是玉石的故事，而不是"石—玉—石"的阶段循环。只是从神界到俗界，这块玉石所在的场域经过了变换，来到人间之后的玉石更被附加了世俗的面向，以至于贾宝玉就成了精神性与世俗性的双重统合体，确实在宝玉十九年的人生中，我们可以看到双重面向在他身上不断地出现重叠与分化，以至于他的人生充满了复杂辩证，也呈现出无限的跌宕曲折。

因此，"宝"和"玉"这两个字并不是同义复词，同义复词的意思是指"宝"与"玉"都是宝物，都是一种世俗所认可、所追求的珍贵物品。如果这样想的话，便会落入到以前流行的看法中，即把玉当作是世俗的象征，如王国维将"玉"与"欲"等同的双关思维。但以古人精英阶层的雅文化来说，玉的本身绝对不等于世俗，甚至恰恰相反，而我们之所以会把玉视为一种世俗的象征，其实与现代人对于玉的看法有关，即认为玉就是很珍贵、很高价的东西，但那都是非常严重的片面化。

要知道，《红楼梦》是在描写贵族世家所发生的故事，他们对于玉的认识，一定具有积淀几千年而非常深厚的文化内涵，那对于遭遇过巨大历史断层的我们来说，却是相当陌生的。一旦回到传统的文化脉络中，我们就会发现玉石一定具有双重性，并且精神性要高过于物质性，例如第十五回中，北静王亲眼见到了宝玉之际便赞美道："名不虚传，果然如'宝'似'玉'。"单单以这句话而言，还不一定看得出来"宝"与"玉"是不是类似或等同的范畴，是否都属于所谓的珍宝或者世俗认可的价值，但已经可以感觉到原来"宝"与"玉"是可以分开来说的，属于两种不同的东西，而不是像同义复词那般可以完全画上等号。

再看第三十回里分别出现了两名女孩子，即小生宝官与正旦玉官，二人虽是同一种职业，甚至生活在同一个生活圈子内，然而她们确实是两个不同的人，根据这一点来看，更证明了"宝"和"玉"事实上是两回事，只是这两回事的差异程度到底有多大，我们还要进一步加以检证。由此可见，从《红楼梦》中的这几个段落来看，已经清楚地显示宝和玉是可以分开来谈的。另外，还有一个强而有力的证据告诉我们，原来在贵族世家的文化涵养中，他们对玉的认知与我们今天很片面化的看法完全不同。

在第二十二回里，当宝玉听完《寄生草》而悟了禅机，自己也仿之填写了一阕来表达对尘世的灰心，黛玉、宝钗看到曲文以后怕他误入歧途，黛玉便直接质疑宝玉，笑道：

"宝玉，我问你：至贵者是'宝'，至坚者是'玉'。尔有何贵？尔有何坚？"宝玉竟不能答。

因为回答不出来而被宝钗、黛玉、湘云三人笑指钝愚之后，宝玉却想到宝钗与黛玉都比他知觉在先，却也尚未解悟，乃自忖"我如今何必自寻苦恼"，于是醍醐灌顶，打消了悟道解脱的念头。两位冰雪聪明的少女联手之下，宝玉果然就回归正途，大家又恢复情谊，和好如初，这一次闺阁生活中的小小风波并没有在他们之间造成任何嫌隙与隔阂。由此也显示出一般读者太喜欢去夸大与强调书中少女之间的纷争，甚至上升到彼此价值观的对立为敌，穿凿出明争暗斗的阴影，那其实都是言之过甚而违背事实的，若干拌嘴不和只不过是她们生活中的小小涟漪而已。

回到这一段的叙述中，我们可以很清楚地看到，黛玉是故意在宝玉的名字上做文章，用意在于：既然名字本身作为一个符号，对人们有暗示命运、象征人格内涵的作用，那么是否可以由此得出解释，说明何以宝玉名字中有"宝"和"玉"二字，以及宝玉此人到底能不能符合其命名的隐喻与意涵？结果宝玉一听便回答不出来，当场语塞，突然意识到连他自己都不认识自己，完全没有办法为自己定位，那还谈什么解脱！发现到这一点以后，宝玉当然也就打消了参禅悟道的念头。

黛玉用一种公案打禅机的方式在宝玉的名字上做文章，这是她冰雪聪明的地方，同时也清清楚楚地告诉我们，"宝"和"玉"是截然不同的两种概念：至贵者是"宝"，而贵是在人间才会存在的一种判定，是所谓的宝贝；至坚者则是"玉"，而坚硬不正是石头的本性吗？在先秦时代，《吕氏春秋》中便用"坚"来形容石头，指出："石可破也，而不可夺坚。"也就是说，可以将石头打破甚至磨碎，但都夺不走石头坚硬的本性。《淮南子》中也提到"石生而坚"，石头与生俱来的性质便是坚硬。从先秦到西汉对石的代表性描述中，可以得知石头的专属性质就是坚，而黛玉则说"至坚者是'玉'"，并没有强调玉所具有的贵和宝的属性，反倒把石头的坚硬归给了玉，由此也清楚显示出"宝"与"玉"是完全不同的概念，这两种对象具有截然不同的性质。尤其黛玉的家世背景和贾府完全相等，门当户对，其祖上是四代列侯，父亲林如海则是位高权重的钦差大臣，所以黛玉是百分之百的贵族少女，她的这番话可以代表贵族文化对于玉本身的看法，即玉是不被世俗性所限制的，具有更珍贵的一种超越世俗之上的崇高性质。

简单来说，我们可以看到在贾宝玉的命名上，由于这块玉来到了人间，于社会场域中得到一些不是它本身所拥有的外加性质。玉本身是坚硬的，是精神性的，属于比较高雅的层次，但来到人间之后，社会赋予它世俗性，所以有所谓的"至贵者是'宝'"之说。如此一来，"宝玉"这个名字主要是告诉我们，贾宝玉与甄宝玉两个人有二而一、一而二的关系，他们身上具有相反并存的原始与文明，是精神性和世俗性、自然与人为、素朴与雕琢、无价与有价等种种对立性质的矛盾体。所以贾宝玉是个很复杂的人物，从《红楼梦》的故事描写中，我们可以发现此人确实有很多的面向，如果一味主张他代表了至高无上的精神价值，代表了心灵的追求而反抗世俗，恐怕就会沦入很严重的以偏概全。

事实上，宝玉在尚未入世之前，他之所以动凡心的目的便是要来受享荣华富贵，这一点在第一回伊始即说得很清楚，因此声称他完全代表着心灵的追求是根本上不能成立的。这个人物的复杂性同时也展现在命名中，所以宝玉非得要用两个字来命名不可，因为如此才足以完整涵盖他身上矛盾辩证的复杂关系，由此可见，宝玉此人的一生真的不能很简单地一言以蔽之。

至于宝玉为什么要叫作宝玉？第一，"宝玉"这个名字保有了玉的全形，由此才能够涵盖玉最完整丰富的文化内涵，不至于像其他的单名，玉的存在感、精神性和正面的意义都被削减和边缘化。第二，为什么一定要加上"宝"字？贾宝玉之所以不直接叫"贾玉"，原因在于玉字的内涵虽然丰富了，可是不大容易显示出它与世俗之间纠缠的复杂关系，所以再加上"宝"这个面向，便更可以凸显出那是来到人间后所得到的名字。

那么，贾宝玉与甄宝玉的名字之间又有如何的对应关系呢？一般学术界的看法是："宝"与"玉"相当于同义复词，所以贾宝玉等于"假玉"，假玉来到人世间便是为了要否定世俗性、反抗这个礼教封建的社会等。而贾宝玉与甄宝玉虽然一开始是显性重象的关系，可是最后他们分道扬镳，试看在续书第一百一十五回中，当两人相见时，甄宝玉已经是规引入正，回归经济正途，不再顽劣淘气，变成从内而外都非常吻合贵族世家之期望的佳子弟。因此，面对甄宝玉满口谈论经世济民、世俗应对之道，贾宝玉便觉得索然乏味，对这场期待已久的会面也大失所望，此刻在贾宝玉的心里产生了一个念头：

我想来，有了他，我竟要连我这个相貌都不要了。

因为他看着甄宝玉走向了一条他以前所反对的路，两个人虽然长得一模一样，可是最终却踏上南辕北辙的方向，甄宝玉完全变成了贵族家庭所希望的样子，而贾宝玉的内心则依然迂阔怪诡，想为闺阁增光。因而贾宝玉认为，虽然他本身现在拥有如宝似玉的外貌，但是自己的内在仍旧很"顽劣"，如果从世道的标准来看，目前既然已经有一个人具备他的长相了，又填进了能够满足世俗期望的内在，那么他贾宝玉是不是连那副容貌都可以不要了呢？这就是贾宝玉此刻的心情。

当我读到上面那一段续书文句的时候，便更加意识到原来"宝"与"玉"确实是两个不同的概念，彼此是里与外、形而上与形而下两层的辩证关系，本身即不能用"宝"的单一化概念来看待，而加以等同。贾宝玉的命名隐喻了一个动态的辩证过程，意思是说，贾宝玉的一生与甄宝玉一样，其实都在成长与变化，而此一成长变化因为有阶段性、层面性的不同，所以便出现了宝与玉的重叠与分化的关系，以此来呈现不同阶段、不同层面的个别差异。"宝"与"玉"会在世俗的这一面重叠，是因为"玉"来到了人世间，被附加了"宝"的性质，然而玉的内在又是所谓的"至坚者是'玉'"，换句话说，他本身就是玉石。则玉石与宝石是在什么时候重叠，又是在什么时候分离呢？以下即由此加以说明。

玉，如宝之贵

当玉如宝之贵的一面被强调时，小说中出现的情节便是"金玉良姻"，此时金与玉才会相对，也十分符合传统与世俗社会的门当户对的要求。事实上贾宝玉与薛宝钗都拥有很漂亮的、如宝之贵的外貌，那是曹雪芹很刻意安排的一个设计，宝玉心中虽然最爱的是黛玉，然而他自己同时对宝钗也是喜爱的。就在第二十一回，宝玉翻看《南华经》而悟禅机时，便提笔写到他想要"戕宝钗之仙姿，灰黛玉之灵窍"，因为"戕其仙姿，无恋爱之心矣"，由此看来，宝玉是将恋爱之心放在宝钗这一方的，此言诚然大大出乎读者的意料！这几句话清楚泄露了宝玉对宝钗其实有着恋爱之心，只是此一恋爱之心到底该如何去定义，又具有怎样的性质，都还得更精细地去看待。

事实上，我们不能否认宝玉对宝钗也是有好感的，而且这份好感不仅仅只是外貌的吸引，也建立在他们共同的价值观上，这一点却是几乎所有的读者都忽略的。众所周知，宝玉将官僚系统中的所有读书人都贬低为"禄蠹"（第十九回）、"国贼禄鬼"（第三十六回），因为那些读书人根本不努力于为国奉献的经济事务，于是被视为白领俸禄的米虫，而宝钗在第四十二回中也说道：

> 男人们读书不明理，尚且不如不读书的好，何况你我。就连作诗写字等事，原不是你我分内之事，究竟也不是男人分内之事。男人们读书明理，辅国治民，这便好了。只是如今并不听见有这样的人，读了书倒更坏了。这是书误了他，可惜他也把书遭塌了，所以竟不如耕种买卖，倒没有什么大害处。

意思是说，如今朝廷上的那些读书人，没有一个是在辅国治民，言外之意其实也就等于"禄蠹"。所以很明显地，宝钗在此与宝玉的观念完全一致，认为那些拿朝廷薪水占有一席之地的人都是寄生虫，这可是非常叛逆的指控，完全不亚于宝玉。而黛玉从来没有如此激烈的言论，最多只是不去规劝宝玉读书，那比起宝钗的批判实在消极得太多，就此而言，两位金钗中谁比较接近宝玉，实在不言可喻。然而这却是绝大多数的一般读者所忽略的事实，甚至给出了颠倒的误判。

不仅如此，二宝在世俗性上很接近的一面还表现于外貌相似，具有显性重像的关系，二人不仅长得很雷同，就连声音都差相仿佛。第三回说宝玉"面若中秋之月，色如春晓之花，鬓若刀裁，眉如墨画，面如桃瓣，目若秋波"，而在第八回和第二十八回都重复提到宝钗的长相是"唇不点而红，眉不画而翠，脸若银盆，眼如水杏"，其中的"眉不画而翠"对应了宝玉的"眉如墨画"，眉色鲜明成形；"眼如水杏"对应于宝玉的"目若秋波"，明亮的眼光流动有神；"脸若银盆"则是对应宝玉的"面若中秋之月"，两人都是白皙的圆脸，是最为圆满、最有福气的一种面相。可见这两人真的长得很相似，连体态也都是丰润型的，不同于黛玉的弱柳扶风、摇摇欲坠。第二十九回中提到宝玉是"越发发福了"，而宝钗则是"体丰怯热"（第三十回），体态丰润，于是大家都拿她比杨妃。双方的夫妻相加强了二宝联姻的世俗基础，更何况宝玉的通灵玉上所镌的"莫失莫忘，仙寿恒昌"，与宝钗金锁片上的"不离不弃，芳龄永继"八字是完全一样的意思，也都来自于神界的指令。所以这两个人从先天上便注定了要构成金玉良姻，是符合传统甚至神界的一种天作之合。

一旦"金玉良姻"浮现时，此时的玉所偏向的就是"至贵者是'宝'"的那一面。也因为金玉良姻的压力，使得宝钗成了黛玉的梦魇，黛玉心中的纠结不安又朝向宝玉抒发，以致宝玉为了表达自己的心意便产生了摔玉、砸玉的举动。第二十九回中，黛玉由于心中的不安全感而歪派宝玉，宝玉听见她说"好姻缘"三个字，"越发逆了己意，心里干噎，口里说不出话来，便赌气向颈上抓下通灵宝玉，咬牙恨命往地下一摔，道：'什么捞什骨子，我砸了你完事！'偏生那玉坚硬非常，摔了一下，竟文风没动。宝玉见没摔碎，便回身找东西来砸"，此时被摔与被砸的玉所凸显的是比较世俗性的层面，朝向"金玉良姻"的针对性十分明确。

玉，如石之坚

然而，玉如石之坚的这一面仍然是一直存在的，随之也有所谓的"木石前盟"，因此宝玉与黛玉共享的名字是"玉"，成为贾母所并称的"两个玉儿"（第四十回），他们要在木石前盟的面向上去建立一致性，缔造彼此的联结。简而言之，木石前盟是在玉如石之坚的这一层面上去开展出来的，而二宝联姻则是建立于偏向世俗的范畴中，故而宝钗与宝玉共享的名字是"宝"字。

试看第三回二玉初见的场面，当宝玉听闻黛玉没有和他一样的通灵玉时，"登时发作起痴狂病来，摘下那玉，就狠命摔去"，显示出一种联通关系受阻之后孤独无伴的畸零感。再看第五十七回"慧紫鹃情辞试忙玉"一段，其中紫鹃欺骗宝玉而谎称黛玉要回南方老家，用以测试宝玉的心意，此际宝玉的反应是："眼也直了，手脚也冷了，话也不说了，李妈妈掐着也不疼了，已死了大半个了！"当宝玉以为他要失去木石的伴侣时，他也失去了自己的心，变成了行尸走肉，命都已经去掉半条，据此可想而知，黛玉的"玉"也正是宝玉心灵所执着的如石之坚的那一面。参照后四十回中还有一段类似的情节，第九十四回写到宝玉的通灵玉丢失了，怎样都找不回来，至第九十五回时，宝玉的言行举止简直是呆若木鸡，别人叫他说谢谢，他就说谢谢，叫他行礼，他就行礼，完全变成木偶一般地失魂落魄，而这与他失掉了通灵玉有直接的关联。将前八十回与后四十回失"玉"的情节放在一起并观，可知此时的"玉"代表了宝玉内在性灵的那一面。

既然宝玉的"玉"有其复杂的两面性，绝对不能一概而论，并且此一两面性还会在宝玉此人身上产生拉扯，于是宝玉自己也经常在摆荡中，不但有偏向于世俗的一面，甚至有非常封建乃至纨绔的那一面。事实上，他有一些地方和贾琏、贾蓉并没有什么太大的差别，比如宝玉喜欢吃少女嘴上的胭脂，其形貌正如二知道人《红楼梦说梦》所说："宝玉好吃喫嘴上臙脂，未曾实叙，只于婢女口中言之，则寻常之接脣为戏可知。"而在第六十三回便出现了贾蓉抱着丫头亲嘴的行为，从外观来看，这两人的举止几乎是一模一样，绝不能只用"思无邪"来合理化宝玉喜欢吃人嘴上胭脂的作风。

回到真假的问题上，评点家王希廉在《红楼梦总评》中提供了一个关于真假比较精当的说法，他指出：

> 《红楼梦》一书，全部最要关键是"真假"二字。读者须知，真即是假，假即是真；真中有假，假中有真；真不是真，假不是假。明此数意，则甄宝玉、贾宝玉是一是二，便心目了然，不为作者冷齿，亦知作者匠心。

这段话与第三十一回史湘云与翠缕论证阴阳时所说的道理相互一

致，湘云说道："'阴''阳'两个字还只是一字，阳尽了就成阴，阴尽了就成阳，不是阴尽了又有个阳生出来，阳尽了又有个阴生出来。"真与假也是如此，并不是说有一个固定的东西叫作真，另外一个与真敌对的东西叫作假，其实真与假根本就是同一件事，而厘清真与假的根本关键，便在于其状态处于何种程度、何种面向与何种角度之下。王希廉的这番分析也是在告诉我们，当我们认为是真的时候，其实已经进入到了假的状态中，因为我们已经为这个"真"套上了一种人为的概念，而凡是人为便避免不了假。

此外，这般道理中也隐含着很深刻的佛学意涵，如佛教的名相学即告诉我们，概念在很复杂的运作之下影响了本质的存在。佛学真的是非常深奥的一门学问，个中思维精微细腻而复杂，所以当佛教刚传入中国时，最先打入的便是精英阶层，在得到最优秀之辈的接受以后，才慢慢渗透到其他的社会层面中。王希廉所说的"真即是假，假即是真；真中有假，假中有真；真不是真，假不是假"并不是在掉书袋，也不是在玩弄词汇，他真的是认识到在人的认知过程中，符号和思想之间的互动连带关系非常复杂。所以至少从字面上，我们可以明白原来真与假的关系有着很多的层次，不能简单地用两种不同事物的概念去理解，故王希廉说："明此数意，则甄宝玉、贾宝玉是一是二，便心目了然，不为作者冷齿，亦知作者匠心。"

贾宝玉与甄宝玉

接下来针对贾宝玉与甄宝玉的重叠现象，我做一点尝试性的说明，当然这个想法绝对不是唯一的答案，但是对于宝玉之所以一定要用复名的原因，除了说明其自身的双重面向之外，贾宝玉与甄宝玉二者究竟是否因此而呈现出两种不同的人生发展轨迹，也许都可以做一些参考。

试问，贾宝玉为什么要叫作"贾宝玉"？在贾宝玉十九年的人生演变过程中，主要常呈现的是"假宝真玉"的状态，无论是否展现了双重辩证，贾宝玉终究是来否定世俗的，否则他最后不会出家。出家属于否定尘世的范畴，无论是很正面或是很反面地看待世俗，只要出家就必然是否定世俗。所以我认为假（贾）和真（甄）在这里可以作为动词来理解，代表着一种价值的取舍，即否定"宝"所呈现的世俗，肯定"玉石"的质性，既然世俗的这一面是社会外加给他的，倘若当初宝玉幻形入世时不是衔玉而生，他不会极大化地得到如宝之贵的这一面。宝玉在历经十九年的富贵场、温柔乡之后，终于悬崖撒手，他要否定十九年来附加在他身上的世俗面向，而最后走向对于玉石的肯定。玉石一般指的是比较精神性的、个人性的价值，就此而言，贾宝玉是假的宝玉、真的玉石。这么一来，贾宝玉便与甄宝玉有所不同：甄宝玉是"真宝假玉"。贾宝玉一开始当然是为了来人间享受荣华富贵，然而过了十九年之后他终于还是舍弃了世俗，所以从结果来看，贾宝玉是要来否定世俗"宝"的这一面。

在那十九年中，宝玉到底拥有哪些如宝之贵的一面呢？比如金玉其外的形貌，长得漂亮确实会得到很多好处，虽然在某些地方可能会比别人遭受到更大的压力、更多的诱惑、更深的嫉妒等，但是在世俗界的常态中，拥有好的外貌通常会带来比较多的优势。果然，宝玉之所以受到贾母等长辈们的喜爱，除了对家族来说他是血脉衣钵的传承者，最重要的也是因为他长得漂亮。《红楼梦》中有好几个地方都提到为什么宝玉会如此受宠，便是因为长得好看，例如第二十五回赵姨娘说道："也不是有了宝玉，竟是得了活龙。他还是小孩子家，长的得人意儿，大人偏疼他些也还罢了。"小孩子聪明伶俐，外貌又美观，当然很容易得到大人们的喜爱。第五十六回贾母也说道："就是大人溺爱的，是他一则生的得人意。"而在第二十三回中，甚至连向来严格的父亲贾政一眼看到宝玉是"神彩飘逸，秀色夺人"，对比一旁的贾环"人物委琐，举止荒疏"，竟然当下即不知不觉地"把素日嫌恶处分宝玉之心不觉减了八九"，其神效可知。总而言之，宝玉来到人世间之后享受到了很多特权，他就是一个既得利益者，怎么可能不具有世俗性？他享有着外在的金玉美貌所带给他的种种好处，这也是"玉"之双重性的显现。

宝玉享受着与生俱来的诸般优越条件，包含出身背景、天赋相貌与内在资质等各方面，但在他十九年的生命发展过程中却逐渐认识到无常的本质，最后便断然舍弃人世间，而他也终于明白，唯有剥开金玉其外的表壳才能够真正地摆脱世俗，第一百一十五回中他心想："我想来，有了他，我竟要连我这个相貌都不要了。"

此时的宝玉与传统悟道、求道的故事中，对容貌外相的破除其实是一致的，例如八仙之一的铁拐李原本是神界中风度翩翩的美男子，然而不幸后来发生了意外，魂魄被迫进入一个乞丐的身体里，变得肮脏丑陋又被人唾弃，这样的契机使得铁拐李终于明白什么叫作真正的智慧。原来真正的神不是建立在外貌上的，而是要体会人的艰苦、不幸、丑陋与卑贱，才能够真正养成一种慈悲，才有资格变成神。一个不懂得卑贱、丑陋、阴暗的生命，如何能够真正地具有广大无边的慈悲？所以说，铁拐李的故事点出了悟道或是提升自己的关键，在于破除或超越表象。

再如庄子常通过支离疏、啮缺之类的"畸人"来宣达逍遥的大智慧，此种"畸人"的外貌支离破碎，十分怪异，然而却拥有着混沌般的智慧，这样的人往往蕴含着至高无上的奥妙。《红楼梦》中也吸收了《庄子》的这个词汇，妙玉即自称为"畸人"，只不过一经妙玉的主观转化，其含义已经与庄子的指涉大不相同，她的用法反而更强调了自己想要与世界不同的优越姿态。其实，《庄子》中所描述的那些有大智慧的人是形残而神全，即形体残缺，但内在非常圆满，而一般世俗的人则刚好相反，我们是形全而神残，表面上是很正常的人，可是在健全的身体中可能住着一个残破的灵魂，却毫不自知，如此地汲汲营营、不择手段，追求虚幻的、表面的浮华幻觉，从而不自觉地误入歧途，那会不会才是真正的"畸人"？我们常常买椟还珠、本末倒置、轻重不分，将大好的人生浪费在死前一定会后悔的事物上，却终身陷于迷惘中而不自知！

历经尘世十九年的宝玉最后能够大彻大悟，必然也是洞察到美丽形貌无形中所带来的好处与特权，使得自己不自觉地已经完全受到影响和牵制，唯有摆脱这般的世俗性才能够整个挣脱出来，而拥有真正的超越性、真正的慈悲。当贾宝玉看到甄宝玉的变化时，便心想："我想来，有了他，我竟要连我这个相貌都不要了。"此时的贾宝玉由内而外地完成了真玉石的发展过程，他已经彻彻底底回到了玉石的完整范畴。而甄宝玉刚好相反，他之所以要姓甄，是因为他与贾宝玉的人生发展有着关键性的不同，最后的甄宝玉完全走向了世俗的面向，虽然世俗不一定完全是假，但如果只就玉的双重性来考察这两个人的命名，则我们可以说甄宝玉是"真宝假玉"。

这个说法该怎么理解呢？首先，从第二回、第五十六回都可以看出甄宝玉与贾宝玉在相貌上一模一样，个性上也如出一辙，都视女儿为无上的珍宝，淘气不肯读书上进，因此他们从小就被视为很怪异或很不肖的子弟。在第二回里，由贾雨村的口中可知甄宝玉是："暴虐浮躁，顽劣憨痴，种种异常。只一放了学，进去见了那些女儿们，其温厚和平，聪敏文雅，竟又变了一个。"甄宝玉的"暴虐浮躁，顽劣憨痴"似乎不合于一般世道，事实上正表现了他的正邪两赋，正邪二气矛盾统一、彼此交锋，所以形成了如此这般的特异人物。因为带有正气，所以他与贾宝玉并没有流于"皮肤淫滥"，而他们的正气则是来自于尧、舜、禹、汤、文、武、周、召、孔、孟等大仁者，这些人在传统中都具有非常正统高贵的人格价值，使得贾宝玉、甄宝玉不曾沦为贾珍、贾环、贾蓉之类难看的不肖子孙。但是二人身上同时也具有邪气，这股邪气使得他们没有办法真正变成一个佳子弟，足以传承家业，在家族随代降等的情况之下扛起复兴家族的重大使命。正邪二气的共同作用使得他们的性格产生了一些缺陷，那些缺陷便让他们一则不能担负起家族的责任，二则在人格上也无法塑造成大雅君子，所以才会表现出"其聪俊灵秀之气，则在万万人之上；其乖僻邪谬不近人情之态，又在万万人之下"。

只不过，第八十回以后甄宝玉与贾宝玉开始分道扬镳，当第一百一十五回两人相见之际，甄宝玉已经规引入正，大谈文章经济、为忠为孝，所以此时的甄宝玉就变成了贾宝玉所要排斥的对象。当甄宝玉由外而内地展现了世俗的那一面，贾宝玉才会连外貌这一与世俗最浅薄的联系都可以丢掉。甄宝玉作为贾宝玉的显性替身，作者一开始用重叠的手法建立起二者的密切关联，但是到了后四十回，我们才发现这两个重像之间开始分裂、相反对立，以此形成双方在另一个层次的关联。所以甄宝玉与贾宝玉的关系便在于：一个是真宝假玉，一个是假宝真玉，于各自的人生发展过程中，两个人的关系是先重叠、后分割，分割之后贾宝玉觉得连自己的相貌都可以不要了。在这般的情况下，读者会发现贾宝玉本来是金玉其外的，但最后把玉石由内而外地彻底化，而要丢掉那一副金玉相貌。换句话说，贾宝玉将"假宝"由内而外地彻底毁弃，从内在到外在，从精神到形体都完全地玉石化；反观甄宝玉不仅有金玉的外貌，他的心灵也逐渐完全地金玉化，成为一个对世俗价值的完整体现，于是与贾宝玉分割而走向截然不同的方向。

最后必须再做一个补充，上述的说法难免还是把"玉"当成一个与"宝"截然不同的东西来看待，如此的判然二分并不具备绝对性。虽然我们之前一直将玉石视为精神性、超越世俗、心灵神性的代表，然而问题在于：玉石真的完全是精神性的代表吗？它完全没有世俗化的成分吗？种种命题恐怕都需要打上问号，这就是对《红楼梦》得要不断地深化研究的地方，而答案必定复杂。倘若《红楼梦》是一部关于玉石的故事，那么无论是在神界还是俗界，宝玉都是一块玉石，而宝玉的前身即处于神界中的玉石，也不是完全没有世俗性。换句话说，"世俗"这个概念太简单，它远远不足以把玉石丰富的文化内涵给呈现出来。所以下面我要提供另外一个思考，即女娲神话里的玉石其实还是不能脱离与世俗的关联，因为玉石的任务是补天，补天的行为本身便是经世济民的隐喻，这是玉石本该禀赋的精神性格，可见简单地将神性与俗性二分真的是一种非常危险的做法。

玉石：高度文明的产物

接下来，我们再从另一个角度来分析宝玉的玉石具有何等意涵。

读者们最容易忽略的是，设计玉石神话其实更是为了赋予宝玉一个贵族血统，倘若他不是女娲补天遗留下来的五色石，也不具有通灵的性质，则根本没有资格进入贵族家庭。因为玉在中华传统文化里被赋予一种非常崇高神妙的地位，尤其在重大礼仪场合都发挥了重要的关键作用，例如作为国与国之间歃血为盟的见证；玉可以通灵，所以可以拿来向天神祝祷祈求，礼敬天地四方、日月星辰。日本汉学家林巳奈夫曾说过，华夏先人们之所以如此重视玉，是因为它具有使生命再生的能力，是神祇与祖先的灵魂所依凭的神具。古人认为佩玉可以增进人的生命力，在遗体旁边放玉能够让死者复生，至少也可防止尸体腐败。也有丧葬风俗是让死者口中含玉，以确保死者转世投胎时不至于灰飞烟灭。《红楼梦》恰巧利用此一含玉现象加以转化，安排宝玉衔玉来到人间，其中便暗含着投胎转世再生的生命意涵。所以，作者的这个独特设计，绝非只是为了创造男主人公奇特的来历，而是带有文化的深厚积淀。

古人对玉的信念是认为玉具有种种神秘的力量，可以改变人的自然性格，并使人与宇宙最深层的力量发生关联。如此一来，玉会让一个人变得更深刻、更超然，更能微妙地参透天地造化的神秘，佩玉也可以产生趋吉避凶、祈福禳灾之类比较实际的功能。宝玉的衔玉而诞其实正暗示着他与宇宙最深层的力量发生了关联，所以这位人物才会那么独特，足以成为《红楼梦》这部大书的主角。

由此可见，玉的重要价值与通灵宝玉实际上具有直接关联之处，因此严格地说，宝玉前身的故事并不能说是石头神话而应该称为玉石神话，因为这块玉石所反映的并不是原始的石头崇拜，而是华夏文明所特有的玉石崇拜。并且它不但是华夏文明玉石崇拜之下的产物，承袭了玉石神话的信仰，尤其玉石的珍贵意义更象征着尊贵的地位与阶层，属于权力地位的象征。宝玉之所以能够来到富贵场、温柔乡，享受十九年的美好岁月，正因为他是玉石而不是石头。所以玉石的世俗性要从"贵"的层次去理解，贵族的"贵"字说明了此一玉石是高雅文明的结晶。

根据地下考古文物的挖掘成果，我们得知早期的历史社会通过玉而形成了具有贵贱、高下之别的礼制，社会中的种种调节都与玉有关，玉是促进封建礼教不可或缺的要件，参与了上层社会的交往活动，玉器已经成为权势、财富、等级身份的象征物，是贵族的代表，因此也唯独在贵族的墓葬中才有玉，春秋时期的贵族墓区中便出土了大量的玉器。后来通过神权政治、君权神授，玉又与神权扣联在一起，于是玉石又转化为王权的象征，从商周以来，玉成为彰显帝王美德的符号象征，也与周公制礼作乐的礼制息息相关，和礼制的定型化关系密切。由此看来，玉石岂是如此简单，它背后有着非常庞大复杂的文化内涵，从这一点来说，贵族血统对宝玉产生着潜移默化的作用，使得他从诞生的第一刻起，所呼吸的每一口空气都对其人格的塑造产生了深刻的影响。原来作者是要告诉我们，玉石担负了更多的文明责任，虽然一般的石头也有自身的优点，然而与文明没有什么太大的关系，真正的文明则需要文化的创造和各种人文经验的累积。

能够在富贵场温柔乡受享的宝玉，前身必定是一块被女娲炼造过的玉石，那正好赋予他幻形入世时得以进入贵族阶层的基本条件，因为普通的石头根本没有这样的资格，即使《西游记》中那块吸收了天地日月精华的仙石，也只能孕育出孙悟空这个野性的泼猴，有待唐僧的陶冶收服。从贵族文化的角度来看，"玉石"正是以一种象征的方式来说明宝玉具有贵族的血统，而这一点却经常被我们现代人所忽略。

参考《红楼梦》第一回，我们可以看出贵族血统是如何与宝玉幻形入世的过程相连结。当一僧一道接受了玉石的恳求时，"便念咒书符，大展幻术，将一块大石登时变成一块鲜明莹洁的美玉，且又缩成扇坠大小的可佩可拿"，第二回又提到玉石的外貌是"五彩晶莹"，再看第八回借由宝钗的眼睛，显示玉石是"大如雀卵，灿若明霞，莹润如酥，五色花纹缠护"。根据这些描述，可知通灵宝玉的外形精致小巧，洁白莹润，有如牛奶一般，而"灿若明霞""五色花纹缠护"也都暗示着这块宝玉的前身便是五色石。当初玉石在与一僧一道对话之际，虽然自称蠢物，不能见礼，但那是面对二位仙师时的谦卑姿态，玉石所说的话不一定就是客观的事实，它毕竟是女娲炼造过的五色石，只不过相较于顺利补天的其他玉石，其"无材"确实可以称得上"质蠢"。当这块在青埂峰的大石被缩成扇坠大小、可佩可拿的美玉时，其性质本身并没有改变，唯独大小不同了，"五色花纹缠护"更是非常清楚地表明：通灵宝玉的性质、形态与五色玉石的前身始终一以贯之。

在第八回中，脂砚斋便针对通灵宝玉的外形做了四个面向的提示，指出其中的隐喻，他说："大如雀卵"是指它的"体"，形容通灵宝玉的体积如雀卵般大小；"灿若明霞"则是描述它的"色"，散发出光彩辉煌的色泽；"莹润如酥"是比喻它的"质"，即质地如羊脂牛乳一般晶莹温润。接着是"五色花纹缠护"所对应的"文"，花纹的"纹"
也可双关于文化的"文"，在中华文化里"文"是一个非常重要的关键
概念，攸关传统思想的核心架构，"文"包含了天文、地文，最后进入
人文，"文"字便代表了文明与秩序，是人类进步所累积的成就，包含
技术、思想、心灵等各方面的成果。至于"纹"字加上了"纟"部首，
原指织物的纹路，更是古典文学批评中对于文学作品之精致优美的常
用类比。而通灵宝玉的"五色花纹缠护"所对应的正是文明的"文"，
所以这块玉绝不是一个原始的、与生俱来的欲望象征，通灵宝玉的前
身经过炼造之后就是文明的产物，而且与贵族的文化直接相关。

　　"文"字是在告诉我们，通灵宝玉与文化、文明有关，换句话说，
玉石来到人间绝对不是只想满足"食、色，性也"的原始欲望，它要
求的是一个高度的文明，也唯有在富贵场和温柔乡的贵族阶层，才能
够提供这般的精英文化。贵族文化乃精英阶层与大传统的凝聚传承所
形成，与平民文化是截然不同的，其中的文化内涵与深度都远远地超
过了一般的通识教育。脂砚斋针对通灵玉石"大如雀卵，灿若明霞，
莹润如酥，五色花纹缠护"的特征，分别用"体，色，质，文"四字
来加以对应说明，便是要告诉我们，此一通灵玉石是里外俱美、文质
彬彬，绝对远远超乎一般粗陋的原始本能。这块女娲补天时唯一遗弃
不用的畸零玉石，之所以能够来到"昌明隆盛之邦，诗礼簪缨之族，
花柳繁华地，温柔富贵乡去安身乐业"，正是因为它本身已经具备了高
度的文明条件。"昌明隆盛之邦"是大中华的一种自我骄傲，因为当时
中华民族认为自己是全世界文化程度最高的国家，而国家文化又集中
体现在"诗礼簪缨之族"上，这是儒家所开展出来的文明内涵。

　　女娲补天是一个后设的神话，作者借此包装了玉石的入世动机，

当玉石幻形入世时清楚指定了目的地是诗礼簪缨之族，而没有封建礼教根本不可能会有诗礼簪缨之族。倘若曹雪芹真有反对儒家封建礼教的意念，他为什么还要给这块石头这般的神话安排呢？从种种的写作动机来看，认为《红楼梦》之创作宗旨是要用以反封建、反礼教的说法是不能成立的。相反地，在封建礼教中，最高的贵族等级不但是文化大传统的承担者，更属于文化集中的精英阶层，唯有在该等的阶级里，才可以享受所谓的富贵场、温柔乡。简单来说，也只有身处此一阶级中才可以参与高度的文化与文明，这对于灵动的灵魂来说才是最具魅力的地方。那些贵族精英在此可以读很多深刻细腻的书籍，可以进行非常复杂精深的思考，可以创作或赏鉴优雅精致的艺术，可以去参透宇宙奥妙的道理，诸如此类的心智锻炼如果没有高度的文化支撑是做不到的。

广大的平民不会去想那些问题，一般的通识教育也不会触及那些内涵，而诗礼簪缨之族则是文化集中的精英阶层，他们带动和承担着文化大传统的使命。据此可知，玉石自己要求来到这样的地方，其心念动机绝对不是用原始的生命欲望即可以涵盖的，实际上它具有非常重要的文明意涵。从常识便可以知道，补天的事业并不是谁都可以担当的，唯有极少数的秀异分子才能够扛起那般顶天立地、中流砥柱的重责大任，尘世中没有志向、没有才能的凡夫俗子是直接被排除的，只能去过庸庸碌碌的一生，由此更足以证明这块玉石是高度文明的产物。

总括来说，即使这块补天的玉石是个瑕疵品，没有那么百分之百的完善，然而它一开始便是按照最高的标准来进行炼造的，就算它被遗落不用，也是一个非常独特的存在物，非同一般。因此，小说家接着便赋予玉石一个所谓的"奇异出生"（monstrous birth），而在民间传说中，奇异出生常常与英雄故事相关。

衔玉而诞

首先看宝玉的衔玉而诞，此一安排本身即合乎转世再生的意义，在《周礼》和《左传》中都提到过，古人给死者的口中含玉，便是希望遗体可以不朽不腐，并帮助死者转世再生，所以从传统习俗来看宝玉的含玉而诞，确实具有转世投胎的意涵。

不过，出生时自胎里便带来灵物，那也不见得是中华传统文化的专利，人类学家发现澳大利亚的土著对这类的物件有一特殊名称，他们称伴随着新生婴儿来到人间的灵物为"秋苓格"（Churinga），这种与生俱来的灵物当然会被视为神圣的物品，秋苓格被安置于洞穴中秘藏陈列，不可随便侵犯，否则便会带来灾难，而只有在举行仪式和节庆的时候，才会被拿出来使用，是祭祀礼仪中非常珍贵的宝物。由上述例子可知，将随胎而生的物品视为宝物，真的是各地文化中很普遍、很常见的信仰。

专门研究民间文学的民俗学家史密斯·汤普逊（Smith Thompson，1885—1976），对神话传说以及民谣故事的内容做了一些分类与考察分析之后，也注意到奇异诞生的孩子于出生时身上常常会带有其他的物品，在他的《民间文学情节单元索引》一书中，"编号 T 婚姻、生育"下"T500—T599 怀孕和生育"类的 T552 项，便是所谓的奇异诞生，其中收集了各种关于奇异诞生的故事。可见宝玉的衔玉而诞之情节也是"卑之无甚高论"，因为那只是反映了一种普世皆然的常见现象，也反映了古代原始观念中属于不平凡人物的表征。曹雪芹安排了奇异诞生的情节，让宝玉成为一个不平凡的人物，而在第二回"冷子兴演说荣国府"中，贾雨村也称宝玉这种不平凡的来历是由极为独特的正邪二气所构成的。总之，小说家在前五回中以各式各样的方式来告诉我们，不要用一般人的意识形态和价值观去理解宝玉以及他十九年的人生。

神瑛侍者、玉石、贾宝玉三位一体

说明至此，还必须就神界的部分特别提醒一点，即玉石在进入尘世变成宝玉之前，还有一个很特殊的生命类型，那便是神瑛侍者，这位隶属于赤瑕宫的神瑛侍者又与绛珠草产生了灌溉的因缘，于是贾宝玉来到人间后就与林黛玉产生了恋情。我认为神瑛侍者便是玉石，也正是贾宝玉，但很多读者会揣测玉石、神瑛侍者与贾宝玉三者之间的关系，如周汝昌认为，神瑛侍者不是贾宝玉而是甄宝玉，以至于很多人怀疑神瑛侍者与贾宝玉无关，可能是另外一个存在。但如果这样去解释的话，黛玉的还泪就会成了笑话，因为她哭错了对象！并且从整体的叙事结构以及小说中的证据来看，神瑛侍者也是补天的玉石所变化而成，而它们都是贾宝玉的前身，为了因应神话的需要使得贾宝玉含玉而生，但贾宝玉与玉石仍是一体的，二者可以分成两种存在，彼此之间相辅相成，神瑛侍者亦然，形成了三元乃至多元共构的关系。

其实，这种三合一的形态不仅是神话思维所允许的非物理性设计，即使作为一个现实中的人也有所谓的形、影、神三个层面，如陶渊明便写了一组《形影神》诗，他的创作主旨是："极陈形影之苦，言神辨自然以释之。"其中包括了《形赠影》《影答形》《神释》三首，显示一个人可以分化为形、影、神三种不同的存在形态，彼此甚至还可以对话诘辩，足见一个人的整体构成事实上可以区分出多种层次。则宝玉虽然含着玉石出生，但何以宝玉一定得要与玉石是不同的个体，才能够带着玉石来到人间，而不是带着他自己的某个部分呢？换句话说，我们不应该用"一加一等于二"这种机械的观念来看待宝玉的故事，神话的思维告诉我们，一个人本来就可以分化、幻化出多个内在部分，而那些分化、幻化出来的存在都是来自同一个个体，将所有分化的对象整体组合在一起，才构成宝玉这个完整的人物。

关于神瑛侍者、玉石以及贾宝玉的同一关系，我们也能从情节内容中进行一些检视而得到证明。首先来看神瑛侍者与绛珠草的因缘是：

> 只因西方灵河岸上三生石畔，有绛珠草一株，时有赤瑕宫神瑛侍者，日以甘露灌溉，这绛珠草始得久延岁月。后来既受天地精华，复得雨露滋养，遂得脱却草胎木质，得换人形，仅修成个女体，终日游于离恨天外，饥则食蜜青果为膳，渴则饮灌愁海水为汤。只因尚未酬报灌溉之德，故其五内便郁结着一段缠绵不尽之意。恰近日这神瑛侍者凡心偶炽，乘此昌明太平朝世，意欲下凡造历幻缘，已在警幻仙子案前挂了号。警幻亦曾问及，灌溉之情未偿，趁此倒可了结的。那绛珠仙子道："他是甘露之惠，我并无此水可还。他既下世为人，我也去下世为人，但把我一生所有的眼泪还他，也偿还得过他了。"

绛珠草"终日游于离恨天外，饥则食蜜青果为膳，渴则饮灌愁海水为汤"，我认为这个神话其实并非在歌颂黛玉乃至情的情种，而是为了解释她明明是一个处境优渥的贵族少女，但却多愁好哭的原因，用以提供她特殊人格形态的先天因素。事实上，有的人即使在荆棘丛中也依然乐观开朗，如史湘云的天生性格是"英豪阔大宽宏量"，与黛玉截然有别，那都是小说家为每个人量身设计的不同的先天个性。其次，黛玉整天多愁好哭，一直处于爱恨情愁的感性层次上，同样反映了佛教对女性的看法，将"终日游于离恨天外，饥则食蜜青果为膳，渴则饮灌愁海水为汤"与"仅修成个女体"综合来看，其中更隐含了一种佛教的性别观。佛教认为女性之所以会成为女性，是因为她们在生命的轮回上修炼不足，所以必须到人间受苦、偿罪和修炼，以至于这一辈子才会变成女人。

佛教经典中提到，女性是不完善的生命类型，有所谓的"五漏"，因此要受生儿育女以及各种陷溺纠缠之情的折磨，不得解脱。例如唐传奇小说《红线传》中，武功高强的女侠客便解释自己上辈子是个医生，结果不小心把人医死了，只好下辈子投胎当女人来赎罪。这些观念无形中都在阐述一种性别歧视思想，把女性因为不平等的现实处境而受苦受罪视为应得的业报，最重要的是，因此她们的心灵素质比较低下，没有资格到达超越的彼岸，注定要终身沉沦，包括她们的心灵也不可能得到解脱。解脱成为男性的专利，因为男性的生命阶段比较高，超越轮回也就比较容易，而女性则是要陷溺在欲望与情绪的盲昧层次中不得超脱。如《佛说转女身经》所言："若有女人，能如实观女人身过者，生厌离心，速离女身疾成男子。女人身过者，所谓欲瞋痴心并余烦恼，重于男子。"只有通过修行"转身成男子"，再由"男子身成佛"。

关于这一点，最明显的例子是：《红楼梦》中真正出家解脱悟道的都是男性，如甄士隐、柳湘莲等，而女性如黛玉，虽然小时候有和尚要来化她出家，但是并没有落实，唯一真正出家的女性妙玉，却也没有真正地悟道，她的生活甚至比一般贵族更为讲究，那是沉沦在一种优越感中，以各种姿态来垫高她的身份，所以她只是有出家的形式，但心灵则完全没有超脱，她的内在根本还是个高高在上的千金小姐。至于从小便向往出家的惜春，本质上其实也不是开悟，而是一种很特殊的精神洁癖所致，这两位少女的情况请参看人物专论的说明。再看黛玉与宝钗，虽然在第二十二回"悟禅机"时比宝玉更胜一筹，黛玉的机锋提问、宝钗比出的惠能语录令宝玉顿时为之语塞，但她们始终停留于人间的层次，并没有以宗教的角度和境界而得到所谓的开脱，尤其黛玉更是终身溺于爱河的绛珠草，直到泪尽而逝，可见与解脱完全无缘。

基于绛珠草与神瑛侍者在神界的因缘，既然绛珠草入世后成为林黛玉，则神瑛侍者必然是贾宝玉，也即黛玉要还泪的对象。可见宝玉的前身有两个，一是玉石，一是神瑛侍者，于是我们合理地推测：玉石因为受过女娲的精心锻炼，有了灵通之后幻化成人形到处游玩，这是比较常见且合理的神话想象。而且玉石与神瑛侍者的活动场域都与太虚幻境有关，假若我们用神话思维来加以看待，二者毋庸置疑都是贾宝玉的前身。神话不是物理科学，它是由象征、隐喻等诗性逻辑所构成的，我们不应落入物理科学一一对应的机械方式去理解小说中的神话寓意，一旦以科学的逻辑去思考，便会成为脂砚斋所愤慨的对象。在第一回里，当玉石听到一僧一道谈论红尘中的荣华富贵时，"不觉打动凡心，也想要到人间去享一享这荣华富贵；但自恨粗蠢，不得已，便口吐人言"，脂砚斋在此侧批云："竟有人问口生于何处，其无心肝，可笑可恨之极。"

显然当时已经有人质疑：既然玉石口吐人言了，那么它的嘴巴长在哪里呢？这种情况就很类似于我们现代人追问玉石到底是贾宝玉，还是他口中的通灵宝玉？可见我们都在用科学的逻辑去阅读小说，但提出此等的问题却是对创作者的羞辱，因为不尊重创作者的想象力与特殊安排，对于每一个细节都要按照现实逻辑科学化地去思考，而这种做法是不是等于在质疑创作者想象幻设的权利？单用物理的科学逻辑去看待并质疑那些描述，便会掌握不到小说家所要表达的重点。因此我们还是先得承认小说家是在写神话，神话本身即不是依据现实的逻辑去运作的，神话有它自己的意义与价值，不能用科学化的方式一一去拆解，也不应认定它有一套合乎现实逻辑的整体系统，这是我们必须要先有的一个认知立场。

那么在此一神话的范畴中，能否对神瑛侍者、玉石和贾宝玉三者的关系给予一个比较细致的解释呢？我认为如此一来可能会偏离神话所要表达的意义，因为即使在细枝末节上照顾得再细致合理，找到谁对应谁的理路，但对于我们更深入地认识这个神话其实也没有太大的帮助。当我们回到神话本身的内容尤其是结构来看，便会发现他们彼此之间是可以画上等号的，玉石、神瑛侍者、贾宝玉三者是随着小说家的需要而去展现的一种连动关系。有些人一直认为玉石不一定是贾宝玉，因为玉石是被宝玉含在嘴里入世的，但那为什么不可以是一而二的组合呢？也就是说，通灵宝玉代表了玉石的性灵，贾宝玉则代表了玉石的人形，尤其在神话的逻辑下，玉石之所以一定是贾宝玉，是因为神瑛侍者与绛珠草来到人间之后成为贾宝玉与林黛玉的对应关系。在第五回《红楼梦曲·终身误》中提及："都道是金玉良姻，俺只念木石前盟。"木石前盟说的便是神瑛侍者与绛珠草，"木"是指绛珠草，"石"则相应于神瑛侍者。既然用石来指称神瑛侍者，而玉石又是贾宝玉，所以神瑛侍者当然也就是贾宝玉。

另一个证据是在第三十六回，宝玉于梦中喊骂说："和尚道士的话如何信得？什么是金玉姻缘，我偏说是木石姻缘！"在这里，木石姻缘所对应的还是绛珠草与神瑛侍者，很明显又是以石来指代神瑛侍者，而二者也都是此刻正在做梦的贾宝玉。此外，第二十五回当宝玉受到马道婆作祟而处于生死交关之际，一僧一道及时赶来救助，他们的救助方法是拿着通灵宝玉持颂一番，和尚感叹道：

> "青埂峰一别，展眼已过十三载矣！人世光阴，如此迅速，尘缘满日，若似弹指！可羡你当时的那段好处：
>
> > 天不拘兮地不羁，心头无喜亦无悲；
> >
> > 却因锻炼通灵后，便向人间觅是非。
>
> 可叹你今日这番经历：
>
> > 粉渍脂痕污宝光，绮栊昼夜困鸳鸯。
> >
> > 沉酣一梦终须醒，冤孽偿清好散场！"
>
> 念毕，又摩弄一回，说了些疯话，递与贾政道："此物已灵，不可亵渎，悬于卧室上槛，将他二人安在一室之内，除亲身妻母外，不可使阴人冲犯。三十三日之后，包管身安病退，复旧如初。"

而后宝玉果然便痊愈了。让我们再特别注意一下和尚对通灵宝玉所说的偈句："天不拘兮地不羁，心头无喜亦无悲；却因锻炼通灵后，便向人间觅是非。"意指玉石在神界还没有幻化成通灵宝玉之前，它是无拘无束的，没有悲喜情绪，可是来到人间的温柔乡中受享以后，日积月累地被蒙蔽了性灵，于是"粉渍脂痕污宝光"，导致灵性的沦丧。那就像赫尔曼·黑塞的小说《悉达多》里的主人公，在求道过程中沉沦于世俗内，玩弄金钱游戏，变得精明市侩，又寻求名妓，在温柔乡中渴慕慰藉，当他在充满财货声色的世界里快要窒息的时候毅然走脱出来，抛弃世俗的一切，最后终于获得解脱，成为河边充满智慧的摆渡人，正所谓的"沉酣一梦终须醒，冤孽偿清好散场"。这是一场梦幻之旅，也是一段悟道之旅，而只有冤孽偿清之后才能复归原质，那岂不正是宝玉的人生模式吗？

如果贾宝玉不等于通灵宝玉，则一僧一道拿取通灵宝玉来持颂一番，又有什么用呢？所以通灵宝玉一定就是贾宝玉，二者是同步的关系，于是当那被声色所迷惑的通灵宝玉恢复灵明的状态时，宝玉也便起死回生了。由此看来，通灵宝玉可以算是宝玉的灵性或是灵魂，甚至正是他生命的本源。

除木石前盟和木石姻缘证明了神瑛侍者等于玉石之外，还可以参考两段同时出现于第一回中彼此相应的情节，最初启动玉石幻形入世的动机，乃是"打动凡心，也想要到人间去享一享这荣华富贵""这石凡心已炽"，同样地，"近日这神瑛侍者凡心偶炽，乘此昌明太平朝世，意欲下凡造历幻缘"，显然指的是同一件事，都是凡心炽热，渴望入世受享富贵，足以说明玉石和神瑛侍者的等同关系。另一个证据则体现于脂砚斋对神瑛侍者的批语："单点玉字二（也）。"也就是说，神瑛侍者是单单特别点出"玉"字，因为"瑛"本身即玉光的意思，可见神瑛侍者便是玉石。其次，神瑛侍者住的是"赤瑕宫"，对此脂砚斋眉批云：

□ "瑕"字本注："玉小赤也，又玉有病也。"以此命名恰极。

由这一段脂评，我们更可以明白何以玉石会成为女娲补天时唯一留下未用的废弃物，原因即这块玉石具有瑕疵，带着一种病态质地，由此也刚好符合正邪两赋所论述的病态人格，显然宝玉等同于神瑛侍使者，其天赋性格可以直接与赤瑕宫的命名寓意相互参证。所以说，《红楼梦》并非在歌颂宝玉是一名反封建、反礼教的革命英雄，而是在悲叹他根本是正统精英文化中的一个瑕疵品。

那么，该如何理解"玉小赤也"呢？原来"赤瑕"一词源于原始神话中的"赤霞"，这个"霞"便是女娲补天的五色石，在宋代罗泌论述远古传说和史事的著作《路史》里，有一段相关的记载："炼石成霞，地势北高南下。""霞"不正是指炼石补天的石头吗？而石头中唯独只有五色石才能对应于"霞"字，因为"霞"是用来形容雨过天晴后的彩虹或是彩云，此时的彩虹或彩云即为五色石的颜色展现。所以，含有彩虹、彩云含义的霞字转化成带有负面意义的瑕疵的瑕字，就变成神瑛侍者所属的赤瑕宫了。曹雪芹在此微妙地运用了谐音的双关，本来是补天的"赤霞"（五色石），但是因为有了瑕疵而"无材"去补天，于是成为"赤瑕"，由此也说明了宝玉的先天性格是有问题的，所以脂砚斋称之为"玉有病也"。而神瑛侍者隶属于赤瑕宫，此处即五色石的诞生地，所以留下来的神瑛侍者也是一块瑕疵的玉石，该玉石尔后又成了贾宝玉的前身，因此神瑛侍者与玉石根本上乃是同一的关系。

幻形入世为何

　　曹雪芹借由玉石的神话来告诉我们几个重点：第一，这块玉石来到人间，并不是为了接受磨炼、参透人生的艰苦的，它是要来安富尊荣的；第二，玉石来到人间也不单单是为了受享，而是要来见证和体验真正的高度文明及文化美感，所欲品尝的不只是富贵繁华，还更有对高度文明的性灵追求。关于这一点的证明，在《红楼梦》第一回中清楚可见：

　　　　一日，正当嗟悼之际，俄见一僧一道远远而来，生得骨格不凡，丰神迥异，说说笑笑来至峰下，坐于石边高谈快论。先是说些云山雾海神仙玄幻之事，后便说到红尘中荣华富贵。此石听了，不觉打动凡心，也想要到人间去享一享这荣华富贵；但自恨粗蠢，不得已，便口吐人言，向那僧道说道："大师，弟子蠢物，不能见礼了。适闻二位谈那人世间荣耀繁华，心切慕之。弟子质虽粗蠢，性却稍通；况见二师仙形道体，定非凡品，必有补天济世之材，利物济人之德。如蒙发一点慈心，携带弟子得入红尘，在那富贵场中、温柔乡里受享几年，自当永佩洪恩，万劫不忘也。"二仙师听毕，齐憨笑道："善哉，善哉！那红尘中有却有些乐事，但不能永远依恃；况又有'美中不足，好事多魔'八个字紧相连属，瞬息间则又乐极悲生，人非物换，究竟是到头一梦，万境归空，倒不如不去的好。"这石凡心已炽，那里听得进这话去，乃复苦求再四。二仙知不可强制，乃叹道："此亦静极思动，无中生有之数也。既如此，我们便携你去受享受享，只是到不得意时，切莫后悔。"

整段描述中的字字句句都在告诉我们：玉石渴望幻形入世去满足它的欲望，并且只选择到贾府这等的国勋门第中，因为普通的、暴发户的人家都没有文化，欠缺深厚的人文根底，玉石根本不会看得上眼。到了第二回，贾雨村也说贾府是："如今生齿日繁，事务日盛，主仆上下，安富尊荣者尽多，运筹谋画者无一；其日用排场费用，又不能将就省俭，如今外面的架子虽未甚倒，内囊却也尽上来了。这还是小事。更有一件大事：谁知这样钟鸣鼎食之家，翰墨诗书之族，如今的儿孙，竟一代不如一代了！"由此显然可见，对钟鸣鼎食、翰墨诗书的人家而言，他们最关心的问题是儿孙竟然一代不如一代，因为这么一来，整个家族便会飞速沦落。为了家族的存续，该等世家非常重视教育，而且他们的教育是非常严格的，如果子弟们不爱读书，没有礼教的提升，那就叫作一代不如一代，这种心性的败坏是他们最痛心疾首的地方，也是此类家族最难以起死回生的关键所在。对他们来说，经济上的入不敷出其实算是小事，他们真正关心的，是有没有子弟能承担起贵族的精神，进而去雕琢、去提升自身，将家族的命脉延续下去。

那么，在贾府已经是"主仆上下，安富尊荣者尽多，运筹谋画者无一"的情况下，宝玉的表现又是如何呢？他竟然是完全漠不关心、只愿享乐的，且看第七十一回宝玉对探春说道："谁都像三妹妹好多心。事事我常劝你，总别听那些俗话，想那俗事，只管安富尊荣才是。比不得我们没这清福，该应浊闹的。"可见宝玉真的也是不肖子孙之一。只是我们受到宝玉"女儿是水作的骨肉"论的影响，常觉得女儿们就应该聪明灵秀、清新脱俗，不被经济事务所污染，因而认为但凡是苦心经营现实俗务的女性，都是被世俗所污染了，于是凤姐、探春便受到了无妄之灾。但是试想：倘若没有那些苦心谋划持家的女性们的庇荫，宝玉还能够安富尊荣吗？一个只管安富尊荣的宝玉绝对不是什么反抗封建的时代英雄，就这一点来说，我们应该要好好地仔细思考、认真地精密分辨。

事实上，《红楼梦》中所展演的贾府的荣华富贵，都是为了要满足玉石的心愿，而且玉石也确实在故事的推进中不断表现出他的心满意足。脂砚斋便通过与玉石对话的生动方式，呈现了玉石来到人间之后多彩多姿的人生，例如第三回写到宝玉初见黛玉而摔玉的情节，脂砚斋批云："试问石兄：此一摔，比在青峰（埂）峰下萧然坦卧何如？"又第八回，当宝钗托住通灵宝玉细细赏鉴时，脂砚斋评道："试问石兄此一托，比在青埂峰下猿啼虎啸之声何如？余代答曰，遂心如意。"同在这一情节中还有一条批语写道："试问石兄此一渥，比青埂峰下松风明月如何。"单单这三段评语便不断地通过对比来告诉我们，玉石之所以苦求来到人间，就是为了如此一种心满意足的追求。而第十八回的一大篇省亲文字，更可说是贾府富贵到极致的写照，以至于在元妃省亲的过程中，玉石居然忍不住现身出来感慨道："此时自己回想当初在大荒山中，青埂峰下，那等凄凉寂寞；若不亏癞僧、跛道二人携来到此，又安能得见这般世面。"玉石十分明确地诉说着，它是何等庆幸能够来到人间的富贵场受享，而皇妃的排场正是巅峰！很显然，《红楼梦》的字里行间都在告诉我们：贵族世家的生活是如何的优美高雅，有着何等的精致文化与高度文明，只可惜终究也会败落丧失，那才是曹雪芹最深感悲愤惋惜的地方。

什么是贵族：高鹗续书之败笔

现在，我们再来探讨什么是贵族？贵族的涵养在于眼界、胸襟和精神、道德各方面的高度，尤其是贵族小姐们的言行举止与仪度风范，绝对不会是小家碧玉式的。关于这一点，可以补充一下关于高鹗续书的败笔，虽说高鹗的续书功过难定，甚至功大于过，然而就后四十回描写中涉及贵族世家的教养和涵养而言，确实是一大败笔。高鹗没有把握到贵族们的大家风范，而那些风范乃是构成其人格不可或缺的一部分，也因为他掌握不到此一深入骨髓的气度，以至于把大家闺秀的黛玉写成了小门小户的蹩脚姑娘。

试看第八十五回描绘黛玉过生日的场面，在此所展现出不同等级的文化格调与教养品位的落差极为明显，其中说黛玉"略换了几件新鲜衣服，打扮得宛如嫦娥下界，含羞带笑的出来见了众人"。对比前八十回中闺秀们的生日，我们可以发现此处续书者的每一句话都有问题：首先，过生日时她们都必须穿戴一定的礼服，那就是所谓的繁文缛节，什么场合该穿怎样的衣服都是规定好的。比如说，在第三回黛玉刚到贾府的时候，贾氏三春为了迎接贵客，全部穿搭配备相同的衣饰妆扮，所谓"其钗环裙袄，三人皆是一样的妆饰"，便体现出贵族们在不同节庆、不同场合中的装束是各自有别的，也都一定有相应配套的礼服。又如第七十回探春过生日，当时是"饭后，探春换了礼服，各处行礼"，这才是他们该等公子小姐们过生日的样子！无论是过生日还是迎宾见客、祭祀上灵等，都各有相对应的穿着，不能乱套。既然大家闺秀们的生日礼服都是固定的，则黛玉生日时，怎么可能会如续书者所说的"略换了几件新鲜衣服"呢？这番叙述便暴露了高鹗是个穷酸文人，才以为过生日会换上新鲜衣裳，而写得有如小户人家要过年。

其次，那一段文句中形容黛玉的外貌时用了"宛如嫦娥下界"的比喻，这种俗滥的用语也是没有多大创作才华的表现，更暴露了穷酸与平庸，脂砚斋便曾针对这种现象批评道："可笑近之野史中，满纸羞花闭月，莺啼燕语。"在《红楼梦》前八十回中，会用仙女下凡来形容美人的，唯独刘姥姥一个，而其身份教养和此一用语可谓完全一致，她在赞美惜春的时候说道："我的姑娘，你这么大年纪儿，又这么个好模样，还有这个能干，别是神仙托生的罢。"这种说法便很像一个没有受过真正教育的乡下人的口吻。

第三，续书者又描述黛玉是"含羞带笑的出来见了众人"，但想想看，黛玉乃是钦差大臣的女儿，也有十足的贵族小姐该有的风范，早在第三回，王熙凤第一眼见到她的时候便大大称赏道："天下真有这样标致的人物，我今儿才算见了！况且这通身的气派，竟不像老祖宗的外孙女儿，竟是个嫡亲的孙女。"所以说，黛玉不止是美丽有气质，还有通身的气派，那种雍容华贵不是绫罗绸缎能够包装出来的，简直犹如贾家孕育出来的正根正苗。而初入贾府的黛玉不过才六七岁，当时即已经有了通身的气派，一旦她成长到十五六岁时，可说是见过各种大场面的大家闺秀，则过生日的时候，何以见了众人还会含羞带笑呢？这一类大户人家培养出来的小孩，在言谈举止之间便有一种与生俱来的舒坦沉稳，动静之际自有一种优雅自在，很自然地散发出大方合度及大家闺秀应有的风范，绝对不是那种"羞口羞脚，不惯见人"（语参第十四回）的小家碧玉的形象！

所以，上述续书者的三句话清楚暴露出他的视野限制，所以没有办法捕捉到贵族世家的那一种优雅气度。这也再度证明，如果不用贵族的等级去思考书中人物的言谈举止、眼光胸襟、思想感受，便注定会错误解读。事实上，以贾府此等的国勋门第而言，连丫鬟们都因为每天耳濡目染而受到良好的熏陶，一如第五十五回王熙凤所说："便是我们的丫头，比人家的小姐还强呢。"则来自列侯世家的黛玉又岂能连贾家的丫头还不如！所以阅读《红楼梦》的时候，必须翻转、调整我们的心态和视野，才足以去探索我们这个时代所反对的、完全陌生的贵族阶层的文化内涵，也才能真正地了解《红楼梦》。

见一见世面

出身内务府世家贵族的曹雪芹，他在《红楼梦》中再三提到所谓的"世面"，指的是一种视野、眼光和胸襟，"世面"包含了知识、品位还有格调，带有一种无以名之的对宏大世界的了解与掌握。试看第十六回中，当赵嬷嬷获悉元妃要省亲之后，便对凤姐说道：

> "阿弥陀佛！原来如此。这样说，咱们家也要预备接咱们大小姐了？"贾琏道："这何用说呢！不然，这会子忙的是什么？"凤姐笑道："若果如此，我可也见个大世面了。"

可见元妃省亲的排场可比康熙南巡，就连早已见多识广的王熙凤也想借这个机会来见识一下大世面！则可想而知，对这等贵族来说，真正重要的并非物质权力的享受，他们最想要的是打开视野，见识一下那百载难逢的罕见盛况。所以王熙凤感慨道："可恨我小几岁年纪，若早生二三十年，如今这些老人家也不薄我没见世面了。说起当年太祖皇帝仿舜巡的故事，比一部书还热闹，我偏没造化赶上。"以王熙凤年纪轻轻才二十出头，单单纱罗便已经见过几百样，而被称为"人人都说你没有不经过不见过"（见第四十回），还被老人家鄙薄为没见过世面，则可想而知，那些包括了贾母在内的"老人家"该是何等地见识丰富！由此再度证明了如果我们一直用现代人的平民视野，以今律古地去读《红楼梦》，那是万万不可的，因为这是一个非比寻常的阶层，有着非比寻常的经历，他们可以展演出我们一般人想象不到的世面。

然而世面也有等级之分，对贾家来说，太祖皇帝仿舜南巡是个大世面；可是对刘姥姥这等平民百姓而言，贾府所展现出来的文化格调、各方面精致优雅的礼仪，已经足以让她大开眼界。当刘姥姥第二次进荣国府之时，看到贾府的日常排场便赞叹道："别的罢了，我只爱你们家这行事。怪道说'礼出大家'。"大家族展演出的优雅华贵、沉稳大方的风范让刘姥姥觉得不枉此生，深感得以到贾家走一趟，这一生也就没有什么缺憾了。

且看刘姥姥最初找贾府接济的来龙去脉。在第六回中，刘姥姥的女儿女婿一家日子日益艰难，这年的冬事都没有银子承办，正感到一筹莫展，刘姥姥便建议去贾府"打秋风"，因为女婿王狗儿家的祖上曾经与金陵王家连过宗，如今王家二小姐是荣国府二老爷贾政的夫人，而且"听得说，如今上了年纪，越发怜贫恤老，最爱斋僧敬道，舍米舍钱的"，于是刘姥姥衡量一番之后，即由她出面带着孙子前去碰运气。试看当刘家在商量谁去贾府时，刘姥姥对女婿说道：

> 你又是个男人，又这样个嘴脸，自然去不得；我们姑娘年轻媳妇子，也难卖头卖脚的，倒还是舍着我这付老脸去碰一碰。果然有些好处，大家都有益；便是没银子来，我也到那公府侯门见一见世面，也不枉我一生。

王狗儿身为一家之主，一个男人又加上寒酸的嘴脸，更显得毫无尊严，自然去不得；而刘姥姥的女儿是年轻女性，不宜在公共场合抛头露面，传统时代年轻女子孤身一人在外走动，一方面违背了礼教，另一方面也确实容易有现实上的风险，因为过去在公共空间的设计中，并没有保障女性的安全机制。排除那两项考虑因素以后，就只剩下刘姥姥了，这位"去性化"的老年人，不但可以避免年轻女性可能会遭遇到的侵害与危险，并且在超越性别之余反倒更能够游刃有余，投向外在的广大世界，而刘姥姥走出大门之后所开拓的出路，也真的为他们家挣到了一个起死回生的转机。

果然，当王夫人获悉刘姥姥来看望她们时，便交代王熙凤说："今儿既来了瞧瞧我们，是他的好意思，也不可简慢了他。"此一形象与刘姥姥过去亲眼所见、现在耳闻所听说的王夫人"着实响快，会待人，倒不拿大"都是一致的。王夫人的这一为人表现很少被读者们所注意，作为贵族出身的她还能够给予刘姥姥温厚的怜惜、体贴与帮助，实在是十分难得。

此外最难得的是刘姥姥事前想得很清楚、很深入，真的是一位有着大智慧的女性，她认为一旦去了贾府，"果然有些好处，大家都有益"，但即使没有银子来，她能够到那公府侯门见一见世面，也不枉这一生了。对刘姥姥而言，她不计较现实的得失，反倒认为见一见世面可以打开视野，所得到的价值比金钱还要更高！相比之下，现在的人都太短视近利，以至于我们可能是现实中的富翁，可是整个人生却非常贫瘠，不懂人与人之间无私体贴的温情，不懂奉献付出的喜乐，也不懂见一见世面的心胸大开，甚至更不懂当一个人被锻炼到顶天立地的时候，所体会到的喜悦有多么浩大，而那种喜悦便是儒家所说的"圣贤气象"。没有看过这等气象，就不会知道原来人可以活成如此地宏大而美好。而刘姥姥作为一个乡下老妪，竟然清楚地认识到人生还有更高于现实得失的心灵价值，因此认为就算没有得到现实上的好处，能够到那公府侯门见一见世面便是莫大的收获。刘姥姥后来在贾府的插科打诨、扮小丑耍宝也都是为了答谢帮助她的人，所以她才愿意把自己变成让对方欢笑的礼物，这岂非一个品格与智能兼具的奇人！

回到玉石的故事来看，我们同样可以发现原来玉石到富贵场中受享，最大的目的就是要打开见识，如同刘姥姥所说的那般，去贾府走一遭便不枉这一生。玉石在富贵场与温柔乡历经十九年的人生，复归青埂峰以后，也觉得他这一生再无缺憾。由此再度证明了曹雪芹真的并不反封建、反礼教，相反地，他告诉我们，在封建等级制中有着一些非常珍贵的东西，那是他无论如何都忘不掉的，他如此眷恋并渴望能够再一次重温那般的经历，也因此在写小说的时候，后设地包装了玉石入世的故事，以这个机会来告诉我们见世面的重要性。

同样地，第二十七回通过红玉的口中，我们也得知"有见识"的重要价值。红玉原是怡红院内默默无名的三等小丫头，虽然十分有才干但却饱受晴雯等大丫头的排挤而被埋没，之后偶然被王熙凤相中并得到了赏识。当王熙凤询问红玉，是否愿意跟在她身边办事时，红玉回答道："愿意不愿意，我们也不敢说。只是跟着奶奶，我们也学些眉眼高低，出入上下，大小的事也得见识见识。"脂砚斋对此评道："凤姐用红玉，可知晴雯等理（埋）没其人久矣，无怪有私心私情。且红玉后有宝玉大得力处，此于千里外伏线也。"可见就连身为三等丫头的红玉都想要"学些眉眼高低，出入上下，大小的事也得见识见识"，由此便证明了无论处于任何的环境中，不管是哪一种身份，每个人永远都可以更积极向上，保有自己的主体能动性，我们千万不要放弃这一点，也无须归咎于环境，事实上我们永远有很大的空间去实践自己想做的事。

　　而脂砚斋认为红玉投奔王熙凤是一条好出路，因为红玉在怡红院已经被埋没很久了。那么是谁埋没了红玉呢？脂砚斋具体点名指出是晴雯等人所为，实况也确是如此，可见晴雯的性格并非一般所歌颂的那般高洁。总而言之，无论是红玉这个被埋没了很久的三等小丫头，或是刘姥姥这种非常穷困的平民，甚至是王熙凤这等见多识广的贵族小姐，我们可以发现她每一个人永远都想要更进一步提升自己，而见一见世面恰恰是一个可以提升生命内涵的很重要的面向，那也是玉石之所以想要幻形入世的最大关键。如果忽略了这一点，便很容易会误解何以玉石如此地渴望去到贾府之类的人家，王国维的"生活之欲"说便是常见的误解之一。

现代人的爱情崇拜

作者既然将宝、黛之恋作为《红楼梦》的重要主轴之一，确实便表示了那是可以呈现出整部小说真正所主张、所肯定的爱情形态。然而，我们对于《红楼梦》的爱情主轴，即神瑛侍者与绛珠仙草的关系，以及宝、黛之恋的诠释角度，是否存在着以今律古的倾向，投射了我们现代人的爱情观呢？

根据《红楼梦》的全部文本来看，曹雪芹其实是不鼓励一见钟情的。首先，因为在两人之间彼此了解的基础和情感都太浅薄的状况下，一见钟情的确很容易发生问题。其次，一见钟情的情又很容易会与情欲的情相混淆，那恐怕更会斫伤、损害对于爱情的真正体认。再次，更重要的是，即使宝、黛的感情并没有上述的两个问题，但又有另一个问题，然而却因为现代读者已经将宝、黛的感情神圣化，到了一种极端的地步，以至于大家对爱情的本质出现了很多认识上的误失，构成光怪陆离的乱象，甚至耽误了我们对于真正的爱的追求。真正的爱应该是让我们的人生更丰富、更美好，而不是让我们误入歧途，扭曲了生命的真谛。可叹却有太多的错爱与乱爱，导致我们进到了一种荒谬的疏失和彷徨，甚至是罪恶的情境中。如此怪诞的结果真是令人出乎意料，究竟何以致之？原因何在？我们接下来便一一加以说明。

首先应该注意到，木石前盟的本质决定了宝、黛两人在来到今世之后的爱情形态，小说家不仅通过神话为宝玉先天的人格特质作出了解释，也同时借此为人生中十分重要的爱情给予了定义。必须说，曹雪芹很明确地将他们的爱情规范在某一种伦理范畴中，而该类范畴和我们今天所以为的爱情其实是大相径庭。今日一般意义上的爱情，主要关乎男女之间很强烈的吸引力，并且那吸引力具有高度的排他性，在我们现代人的眼光里，往往得要排除所有其他的人际关系，包含父母、亲友，甚至其他的人生价值，仿佛若非如此便不足以彰显爱情的伟大。这是现代人在爱情崇拜的社会思潮下，所不自觉产生的一种很独断的爱情霸权思维。

从五四以来，在现代本能主义的思潮引领之下，一方面，爱情成为一种非常强大的原始动力，大多数的人认为爱情是来自于本能，人类与生俱来便有对于情爱的渴望，而这份渴望是如此根深蒂固，因此爱情带有一种不可被人为根除的巨大原力，也基于此故，这般的爱情力量被视为具有改造社会和推动革命之轮的潜质。另一方面，在五四时期的文学创作中，作家所描绘的爱情常常与肉欲相混淆，如周蕾（Rey Chow）于《妇女与中国现代性》一书中，借五四男性作家茅盾的作品所警示的："女性作为传统和视觉上的物化对象这个角色，又返回历史舞台。"他们认为情欲是来自与生俱来的生物本能，不可能被后天的礼教、伦理、道德所根除，因此由情、欲两者结合起来所形成的强大能量，也被歌颂为一种伟大的、具有革命的力量，是对人性的解放，这大概就是百年来对于爱情的粗略认知。

然而，人们往往过度高估爱情的伟大性，并且在本能主义的思维下，又把爱情的本质等同于一种非理性的力量，仿佛爱情不是可以通过学习，通过人格的修养去深化、去丰富的一种心灵形态，但那其实反而是对爱情的伤害，恐怕会丧失爱情真正的价值。因此，回顾曹雪芹如何塑造宝、黛之间的爱情，诚然是很有意义的，尽管《红楼梦》

中所显示的爱情观，可能会与在现代意识下培养起来的爱情崇拜有着很大的出入，但却很值得我们借鉴。

宝黛之恋

首先必须指出，宝、黛之恋不论是哪一个阶段，从神瑛侍者与绛珠仙草的木石前盟，一直延续到今世青梅竹马的亲密互动，事实上始终都与爱情无关。后来会变成所谓的爱情，是宝玉成长到一定阶段时才出现的质变，尤其在此之前的神话时期，更可以看出两者之间的关系一直都处于恩义的范畴。恩情来自神瑛侍者最初怜悯不舍的慈悲之心，当他看到奄奄一息即将面临死亡的弱势者，便用甘露加以灌溉，让对方起死回生，这种无私的灌溉之举正出于孔孟所说的恻隐之心，作为人本性中所固有的善端，那是与生俱来的优良品德。神瑛侍者拥有如此慈悲的胸怀，被灌溉的绛珠仙草也谨记这一份恩情，只因没有甘露之水可以酬报，于是想用自己一生的眼泪去偿还，可见双方之间的关系事实上一直都处于儒家的道德范畴中，而木石前盟完全是在恩德、恩惠、恩义的伦理前提下建立起来的。

让我们仔细考察绛珠仙草的来历。它生长于西方灵河岸上三生石畔，而"三生石"是来自于佛教的典故，唐人袁郊将此一典故编写成传奇故事，收录在传奇小说集《甘泽谣》中，内容描述唐朝中叶时期，文士李源与僧人圆观十分友善，日夜谈讲相得，培养出三十年的交情，圆观死前与李源约定十二年之后相见。十二年之后，李源果然信守约定来到杭州天竺寺，远远地听闻一牧童唱着一首山歌：

三生石上旧精魂，赏月吟风不要论。惭愧情人远相访，此身虽异性长存。

可见这个牧童就是圆观的转世，显然诗中的"情人"固然是指有情之人，但那份情是深厚的友情，并不是一般所以为的男女之情。从整段故事中我们可以看到，人与人之间真挚的情感是可以超越时间、超越生命形态的，而且人与人之间美好的情分绝对不限于爱情。爱情只不过是人类众多情感类型的一种，将爱情单独割裂出来并给予一种超越性的价值，其实是我们现代人的爱情崇拜所导致的，事实上任何的情意都可以如此地真挚而深刻，无论是与人的关系，还是与大自然、与动物的关系，我们都可以怀抱这等真挚的感情去对待、去建构。真正的知己同心可以存在于男女之间，也可以存在于人与人之间的任何关系中，更可以存在于人对其他物种的关怀，例如曹雪芹在神话世界中为宝、黛所设定的木石前盟即属之，而那一份知己同心的真挚情谊，更从木石前身一直延续到宝、黛成长的初期阶段。

至于现世中宝、黛两人的关系究竟如何呢？第五回说双方的互动是"日则同行同坐，夜则同息同止""宝玉和黛玉二人之亲密友爱处，亦自较别个不同"，其中明确指出彼此的情谊是"友爱"，与神界的典故设定相一贯。值得注意的是，在男女有别的礼教之防下，曹雪芹采取了一种完全合乎礼法的安排，使得宝、黛依然能够在今生延续并逐渐累积深厚的情感，而成为超越生死离别以及时间鸿沟的知己，那就是动用贾府伦理结构上位居金字塔尖的贾母来突破男女之隔，使得宝、黛可以青梅竹马地一起长大。因为一同受宠于贾母，于是二人有了可以共同生活的基础，在如此合情、合理、合法的情况下，他们培养出来的情感本质便是"亲密友爱"。随着时间慢慢地流逝，逐渐成长的双方对于人事有了知晓和开拓，亲密友爱之情才开始转化成男女之爱，而那已经是到了第二十九回以后，当时的宝玉大约十三岁，开始进入到青春期的阶段。

但是必须了解到，生理年龄的增长并不意味着一定就会懂得爱情，因为爱情不只是强大的感觉触动而已，更包含了在心中对于对方的怜惜、关心、尊重与呵护，那其实是一种后天习得的能力，人并不是自然而然便能够懂得爱。所以第二十九回叙述道：

> 宝玉自幼生成有一种下流痴病，况从幼时和黛玉耳鬓厮磨，心情相对；及如今稍明时事，又看了那些邪书僻传，凡远亲近友之家所见的那些闺英闱秀，皆未有稍及林黛玉者，所以早存了一段心事，只不好说出来，故每每或喜或怒，变尽法子暗中试探。

其中表达得很清楚，由于十三岁的宝玉心智开始成熟，有了认知能力，并且通过阅读才子佳人浪漫的爱情故事，而学习到男女之间可以有一种强烈感受的爱情形态，尔后才对黛玉产生不同于友爱的新情愫。据此，曹雪芹已经明白地告诉我们：没有一个与生俱来的"我"以及所谓的本能可以不受社会的影响而不被磨灭与改造，天下没有那样的东西。宝玉也是在看了"邪书僻传"之后，才认识到男女之间存在着一种叫作"爱情"的关系形态，并且再将此一认知运用到他的生活周遭去练习、去比较，直到第二十九回，宝、黛二人在日常生活同行同止的过程中慢慢累积起来的深厚友谊才转变成爱情。

　　由此可见，宝玉对黛玉的情感是与时俱变的，鉴于宝玉有着渐进学习的历程，在充分的了解与认识、比较与取舍之后才做出选择，显然他的爱情绝对不是建立于感性直觉、不知所起的一见钟情上。就这一点来说，宝、黛的情感之所以会一生一世如此持久，我们必须了解到其前提是从神话世界来到今生现世，并且在共同生活、一起成长的环境下才建立起来的深远、厚实的友谊。第五十七回中，紫鹃极力想要促成宝、黛之间的婚姻时，便展现了她对爱情的成熟认知，她说道："别的都容易，最难得的是从小儿一处长大，脾气情性都彼此知道的了。""岂不闻俗语说：'万两黄金容易得，知心一个也难求。'"而一个丫鬟能有这般的看法，也实在非常难得。

　　回到神话的前生阶段来看，神瑛侍者之所以会灌溉灵河岸边的绛珠仙草，其实并不是针对特定对象的情有独钟，他只是博爱普施，善心地对待所有的弱势者。而幻形入世之后的宝玉也保有同样的特质，他愿意运用自己所拥有的男性特权和身为贵族子弟所享有的各种优势，将之转化成为对那些受苦女性的一种补偿，比如第四十四回中他为平儿理妆时，便庆幸自己终于有机会可以为平儿尽心了，因此内心觉得怡然自得。宝玉那番博爱、慈悲、对于弱者的同情之心，一直从前生延续到了今世，对于受苦、受委屈的女孩子们他都愿意去付出，甘愿作小服低，他的个性就是如此，与男女之爱没有丝毫关联。因此第五回提及："那宝玉亦在孩提之间，况自天性所禀来的一片愚拙偏僻，视姊妹弟兄皆出一意，并无亲疏远近之别。其中因与黛玉同随贾母一处坐卧，故略比别个姊妹熟惯些。既熟惯，则更觉亲密。"这便清楚说明了他与黛玉的青梅竹马本质上和对其他的兄弟姊妹一样，只是彼此更熟悉、更习惯一点而已。

黛玉的报恩

至于在黛玉这一方，她对宝玉从上一世到这一世的感情也不是所谓的爱情，她对宝玉的爱情是后来慢慢转化而成的，只是她的情感转化痕迹并没有专门在书中明确涉及。

首先看神瑛侍者与绛珠仙草的神话故事。第一回说只因神瑛侍者施予甘露之惠，造成了绛珠仙草"尚未酬报灌溉之德"的负欠心理，在警幻仙子的提醒下，绛珠仙草也随同神瑛侍者一起入世，以偿还他的灌溉之情，所以这根本上是一个报恩偿债的关系。另外有学者主张，宝、黛的前生今世掺杂了佛教所谓业报轮回的因缘观，即前世缔造的"业"通过轮回到下一世去消解，倘若将宝、黛之间的关系置于佛教因缘观中来解释，那也未尝不可。何况宝玉常说要化灰化烟，清代评点家话石主人《红楼梦精义》曾就他这般的宣言说道："化灰不是痴语，是道家玄机；还泪不是奇文，是佛门因果。"所以，如果将还泪的情节置于佛家观念中来看待，其实便是因果报应，只是这个报应是好的那一面，而且用男女爱情的浪漫来包装其果报，因此非常感人。也有学者运用另一不同的观点来解释宝、黛关系，即道教文学中的谪凡神话，其主题是描写仙人因犯了过错以至于被贬谪到人间受苦，或受命入世执行任务，而宝、黛二人确实是从仙界来到人间，则这种说法似乎也有合理之处。

不过我认为，要探讨绛珠仙草对神瑛侍者的情感，如果只用佛教思想或是道教文学的模式来理解，可能会丧失了曹雪芹真正想要传达的意旨。事实上，曹雪芹是将佛教思想与道教文学的概念和模式融会贯通，汇进了一个更大的儒家系统，也就是说，宝、黛在俗世的情爱其实是神界恩义的延续与完成，而恩义便建立在报恩与德惠的伦理基础上，其本质更接近于儒家的思想。如果用道教文学的谪凡神话来解释，不免会有一点出入的地方，亦即宝、黛的前生根本没有犯罪，缺乏贬谪的理由，也显然不是有任务要执行，虽然表面上符合谪凡的模式。而佛教的因缘观又太过宽泛，在各式各样的人际关系中都能找到对应之处，因此，如果要更精确地界定宝、黛之间的关系，在儒家施惠报恩的范畴中进行解释是更为合理的，并且最重要的是文本中清楚给予了充分的证据。

仔细阅读绛珠仙草和警幻仙子的对话，可以注意到其中所涉及的都是"灌溉之德""施恩之惠"之类的道德性语词，而绛珠仙草为了想要报恩，即随着神瑛侍者前去凡间，以眼泪来偿还那份恩情，完全符合儒家在指导人与人之间的社会关系时，最本质、最普遍也最常用的原则，那就是"报"的概念。根据美国的华裔汉学家杨联陞的研究，其《"报"——中国社会关系的一个基础》一文中指出，报恩的基本精神便是《礼记·曲礼上》中所记载："太上贵德，其次务施报。礼尚往来，往而不来，非礼也；来而不往，亦非礼也。"《礼记》作为规范中国所有伦理关系最重要的一部经典，在此所传达的就是当我们受了他人的恩惠时，应该要懂得回报，如此才能让彼此的关系长期维系，因为人与人之间唯有互相交流、互相尊重、互相付出，才能够让人际关系和谐融洽而持久。杨联陞说中国人相信行动的交互性，而其实在每一个社会中，这种交互报偿的原则都是被接受的，只是在中国的社会里被特别意识到并受到强调，因此人与人之间的互惠关系历史悠久，报恩、礼尚往来的交互性广泛地应用在社会制度上而产生了深远的影响。而这也深刻地参与了《红楼梦》中的神话设计。

另外，学者文崇一在《报恩与复仇：交换行为的分析》一文中进一步提及："恩"是一种泛称，史书中所说的德、惠、赠与、招待、救济等，都可以算是一种恩惠，而施恩行为集中于生活救济、挽救生命和照顾事业，至于报恩方式则集中于生命、升官、赠与诸方面，并且报偿行为多由本人执行，其内容则以转换的报偿居多，以同样方式回报的较少。至晚从战国以来，知恩报恩便是一种很正常的交换行为，不回报才叫作反常。这就清楚解释了木石前盟的本质，试看在第一回中，绛珠仙草说道："他是甘露之惠，我并无此水可还。他既下世为人，我也去下世为人，但把我一生所有的眼泪还他，也偿还得过他了。"可见神瑛侍者的施恩行为属于挽救生命的这一类，而绛珠仙草的报恩方式则是转换的报偿，也带有赠与生命的意味，所以神瑛侍者与绛珠仙草的关系完全吻合报恩和德惠的定义，二人的恩惠、报偿行为与佛家的因果关系并不是那般密切，与道教文学也比较疏离，反而是十分符合儒家的人际关系认知。

纵观宝、黛爱情发展的各个阶段，其实都深具伦理性质，而与所谓的浪漫情感乃至于情欲混淆完全无关。如前所述，宝、黛的前生是建立于德惠报偿的恩义基础上，而来到今世之后，他们的互动方式基本上也体现了伦理化的感情，宝玉对黛玉的关心经常是在日常生活上的体贴，其实那才是爱的真正本质，符合弗洛姆在《爱的艺术》中对爱的四项定义，即爱必须包括了解、尊重、责任和照顾。因此，与其说黛玉的生命结构是为情而生、为情而死，还不如说是受惠而生、报恩而死，只是在彼此的恩惠道义关系中，还裹挟着他们自幼逐渐累积的青梅竹马的真情，因此才会比单纯的男女之爱更加深厚，又比纯粹的偿债关系更为感人。

更重要的是，宝、黛二人先天都具有善良美好的品德，神瑛侍者拥有恻隐之心，愿意去帮助蒙难的弱势者，而绛珠仙草在受惠之后懂得知恩、感恩、报恩，因此他们所建立的是一种礼尚往来的社会互动模式，而这个模式也延续到了今生。到了今生之后，宝、黛之间更是形成一种长期持久、亲近密切的互动关系，所以也是一种知己之情，既有深入的了解，又有长期所累积的深厚情感，那便叫作"亲密友爱"。之后两人再经过慢慢的成长，通过学习而将知己之情转化成为爱情，这才是曹雪芹创作宝、黛亲密情感的基础。足见曹雪芹其实并不赞同一见钟情，因为一见钟情是非理性的，在强烈的浪漫触动中隐含着很大的风险性，此外，曹雪芹更反对情欲混淆，那其实是对爱情最大的伤害。犹如第一回石头的自述所言：

> 历来野史，或讪谤君相，或贬人妻女，奸淫凶恶，不可胜数。更有一种风月笔墨，其淫秽污臭，屠毒笔墨，坏人子弟，又不可胜数。至若佳人才子等书，则又千部共出一套，且其中终不能不涉于淫滥，以致满纸潘安、子建、西子、文君，不过作者要写出自己的那两首情诗艳赋来，故假拟出男女二人名姓，又必旁出一小人其间拨乱，亦如剧中之小丑然。

由此可知，曹雪芹所反对的不仅是才子佳人小说千篇一律的陈套窠臼，他更加反对才子佳人小说中的价值观与意识形态，那就是"终不能不涉于淫滥"。

才子佳人小说"终不能不涉于淫滥"

从明代以来，才子佳人小说经历了两三百年的发展，也具有阶段性的差异。在明末清初的早期阶段，才子佳人小说基本上很纯情，没有涉及淫滥；而到了乾嘉时期之后，才逐渐走向色情化。但曹雪芹却一概而论，声称才子佳人小说"终不能不涉于淫滥"，并没有选择性地批评，可见对他来说，才子佳人小说无论是纯情类的还是色情化的，都可被定义为"淫滥"。很明显地，曹雪芹界定"淫滥"的含义与现代汉语中该词的语义大相径庭，经过仔细研究之后可以得知，对于此等贵族世家来说，男女之间不是只有涉及肉欲才叫作淫滥，而是只要违背父母之命、媒妁之言，在婚前即发生了男女的私情秘恋，如第一回所批判的"私订偷盟"，那便属于心灵的不贞，而不贞就是淫滥。简单地说，才子佳人之所以"终不能不涉于淫滥"，正是因为他们的私订终身违背了父母之命、媒妁之言，纵然没有实质性的出轨，可是心灵已经落入不贞的境地。

以第三十四回薛蟠与宝钗、薛姨妈的争论为例，薛蟠情急之下为了拿话堵住宝钗，于是口没遮拦不知轻重地说道："好妹妹，你不用和我闹，我早知道你的心了。从先妈和我说，你这金要拣有玉的才可正配，你留了心，见宝玉有那劳什骨子，你自然如今行动护着他。"短短的一番话气得宝钗哭了一晚上，薛姨妈也气得乱颤，生怕宝钗有个好歹，薛蟠第二天回过神来，更百般给宝钗道歉赔礼，说自己是酒醉之后路上撞了鬼才会信口胡说，让母亲、妹妹如此操心又伤心，简直对不起死去的父亲，其严重性可想而知。很值得注意的是，只因薛蟠几句不知轻重的话就可以引起家庭纷争，甚至攸关性命，我们从这个现象可知，对于此等的世家大族而言，声称一个女性在未婚之前对某个男性产生私情，其实就是在指控对方有了淫滥的行为，而坚守节操的少女如宝钗者，又哪里承受得起！

至于清代后期才子佳人小说的走向，更是完全迎合了市场性的消费趋势，连稍晚的文学批评家刘熙载《艺概》也感慨道："流俗误以欲为情，欲长情消，患在世道。"因为当时的社会风气是情欲混淆，欲望滋长高张，而真正的纯情反而被消弭无存，那是世道的大患！难怪曹雪芹会痛心疾首，一开篇便借由石头之口来推崇真正的情。

无材可去补苍天

宝玉这个重要的人物究竟代表了作者怎样的想法呢？还有，以宝玉为主轴的玉石故事又到底呈现了何等的宗旨？我们现在回到神话阶段，细究作者如何通过女娲补天之举设定宝玉此人的先天性格，并深入分析所谓正邪二气的先天禀赋，那些都是有关宝玉之人性论的重大问题。

简单来说，通过神话以及超验的先天范畴，曹雪芹将宝玉的人格特质定位在四个字上，即"无材补天"，这四个字是归结宝玉人生幻灭、家族败落的关键，也是整部《红楼梦》真正的创作宗旨，更是构成人物与小说的全部核心。以下便从四个方向来提出问题并加以说明：第一，作为一块补天的石头，却又无材补天，无用而被抛弃，这到底隐含了什么意义？第二，关于宝玉的畸零人格，作者对之到底是赞颂还是批判？第三，小说家为什么又赋予宝玉正邪二气的特殊禀性，那是何等与众不同、非比寻常的人格特质？第四，该如何理解所谓的"情痴情种"，难道就是一般的痴情吗？其实不然，"情痴情种"是曹雪芹打造出来的专有名词，绝不可以用一般的痴情来理解，而其正确的意义都与前面三个问题的答案直接相关。

由此可见，我们研究学问不能只满足于个人的意见，否则就会沦为对知识的摒绝，诚如科恩（Igor S. Kon,1928—2011）所说：

> 一知半解者读古代希腊悲剧，天真地以为古代希腊人的思想感受方式和我们完全一样，放心大胆地议论着俄狄浦斯王的良心折磨和"悲剧过失"等。可是专家们知道，这样做是不行的，古人回答的不是我们的问题，而是自己的问题。专家通过精密分析原文、词源学和语义学来寻找理解这些问题的钥匙。这确实很重要。

这番真知灼见与正确建议，确实指出了理解《红楼梦》的不二法门。确立应有的态度之后，让我们回到前述四个方向依序来看，玉石之所以会被弃而不用，从神瑛侍者所住的赤瑕宫便可以推断出理由，即因为这块玉石是瑕疵品。至于瑕疵品的概念是如何产生的？那又有一番来龙去脉。补天神话自先秦时代就已经有了相关的文献记录，然而关于补天遗石的说法至晚要直到中晚唐才出现。必须注意的是，补天弃石与补天遗石的观念并不一样，补天弃石是说石头有了瑕疵，因此将其丢弃，带有负面的贬义；而补天遗石是指石头不知出于什么原因流落到了人间，形同谪仙一般，因此往往作为称赞的比喻，那是两个完全不同的概念。例如晚唐诗人李祕在《禁中送任山人》一诗里写道："补天留彩石，缩地入青山。"诗中很明显提到女娲补天时遗留下来的五色石，其后掉落下来变成人间大地上的青山，这是为了要歌颂诗中所描述的钟灵毓秀的地方，于是采用女娲补天遗留的彩石意象。中唐姚合的《天竺寺殿前立石》诗也写道："补天残片女娲抛，扑落禅门压地坳。"同样地，诗人是在赞美寺庙禅门前的立石有如女娲补天时抛落的残石，同时也有意无意地为天竺寺增添了神圣性。

整体来看，唐代基本上还是以补天遗石歌颂那一类神圣的石头，可是到了宋代，遗石已经开始产生无用、废物的意味，文人采取弃石借以抒发自己人生落空无成的悲愤，例如苏轼在《儋耳山》中写道："君看道傍石，尽是补天余。"辛弃疾的《归朝欢·题赵晋臣敷文积翠岩》一词也说道："补天又笑女娲忙，却将此石投闲处。"这一类的诗句不少。到了清朝初年，曹雪芹的祖父曹寅于《巫峡石歌》继续加以发挥，写道："巫峡石，黝且斓，周老囊中携一片，状如猛士剖余肝。……娲皇采炼古所遗，廉角磨砻用不得。……嗟哉石，顽而矿，砺刃不发硎，系春不举踵。研光何堪日一番，抱山泣亦徒潺潺。"诗中感叹此一补天遗石连磨刀和舂米这点小事都派不上用场，于是石头十分惭愧而内疚，便抱着山哭泣起来！此等描述与《红楼梦》开宗明义第一回的第一段中，石头通灵之后感慨唯独自己无材补天而日夜悲号惭愧的形象更为接近。

第一回写女娲氏炼石共总三万六千五百零一块，但用上了几乎是全部的三万六千五百块，单单只剩了一块未用，便弃之于青埂峰下，脂砚斋就此批注道："数足，偏遗我。"以被弃不用的畸零石影射宝玉，唯有他一个需要背负如此沉重的惭愧内疚甚至罪孽，独独让他一人去承担家族沦亡的无以复加的压力，所谓的"于国于家无望"，那才是一种最彻底的价值落空。脂砚斋接着又说:"'不堪入选'句中透出心眼。"所谓的"不堪入选"便是无材补天,这是小说家对宝玉之人生所设定的一个重大的价值批判,也是整部小说的创作宗旨。一般人很容易因为"青埂"谐音"情根",而从个人主义的角度将之理解为作者的另类赞美,认为一旦担任庙堂的支柱即容易丢失自我,但在青埂峰下"以情为根"则可以去开发、追求、沉浸于情的温柔、情的浪漫与情的美好,那更加有意义得多;然而这种解释不仅脱离了当时的文化系统,也脱离了他们自己的意识形态。

其实,被遗弃于青埂峰下真正的含义,是如同脂砚斋所指出的"落堕情根,故无补天之用",这和无用是互为因果的。原本石头便是因为无材补天而被抛弃于青埂峰下,当石头被弃置于青埂峰后又以情为根,于是更无补天之用,因为陷溺在情中,一心一意追求个人私情私爱的满足,结果必然会更荒失家国的责任,如此一来,作为一名男性的真正价值也随之丧失了,其人生注定越发沉沦无用。换句话说,一个无用的人只好以情为根,进入温柔乡中安顿,可越是待在青埂峰下就越无用,于是形成了恶性循环。宝玉之所以沉浸在温柔乡里,是来自于对补天事业的无用,所以被舍弃的他只好寻找另一条出路,然而他所觅得的出路又让他更加背离补天的事业,导致他的人生彻底进入价值归零的荒芜中。

宝玉的双性气质

那么,此一落堕情根的无用之徒会养成怎样的性格呢?首先,宝玉具有一种"双性"特质，由于他沉浸在温柔乡中，以至于也染上了女孩子的脂粉气，诚如第六十六回尤三姐所说：宝玉的"行事言谈吃喝，原有些女儿气，那是只在里头惯了的"。而这与玉石又有什么关系呢？关系在于恰好呼应了玉石被女娲炼造出来以后，因为带有瑕疵而被抛弃的神话描述，正是因为炼造没有完成既定的程序，因而保留了一些阴柔的气性，才使得宝玉具备了一种很特殊的双性气质。西方学者约翰·拉雅（John Layard, 1891—1974）曾经提出一个类似的传统比喻，他说："每个附着在山脚或石床上的石块，都还是女性，要等它离开采石场，独立存在时才算是一块男性石头。"换言之，附着在山脚或石床上的原始石头仍然处于自然的状态，所以它们都还是女性，唯有当石头经过拣选、锻造与打磨之后离开了采石场，可以独立去面对整体世界的时候，才算是一块男性的石头。

这一段隐喻的说法完全可以用来阐释宝玉之玉石前身的意义，因为作为唯一没有派上用场的石头，宝玉前身的那块玉石仍然还是留在采石场，也即赤瑕宫，如此一来宝玉便具有了女性化的特质，倾向于留在自然的环境里，不愿意进入男性所建构的父权秩序中。就象征意义来说，女娲炼石补天的故事同样隐喻了把原始的女性转化成为独立的男性，所以当补天石一一离开女娲的采石场，进入广大无垠的天空独立存在时，也就完成了从女性到男性的蜕变。然而，作为宝玉前身的那一块畸零玉石却中断了性别转换的过程，在中间阶段便无法继续前进了，因为它出现瑕疵，可是经过锻炼以后又不能再回到原始混沌的自然状态，于是只好介乎其中，形成半男半女的双性同体。这也合理地说明了宝玉何以会想要远离男性世界，更愿意去亲近女性世界的温柔乡，因为他自己本身也充满女儿气。

我们可以通过《红楼梦》中的一些段落来看看宝玉的女性气质。首先在宝玉周岁时，作者借由第二回冷子兴之口，给予一段精彩的抓周描述：

> 那年周岁时，政老爹便要试他将来的志向，便将那世上所有之物摆了无数，与他抓取。谁知他一概不取，伸手只把些脂粉钗环抓来。政老爹便大怒了，说："将来酒色之徒耳！"因此便大不喜悦。独那史老太君还是命根一样。

抓周又称为"试儿""试晬"，根据民间习俗，当婴儿周岁时，家长会在其面前陈列各色象征意义的物品，以测试婴儿将来的兴趣、志向和前途。早在北朝颜之推的《颜氏家训》中便有记载："江南风俗，儿生一期，为制新衣，盥浴装饰，男则用弓矢纸笔，女则刀尺针缕，并加饮食之物，及珍宝服玩，置之儿前，观其发意所取，以验贪廉愚智，名之为试儿。"宋代孟元老于《东京梦华录》中也提及："至来岁生日谓之'周晬'，罗列盘盏于地，盛果木、饮食、官诰、笔研、算秤等，经卷、针线，应用之物，观其所先拈者，以为征兆，谓之'试晬'。此小儿之盛礼也。"而宝玉抓周时只抓了脂粉钗环，很显然地，他想要做女生！

关于宝玉的女性气质，还从其他许多地方得到强调，例如第九回提到宝玉不但"生的花朵儿一般的模样"，且"又是天生成惯能作小服低，赔身下气，情性体贴，话语绵缠"。又第十五回里，王熙凤笑着对宝玉说道："好兄弟，你是个尊贵人，女孩儿一样的人品，别学他们猴在马上。下来，咱们姐儿两个坐车，岂不好？"而第三十回中，花丛中露脸的宝玉也被龄官误认为是哪位姐姐；再看第五十回，贾母错以为宝琴背后转出一个披着大红猩猩毡的人是个女孩儿，其实那人正是宝玉。还有上文提到第六十六回，尤三姐也说宝玉"行事言谈吃喝，原有些女儿气，那是只在里头惯了的"，这段话说得最为精辟，指出宝玉成天珠环翠绕，日夜熏陶，慢慢同化而养成一些脂粉气，也点出宝玉的女性化气质其实是互为因果，即一方面他的性情本就偏向阴柔，愿意去亲近女性，而在亲近女性的过程中又反过来受到她们的影响。他的这一特殊性，连贾母也察觉到了，第七十八回贾母说："我也解不过来，也从未见过这样的孩子。别的淘气都是应该的，只他这种和丫头们好却是难懂。我为此也耽心，每每的冷眼查看他。只和丫头们闹，必是人大心大，知道男女的事了，所以爱亲近他们。既细细查试，究竟不是为此。岂不奇怪。想必原是个丫头错投了胎不成。"说着，大家都笑了。

总归而言，这一块无法前去补天的玉石，没有能力独立面对人生的负荷、家国的重担，还半带着女性原始的、自然的那一面，以至于他在现实生活中也具有女性化的层次，因此，借由玉石的故事来理解宝玉的人格特质会更为妥当。曹雪芹真的是博学多闻、用心良苦，倘若我们对于补天、玉石的含义缺乏足够的文化知识来加以把握，便会错失其中深刻隐喻的象征意义。文化无所不在，也普遍涉及性别、阶级、自然与文明等一切范畴，根据我个人的专题研究，宝玉即是因为脱母入父的蜕变过程中途失败，导致他对自己身份认同的严重混淆，而身份认同的混淆其实也是他心中最烦难、最难以克服的重大危机之所在。

"脱母入父" 失败

宝玉的前身是女娲用以补天的三万六千五百零一块五色石之一，而前面提到过，五色石是古人对于彩云或者彩霞之类天文现象的想象比喻，所以也称为"炼石成锻"。

为什么云彩可以被想象成五色石呢？我举一个例子：据最近的新闻报道，在台东大武山区有一位买姓的警员，他拍摄到一团一团如旋涡状的云朵，这种云的专有名词叫作"荚状云"，俗称"飞碟云"，十分美丽而奇特。在古人看来，整片天空点缀着云霞的自然景观就好比女娲在补天，而补天的石头便类同于那些团状的彩云与彩霞，并且无论是从造型还是空间位置上，都可以与所谓"天倾西北，日月辰星就焉"的现象相互对应，在古人观察想象的内在逻辑中，将二者连接起来也是很合理的结果。生活于现代科技世界中的我们，与大自然接触得太少，不比古人是直接生活在自然环境里，能够亲身认识到大自然的丰富面貌，并由之产生灵活的想象力。

从神话学的隐喻来看，补天石锻造的目的除了性别转换之外，还意味着"脱母入父"，也即由自然到文明的过程。母亲子宫内的状态是混沌的、自然的，没有任何法律的约束与压制，在其中可以得到完全的包容和绝对的自由，然而，人不可能永远停留在母性的怀抱（chora）里。法国学者茱丽亚·克莉斯蒂娃（Julia Kristeva，1941— ）于其研究中，便利用chora此一希腊术语来指涉一种心理状态，即"母性空间"，胎儿在母性空间中可以受到最多的爱顾，甚至是宠溺，因为里面有羊水的包覆，代表的是一种彻底的守护。但人不可能永远活在母性的世界里，我们终究要离开母亲的怀抱进入父亲的世界中，而父亲的世界是由法律、秩序、道德所建构出来的一种文明。在文明的世界里，男性要以独立的身份来承担自己的人生并面对整个世界，这也呼应了石头从采石场离开，而以独立的姿态去补天、去面对世界时，就变成一块男性石头的神话隐喻。

德国学者埃利希·诺伊曼在对大母神的研究分析中也提到，所谓从自然到文明的意义即是逐渐放弃母性原型世界，而与父性原型相妥协、相认同。法国哲学家雅克·拉康（Jacques-Marie-Émile Lacan，1901—1981）曾说："所谓的象征秩序就是指父权制的性别和社会文化的秩序。"以父权为中心所建立起来的文明，便要受到父性法律的支配，这在男权社会中是一个普遍现象。一旦进入父性文明的象征秩序内，自然而然便会成为父权社会中的一员，也可以说是担任一个现存秩序的维护者，与在母亲怀抱里那种没有责任、无忧无虑，甚至还保存许多动物时代朦胧的记忆的母性空间相脱离。事实上，我们不能够也不应该永远停留在母性空间内，最后终得要经过启蒙仪式、成年礼等，让我们可以顺利地过渡与转变，从而进入一个象征着文明和责任的秩序中去承当种种一切，那是唯有在超越动物本性之后才能开始建立的文明世界。

作为宝玉前身的那一块畸零玉石，由于没有顺利地从母性的空间进入父亲的象征秩序里，也因此使得宝玉在成长过程中形成一种病态人格。反观其他的三万六千五百块玉石，因为很顺利地进入补天的事业，而成为文明秩序的维护者，唯独宝玉在中途被抛弃，没有得到完善的锻炼，以至于沦入一个非母非父的状态中，彷徨失据：他既不能再重返母亲那一种完全自然的怀抱里，因为他已经受过严格的锻炼；

然而他并没有经过彻底完整的转换，于是又成为父亲之象征秩序的被排斥者。所以宝玉在身份认同上遇到了很严重的障碍，他没有办法定位自己，一方面无法再像天真无邪的小孩般任性地过着动物般的生活，可是另一方面又不能真正地完成作为社会的一份子，尤其是身为贵族世家的继承人所应该要负担的责任。如此一来，宝玉到底该如何安顿自己？这也是《红楼梦》中一大关键的问题。

身份认同困境

宝玉的一生如此之独特，那绝对不是作者对一种特异人格的歌颂，他也完全不是一位叛逆的革命分子，相反地，他是找不到出路，无以确立自我人生的真正定位，因而很彷徨的一个畸零人。至于宝玉的前身——畸零的玉石，其实也同时影射或隐喻他在人间的处境，一种无法确认自己身份所在的暧昧状态：宝玉一方面抗拒家族的责任，一心一意想要待在温柔乡内逍遥度日，然而这座温柔乡也是人为创造出来的，且唯有富贵场才能够提供；再者，温柔乡里众多的美丽少女，终究也会在时间的延续中完成属于女性的成年礼，进入婚姻，走向人生另一个成熟的阶段。就此而言，温柔乡也注定没有多久便要消失，届时宝玉又该何去何从？

于是他用一种非常奇怪的方式来冀求乐园的永恒化，那就是渴盼女儿们永远都不要出嫁，或者即使要出嫁，他也希望是在女儿们出嫁之前自己先一步死去，那么他便等于终身活在温柔乡里，拥有永恒的乐园。原来宝玉的内心是无比苦涩的，他表面上非常任性、率真，追求个人主义式的自由浪漫，可同时他的内心也潜藏着一种根深蒂固而坚不可摧的彷徨与恐惧，唯有在很少的地方才会透露出来。宝玉并不是蒙昧无知之辈，他充分了解所面对的是一个自己没有办法解决的问题。于是，当他无法定位身份认同之际，处于此一暧昧不清又左右失据的状况下，他只好用一种非常任性与不负责任的态度，以此来面对他在尘世间十九年的人生，最后更以出家的方式来了结这般的困惑。

而什么是"身份认同"呢？那是每一个人都应该要意识到的大哉问，不仅仅宝玉，因为所有的人都一定要成长，不可能永远停留在只受到保护而不被要求的母性空间中，因此关于人如何从少年进入成年，又该如何转换身份，更是每个社会都必须要处理的重大议题。以宝玉来说，他也同样在这个问题上遇到了难关，因为他没有办法顺利完成身份认同的转化。

所谓的"身份认同"与"身份"并不相同，身份指的是在现实社会的交互主体中所建立出来的人际关系，只要在人际关系里，我们必然会至少得到一个身份，例如对于父母亲而言，我们的身份是一个孩子；对于老师来说，我们的身份则是一个学生。身份是一个人在体系中所占据的结构性位置，而在结构上所处的位置决定了相应的身份，让我们与各个社会体系产生关联，也提供给我们在经历、参与那些体系时一条阻力最小的路。比如我们六岁时要入学，如果不上学便无法在社会里有所发展，因为没有文凭即很难进入社会结构中，找到一个位置继续发展自我。一旦拒绝社会对个人的要求之后，将来整个的身份认同便会发生"多米诺骨牌效应"，产生一连串的落空与失败，如此一来，人生就会遇到很多障碍。

确实，个人唯有融入社会才能够真正有所发展，而不是随意地用一种与社会敌对的方式去规避问题，那往往会遭遇到更大的人生困境。宝玉的身份其实一直停留在母性空间内，他总是以人子、人孙的身份去抗拒责任，享受特权。虽然他将这些特权转化成对弱势女性的照顾和帮助，那也是他所想要的另外一条出路，即脂批所说的"落堕情根"。但是温柔乡势必会在数年之间便崩溃消失，而他这样的身份也必然随之很快地瓦解，护花使者不可能成为他一生的身份，所以此一身份在宝玉身上可以说是非常单薄，几乎没有可以支撑的客观条件，以至于他的这个身份摇摇欲坠，而融入社会的过程更是障碍重重。

进一步来说，所谓的"身份认同"则是关乎个人如何去认同并接受身份的问题，此时所谓的身份便不是前文所述可以标定的一种社会位置，而是如加拿大哲学家泰勒（Charles Taylor, 1931— ）所言："'认同'不是'自己是谁'的描述性问题，而是'自己是什么样的人'之叙事。这样的叙事是关于个人如何陈述自己的'道德领域'的问题，借此传达出个人的意义和价值。"所以，身份认同并不是一般社会身份的问题，也不是阶级、职业、伦理角色等外在的归属，而是一个更根本的个人之价值追求的问题。泰勒认为，真正的身份认同不是"自己是谁"的描述性问题，而是"自己是什么样的人"的叙事，简单地说，真正的身份认同不是关乎我是谁，我叫作什么名字，我在这个世界中处于什么样的位置，而是在谈我是什么样的人以及想做什么样的人，此时我们就会动员自己内在的能量去塑造、去追求我们心中理想的状态，这便是身份认同的奥义。

举例而言，当我们在论及探春的人格问题时，提到了一般读者和研究者常常认为，探春与其生母赵姨娘的冲突是所谓的阶级身份与伦理角色的冲突，也就是说，这类的论调总是主张探春之所以会背离赵姨娘，是因为她想要认同王夫人，而理由是王夫人为其正统的嫡母，拥有贾家世代的传承大权，所以探春才会选择去认同她，由此便把探春诠释为一个趋炎附势者。但我认为此说谬以千里，赵姨娘与探春之间的母女不和根本无关乎外在的伦理身份，也未曾涉及亲情层面，真正的重点其实在于君子与小人之间的斗争，探春想要成为并且也已经是一位君子，可是却被赵姨娘不断以血缘关系强迫她一起做小人，进行阴暗的徇私牟利，而原本在血缘崇拜的观念下无计可施的探春，却刚好可以借用宗法此种合法合理的制度来摆脱掉赵姨娘的血缘勒索，这才是探春之身份认同的要义，详参人物专论的探讨。

回到宝玉来看，他虽然性灵已通，也有相应的心智能力去面对身份认同的问题，然而不幸的是，他的先天特殊禀赋影响了他在现世的处境，以至于产生身份认同的重大困境。于炼石补天的过程中，因为他自身出现了瑕疵，无法担任补天的职能，最终被丢弃报废，以至于停留在一个非母非父的中间地带，既不能够返归于锻炼之前，回到自然母亲的世界受到全然的庇护，所以失去了"天不拘兮地不羁，心头无喜亦无悲"的浑沌状态，但在父亲的事业里，他又是一个局外人。宝玉对于如何肯定自己也是非常地茫然与恐慌，一方面他已经锻炼通灵，懂得是非的差异、价值的高低、成与毁的不同，在这般的状况之下，一方面他又抗拒成长，徘徊于父亲的文明世界之外，依旧很任性地、自由地生活在母性空间内，安于一个自欺欺人的个人天地。在以父权为中心的社会中，他没有一个明确的身份，没有一个伦理的角色，没有职业或阶级的归属，因此便陷入一种进退失据的状态。宝玉事实上活得非常辛苦，因为他在身份认同上出了重大的问题，他的成长过程衔接得很不顺利，缺乏一个成熟的成年礼帮助他过渡到父亲的世界中。试看脂砚斋对于第一回赤瑕宫的"瑕"字批云：

> □"瑕"字本注："玉小赤也，又玉有病也。"以此命名恰极。

确实，本应承担补天大任的玉石，因为自身的瑕疵而被丢弃在青埂峰下，那也暗示了这个瑕疵品是有病的，其病态导致了身份认同的失败，以至于宝玉没有办法给自己的人生定位，建立一个明确的而且可以顺利与社会衔接的结构性位置。

再看第十九回，当袭人拿着通灵宝玉展示给自己姐妹观览见识的时候，笑道："再瞧什么希罕物儿，也不过是这么个东西。"对此，脂砚斋批注道：

> 然余今窥其用意之旨，则是作者借此正为贬玉原非大观者也。

脂砚斋认为，作者安排此一情节的用意其实是要贬低这块通灵玉，也就是宝玉、神瑛侍者，源自无材补天的畸零玉石。此处的"大观"指的即是补天，而通灵的畸零玉石因为不能参与补天的事业，以至于"原非大观"。足见无论从神话学还是脂批来看，都指向宝玉是一个非大观、有病的瑕疵品，而体现于叙事中，宝玉便是一个身份认同失败、于国于家无望的人，这绝对是一个负面的表述，并非"贬中褒"或"正言若反"，不存在所谓通过否定形式以表现肯定的书写方式。

惭愧之言，呜咽如闻

太多的读者一味地认定宝玉与黛玉代表了曹雪芹所肯定的正面人格，从而看到小说中出现对二人的负面贬词，便一概将它解释为"贬中褒"，视为一种反向的说法，那其实是对小说原意的误读。《红楼梦》第一回开宗明义即表示，玉石因为"灵性已通，因见众石俱得补天，独自己无材不堪入选，遂自怨自叹，日夜悲号惭愧"，脂砚斋对此批注云："数足，偏遗我，'不堪入选'句中透出心眼。"试想，三万六千五百零一块石头中只单弃一块不用，那对于个体来说是多么严重的否定！这种否定感对一个人之存在意义的抹杀是非常彻底的，所以脂砚斋在此提醒"'不堪入选'句中透出心眼"。后来，这块石头历劫复归以后，借由空空道人述说了石头下世历劫的过程：

> 因有个空空道人访道求仙，忽从这大荒山无稽崖青埂峰下经过，忽见一大块石上字迹分明，编述历历。空空道人乃从头一看，原来就是无材补天，幻形入世，蒙茫茫大士、渺渺真人携入红尘，历尽离合悲欢炎凉世态的一段故事。后面又有一首偈云：
> 无材可去补苍天，枉入红尘若许年。
> 此系身前身后事，倩谁记去作奇传？

当玉石演历一番红尘故事之后，对自己一生的总结是"无材可去补苍天，枉入红尘若许年"，可见无论是后设的神话安排还是人间故事的发展，乃至最终的盖棺定论，小说家始终都环绕着"无材补天"四个字，不断地重笔浓彩将此四字透入骨髓，告诉我们宝玉的人生是多么惨烈，是一出人生事业彻底落空的悲剧。脂砚斋也指出第一回"无材补天，幻形入世"这八个字"便是作者一生惭恨"，而"无材可去补苍天"一句乃是"书之本旨"，因此"惭愧之言，呜咽如闻"。所以，《红楼梦》最大的创作宗旨并不在于褒扬女性，顺道歌咏青春与爱情，更不是反封建、反礼教，而是对自己的人生无尽地悔恨，这是一部人子无限愧疚的忏悔录！然而读者竟然完全对种种忏悔的哭声听而不闻，一味地往宝玉身上贴上所谓反封建、反礼教的革命标签，那岂不是现代人的一大荒谬吗？

还有，第五回宝玉在神游太虚幻境之前，荣宁二公之灵也托付警幻道：

> 吾家自国朝定鼎以来，功名奕世，富贵传流，虽历百年，奈运终数尽，不可挽回者。故遗之子孙虽多，竟无可以继业。其中惟嫡孙宝玉一人，禀性乖张，生情怪谲，虽聪明灵慧，略可望成，无奈吾家运数合终，恐无人规引入正。幸仙姑偶来，万望先以情欲声色等事警其痴顽，或能使彼跳出迷人圈子，然后入于正路，亦吾兄弟之幸矣。

荣宁二公希望警幻带领宝玉体验饮馔声色之虚幻，以便使其最后能够跳出迷人圈子，回归正道。脂砚斋在"故遗之子孙虽多，竟无可以继业"二句旁批注道："这是作者真正一把眼泪。"可见宝玉身上确确实实带有曹雪芹自身的投射，然而两者的相对应之处并不是以宝玉作为表达真理的代言人，必须说，作者与他笔下的贾宝玉唯一有所关联的地方，其实在于贵族子弟无材补天的"惭恨"与"一把眼泪"上。

至于第三回王夫人向黛玉说"我有一个孽根祸胎"，用来指称宝玉。虽然其中含有慈母对自己爱子那种"若有憾焉"的疼惜，但是脂砚斋提示道：孽根祸胎"四字是血泪盈面，不得已、无奈何而下。四字是作者痛哭"。曹雪芹其实是借由王夫人之口来表现他对自己的憾恨，他自己已经是血泪满面，那是包装在慈母爱怜之下的一种自我谴责，借以传达他的呜咽痛哭。又如第十二回，彻夜未归的贾瑞向祖父贾代儒撒谎说："往舅舅家去了，天黑了，留我住了一夜。"代儒道："自来出门，非禀我不敢擅出，如何昨日私自去了？据此亦该打，何况是撒谎！"针对这段情节，脂砚斋批注道："处处点父母痴心，子孙不肖——此书系自愧而成。"由此可以明显看出，作者的创作宗旨是愧为人子，终身怀抱着"于国于家无望"的无限憾恨。

相关证据又见于第四十二回"蘅芜君兰言解疑癖"，针对宝钗所说的"男人们读书明理，辅国治民，这便好了"，脂砚斋批注道："作者一片苦心，代佛说法，代圣讲道，看书者不可轻忽。"曹雪芹借由宝钗之口将自己的一片苦心表达出来，脂砚斋认为此乃"代佛说法，代圣讲道"，而佛与圣岂不正是传统文化中至高无上的价值代表吗？显示宝钗之论确属回目上所揭示的"兰言"。同样在第三回中，作者借由《西江月》来传达他对于宝玉的价值判断，其中写道：

> 富贵不知乐业，贫穷难耐凄凉。可怜辜负好韶光，于国于家无望。 天下无能第一，古今不肖无双。寄言纨绔与膏粱：莫效此儿形状！

所谓的"可怜辜负好韶光"，不正是"枉入红尘若许年"么？而"于国于家无望"不正是"原非大观"么？由此看来，从《红楼梦》的内文以及脂砚斋的批语都一致地告诉我们，《红楼梦》是一部描述子孙不肖的忏悔录，宝玉绝对不是反封建、反礼教、反贵族的革命新人，一般惯见的反封建、反礼教之说，不过是我们现代人不自觉投射到《红楼梦》中的面具，而那副面具完全遮蔽了《红楼梦》的真相。

此外，在庚辰本的开篇，作者自云：

因曾历过一番梦幻之后，故将真事隐去，而借"通灵"之说，撰此"石头记"一书也。故曰"甄士隐"云云。但书中所记何事何人？自又云："今风尘碌碌，一事无成，忽念及当日所有之女子，一一细考较去，觉其行止见识，皆出于我之上。何我堂堂须眉，诚不若彼裙钗哉？实愧则有余，悔又无益之大无可如何之日也！当此，则自欲将已往所赖天恩祖德，锦衣纨裤之时，饫甘餍肥之日，背父兄教育之恩，负师友规谈之德，以至今日一技无成、半生潦倒之罪，编述一集，以告天下人：我之罪固不免，然闺阁中本自历历有人，万不可因我之不肖，自护己短，一并使其泯灭也。虽今日之茅椽蓬牖，瓦灶绳床，其晨夕风露，阶柳庭花，亦未有妨我之襟怀笔墨者。虽我未学，下笔无文，又何妨用假语村言，敷演出一段故事来，亦可使闺阁昭传，复可悦世之目，破人愁闷，不亦宜乎？"故曰"贾雨村"云云。

由此可见，《红楼梦》确实是一部不肖子孙的忏悔录，对作者来说，他没有承担起贵族世家传承绵延的责任，那是他愧对祖宗的罪孽所在。但闺阁中有形形色色出类拔萃的女性，万不可因他的不肖、自护己短，而跟着自己一并泯灭，所以小说家通过这部书一方面表达自己的缺失与忏悔，一方面将她们美好的风姿给展现出来。

言说至此，接下来可以进一步探讨关于曹雪芹字"梦阮"的问题。很多人望文生义，将曹雪芹字"梦阮"理解为曹雪芹是在向往阮籍之为人，又因为阮籍有句名言宣称"礼岂为我辈设耶"，而将阮籍理解为反礼教、放旷任诞的代表人物，然后又将那种反封建、反礼教的价值观当作《红楼梦》的创作宗旨。然而，这种跳跃式的逻辑联结、以偏概全的简化推论必然是大错特错的。首先，"梦阮"的"阮"指的是阮籍并没有问题，但是在研究阮籍的传记以及他所有的作品以后，便会发现阮籍事实上深具礼教的精神。原来其实礼教有两个层次，一是礼教的精神，一是礼教的行为。在一个最完善的状况中，礼教的行为是由礼教的精神所驱动的，也就是说"礼"是一种内在的道德精神，然后外显于行为，即成为礼教规范。如果内在的道德与精神的高度不够，不足以真正地与礼仪相合，那么礼教就会只剩一套外在的行为规范而已，即所谓的虚礼。

阮籍其实是充满了礼教精神，他所反对的仅是虚有其表的礼教规范，以及统治者将礼教作为一种权力的工具。这与宝玉本质上其实很相似，只要读者不以成见进行选择性的阅读，便会发现宝玉处处充满了对礼教精神的服膺与向往，例如第五十八回他说过："这纸钱原是后人异端，不是孔子的遗训。"又第三回他认为："除《四书》外，杜撰的太多。"甚至在第三十六回中，"除四书外，竟将别的书焚了"。通过他的诸多言行可以清楚看出，他对孔孟绝对没有亵渎，反倒多所崇敬，一再称扬孔子的教诲，可见宝玉所反对的是当内在精神不足以支撑时，礼教行为即会沦为虚有其表，所以我们不能囫囵吞枣地说他是反对礼教的。再看阮籍在听闻母亲病逝之际便吐血数升，显示礼教精神在他的内心与践行上都是彻骨入髓的。由此可证，我们实在不应以偏概全、断章取义，只凭空抓出几句话、一两个行为便断言阮籍或宝玉是放诞不羁的，不将礼教看在眼里，那都是我们现代人非常粗糙而且想当然的一种成见。

　　再举一个例子，东晋诗人刘琨惨遭永嘉之乱，人生彻底断裂成两半，一旦早期的放任潇洒事过境迁之后，痛定思痛，他在《答卢谌诗》中写道："昔在少壮，未尝检括，远慕老、庄之齐物，近嘉阮生之放旷，怪厚薄何从而生，哀乐何豫而至。"当时是何等地自以为是啊！自认达到了老庄、阮籍的超脱境界，可如今面临"自顷辀张，困于逆乱，国破家亡，亲友凋残。负杖行吟，则百忧俱至；块然独立，则哀愤两集"，经历了真实的血泪交织，才知道对老庄、阮籍的浪漫想象真是少壮无知的表现，"然后知聃、周之为虚诞，嗣宗之为妄作也"，终于明白老庄、阮籍的虚妄。而曹雪芹同样体会了家破人亡的椎心刺骨，在穷困潦倒的生活里还取"梦阮"作为字号，那是否可以理解为与刘琨一般的心理，即当初把战争、放旷当成是浪漫快意的想象，等到亲身经历过人生的沥血掬泪之后，才明白年少的无知，则此时所梦的"阮"应该是痛心礼教精神不彰以致佯狂的悲愤。由此可见，文化传统中所建立的意义都是值得重新察考的问题，而那并不是单凭现代人的想当然耳便可以找到真相的。

"大有慧根之辈"贾雨村

除了女娲补天的神话之外，曹雪芹还利用中国传统文化中的"气论"来说明宝玉的先天性格特质。早在先秦时期，气的概念便已经形成，用气来解释空间里看不见的元素，而这些元素又构成了生命的质料，于是生命与气的特质、才性相连接。到了魏晋时期出现的"才性论"或是道教的气论，还有中医"气"的概念，甚至是宋明理学中的气论等，皆用气来解释人与万物的存在以及整体世界的基本概念，因此蕴含着非常复杂、丰厚的文化渊源与哲理内涵。曹雪芹为了塑造宝玉的先天禀赋，动用了庞大丰沛又精微深刻的思想概念，我们绝对不能只将眼光聚焦在"邪"之一字上，然后又用现在的价值观去理解，认为宝玉就是所谓的反封建、反礼教，因为他具有邪气，所以不被儒家的正统所收编，这般的结论实在太过单薄而且大谬不然。

回到传统的文化脉络中，通过瑕疵有病的玉石以及正邪两赋等设计，可知小说家给予宝玉的种种人格解释，都是在阐述这个人物具有病态的性格，正邪二气便说明了他是个矛盾的统一体，也用来描述他的特异性格。例如第二回通过冷子兴的口中，提及宝玉抓周时只抓些脂粉钗环，"长了七八岁，虽然淘气异常，但其聪明乖觉处，百个不及他一个。说起孩子话来也奇怪，他说：'女儿是水作的骨肉，男人是泥作的骨肉。我见了女儿，我便清爽；见了男子，便觉浊臭逼人。'"冷子兴认为宝玉将来必定是色鬼无疑，但是贾雨村却罕然厉色忙止道："非也！可惜你们不知道这人来历。大约政老前辈也错以淫魔色鬼看待了。若非多读书识事，加以致知格物之功、悟道参玄之力，不能知也。"在此，贾雨村断言"若非多读书识事，加以致知格物之功、悟道参玄之力"，是不足以理解宝玉这个人的，此话千真万确，所以我们对于宝玉的认识很有可能都是雾里看花，甚至都在削足适履，拿我们自己的简单标准去衡量他、解释他，他被迫成为我们心目中的一个理想形象，然而却失之原貌。

那么，贾雨村便真正认识、理解了宝玉这个人吗？答案是肯定的，虽然客观来说，相比于贾家中的纨绔子弟如贾珍、贾琏、贾赦等，贾雨村算是《红楼梦》里人品最差的一个，因为他贪婪不端，而且做了伤天害理的坏事。但是孔子早就说过了，"不以人废言"（《论语·卫灵公》），犹如第六十七回中，当薛蟠从江南贩货回来，并给大家带了地方特产时，赵姨娘也收到宝钗送给贾环的东西，她心想："怨不得别人都说那宝丫头好，会做人，很大方，如今看起来果然不错。他哥哥能带了多少东西来，他挨门儿送到，并不遗漏一处，也不露出谁薄谁厚，连我们这样没时运的，他都想到了。"这番描叙确实道中宝钗的人格特质，可见就算赵姨娘那般人品低下的人，也有客观论述的时候。

何况贾雨村虽然人品不端，然而他确实是一个拥有性灵又读书识事的人，堪称具备了致知格物之功、悟道参玄之力。第二回贾雨村在遇到冷子兴之前，他偶至城郭之外，意欲赏鉴那村野风光，试想：如果他是一个只对功名富贵非常炽热用心的凡夫俗子，就根本不会有余暇闲心去鉴赏毫无繁华点染的村野风光，可见此人内心中还是带有超越功名富贵的素质。小说家对贾雨村的这一段乡野游历描写道：

忽信步至一山环水旋、茂林深竹之处，隐隐的有座庙宇，门巷倾颓，墙垣朽败，门前有额，题着"智通寺"三字，门旁又有一副旧破的对联，曰：

> 身后有余忘缩手，眼前无路想回头。

> 雨村看了，因想到："这两句话，文虽浅近，其意则深。我也曾游过些名山大刹，倒不曾见过这话头，其中想必有个翻过筋斗来的亦未可知，何不进去试试。"想着走入看时，只有一个龙钟老僧在那里煮粥。雨村见了，便不在意。及至问他两句话，那老僧既聋且昏，齿落舌钝，所答非所问。雨村不耐烦，便仍出来。

其中的"茂林深竹"四字让人想起了王羲之《兰亭集序》的"茂林修竹"，可见曹雪芹确实是有意为贾雨村塑造了脱俗风雅的一面，何况茂林深竹之内隐隐有座庙宇，并非富丽堂皇、香火鼎盛的名山大寺，而是"门巷倾颓，墙垣朽败"，如果是一个被功利心蒙蔽了头眼的人，应该也不会在意那般破烂如同废墟的小庙吧。再看智通寺门前"身后有余忘缩手，眼前无路想回头"的对联，更完全是对处于迷津中人的当头棒喝，而贾雨村竟然意识到这两句话文字虽浅近，但其含意则甚深，因此兴起一探究竟的意念，足见他确实非比一般俗儒。只是此时毕竟尚未完全通透超脱，进去庙里以后，只发现一位既聋且昏、齿落舌钝的老僧，于是失望之余便出了庙来，失去了悟道的机会。

其实，从这一段关于老僧的描述可以联想到《庄子》中的一个著名典故，是为七孔凿而浑沌死，"浑沌"即对于"道"具象的比喻，且看《庄子·应帝王》的描述：

> 南海之帝为儵，北海之帝为忽，中央之帝为浑沌。儵与忽时相与遇于浑沌之地，浑沌待之甚善。儵与忽谋报浑沌之德，曰：

"人皆有七窍以视听食息，此独无有，尝试凿之。"日凿一窍，七日而浑沌死。

这个深刻的比喻告诉我们，当人们只通过眼耳鼻舌来把握这个世界时，就必然会产生一定的误失，流于狭隘与偏颇。因此用听、用看去追求"道"，则道体便注定死亡，幻化为镜花水月，因为真正的道是完美无缺并包容一切，无法用任何个别的方式去完整认识的，何况由感官所获得的往往是表面的、错误的。而贾雨村所见到的那位既聋且昏、齿落舌钝的老僧不正是浑沌，不就是一个活生生的道体吗？当一个人在人世间历练一切之后返璞归真，终于升华到了契合道的最高境界时，便会是这般模样，而具有慧根的人也可以意识到此处必有玄机，如贾雨村一开始所推测的"其中想必有个翻过筋斗来的"。只可惜贾雨村这时候仍然泥足深陷，还心系着官场浮沉、名利得失，尚不足以洞察到眼前老僧所代表的浑沌意义。

在这一段描述中，各个地方都显露出贾雨村的另一面，即风雅脱俗、见识深刻的一面，作者是想告诉我们，贾雨村是真的大有慧根之辈，这也使得他成为整部小说里最后压轴的悟道者。关于"悟"，有的人是渐悟型，有的人是顿悟型，可无论是渐悟还是顿悟都必须要有慧根，要有内在精神的根底，不被世俗整个彻底地污染，如此最终才有可能走向超脱世俗之途，所以不能因为贾雨村当下的人品表现，便以偏概全，否定他对宝玉之类特殊人格的洞察力。参考高鹗续书第一百二十回的描写，贾雨村在急流津觉迷渡口的草庵中睡着，被叫醒之后，指点抄录《石头记》的空空道人去寻找曹雪芹的明路，虽然没有写到他豁然开朗大步向世俗之外走去的情节，但所谓"急流津觉迷渡口"的悟道隐喻是十分符合曹雪芹的原意的。贾雨村在最后一回幡然醒悟，渡过人生的急流到达彼岸，他也是《红楼梦》中所描述的最后一个出世者，加上甄士隐在第一回出家，两人构成了前与后的对照、真与假的辩证，又并肩承揽了最初之揭幕者与最后之谢幕者的任务，种种情节的安排都告诉我们不能否定这个角色的重要性，他确实有资格担当起为正邪两赋提出说明的重要角色。

正邪两赋

正邪两赋的前提是先有正气与邪气，关于正、邪两气的意义与其相关的对应人物，贾雨村说道：

> 天地生人，除大仁大恶两种，余者皆无大异。若大仁者，则应运而生，大恶者，则应劫而生。运生世治，劫生世危。尧、舜、禹、汤、文、武、周、召、孔、孟、董、韩、周、程、张、朱，皆应运而生者。蚩尤、共工、桀、纣、始皇、王莽、曹操、桓温、安禄山、秦桧等，皆应劫而生者。大仁者，修治天下；大恶者，挠乱天下。清明灵秀，天地之正气，仁者之所秉也；残忍乖僻，天地之邪气，恶者之所秉也。

也就是说，纯正气形成了大仁者，纯邪气则塑造出大恶者，大仁者、大恶者的降生都与世界现行的状态有关，运生世治，劫生世危，"尧、舜、禹、汤、文、武、周、召、孔、孟"等都是"应运而生者"。

在中国正统的价值观中，他们皆是历史上大家耳熟能详的伟大人物，其中还包括宋朝的理学家周敦颐、程颢与程颐、张载、朱熹，他们"为天地立心，为生民立命，为往圣继绝学，为万世开太平"，而曹雪芹把他们定位为大仁者系列的压轴者，也表示宋朝以后便不再有大仁者了，而一般现代人所喜欢的晚明时期的阳明心学及其所衍生的泰州学派，根本就不被认为是最高价值，因此，现代读者往往认定《红楼梦》接受了那一类放任自我的个人主义价值观，实际上是完全颠倒的误解。曹雪芹所在的乾隆时期则是：

今当运隆祚永之朝，太平无为之世，清明灵秀之气所秉者，上至朝廷，下及草野，比比皆是。所余之秀气，漫无所归，遂为甘露、为和风，洽然溉及四海。彼残忍乖僻之邪气，不能荡溢于光天化日之中，遂凝结充塞于深沟大壑之内，偶因风荡，或被云摧，略有摇动感发之意，一丝半缕误而泄出者，偶值灵秀之气适过，正不容邪，邪复妒正，两不相下，亦如风水雷电，地中既遇，既不能消，又不能让，必至搏击掀发后始尽。故其气亦必赋人，发泄一尽始散。使男女偶秉此气而生者，在上则不能成仁人君子，下亦不能为大凶大恶。置之于万万人中，其聪俊灵秀之气，则在万万人之上；其乖僻邪谬不近人情之态，又在万万人之下。

显然曹雪芹并没有反对他的时代，相反地，对于乾隆盛世充满了颂赞之情。邪气在如此光明的盛世里是被压抑的，只能躲在黑暗的深沟大壑里，当它偶然蹿出一点，又恰巧与正气齐遇一起的时刻，彼此便交争纠缠，两不相下，而这二气"必赋人，发泄一尽始散"，也就是要通过转化到某一个体身上，才能将那纠缠为一的正邪两气消解殆尽。而拥有此种正邪二气的人，"在上则不能成仁人君子，下亦不能为大凶大恶。置之于万万人中，其聪俊灵秀之气，则在万万人之上；其乖僻邪谬不近人情之态，又在万万人之下"，于是矛盾聚结在其人格特质中，这般的人物也就成为了怪异的另类。由于他们很驳杂、很矛盾，例如宝玉虽然外貌秀色夺人，但是行为却十分乖僻，所以无法归类，而成为"大仁大恶两种，余者皆无大异"所反映的传统"性三品"之外的第四种人。

此外应该注意的是，正邪二气虽说是这一类特殊异端者的人格来源，然而人格的塑造还与后天的环境密切相关，单单只有先天的正邪两赋，并不足以决定一个人究竟会成为何种样态，还必得依照后天环境的引导与分化，才能够明确成形并进一步归类。于是便如贾雨村接着所说的：

> 若生于公侯富贵之家，则为情痴情种；若生于诗书清贫之族，则为逸士高人；纵再偶生于薄祚寒门，断不能为走卒健仆，甘遭庸人驱制驾驭，必为奇优名倡。

由此可见，影响正邪两赋者的要素还可以分为三种不同的后天环境，即公侯富贵之家、诗书清贫之族、薄祚寒门，显示出影响人格最重要的因素仍在于家庭的成长环境，通过家庭所给予的意识形态、文化修养、格调与教育各方面的潜移默化，最终才决定了到底会成为哪一种人。这也清楚表明固然正邪二气属于先天禀赋，但那只是形成情痴情种的必要条件，而不是充分条件，唯有出生于公侯富贵之家，正邪二气者才会变成情痴情种。

一般读者单单只用正邪两赋来理解宝玉，如此便注定会歧路亡羊，不能把握到宝玉其实根本无法脱离公侯富贵之家的家庭环境，反而将他理解成反封建、反礼教、反贵族阶层的叛逆者，那真的是谬以千里。因为事实是只有出生于公侯富贵之家，宝玉才会成为情痴情种，如果是生长于诗书清贫之族、薄祚寒门，那么他只能成为逸士高人、奇优名倡，绝不是情痴情种。

而对于情痴情种也不能单单用一般的痴情来理解，必须说，"情痴情种"是曹雪芹所创立的一个非常独特的概念。有正邪二气之先天禀赋的人，其本身便已经不同于所谓"余者皆无大异"的庸众，曹雪芹所关心的是纯正气所形塑而成的大仁者、纯邪气所造就产生的大恶者，更紧要的是正邪两赋者，即清明灵秀之正气与残忍乖僻之邪气相遇结合所共构出来的人物。

不仅如此，天地正气除了有其相对应的人物之外，也可以对应于自然物上，第七十七回中宝玉便说道：

> 若用大题目比，就有孔子庙前之桧、坟前之蓍，诸葛祠前之柏，岳武穆坟前之松。这都是堂堂正大随人之正气，千古不磨之物。世乱则萎，世治则荣，几千百年了，枯而复生者几次。这岂不是兆应？

也就是说，植物也能天人感应，草木和与它联结的人彼此攸关、命运一体，例如孔子庙前之桧、坟前之蓍，诸葛祠前之柏，岳武穆坟前之松，几千年来都没有凋零死亡，那些草木能够碧绿长青，挺立于天地之间，不受生死轮回的摧残，便是因为它们受到了孔子、诸葛亮、岳飞等伟大人格的感化，反映出正气的共感。将这一段与第二回结合来看，我们可以发现大仁者的行列中还再加上了诸葛亮、岳飞等，并且同样止步于明朝之前，停留在宋代。可想而知，在曹雪芹的心目中，明朝真的是一个好的时代吗？尤其晚明时期感官欲望扩张，儒家内部溃散，在那情欲横流之际所诞生的思想观念及相关作品，可能是曹雪芹会去赞赏甚至模仿的吗？曹雪芹其实非常地肯定儒家所建构出来的伟大人格，而我们也必须通过如此的价值观来了解宝玉的正邪两赋，宝玉一定有正气的一面，否则他绝对不足以成为曹雪芹所关心的对象。

在阅读的过程中，只有回到儒家的价值体系里去看待宝玉的正气，才能掌握到他的正气正是来自贵族阶层的礼教精神，而他之所以有那么多的言行表现令我们感到可爱又可敬，没有沦为贵族没落前夕纨绔子弟、不肖子孙的样态，原因也是根源于此。虽说宝玉也有不肖之处，然而他的不肖是在正气主导之下的另一种类型，再一方面又因为有邪气的入侵，所以他的正气变得驳杂不纯正，也就使得他不能成为顶天立地、于国于家有望的补天石！

正如第十三回回末诗所说的"金紫万千谁治国，裙钗一二可齐家"，对整个家族贡献卓著，努力斡旋乾坤、使贾氏家族还能够维持现况的，不是宝玉而是王熙凤、探春等人。正邪两赋构成了宝玉的病态人格，使得他以非常特异的形态度过了一生，不同于一般放荡淫邪的纨绔子弟，而是以"情痴情种"展现出一种美学风姿。北欧的哲学家克尔凯郭尔（1813—1855）便曾说，特异的人格大致可以分为三种类型：一是宗教性的人格，二是伦理性的人格，三是审美性的人格。审美性格的人既不是为了追求世界正面的伦理价值，也不想要在宗教出世的范畴中塑造圣徒形象，更不是要追求一种超越现世的价值，而是就活着本来的样态去呈现美感。很明显，宝玉正是属于审美性格的那一种。

必须说，我们对于宝玉此一情痴情种的认识，不应脱离曹雪芹自己所铺展出来的理论框架，亦即要成为情痴情种必须具备两个条件：首先要有正邪二气的先天禀赋，其次得诞生于公侯富贵之家，因为唯有公侯富贵之家才能提供高度的文化品位、格调和美感，所以公侯富贵之家是构成宝玉这一类人格不可或缺的条件。但这当然并不表示凡是诞生于公侯富贵之家的子弟都是情痴情种，因为另外还必备的前提是要拥有正邪两赋此一独特的先天特质。若问何以公侯富贵之家对于形成情痴情种是那般重要，答案是：贵族阶层提供了礼教因子，又赋予他高度的审美能力，这些力量使他的人性得到提升，虽然他还是不肖，因为先天禀赋的驳杂、病态以至于不能规引入正，但是在礼教文化的作用下也不会沦落到"皮肤淫滥"，从而形成一种对女性之美的欣赏与品鉴，此之谓情痴情种。

出身背景的影响

近一百多年以来，一般人探讨人性问题时常常不自觉地采取一种论述模式，即认为礼教是对人性的压抑与戕害，并形成了所谓的"礼教吃人"之说，然而此一论述模式是非常粗疏甚至错误的，因为人性的构成非常复杂，绝不仅只是天赋本能而已，其实后天成长的家庭背景也同时在深层地建构内在自我。必须说，人格的形成并不是与生俱来的，那是在后天成长的最初几年去确立、引导和分化，然后才能够明确地塑造出来所谓的自我，而这个自我便一定包含着后天成长过程中的人际互动模式和种种的教育因素。根据社会学家巴姆尔夫妇（Gene Bammel & Lei Lane Burrus-Bammel）的研究成果，可知对十七岁的人来说，其百分之八十的学习在八岁时即已经完成，而百分之五十的学习则是在四岁时便已经完成。社会学家和教育理论家都通过复杂深奥的论证与多方的实验深刻地发现到，后天的家庭和周围环境才是对一个人的人格内涵真正的形成与奠定，就这一点来说，我们在确立自我和养成自我的过程中，其实有一大半是受到童年时期外在环境也即家庭的影响。

因此，将自我等同于与生俱来的本能，那真是对人性非常无知而荒谬的认识，事实上也是对人性以及人格的贬低，因为人类拥有远比本能高超得多的精神层次，那也才是文明的真正价值所在。将自我的主体性建立在生物性的本能上，然后对那些本能不加压抑甚至给予放纵与鼓励，在这种情况下，主体所建立起的自我将会变得连动物都不如，因为完全忽略了人性的内涵有一大半是在后天环境中所塑造的，并且是应该提升的。而孟母之所以要三迁，人之所以要受教育，都是因为这个原因。

更深入地说，法国思想家皮耶·布尔迪厄（Pierre Bourdieu, 1930—2002）指出，一个人的"惯习"（habitus）即是整套人格禀赋的系统，其中的格调美学反映了对世界的一种认知，还包含言语行为模式，而这些早在幼儿阶段的教育中就已经大部分确立，并且根深蒂固，是一辈子都摆脱不掉的。惯习与幼年成长的经验息息相关，绝不是单单天赋所能够涵盖，比天赋更大的影响力量来自后天的养成，文化格调、审美品位与思想感受、意识形态都是在这个阶段中形成的。因此，所谓惯习的特质便与个人所属的社会阶层有关，甚至与生长环境的风土地理状况也有直接而密切的关系。换句话说，在我们还没有认知能力也没有选择权的时候，便已经被抛掷到所在的成长环境而受其决定，据此难免有一点宿命论的意味。不过我们至少要认识到这一点，才能够明白人性原来有那般复杂奥妙的层次，并进而争取一定程度的自主性改变。

英国小说家乔治·奥威尔（George Orwell，1903—1950）也曾注意到，一个人的出身背景所养成的品位、格调、审美的文化倾向，其实是一辈子都难以摆脱的。他认为：

> 从经济上说，毫无疑问只有两种等级，富人和穷人。但从社会角度看，有一整个由各种阶层组成的等级制度。每一个等级的成员从各自的童年时代习得的风范和传统不但大相径庭——这一点非常重要——而且，他们终其一生都很难改变这些东西。要从自己出身的等级逃离，从文化意义上讲，非常困难。

关于类似的看法，马克思与恩格斯也有一个非常经典的表述，那就是："在等级中……贵族总是贵族，roturier〔平民〕总是 roturier，不管他们其他的生活条件如何；这是一种与他们的个性不可分割的品质。"我认为这个表述和曹雪芹的认知其实是一致的，那些西方思想家跨时代、跨地域与曹雪芹的人格塑造论形成了中西呼应。从他们的阐释可见，对于贵族等级中的成员来说，礼教与行为规范已经内化成为他们个性的一部分，同样也是他们的自我，自从他们诞生的第一刻起，一直到整个少年时代，生活中的时时刻刻都充斥着风范与传统的学习，这构成了他们性格上不可分割的品质。例如宝玉之所以能够成为情痴情种，一部分原因就是有赖于贵族礼教精神的维系与升华，才使得他的邪气被引导到审美的方向，而不是趋于皮肤淫滥，相较之下，薛蟠、贾珍、贾琏之所以流入皮肤淫滥，便是因为他们的先天禀赋中较缺乏正气。

不学礼，无以立

现代人因为已经习惯于把自由当放任，又把任性当个性，以至于我们往往不能明白，原来伦理道德对于人格的塑造与提升具有非常正面的力量。从五四以来，人们把礼教当成是一种吃人的罪恶，这种认知一直到今天还在耽误和误导着我们。其实从先秦周公制礼作乐以后，在大传统的雅文化中提升人性的重要力量，根本上就是礼与乐，如汉代《白虎通·情性》中提及："礼者，履也。履道成文也。""履"象征着一种行动，在实践中去施行合乎"道"的作为，于是便可以成"文"，即一种高度的文化，而那才是人类的价值所在。根据学者的记载，在清光绪三十年（1904）做过一次全国识字率的普查，即使此前已经大力推动教育普及以求提高国民素质，普查的标准也采取低门槛的识字程度。但当时普查所得出的期望值是只有百分之一的人口能够断文识字，可见教育文化的珍贵稀有。所以此处所说的"履道成文也"，乃是指千分之一乃至万分之一的少数人，他们因为拥有这般的资质和等级条件，从而可以继承中华民族的大传统。没有那些人，文化是传不下去的。

相应地，对于这些少数的正统精英分子的道德标准也是非常之高，因为他们拥有文化，同时是国家社会的领导者，必须为民表率，而那也成为他们整体成长过程中深刻内化的一种自我期许，所以"礼"简单来说其实就是一种道德实践。"礼"根本上便是一种道，一种理想，一种美德，并非只是外在的形式，因而"礼"与"体"又有相同的语言关系，一个是内在，一个是外显，既然主体是外显的前提，主体是内在的核心，所以"体"与"礼"是二而一的关系。正如汉学家卜弼德（Peter A. Boodberg, 1903—1972）所说，在常用的中国字里，只有两个字发"豊"—— 一种礼器——的音，也就是体（體）与礼（禮），并指出："把这两个字联系在一起的是有机的形式而不是几何的形式。中国古代学者在他们的评注中，一再用'体'来定义'礼'，即是明证。"

从先秦以来，"礼"本身就是体，属于内在的本质，可以使一个人在正统的精英文化中受到高度的文化熏陶，因此能够懂得更精深的人性、更奥妙的世界，以及拥有更高的思想能力与自我期许，即追求大传统的文明传承。所以对于这一类人来说，"礼"根本是他们内在的一部分，是构成文化传统的意义和存在价值的体现，而那更与当时的贵族阶层密切相关。学者周何在《何以"不学礼无以立"》一文中曾就礼的完整意义扼要地说道：

礼义即其含蕴着伦理道德的内在价值，而礼器、礼数、礼文即其表现实践精神的外在价值。

换句话说，礼义便是礼的内在层面，是伦理道德的追求，而礼器、礼数、礼文则是内蕴的伦理道德向外去实践之后，所展现出来的外在价值。礼器、礼数、礼文也是一种价值，因为它们可以将内在的价值体现出来，黛玉采取避讳的礼数来表达对母亲的爱敬之心，便是一个绝佳例证。对出生于公侯富贵之家的宝玉来说，伦理道德即是他的内在价值，加上从小很自然地就学会了礼数去应对庞大复杂的人际关系，其内在的伦理道德也是通过礼数向外实践出来的，因此礼数根本不可或缺。其实，宝玉平时那些惊世骇俗的言论，只不过是私底下无伤大雅的放纵，算不得真正的价值观，试看第五十六回中提及，甄府的四个管家娘子上门前来问安，当见到宝玉时，一面说，一面都上来拉着宝玉的手问长问短，宝玉连忙也笑问好，贾母便问她们比起甄宝玉如何？四人笑道：

> "如今看来，模样是一样。据老太太说，淘气也一样。我们看来，这位哥儿性情却比我们的好些。"贾母忙问："怎见得？"四人笑道："方才我们拉哥儿的手说话便知。我们那一个只说我们糊涂，慢说拉手，他的东西我们略动一动也不依。所使唤的人都是女孩子们。"四人未说完，李纨姊妹等禁不住都失声笑出来。贾母也笑道："我们这会子也打发人去见了你们宝玉，若拉他的手，他也自然勉强忍耐一时。可知你我这样人家的孩子们，凭他们有什么刁钻古怪的毛病儿，见了外人，必是要还出正经礼数来的。若他不还正经礼数，也断不容他刁钻去了。就是大人溺爱的，是他一则生的得人意，二则见人礼数竟比大人行出来的不错，使人见了可爱可怜，背地里所以才纵他一点子。若一味他只

管没里没外，不与大人争光，凭他生的怎样，也是该打死的。"四人听了，都笑说："老太太这话正是。虽然我们宝玉淘气古怪，有时见了人客，规矩礼数更比大人有礼……"

可见对于贵族人家的子弟来说，礼数是一种最基本的行为规范与内心的准则，是他们自我的一部分，礼就是他们的体，只要见了外人礼数周全，背地里便可以享有刁钻古怪一点的空间。同样地，礼教根本就是构成宝玉内在的一部分，故而他严守大家规格、礼数规矩，那并非他在还正经礼数时所装出来的敷衍与应付，而是内在伦理道德价值外显出来的实践表达。

恪守正统的宝玉

实际上，《红楼梦》全书中很多地方都展现了宝玉的正统价值观，他表面上反儒家的小小言论其实就和李白、杜甫一样，人总有不如意、很愤懑的时候，在一时愤激的情绪下发出反面的言论也是常见的，但那只能算是特例。例如，杜甫虽然曾经在《醉时歌》一诗中说："儒术于我何有哉，孔丘盗跖俱尘埃！"他居然觉得儒家对他而言又算得了什么，孔丘还不是和盗跖一样都化为尘埃，那又何必要努力做圣人呢！这显示当下的杜甫悲愤莫名，但如果根据这一联诗句就以为杜甫反儒家，那其实大谬不然，杜甫始终都是一个百分之百的儒家信徒，这一点毫无疑问。李白也是如此，李白固然写出了"我本楚狂人，凤歌笑孔丘"的狂放诗句，但他分明在《古风》第一首中以孔子自许，把孔子当成人生的最高标准，甚至是事业的最大价值。同样地，宝玉也在很多地方衷心服膺儒家正统的文化根源——孔孟，孔孟不仅在书中被置于纯正气的大仁者行列，宝玉即使在私底下也都还是以孔孟为其外在言行与内在心性的最高依循。

举例来看，第三回宝玉便提及："除四书外，杜撰的太多，偏只我是杜撰不成？"在此宝玉只肯定四书，当然完全没有否定孔孟之道，这是标准正统精英分子最根底的文化意识。又第十九回从袭人的口中可以得知，宝玉还曾说："只除'明明德'外无书，都是前人自己不能解圣人之书，便另出己意，混编纂出来的。"此一说法延续了第三回的宣称，宝玉同样承认四书是圣人的言论，而主张其他世俗化、媚俗的文章都是"混编纂出来的"。接着，第二十回提到宝玉的内心想法是：

> 只是父亲叔伯兄弟中，因孔子是亘古第一人说下的，不可忤慢，只得要听他这句话。所以，弟兄之间不过尽其大概的情理就罢了，并不想自己是丈夫，须要为子弟之表率。

正因为孔子说过，家庭伦理中的父亲叔伯兄弟不可忤慢，所以宝玉对父亲、对家里的兄长都是毕恭毕敬，这才是宝玉真正的心理主轴，也因此第三十六回中，宝玉再荒诞也只是"除四书外，竟将别的书焚了"，四书依然是屹立不摇的圣典。再看第五十一回宝玉自比为白杨树时，麝月等笑道：

> "野坟里只有杨树不成？难道就没有松柏？我最嫌的是杨树，那么大笨树，叶子只一点子，没一丝风，他也是乱响。你偏

比他，也太下流了。"宝玉笑道："松柏不敢比。连孔子都说：'岁寒然后知松柏之后凋也。'可知这两件东西高雅，不怕羞臊的才拿他混比呢。"

在此，宝玉对孔子赞美过的东西都敬而尊之，不敢将松柏这两种高雅的植物降格来比喻自己，那算是"敬"屋及乌的至高尊崇吧。因此，第五十八回宝玉要芳官转告藕官，以后祭奠死去的人时断不可烧纸钱，因为"这纸钱原是后人异端，不是孔子的遗训"。

通过以上的六个段落可以看出，宝玉私底下的所言所行彰显出他真正的价值观，即以孔子为至上的圣人，以四书为千古的圭臬。宝玉仅仅针对后人庸俗化以后所产生的流弊、欺世盗名的赝品表示强烈不满，而始终如一地遵循孔子的训诲，只要是孔子赞美过的，也都把它当作最高的标准来看待。

除此之外，小说中还有很多地方都呈现了宝玉恪守正统的行为，而且他有时比大人们还更有礼数，更遵照礼教的精神，难怪第五十六回贾母笑道："可知你我这样人家的孩子们，凭他们有什么刁钻古怪的毛病儿……见人礼数竟比大人行出来的不错，使人见了可爱可怜。"例如第十七回当大观园刚刚落成之后，贾政、宝玉和众清客等人进园先行题撰，就在游园的起点，贾政与诸人登上了亭子，倚栏坐了，因问：

"诸公以何题此?"诸人都道："当日欧阳公《醉翁亭记》有云：'有亭翼然'，就名'翼然'。"贾政笑道："'翼然'虽佳，但此亭压水而成，还须偏于水题方称。依我拙裁，欧阳公之'泻出于两峰之间'，竟用他这一个'泻'字。"有一客道："是极，是极。竟是'泻玉'二字妙。"贾政拈髯寻思，因抬头见宝玉侍侧，便笑命他也拟一个来。宝玉听说，连忙回道："老爷方才所议已是。但是如今追究了去，似乎当日欧阳公题酿泉用一'泻'字则妥，今日此泉若亦用'泻'字，则觉不妥。况此处虽云省亲驻跸别墅，亦当入于应制之例，用此等字眼，亦觉粗陋不雅。求再拟较此蕴藉含蓄者。"贾政笑道："诸公听此论若何？方才众人编新，你又说不如述古；如今我们述古，你又说粗陋不妥。你且说你的来我听。"宝玉道："有用'泻玉'二字，则莫若'沁芳'二字，岂不新雅？"贾政拈髯点头不语。

宝玉主张切不可用"泻"字，因为今日题撰的场合，与欧阳修当时写《醉翁亭记》的乡野背景不可同日而语，此处乃是皇妃省亲的驻跸别墅，形同皇家行宫，故"亦当入于应制之例，用此等字眼，亦觉粗陋不妥"，因此"求再拟较此蕴藉含蓄者"。所谓的"应制之例"，意指应皇帝之诏命而作文赋诗的规例，那就应该要展现皇室的雍容华贵，善颂善祷，不可出现"泻"这种粗陋的字眼，然而在此居然连贾政都没有意识到这个问题，可见宝玉的礼教精神是十分透彻的，比父亲还有过之，他先天禀赋中的正气支撑着他对礼教根源的本质性把握。果然在宝玉说完之后，贾政的反应是"拈髯点头不语"，正是表示极大的赞许。

随后众人来到潇湘馆，宝玉认为此处非比寻常，因为"这是第一处行幸之处，必须颂圣方可"，可见潇湘馆绝对不是一个偏僻、清幽、不问世俗的隐居所在地，它是皇妃进园后驻留赏览的第一站，一定是巧夺天工、优雅精致，而黛玉能够拥有屋舍的优先选择权并居住在此，也证明了她的宠儿地位。宝玉为馆舍的匾额题上的"有凤来仪"四个字，乃是出自《诗经》的一个典故，"凤"在此双关皇妃，本是自古以来便非常明确的政治图腾，也是应制颂圣时常用的字眼，足见宝玉的做法完全合乎礼度。

而在第五十二回，更显示出宝玉内心礼教精神的彻底化，其中说道，宝玉因要去舅舅王子腾家拜寿，家仆钱启、周瑞在前引导马匹行进，即将经过贾政的书房前，宝玉在马上笑道：

> "周哥，钱哥，咱们打这角门走罢，省得到了老爷的书房门口又下来。"周瑞侧身笑道："老爷不在家，书房天天锁着的，爷可以不用下来罢了。"宝玉笑道："虽锁着，也要下来的。"

原来依据传统古礼，身份比较卑下的人如果路过尊长的门前，就要下马以表示礼敬，那是一种很基本的礼仪，因此各地官府还有下马碑之类的标示。有趣的是，因为此刻宝玉年纪尚小，出门要有资深的仆人照顾，但这时管家周瑞竟然以权宜的心态，认为老爷已经很久不在家了，此处只是空屋，而建议路过门前的时候可以不用下马，图个省事，但宝玉却坚持"虽锁着，也要下来的"。宝玉这般的做法遥遥呼应了古代的一位贤者，即卫国大夫蘧伯玉的风范，《列女传》记载：

> （卫）灵公与夫人夜坐，闻车声辚辚，至阙而止，过阙复有声。公问夫人曰："知此谓谁？"夫人曰："此必蘧伯玉也。"公曰："何以知之？"夫人曰："妾闻：礼下公门式路马，所以广敬

也。夫忠臣与孝子，不为昭昭信节，不为冥冥堕行。蘧伯玉，卫
之贤大夫也。仁而有智，敬于事上。此其人必不以暗昧废礼，是
以知之。"公使视之，果伯玉也。

蘧伯玉"不为冥冥堕行""不以暗昧废礼"，因此不会在没有人看
到之时便堕落自己的言行，而荒废应有的礼节，真是一位心性崇高的
君子！宝玉在此正表现出"不以暗昧废礼"的作风，也完全吻合君子
的标准。

"第四个就是妹妹了"

最值得注意的是，连宝玉给予黛玉的情感保证都完全符合伦理原
则，那就是家族亲属关系的亲疏等差，他并不是以爱情的强度与优先
性来提供保证，而是做出完全合乎伦理原则的情感表述。在第二十回
中，宝玉对黛玉说道：

> 你这么个明白人，难道连"亲不间疏，先不僭后"也不知道？
> 我虽糊涂，却明白这两句话。头一件，咱们是姑舅姊妹，宝姐姐
> 是两姨姊妹，论亲戚，他比你疏。第二件，你先来，咱们两个一
> 桌吃，一床睡，长的这么大了，他是才来的，岂有个为他疏你的？

"亲不间疏，先不僭后"应该写作"疏不间亲，后不僭先"，意
思是指：关系比较疏远者不要介入关系亲近的人之间，后来晚到者

不可以去僭越先来的人已经累积形成的深厚情感。而在中国传统的亲属关系中，姨表姊妹要疏远于姑舅姊妹，那是非常普遍的家族观念。因此宝玉所持的理由，第一便是宝钗在血缘上较黛玉为疏远，这一点与感情的好坏并没有关联。第二，黛玉与宝玉有着青梅竹马的深厚情感基础，宝钗是后来的人，新来的人不要去介入或干扰、混淆与旧人的关系。宝玉引用的"亲不间疏，先不僭后"原出自《管子·五辅》："夫然，则下不倍上，臣不杀君，贱不逾贵，少不陵长，远不间亲，新不间旧，小不加大，淫不破义。凡此八者，礼之经也。"虽然颠倒了语序，不过从它的意义来看，确确实实与《管子》所说的意义完全一致，而那两个原则都属于"礼之经也"，即礼的精神原理与基本纲领。

就这一点而言，连我们一般人认为至高无上、至关重大的爱情，宝玉也是用伦理的范畴来证明他对黛玉的爱是不可替代的，据此便可想而知，那是一种多么深厚的伦理化的爱情！"远不间亲，新不间旧"的具体原则首先即体现在血缘差序，姑表亲要比姨表亲更亲近，这是亲疏远近的伦理性。至于"新不间旧"则是一种时间先后的顺序，故交更有一种优先性，那并不是来自于利益的计算，也不见得是来自于情感的强弱差别，只因为念旧的感怀在心中，因此旧人就不可能被后来者所取代。两项都属于人际关系中恩和义的范畴，是一种感恩和感谢的心理。对于公侯富贵之家的子弟来说，爱情根本不可能凌驾于一切之上，正如同第五十四回"史太君破陈腐旧套"一段中，贾母对才子佳人故事所批判的：

　　这些书都是一个套子，左不过是些佳人才子，最没趣儿。把人家女儿说的那样坏，还说是佳人，编的连影儿也没有了。开口都是书香门第，父亲不是尚书就是宰相，生一个小姐必是爱如珍宝。这小姐必是通文知礼，无所不晓，竟是个绝代佳人。只一见了一个清俊的男人，不管是亲是友，便想起终身大事来，父母也忘了，书礼也忘了，鬼不成鬼，贼不成贼，那一点儿是佳人？便是满腹文章，做出这些事来，也算不得是佳人了。

父母、书礼至上，都比个人的爱情重要，这完全代表了《红楼梦》的礼教精神，反映出贵族成员基本内在人格的心性表现，倘若一位未婚少女"只一见了一个清俊的男人，不管是亲是友，便想起终身大事来，父母也忘了，书礼也忘了"，即完全违反了他们的价值观，那便是非常败坏德性的行为。同样地，事实上宝玉与黛玉始终谨守如此的伦理规范，试看第二十八回中，宝玉直接对黛玉剖白心迹，挑明说道：

> 我心里的事也难对你说，日后自然明白。除了老太太、老爷、太太这三个人，第四个就是妹妹了。要有第五个人，我也说个誓。

其中，宝玉表示在伦常亲情的排序下，第四个就是黛玉，于此更加清楚证明了爱情必须放在亲子关系、父子之伦的后面，这已经是对黛玉之重要性的最大肯定，而黛玉听了，也得到了定心丸而完全接受，足证出身于公侯富贵之家的人，在他们的意识形态中并没有所谓的婚姻恋爱自主，那是他们不能逾越的分际。由此可见，我们确实需要调整现代的价值观和信念，再去衔接古代经典，否则读书都变成了"六经皆我注脚"（语出陆九渊《语录》），只是用来巩固自己的成见而已。

接下来继续看宝玉的"本来面目"。于第十五回中，北静王第一次见到宝玉时，"见他语言清楚，谈吐有致"，便向贾政夸赞道："令郎真乃龙驹凤雏，非小王在世翁前唐突，将来'雏凤清于老凤声'，未可量也。"脂砚斋对此批注云：

> 宝玉谒北静王辞对神色，方露出本来面目，迥非在闺阁中之形景。

由此可见，宝玉私底下那些有点惊世骇俗的言行完全不能和他的正经礼数相提并论，反倒是正经礼数才显露出他的本来面目。脂砚斋更对"语言清楚，谈吐有致"八字眉批道："八字道尽玉兄。如此等方是玉兄正文写照。"其实，一旦结合《红楼梦》的文本以及脂砚斋的批语来看，我们便会发现宝玉确实是由衷谨守礼教之精神的，毕竟自幼生活在那般庞大复杂的人际关系里，宝玉根本不可能成长为仅有赤子之心的一张白纸。

人情乖觉取和

清末评点家野鹤在《读红楼梦札记》中引述梨云馆所云："宝玉乃第一至情人，谓为淫人，便是皮相。"接着野鹤则进一步评论道：

此人有极精细处，有极醇厚处，有极刁滑处。最有作用，最宜细看。

此说堪称最为周延的真知灼见，其中，宝玉所展现的极精细处、极醇厚处很多，例如在秦可卿病逝时，整个宁国府乱成一团，无人主持管理，正是他向贾珍推荐王熙凤始解了燃眉之急，这是一般读者所忽略的极精细处。至于宝玉的极刁滑之处，则可对应于《红楼梦》中常用的"人情乖觉取和"一语来说明。事实上，只须从常理来推敲，宝玉一定有"人情乖觉取和"的地方，因为他一出生周围便有上千的人，生活中时时刻刻都需要他拿捏分寸，仔细斟酌人情世故，所以那也变成了他的基本性格，一如马克思、恩格斯所说的："贵族总是贵族……这是一种与他们的个性不可分割的品质。"以下便归纳《红楼梦》中"人情乖觉取和"的用法，借此来认识这个词汇的大意。

简单来说，"人情乖觉取和"指的是在人际关系里能够娴熟人情世故，然后取得和谐运作的心性能力。在贾府这般复杂庞大的人群中，处理是非争端时一定要息事宁人，以"取和"作为最高标准，否则必然会治丝益棼、永无宁日，如同第六十二回平儿吩咐林之孝家的所言："大事化为小事，小事化为没事，方是兴旺之家。若得不了一点子小事，便扬铃打鼓的乱折腾起来，不成道理。"首先，在第一回即出现了"乖觉"这个词汇，书中写道："士隐见女儿越发生得粉妆玉琢，乖觉可喜，便伸手接来，抱在怀内。"接着第二回中，冷子兴说宝玉"如今长了七八岁，虽然淘气异常，但其聪明乖觉处，百个不及他一个"，这一段中将"乖觉"与"聪明"结合在一起，可见其语义必有关联。再看第二十四回的描述：

原来这贾芸最伶俐乖觉，听宝玉这样说，便笑道："俗语说的，'摇车里的爷爷，拄拐的孙孙'。虽然岁数大，山高高不过太阳。只从我父亲没了，这几年也无人照管教导。如若宝叔不嫌侄儿蠢笨，认作儿子，就是我的造化了。"

贾芸把握住机会积极主动地认宝玉做父亲，借此便可以增加沾光的机会，此处的"乖觉"也与"伶俐"相连用。到了第五十六回，宝玉在梦中去到甄宝玉家的花园，被甄家的丫鬟们夸赞"他生的倒也还干净，嘴儿也倒乖觉"。统观这四处相关段落可知，"乖觉"一词总是与聪明伶俐、可爱可喜结合在一起，意味着一种机警灵敏、很懂得把握现况的机智，能够很聪明地采取最好的应对之道，而一个人待人处事时可以表现出机警聪明的伶俐反应，自然会容易讨人喜爱。宝玉既然也有"人情乖觉取和"的性格，并确实取得别人对他的喜爱，他便以此来消弭人与人之间可能或已经产生的是非。宝玉这一方面的能力绝对不遑多让于王熙凤。

宝玉用"乖觉"以消弭是非的情况，表现于第五十二回，宝玉因记挂晴雯卧病在床，特地赶回怡红院之后，竟发现屋中空无一人，只有晴雯独自卧在炕上，于是责怪其他人怎么如此无情，丢下晴雯一人缠绵病榻，晴雯即解释道：

"秋纹是我撺了他去吃饭的，麝月是方才平儿来找他出去了。两人鬼鬼祟祟的，不知说什么。必是说我病了不出去。"宝玉道："平儿不是那样人。况且他并不知你病特来瞧你，想来一定是找麝月来说话，偶然见你病了，随口说特瞧你的病，这也

人情乖觉取和的常事。便不出去，有不是，与他何干？你们素日
又好，断不肯为这无干的事伤和气。"

原来那只是偶然出现的短暂空窗期，其实大家都对晴雯很好、很
照顾，秋纹还是晴雯撺了她才去吃饭的，而麝月也是突然被平儿找
出去的，可见她们原本都是一直守在病人身边，并非无情。晴雯此
时怀疑平儿在私底下说她的不是，而宝玉为了打消晴雯的疑虑，面
面俱到地用了五个理由来证明，平儿绝对不会因为晴雯生病却不出
去隔离，而在背后嚼舌根：第一，依据他平时对平儿性格的了解，她
不会在背后说别人的坏话。第二，宝玉对于两方之间讯息流通的状
况也有精确的把握，平儿不可能知道晴雯生病所以特别来看望，而是
到了此处以后偶然发现晴雯生病，才顺口说是来探望，那是一种常
见的人情世故。第三，由此可见宝玉洞悉一般人应对现实状况时会随
机取用好听的借口，此处便表现为平儿就地取材而说是探病。第四，
平儿与晴雯素日又有好交情，平儿断不可能为了这事伤了两人的和
气。第五，晴雯生病根本与平儿不相干，平儿没有必要为此在背后嚼
舌根，而惹是非上身，那是很常见的避祸心理。在此，宝玉同时也证
明了他自己是一个人情乖觉取和、伶俐机警而洞察人心的聪明人，
以此来维护四方的周全，这也是他们在大家族中生存所必须掌握的
能力。

另一个证据也是在第五十二回，当时宝玉来到潇湘馆，便坐在黛
玉常坐的一张椅子上：

因见暖阁之中有一玉石条盆，里面攒三聚五栽着一盆单瓣水

仙，点着宣石，便极口赞："好花！这屋子越发暖，这花香的越清香。昨日未见。"黛玉因说道："这是你家的大总管赖大婶子送薛二姑娘的，两盆腊梅，两盆水仙。他送了我一盆水仙，他送了蕉丫头一盆腊梅。我原不要的，又恐辜负了他的心。你若要，我转送你如何？"宝玉道："我屋里却有两盆，只是不及这个。琴妹妹送你的，如何又转送人，这个断使不得。"

黛玉要将别人赠与的礼物转送出去，那其实是一种很伤人情的做法。在《红楼梦》中凡是有家教的人，一定会把送礼者的心意放在最高位置，而他们要如何表达对送礼者的感谢呢？绝对不是赶快去买一个价值相当的东西回赠对方，这般的做法对送礼者来说，会有一种收受者不想要接受馈赠，以至于立刻奉还的意味，所以说，买一个等价的物品回赠其实是很失礼的行为。要表达对送礼者的感谢，最好的方式就是让对方知道自己很喜欢这个礼物，而在《红楼梦》中，也唯独宝钗对于元妃端午节的赐礼有所回应，即将太太、姑娘们都受赏的红麝香珠串戴在手腕上。珍惜送礼者的心意并给予回应，让对方知道自己很喜欢这个礼物，那是对送礼者表示感谢的最高方式，所以宝钗的做法才是最适宜的、合乎教养的。比较起来，黛玉想要将宝琴赠予她的水仙再转送给宝玉，这也确确实实证明了黛玉作为一个孤独长大又一直备受宠爱的姑娘，在人情世故上是有所欠缺的，而宝玉则十分明通人情世故，所以阻止了黛玉。

尤其值得注意的是，除"极精细"与"人情乖觉"之外，在第三十三回中则展现了宝玉的极刁滑之处，当时忠顺王府的长史官奉命专程到贾家来探询蒋玉菡的下落，因为知道两人交情亲密，宝玉必能提供线索，而宝玉听了唬了一跳，忙回道：

> "实在不知此事。究竟连'琪官'两个字不知为何物，岂更又加'引逗'二字！"说着便哭了。贾政未及开言，只见那长史官冷笑道："公子也不必掩饰。或隐藏在家，或知其下落，早说了出来，我们也少受些辛苦，岂不念公子之德？"宝玉连说不知，"恐是讹传，也未见得"。那长史官冷笑道："现有据证，何必还赖？必定当着老大人说了出来，公子岂不吃亏？既云不知此人，那红汗巾子怎么到了公子腰里？"宝玉听了这话，不觉轰去魂魄，目瞪口呆，心下自思："这话他如何得知！他既连这样机密事都知道了，大约别的瞒他不过，不如打发他去了，免的再说出别的事来。"因说道："大人既知他的底细，如何连他置买房舍这样大事倒不晓得了？听得说他如今在东郊离城二十里有个什么紫檀堡，他在那里置了几亩田地几间房舍。想是在那里也未可知。"

请认真仔细地看：最初宝玉不仅没有说实话，一再对事实矢口否认，还假哭装无辜，直到长史官拿出证据，他才吓得"轰去魂魄，目瞪口呆"，说出了蒋玉菡的下落。而他之所以选择立刻说出真相的原因，一是事迹败露，无可抵赖，二是锁口防堵之计，不如赶快打发长史官去了，免得他再说出别的事来，算是一种风险管理上的停损设定。宝玉此番随机应变的伶俐、装模作样的逼真、策略操作的灵活，种种务实能力实在堪比王熙凤，客观相较之下明显毫不逊色！然而我们却因为对宝玉的偏爱，而经常选择性地忽略宝玉的这一面，但如果想要确实了解此一人物的话，这些情节是不可以被选择性忽略的，而野鹤说宝玉有极刁滑之处，堪称是完全有凭有据的客观论断。

再看第六十六回，柳湘莲回京以后特地来找宝玉，提及路上遇到贾琏说媒订亲之事，宝玉一听便笑道：

"大喜，大喜！难得这个标致人，果然是个古今绝色，堪配你之为人。"湘莲道："既是这样，他那里少了人物，如何只想到我。况且我又素日不甚和他厚，也关切不至此。路上工夫忙忙的就那样再三要来定，难道女家反赶着男家不成。我自己疑惑起来，后悔不该留下这剑作定。所以后来想起你来，可以细细问个底里才好。"宝玉道："你原是个精细人，如何既许了定礼又疑惑起来？你原说只要一个绝色的，如今既得了个绝色便罢了，何必再疑？"湘莲道："你既不知他娶，如何又知是绝色？"宝玉道："他是珍大嫂子的继母带来的两位小姨。我在那里和他们混了一个月，怎么不知？真真一对尤物，他又姓尤。"湘莲听了，跌足道："这事不好，断乎做不得了。你们东府里除了那两个石头狮子干净，只怕连猫儿狗儿都不干净。我不做这剩王八。"宝玉听说，红了脸。湘莲自惭失言，连忙作揖说："我该死胡说。你好歹告诉我，他品行如何？"宝玉笑道："你既深知，又来问我作甚么？连我也未必干净了。"湘莲笑道："原是我自己一时忘情，好歹别多心。"

试看在整段对话中，宝玉一再强调尤三姐的优点唯有相貌美丽一项，并且还说："我在那里和他们混了一个月，怎么不知？真真一对尤物，他又姓尤。"然而，对于很讲究礼教之防的大家族来说，他们非常

注重男女之别，例如第三回小黛玉刚到贾府时，王夫人叮嘱她不要理
睬宝玉，黛玉即说道：“况我来了，自然只和姊妹同处，兄弟们自是别
院另室的，岂得去沾惹之理！”何况尤二姐、尤三姐又是另府另房的
女眷，一个男性与两位未婚的少女混了一个月，那已经很启人疑窦，
而宝玉又用了“混”字，其实更泄露出内心对二尤的轻视。这才是宝
玉真正的潜意识，他心里面其实看不起那两位不守妇道的女性，属于
礼教内化到他骨髓深处的一个自然反应。表面上他对两位少女都很尊
重，然而一旦向他人提及尤二姐、尤三姐之际，所用到的却是“混”
这个字，并且还用到“尤物”这般的贬义语词，从头到尾都未曾涉及
尤三姐的德性品行，实在不得不令人想入非非，而相关的轻慢语汇根
本上便透露出他对二尤的评价。

　　果真，柳湘莲听了以后十分后悔自己仓促之间所做的莽撞决定，
可见归根究底，即使是柳湘莲如此自由自在的浪荡子，所在乎的还是
女子的品行。他虽然没有家族长辈的束缚，完全可以依照自己的需要
去娶妻，一开始确实也宣称“只要一个绝色的”，表现出一种开通豁
达的脱俗姿态，然而在讲究“娶妻娶贤”的男权社会中，一旦涉及正
式的婚娶，他最终关心的还是女子的品行！因此，柳湘莲最后索性挑
明了问三姐的品行到底如何，而宝玉竟回答说：“你既深知，又来问
我作甚么？连我也未必干净了。”这岂不等于承认尤三姐是“不干净”
的吗？也因此才让柳湘莲下定了要退聘的决心。虽然之后尤三姐拔剑
自刎，证明了自己的真心，让柳湘莲恍然大悟她其实是一位贞烈的女
性，而以夫妻之礼加以殡殓，但如果尤三姐不死，又该如何证明自己
内在的贞洁？谁会相信她真正的自我是如此纯情？这就是人间很复
杂、很吊诡的地方。

化灰化烟的死法

归根究底，宝玉其实是一个把礼教精神贯彻得十分彻底的少年，然而因为先天有了邪气的混杂，以至于他背离了补天正道，而以一种意淫的方式去维护公侯富贵场中的温柔乡，以护花使者的心性去怜惜、去欣赏、去保护那些比较弱势的女性，尤其在大观园内度过了温柔平和的岁月之后，更强烈表达出一种对于乐园永恒化的追求。因此，他寄希望于一种化灰化烟的特殊死法，如第十九回中宝玉对袭人说道：

> 只求你们同看着我，守着我，等我有一日化成了飞灰，——飞灰还不好，灰还有形有迹，还有知识。——等我化成一股轻烟，风一吹便散了的时候，你们也管不得我，我也顾不得你们了。那时凭我去，我也凭你们爱那里去就去了。

这是书中第一次出现化灰化烟的死法，其中所隐含的逻辑是：只要在他化灰化烟之前，少女们都还守着他，直到他咽下最后一口气，如此一来对于死者而言，他的人生便等于永远活在幸福快乐里！到了第三十六回，宝玉再度对袭人说道：

> 比如我此时若果有造化，该死于此时的，趁你们在，我就死了，再能够你们哭我的眼泪流成大河，把我的尸首漂起来，送到那鸦雀不到的幽僻之处，随风化了，自此再不要托生为人，就是我死的得时了。

还有第五十七回中，他对紫鹃发愿说：

> 我只愿这会子立刻我死了，把心迸出来你们瞧见了，然后连皮带骨一概都化成一股灰，——灰还有形迹，不如再化一股烟，——烟还可凝聚，人还看见，须得一阵大乱风吹的四面八方都登时散了，这才好！

最后是第七十一回，宝玉向大家笑道：

> 人事莫定，知道谁死谁活。倘或我在今日明日、今年明年死了，也算是遂心一辈子了。

以上四段话中都有一个重要的关键限定，那就是宝玉期盼当他死去的时刻姐妹们都还在一起，围绕在他身边，这便是人生最完美的状态，而于此刻离世也意味着完美状态的永恒化。值得注意的是，续书者居然发现并继承了这个微小的设计，而加以延续运用，在第一百回中，当宝玉得知探春也要出嫁时，不禁哭倒在炕上，他说："为什么散的这么早呢？等我化了灰的时候再散也不迟。"必须说，这般的死法非常特别，表面上看，常常谈到死亡似乎显得丧气绝望，但其实恰恰相反，正如余英时所说的，这是一种乐园的永恒化，因为只要死前都活在乐园里，乐园就变成了永恒。

如此的死法，证明了宝玉虽然总是看起来一副不负责任的样子，但事实上他的内心存有一种世界即将幻灭的极度恐慌，自己根本不知何去何从，不知如何突破那种茫然虚空，以至于他以"彼得·潘症候群"的方式去拒绝长大。换句话说，他的不负责任并非出于幼稚或愚蠢，而是一种自觉的天真！他的拒绝长大是由于内心的无奈和茫然，没有办法解决这般的两难，以至于要用化灰化烟的死法去让命运决定他的前途。而那个前途是非常残酷的，所以宝玉在历经十九年的悟道历程之后，最终选择了出家。

逃大造，出尘网

　　关于宝玉的出家，《红楼梦》里有一些很迷人的巧妙安排，其中的两点很值得留意：首先是在整座大观园内唯独怡红院有一面穿衣大镜子，那当然隐含着非常重要的象征意义，而怡红院本身的内外设计又仿佛迷宫一般，种种一切都带有深刻的隐喻，与宝玉的悟道过程密切相关。其次，宝玉于历经十九年的人生之后，最终选择走向一片白茫茫的大地，就在这个趋向开悟解脱的过程中，聪慧颖悟的宝玉并不是不知道世事无常，事实上他早已隐隐然感到如此的富贵生活是有期限的，也洞察到一种悲凉之雾的弥漫与浸润，而更值得注意的是，在此一幻灭的过程中，家族原因是最重要的、关键性的一环，他并不是为了爱情的失落而出家。

　　试看第二十八回中，宝玉通过黛玉的《葬花吟》举一反三，由个人生命的终结扩及家族集体的灭绝，最终才走向了白茫茫的大地，在整个反复推求的过程中，作为最终驱动力的乃是整个家族的灭绝。小说家描述其心思道：

试想林黛玉的花颜月貌，将来亦到无可寻觅之时，宁不心碎肠断！既黛玉终归无可寻觅之时，推之于他人，如宝钗、香菱、袭人等，亦可到无可寻觅之时矣。宝钗等终归无可寻觅之时，则自己又安在哉？且自身尚不知何在何往，则斯处、斯园、斯花、斯柳，又不知当属谁姓矣！——因此一而二，二而三，反复推求了去，真不知此时此际欲为何等蠢物，杳无所知，逃大造，出尘网，始可解释这段悲伤。

其中，宝玉先是想到黛玉、宝钗、香菱、袭人等个人的消殒，再推及自己的丧亡，然后由自己的丧亡更扩大到家族的幻灭，以至于大观园的一切将来不知会属于哪一个姓氏的别户人家，这岂不就是所谓的"旧时王谢堂前燕，飞入寻常百姓家"吗？也正是想到此处，宝玉心中才涌现出一股巨大的悲伤，而沉恸到无法承担，渴望可以获得"杳无所知，逃大造，出尘网"的解脱。可见宝玉是从个人生命的终结而意识到整个家族的集体幻灭，他的幻灭感并不是来自世间皆空，而是对他所熟悉、所热爱的个人与家族之命运的空幻体认，由此才希望可以逃出天地造化，离开尘世的罗网，以解除、释放那无比沉重之悲伤。据此也清楚证明了真正让宝玉痛彻心扉，从而最终大彻大悟的，不是婚姻爱情的不如意，而是家族命运的无以永续！

仔细体察那一整段的描写，关键点在于宝玉洞识到个人与家族必然的终结和毁灭，这才是他的心灵黑洞之所在。而在此一趋向幻灭的过程中，终究有可能会遇到仓皇流离之日，当此之际，对于所爱的、所坚持的，又该以什么样的方式来表达呢？正如第五十八回中，他在劝慰藕官不要烧纸钱时所说的："殊不知只以'诚心'二字为主。即值仓皇流离之日，虽连香亦无，随便有土有草，只以洁净，便可为祭。"
宝玉此刻还在富贵场中安富尊荣，但却已经设想到一旦面临仓皇流离
之日，要如何对死者表达自己的记挂怀念之心，则可想而知，这个人
其实已经隐隐然感觉到厄运的逼近，所以宝玉是自觉的天真，并不是
无知和愚蠢，更不是无谓的叛逆，他完全知道拒绝长大所要付出的代
价是什么。通过第十九回的脂批，我们获悉宝玉日后穷困潦倒的状
况，脂砚斋说道：

> 宝玉自幼何等娇贵。以此一句，留与下部后数十回"寒冬噎
> 酸齑，雪夜围破毡"等处对看，可为后生过分之戒。叹叹！

宝玉当下的优渥处境与未来的穷困潦倒实在落差太大，对比之下
让批书人忍不住发出感慨，从而提示了一旦贾家败落以后，宝玉所
过的生活是寒冬时节只能吃隔夜酸臭的剩菜，噎在喉咙里难以下咽，
并且冷到没有一床完好的棉被来取暖。甚至还有一个说法，指出宝玉
最终沦落到以提灯巡夜的帮更为生。这般巨大的落差冲击着宝玉，使
他对于人生产生了截然不同的看法，当回首前尘往事时，那真是一场
如真似幻的红楼大梦啊！此时的失落感、幻灭感确实会让人渴望逃大
造、出尘网，以此解脱这一段悲伤。

小说家一开始便不断预告全书的幻灭宗旨，首先安排了甄士隐在
爱女丢失、家宅被火烧尽，又遇人不淑，被岳丈骗取所剩无多的资产
之后，最终选择了出家。他在被剥夺到一无所有之际，才终于听得懂
跛足道人所唱念的《好了歌》，于是做了一番演绎注解：

陋室空堂，当年笏满床；衰草枯杨，曾为歌舞场。蛛丝儿结满雕梁，绿纱今又糊在蓬窗上。说什么脂正浓、粉正香，如何两鬓又成霜？昨日黄土陇头送白骨，今宵红灯帐底卧鸳鸯。金满箱，银满箱，展眼乞丐人皆谤。正叹他人命不长，那知自己归来丧！训有方，保不定日后作强梁。择膏粱，谁承望流落在烟花巷！因嫌纱帽小，致使锁枷扛；昨怜破袄寒，今嫌紫蟒长：乱烘烘你方唱罢我登场，反认他乡是故乡。甚荒唐，到头来都是为他人作嫁衣裳！

《好了歌注》是全书不断敲响的一记警钟，最后就在宝玉的身上收结，宝玉终究以人子的身份告别了人间，而那是他作为出身于公侯富贵之家、具有礼教精神的世族子弟必然而然的结果。爱情并不是他最重要的人生关怀，他也不是因为爱情的失落而离开人间，在历经盛衰贵贱的炎凉沧桑之后，十九岁的宝玉踏上了甄士隐遥遥在第一回所引领的道路，对于这一点，续书者于最终一回的描述很是精彩感人。

第一百二十回中，宝玉在出家之前专程去拜别父亲，他最后留在人间的肖像画是一位忏悔、不舍的人子！作者描写道：

抬头忽见船头上微微的雪影里面一个人，光着头，赤着脚，身上披着一领大红猩猩毡的斗篷，向贾政倒身下拜。贾政尚未认清，急忙出船，欲待扶住问他是谁。那人已拜了四拜，站起来打了个问讯。贾政才要还揖，迎面一看，不是别人，却是宝玉。贾政吃一大惊，忙问道："可是宝玉么？"那人只不言语，似喜似悲。贾政又问道："你若是宝玉，如何这样打扮，跑到这里？"宝玉未及回言，只见舡头上来了两人，一僧一道，夹住宝玉说道："俗缘已毕，还不快走。"说着，三个人飘然登岸而去。

緘默无语的宝玉，脸上"似喜似悲"的表情正呼应了弘一大师临终前所留下的"悲欣交集"四个字，那是得道圆善者离开人间之际最复杂深沉的感受。事实上宝玉出家的种子，早在幼年时因为《寄生草》的那一段机缘便已经种下生根，到如今终于开花结果，这般一言不发、似喜似悲的宝玉，恰似圆寂之前"问余何适，廓尔忘言。华枝春满，天心月圆"的弘一大师。可以说，宝玉的出家并不是对社会的逃避或抗议，而是超离了一切的圆善的了结，所以他并不是"反成长"，相反地，这是他在成长步骤中最后性灵层次的成熟。到了此时，宝玉的悲剧就不仅仅只是悲剧，而其实焕发着饱经沧桑之后的豁达与慈悲，所以才会似喜似悲。在如此的心境之下，最动人的是他那依依难舍的遥遥一拜，于苍茫冰雪中留下不灭的踪影，其中的情缘隐约如斯——不是儿女情长，而是父子缘深，是拜倒在父亲面前的人子，而不是痛失爱侣的情人。这位人子，留给父亲的其实是感恩、是忏悔，也是眷恋，他以这般告别的姿态为玉石的故事画下了句点，留下一幅苍茫无尽的画面。

这是我觉得续书者非常好的一段手笔。所以说，当我们看《红楼梦》的时候，不要再胶着于个人主义，固执于爱情、欲望或对于自由、平等的追求，我想那样读《红楼梦》实际上是适得其反。最后拜倒在父亲面前告别人间的宝玉，他真的呈现出在传统文化中非常重要的礼教精神，以及礼教所开展出来的美好心性！

第四章

林黛玉

虽然贾宝玉才是《红楼梦》的叙事主轴，整部小说都环绕他而开展，但林黛玉堪称《红楼梦》中前后变化浮动最大的人物，关于她所可以讨论的议题也最为深刻。因此以黛玉作为切入点，可以让我们厘清人物评论的一些基本观念，同时明白人格养成的原因到底有哪些，对于其他人物便可以有更深入的探索。

"绛珠"究竟为何物

与宝玉前生今世都密切相关的黛玉，她的前身是一株绛珠仙草。此一超现实的设计，重点不在于给她一个神圣的地位，如一般读者以直觉所感受的，而是要提供一种关于性格之天赋来源的解释，以下将讨论一下绛珠仙草中的"绛珠"究竟为何物？

顾名思义，"绛"是红色，"珠"是圆点状的东西，"绛珠"可能是比喻红色的斑点，又或是红色的果实，但在第一回中提到绛珠的时候，小说家完全没有提供任何指涉。只有第一百一十六回里提到"叶头上略有红色"，但那是续书者所写，无法作为严格的证据，所以我们还是得要回到当时的语言系统以及文化背景去认识它。

已经有学者留意到"绛珠"这个语词的传统依据，而指出中医里有"绛珠膏"，据清代太医吴谦等奉敕编撰的《御纂医宗金鉴》所言："此膏治溃疡，诸毒用之，去腐、定痛、生肌甚效。"可见在中医系统内，绛珠膏能够去除腐肉即败坏的肌肉部分并且止痛，使身体恢复生机而长出新肉等；而在诗词系统中，"绛珠"则是作为一个形象来比喻红色圆点状的小物件，例如红色的水珠、红色的枸杞子、红色的樱桃、红色的西瓜籽、红色的珠子、红色的枇杷果子、红色的珍珠、红色的罂粟花、红色的薏苡果实、红色的石榴果实等。爬梳文献之后，可以发现绛珠是一个运用很广的语汇，凡是符合红色圆点状的东西，都可以用绛珠去比喻。但是《红楼梦》中的绛珠到底指的是什么呢？

有一些学者认为绛珠仙草就是蓄草，而蓄草是炎帝的女儿之一瑶姬死后的化身，所依据的是《山海经·中山经·中次七经》记载："又东二百里，曰姑媱之山。帝女死焉，其名曰女尸，化为蓄草，其叶胥成，其华黄，其实如菟丘，服之媚于人。"郭璞注："为人所爱也；一名荒夫草。"这位死在姑媱之山的帝女便是瑶姬，她死后化为蓄草，蓄草的叶子非常繁茂，花朵是黄色的，果实很小，且蓄草的功效是服用后会变得很可爱，很讨人喜欢。而李祁于《林黛玉神话的背景》一文中进一步论证时，再配合唐代李善注《文选·别赋》引宋玉《高唐赋》所说："我帝之季女，名曰瑶姬，未行而亡，封于巫山之台，精魂为草，寔为灵芝。"其中"未行而亡"的"行"，古时意指女子出嫁，如《诗经》中的"女子有行，远兄弟父母"，恰巧"未行而亡"又符合黛玉未嫁而逝的生命悲剧，于是大家都接受了此种说法。表面上，那两段引证的资料之间确实有一定程度的一致性，都是在描述帝女瑶姬这位神女，而神女瑶姬死后封于巫山之台，她的精魂化为蓄草，其果实则为灵芝，因此也有人说绛珠仙草就是灵芝。

但整体来看，无论是蓄草的外形还是功效，其实都与绛珠仙草无关，更与黛玉无关，甚至完全颠倒扞格。黛玉的性格是孤僻、高傲、目无下尘，喜散不喜聚，完全与"媚于人"的药效相反，而且蓄草的形貌也都欠缺"绛珠"的特点。

至于巫山之台的神女在宋玉《高唐赋》中的形象又是如何呢？巫山神女是"旦为朝云，暮为行雨，朝朝暮暮，阳台之下"，更是大胆进入楚王的梦中自荐枕席，完全是一位性爱女神，由此也形成了"巫山云雨"此一性爱语词。如果把这位封于巫山之台的瑶姬解释成绛珠仙草的来历，就会与黛玉冰清玉洁的形象严重对立而发生矛盾，所以黛玉与此一带有爱欲性质的女神根本毫无关联。因而该说法主张瑶姬即是黛玉，瑶姬化为䔝草，果实叫作灵芝，便是绛珠仙草的前身，在在属于一种跳跃式的联结、极不严谨的推论。

经过仔细的考察之后，我们可以发现那两则文献最大的问题即在于，无论是《山海经》内提到的帝女，还是《高唐赋》里写到的瑶姬，都与《红楼梦》中的黛玉没有任何关联。首先，䔝草"服之媚于人"的功效与黛玉的性格大相径庭，如前所述。其次，更大的问题是，瑶姬到底是一位怎样的女神呢？民国初年的学者陈梦家在《高禖郊社祖庙通考：释〈高唐赋〉》一文中提到，瑶姬根本是一个私奔的神女，所谓："瑶姬者，佚女也……瑶女亦即佻女滛女游女也。是巫山神女，乃私奔之滛女。"也即轻佻的、淫荡的、在外面游荡的女人，"佚"有脱轨的意思，而"滛女"等于"淫女"。在古代男女内外分隔的情况下，一个女子经常在外面游荡，那显然不是良家妇女，再加上瑶姬未行而亡、封于巫山之台，而巫山神女又自荐枕席，因此在神话中显然属于一位爱欲女神，巫山神女甚至带有上古时期"处女祭司"的神妓色彩。有学者考证《高唐赋》中的巫山神女之所以会对楚王自荐枕席，其实反映了上古社会的某一种真实面貌，即"圣婚仪式"。所谓的圣婚仪式，是指国王在祭祀的过程中举行婚礼，与祭司女神交合，以达到天人交感，于是可以促使土地得到丰产，国泰民安，可见此一爱欲女神与黛玉完全是毫不相关的两个人物。

再者，于《高唐赋》中，瑶姬的"未行而亡"看似与黛玉有些相符，但是在上古时代，"亡"字并非只有死亡的意思，也可以解释成逃亡、逃走，例如《史记》里便说卓文君对司马相如一见钟情，于是"夜亡奔相如"，即是此意。这么一来，没有出嫁便逃亡私奔的神女，之后又化为"服之媚于人"的蓄草，具有讨好于人的媚术，其中呼之欲出的即私奔淫女的形象，更与圣婚仪式上扮演国王配偶的神格相一致。难怪郭璞注《山海经》时称蓄草为"荒夫草"，"荒夫"意谓没有丈夫或是抛弃了丈夫，那又与私奔的神女形象完全吻合。所以，无论蓄草、瑶姬还是封于巫山之台的神女，全部的形象都指向爱欲女神，以之作为绛珠仙草的来历以及黛玉的前身都实在大有问题。

此外，晚清的赵之谦则怀疑绛珠仙草是珊瑚草，他在《章安杂说》中提及：

> 云西示余珍珠莲，类天竹而细，红艳娇娜。叶一茎七片，边有刺；干绿色，而有碧丝如划，插瓶亦耐久。常州人呼珊瑚草，遍考不知其名。疑《红楼梦》中绛珠仙草即是此。野田所有，得亦可奇，却与通灵宝玉的对，家中是宝，外间即废物也。

但是这种植物在田野间随处可见，甚至有如废物，那就违背了绛珠草娇弱矜贵的仙界形象，何况"红艳娇娜"只与"绛"有关，却看不出所谓的"珠"状，即圆点的造型。所以绛珠草乃珊瑚草的说法恐怕必须存而不论。

还有现代学者主张绛珠仙草便是人参草，因为人参长在顶端的群集果实即为一颗颗红色的圆珠子，单单从形象上来说，与绛珠的特征是可以吻合的。而且黛玉一直在服用的丸药便叫作"人参养荣丸"，人参有助于养气，培养对人有益的卫气、营气，所以从人参养荣丸的药效来看，人参也与黛玉有所关联。而且在清朝，市场上已经形成了专门经营人参的买卖，人参非常昂贵，只有富贵家庭才能够天天用来滋补身体。在这样的背景下，比起蓍草，我倒觉得人参草更接近绛珠草一些。

娥皇、女英神话

那么，除了以上那些可供参考的论点之外，小说文本中到底有没有提供绛珠仙草是何种植物的信息呢？从《红楼梦》里已有的明确资料来推敲，其实绛珠草与娥皇、女英洒泪成斑的湘妃竹是一体的两个分化，换句话说，绛珠仙草即为人间的湘妃竹在天上的投影，而天上的绛珠仙草来到人间则变成了湘妃竹，属于二而一的等同关系。就这一点而言，"绛珠"指的是果实、种子还是叶片上的斑点都并不重要，因为小说中完全没有涉及，最值得注意的是脂砚斋提醒我们，绛珠的真正重点其实在于它所引发的形象联想，他在"绛珠草"旁批注道："点红字。细思'绛珠'二字岂非血泪乎。"原来珠子般圆形的斑点，正是泪水的痕迹，而眼泪哭到了极致或终结便是泣血，成了血泪，所以绛珠真正的意思就是红色的泪斑。再参照第七回脂砚斋还提到"一泪化一血珠"，可见绛珠根本是取义于血泪，而这又刚好对应了小说为黛玉所量身取用的神话来历——娥皇、女英泪洒斑竹的故事。

且看第三十七回大家组建海棠诗社，在分别取别号时，探春对黛玉说道：

> "你别忙中使巧话来骂人，我已替你想了个极当的美号了。"又向众人道："当日娥皇女英洒泪在竹上成斑，故今斑竹又名湘妃竹。如今他住的是潇湘馆，他又爱哭，将来他想林姐夫，那些竹子也是要变成斑竹的。以后都叫他作'潇湘妃子'就完了。"

其中所提到的典故，最完整的描述可参南朝梁任昉《述异记》卷上所载："湘水去岸三十里许有相思宫、望帝台。昔舜南巡而葬于苍梧之野。尧之二女娥皇、女英追之不及，相与恸哭，泪下沾竹，竹文上为之斑斑然。"足证黛玉的神话前身便是娥皇、女英，而娥皇、女英最感人的形象特征即为染着斑斑泪点的湘妃竹，这么一来，娥皇、女英更十分吻合黛玉的深情形象，而湘妃竹也与绛珠草平行对应，都具备了血泪斑痕的印记。

试看唐诗中对两位湘水女神的描写比比皆是，凌波微步于烟波浩渺中的形象屡见于文学作品里，如刘禹锡的《潇湘神二首》云：

> 湘水流，湘水流，九疑云物至今愁。若问二妃何处所？零陵芳草露中秋。（其一）
>
> 斑竹枝，斑竹枝，泪痕点点寄相思。楚客欲听瑶瑟怨，潇湘深夜月明时。（其二）

娥皇、女英洒泪成斑并殉情而死，此一眼泪与死亡的结合也注定了黛玉要泪尽而逝，而死亡与眼泪的结合进一步在李白的《远别离》中获得了建构，此诗云：

远别离，古有皇英之二女，乃在洞庭之南，潇湘之浦。海水直下万里深，谁人不言此离苦？日惨惨兮云冥冥，猩猩啼烟兮鬼啸雨。我纵言之将何补？皇穹窃恐不照余之忠诚，雷凭凭兮欲吼怒。尧舜当之亦禅禹。君失臣兮龙为鱼，权归臣兮鼠变虎。或云：尧幽囚，舜野死。九疑联绵皆相似，重瞳孤坟竟何是？帝子泣兮绿云间，随风波兮去无还。恸哭兮远望，见苍梧之深山。苍梧山崩湘水绝，竹上之泪乃可灭！

娥皇、女英在"绿云"，即绿色云雾般的竹林间哭泣，此处是用绿云来比喻茂密的绿竹，她们的泪水昼夜不息，"随风波兮去无还"，她们所爱恋执着的夫君已经死在苍梧深山中，无迹可寻，而她们的泪水何时才能够终结？李白说"苍梧山崩湘水绝，竹上之泪乃可灭"，也就是说，如此的悲剧，如此的眷恋，如此的缺憾，只有到世界末日的那一天才会画下句点。在李白的笔下，我们看到了眼泪与死亡的结合，那才是黛玉真正的神话来源，她的眼泪要至死方休，而这也符合她的还泪预言。李白的《远别离》与黛玉泪尽而逝的命运最为贴合，"苍梧山崩湘水绝"意味着形体的消灭，就个人来说即死亡，对应于黛玉身上，也双关了眼泪是黛玉之生命线的存在根基，暗示她一旦泪水枯竭，便代表生命也将终结。果然第四十九回黛玉对宝玉说道："近来我只觉心酸，眼泪却像比旧年少了些的。心里只管酸痛，眼泪却不多。"此时来到了故事的中场，黛玉的泪水已经逐渐在减少，那么等到没有眼泪的时候，也就是她生命告终的时刻。

至于娥皇、女英洒泪成斑的竹子又与绛珠草有何关联呢？根据脂批，我们知道绛珠就是血泪，而斑竹上是点点血泪的说法亦见于唐代诸篇诗作中，如刘言史的《潇湘游》写道："欸乃知从何处生，当时泣舜肠断声。翠华寂寞婵娟没，野筱空馀红泪情。""野筱"指的是水边野生的竹子，其表皮上徒留红泪的遗迹，便见证了那一份生死不渝的万古真情。贾岛《赠梁浦秀才斑竹拄杖》一诗亦云："拣得林中最细枝，结根石上长身迟。莫嫌滴沥红斑少，恰似湘妃泪尽时。"意思是人已经年老体衰了，用斑竹制成拄杖，斑竹上的红斑便是湘妃的血泪。还有汪遵的《斑竹祠》也写道："九处烟霞九处昏，一回延首一销魂。因凭直节流红泪，图得千秋见血痕。"其中又出现了红泪的意象，足证娥皇、女英的眼泪即是血泪，清清楚楚表示了绛珠的含义。在这一由唐诗所赋予的丰沛文学资源之下，到了清代，曹雪芹采取红泪意象搭配潇湘妃子，那是再合适不过了，于是沾上了血泪的仙草变成了绛珠仙草，与娥皇、女英泪洒于竹皮上所形成的斑竹完全一致。

简单来说，绛珠仙草正是带着红色泪斑的湘妃竹的平行转化，是同一个概念的形象分化，换言之，绛珠仙草乃是湘妃竹在天上仙境的投影，而湘妃竹则是绛珠仙草移植到人间的化身，两者共同的意象便是血泪斑痕。

王昆仑先生说得对吗

长久以来，对黛玉的形象建构有一个特定的熟悉样貌，以王昆仑

（又名松菁、太愚）的论著《红楼梦人物论》为代表论述，书中认为：

> 宝钗在做人，黛玉在做诗；宝钗在解决婚姻，黛玉在进行恋
> 爱；宝钗把握着现实，黛玉沉酣于意境；宝钗有计画地适应社会
> 法则，黛玉任自然地表现自己的性灵；宝钗代表当时一般家庭妇
> 女的理智，黛玉代表当时闺阁中知识分子的感情。

由于王昆仑的文笔痛快淋漓，简单而生动，对比鲜明，文气充
沛，读起来非常感人，一些简化的观念就随之扩大了影响力。一般读
者对上述所说的各种对照多少会有所认同，因为他似乎把握到林黛玉
和薛宝钗的某些特点。

但是作为一名研究者，作为一个积极的读者，我们不能只停留在
感觉上，王昆仑的这段话其实只是把握到一两个表面上的现象，却扩
大为对人物整体的盖棺定论，那实际上是非常严重的化约，无形中也
削减了人物的丰富性，甚至给予错误的定义，更模糊了宝钗和黛玉双
方之间其实也有相通的地方，而如此一刀两断地分割了两位金钗，使
她们形成截然不同的对立，更不合乎小说的文本事实。让我们再回顾
米兰·昆德拉的提醒：请不要做白蚁大军中的一员，用"简化"啃噬
了小说所要告诉我们的丰富复杂的道理。优秀小说家的任务就是要告
诉读者，人世间的人性事理有多么复杂，因此我们不应该再用简化的
方式去把小说啃噬一空，以简单的对立、浮浅的语词将钗、黛两位少
女盖棺定论。

王昆仑那段话中的每一句，单独来看有的时候勉强可以成立，但
是整体而言都是对黛玉和宝钗的以偏概全，事实上薛宝钗不只是在做

人或把握着现实，她是在做一位君子、一个完善的人该做的事；而黛玉也并非一直都在作诗，她有的时候也在做人，尤其在第四十二至第四十五回的这个重要转捩点之后的后半阶段。而说宝钗在解决婚姻，更实在是大谬不然，宝钗从来不去考虑自己的婚姻，因为在传统的妇德女教中，闺阁女子是不能够争取自己的婚姻的，其婚姻价值观就是遵从父母之命、媒妁之言，连恋爱私情都不被允许。此一意识形态于前八十回中处处可见，难得续书者也有所把握，因此第九十五回薛姨妈面对贾府的求亲时，直接询问宝钗的意见，此刻宝钗反而正色地对母亲说道：

> 妈妈这话说错了。女孩儿家的事情是父母做主的。如今我父亲没了，妈妈应该做主的，再不然问哥哥。怎么问起我来？

这一段虽然是续书者所写，但确实很符合世家大族的意识形态。在乾隆时期的上层贵族阶级中，婚姻安排是闺阁女性绝对不能逾越的分际，《红楼梦》里所有的金钗，都不愿被贴上一个争取婚姻的标签，只要涉及婚姻的相关话题，她们全会深深地感到脸红甚且羞耻，更不用谈争取婚姻，就连黛玉都非常了解此一界限而必然回避，何况宝钗。这一点和现代婚姻爱情自主的价值观完全不同，所以千万不要用我们这个时代的价值观去衡量过去的传统世界。

再说，声称黛玉在进行恋爱其实也未必真确，其实黛玉的恋爱是非常隐秘的，而且戒慎恐惧，因为只要被发现，黛玉和宝玉两个人都会身败名裂，因此第三十二回"诉肺腑心迷活宝玉"一段情节中，袭人错听到宝玉倾吐了对黛玉的情意，当场竟吓得魄消魂散，心想"将来难免不才之事，令人可惊可畏"，还"不觉恹恹的滴下泪来"。又第三十四回宝玉遣人送了两块旧手帕来给黛玉，此举带有定情的意味，然而这时黛玉的内心却是五味杂陈，其中即包括"再想令人私相传递与我，又可惧"的担忧，显示出贵族上层对于婚姻恋爱有非常严格的禁忌，所以黛玉的恋爱事实上是以青梅竹马的亲密作为两人互动关系的障眼法，并且带有浓厚的伦理性，融入日常生活中，她并不真正是以现代意义上的恋爱去恋爱。

而称黛玉代表当时闺阁中知识分子的感情，此言更属过度拔高，一个沉酣于意境、只关心个人感受的人，只能算是文艺少女，完全谈不上是知识分子，也因为褒贬之成见已定，所以原本更应该归类于知识分子的宝钗便被贬低，只能代表所谓当时一般家庭妇女的理智。这些说法犹如工整漂亮的骈文，同时又用很鲜明的二分法来表达，所以让人印象深刻，但也因此更容易造成误导。

自小是宠儿

且以全部的小说文本作为依据，仔细看看黛玉真的是一直在作诗或者在恋爱吗？黛玉真的可以代表知识分子的感情吗？她真的没有一般家庭妇女的理智吗？种种疑问其实都得打上问号。

黛玉的性格特质及其表现状况可以分为三个阶段，她并非始终如一地只会吟咏作诗、葬花洒泪，沉溺在性灵的感伤意境里，或是在潇湘馆内调弄鹦鹉，那些其实都只是黛玉的性格表现中的一个阶段或一个面向而已，只是因为它太优美、太动人、太鲜明，读者牢牢印在脑海里之后，便很自然地忽略掉黛玉的其他面向和中途转变。当我们把成见抛开，空出视野，其实就会发现黛玉在书中最早出现的时候，并不是我们所以为的那般又直率、又性灵、又自我、又可怜。

首先来看第二回提到黛玉的家世背景时，作者写道："今如海年已四十，只有一个三岁之子，偏又于去岁死了。虽有几房姬妾，奈他命中无子，亦无可如何之事。今只有嫡妻贾氏，生得一女，乳名黛玉，年方五岁。夫妻无子，故爱如珍宝，且又见他聪明清秀，便也欲使他读书识得几个字，不过假充养子之意，聊解膝下荒凉之叹。"黛玉的家庭情况使得她集三千宠爱于一身，家里人对她爱如珍宝，而被宠爱的人往往会有几个特点，负面的可能是比较自我、比较骄纵，正面的则是比较有安全感，因为他们所拥有的爱非常丰沛。可很不幸的是，黛玉的母亲在她六岁时就去世了，导致黛玉在六岁之后的人格成长期中，母亲的角色严重缺席，其结果正如第四十五回黛玉对宝钗所说的：

> 细细算来，我母亲去世的早，又无姊妹兄弟，我长了今年十五岁，竟没一个人像你前日的话教导我。

我们必须知道在那个时代，尤其是此等的大家族，母教对于孩子的成长非常重要，这也是为什么林如海会同意把幼小多病的女儿送到贾家的原因。在第三回中，林如海劝黛玉去贾府时说道："汝父年将半百，再无续室之意；且汝多病，年又极小，上无亲母教养，下无姊妹兄弟扶持，今依傍外祖母及舅氏姊妹去，正好减我顾盼之忧，何反云不往？"这几句话可圈可点，值得特别注意。黛玉到贾府之前是"上无亲母教养，下无姊妹兄弟扶持"，而到了贾家生活直到十五岁，她还在说"我母亲去世的早，又无姊妹兄弟"，可见她一直都处在一个人的状态中，这确实是很不幸的一面。但幸运的是，她在本家受到父母的宠爱，到贾府之后又获得贾母和宝玉的疼惜，以至于周围的人大多数都是迎合她、纵容她，没有人敢对她说重话。于是黛玉成长为一个自我中心的单边主义者，只许她对别人口出讽刺之言，可以打趣别人，专挑别人的不好来开玩笑；而一旦别人对她开一点点无伤大雅的玩笑，她都会生气不高兴，所以逐渐地没人敢讲她，使她一直处在一种很不均衡的单边处境之中。

目前我所谈到的这一问题已经涉及几个重点，首先便是黛玉从小即处在一个人的状态之中，虽然是孤女，可是很受宠爱，没有其他兄弟姐妹可以分享经验，彼此忍让、学习合作，这种情况一直持续到她十五岁为止。则可想而知，黛玉的个人主义事实上是由环境的因素所促成，她并非天生就是个人主义者，也不是因为要反抗封建礼教才如此这般，她始终是一个活在特定经验中的人，种种因素导致她变成这等模样。

黛玉初入贾府

但黛玉真的是一个骄纵任性的人吗？未必皆然！事实上黛玉刚到贾府的时候，很懂得入境问俗，察言观色，做什么事都故意慢半拍，以便争取时间观察再加以模仿，显然很懂得去顺应周围的环境。脂砚斋便曾多次提醒黛玉初到荣国府时处处表现出自幼的心机，首先是第三回写黛玉"不肯轻易多说一句话，多行一步路，生恐被人耻笑了他去"，此处脂砚斋批云："写黛玉自幼之心机。"接着小说写道："黛玉度其房屋院宇，必是荣府中花园隔断过来的。"对此脂砚斋又批云："黛玉之心机眼力。"后来小说中再说："今黛玉见了这里许多事情不合家中之式，不得不随的，少不得一一改过来。"脂砚斋则批云："行权达变。"可见小小年纪的黛玉很有心机，很有眼力，很懂得权宜之计、随机应变，知道如何调整自己去配合环境，这是第一阶段的林黛玉，而此一最初阶段的林黛玉严重地抵触了我们所熟悉的林黛玉形象。

确实，刚刚来到贾府的黛玉，表现出来的人格样态和我们所熟悉的大不相同，再看王熙凤一出场时，"黛玉连忙起身接见"，这个动作完全合乎礼数的要求，表现出唯恐失礼的殷勤。当黛玉见到眼前那位声势非凡的丽人，众姊妹都忙告诉她道："这是琏嫂子。"黛玉的反应也是"忙赔笑见礼"。而王夫人提醒她有个孽根祸胎的表哥时，黛玉再一次"赔笑"，这些表现应该与大家所熟悉的黛玉大有差距，可是作者全场多次用到"忙""赔笑"等字眼，可想而知绝非偶然。

我们再看黛玉是如何回答王夫人的，黛玉说："舅母说的，可是衔玉所生的这位哥哥？在家时亦曾听见母亲常说，这位哥哥比我大一岁，小名就唤宝玉，虽极憨顽，说在姊妹情中极好的。况我来了，自然只和姊妹同处，兄弟们自是别院另室的，岂得去沾惹之理？"事实上黛玉的构想是合乎现实的，因为在王府世家中，非常讲究男女有别的礼教。所以说，曹雪芹超越时代性的地方，倒不是体现在主张婚姻自主、恋爱自由等，而在于他采用了一种非常合乎现实逻辑的策略，却让宝、黛可以不受当时男女之别的限制，能够像我们现代人一样，在日常生活中相处而培养出一种知己式的爱情，至于曹雪芹所利用的绝佳策略，便是贾母这位府内身份最高的老祖宗的宠爱。在当时注重儒家伦理孝道的情况下，贾母的口令有如"圣旨"，正是贾母为这对儿女打破界限，让还是小孩的宝、黛二人住在同一个屋子里，使他们在日常生活中逐渐累积感情，成为相濡以沫的知己。

于黛玉初来贾府的一段情节中，作者所设计的第一件大事便是让黛玉参与到用餐这个群体聚会之中，那是家族成员汇集在一起的重要场合，必定繁文缛节，而年幼的黛玉事实上很懂得察言观色，知道如何自处才能够和众人协调，这与我们所熟悉的孤高自许、目无下尘的黛玉形象真是背道而驰。脂砚斋在此引用了六朝时期非常有名的王敦的故事，来凸显黛玉拥有心计眼力而懂得行权达变。

六朝是一个非常讲究门第的时代，世家大族在政治经济文化上形成了垄断，造成了"上品无寒门，下品无势族"的现象。出身于琅琊王氏的王敦，即使在良好的家世背景下经过重重的努力当上了大将军，后来与公主联姻，然而对于皇族的生活规矩并不是很了解，因此便闹了一个很大的笑话，《世说新语》中说，王敦上厕所时，不知道厕所里的枣子是用来塞住鼻子以阻隔臭气的，于是把枣子全部吃掉，在旁边侍候的婢女们看了都忍不住偷笑，这个事件从此变成历史上的笑谈。

当第三回黛玉初到贾府时，第一次跟着大家一起用餐，面临着生活规矩的差异，脂砚斋即引述了这则故事："王敦初尚公主，登厕时不知塞鼻用枣，敦辄取而啖之，早为宫人鄙诮多矣。"相较于黛玉饭后漱茶的那一段情节，脂砚斋提醒道："今黛玉若不漱此茶，或饮一口，不无荣婢所诮乎。"可见黛玉比王敦聪明多了，因此并没有留下笑柄，这都是在强调"黛玉平生之心思过人"。足见黛玉的心思不只用来作诗，她也很懂得人群之间某些隐秘的、巧妙的窍门。

贵族精神：以礼的支撑来振拔生命

黛玉之所以拥有如此过人的心思，还有另一个重要的原因，那就是她的贵族出身，礼教其实是她内在的一部分。试看第二回在她进贾府之前，贾雨村被聘入林家担任塾师，当时黛玉有一个行为让贾雨村非常诧异："这女学生读至凡书中有'敏'字，皆念作'密'字，每每如是；写字遇着'敏'字，又减一二笔。"屡错不改。后来听了冷子兴的解说，才恍然大悟她原来是荣府贾母之爱女贾敏的女儿，这个"敏"字正是黛玉母亲的名讳，而在传统礼教中为了维持尊卑上下的伦理规范，便通过语言文字的读法和写法发展出避讳的方式，并严格执行，那并不是黛玉个人的偏执行为，而是贵族血统所导致的一种应有的坚持。

传统的避讳方式有好几种，黛玉使用了其中的两种，第一种是"更读"，即虽然念出声，但是故意换别的读音；第二种叫作"缺笔"，即遇到犯讳的文字时，都故意少写一二笔。黛玉因为对母亲怀有深深的敬爱之情，所以她只要念到或写到母亲的名字时，必定会采用更读和缺笔的做法。事实上，黛玉一开始的形象真不是我们所熟悉的模样，原来的黛玉是一个非常标准的礼教少女，即使在私下无人、个人独处的状况下，此种伦理性也仍然深刻地内化于她的心中并形之于外，通过礼教，她可以把对母亲的敬爱之情如实地、具体地表达出来，这时的礼教反而是泄导人情的一种绝佳形式，是和人情合而为一的。我觉得此一现象实在是发人省思，证明了礼教并不必然吃人，相反地，它在很多时候让人活得更优美。

实际上，黛玉对于避讳的讲究和她的贵族少女身份是息息相关的。贵族与富豪本质上完全不同，关键在于贵族拥有家族文化长久累积熏陶的深厚教养，就此，很可以引用牟宗三对于贵族的阐释，他说："贵族有贵族的教养，当然他不是圣人，但是有相当的教养，即使他的私生活也不见得好"，"贵族在道德、智慧都有它所以为贵的地方……贵是属于精神的（spiritual），富是属于物质的（material）……贵是就精神而言，我们必须由此才能了解并说明贵族社会之所以能创造出大的文化传统。周公制礼作乐，礼就是 form（形式），人必须有极大的精神力量才能把这个 form 顶起来而守礼、实践礼"，如此才能够透过礼的支撑来振拔生命，使生命不流于平庸，不流于市俗。实际上从人类文化发展的历史来看，正如伟大的历史学家斯宾格勒（Oswald Spengler）所认为的，一切能形成"大传统"（great tradition）的文化都是贵族社会的文化。

"大传统"构成了一个民族最重要的精神基底，是可以源源不断地产生文化生命创发力的根源，包括古希腊文化、春秋战国时代的华夏文化、六朝的文化等，其实很多都是来自贵族文化，这是我们后人在读文学作品的时候，很容易忽略的一个至关紧要的社会背景。倘若不从"贵"的角度来理解贾府，便很容易把贾府当成暴发户，误以为他们只是很有权力、很有财富，那便注定会谬以千里。牟宗三的话很清楚地表明，"贵"与"富"有着绝大的不同，而且最重要的是，"贵"的精神内涵与礼法、礼教息息相关，所以他引用周公制礼作乐来诠释

"贵"，没有礼教、礼法根本就不可能有贵族，这是我们绝对不能够忽略的一点。

再者，钱穆也简要地说明"门第"即是来自士族，而血缘又本于儒家，一个家族可以绵延好几代，甚至几百年，凝聚那么多人，这等庞大又持久的家族不靠血缘是不可能成立的，儒家文化最聚焦的核心就是血缘。钱穆说："苟儒家精神一旦消失，则门第亦将不复存在。"一旦没有儒家精神去维系家族中的伦理，门第大概也差不多便到了末世，到了自我终结毁灭的地步，所以世家大族能持续百年以上，归根究底是"礼法实与门第相终始，惟有礼法乃始有门第，若礼法破败，则门第亦终难保"。在史籍中，我们处处可以见到魏晋南北朝的门第真的都是以礼法作为家学的核心，家族要从祖宗一路传承下去，最核心的精神、最重要的原则便是礼法，因此他们在行为举止上必定都恪守礼教。哪怕通常被我们视为最反礼教的魏晋名士之一阮籍，当母亲过世时，他表面上仍然饮酒吃肉嬉笑自如，似乎不把孝道当一回事，可是在下完棋以后，则吐血数升，那已经远远超过了礼法的要求，如果缺乏礼法为根底，又哪里能够解释？还不止如此，阮籍所谓的反礼教其实背后都是以礼教作为前提，换句话说，即使是阮籍这等人物，他事实上还是有非常坚守礼教的那一面，因为此乃六朝时期不可能违背的基本精神内核。

总而言之，正因为过去是一个阶级社会，当时的上层阶级一定是非常讲究礼法的，毕竟当礼法一旦消失，家族就可能会面临毁灭，所以，同样是出身于世袭列侯之家的林黛玉，本身便受到贵族文化的教养，虽与荣国府的有些差别，但并不是阶级的差异。要了解这些人的个性，绝不能忽略他们贵族出身的背景，因为那已经构成了他们性格中的一部分。

必须注意到，黛玉本质上就是一名贵族女性，因此，纵然后来她的生活轨道切换到一个比她家人口更多、对繁文缛节要求更高的家族时，她立刻也有心机眼力去顺利适应，显然那已经属于她个性的一部分，绝对不是不得已而勉强为之，不是压抑自己、委屈自己去加以配合，黛玉是由衷地去实行的。而我们总是把礼教与个性看成对立、互相排挤的两极，这其实是一个错误的看法。

再看第十九回中，宝玉为了讨黛玉开心，胡诌了一个耗子精偷香芋的故事，他用年小身弱，但却"法术无边，口齿伶俐，机谋深远"的小耗子来影射黛玉，脂砚斋在旁边便批注云："凡三句暗为黛玉作评，讽的妙。"可见脂砚斋不断地告诉读者，无论是黛玉来到贾府之前，还是来到贾府之后，她事实上是一个很有机谋、能力高强、通权达变、具有心机和眼力的人，绝对不是我们一般所以为的，成天只懂得作诗、不问世事、不懂得经营现实（包括婚姻等）的单纯女孩。

我们还必须牢记钱穆所说的："若礼法破败，则门第亦终难保。"贾府注定要破灭，即所谓的"落了片白茫茫大地真干净"，实际上最重要的原因，即在于他们已经没有极大的精神去顶起"礼"的架框。贾琏、贾珍、贾蓉等人虽然私底下做了很多不堪的事情，可是只要在正式场合、长辈所在的场合，他们绝对都是恪遵孝道，合乎形式礼仪，只因当他们失去了支撑礼法的内在精神时，所表现的礼法井井才流于虚有其表。正如第七十五回尤氏针对此时的贾家现状所言："我们家上下大小的人只会讲外面假礼假体面，究竟作出来的事都够使的了。"因此第五回中，宁、荣二公在嘱咐警幻为他们家族留下一线命脉时，便说道："故遗之子孙虽多，竟无可以继业。其中惟嫡孙宝玉一人。"这其实便意味着，还有强大的贵族精神去把"礼"顶起来的继承者已经只剩下宝玉一人，真是何其凄凉！

以上，我借由解读黛玉初进贾府一段情节的机会，把读者所不熟悉的贵族精神做一个很简单的交代，对于正确理解《红楼梦》这部贵族小说应该会很有帮助。

读者所熟悉的黛玉形象

黛玉在贾府安顿下来以后，接着所呈现的却是与她初到之时很不一样的性格状态，而那也构成了绝大多数读者所熟悉的林黛玉，是关于林黛玉的主流人物论所聚焦的形象来源。实际上，这个形象只是黛玉人生阶段中的一部分而已，但此一部分却往往被极度放大，成为她专属的唯一形象。老实说，当我们回头看第三回黛玉刚至贾府的种种表现时，应该会感到非常诧异，为什么接下来黛玉反而往另外一个极端去发展？最初是那般地小心翼翼、入境问俗、察言观色，但是后来的黛玉却如此地以自我为中心，率性而为，变成一般人所熟悉的模样，和她之前的言行表现完全不同，原因究竟何在？

先前黛玉初到贾府时，年纪虽然幼小，然而在贾府中的表现却是"步步留心，时时在意，不肯轻易多说一句话，多行一步路，惟恐被人耻笑了他去"，可见黛玉事实上很懂得如何去顺应环境，从现实的道理来说，如果在正式场合上不能够达到贾家的礼法要求，那么黛玉早就不能在贾家立足了。另外，黛玉确实有一点自卑情结，她的自卑情结主要来自两个原因，其一是她身为一个来自外姓的孤女，当面临贾家上千的人口时便突出自身形单影只的处境，因而感到自卑，那可以说是人性之常；其二，对比于贾府的庞大人丁，林家显得十分单薄与衰微，她完全没有后退的靠山，因此难免产生很大的不安全感。而这种自卑心理其实参与了黛玉第二个阶段的形象建构。

让我们仔细想一想：黛玉具有察言观色、行权达变的能力，也带有自卑的心理，深怕被人嘲笑，所以处处小心翼翼，可是为什么接下来她却不是学会压抑自我来尽量合群，以这样的一条路去赢得立足之地，结果反倒是变得放纵情绪而非常率直、任性，对人说话像刀子一般？在做了一些考察之后，我发现原来一个人的自卑心理也会使之表现出一种骄纵的姿态，其中有一种相反相成的心理机制在发挥作用，即因为自卑心理而反激出一种优越感，那也是很常见的情况，无须多言；但当这种情况发生的时候，却未必可以一直顺势发展下去，因为那得需要有特定的环境来孕育与接收。也就是说，如果某个人一天到晚都是一副凌驾别人之上、比别人优越的姿态，但身边却没有环境接受这种表现，那么其骄纵也不能够维持下去，他一定得做一些调整，加以收敛甚至改变。

换句话说，黛玉之所以会变成读者现在所熟悉的样子，具有内外两个因素：其一即是自卑心理和补偿机制；其二，补偿机制之所以能够落实，便在于具备一定的环境条件，否则她根本维持不下去，必然得改弦更张。而该环境条件就来自身居金字塔尖的贾母对黛玉的娇宠溺爱，那使得黛玉个性中比较自我的部分得以充分地发展，不假修饰地凸显出来，以至于变成她最主要的一个人格表征，也是造成黛玉后来非常任性、非常自我的关键所在。此一环境因素与黛玉的自卑心理互相配合，造就了我们最为熟悉的黛玉性格发展的第二阶段。

贾母与众不同的宠爱

正如第五回所提及："如今且说林黛玉自在荣府以来，贾母万般怜爱，寝食起居，一如宝玉，迎春、探春、惜春三个亲孙女倒且靠后"，足见黛玉一来到贾府就显得出类拔萃，那真是一种非凡的荣宠，是连贾府自己的血脉都难以望其项背的。而在贾府这等的家族之中，得到了贾母的宠爱便如同获得皇帝的宠爱一般，在书中处处可见贾母这位大家长以各式各样的行动展示出对此一外孙女与众不同的照顾，我们以下举一些例子来看。

第二十九回里，阖府女眷在清虚观打醮祈福时，黛玉与宝玉因金麒麟闹了矛盾，回到家后两人继续拌嘴怄气，闹得宝玉又摔玉又砸玉，黛玉又是哭又是吐，情势不比寻常，贾母一听闻喧闹便连忙赶过来，自己操心得也哭了起来。足见贾母多么疼爱这两个小孩子，他们任何一丁点的情绪波动都会干扰到她的心绪，可想而知，贾母真是把他俩放在心里面疼爱，否则怎么会心烦意乱到这等地步！此外，第三十二回史湘云道："越发奇了。林姑娘他也犯不上生气，他既会剪，就叫他做。"袭人道："他可不作呢。饶这么着，老太太还怕他劳碌着了。大夫又说好生静养才好，谁还烦他做？旧年好一年的工夫，做了个香袋儿；今年半年，还没见拿针线呢。"显见因为贾母的疼爱，身体虚弱的黛玉可以免于针黹女红，既然贾母深怕黛玉劳碌着，那么谁还敢再拿针线活去烦她？

这些事例足证贾母的宠爱就像一道屏障，帮黛玉摒除掉许许多多现实的各种压力，为她提供一个纯属个人的空间，使她可以在自己的王国中尽力地伸展自我。还有第四十三回，众人为王熙凤凑份子过生日，贾母除了自己出的二十两之外，又包下了林妹妹、宝兄弟的份子钱，从两人每每在贾母跟前都是相提并论的状况，也证明了黛玉和宝玉一样深受贾母的宠爱。贾母对二玉一体连同守护的情形还出现于第五十四回，当时元宵夜宴后要放炮仗，"林黛玉禀气柔弱，不禁毕驳之声，贾母便搂他在怀中"，这般与贾母同坐一个炕上，更在贾母怀中受到保护照顾，都是无比娇宠者才会有的待遇。

此外，贾母还把看顾黛玉的责任扩大到其他人身上，例如在第三十八回螃蟹宴中，当贾母要先走一步回房休息时，还特意又回头嘱咐湘云道："别让你宝哥哥林姐姐多吃了。"因为黛玉身体弱，只不过吃一点儿夹子肉，心口就微微疼了。再者，第六十七回紫鹃私底下劝黛玉宽慰些心，别时常哭哭啼啼，糟蹋了自己身子，此时也道出一个事实，即"老太太们为姑娘的病体，千方百计请好大夫配药诊治，也为是姑娘的病好"，而且贾母常常亲自去探视，可见她十分将黛玉的疾病放在心上。

宝二奶奶的人选

如果我们认真仔细地检视小说的文本，便会发现贾家有一个公开而常常落于言筌的一致共识，那就是黛玉才是宝二奶奶的人选。首先，最明显的第一个例子见诸第二十五回，当时王熙凤觉得暹罗进贡的茶口味淡些，不合她的脾胃，但黛玉却觉得好喝，于是凤姐笑道：

> "你要爱吃，我那里还有呢。"林黛玉道："果真的，我就打
> 发丫头取去了。"凤姐道："不用取去，我打发人送来就是了。我
> 明儿还有一件事求你，一同打发人送来。"林黛玉听了笑道："你
> 们听听，这是吃了他们家一点子茶叶，就来使唤人了。"凤姐笑
> 道："倒求你，你倒说这些闲话，吃茶吃水的。你既吃了我们家
> 的茶，怎么还不给我们家作媳妇？"众人听了一齐都笑起来，林
> 黛玉红了脸，一声儿不言语，便回过头去了。

这一段对话可以表明几个重点，第一，黛玉别具一副心肠，"心较
比干多一窍"，想的比别人多，有时候便容易钻牛角尖，甚至无中生
有，比如此刻王熙凤所说的话本是很客气地表达有事要求黛玉帮忙，
所以派人专程一并送茶叶过去，但多心的黛玉却加以歪曲，说是因为
多吃了她的一些茶叶就要被使唤了，那等于是故意去制造双方之间的
距离，分化彼此的关系。其实这真的没有必要，因为事实上黛玉已经
被贾家当作自家人看待，例如第二十二回贾府内眷为宝钗庆生辰，"至
二十一日，就贾母内院中搭了家常小巧戏台，定了一班新出小戏，昆
弋两腔皆有。就在贾母上房排了几席家宴酒席，并无一个外客，只有
薛姨妈、史湘云、宝钗是客，余者皆是自己人"，脂砚斋在此双行夹批
道："将黛玉亦算为自己人，奇甚！"

第二，被冤枉的王熙凤不甘示弱，所以立刻灵巧地利用婚俗中吃
茶的礼仪环节，双关地调侃黛玉"既吃了我们家的茶，怎么还不给
我们家作媳妇"，其实这个反击是在投黛玉之所好，她绝对不会去撩

拨黛玉，使之不悦，那是起码的基本原则。再加上王熙凤是一个很善于揣摩上意，极懂得分寸的聪明人，她会开如此的玩笑必然是因为讲这些话不会出问题，因为那是贾家上上下下的共识，也是贾母的心意所趋，果不其然，众人听了一齐都笑起来，而此时黛玉的反应是红了脸，一声儿不言语，便回过头去了。单单这样的反应就足以证明她并没有不高兴，而且说不定还偷偷地喜欢，只是不好意思表现，黛玉如果真的生气起来可不是如此而已。

此时，李纨笑向宝钗道："真真我们二婶子的诙谐是好的。"当下黛玉得到了一个回攻的话头，于是趁机说道："什么诙谐，不过是贫嘴贱舌讨人厌恶罢了。"这话实在难听，很显示出林黛玉的风格，但凤姐也没生气，反而笑道："你别作梦！你给我们家作了媳妇，少什么？"然后指宝玉道："你瞧瞧，人物儿、门第配不上，根基配不上，家私配不上？那一点还玷辱了谁呢？"凤姐居然这般挑明地指称黛玉和宝玉的姻缘，在当时父母之命、媒妁之言的价值观下，其实是触犯了禁忌，所以当事人当然羞于面对，于是：

> 林黛玉抬身就走。宝钗便叫："颦儿急了，还不回来坐着。走了倒没意思。"说着便站起来拉住。刚至房门前，只见赵姨娘和周姨娘两个人进来瞧宝玉。李宫裁、宝钗、宝玉等都让他两个坐。独凤姐只和林黛玉说笑，正眼也不看他们。

这段话中又有好几个信息，第一个信息是王熙凤真的很瞧不起赵姨娘，所以懒得理她；第二个讯息是才刚刚反唇相讥，双方互不相让，但随即黛玉又在与王熙凤说笑，显然王熙凤所说的那些话只是让她害羞而已，黛玉根本没有生气，而她不生气也是很罕见的。从这一点来看，足见王熙凤不但没有违命上意，更没有去激怒或者贬低、嘲讽黛玉的意思，恰恰相反，她是投其所好，并且果然也皆大欢喜。从他们宗族运作的礼法规范而言，王熙凤敢这样说一定是有凭有据，而关于此一吃茶的片段，脂砚斋也批示道：

> 二玉事在贾府上下诸人，即看书人、批书人，皆信定一段好夫妻，书中常常每每道及，岂其不然，叹叹。

小说中多处提到林黛玉才是宝二奶奶的人选，而且是贾府上上下下甚至连看书人、批注人都已经有的共识，这才是事情的真相。

因此必须说，"金玉良姻"只是一个玄虚的、来自命定的宿命论，实际上在贾府具体的运行轨道里，黛玉才是宝二奶奶的人选，上下各方人等都有此一共识。再看第六十六回中，当尤二姐、尤三姐谈论起宝玉的性格作风时，尤二姐调笑尤三姐说：

> "依你说，你两个已是情投意合了。竟把你许了他，岂不好？"三姐见有兴儿，不便说话，只低头磕瓜子。兴儿笑道："若论模样儿行事为人，倒是一对好的。只是他已有了，只未露形。将来准是林姑娘定了的。因林姑娘多病，二则都还小，故尚未及此。再过三二年，老太太便一开言，那是再无不准的了。"

这番话难道不正是印证了脂砚斋所给予的提示吗？如果好好地阅读文本，把相关的所有细节加以整合而全面来看，则我们势必要重新思考，金玉良姻其实并不是贾府的主流意见，在贾府上上上下下的共识中，黛玉才是宝玉的潜在新娘，那是大家的心意所趋。连作为黛玉重像的晴雯都自觉地认为自己是宝玉的准姨娘，本以为能够和宝玉横竖都在一起，所以她在很多的地方就不大留心，不大去经营，呈现出一种有恃无恐的放任样态。而黛玉是作为宝玉之准新娘的人选，再加上贾母的娇宠溺爱，如此一来便在其个性成长中留下了很强烈的影响，烙下或隐或显的优越感或特权意识，这是非常合理而且必然的结果。

在如此背景之下，黛玉的性格才会竟然一反她来到贾府之初的戒慎恐惧、小心翼翼，反而变得非常自我放纵，那种完全顺着自己的心意过日子的个性，实际上不如说是任性。我所理解的"个性"是要在自觉的情况下去主动铸造出来的，属于一种价值追求，并且要付出很大的努力，甚至有时候得咬紧牙根违背自己的某一种天生气质，例如为了环保而克服自己的洁癖，这就是想要追求更好的个性而做出改变的一种表现。

概而言之，在那般受宠的环境之中，黛玉所表现的行为作风只能算是任性，是一种以自我为中心的单边主义，唯独她可以直率，别人则不可以对她随意，贾府上上下下只有豪爽的史湘云敢当面表示出对她的不满，其他的姐妹要么"不肯说"，要么"不敢说"，个个都对她百般宽容。这便正如第四十五回所说，黛玉在自己的房中养病，"有时闷了，又盼个姊妹来说些闲话排遣；及至宝钗等来望候他，说不得三五句话又厌烦了。众人都体谅他病中，且素日形体娇弱，禁不得一些委屈，所以他接待不周，礼数粗忽，也都不苛责"。

事实上，曹雪芹尽量不去宣扬谁具备最佳的人格特质，他只是在小说中演示出某个人物有如此这般的个人特质，而且解释了造成此一人格特质的原因，是许许多多与众不同的环境条件，只要欠缺了其中的某个因素，可能都产生不了这等的人格特质。一位小说家最重要的任务就在这里，他其实不是在褒贬自己所认定的价值，而是充分展现出有的人是这样活着，又为什么这样活着，还有他在努力什么，在痛苦什么，在失落什么，以及在渴望什么。

贾母的宠爱使得黛玉变成了炙手可热的宠儿，无人敢撄其锋的特权分子，因为贾府运作的一个根本原则便是：凡受到贾母的宠爱或者是和贾母有关的人与物，都分沾了贾母的威势，因而也拥有很大的特权。

我们且看例证之一，即第六十三回"寿怡红群芳开夜宴"一段。在庆生活动开始之前，林之孝家的带领一行人来到怡红院查上夜，当听闻宝玉直呼袭人的名字时，林之孝家的发表了一番议论：

> 这些时我听见二爷嘴里都换了字眼，赶着这几位大姑娘们竟叫起名字来。虽然在这屋里，到底是老太太、太太的人，还该嘴里尊重些才是。若一时半刻偶然叫一声使得，若只管叫起来，怕以后兄弟侄儿照样，便惹人笑话，说这家子的人眼里没有长辈。……越自己谦越尊重，别说是三五代的陈人，现从老太太、太太屋里拨过来的，便是老太太、太太屋里的猫儿狗儿，轻易也伤他不得。这才是受过调教的公子行事。

换句话说，袭人虽然是丫头，然而她是从贾母那边调过来的，所以不可以直呼其名，否则便是对长辈不敬，即使宝玉是人中龙凤，但他称呼袭人的时候也必须加上"姐姐"两个字，如果只单叫"袭人"，即属失礼犯忌。这个原则遍行于他们生活中的各个层面，只要是老太太、太太屋里的，就算是猫狗也不可轻易伤害，可以说是一道非常根本的规范。

再者，还有一个例子可供参考。一般来说，做粗活的丫头地位都非常低，当主子还在睡梦间她们就开始了一天的工作，主子醒来以后即由大丫头侍候，所以很可能一辈子都见不着主子。例如宝玉根本不认识怡红院本房的二三等丫头林红玉，第二十四回中，宝玉偶然看到屋里出现了一个陌生的丫鬟，便问道：

> "既是这屋里的，我怎么不认得？"那丫头听说，便冷笑了一声道："认不得的也多，岂只我一个。从来我又不递茶递水，拿东拿西，眼见的事一点儿不作，那里认得呢。"

可见即使都是婢女，上下等级的差别依然很大。但有一个专门做粗活的大脚丫头傻大姐，却在贾母的保护伞之下拥有无人可以企及的特权，且看七十三回叙述道：

> 原来这傻大姐年方十四五岁，是新挑上来的与贾母这边提水桶扫院子专作粗活的一个丫头。只因他生得体肥面阔，两只大脚，作粗活简捷爽利，且心性愚顽，一无知识，行事出言，常在规矩之外。贾母因喜欢他爽利便捷，又喜他出言可以发笑，便起名为"呆大姐"，常闷来便引他取笑一回，毫无避忌，因此又叫他作"痴丫头"。他纵有失礼之处，见贾母喜欢他，众人也就不去苛责。这丫头也得了这个力，若贾母不唤他时，便入园内来顽耍。

傻大姐无厘头地说话、做事，常常出人意料之外，反倒能够制造出一些笑料，那与刘姥姥第二次来荣国府时的作用很类似，于是傻大姐便可以为这群高雅正统文化出身的人解闷，而受到贾母的喜爱。傻大姐因为蒙受贾母的庇荫，不但得到众人包容她的失礼，也获取了进大观园玩耍的特权，那么可想而知，就连三等丫头都不如的傻大姐也可以因贾母的宠爱而享有一些优待与特权，更别说是林黛玉这位"秉绝代姿容，具希世俊美"的外孙女了。

所以，我们非常需要在每一段情节面前都停下来好好揣摩，如此才能对人物的真正性格有比较精确的掌握，而不是被成见所引导；仔细去体认、认真去推敲，到底那些人物是在怎样的具体情境里呈现他们多面向的性格内涵，这才是在阅读与研究《红楼梦》的过程中比较正确可靠的一条道路。

优越感与自卑情结

接下来让我们思考一下，黛玉的宠儿身份到底对她的性格造成了何等的影响？根据个体心理学家阿德勒（Alfred Adler）的理论，人格塑造最重要的阶段是儿童成长期，其中孩子与母亲的关系尤为关键，家庭内母子之间的互动是造就儿童性格的最重要因素，母子关系的样态便决定着孩子将来与社会中其他人交往的成功与否。根据阿德勒的说法：幼儿的任性、骄横霸道、以自我为中心，多半是因为他们在家庭中处于特殊地位，再加上家长过分溺爱和迁就，被娇宠的儿童多半会期待别人把他的希望当作法律来看待——他代表世界，代表真理，并且通常这样的儿童还会认为，他们之所以与众不同是因他们拥有天赋的权力。所以，当某个人总是觉得自己与众不同时，他依旧是活在一种幼儿的自我中心状态里，但事实上他和别人并没有什么太大的差别。孟子早已说过："人之所以异于禽兽者，几希。庶民去之，君子存之。"（《孟子·离娄下》）连人和禽兽的差异都没有太大，人与人之间的差异就更小了，因此，虽然我们每一个人都有独特性，然而却不要因此便以为和别人会有天壤之别。

据此，当黛玉"目无下尘"，觉得她自己高人一等的时候，即已经进入期待众人都以她为注意中心的状态里，一旦别人不以体贴她的感觉为主要目的时，她就会感到若有所失，认为世界亏待了她。这很贴切地表现出黛玉的某些特质，黛玉真的时时刻刻都要别人以她为中心，略有不如她意，她便开始产生自觉是个孤儿之类的感伤，而陷入自怜的情绪里，因此从某个意义来说，她经常歪派宝玉的行为，便是一种不安全感的表现，从而反激出一种无止境的、对于安全感的需索，促使旁人必须要以她作为中心，满足、体贴她的感受。例如第七回中，周瑞家的受命送宫花给姑娘们，当来到黛玉这里，黛玉一看到花便问道：

> "还是单送我一人的，还是别的姑娘们都有呢？"周瑞家的道："各位都有了，这两枝是姑娘的了。"黛玉冷笑道："我就知道，别人不挑剩下的也不给我。"周瑞家的听了，一声儿不言语。

这番心态清楚表明了黛玉想要独占所有的注意力，独占所有人的关心和重视而成为唯一，那真的是心态很不成熟的情况下才会有的表现。事实上，"爱"是越分越多而不会越分越少，也不是只有第一名才会受到重视，但作为一个被娇宠的孩子，当别人不是以体贴她作为目的，并以此种方式和她互动的时候，黛玉就会觉得自己被冷落、被轻视，那内在的"孤儿"往往会自觉或不自觉地跳将出来，用来解释她若有所失之处境的肇因。这确实很贴切地勾勒出了林黛玉早期的人格表现，而且也可以解释她在全书前半部许多言行的内在原因，显示出一个不够成熟的少女在成长过程中很容易出现的情况。

除此之外，黛玉还有高度的"优越情结"。在个体心理学看来，"优越情结"本来就是出于对"自卑情结"的补偿作用，当一个人自卑起来，又很难去承认自己不如别人的时候，即会用各种方式来合理化自己的自卑感，以便把自卑感消除掉。其中的一种方法乃是不承认自己不如对方，而把对方的成功、成就和优秀解释为并不是通过真才实学所获得的，那只是因为运气好之类的。因此心理学家也提到，我们常常会对别人的成功以一种"外归因"的方式来解释，亦即全部归诸外在因素，例如相貌、家世背景、运气等，而在解释自己的成就和成功的时候，则往往会以"内归因"的方式来看待，即自己是真的很努力、很有才华等。

具有"自卑情结"的人也一样，他不会于意识层次上接受自己不如人的客观事实，反倒在心里主动发展出一种防御机制，那就是要争取优越感。一个自卑的人，很自然地会发动某一种心理补偿机制，用来平衡心理上的不足，所以自卑感与优越感是相反相成、矛盾统一的微妙心态，并存于同一个人的心理之中。反观林黛玉性格的前期阶段正是如此，她虽然常常流露出自卑感，天天洒泪感伤，觉得自己孤弱无依，但是在很多场合却又往往表现出争强好胜、希望压倒众人的那一面，这其实一点都不矛盾，而是出自同一种心理的一体两面的反应。

黛玉从小体弱多病，上无亲母教养，下无姊妹兄弟扶持，自幼离家，依附亲戚度日，自然会心生自卑感。但是，通过熊秉真等学者的研究之后我们可以发现，历史上包括明清时期在内，儿童事实上都很可怜，中国古代的儿童夭折率极高，皇族也没有例外，而且就算那些孩子长大一点，他们也很容易遭遇到丧亲之痛，常常没有父亲或没有母亲，或者更糟的是父母双亡。相较之下，黛玉的遭遇其实并没有特别的悲惨之处，单单在贾府之中，袭人、晴雯、平儿之类的婢女是不用说了，同辈中与她遭遇类似的还有香菱、湘云、迎春、惜春等，只不过黛玉的处境较为极端，因为她没有自己的家族可依靠，借住于亲戚家，又没有兄弟姊妹扶持，却还是比香菱好得多。

第三回说，黛玉在进入贾府之前，"常听得母亲说过，他外祖母家与别家不同。他近日所见的这几个三等仆妇，吃穿用度，已是不凡了，何况今至其家"，黛玉自离家以后便切换了生活的轨道，进入一个人口众多，因此更繁文缛节、礼法更严谨的世家大族，她的内心已经根植了一种自卑情结，所以她"步步留心，时时在意，不肯轻易多说一句话，多行一步路，惟恐被人耻笑了他去"。根据阿德勒的说法，自卑情结总是会造成紧张感，唯恐被别人耻笑，所以会常常处在一种防御的状态中；但人类的心理其实很脆弱，时时刻刻一直承受着紧张感是撑不了多久的，所以潜意识里的自我防卫机制一定会想办法加以转化或纾解，故而争取优越感的补偿动作必然会同时出现。

自卑情结的一些相关特点在黛玉身上也都可以得到印证。阿德勒的心理学研究指出，具自卑情结者的特点之一，在于他们不会把对世界和对人的兴趣扩展到自己最熟悉的少数人之外，自卑情结会让一个人很封闭，他只愿意接触几个自己比较信赖、比较亲近的人，对他们敞开心胸，而对于其他的人可能便完全没有兴趣。就这一点来说，黛玉确实只和宝玉、紫鹃比较好一点，整体上则是"孤高自许，目无下尘"（第五回），"本性懒与人共"（第二十二回）。另外，带有自卑情结的人也会以眼泪与抱怨的变形方式来争取优越感，这些做法被阿德勒称为"水性的力量"（water power）。眼泪和抱怨虽然属于比较柔性的形态，与一般人施展权力时所使用的具有压迫性、伤害性的方式不同，但是该类行为的动机或目的事实上就是在控诉周遭环境、贬低外在世界，阿德勒继续说，这种水性的力量是破坏合作并把他人贬至奴仆地位的有效武器。

确实我们可以看到，当黛玉哭泣的时候，贾母、宝玉还有周围的其他人都努力地安慰她，尽量地体贴她，对于这种情况，假如从个体心理学的角度来看的话，黛玉之所以好哭会不会主要是出于这种心理需求的表现，只不过经由艺术的美化而采取了还泪神话的包装？还泪之说当然很美、很特别，但是如果回到复杂纠结的个体心理状态来分析黛玉爱哭的原因，则必须说，黛玉的眼泪应该有一部分是基于自身的自卑感，以争取优越感的方式把别人贬为奴仆，同时也赢得了别人的体贴和关心，那确实是一种"水性的力量"。

当我们借助个体心理学的这个切入点，再来看第四十九回宝玉安慰黛玉的情节，可能就会有不一样的认识，且看原文叙述道：

> 黛玉因又说起宝琴来，想起自己没有姊妹，不免又哭了。宝玉忙劝道："你又自寻烦恼了。你瞧瞧，今年比旧年越发瘦了，你还不保养。每天好好的，你必是自寻烦恼，哭一会子，才算完

　　了这一天的事。"黛玉拭泪道："近来我只觉心酸，眼泪却像比旧年少了些的。心里只管酸痛，眼泪却不多。"宝玉道："这是你哭惯了心里疑的，岂有眼泪会少的！"

　　倘若从还泪神话来说，黛玉的眼泪便代表着她的生命线，当她的眼泪越来越少之际，其实也就暗示着她的病势越来越沉重，生命所剩不多。根据某些红学家的考证，黛玉应该是在第八十回之后没多久即会病逝，而到了第四十九回故事已经过半，眼泪越来越少的情况便非常符合还泪神话的预设。

　　但是，如果把黛玉看成一个活生生的个体，并用心理学来理解的话，黛玉的眼泪越来越少是否同时也证明了黛玉在成长呢？因为成长所带来的心理成熟，让她不必再用眼泪来贬低别人、控诉世界。我们可以看到，从第四十二回到第四十五回的这个重要关卡之后，黛玉有了很大的改变，她懂得如何与别人和谐相处，还认了薛姨妈做干娘，与宝钗以姐妹相称，显示出开始把她的兴趣扩展到少数几个亲近的人以外，如此一来她的自卑感已经逐渐地消失，连带地也不必流太多的眼泪，因为不再有那个需要。从此以后，黛玉也很少有所谓的争取优越感之举动，而与我们所熟悉的黛玉前半期形象有很大的落差；如果从她成长变化的背景以观之，黛玉的"眼泪却不多"应该可以证明她越来越成熟，不再像以前一样没有能力去面对自己的处境，以至于要用一种心理上的优越感来抵消自卑感。

　　阿德勒又告诉我们：当一个人的优越感是来自于自卑情结所造成的紧张时，优越感的补偿就不是在解决问题，而是用来解消心里的紧张，以至于"他们赋予生活的意义是一种属于个人的意义"，意思是说，他们在这种状况下所肯定的生活意义并非别人都会认可的主流价值，所追求的纯粹是自己的主观成就，只对个人有意义。阿德勒说这一类的人，他们争取的目标是一种虚假的个人优越感，亦即别人并不承认他们的成功，但他们自己却认为很有意义并借此来贬低别人，如此的心态确实是到处可见的。从心理学的角度而言，假如一个人不够健全、不够壮大、不够成熟，那么他的那一种个人意义便会沦为虚假的个人优越感，并不是真正地在追求真理，事实上只是在自欺。

试看黛玉的前半期非常争强好胜，具体最常表现于写诗上，她安心要把众人压倒，有意识地要争第一名，然而在当时的文化背景之下，女子写诗是不太被社会主流所认可的价值所在；反观宝钗，她虽然也很会作诗，但是却从不在诗歌创作上做太多的投入，遑论争取，因为她认为诗歌才能并不重要。就此一状况来看，刚好印证了黛玉所争取的成功是一种虚假的个人优越感，因为那只对她个人有意义，而对其他人来说，这个第一名是可有可无的，根本不需要在意。

进一步说，黛玉的自卑情结固然是根植于孤儿的心态，但是从小说的描写来看，黛玉过度地感伤自己的身世，实际上也与自我中心是直接相关的。有一位心理学家斯特恩斯（C. Z. Stearns）曾提到过，"悲伤是一种把注意力集中在自我的情绪。它是个人（自我）需要协助的一种指标"，其实当我们悲伤太过的时候，即表示已经把自己看得太"该死的"重要，一直聚焦于自己的失落、自己的不平上，以至于出现太多的眼泪；而且将悲伤情绪宣泄出来时，无形之中也是在寻求协助的一种暗示，即发出信息让别人知道自己需要帮助、需要被肯定。一个备受娇宠、娇纵的人，再加上自卑情结和心理孤立，又缺乏正面的社群价值，在这种情况下便会造成过度以自我为中心的个人主义。

总而言之，无论是优越感的争取，或是仅对个人有意义的价值追求，还是过分的悲伤，我们可以发现其背后和自我中心密切相关。

诗人林黛玉

让我们再回顾一下王昆仑所说的："宝钗在做人，黛玉在做诗；宝钗在解决婚姻，黛玉在进行恋爱；宝钗把握着现实，黛玉沉酣于意境。"在简化的二分法之下，黛玉确实是在作诗，可是黛玉如何作诗？她又是一个怎样的诗人？种种问题都是必须再进一步去了解的。切莫认为一个人会作诗就一定很优美脱俗，我们不应该有如此跳跃式的联想，而是要更具体地去检视，以免差之千里。当提到"诗人"的时候，我脑海里立刻浮现出来的绝对不是葬花或者是"春花秋月何时了"的那一种写作，而是王维、李白、杜甫之类的诗篇，这些盛唐诗人当然都十分优美脱俗，但完全不是纤细感伤的风花雪月；也就是说，"诗人"有很多种，黛玉只不过表现出"诗人"的某一种类型，而且是很单一、狭窄的类型。

当然，黛玉本身如花似玉，又写下《葬花吟》《桃花行》那些抒情诗歌，所以红学家吕启祥便曾说黛玉是"花的精魂，诗的化身"，我再"狗尾续貂"加上一个"泪的结晶"，因为她整个人就如眼泪打造的一般，这三句话很能够整体传达出读者脑海中所浮现的黛玉形象，那是极其优美、纤细又脆弱的。不过，当我们被黛玉的诗词所表现出来的优美辞藻和感伤情绪所感染、所触动的时候，也许可以先跳脱出来看看她到底写了什么，以及那些诗句背后呈现出怎样的心理状态。

在深入探索黛玉的诗句特质之前，我要先引述叶嘉莹的看法，她认为《红楼梦》是一部伟大的杰作确切无疑，可是不要以《红楼梦》的光彩去掩盖其中诗歌客观上并没有很好的事实。她的意思是说，《红楼梦》里的诗事实上算不得佳作，那当然有很多原因，原因之一是小说家并不是为了要偷渡自己的诗作使之传世，书中的诗都是作者为其笔下的人物所量身打造的，而宝玉和众姊妹都不过才十几岁，又一直生活在深宅大院的闺阁内，这些人不可能也没必要去写出如同李白、杜甫那般的杰作，如果把杜甫、李白的笔墨放在宝玉、黛玉、宝钗等人的名下，反倒会因此失真，而显得很不自然。读者应该要注意的是：《红楼梦》确实伟大，但小说中的诗只是作为其整体有机的一部分，诗歌本身的价值并不因此而提高，不仅脂砚斋提示过这一点，对熟悉古典诗的学者而言也都一目了然。

此所以固然黛玉的诗篇有其美感及动人之处，但是倘若纯粹只用诗歌艺术的标准来看，却并不是最好的，它们的共同特点就是太过纤巧，犹如第三十八回林黛玉所自觉的："我那首也不好，到底伤于纤巧些。""纤"即纤细，"巧"即流于雕琢，以某个意义来说，这已经是趋向于中晚唐式的审美趣味，当然无法和盛唐的那种大家气度相比。

至于黛玉的诗篇中所反映出来的人格特质，便如傅孝先在《漫谈红楼梦及其诗词》一文里提过的：

> 由于她是一个极端的个人主义者；她从不能忘我，一切以自我为中心；在心底她愈想否定外界，便愈感到外界压力之大，病态地觉得自己憔悴可怜。感伤的个人主义者在发现自己纤弱或敏感地觉得自己孤立时，很自然地会向抽象的艺术世界中去寻求灵

魂之宁静与人格之稳定。黛玉创作之主要目的即在以哀怨动人的
倾诉来增加自己人格的重量，以求和外界维持一平衡关系。这便
是她为何一生都在倾诉、在做诗。

一般读者常常忘记或不知道，林黛玉这种类型的诗人只是一千种
诗人中的一种而已，她并不代表诗人的典范，傅孝先提醒我们，"她写
来写去都只有一个题目，这题目并不是她客观存在的自己，而仅是她
所认识的自己"，因而，"她的缺点，无疑在于太感伤、太主观，比浪
漫派诗人还要自怜，简直令人头痛"。

另一位旅居美国的华裔学者裔锦声也认为："黛玉做的所有的诗，
反复咏诵的没有什么其他内容，只有悲痛和不幸。她像希腊神话中的
那喀索斯（Narcissus）一样，看不见自己以外的世界。"从黛玉的诗歌
内容及其所展现出来的特质来看，她归根究底还是陷溺于所谓的"个
人主义"，而她的"个人主义"和我们今天说的"个人主义"不完全一
样，我在此引述一位法国的学者玛特·罗拜（Marthe Robert）于《小
说的起源》里的说法，她认为：西方在浪漫主义运动中全是弃儿的声
音，一种被抛弃的人的声音，那声音充满着矛盾、偏激、执着等。在
西方家庭传奇中的第一阶段，幼儿的天地就是自己的家，父母是自己
唯一的权威与信赖的对象，而父母是有求必应、全善全能的人，自己
则是父母唯一的生活中心，如此一来即会种下"自恋情结"的种子，
孩子会将父母和自己的关系加以夸大与理想化，并在心中根深蒂固，
结果竟由此产生了"弃儿情结"与"出世观"。

为什么幼儿在这般的情况下反而会产生"弃儿情结"呢？那是因
为孩子总要长大，当他离开原生家庭的时候，便会觉得自己是个弃

儿，再也不能像之前那样受到父母全心全意的宠爱，这个世界不再像原先所认知的那么理想，因此他深深地感到被抛弃，一心一意只觉得这个世界太肮脏、不完美，而想要离开这个世界，那便是所谓"出世观"的来源。简单地说，"弃儿情结"的特点就是失去往日唯我独尊的乐园之后，对现实存有反抗心理，但却又对真实世界的认识不够，也因此找不到着力点来改变现实，但问题是他的"自恋情结"已经根深蒂固于自我陶醉的心态中，于是唯一的办法只有逃避现实，另辟乐园！

这种情况与林黛玉的心理状态有点接近，她觉得自己根本没有办法改变孤儿处境，过去父母健在的圆满家庭如今再也不能够重返，唯一的办法便是在诗歌中、在一个不被现实主流所肯定的环境里去另辟乐园，由此也解释了为什么黛玉这个人看起来比较脱俗，那是因为她要另辟乐园，将自己投射到另外一个艺术的世界中，寄托于一个和现实世界有点不能接轨的自我世界里。当然，此处对黛玉的心理分析只是提供不同的角度以供参考，我们不应过于执实以求，否则也可能会穿凿附会。

"社会兴趣"与亲子关系

再回到个体心理学家阿德勒的说法，他认为对一个人的人格塑造而言，最重要的阶段是幼儿阶段，而和父母的关系（以母子关系为主）也具有决定性的影响。阿德勒关心的是个人要如何才能够成为一个正常的人，可以和社会中的其他人好好共处，不偏执失衡，不把自卑心理变成破坏个人健全成长的根源，而是要将它转化为成熟的、健康的动力。他指出，优越感的补偿动作必须用一种比较健全的方式去进行，否则优越感也不过只是自卑感的另外一种虚假的投射，换句话说，一个人要成为正常而健康的人，便必须通过合作和建设性的姿态把自己融于社会之中。很多精神失常的人，其实就是因为没有办法和社会建立真正的合作和沟通，于是只好被关到精神疗养院去，如果一个人可以通过合作和建设性的姿态融入社会之中，便可以获得一种"社会意识"，也即对他人怀有一种"社会兴趣"。

所谓的"社会兴趣"是一种与他人和谐生活、友好相处的内在需要，它不仅包括对所爱者和朋友的直接感情，还包括对现在和未来的全部感情，具体的表现形式有三种：第一，是平时或困难时处于与他人合作、帮助他人的准备状况；第二，是在与他人交往时保持着"给多于取"的倾向，如果能够做到和他人互动时有充分的余裕，便说明这个人的心态是很有安全感的，于此时刻也是处在"社会兴趣"比较完善、充分的状态；第三种比起前两种更为重要，即对他人的思想、情感、经验给予理解的能力，也就是说，个体能够超越自我，是因为能设身处地站在别人的处境，进入别人的生命史中去了解别人，而不会一味地用自己的好恶、自己的认知去进行判断，以至于对别人往往充满误解。

如果以"社会兴趣"来衡量《红楼梦》中的人物，我们会发现达到上述三点的有薛宝钗、贾宝玉、平儿、史湘云等，而值得注意的是，其实史湘云和平儿都有着比林黛玉更悲惨的处境，但她们同样可以成为光风霁月的人物。相形之下，黛玉平常在自己或他人有困难的时候，她不愿意和别人合作，也从来不处在帮助他人的准备状态中，相反地，她只将注意力集中于自己身上，不断发出抱怨的信息和落下悲伤的眼泪，而把别人贬为奴仆等；她没有"给多于取"，反倒不断地进行需索，尤其是寻求情感上的慰藉。另外，前期的黛玉对别人的思想、情感、经验也不能够给予理解，经常歪派宝玉、扭曲别人的心意，那当然有她另外的心理需求。

　　总之，我们所熟悉的林黛玉在这三点上几乎都有所欠缺，考察其原因，主要即源自于所谓的自卑情结。探究黛玉的身世，她没有父母和兄弟姐妹，我们切莫忘记在那个时代，兄弟姐妹也是安全感的来源之一，只身一人的时候，便真的觉得天地之间一片苍茫，如同杜甫所说的"此身饮罢无归处，独立苍茫自咏诗"，于是黛玉只好另辟乐园，到诗歌的抽象艺术中去建构自己的存在归宿。

母子关系是个人一切人际关系的雏形

　　接着我还要做一个补充。阿德勒指出"社会兴趣"虽然人人都有，而且是与生俱来的，但它在每一个体身上通常只是一种潜能，即每个人都有将"社会兴趣"发展为"社会意识"的潜能，但却不一定保证固有的潜能会在后天的生活中被认识到，并使这份潜能得到充分的发展。因为在此一发展过程中，有一个非常重要的外力因素，即儿童时期的母亲，发挥了关键作用，阿德勒说，母子关系是个人的一切人际关系的雏形，母子关系如何便决定了将来的人际关系如何，母亲是儿童最初，也是最主要的社会环境因素，因为她是儿童在自我之外所接触到的最亲近的第一个人，也是最主要的一个人，所以母子关系是日后幼儿与他人之社会关系的雏形。母子之间早期的交往性质，在根本上就已经决定了儿童今后能否以一种健康坦诚的态度来对待他人；母亲的心理、人格成熟与否，也会对孩子的性格产生关键性的影响。

据此而言，我们可以检证一下《红楼梦》中达到"社会兴趣"表现形式的那几个人，推敲他们的母子关系，看看是否都很健全。

首先看宝钗。她长至十七八岁，依然会为了让妈妈开心，而钻到薛姨妈的怀里撒娇，可是当家里发生重大事情的时候，她又是可以和母亲好好商量讨论、帮母亲分忧解劳的大人。第五十七回中，薛姨妈即用手摩弄着宝钗，叹向黛玉道："你这姐姐就和凤哥儿在老太太跟前一样，有了正经事就和他商量，没了事幸亏他开开我的心。我见了他这样，有多少愁不散的。"真是一个非常完美的女儿！

同样地，宝玉也展现了与王夫人之间良好的母子关系，第二十五回描写宝玉在放学回家之后：

> 进门见了王夫人，不过规规矩矩说了几句，便命人除去抹额，脱了袍服，拉了靴子，便一头滚在王夫人怀里。王夫人便用手满身满脸摩挲抚弄他，宝玉也扳着王夫人的脖子说长道短的。王夫人道："我的儿，你又吃多了酒，脸上滚热。你还只是揉搓，一会闹上酒来。还不在那里静静的倒一会子呢。"说着，便叫人拿个枕头来。宝玉听说便下来，在王夫人身后倒下，又叫彩霞来替他拍着。

这真是一幅其乐融融的母子温情图啊，显示宝玉与王夫人的母子关系不但非常亲密也很健全，宝玉得到了丰沛的母爱，从小到大在心态上极为充盈也相当有安全感，难怪他能够对人那么慷慨大方，那么不计较得失，正如宝钗的情况一般。果然，原来影响一个孩子的性格以及他未来整个人生观的，主要是取决于他的母亲，如果一个孩子在不被疼爱的情况下长大，他当然无法做到"给多于取"，也不能理解别人的情感经验。以黛玉来说，她没有办法好好地将"社会兴趣"发展出来，以至于她的"社会意识"并不健全，其实算是非战之罪，因为她自幼母亲病逝，又没有兄弟姐妹可以互动互助。

以上所做的分析，目的并不是在批评谁对谁错，而是要试图理解何以至此，因为只有理解之后，才能够在我们的人生中主动地甚至积极地进行一些自我改造，不把悲剧一代一代地复制下去，不要把上一代的不安全感放入自己的心里之余，还传给下一代。

早期黛玉的主要面貌

第四十二回至第四十五回是个很独特的转捩点，在此之前的林黛玉，是她最为大家所熟悉的面貌，那时的黛玉"孤高自许，目无下尘"，而展现出如此的样态，得要有非常特定的环境条件才能够促成，那一切都是不能复制，也不可以架空来谈的。

我先简单地做一个总结：首先，黛玉在原生家庭中已是一个备受宠爱的独生女，但很不幸的是，在她大约六岁的时候母亲过世，而丧失了成长中所必要的母教；不久她又孤身来到贾府，受到最高的权威者贾母的宠爱，除宝玉之外，黛玉获得了没有人可以与她平起平坐的优越待遇，但也因此失去在竞争合作之间或是彼此刺激之下生发自我省思的机会，所以一直到十五岁为止，没有一个人像薛宝钗那般教导过她。而这一点黛玉自己是了然于胸的，第四十五回中她对宝钗说道：

> 从前日你说看杂书不好，又劝我那些好话，竟大感激你。往日竟是我错了，实在误到如今。细细算来，我母亲去世的早，又无姊妹兄弟，我长了今年十五岁，竟没一个人像你前日的话教导我。

黛玉的这段自省显示出她难能可贵的地方，从素日当宝钗"心里藏奸"，看到小丫头子们多喜欢与宝钗顽，"心中便有些悒郁不忿之意"（第五回），到现在对宝钗一变而为"大感激"，可见她的心灵开始成长的迹象。

由此，我们可以把黛玉生命中的前十五年分为两个阶段，第一个阶段是处于原生家庭的时期，黛玉作为父母唯一的掌上明珠，因此备受关爱；第二个阶段是失去母亲之后，她又得到了贾母的疼惜，成为贾府的宠儿。可想而知，林黛玉真的是在一种很独特、没有人可以加以抑制的环境下成长起来的，因此我才会说她是一个以自我为中心的天之骄子，这可能非常不同于一般读者对她的认识，但在全面参酌文本之后，黛玉的真实处境确实值得重新深思。

以下，我根据情节叙述来扫描几个面向，以考察一般所熟悉的林黛玉的面貌。

"孤高自许，目无下尘"

第三回黛玉来到贾府以后即受到贾母的万般宠溺，第五回中清楚表示："如今且说林黛玉自在荣府以来，贾母万般怜爱，寝食起居，一如宝玉，迎春、探春、惜春三个亲孙女倒且靠后。"由此可见，黛玉在贾府是过着公主般的生活，贾母将她留在身边贴身照顾，并让她与宝玉一同寝食起居，此后她"目无下尘"的个性便开始显露出来，和之前刚刚来到贾府时赔笑小心、顺应他人、入境问俗的行事表现完全不同。第五回提到林黛玉"孤高自许，目无下尘"，在她自视甚高的眼里没有别人的存在，只因与宝玉青梅竹马，"日则同行同坐，夜则同息同止"，两人之间培养出深厚的情谊而互相了解。

到了第七回送宫花的一段情节，则非常突出地显现了林黛玉"目无下尘"的性格，她只关心花是不是单送给她的，因为那样才能表示唯我独尊的地位，而当别人的答案并非她所喜欢或期望的时候，她便毫不领情了，当下冷笑说："我就知道，别人不挑剩下的也不给我。"周瑞家的听了，一声儿也不言语。从人情来说，当别人送礼物给我们时，就算再怎么不喜欢，现场也不应该当面嫌弃而践踏别人的心意，而黛玉这般的做法不但践踏他人的好意，也对长者非常不敬。

在贾府此等非常讲究尊卑的家族中，基于人情的调节原则，周瑞家的事实上拥有很高的威势，以至于刘姥姥第一次进荣国府的时候，就是找周瑞家的帮忙引荐，而周瑞家的本身也想"要显弄自己的体面"，因此并不推辞，表示"不过用我说一句话罢了"，而说一句话便能够发挥作用，突破重围，直达天听，见到王熙凤当面求助，则其地位不言可喻。读者须知，在贾家这等的地方，那些年资较深、服侍过长辈的下人们，他们的地位比年轻的主子地位还要高，此一家庭风俗是不成文的规矩。

简而言之，周瑞家的身为王夫人的陪房，其地位是很高的，但是林黛玉却不把她放在眼里，不仅对她冷笑，讲出口的话还相当尖锐，带有指责她的不满意味，而周瑞家的也只能逆来顺受，不敢有任何的反应。把这些点点滴滴的现象加起来统整并观，都显示出林黛玉根本不是一般人所以为的寄人篱下的灰姑娘，这实在是读者应该要调整的认知。

"专挑人的不好"

第八回中，宝玉前往薛姨妈处看望宝钗，而随后黛玉也到了，薛姨妈留两人下来吃东西。宝玉饮酒三杯过后，奶娘李嬷嬷怕宝玉喝多了伤身体，大家都要遭罪，忙上来拦阻，黛玉便推宝玉，悄悄地咕哝说："别理那老货，咱们只管乐咱们的。""老货"的说法其实是很难听的，何况古时奶妈的地位与陪房不相上下，因为在传统文化的观念中，奶水是由血变成的，用奶水去哺育一个婴儿，形同用生命去滋养他，所以功劳很大，不仅是旗人家庭这般看待，在整个中国传统社会里也是如此，从六朝开始，乳母即很明确地被视为"婢之贵者"，她个人连同其子女都会受到很多优待。

必须说，宝玉的乳母李嬷嬷确实有点倚老卖老，自恃有恩于宝玉和贾家，便拿腔作势，滥用很多的特权，她也曾说过："别说我吃了一碗牛奶，就是再比这个值钱的，也是应该的。难道待袭人比我还重？难道他不想想怎么长大了？我的血变的奶，吃的长这么大，如今我吃他一碗牛奶，他就生气了？我偏吃了，看怎么样！"（第十九回）当然，一个人是否可以居功要挟，这个问题得要另当别论，但是李嬷嬷因为乳母的身份，连王熙凤都对她十分礼遇，尊重相待，因此在李嬷嬷闹事的时候，王熙凤也不敢对她不敬，而只是客气地把她哄走。就此而言，反观林黛玉的作为，确实是有失教养，她不应该用那般尖刻的语言来表达对"婢之贵者"的不满。而后当李嬷嬷请黛玉劝诫宝玉时，黛玉的反应更是冷笑道：

> 我为什么助他？我也不犯着劝他。你这妈妈太小心了，往常老太太又给他酒吃，如今在姨妈这里多吃一口，料也不妨事。必定姨妈这里是外人，不当在这里的也未可定。

不可讳言，这种尖锐的话语其实已经有些挑拨离间的意味，于是李嬷嬷听了，又是急，又是笑，说道："真真这林姐儿，说出一句话来，比刀子还尖。"就连坐在旁边的宝钗也忍不住笑着，把黛玉腮上一拧，说道："真真这个颦丫头的一张嘴，叫人恨又不是，喜欢又不是。"显然林黛玉讲起话来往往使身边的人感受到很大的压力，旁人会十分尴尬以至于不知如何是好，虽说那或许可以算是她口才伶俐的一种表现，然而这一段情节中林黛玉是真的表现得太过度，到了出口伤人的地步，已经不能用纯真、率直来加以解释。

再看第十六回，宝玉将北静王水溶所赠的鹡鸰香串珍重取出，诚心诚意地转赠给黛玉，没想到黛玉却说："什么臭男人拿过的！我不要他。"北静王作为郡王，为人尤其谦和，书中的描写事实上是给予他很多赞美的，宝玉也非常珍视这个礼物，特意等黛玉从江南奔丧回来后转赠予她，可是黛玉却不屑于此，还"掷而不取"，丢还给宝玉。

又第十七回，宝玉因为和黛玉发生了一些争执，黛玉没弄清楚状况便任性赌气剪了香袋子，宝玉只好赔笑央求黛玉改天再做一个香袋给他，黛玉的回答则是"那也只瞧我高兴罢了"。而第十八回元妃回府省亲时，黛玉本来是想借此机会大展奇才将众人压倒，可没想到元妃让大家"各题一匾一诗，随才之长短"，每个人只作一首诗，她便觉得未能展其抱负而心中不快。由这几回的情节我们可以很清楚地看到，此一阶段中的林黛玉总是把她的情绪直接流露在外，而明眼人一目了然，当下大概就知晓她的个性了。

到了第二十回，史湘云终于忍受不了林黛玉那比刀子还尖的流弹四射，于是禁不住反击道：

> 他再不放人一点儿，专挑人的不好。你自己便比世人好，也不犯着见一个打趣一个。

诚然，此一"专挑人的不好"的"打趣"行为，便等于是在人家的伤口上洒盐，一点也不有趣。从心理学的角度来说，弗洛伊德即指出这种做法绝对不是出于单纯的幽默感，事实上常常开人家玩笑的人，其内在具有一种他自己都不自觉的心理需求，那就是从中获得一种宰制性的快感，因为开玩笑是最好的心理防卫机制，不但可以在刺到别人的同时，让对方不好当真发作，更可以掩护自己潜意识里其实想要宰制别人的欲望。既然只是开玩笑而已嘛，没什么大不了，于是自己就不以为意，而被伤到的人也只好勉强忍耐。

正因为如此，我们常常可以看到好朋友之间因为过度玩笑而翻脸。事实上，即使是至亲好友都不可以任意逾越界限，切勿以为逾越界限才代表关系亲密，亲密关系中绝不包括逾越界限所带来的侵犯，可叹那却是很常见的严重误解。脂砚斋便曾指出宝、黛之间其实是"近中远"，以为彼此十分亲近，便觉得自己可以对对方为所欲为，这根本是一种很要不得的心态。真正的爱是要懂得彼此尊重，设身处地去体会对方的感受，而不是任意逾越界限进而伤害到对方，必须说，凡是逾越界限的爱便不是真正的爱，那只不过是任性地想要索取一种心理上的满足，并且此一心理需求往往通过侵犯的方式来表达，真是一个非常颠倒的、被包装了自己的潜意识的不良心态。

回到第二十回，面对黛玉这般的"打趣"，湘云终于反击了，此时黛玉还不甘示弱，要去追打湘云，紧接着来到第二十一回，宝玉便赶紧介入这两个人的茶壶里的风暴，劝慰黛玉道："谁敢戏弄你！你不打趣他，他焉敢说你。"这段话可以证明平时只有林黛玉打趣别人的份，而大家都是默默忍受或是大方包容，由此显示了黛玉自我中心的性格养成与周围给予的纵容环境密不可分，尤其宝玉用到"谁敢""焉敢"二词，清楚表明黛玉在贾府中确实是一位天之骄子，旁边没有人敢指责她。严格来说，这种"自我中心"和"个人主义"一点都不是人格价值，并不值得赞美，而黛玉之后靠着自己的灵慧意识到宝钗是在由衷地教导她，因而幡然改悟，这也可以证明黛玉不是一个令人讨厌的人，因为她懂得自我反省，也懂得感谢他人的善意。

"打趣"薛宝钗

只不过，前期的黛玉确实存在着自我中心的性格特质，尤其是第三十四回中，当她看到无精打采、脸上带泪的宝钗时，再度呈现出嘴里刻薄的缺点。我们先看宝钗唯一一次痛哭不止的原因，即被她的哥哥给大大地冤枉。宝钗的哭泣不仅很罕见，而且她还哭了一整夜，第二天更继续哭将起来，可想而知此一情况非比寻常，其中的缘故，是只以我们当今的时代价值观乃至整个意识形态所完全不能够体会的，因此，我们要仔细分析宝钗这一次绝无仅有的痛哭的因由，借此也可以和黛玉后期的转变做一个很好的参照架构。

整件事的肇端是宝玉挨打，大家纷纷猜测到底是谁在贾政面前说了宝玉不堪的闲话，也都怀疑是薛蟠泄露的口风。然而世间的道理就是如此玄妙，平素薛蟠确实口没遮拦，但这一次却偏偏真的不是他之所为，因此，当宝钗以此劝诫哥哥的时候，被冤枉的薛蟠急得眼似铜铃一般，嚷道：

> "真真的气死人了！赖我说的我不恼，我只为一个宝玉闹的这样天翻地覆的。"宝钗道："谁闹了？你先持刀动杖的闹起来，倒说别人闹。"薛蟠见宝钗说的话句句有理，难以驳正，比母亲的话反难回答，因此便要设法拿话堵回他去，就无人敢拦自己的话了；也因正在气头上，未曾想话之轻重，便说道："好妹妹，你不用和我闹，我早知道你的心了。从先妈和我说，你这金要拣有玉的才可正配，你留了心，见宝玉有那劳什骨子，你自然如今

行动护着他。"话未说了，把个宝钗气怔了，拉着薛姨妈哭道："妈妈你听，哥哥说的是什么话！"薛蟠见妹妹哭了，便知自己冒撞了，便赌气走到自己房里安歇不提。

在争辩的过程中，薛蟠见宝钗说的话句句有理，根本无法反驳，因而更是心急，又因他正在气头上，以他本来顾前不顾后的个性，一心只想设法拿话堵宝钗，于是未曾考虑话之轻重，便开始诉诸一种非理性的野蛮方式，信口指控宝钗是留心于有玉的宝玉，才会这样护着他。歪派宝钗对宝玉有私情，那是非常严重的道德控诉，我们得要回到《红楼梦》中的价值观才能够理解，而理解之后才会知道为什么宝钗会那般伤心，以及薛姨妈会气得浑身乱战，也是出于同一个原因。且看第三十四回描述道：

> 这里薛姨妈气的乱战，一面又劝宝钗道："你素日知那孽障说话没道理，明儿我叫他给你陪不是。"宝钗满心委屈气忿，待要怎样，又怕他母亲不安，少不得含泪别了母亲，各自回来，到房里整哭了一夜。次日早起来，也无心梳洗，胡乱整理整理，便出来瞧母亲。可巧遇见林黛玉独立在花阴之下，问他那里去。薛宝钗因说"家去"，口里说着，便只管走。黛玉见他无精打采的去了，又见眼上有哭泣之状，大非往日可比，便在后面笑道："姐姐也自保重些儿。就是哭出两缸眼泪来，也医不好棒疮！"

紧接着故事来到了第三十五回，作者继续往下写道：

话说宝钗分明听见林黛玉刻薄他，因记挂着母亲哥哥，并不回头，一径去了。……且说薛宝钗来至家中，只见母亲正自梳头呢。一见他来了，便说道："你大清早起跑来作什么？"宝钗道："我瞧瞧妈身上好不好。昨儿我去了，不知他可又过来闹了没有？"一面说，一面在他母亲身旁坐了，由不得哭将起来。薛姨妈见他一哭，自己撑不住，也就哭了一场，一面又劝他："我的儿，你别委曲了，你等我处分他。你要有个好歹，我指望那一个来！"薛蟠在外边听见，连忙跑了过来，对着宝钗，左一个揖，右一个揖，只说："好妹妹，恕我这一次罢！原是我昨儿吃了酒，回来的晚了，路上撞客着了，来家未醒，不知胡说了什么，连自己也不知道，怨不得你生气。"宝钗原是掩面哭的，听如此说，由不得又好笑了，遂抬头向地下啐了一口，说道："你不用做这些像生儿。我知道你的心里多嫌我们娘儿两个，是要变着法儿叫我们离了你，你就心净了。"薛蟠听说，连忙笑道："妹妹这话从那里说起来的，这样我连立足之地都没了。妹妹从来不是这样多心说歪话的人。"薛姨妈忙又接着道："你只会听见你妹妹的歪话，难道昨儿晚上你说的那话就应该的不成？当真是你发昏了！"薛蟠道："妈也不必生气，妹妹也不用烦恼，从今以后我再不同他们一处吃酒闲逛如何？"宝钗笑道："这不明白过来了！"薛姨妈道："你要有这个横劲，那龙也下蛋了。"薛蟠道："我若再和他们一处逛，妹妹听见了只管啐我，再叫我畜生，不是人，如何？何苦来，为我一个人，娘儿两个天天操心！妈为我生气还有可恕，若只管叫妹妹为我操心，我更不是人了。如今父亲没了，我不能多孝顺妈多疼妹妹，反教娘生气妹妹烦恼，真连个畜生也不如了。"

口里说着，眼睛里禁不起也滚下泪来。薛姨妈本不哭了，听他一说又勾起伤心来。宝钗勉强笑道："你闹够了，这会子又招着妈哭起来了。"薛蟠听说，忙收了泪，笑道："我何曾招妈哭来！罢，罢，罢，丢下这个别提了。叫香菱来倒茶妹妹吃。"宝钗道："我也不吃茶，等妈洗了手，我们就过去了。"薛蟠道："妹妹的项圈我瞧瞧，只怕该炸一炸去了。"宝钗道："黄澄澄的又炸他作什么？"薛蟠又道："妹妹如今也该添补些衣裳了。要什么颜色花样，告诉我。"宝钗道："连那些衣服我还没穿遍了，又做什么？"一时薛姨妈换了衣裳，拉着宝钗进去，薛蟠方出去了。

由宝钗和薛姨妈的严重反应，以及薛蟠在事后气消了，恢复理智以后，他也察觉到自己实在是说了太过分的话，因而百般追悔地想要努力弥补妹妹，把这些相关人物于当场和事后的所有反应加起来，我们只能得出一个认识，即当薛蟠胡说宝钗心里对宝玉有私情的时候，便足以造成全家大乱。而这到底有什么严重性呢？归根究底只有一个原因，即对于他们这种人家而言，未婚女性只要心中有私情，那其实就形同失去了贞洁，纵使没有流于任何行为上的不检，但结婚之前对任何一个亲近的男子产生私情，对她们来说都是罪不可赦的！因此第二回脂砚斋也夹批道："女儿原不应私顾外人之谓。"这种情况与民歌传唱中直率宣称"阿婆不嫁女，那得孙儿抱"的平民少女完全不同。

　　所以，曹雪芹在第一回便开宗明义，借由石头之口严正声明：《红楼梦》此书"虽其中大旨谈情，亦不过实录其事，又非假拟妄称，一味淫邀艳约、私订偷盟之可比"，完全不同于"佳人才子等书"，"千部共出一套，且其中终不能不涉于淫滥"，显然"私订偷盟"即为"淫滥"，也因此薛蟠讲出口的那几句话所产生的后果是非常严重的，包括宝钗和薛姨妈会那等悲痛，事后薛蟠也深自愧悔，原因都在于此。然而黛玉在刻薄宝钗时，不也是以同样的方式吗？黛玉的言外之音，很显然就是在指控或歪派宝钗因为担心、忧虑宝玉的伤势，所以才会哭泣，而那和薛蟠的攻击力道是一样的，甚至更加强大。

其实这般做法实属非常不应该，尤其是当对方已经处于一种困苦、伤痛的状况下，还用极为尖酸刻薄的言论加以数落，给予道德污蔑，那绝对不是一位君子该有的作风。从一般的道理而言，黛玉看到宝钗脸上带着泪痕时，还以如此嘲讽、尖刻的言语落井下石，就这个行为来说，其中所隐含的心态并不比薛蟠高尚，甚至更为过分，毕竟薛蟠是情急之下未经思索的鲁莽，而黛玉却是存心的故意为之，实在很不足取，所以小说的叙事者在第三十六回的开头也用"刻薄"二字来形容黛玉，足见"刻薄"确实是早期黛玉的一个性格缺陷。据此必须说，黛玉事实上是有缺点的，理性的读者不应该护短，更不应该加以美化。

此外，关于黛玉的言语尖锐，第三十七回也有提到，当时探春对黛玉说"你别忙中使巧话来骂人"，起因在于起诗社之际大家要各取别号，以为雅称，探春自称"最喜芭蕉，就称'蕉下客'罢"，而黛玉听了便揶揄探春是一只鹿，因为"古人曾云'蕉叶覆鹿'。他自称'蕉下客'，可不是一只鹿了？快做了鹿脯来"。通过林黛玉"忙中使巧话来骂人"的习惯行为，显示出黛玉确实常常使用很尖锐的侵略性话语，但是语言修辞上又很巧妙，这是黛玉在前期阶段很常见的一种言说特色。

"本性懒与人共"

接着再看其他情节所涉及的黛玉的相关个性。第二十二回提到黛玉"本性懒与人共，原不肯多语"，她懒得理会别人，也不想多和人家说话，常将自己关在个人的世界中流连品味。在同一回中，史湘云因为率直指出台上唱戏的小旦装扮上像林妹妹的模样，而导致两人彼此的不和，宝玉费劲地在其间调停时，竟又弄巧成拙，落入两边不是人的困窘，于是对湘云发誓表白自己的诚心诚意，湘云不满地说道："大正月里，少信嘴胡说。这些没要紧的恶誓、散话、歪话，说给那些小性儿、行动爱恼的人、会辖治你的人听去！别叫我啐你。"所谓的"行动爱恼"意指动不动就爱生别人的气，无论对方怎么做，都会不如她的意，所以周边人和黛玉相处的时候都战战兢兢，生恐一不小心便得罪了她。

黛玉还有一个癖性，那便是洁癖。且看第二十五回，宝玉被黑心的贾环泼了热烫的灯油，左边脸上烫出了一溜燎泡，于是黛玉去看望他：

> 宝玉见他来了，忙把脸遮着，摇手叫他出去，不肯叫他看。——知道他的癖性喜洁，见不得这些东西。林黛玉自己也知道自己也有这件癖性，知道宝玉的心内怕他嫌脏，因笑道："我瞧瞧烫了那里了，有什么遮着藏着的。"一面说，一面就凑上来，强搬着脖子瞧了一瞧，问他疼的怎么样。

黛玉确实是癖性喜洁，但因为对方是宝玉，当然也就形同自己了，于是不以为脏。除此之外，黛玉的洁癖是人尽皆知，连第四十回贾母带着刘姥姥逛大观园，中途和众人莅临秋爽斋参观的时候，都说："咱们走罢。他们姊妹们都不大喜欢人来坐着，怕脏了屋子。……我的这三丫头却好，只有两个玉儿可恶。回来吃醉了，咱们偏往他们屋里闹去。"三丫头探春确实比较能够平衡自我的私领域与群体的公共场合，不比那些矜持的上等人家子女们很容易画地自限，二玉尤为其最，所以贾母才会爱怜地说"只有两个玉儿可恶"。

除了洁癖之外，黛玉还懒于女红针黹。同样在第二十五回中还提到，黛玉因为闺中生活乏味，百无聊赖之下便和紫鹃、雪雁做了一回针线，针线乃是闺中女性日常必须要分担的活计，但黛玉做后更觉烦闷，便丢开不管了。第三十二回通过袭人的口中可以得知："他可不作呢。饶这么着，老太太还怕他劳碌着了。大夫又说好生静养才好，谁还烦他做？旧年好一年的工夫，做了个香袋儿；今年半年，还没见拿针线呢。"可见黛玉基本上是不碰女红的，以至于一年只做一个香袋儿，有时过了大半年，连针线都不曾动过，显然她对针线的态度是越做越觉得烦闷，一点都没有让她开心起来。既然贾母都怕她劳碌着了，那就更是完全不用碰针线了。

言语举止上的失礼

至于第二十五回的后半部分，则表现出黛玉不类大家闺秀的脱轨举止。当时宝玉因为法术消退，而慢慢醒过来，林黛玉放了心，便念

了一声"阿弥陀佛":

> 薛宝钗便回头看了他半日，嗤的一声笑。众人都不会意，贾惜春道："宝姐姐，好好的笑什么?"宝钗笑道："我笑如来佛比人还忙:又要讲经说法，又要普渡众生;这如今宝玉、凤姐姐病了，又烧香还愿，赐福消灾;今才好些，又管林姑娘的姻缘了。你说忙的可笑不可笑。"林黛玉不觉的红了脸，啐了一口道："你们这起人不是好人，不知怎么死!再不跟着好人学，只跟着凤姐贫嘴烂舌的学。"一面说，一面摔帘子出去了。

此时黛玉在听了宝钗的话以后，不觉地红了脸啐了一口，大家要注意，只要黛玉是红了脸即表示她并没有生气，甚至心里是高兴的，否则她不会只是简单地"啐了一口";而当提到"姻缘"此一闺中未婚女儿们的雷区或是禁忌时，她骂道："你们这起人不是好人，不知怎么死!再不跟着好人学，只跟着凤姐贫嘴烂舌的学。"然后便摔帘子出去了。我们都知道，摔帘子、摔门、摔东西等动作真的是一种很没教养、很粗野的举止，从我们自己的经验中想一想，纵然是现代平等宽容的亲子关系，也不能忍受这类没有教养的行为，何况是注重优雅举止的书香世家!所以，黛玉摔帘子看上去虽然很平常，但回到小说中贾府注重礼法的家庭背景来看，其实一点都不平常，其他的闺秀少女如贾家的嫡系三春都没有类似作风，更显示出黛玉在言行举止上颇为小家子气，没有大家闺秀端庄合宜的举止风范，当然那也是她被纵容的一个后果。

在此我做一个补充，黛玉很多言语举止上的失礼甚至粗野的表现，都集中于所谓的前半期，即第四十二回至第四十五回之前，在第二十回、第二十五回、第二十八回、第三十回、第五十七回里，黛玉都有"啐了一口"的行为，除了第五十七回算是后半期的表现之外，我们可以发现其余都出现于前半期。而且值得注意的是，黛玉也是小说中除了王熙凤之外最常"啐了一口"的人。可王熙凤没有读过书，也不大接受过闺秀的教养，所以才会如此泼辣，而林黛玉竟然在这一点上和王熙凤很接近，那实在是值得我们去比较和思考的。

另外，不仅第二十五回有"摔帘子"的动作，第二十八回和第三十回里黛玉还出现了"甩手帕"，其中第二十八回的"甩手帕"更是直接甩到宝玉的脸上：

> 只见林黛玉蹬着门槛子，嘴里咬着手帕子笑呢。宝钗道："你又禁不得风吹，怎么又站在那风口里？"林黛玉笑道："何曾不是在屋里的。只因听见天上一声叫唤，出来瞧了瞧，原来是个呆雁。"薛宝钗道："呆雁在那里呢？我也瞧一瞧。"林黛玉道："我才出来，他就'忒儿'一声飞了。"口里说着，将手里的帕子一甩，向宝玉脸上甩来。宝玉不防，正打在眼上，"嗳哟"了一声。

整体而言，"啐了一口""摺剪子""掷香串""蹬着门槛""甩手帕"以及"摔帘子"等动作，都不是世家大族的千金该有的举止，那完全不符合她们该等家族的礼法教养；特别是"蹬着门槛"的姿势，堪称一个不雅的举动，贾府上上下下的众女儿中，也唯有王熙凤和林黛玉两个人出现过这般的行为体态。不只如此，林黛玉与王熙凤的相像之处还在于口说粗话上，王熙凤常骂"放你娘的屁"（见第七回、

第十六回、第六十七回），而除凤姐之外，贾府中还有三个人出现过类似的用语，即第十九回林黛玉对宝玉直言"放屁"，第三十一回史湘云笑骂翠缕说"放屁"，以及第七十三回晴雯对上夜的人说"别放诌屁"。对此，我要特别提醒大家，试想这三个人有没有共同的家世背景或成长环境？答案是有的，一则她们都是没有父母的孤儿，二则晴雯和黛玉一样又是贾府中被娇惯的宠儿，再度证明了性格与环境密不可分的关系。

接着再看有关黛玉心胸狭窄、爱闹脾气的描述。第二十七回里，宝钗内心的思考是"林黛玉素习猜忌，好弄小性儿的"，红玉心中也想着"林姑娘嘴里又爱刻薄人，心里又细"，这其实都是林黛玉为读者所熟悉的特点，尤其与宝玉之间的关系就更是如此，她常常拈酸歪派，掀起许许多多的事端，甚至引起砸玉、铰穗等重大事件。必须说，种种事故都出于黛玉的心理不安全感，以及她小性儿、钻牛角尖、常常歪派别人的个性。黛玉的贴身侍女，即与她情同姐妹，对她一心一意、赤胆忠心的紫鹃也曾中肯地劝说过："好好的，为什么又剪了那穗子？岂不是宝玉只有三分不是，姑娘倒有七分不是。我看他素日在姑娘身上就好，皆因姑娘小性儿，常要歪派他，才这么样。"（第三十回）足见黛玉的小性儿不但是贾府中各色人等一致的共识，也是一个客观的事实。

天性喜散不喜聚

至于黛玉的"孤僻"，可以说是源自她喜散不喜聚的感伤性格，在第三十一回中，黛玉与宝玉两人便展现了完全不同的聚散观。当时王夫人于端午佳节治办了酒席，席间却因宝玉"没精打采"而引发众人一连串"懒懒的""不自在""淡淡的"之意兴阑珊，最后"也都无意思了"，于是很快地散席。这对黛玉来说并没有造成什么影响，因为：

> 林黛玉天性喜散不喜聚。他想的也有个道理，他说，"人有聚就有散，聚时欢喜，到散时岂不清冷？既清冷则生伤感，所以不如倒是不聚的好。比如那花开时令人爱慕，谢时则增惆怅，所以倒是不开的好。"故此人以为喜之时，他反以为悲。那宝玉的情性只愿常聚，生怕一时散了添悲；那花只愿常开，生怕一时谢了没趣；只到筵散花谢，虽有万种悲伤，也就无可如何了。因此，今日之筵，大家无兴散了，林黛玉倒不觉得，倒是宝玉心中闷闷不乐，回至自己房中长吁短叹。

显然宝玉这个人是很乐观主义的，所以追求及时行乐，和黛玉的悲观灰暗截然不同，这便不禁启人设想：倘若黛玉性格不改，则两人成亲之后是否能够琴瑟和谐？因为双方的价值观、生命情调都非常不同，除非是以一种互补的方式相处，否则彼此之间必然会产生一些距离，随着时间的推移越来越扩大，而渐行渐远，终究无法弥补。那当然都已经无从推究，因为历史是不能假设的。到了第三十二回里，作者则说明黛玉心思放不开的缺点，宝玉宽慰黛玉道：

> "你皆因总是不放心的原故，才弄了一身病。但凡宽慰些，

这病也不得一日重似一日。"林黛玉听了这话，如轰雷掣电，细细思之，竟比自己肺腑中掏出来的还觉恳切，竟有万句言语，满心要说，只是半个字也不能吐，却怔怔的望着他。

从这一段情节可以看出两人从小青梅竹马，"言和意顺，略无参商"，彼此心照不宣，相互之间已经深刻了解，到达不必落于言筌的程度，宛如灵魂知己。只不过，小说家对宝、黛之恋的描写并没有停留在如此单纯或单一的层次，读者却因为昧于小说内容的复杂性，往往把这两人的关系单一化。同样在第三十六回中有一段情节，便是众多读者共有的盲点之一，曹雪芹说宝玉因为"独有林黛玉自幼不曾劝他去立身扬名等语，所以深敬黛玉"，一如第三十二回里宝玉也说道："林姑娘从来说过这些混账话不曾？若他也说过这些混账话，我早和他生分了。"显然那也是两人可以长久维持知己之情的一个原因。

但是，黛玉"不曾劝"宝玉去立身扬名是否即等于"反对"宝玉去立身扬名呢？必须说，两者在本质上其实是不同的，原因也可能天差地别。黛玉之所以不曾说"这些混账话"，"不曾劝"宝玉去立身扬名，很可能只是为了迎合宝玉，以免影响两人的关系而导致双方"生分"，如同先前第八回中，宝玉想要放任饮酒为乐而被李嬷嬷劝阻时，黛玉眼看宝玉扫兴不悦便加以鼓动道："别理那老货，咱们只管乐咱们的。"可见黛玉的"不曾劝"以迎合宝玉的可能性非常大。此外，黛玉的"不曾劝"至多仅能算是默认宝玉的价值观，毕竟她从未明确表示过类似的主张，不具备同等的积极性。然而不经思考的话，读者就会很容易将二者混淆为一，或者想当然耳地做跳跃式的推论，那都是我们要努力避免的。在进行人文分析的时候，对各种地方真的都要非常讲究，因为只要有一些细微的差异，便会"失之毫厘，谬以千里"。

第四十五回：黛玉的转捩点

综观林黛玉的多心、喜欢歪派别人、好钻牛角尖等自我束缚的风格，大部分都集中于第四十二回至第四十五回之前，所以曹雪芹早早便称黛玉是"心较比干多一窍"，书中众人也一致公认。在第三回、第八回、第二十二回、第二十八回、第三十回，至少五回以上都提到了黛玉是多心的人，于第二十二回、第二十七回、第三十回、第四十九回则多次说她是小性儿。而到第四十五回的时候，黛玉自己更向宝钗亲口坦承："然我最是个多心的人，只当你心里藏奸。"但值得注意的是，从第四十五回之后，小说中再也没有任何一个地方提到黛玉多心。虽然她还是常常哭，但是眼泪已经逐渐变少，而且哭泣的原因和方式也都有了变化。

同时，我们再也没有看到黛玉"啐了一口""撂剪子""掷香串""蹬门槛""甩手帕"以及"摔帘子"等强烈的肢体行为、语言表现。除了第五十七回是个例外，推究其原因又与宝钗会对她的哥哥啐了一口的情况很类似，属于至亲的表现，因此整体而言，黛玉为人所熟悉的样貌其实主要集中在第四十五回之前。第四十五回之后的林黛玉，则进入了性格非常不一样的阶段，也不再有刻薄多心等言行举止，话语、肢体动作上都臻于优雅沉稳，所以第四十五回堪称林黛玉人格成长变化的一个转捩点。

说明至此，我要再补充一点，林黛玉的形象在前半期还有一个非常有意思的地方，即关于头发的描述，那同样都集中于前期阶段。第十九回黛玉与宝玉玩笑时有"理鬓"的动作，第四十二回也有类似的情节，当时宝玉对黛玉递个眼色：

> 黛玉会意，便走至里间将镜袱揭起，照了一照，只见两鬓略松了些，忙开了李纨的妆奁，拿出抿子来，对镜抿了两抿，仍旧收拾好了，方出来。……宝钗笑指他道："怪不得老太太疼你，众人爱你伶俐，今儿我也怪疼你的了。过来，我替你把头发拢一拢。"黛玉果然转过身来，宝钗用手拢上去。

值得注意的是，黛玉"理鬓""拢发"的动作从来没有在别人身上出现过，此一描写绝非偶然所导致，而关于其中的象征意义，可借由《铁约翰：一本关于男性启蒙的书》的分析加以说明。该书聚焦于经典童话《铁约翰》，作者罗勃·布莱（Robert Bly）论述主人公的成长启蒙经验，分析各个情节所隐藏的种种意涵，其中便对"毛发"进行了心理分析。他指出，毛发代表了所有温血动物的特性，因为爬虫类等变温动物是没有毛发的，所以毛发代表了哺乳动物特有的热烈天性，例如暴怒、冲动、情绪化、凶猛、善妒等。在此，应该可以借由此一观察角度和面向，帮助大家认识早期林黛玉"理鬓"或"拢头发"这些动作所反映的性格特征。

当然我们不应穿凿附会，在运用上也不要太过死于句下，但两相比较，还是可以发现曹雪芹的描写和《铁约翰》中所涉及的心理分析有着异曲同工之妙。来自古今中外人心中的共同体认，那就是毛发接近哺乳动物的温暖，略为强化一点便会变成凶猛、善妒、暴怒、冲动等性格特征。林黛玉前期的性格，也确实比较符合冲动、情绪化、爱生气和善妒等，这些刚好吻合的地方都可以作为一个参照，也可以说明为什么作者只在书中的前半部分描述了黛玉拢头发、理鬓等举止，因为黛玉确实在早期阶段中比较情绪化，更多地具有一种所谓热烈的天性，较少受到文明和礼教的约制，这般的解释可以帮助我们更多一些丰富的认识。

不过此处一定要补充的是，黛玉还算可爱，虽然有一些未达君子境界的行为表现，但她毕竟属于正派人物，原因在于她懂得自我反省，也知道忏悔，只是嘴巴很硬，不愿意口头承认错误。例如第十八回，当黛玉误以为她所赠予宝玉的香袋也给小厮们抢走时，便向宝玉道：

> "我给的那个荷包也给他们了？你明儿再想我的东西，可不能够了！"说毕，赌气回房，将前日宝玉所烦他作的那个香袋儿——才做了一半——赌气拿过来就铰。宝玉见他生气，便知不妥，忙赶过来，早剪破了。宝玉已见过这香囊，虽尚未完，却十分精巧，费了许多工夫。今见无故剪了，却也可气。因忙把衣领解了，从里面红袄襟上将黛玉所给的那荷包解了下来，递与黛玉瞧道："你瞧瞧，这是什么！我那一回把你的东西给人了？"林黛玉见他如此珍重，带在里面，可知是怕人拿去之意，因此又自悔莽撞，未见皂白，就剪了香袋。因此又愧又气，低头一言不发。

在此，我们看到黛玉不分青红皂白便冤枉了宝玉，但是却不妨碍她是一个正派的人，原因在于她懂得反省自己，所以自悔莽撞剪破了香袋。对于黛玉的这一行为，脂砚斋从旁批注道："情痴之至。若无此悔，便是一庸俗小性之女子矣。"也就是说，如果林黛玉此时还是一副自以为"千错万错都是别人的错"的样态，那么她便真的沦为"庸俗小性之女子"了。幸好她懂得反省，如同她的重像晴雯，两人的缺点很多，但是她们确实从不在背后暗箭伤人、说别人的坏话，这一点已经非常难得，也是她们两个人之所以还是很可爱的原因。

　　换句话说，在前八十回中，黛玉和其他的金钗一样，从来没有任何一次在私底下排挤过别人，或者"暗箭伤人"，背地里说别人的是非，这一点诚然十分难得，因为那是一般人很难做到的，恐怕连很多喜爱黛玉的读者也都没有做到——例如在网络上匿名攻击别人，就不是黛玉会做的事。以这一点来看，林黛玉确实不失为一个正派的人物，而她的一些缺点也因此很容易被读者所包容，并且她的感伤自怜更常常会引发出读者更多的同情，从而使人忽略她的缺点。

成年礼

　　可是人一定要成长，必须让自己学会做一个心态成熟的成人，那是每个人一定要面对的命运。千万不要总是想着做一个任性的小孩，即使你的内在心里确实有一个骄纵的、受伤的小孩，你也要懂得让她（他）在你的身体里沉睡。你可以在自我的世界里为那个可怜的、不愿意长大的，抑或是由于受伤太深导致几十年过去了，还仍然常常感到痛苦的小孩留一点空间，但即便如此，你都要懂得不要让这个"小孩"蹿出来，影响到正常的生活与健全的心灵。我想这在许多成年人的人生课题里，真是非常重要的一环。

　　虽然人活着总会感到人生很艰苦、很沉重，但那就是我们的人生功课，是每个人都必须面对也无法逃避的生命课题。我们无法像彼得·潘一般永不长大，因为彼得·潘是存在于童话故事中，所以他可以在永无岛（Neverland）上逍遥自在，但现实人间并非如此，尤其我们都知道《红楼梦》所描写的，是非常实际、符合现实逻辑和人情事理的上层社会，以及生活于其中的形形色色的人，即使是黛玉、晴雯，也都无可避免地要面临成长的考验。因此，大观园注定必然失落，时间总是往前走，不会因为谁而停留，生命也必然要向前进展，中途会看到丰富的人生景观，但是最终的尽头必然是死亡。

　　《红楼梦》的作者来不及，或是不愿意让我们看到他所钟爱的这些人物最终面临死亡的那一幕，何况在那之前还有比死亡更可怕的衰老在等着她们。曾经有人感叹道："老比死更可怕。"确实，"美人迟暮""英雄白头""朱颜辞镜"是人生中很悲哀的一件事，就连李白也因此选择活在永恒的春天里，他的诗作从来不涉及任何作为现实存在物的生命必然会面临的衰老退化；而与他不同的是，同样身为伟大的诗人——"诗圣"杜甫，却逼迫自己一定要去直视生命存在的所有真相。杜甫的诗中便经常写到肉体在衰退毁损等令人不忍卒睹的可怕面向，譬如说脚底长茧或者半身不遂，眼睛昏花或是走不动等。我想这很可能正是杜甫比李白更伟大的地方，因为对杜甫来说，人生的分分秒秒，以及所有无论是令人愉悦的美好事物或是教人不悦的丑陋本质，都可以成为生命与诗歌的一部分，因为那本来就是世界的一部分。在面临人生课题的层次上，李白确实比不上杜甫来得宽广，却无碍于二人各有千秋，毕竟不同的诗人在性格上也有所不同，可以为世界做出不同的贡献。

对曹雪芹来说，无忧无虑、美丽鲜艳的青春年少一旦失落，便相当于人生的重大悲剧，因为成人即得要承担艰巨的责任和各种难题，所以他哀挽青春的必然失落，痛惜青春的一去不复返，他的《红楼梦》也就写到了这些青春少男少女们所必定要面临的所谓"成年礼"。在"成年礼"之前，大部分的人都是无忧无虑的，是可以放纵自我的，尤其在大观园那般别有天地的独特环境下，加上贾母对于孙辈特殊的宠爱，使得他们可以享受一般人难以望其项背的富贵场、温柔乡。但是，这一切终究会失落，因为时间一直在催促你成长，社会也逼迫你在一定的年纪就必须跨出自我的门槛来与整个世界接轨；而一旦跨出自我的门槛后便要负起责任，不再是无忧无虑的少男少女，可以去充分享受与现实人生没有多少直接关系的春花秋月。

如何看待成年礼，如何看待一个人终究要告别青春年少，而去承担成年世界的苦难和沉重的负担，这些都是伟大的作家会面临到，并且需要处理好的重大议题，而此一题材在《红楼梦》中尤其令人心酸。既然几乎所有伟大的作家、伟大的作品都需要处理"成长"的议题，那就一定会涉及所谓的"失落纯真"（fall from innocence）。对于"失落纯真"，许许多多具有"童年怀乡症"的人自是感慨万千、唏嘘不已，因为我们总是希望可以回到无忧无虑的母胎怀抱，在那里有永恒的幻想，有美丽的泡泡，有五彩缤纷的乐园。一般说来，我们总是在社会适应不良的时候发作起"童年怀乡症"来，从而渴望回到那段纯真的年龄，酣睡在那无忧的摇篮里。

于是"失落纯真"成为非常多的作家与重要作品都会触及的一个议题：少女们不再美丽无忧，她们终会成为成熟妇人，被生儿育女和家务所折磨，直到最后"鸡皮鹤发"，进入所谓的"鱼眼睛"阶段，这也是《红楼梦》中反复出现的一个重大主题。如此的生命程序当然令人感慨，因为那意味着人生有很多珍贵的东西注定要失去，而人越成熟、越成长，便越得承担这样的必然性，直到接受它、坦然面对它，然后去迎向一个不再被这般的执念所纠缠的更宽广的世界。至此才是一个成熟的人应该发展出来的心胸。

所以，我们其实毋须为逝去的青春哀悼，也不需要再感叹人们是否可以从"失落纯真"的角度寻找到它所具有的积极意义，如果只是一味地回头看，我们当然就会一直处在失落中，因为不想也不曾从失去的东西里挣脱出来，便必然会永远处在失落的境地，也即会自寻烦恼、作茧自缚；唯有向前看，意识到我们现在终究走到了这一步，才能体会到它所带给我们的积极意义。

"通过仪式"三阶段

从这个角度来说，黛玉必然是会成长的，事实也正是如此。而她成长的关键就发生在十五岁这一年，她和宝钗产生了"破冰之旅"，此一"破冰"并非简单地只是两个少女从敌对的关系中和解，它实际上更意味着黛玉的整个人格从结构到内容都发生了变化，即从少女蜕变成为女性，黛玉也因此面临着"失落纯真"的问题——她不再像以前那般表里如一。虽然我一直提醒大家"表里如一"并不是一种"价值"，而是一种"特质"，但毕竟在"失落纯真"之后，人总要学会如何去应对周围的复杂世界，很多人因此极不适应；只是我们其实不必为此而无奈感慨，相反地，应该要注意它对我们的人生有哪些积极意义。

在我看来，黛玉十五岁时与宝钗的"破冰之旅"其实牵动到了她内在根本人格的整体改变，就此来说，黛玉于第四十二回至第四十五回的关键阶段里所表现出来的，正是一种成长的"通过仪式"。

"通过仪式"（rite of passage）是人类学的专有术语，几十年以来已经成为人类学领域的一个常识（common sense），并且被普遍地运用于社会学、文学批评等专业领域。这个词语的发明者是人类学家阿诺德·范·热内普（Arnold van Gennep），他在观察原始部落之后发现：任何一个人类社会，无论是在初级的阶段还是文明化的阶段，其中的每个个体都必须面临成长的要求，因为人一定要社会化，一定要进入周遭的社群里。而整个成长过程的关键在于个体如何和周遭社会融为一体，如何被这个群体所接纳，本质上必然都攸关个人人生的重大改变，因此而有所谓的"成年礼"，以社会的力量来帮助个体顺利完成他的成长。对此，宗教学、民俗学等其他人文学科也都有所涉及，并提出许多非常精彩的相关研究。

很多学者告诉我们，原来传统社会对于一个生命的成长是非常关注的，将之视为整个社会的任务，在所谓的"成年礼"这个仪式上，之所以会有诸多的安排和设计，其实就是要让个体顺利地和他所属的社会接轨。如果接轨不顺利，该个体便会经历非常惨烈的后果，他不单是会被其所属的社会所排挤，甚至还更关系到他的生存问题，而一个人如果无法在他所存活的世界里得到接纳并获取适当的定位，那么这个人的人格状态及内在心理结构可能都会发生非常严重的扭曲和错置，从而无法健全地发展，最后甚至会陷入所谓的"精神失常"。因此总的来看，成长的整个过程虽然极富奥妙，但其实也隐藏着许多风险。

事实上，成年的问题只有到了现代这个为时甚短的时代才不被重视，譬如我们现在没有"女儿节"，没有男士的"加冠礼"等，那是在个体成熟时所要进行的一种正式表态以及对社会期许的承载。因为我们当今时代的人比较晚熟，罗勃·布莱之所以要写《铁约翰》这一部有关男性启蒙的童话解读，就是发现美国社会实在太奇怪了，近几十年来把小孩子当成宠儿一样在照顾、在放任，完全不要求他将来必须成为一个成年人。这种社会现象导致很多男孩子根本长不大，即使到了四五十岁，心理上却还是个小男孩，没有办法去扮演父亲的角色，不了解与妻子应该建立什么样的关系，不知道该如何去负起家庭与社会的责任，以至于造成许多社会问题，包括酗酒、吸毒、性泛滥等，因此这本书当时在美国社会非常轰动。

平心而论，在拥有历史话语权的现代，我们常常认为当下人类的文明是最进步的，自由、民主又平等，是所有人类的历史发展最终要达到的最高境界，但事实上这是一个非常荒谬的观念。从某种程度上来说，人性总是往往自以为代表唯一的真理，因此现代人常常唾弃过去的传统，瞧不起那些往身上抹灰，然后关在小茅屋里的奇奇怪怪的成年礼仪式，认为那是落后民族才会出现的迷信。当抱持这种心态的时候，恰恰透露出我们具有乡巴佬的特征。人类学家通过田野考察与分析已经告诉我们，其实那是人类始终要面临的永恒不变的课题，所以阿诺德·范·热内普指出所有孩子都必须成长为成年人，无论在人类历史发展中的哪个阶段，是初阶还是现代，社会中都有所谓的"通过仪式"，只是表面上的具体形态有所不同。这个概念一经提出，便迅速地受到人类学、社会学、宗教学、民族学等各方面的接纳，并且很有效地解释了很多的社会现象。

"通过仪式"，也有人翻译成"过渡礼仪"，是指青少年要通过一个过渡性的仪式才能正式加入成人社会，而整个仪式的过程可能是象征性的，也可能是实质性的。简单来说，在青少年转变为成人的转捩点上的所谓"过渡礼仪"基本上包括三个阶段，这三个阶段在不同的部落、不同的社会往往会表现出不同的具体内容，涉及人类纷繁复杂却隐含着诸多共同意义的各种作为。譬如有的男孩会受到鞭打，据此证明能够承受痛苦，然后才能期望他将来成为一个有担当的成年人；有的是被关在茅屋里挨饿几天，以锻炼出忍受孤独、饥饿的能力；有的则是被驱逐到森林中，通过狩猎野兽去证明他拥有成年人的谋生条件，诸般形式无一例外都承受着生命成长的风险，但也唯有如此才能显示该青少年确实已经具备成年的资格。

当然，种种的考验与锻炼都只发生在男性身上，因为女性不被当作文明的承担者与推动者，女性的生命也不比男性有那么多重要的阶段性标记，例如"加冠"或是登科中举等非常仪式性的里程碑，都是用来标示着男性进入不同人生阶段的重大变化。相比之下，女性生命历程的变化很简单，她们的人生中大概只有两件大事，第一件是结婚，那似乎就是最重要的"过渡仪式"，另外一件便是生产，所以对女性来说，所谓"通过仪式"的问题相对淡薄。

依据热内普的分析，通常"通过仪式"的第一个阶段是"分离"，即个体要从原来的生活脉络中分离出来，只有剪断那条"脐带"才能继续后面的过渡历程；第二个阶段是"过渡期"，此时个体开始从内在到外在都发生了许多变化，比如发型、装扮等，甚至身上还会带着很多伤口，这个阶段其实是一个人发生本质性变化的关键时刻，并且此一过渡通常会发生在封闭的空间中，唯此一特点在黛玉身上体现得并不明显。在过渡阶段，个体开始发生内在的转变，同时个人的身份地位也可能会发生最戏剧性的变化，随后个人进入一个新团体，那个新的团体可能还是由原来的成员所构成，但人与人的相对关系、所扮演的角色和原来的形态都会有所不同。因此，"通过仪式"的第三个阶段便是"统合"，也就是"并入"，即个人以新的身份加入新的团体，成为其成员。

对女性而言，"结婚"完全可以印证"通过仪式"的三个阶段：首先，在婚礼举行之前，她是父母所娇宠的小女孩，而婚礼使她脱离了原来的生活脉络，发生最戏剧性的身份地位变化，从父母疼爱的掌上明珠突然之间变成别人的妻子、他人家的儿媳，成为另一个家族里的成员，以新身份统合并入一个新的群体，也就是她的婆家。这个"通过仪式"可以用来解释婚礼在女性生命中的重大意义，对古人来说，婚礼对女性尤其关键，是攸关整个人生的自我定位的转捩点，其重要性是我们今天所不能想象的。

如果以"通过仪式"来检验林黛玉的人生成长，我们会发现她还来不及活到结婚便死了，因为她要履行还泪的宿命，于是青春早夭，似乎缺乏结婚这个"通过仪式"。然而，在黛玉的少女生涯中，她其实是在成长的，甚至是飞跃性的成长，虽然表面上不着痕迹，可是如果仔细推敲、重新爬梳她的整个成长历程中许许多多的生活细节，可以说，她和宝钗之间的"破冰"正是黛玉的"通过仪式"。此一"破冰"实际上牵动的是黛玉的整个人生和她的价值观，甚至人格结构、性情特质也都有了很大的变化。

但曹雪芹实在太厉害了，他写得不着痕迹，所以读者才会对前期的林黛玉留下那么深刻的印象，以至于她后来身上所发生的变化便很容易被视而不见，我也不是才读十遍《红楼梦》就发现了这样的情况。可见研究一部大书真的要非常用心，而且要极其努力，尤其要开放自己的心胸和眼光，不被既有的成见所蒙蔽。

现在，我们便将"通过仪式"的概念扩大化、象征性地运用在黛玉身上，看看她的"成年礼"究竟有哪三个阶段。

新黛玉萌芽，取旧黛玉而代之

整体来说，人不可能在一瞬之间完全脱胎换骨，因此黛玉成长的种种变化也带有渐进的痕迹，以至于旧有的面貌仍然会在转换的过程中偶尔表露，而新旧并陈。比如第四十二回中，仍清晰可见熟悉的、旧有性格样貌的林黛玉，她不但讥讽刘姥姥是"母蝗虫"："他是那一门子的姥姥，直叫他是个'母蝗虫'就是了。"又嘲笑惜春画才迟钝："这园子盖才盖了一年，如今要画自然得二年工夫呢。又要研墨，又要蘸笔，又要铺纸，又要着颜色，又要……"这些话听起来非常尖刻，但因为读者特别娇宠黛玉，所以感觉它们更像是闺中少女彼此间的笑闹，无伤大雅，甚至会觉得颇有天真活泼的可爱之处，然而还是不宜把它们解释为应有的良好行为。

随后黛玉又嗔赖李纨，其话语生动有趣，实在精彩，不得不感叹曹雪芹真是一个说故事的能手，他把很多细微的小情节叙写得非常传神，令人读来津津有味。且先看黛玉嘲笑刘姥姥祖孙的那一段：

黛玉一面笑的两手捧着胸口，一面说道："你快画罢，我连题跋都有了，起个名字，就叫作《携蝗大嚼图》。"

黛玉于此嘲笑刘姥姥和板儿，因为之前在两宴大观园时，桌上的各种食物都做得精致小巧，祖孙两人各吃一点就去了大半盘，那场面确实很像蝗虫过境。黛玉称之为《携蝗大嚼图》，这个比喻形容得逼真传神但也真的很刻薄，实在充满鄙视而不留余地，却也把众人心照不宣的共同感受表达得入木三分，因此：

众人听了，越发哄然大笑，前仰后合。只听"咕咚"一声响，不知什么倒了，急忙看时，原来是湘云伏在椅子背儿上，那椅子原不曾放稳，被他全身伏着背子大笑，他又不提防，两下里错了劲，向东一歪，连人带椅都歪倒了，幸有板壁挡住，不曾落地。

在这一段文字描绘中，湘云乃"伏在椅子背儿上"，显然她的姿势是跨坐，整个人反坐在椅子上，两手横放在椅背上，所以大笑起来时才会重心不稳。于此要注意，这般的现象也唯有在史湘云身上才能看到，因为如此豪放的坐法并不是闺秀淑女所应有的，我们不曾在其他金钗身上看到伏着椅背跨坐的姿势。接下来的画面是：

众人一见，越发笑个不住。宝玉忙赶上去扶了起来，方渐渐止了笑。宝玉和黛玉使个眼色儿。黛玉会意，便走至里间将镜袱揭起，照了一照，只见两鬓略松了些，忙开了李纨的妆奁，拿出抿子来，对镜抿了两抿，仍旧收拾好了，方出来，指着李纨道："这是叫你带着我们作针线教道理呢，你反招我们来大顽大笑的。"

其中写到黛玉的头发有些松散了，那意味着什么呢？深层一点来说，我之前引述《铁约翰》时解释过，在文学作品中人物形象的刻画常常会提到毛发，或是凸显与毛发相关的动作，从而去体现人物的情绪，例如热情、冲动、任性等面向。如此说来，小说中唯独黛玉被写到几次和头发有关的情节，岂不正暗示了黛玉的性格确实很有热情、冲动、任性的部分？

这时"宝玉和黛玉使个眼色儿"，也说明二人相互之间已经到了非常了解、心照不宣的境界，黛玉收拾完头发，出来以后竟然又编派起无辜的李纨，声称都是她不务正业，带着大家玩闹，李纨自然不服，笑道：

> "你们听他这刁话。他领着头儿闹，引着人笑了，倒赖我的不是。真真恨的我只保佑明儿你得一个利害婆婆，再得几个千刁万恶的大姑子小姑子，试试你那会子还这么刁不刁了。"林黛玉早红了脸，拉着宝钗说："咱们放他一年的假罢。"

在此，李纨所讲的实际上是一个很可爱的玩笑话，可黛玉却红了脸，因为李纨的话语中涉及了婚姻，那是她们这种阶级的闺中小姐不可以碰触的话题，也正因为如此，黛玉才收敛下来，不再放刁。

从以上的各段情节来看，显然林黛玉并不是一天到晚只会多愁善感、掉眼泪而已，她其实也很有起哄搞笑的本事，所以黛玉的形象是立体多面的，我们绝不能把她的形象削足适履地单一化。

而当场的故事还没完呢。嘲笑了刘姥姥、惜春，又歪派了李纨之后，黛玉接着开始打趣宝钗。宝钗在绘画方面有非常专业的知识，便主动告诉惜春需要准备哪些器材，又需要如何操作，洋洋洒洒列出了一大篇的物件清单。当宝钗提到需要"生姜二两，酱半斤"时，黛玉立刻插话道："铁锅一口，锅铲一个。"并说："你要生姜和酱这些作料，我替你要铁锅来，好炒颜色吃的。"颜色竟然可以炒来吃！如此带有诗人跳跃性思维的一句话，也只有黛玉才能说得出来，这种创造性的联想别有一番非日常趣味的美感，化俗为雅，自然而然地让读者觉得黛玉很可爱、很优美。

但黛玉嘲笑了宝钗一次还不够，接着她又去看单子，然后拉着探春悄悄地说："你瞧瞧，画个画儿又要这些水缸箱子来了。想必他糊涂了，把他的嫁妆单子也写上了。"这又是个关于婚姻的玩笑，可以说是加倍奉还了之前自己被李纨调侃的事，只是转嫁给了宝钗。我们接着看钗、黛二人之间的互动：

> 探春"嗳"了一声，笑个不住，说道："宝姐姐，你还不拧他的嘴？你问问他编排你的话。"宝钗笑道："不用问，狗嘴里还有象牙不成！"一面说，一面走上来，把黛玉按在炕上，便要拧他的脸。黛玉笑着忙央告："好姐姐，饶了我罢！颦儿年纪小，只知说，不知道轻重，作姐姐的教导我。姐姐不饶我，还求谁去？"

请注意此时黛玉的反应，那绝不是读者所熟悉的林黛玉，她竟然是"笑着央告"宝钗原谅她。为什么黛玉会说出如此可怜见的软语，这般苦苦地求饶呢？原来是因为之前刚刚发生"蘅芜君兰言解疑癖"，宝钗教导她"女子无才便是德"，劝诫她不要去读那些闲书和邪说杂话，这便是所谓的"兰言"，指如同兰花兰草般芬芳的贤德话语。可见曹雪芹是赞同宝钗的训诲的，所以才会把她所说的有关传统妇德女教的言论称为"兰言"，在此我们绝不能用"反讽"来理解，因为那些话真正符合那个时代的价值观，也因此黛玉才会心悦诚服，非常感激宝钗对她的好意。从黛玉自身的角度来看，她也清楚知道有些话自己根本不该说，可她却常常容易在语言上"脱缰"失控，如今她幡然悔悟，于是请求宝钗的原谅。

而上述两人互动的那些话语中所隐藏的"因"都是众人所不知情的，大家"不知话内有因，都笑道：'说的好可怜见的，连我们也软了，饶了他罢。'"接着小说描写道：

宝钗原是和他顽，忽听他又拉扯前番说他胡看杂书的话，便不好再和他厮闹，放起他来。黛玉笑道："到底是姐姐，要是我，再不饶人的。"宝钗笑指他道："怪不得老太太疼你，众人爱你伶俐，今儿我也怪疼你的了。过来，我替你把头发拢一拢。"黛玉果然转过身来，宝钗用手拢上去。

既然宝钗原本只是和黛玉玩笑而不是故意找麻烦，也就立刻放过了她，不再穷追猛打，可见她们已然成为一个和谐的整体了，因此相互之间可以这般亲密又带有肢体动作地嘲戏作谑，温馨互动。看到宝钗放过了自己，黛玉又笑说："到底是姐姐，要是我，再不饶人的。"由这句话清楚显示出黛玉确实很有自知之明，也愿意承认自己果真有缺点，总是一抓到别人的弱点或把柄便不会放过，而充分加以嘲笑，诚如第二十回湘云所批评的："他再不放人一点儿，专挑人的不好。"因此，黛玉虽然有缺点，但为人正派这一点绝对是可以成立的。再者，从宝钗的回应中也可以看到，黛玉之所以能够讨人喜欢并非没有原因，只是我们不能因为她有那些优点便忽略掉她的缺点。

总括来看，这一回中的讥讽、嘲笑、嗔赖、打趣都是非常标准的"口角"，因此基本上可以判定一直到第四十二回，林黛玉仍处于转变期，并且新旧并存，所以读者依然能够看到旧林黛玉的惯性表现。但是就在这同一回中，新的林黛玉也已经在悄悄地萌芽，并且逐渐要取旧黛玉而代之。

"蘅芜君兰言解疑癖"

对于"蘅芜君兰言解疑癖"而钗、黛破冰的一段情节，读者和研究者常常有一个想当然耳的推论，声称是宝钗"收伏"了黛玉，因为宝钗拥有"意欲成为宝二奶奶的心机"！此处的"收伏"有点类似如来佛祖收伏了孙悟空的意思，那实在是一个不恰当的比喻，也是不正确的推论。首先，薛宝钗根本没有必要去"收伏"林黛玉，以如此精明聪慧的宝钗来说，她绝不会使用如此拙劣又无效的手段，理由很简单，在该等的大家族之中，婚姻大事向来都是父母之命，如果真有那般的心机，宝钗应当去"收伏"长辈们，完全不必在乎黛玉——真正有谋略有算计的人都不会去做这种没用的蠢事。其次，说"收伏"就显得太小看黛玉了，因为她心思过人，"心较比干多一窍"，绝对不是单纯如同白纸，用三言两语、几分温情便很容易收伏的人，何况对方又是她最猜忌的情敌，处处设防都唯恐不及，犹似滴水不漏的铜墙铁壁，又哪里会轻易溃堤！

回到文本重新看这一段描写，便会发现宝钗所规训的"女子无才便是德"的兰言是完完全全切合那个时代的，尤其切合上层阶级的价值观，在这一点上，黛玉绝对不是不知道，更未有反对的心理，而只是没那么明确地加以遵守而已。身处于大观园的宽松环境中、在贾母的宠爱下，黛玉有时候确实比较放纵自我，但是当她一旦被提醒，即触动了内在的信念，而深深产生了一种来自内心的敬服，并对宝钗撤下了心防。我们仔细来看这一段情节：

　　且说宝钗等吃过早饭，又往贾母处问过安，回园至分路之处，宝钗便叫黛玉道："颦儿跟我来，有一句话问你。"黛玉便同了宝钗，来至蘅芜苑中。进了房，宝钗便坐了笑道："你跪下，我要审你。"黛玉不解何故，因笑道："你瞧宝丫头疯了！审问我什么？"宝钗冷笑道："好个千金小姐！好个不出闺门的女孩儿！满嘴说的是什么？你只实说便罢。"

宝钗对裙钗们所处的阶级定位十分清楚，她们是闺门不出、大门不迈的侯府千金，有些事是不应该知道的，这也是《红楼梦》中所有阶层的女孩子们都一致的共识。当宝钗听到黛玉说了不该引述的话，而当面审问她时：

　　黛玉不解，只管发笑，心里也不免疑惑起来，口里只说："我何曾说什么？你不过要捏我的错儿罢了。你倒说出来我听听。"

宝钗笑道："你还装憨儿。昨儿行酒令你说的是什么？我竟不知那里来的。"黛玉一想，方想起来昨儿失于检点，那《牡丹亭》《西厢记》说了两句，不觉红了脸，便上来搂着宝钗，笑道："好姐姐，原是我不知道随口说的。你教给我，再不说了。"宝钗笑道："我也不知道，听你说的怪生的，所以请教你。"黛玉道："好姐姐，你别说与别人，我以后再不说了。"

于此，我要请大家特别注意，在宝钗还没有具体指出昨日黛玉行酒令时到底说了什么之前，黛玉已经先一步想起而发现昨儿"失于检点"，显然她自己根本早有这类的认知，因为此等人家的女孩子本来就不该碰那些杂书，谁会不知道？所以她一想到昨日引述了《牡丹亭》和《西厢记》的词句便马上红了脸，显示出由衷的心虚和理亏，由此可见，黛玉摆明了从头到尾、从内到外都知道这样的行为是不对的。于是她当下便上来搂着宝钗，坦诚认错、百般求饶，可想而知，那确实是一个非常严重的败德的行为，以至于别人才稍微点一下，黛玉立刻就出现如此羞愧求饶的强烈反应。这一点必须得从人性中来理解：如果黛玉内心中缺乏同样的认知，则纵使她错了一百遍，也还是不愿意承认的！但是，黛玉却立刻做了这么多的忏悔，显然此种反应绝对不可能是受了宝钗的影响，因之才产生了重大价值观的改变，毋宁说，黛玉在价值观上本来即有非常清楚的认知，始终和宝钗相一致。

现在，且来看看宝钗对黛玉说了哪些"兰言"，让黛玉知错、认错而改错：

宝钗见他羞得满脸飞红，满口央告，便不肯再往下追问，因拉他坐下吃茶，款款的告诉他道："你当我是谁，我也是个淘气的。从小七八岁上也够个人缠的。我们家也算是个读书人家，祖父手里也爱藏书。先时人口多，姊妹弟兄都在一处，都怕看正经书。弟兄们也有爱诗的，也有爱词的，诸如这些'西厢''琵琶'以及'元人百种'，无所不有。他们是偷背着我们看，我们却也偷背着他们看。后来大人知道了，打的打，骂的骂，烧的烧，才丢开了。所以咱们女孩儿家不认得字的倒好。男人们读书不明理，尚且不如不读书的好，何况你我。就连作诗写字等事，原不是你我分内之事，究竟也不是男人分内之事。男人们读书明理，辅国治民，这便好了。只是如今并不听见有这样的人，读了书倒更坏了。这是书误了他，可惜他也把书遭塌了，所以竟不如耕种买卖，倒没有什么大害处。你我只该做些针黹纺织的事才是，偏又认得了字，既认得了字，不过拣那正经的看也罢了，最怕见些杂书，移了性情，就不可救了。"

从宝钗的这一大段话中，我们可以看到传统知识分子深入骨髓的济世观，虽然《红楼梦》里的诗词那么重要，但实际上，只有在闺阁内、在非正式的场合上、在有闲暇余裕的空间中，诗词才会变成他们消遣游艺或是抒情言志的一种方式；一个读书人是被国家或家族所期待的士人，儒家的那一套价值观简直可以说是他们细胞内的 DNA，单单只有"诗"并不能构成士人完成生命之价值实践的因子。如果不理解这一点，便难以体会出他们"无材补天"的痛苦在哪里，或者他们所追求的人生目标究竟在哪里。李白一定是受到某种程度的政治挫折才写了狂放的《将进酒》，他根本不认为创作《将进酒》是人生最高的意义，同样地，要不是因为杜甫两次科举落第，没办法做官，他大概也不会把所有的精力放在写诗上，也就不会有"诗圣"的产生。

再来看黛玉微妙的心理反应：黛玉在听了这一席话之后，是"心下暗伏"。试想：如果有一个平常被自己视为敌人的人，心中一直在对此人百般防范猜忌，有可能会因为她的几句话便彻底卸下防备之心吗？显然这种情况非常罕见，以林黛玉的多心多疑更是绝无可能。因此，除非自己本身便有一样的价值观，或很愿意去接受这个观念，否则没那么容易就立刻大幅度转变，这才是人性的常态。所以，我们不应该脱离人性的框架而去任意诠释文本现象。毋宁说，林黛玉只是因为没有受到那么多的束缚，在行酒令的当时则是一时紧张之下的失察，才会稍微有一点失控的行为表现而已，那并不能用来证明她支持《西厢记》或《牡丹亭》的价值观，更完全谈不上反对礼教。

接下来，很快我们便看到林黛玉有了非常不同的改变，那也是黛玉乃一个正派人的原因——她后悔自己说了不应该说的话，出现不应该做的行为，并且很快地做出改善。其实，一个懂得反省自己的人不见得就会立刻知道自己的问题所在，这是我们常常遇到的情况，即虽然明明意识到有些地方不大对劲，却找不出症结在哪里，因为很多道理不是单靠反省就能够理解的，往往还需要别人的指点才能看到关键。根据我自己的经验，那些会指出你缺点的人才是你真正的贵人，因为大多数的人是不愿意自找麻烦的，君不见，我们好意地加以劝导，对方却根本不领情，不但不感谢还反过来讨厌你，那又何必吃力不讨好？何况谁知道你今天固然是虚心求教，但十年后会不会误解对方的好意，岂非无端贻害而惹祸上身！

于是在大多数的情况下，很多人便不愿意直接提醒别人他的问题在哪里，以至于每个人都需要非常辛苦地不断反省，甚至纠结在很多的困扰里不断抽丝剥茧，才终于出现一点点的智慧之光，照亮自己的问题所在，而有了改进的可能。这真是一条非常漫长又辛苦、效率又极为低下的成长之路。所以，倘若有人愿意把你的问题直接告诉你，让你立刻拨云见日，减少了摸索的时间和犯错的机会，那真的是你的恩人、贵人！

如同我们之前提到过的，在第二十二回宝钗的生日宴上，大家都看出来那位小旦长得像黛玉，然而所有人的反应都是"不肯说"或者"不敢说"，仔细分别一下，在现实世界里"不肯说"的人占99.999%，剩下0.001%的人则是"不敢说"，而这0.001%的人正是我们要好好珍惜的，因为唯有当对方是真正地爱你，怕你伤心、怕你生气才会不敢说，此即宝玉对黛玉的那一种态度。可是这种"不敢说"和"不肯说"结果一样，恐怕某个程度上也是在姑息你，导致你不知道自己的问题，也因此不可能有所成长。

黛玉在"兰言解疑癖"一段情节中的表现，让人觉得她是一个懂得反省、希望自己能够变得更好的可造之材，当她领略到有个人愿意冒着得罪她的风险来教导她时，她其实是感恩戴德的，因为她在那一刻感受到终于有人是真心地关爱她，而非不想惹麻烦地敷衍她、不理她。如果从这个角度来理解黛玉的话，应该能更合情合理地解释以下的问题：为什么宝钗单凭一番话便让黛玉对她的看法有了彻底的改观，而且黛玉自己在此后的阶段中也出现了巨大的改变？答案即在于：黛玉真切感受到宝钗对她无私的关心，而不是她之前所认为的"藏奸"，同时黛玉自己事实上也是愿意受教的，从而在相关条件配合的一个契合点上，刚好就冰释了她之前的心防，而她本来便已心知肚明的价值观也从此开始彻底地运用在她的日常生活中，因为她已不必像以前那般用某一种放逸的方式来武装自己。

总归来说，唯有真心对我们好的人才会告诉我们错在哪里，不惜忠言逆耳让我们不愉快，因为只有出于真正的爱，才会担心我们将来重蹈覆辙，继续跌倒受伤，所以不惜有所得罪也要告诉我们不应该这么做或应该怎么做。西方有句谚语说："爱的相反不是恨，而是漠不关心。"人世间的真相，是大多数人根本不会关心你的情况如何，更不会提醒你的错误，毕竟你和那些人之间并没有多少的关联。但我们也无须怪罪或为此怨怼，毕竟每个人都很有限，往往自顾不暇，也未承担教导他人的义务，所以当别人花了时间力气，而且冒着得罪你的风险来告诉你有哪些问题，那真的是出自由衷的关心，我们必须要懂得并记得这一点！

回到成长的课题来看，通过薛宝钗的"兰言"，林黛玉在这一瞬间所达到的心理改变，实在足以称为一种"通过仪式"，经此"通过仪式"之后，黛玉事实上已然从原先的生活脉络中分离出来，她不再是一个人关在潇湘馆中"孤高自许""懒与人共"，不再只和鹦鹉对话，而是开始走出潇湘馆，在人际之间建立起温暖的情谊，扩大了她所关心的对象，可以说真的是发生了戏剧性的身份变化，到后来甚至还有了"母亲"薛姨妈，再度作为人家的"女儿"。黛玉确实在很多地方都象征性地发生了变化，也加入了一个"新"的地位团体，成为大观园女性整体中的一员。

接下来，可以分几个方面来探讨黛玉遍布于其日常生活中的各种改变。

由"孤绝的个体"融入"和睦的群体"

首先一个主要的面向，便是由"孤绝的个体"融入"和睦的群体"之中。前者最为读者所熟悉，明确描述的地方包括：第五回的"孤高自许，目无下尘"，第二十二回提到林黛玉"本性懒与人共，原不肯多语"，第三十一回说"林黛玉天性喜散不喜聚。……既清冷则生伤感，所以不如倒是不聚的好。比如那花开时令人爱慕，谢时则增惆怅，所以倒是不开的好"，清楚呈现出这个时期的黛玉是一个很孤独的人，但那也是她自己选择的一种生活形态。第四十回贾母声称"只有两个玉儿可恶"，不大喜欢人到他们的屋子里坐着，怕脏了地方，由此当然也体现了黛玉的孤僻，天生有一种对人的嫌恶，所以此时的林黛玉还是一个孤绝的个体。

但是，当黛玉经历了所谓的"通过仪式"之后，我们发现她融入了一个和睦的群体之中。在第四十八回里，黛玉"见香菱也进园来住，自是欢喜"，而黛玉本是"懒与人共"，为什么听到和她并不怎么相熟的香菱进园子来住，她心中会"自是欢喜"呢？这个与先前不同的心理反应，体现了她现在开始喜欢和人相处，大家在一起相濡以沫，比起孤单一人在潇湘馆内临风洒泪要温情得多。由此很明显可以看出，别人对她而言不再是需要排斥的敌对体，对改变以后的黛玉来说，他人是可以欢迎、接纳而成为自己的延伸部分。

另外，第四十九回写到大观园中多了宝琴、李纹、李绮等新姐妹，"黛玉见了，先是欢喜"，这与她对香菱进园来住的反应是很一致的；加上有个"先"字，显示黛玉的第一反应是替人高兴、欢迎新朋友，接着才又"想起众人皆有亲眷，独自己孤单，无个亲眷，不免又去垂泪"，可知她自己感伤的脾性已经被放到了其次。显而易见，这个时期的林黛玉既不嫉妒，又以非常正面的心态来欢迎那些她并不认识的少女们，之后很快地又与新来乍到的薛宝琴亲密非常，对她的得宠也心中毫无芥蒂，直接以姐妹相称。之所以如此这般，其中一个原因是她认了薛姨妈为干娘，填补了之前所失去的母爱，于是与宝钗、宝琴有如同胞共出，借由"拟亲缘关系"的建立而扩大为一个不限于自我的亲密群体。所谓的"拟亲缘关系"是由人为建构出来的亲属身份，而不是透过先天的血缘所造成，也因为"拟亲缘关系"的建立，黛玉有了新的身份和地位，即薛家的女儿和姊妹。

关于黛玉和金钗们之间的姊妹情谊，第五十二回再度提到，当时宝钗姐妹与邢岫烟齐聚潇湘馆，和黛玉一共"四人围坐在熏笼上叙家常"，彼此之间坐在一起没有距离，大家非常友爱亲近。此刻的黛玉真的不一样了，她竟然有耐性去和别人闲聊琐碎平凡的家常，与读者先前所看到的只会关起门来独自作诗的林黛玉，何其不同！

更有甚者，让黛玉直接感受到重温失去已久的母爱，是在第五十八回薛姨妈搬到潇湘馆与她同住的时候：

> 薛姨妈素习也最怜爱他的，今既巧遇这事，便挪至潇湘馆来和黛玉同房，一应药饵饮食十分经心。黛玉感戴不尽，以后便亦如宝钗之呼，连宝钗前亦直以姐姐呼之，宝琴前直以妹妹呼之，俨似同胞共出，较诸人更似亲切。

再看第五十九回中，黛玉主动去和宝钗一同吃饭的场景：

　　黛玉又道："我好了，今日要出去逛逛。你回去说与姐姐，不用过来问候妈了，也不敢劳他来瞧我，梳了头同妈都往你那里去，连饭也端了那里去吃，大家热闹些。"

黛玉原本是"懒与人共""喜散不喜聚"，甚至觉得"不如倒是不聚的好"，如今竟然为了大家能够热闹些，提议和薛姨妈一起将饭端去宝钗那里同吃，可见大家一起吃饭，会让她的心里感到有一股温暖和慰藉。

黛玉真心将宝钗视为家人又表现在第六十七回，当时薛蟠经商从江南带回了很多东西，宝钗便将礼物分赠贾府上上下下的一干众人，这时宝玉担忧黛玉离乡背井太久，见到这些来自家乡的土物会触景伤情，于是特地到潇湘馆找黛玉说话，以便转移她的注意力，而宝玉是这么做的：

　　一味的将些没要紧的话来厮混。黛玉见宝玉如此，自己心里倒过不去，便说："你不用在这里混搅了。咱们到宝姐姐那边去罢。"宝玉巴不得黛玉出去散散闷，解了悲痛，便道："宝姐姐送咱们东西，咱们原该谢谢去。"黛玉道："自家姊妹，这倒不必。只是到他那边，薛大哥回来了，必然告诉他些南边的古迹儿，我去听听，只当回了家乡一趟的。"

当时黛玉收到很多礼物，宝玉提议去向宝钗致谢，但黛玉认为宝钗是自家姐妹，所以不用专程去道谢，那种无须拘礼的情况真的很不常见。通常我们接受赠礼时多少会觉得有压力，不免产生亏欠人家的心理负担，更何况黛玉的礼物又比众人多上一倍，然而黛玉却没有此一反应，就这个情况来说，黛玉一定是与宝钗已经非常亲密而不见外，如同她所说的"自家姊妹"，才能如此地超越礼数。

还有第七十回，黛玉写了一篇既优美又悲哀的《桃花行》，大家众口交誉，宝玉看得都掉下眼泪，他知道林妹妹曾经离丧，所以更能感同身受。这时海棠诗社荒废已久，于是大家因为黛玉的《桃花行》而决定改"海棠诗社"为"桃花诗社"，便一致推选林黛玉为社主，且众人"明日饭后，齐集潇湘馆"。到了此刻，潇湘馆变成了诸钗群聚的社址，一来便是十多人需要接待，而黛玉也要负责招呼嘉宾，让人宾至如归，这岂是过去"懒与人共""喜散不喜聚"" 不大喜欢人来坐着，怕脏了屋子"的旧林黛玉所能想象的！

由这些点点滴滴的细节，我们可以看到黛玉确实变得非常不一样，迥异于之前大家所熟悉的孤僻、过于洁净到了有点病态的状况，那是黛玉一个重大的改变，即由"孤绝的个体"融入"和睦的群体"。在如此的基本改变之下，黛玉接下来的变化事实上都是万流归宗，因为只有当她开始愿意打破对别人的心理防线，愿意与他人融合为一，才能够接下来产生一些具体的做法。

由"洁癖守净"到"容污从众"

第二个面向即林黛玉开始由"洁癖守净"到"容污从众"。前期她的洁癖具体地表现在第十六回、第二十五回、第二十七回、第四十回，而第二十七回《葬花吟》中有两句说："质本洁来还洁去，强于污淖陷渠沟。"这可以说是黛玉之洁癖的总括。第十六回提到，宝玉珍而重之地将北静王水溶赠与他的鹡鸰香串转赠给黛玉，黛玉却说："什么臭男人拿过的！我不要他。"遂掷而不取。对她来说，男人就是臭的，所碰过的东西亦然，即便是远距离没有直接接触到，都会有辐射的污染，所以避之唯恐不及。再看第二十五回，宝玉脸上被滚热的灯油烫出一溜燎泡，黛玉前去看望他时，宝玉知道黛玉的癖性喜洁，见不得那些脏东西，所以连忙把脸遮着，摇手不肯叫她看，而黛玉也知道自己有这件癖性，但既然对方是自己所珍爱的宝玉，当然便属于例外。到了第四十回，贾母提及："我的这三丫头却好，只有两个玉儿可恶。回来吃醉了，咱们偏往他们屋里闹去。"以上三个证据很清楚地展示出黛玉前期的洁癖性格，而黛玉的极端化版本就是妙玉。

据此，书中后期描写黛玉与他人的身体接触情况，则明确体现了她性格上的转变，如第六十二回描述道：

> 宝玉正欲走时，只见袭人走来，手内捧着一个小连环洋漆茶盘，里面可式放着两钟新茶，因问："他往那去了？我见你两个半日没吃茶，巴巴的倒了两钟来，他又走了。"宝玉道："那不是他，你给他送去。"说着自拿了一钟。袭人便送了那钟去，偏和宝钗在一处，只得一钟茶，便说："那位渴了那位先接了，我再倒去。"宝钗笑道："我却不渴，只要一口漱一漱就够了。"说着先拿起来喝了一口，剩下半杯递在黛玉手内。袭人笑说："我再倒去。"黛玉笑道："你知道我这病，大夫不许我多吃茶，这半钟尽够了，难为你想的到。"说毕，饮干，将杯放下。

其中，"可式"此一用法在《红楼梦》里出现过几次，依照上下文的文义脉络，"可式放着两钟新茶"是指按照茶盘的样式刚好放两个茶杯。"可"字还出现于第七十五回，当时贾府已是大厦将倾，书中写道：

尤氏早捧过一碗来，说是红稻米粥。贾母接来吃了半碗，便吩咐："将这粥送给凤哥儿吃去，"又指着"这一碗笋和这一盘风腌果子狸给颦儿宝玉两个吃去，那一碗肉给兰小子吃去。"又向尤氏道："我吃了，你就来吃了罢。"尤氏答应，待贾母漱口洗手毕，贾母便下地和王夫人说闲话行食。尤氏告坐。探春宝琴二人也起来了，笑道："失陪，失陪。"尤氏笑道："剩我一个人，大排桌的吃不惯。"贾母笑道："鸳鸯琥珀来趁势也吃些，又作了陪客。"尤氏笑道："好，好，好，我正要说呢。"贾母笑道："看着多多的人吃饭，最有趣的。"又指银蝶道："这孩子也好，也来同你主子一块来吃，等你们离了我，再立规矩去。"尤氏道："快过来，不必装假。"贾母负手看着取乐。因见伺候添饭的人手内捧着一碗下人的米饭，尤氏吃的仍是白粳米饭，贾母问道："你怎么昏了，盛这个饭来给你奶奶。"那人道："老太太的饭吃完了。今日添了一位姑娘，所以短了些。"鸳鸯道："如今都是可着头做帽子了，要一点儿富余也不能的。"王夫人忙回道："这一二年早涝不定，田上的米都不能按数交的。这几样细米更艰难了，所以都可着吃的多少关去，生恐一时短了，买的不顺口。"贾母笑道："这正是'巧媳妇做不出没米的粥'来。"众人都笑起来。

所谓"可着头做帽子"是指按照头围的大小制作帽子，避免做得太大而浪费材料，所以下面也说"都可着吃的多少关去"，这表明贾府的资源已非常有限，只能够刚刚好满足生活所需，再多要一点就会出现短缺。贾母一听便明白了，眼前那些珍贵的食物只能勉强用来孝敬她而已，证明贾家已经到了十分窘迫的地步。

回到黛玉的性格来看，从袭人与黛玉的互动中，我们也能看出黛玉性格的变化。袭人问宝玉"他往那去了"，这个"他"字指的是黛玉。必须要注意的是，在《红楼梦》中，下人称呼主子辈绝不可以使用第三人称，那是以下犯上的不敬做法。但是，某些情况下这样的称呼是被允许的，因为贾府固然礼教森严，可在生活中人情还是会产生调节的作用，当主仆二人十分亲近并处于非正式的场合上，稍稍逾越礼制是不成问题的。此时袭人以"他"来指称黛玉，这表明袭人与黛玉彼此并不见外，甚至可以看出二人的感情亲近到了相当的程度，所以谨守分寸的袭人才会不拘礼数。可惜读者们往往忽略这些细节所隐含的重要信息，而根据自己的成见误解书中人物的互动方式，仅仅按照主观的想象去解读作品，错以为黛玉和袭人是对立的关系，但事实上恰恰相反，袭人是非常有分寸的人，正因为她与黛玉非常要好，所以才敢在背后用一个"他"字来称呼黛玉。

接着，后续的描写还同时显示出宝钗与黛玉十分亲近，宝钗居然把喝过的剩茶直接递给黛玉，若以黛玉早期的个性，她一定又会多疑生气，引发风波，但此时却毫不迟疑地接过杯子一饮而尽，毫无芥蒂。这个做法暗示了宝钗十分了解黛玉，她知道黛玉不会介意，也表明宝钗与黛玉二人已经情同姐妹，黛玉打破了自我的孤绝界限而能够周围的人和谐相处，与宝钗尤其亲密无间，不分彼此。就此而言，黛玉的性格确实非常不同于早期了，她与周围的人可以一体行动，并且具有高度的默契，这一点可以参考第五十回的一段小情节为例。当时大家集体作《芦雪庵联句》，宝玉又落了第，社长李纨便罚他到栊翠庵取一枝红梅花回来，宝玉也很乐意为之，答应着就要走。此时湘云、黛玉一齐说道：

> "外头冷得很，你且吃杯热酒再去。"湘云早执起壶来，黛玉递了一个大杯，满斟了一杯。……宝玉忙吃一杯，冒雪而去。

请看，黛玉不但和湘云异口同声，动作上也彼此配合，湘云一执起酒壶，黛玉便立刻递过去一个大酒杯，让湘云倒酒，整个过程一气呵成，黛玉主动自发的参与是最大的原因。

这些例证都显示，黛玉早已从"孤高自许""懒与人共"的性格转变为与众人行动一致，甚至互相搭配到了天衣无缝的程度。按常理来说，能够与他人产生默契的基础在于具有共识，则可想而知，黛玉对眼前人事情况的见解和判断开始与他人协调，并且学会了如何与旁人有更好的合作与相处。

经过整体的考察与研究，我注意到林黛玉的性格变化有一个渐变的过程。第四十二回到第四十五回是黛玉性情转变的过渡阶段，在这一段短时间之内，黛玉偶尔会与他人行动一致，但到了第四十五回以后的后期阶段时，黛玉与众人协调的情况便显得集中，例如第四十八回、第五十回、第五十七回与第七十六回，大家可以自行查阅。

由"尊傲自持"到"明白体下"

接下来看黛玉的第三个面向：由"尊傲自持"到"明白体下"。黛玉早期的尊傲自持特别表现在她与下人之间的关系上，然而到了后半期，黛玉收敛了前期的口角锋芒而变成了一位"明白体下"的姑娘。

客观地说，前期的黛玉确实有口角锋芒的缺点，第二十二回提到黛玉"小性儿""行动爱恼人"，表明她易于对别人不满，不仅如此，她还把不满直接表现于尖锐的语言上，常常语带尖刻地嘲讽他人，甚至用"老货"这般轻鄙的词汇来称呼地位很高的奶娘。这些都是黛玉前期性格中"口角锋芒"的鲜明特征，也是黛玉高傲的表现。

后期的黛玉却迥然不同，她性格的转变也体现于对下人的态度上，小说中把这一类宽柔的作风称为"明白体下"，此语出自第六十一回厨娘柳家的对宝钗和探春的赞美，其中，"明白"意谓对下人处境的了解，"体下"则是指体贴下人的辛劳。前期的黛玉很少理会下人们的生活状态与生命轨迹，她生活在自己的小世界里，专注于感伤个人生命的残缺，但是后期的她却表现出非常不同的面貌，例如在第四十五回中，黛玉得知宝钗不能前来潇湘馆陪伴自己，百无聊赖之下便随意吟咏了《秋窗风雨夕》一诗，刚好宝玉来看她，等宝玉回去之后，便有蘅芜苑的一个婆子也打着伞提着灯，送来了一大包上等燕窝，还有一包子洁粉梅片雪花洋糖，对黛玉说：

> "这比买的强。姑娘说了：姑娘先吃着，完了再送来。"黛玉道："回去说'费心'。"

这位婆子转述宝钗的交代时提到了两次"姑娘"，前一个"姑娘"指的是宝钗，后一个"姑娘"指的是黛玉，由此可见，下人提到主子辈之际必须使用尊称，如"姑娘""太太"或"奶奶""老爷"等，因此有时候会混淆不清。例如第二十七回中，王熙凤派遣偶然见到的红玉去办事，红玉回来报告时用了许多次"奶奶"的称谓，以至于一旁的李纨完全听不懂，道："嗳哟哟！这些话我就不懂了。什么'奶奶''爷爷'的一大堆。"王熙凤便笑说："怨不得你不懂，这是四五门子的话呢。"而我们前面也看到袭人在背后称林黛玉为"他"，该案例反证了二人关系之亲密。

回到上文的描写中，黛玉对婆子道"回去说'费心'"，是要婆子帮忙转达自己对其主子宝钗赠礼的感谢，而通常我们所熟悉的黛玉最多只会到此为止，但接下来她的表现的确令人耳目一新。黛玉请婆子在外头坐了吃茶，并对婆子说："我也知道你们忙。如今天又凉，夜又长，越发该会个夜局，痛赌两场了。"可见在贾府中，婆子们夜晚坐更时用以打发时间的娱乐项目是赌博，但其实赌博是干犯禁忌、为贾母所不容的劣行，因为赌博极易引发严重的后果，犹如第七十三回贾母对赌博一事大加斥责时所说的：

> 你姑娘家，如何知道这里头的利害。你自为耍钱常事，不过怕起争端。殊不知夜间既耍钱，就保不住不吃酒；既吃酒，就免不得门户任意开锁。或买东西，寻张觅李，其中夜静人稀，趁便藏贼引奸引盗，何等事作不出来！况且园内的姊妹们起居所伴者皆系丫头媳妇们，贤愚混杂，贼盗事小，再有别事，倘略沾带些，关系不小。这事岂可轻恕！

可见赌博不单只涉及金钱而已，它的活动性质还会导致门户宽松，进出混杂，既很容易引贼入室发生偷盗之事，随之也可能会连带败坏姑娘们的名节，事关风化，因此贾母防微杜渐，绝不轻饶。然而，黛玉对此一违禁行为却表现出令人意外的体贴与包容，与我们一般所熟悉的黛玉非常不同，试看小说中接着描写那婆子笑道：

"不瞒姑娘说，今年我大沾光儿了。横竖每夜各处有几个上夜的人，误了更也不好，不如会个夜局，又坐了更，又解闷儿。今儿又是我的头家，如今园门关了，就该上场了。"黛玉听说笑道："难为你。误了你发财，冒雨送来。"命人给他几百钱，打些酒吃，避避雨气。那婆子笑道："又破费姑娘赏酒吃。"

这一段黛玉与婆子的对话内容，表明她已经成为懂得如何与人应酬交接的贵族小姐，其中，黛玉不再是我们所熟悉的关在潇湘馆里陪着鹦鹉念诗、感伤自己身世的林黛玉，而是一位礼数周到、谈吐大方的大家闺秀。在此一时期，黛玉的人际关系有了根本性的重大调整，她不再任性率意，而是表现出自身应有的教养与作风。她不再是只会念诗流泪的林黛玉，而是懂得人情世故、应酬往来的闺秀千金。

黛玉在此处的言语举止是可圈可点的，她的每一个用语都反映了标准的大家闺秀对下人应有的体贴和照顾。鉴于《红楼梦》是唯一一部真正如实描写贵族世家生活的小说，我们只能从《红楼梦》里找证据来揭示"明白体下"的内涵，而在该段描述中，黛玉对婆子的"明白体下"便表现得十分具体，除了为婆子提供茶水招待和金钱赏赐，此外，黛玉给予婆子金钱赏赐时所使用的说辞也很值得注意，那是一种言语上的体恤，表现出对婆子生活方式的体贴与尊重。

并且，金钱赏赐是具有实用意义的，因为人性如此，而额外赏赐的金钱也有定额，一般都是几百钱。例如第二十九回贾母到清虚观去打醮祈福的时候，有位小道士来不及躲出去而被王熙凤打了一巴掌，引起了一阵喧腾，贾母听了忙问：

> "是怎么了？"贾珍忙出来问。凤姐上去搀住贾母，就回说："一个小道士儿，剪灯花的，没躲出去，这会子混钻呢。"贾母听说，忙道："快带了那孩子来，别唬着他。小门小户的孩子，都是娇生惯养的，那里见的这个势派。倘或唬着他，倒怪可怜见的，他老子娘岂不疼的慌？"说着，便叫贾珍去好生带了来，贾珍只得去拉了那孩子来。那孩子还一手拿着蜡剪，跪在地下乱战。贾母命贾珍拉起来，叫他别怕。问他几岁了。那孩子通说不出话来。贾母还说"可怜见的"，又向贾珍道："珍哥儿，带他去罢。给他些钱买果子吃，别叫人难为了他。"贾珍答应，领他去了。这里贾母带着众人，一层一层的瞻拜观玩。外面小厮们见贾母等进入二层山门，忽见贾珍领了一个小道士出来，叫人来带去，给他几百钱，不要难为了他。家人听说，忙上来领了下去。

这段话表明，仅仅给钱而没有一番说辞会过于直接而流于俗气，因此古代贵族打赏下人之际通常会有一番说法，那套说辞就是贵族阶级与下人交涉时的标准程序之一。在整部小说中，处处显示贾母是一位慈爱温厚的长者，至于后人把贾母看作一位残酷的女家长，那全然是现代人的偏见，试看在贾母所说的一番话中，她提到那位小道士的

"老子娘岂不疼得慌"，意指小道士也是人家的孩子和心头肉，小道士受到伤害会连带让其父母伤心不舍，所以贾母十分心疼他，这就是"此亦人子也，可善遇之"的慈悲表现。"此亦人子也，可善遇之"两句出自陶渊明的家书，当时陶渊明离开九江到彭泽去当县令，期间他从彭泽派回一名男仆，帮助留在老家的儿子料理砍柴挑水之类的杂务，同时给儿子写了一封简短的家书，信中说："汝旦夕之费，自给为难。今遣此力，助汝薪水之劳。此亦人子也，可善遇之。"那是中国的优良文化所培养出来的替人设想的善意，贾母也受到这种优秀文化的熏陶，而表现出对下层民众的体恤与怜悯，所以对小道士是既抚慰他，又给他几百钱的补贴。同样地，第四十五回黛玉的做法如出一辙。

另一个例证出现于第三十七回，贾芸为了奉承宝玉，给怡红院送来两盆珍贵的白海棠花，袭人了解来源以后，命搬花的小厮在下房休息，自己则走到房内秤了六钱银子封好，又拿了三百钱递与两个婆子，并告诉婆子说："这银子赏那抬花来的小子们，这钱你们打酒吃罢。"其中的六钱银子是白银，价值较高，而三百钱是铜钱，袭人用六钱银子打赏抬花的小厮，乃因小厮们搬花盆颇费体力，而婆子仅仅只是奔走通报而已，所以取三百钱来赏赐她们，体现了袭人顾全各方的圆融。

再者，第六十一回也提到相关的赏钱额数，当时司棋要吃一碗炖蛋，大观园专属的厨娘柳家的不愿意做给她，连带赞美了探春和宝钗的作风：

连前儿三姑娘和宝姑娘偶然商议了要吃个油盐炒枸杞芽儿来，现打发个姐儿拿着五百钱来给我，我倒笑起来了，说："二位姑娘就是大肚子弥勒佛，也吃不了五百钱的去。这三二十个钱的事，还预备的起。"赶着我送回钱去，到底不收，说赏我打酒吃，又说"如今厨房在里头，保不住屋里的人不去叩登，一盐一酱，那不是钱买的。你不给又不好，给了你又没的赔。你拿着这个钱，全当还了他们素日叩登的东西窝儿。"这就是明白体下的姑娘，我们心里只替他念佛。

厨房的食材储备是用来供应园中的日常所需，数量固定，当姑娘们偶尔想吃零食、用宵夜、打牙祭时，都需要自己额外拿钱补贴下人，以免造成厨娘的负担。在这一段描述中，探春和宝钗要求的"油盐炒枸杞芽儿"并非昂贵的食材，或许因为简单朴实而有特别的风味，自成一道价廉物美的菜肴，她们打发人拿五百钱给厨娘作为材料费，厨娘则指出二位姑娘就算是大肚子弥勒佛也吃不了五百钱的油盐枸杞芽，以她们的胃口充其量只需要二三十钱就够了。换句话说，油盐枸杞芽都很廉价，二三十钱的小事厨房还预备得起，所以不需要两位姑娘另外付钱，何况探春和宝钗现在是当家的主管，厨娘也很乐意提供服务。但探春与宝钗则表现出对下人的体恤，并从下人的立场出发，从言语和实际行动上照顾厨娘的心理感受和实质利益，使柳家的感受到二位姑娘的"明白体下"。

在下人看来，宝钗与探春的言行举止完全符合富有教养的贵族少女的标准。而赵姨娘便与两位姑娘截然有别，厨娘接着说道："没的赵姨奶奶听了又气不忿，又说太便宜了我，隔不了十天，也打发个小丫头子来寻这样寻那样，我倒好笑起来。你们竟成了例，不是这个，就是那个，我那里有这些赔的。"可见赵姨娘与正经的主子姑娘大大不同，她总是眼红妒忌他人、喜欢打听消息、只想占人便宜，是一个人品低下、行为恶劣的小人。

虽然黛玉在前期阶段也有一次给下人赏钱的类似举止，但本质上与宝钗、探春二人的做法是完全不同的，可谓"失之毫厘，差以千里"。第二十六回中，出现了以下的描述：

> 红玉闻听，在窗眼内望外一看，原来是本院的个小丫头名叫佳蕙的，因答说："在家里，你进来罢。"佳蕙听了跑进来，就坐在床上："我好造化！才刚在院子里洗东西，宝玉叫往林姑娘那里送茶叶，花大姐姐交给我送去。可巧老太太那里给林姑娘送钱来，正分给他们的丫头们呢。见我去了，林姑娘就抓了两把给我，也不知多少。你替我收着。"便把手帕子打开，把钱倒了出来，红玉替他一五一十的数了收起。

从表面上看，黛玉对下人似乎有时还不错，但仔细推敲便不难发现，黛玉早期的此一做法与探春、宝钗和袭人其实有着本质上的区别。对于黛玉的举动，佳蕙是喜出望外的，以至于她生出"我好造化"这样的感叹，据之表明黛玉的此一做法十分罕见，一旦碰上了简直有如中奖，倘若黛玉对待下人向来都是体贴和大方，那么习惯成自然，佳蕙应该也不会有如此意外的反应了。从人性之常来推敲，小丫头的反应恰恰表明早期的黛玉对下人都漠不关心，这次的见者有份只是偶然之举，所以被视为天上掉下来的礼物。

有关黛玉"明白体下"更具体的细节，我们还可以继续斟酌和推究。黛玉早期对待下人的态度和方式谈不上体贴和大方，那主要是因为她活在自己的世界里，对外界的一切漠不关心。其道理乃如西方一位哲学家所言："爱的相反不是恨，而是漠不关心。"前期的林黛玉对待下人并无所谓的温厚宽柔，因为她根本不在意外人，对外界的一切都不放在心上。虽然她的个人世界具有独特的意境和一种残缺的美感，但她本质上并不关心外面的世界，因此人来人往、络绎不绝的日常生活不会引起她的关注。如果不是这次凑巧正在分钱，我们也无法看到黛玉作为大家闺秀与低阶下人们之间的互动。

至于黛玉分给丫头们的钱，是贾母特地为她送来的。在贾府，从公子小姐到奴仆辈甚至连那些设赌局的婆子，每个月都有零用钱，称为"月银"或"月钱""月例"，贾母是月钱最多的一位，其余人物按照等级依次递减。贾母自掏腰包单独给黛玉送银子，乃是出于对她的宠爱和疼惜，由此更证明了黛玉在贾府是非常受宠的。作为贾府的贵族少女和大家闺秀，黛玉是衣来伸手、饭来张口，自己用不到钱的千金，而除固定的月银之外贾母又额外给她津贴，所以她把那些钱分给潇湘馆中的丫头们，凑巧其他人见者有份，这和"明白体下"并不完全相同。

再者，黛玉从"尊傲自持"转变为"明白体下"，既体现于她与下人的关系中，也表现在她从口角锋芒、言词锐利到"自悔失言"的改变上。遍观《红楼梦》全书，黛玉"自悔失言"的情况少之又少，前期中一无所见，但到了后期，她对自己的出言不逊开始展示出后悔之意，实属十分珍贵和难得。

很明显，"口角锋芒"是黛玉最鲜明的性格特征之一，第七回、第八回、第二十回、第二十一回、第二十五回、第二十七回、第二十九回、第三十回、第三十四回、第三十六回和第三十七回等都涉及林黛玉的此一特征，全都出现于所谓的前期阶段。尤其是第三十四回，黛玉打趣宝钗道："姐姐也自保重些儿。就是哭出两缸眼泪来，也医不好棒疮！"在此已经超越了普通意义上的打趣，甚至带有恶嘲的意味，西方心理学家对于"恶嘲"这一行为早有探讨，其研究成果指出，它并不是纯粹意义上的开玩笑，而是对清白无辜者的人身攻击。黛玉的歪派相当于栽赃，因为说宝钗的眼泪是为宝玉而流，等于是说宝钗对宝玉有私情，以当时的礼教规范来说即形同淫滥不贞，可谓极端的羞辱，然而黛玉却毫无自省的迹象。

到了后期，黛玉则开始"自悔失言"了，那是第六十二回宝玉过生日时，大家在庆生过程中行酒令，黛玉旧态复萌，意图开他人的玩笑，一不小心竟打趣到了丫鬟彩云。当时，湘云举着筷子说道：

> "这鸭头不是那丫头，头上那讨桂花油。"众人越发笑起来，引的晴雯、小螺、莺儿等一干人都走过来说："云姑娘会开心儿，拿着我们取笑儿，快罚一杯才罢。怎见得我们就该擦桂花油的？倒得每人给一瓶子桂花油擦擦。"黛玉笑道："他倒有心给你们一瓶子油，又怕挂误着打盗窃的官司。"众人不理论，宝玉却明白，忙低了头。彩云有心病，不觉的红了脸。宝钗忙暗暗的瞅了黛玉一眼。黛玉自悔失言，原是趣宝玉的，就忘了趣着彩云。自悔不及，忙一顿行令划拳岔开了。

在这段描写中，黛玉被宝钗暗暗地瞅了一眼以后，立刻明白自己的不当失言，她领悟到如此的玩笑碰触到了彩云的心病，实非君子之所为。需要注意的是，黛玉这一次并非出于故意，她的本心是为了打趣宝玉而非针对彩云，因此她十分后悔，急忙一顿行令划拳掩饰过去。黛玉原来的意图是打趣宝玉，由于他们的地位身份相当，二人之间的感情也足够亲密，所以那样的玩笑还无伤大雅，只是没想到却意外牵连到了彩云，所以黛玉后悔不迭。相比于早期黛玉还用"老货"这般的词汇来羞辱奶娘，在此便显示出她个性的变化与进展。对于无意间伤害到彩云，黛玉十分惭愧与后悔，这般的表现与她初入荣国府时的入乡随俗、与人赔笑周旋是一致的，只是在贾母的宠爱之下，黛玉一度变得常常率性而为，形成大家所熟悉的模样，而此时已经到了后期，她反倒能够保持大家闺秀的修养和礼节，堪称是十分难得的。

从"率性而为"到"虚礼周旋"

接着来看林黛玉性格转变的第五个面向：从"率性而为"到"虚礼周旋"，这尤其体现在黛玉对赵姨娘的态度转变上。第五十二回写道：

> 宝玉因让诸姊妹先行，自己落后。黛玉便又叫住他问道："袭人到底多早晚回来。"宝玉道："自然等送了殡才来呢。"黛玉还有话说，又不曾出口，出了一回神，便说道："你去罢。"宝玉也觉心里有许多话，只是口里不知要说什么，想了一想，也笑道："明儿再说罢。"一面下了阶矶，低头正欲迈步，复又忙回身问道："如今的夜越发长了，你一夜咳嗽几遍？醒几次？"黛玉道："昨儿夜里好了，只嗽了两遍，却只睡了四更一个更次，就再不

能睡了。"宝玉又笑道："正是有句要紧的话，这会子才想起来。"一面说，一面便挨过身来，悄悄道："我想宝姐姐送你的燕窝——"一语未了，只见赵姨娘走了进来瞧黛玉，问："姑娘这两天好？"黛玉便知他是从探春处来，从门前过，顺路的人情。黛玉忙赔笑让坐，说："难得姨娘想着，怪冷的，亲身走来。"又忙命倒茶，一面又使眼色与宝玉。宝玉会意，便走了出来。

宝玉对黛玉一直是那般体贴入微，因为真正的情感绝对不是一种浪漫的激情，而是细水长流、融入日常生活之中的，这段描述也表明，宝玉对黛玉的关心达到了十分细致的程度。从黛玉一晚咳嗽两遍、只睡了一个更次，可见她的睡眠质量很差，那必定会影响到身体状况。传统的女性审美观喜欢"飞燕型"的纤细，古代的艺术家在创作文艺作品时也会纯粹投射该种抽象的审美观，而不顾是否合情合理，相比之下，曹雪芹塑造出黛玉如此一个病态美的形象便完全合乎现实逻辑，因为黛玉吃得很少，睡眠时间十分有限，因此，她的弱柳扶风和清瘦柔弱绝不是架空叙述、毫无道理可言，而是必然而然、顺理成章的结果。

至于黛玉面对赵姨娘的反应，更足以说明她性情的转折。一般读者都认为黛玉是一位无视权威、孤高自许的性情中人，但出人意料的是，在这一回里，黛玉居然对顺路来访的赵姨娘"赔笑让坐"并"忙命倒茶"，表现出殷勤甚至略微有些过度的礼节。作为不速之客的赵姨娘，突然走了进来瞧黛玉并问候姑娘好，黛玉分明知道赵姨娘是从探春处回来，经过她门前而送一个顺路的人情。倘若是以往高傲的黛玉，面对这种廉价的人情就会表现得十分苛刻和挑剔不满，例如早前周瑞家的送宫花时，黛玉只因为自己是最后一个被送达者便歪派周瑞家的有意轻视，然而此刻黛玉面对的更只是赵姨娘的顺路人情，她却连忙"陪笑让坐"，如此的反应岂不是明显大不相同吗？

众所周知，赵姨娘在贾府中不受待见，连王熙凤都对她十分厌弃，因为赵姨娘行迹恶劣、不伦不类，没有正经体统，很难让人敬重。但是，面对这般的赵姨娘，黛玉竟然还"陪笑让坐"，可见她已经不是早期"懒与人共"的性格了。通常而言，人们只会对较为尊敬的长辈或拥有权力的人赔笑，黛玉却对万人嫌恶的赵姨娘赔笑让座，此等的礼数堪称过度周全。不仅如此，黛玉还使眼色给宝玉，提醒他、催促他离开现场，那也表明黛玉对赵姨娘和宝玉之间心结的顾虑。赵姨娘总认为凤姐和宝玉是阻止贾环继承家产地位的障碍，还曾经联合马道婆作法暗中陷害宝玉和王熙凤，这件事虽无从追根究底，但她阴微鄙贱的念想在众人那里却是心照不宣的。所以，为了避免不必要的麻烦和纠纷，黛玉便让宝玉尽快离开潇湘馆。由此可见，黛玉确实深谙与人相处之道和人情世故，而非早期的"孤高自许，目无下尘"。

中秋夜大观园联句

再看第七十六回大观园欢度中秋夜时，妙玉替黛玉与湘云续接中秋联句诗，在整个过程里黛玉也充分表现出"虚礼周旋"的姿态。

联句诗类似于诗歌游戏，是文人群体在聚会时借由创作所进行的文字竞技，大约萌芽于六朝，但当时形式尚未固定，如果把挂名在汉武帝君臣名下的《柏梁台诗》也归为联句，则此一诗歌类型还可以追溯到汉代。到了唐朝，联句诗发展出一套可以明确操作的规则，宋代诗人开始大加应用，非常流行，此后便成为文人雅集的一种活动形态。而《红楼梦》中出现了两次回应这一文学创作传统的情节，其中一次是第五十回的《芦雪庵即景联句》，另一次则是第七十六回的《中秋夜大观园即景联句》。由此可见，曹雪芹是一位非常典型的传统文人，而大观园内的人物在集体进行诗歌创作时，所采用的便是带有竞技意味的联句方式，显示此一做法背后有非常深厚的传统内涵。

于第七十六回中，当湘云与黛玉正在联诗作对句之际，从湖中的黑影里突然嘎然一声，飞起一只白鹤，湘云笑道：

> "这个鹤有趣，倒助了我了。"因联道："窗灯焰已昏。寒塘渡鹤影，"林黛玉听了，又叫好，又跺足，说："了不得，这鹤真是助他的了！这一句更比'秋湍'不同，叫我对什么才好？'影'字只有一个'魂'字可对，况且'寒塘渡鹤'何等自然，何等现成，何等有景且又新鲜，我竟要搁笔了。"湘云笑道："大家细想就有了，不然就放着明日再联也可。"黛玉只看天，不理他，半日，猛然笑道："你不必说嘴，我也有了，你听听。"因对道："冷月葬花魂。"湘云拍手赞道："果然好极！非此不能对。好个'葬花魂'！"因又叹道："诗固新奇，只是太颓丧了些。你现病着，不该作此过于清奇诡谲之语。"黛玉笑道："不如此如何压倒你。下句竟还未得，只为用工在这一句了。"

在这段情节中，黛玉所对的"冷月葬花魂"很值得注意。由于《红楼梦》一书版本复杂，此句于"程高本"系统作"冷月葬诗魂"，但根据古典诗歌创作的对偶法则，所谓"鱼对鸟，鹡对鸠，翠馆对红楼""天对地，雨对风，上下对西东"，有着明确的对仗范围，而"诗"是抽象的文字组合，与"鹤"的大自然具体形象并不在同一范畴内，相对地，"鹤"和"花"一属动物、一属植物，则十分工整，故而黛玉所对的诗句应是"冷月葬花魂"，如此才能形成精致的工对。何况，"花魂"是一个非常冷艳、耸动同时又极具魅力的词汇，从文献中可见最早发源于宋朝，于明末到清代更被文人频繁地使用，曹雪芹的祖父曹寅便曾用过这个语词。据此也证明了脂评本才是了解曹雪芹之创作原貌的最佳版本。

黛玉这一句的对仗十分工整，诗句本身也非常奇警、艳媚，因此湘云拍手赞叹不已。值得注意的是，"冷月葬花魂"正是李贺的诗鬼风格，"死亡""魂魄"之类通向幽冥世界的用语体现了李贺诗歌的典型特征，也是曹雪芹最欣赏、喜爱的美学风格，此外，李贺才二十七岁便不幸天亡，而李贺的早逝也被运用在宝玉为悼念晴雯所创作的《芙蓉女儿诔》中。关于《红楼梦》的诗学问题，以后有机会再加以解说，此处不再详述。

可以说，整部《红楼梦》所体现的是一种末世情怀，在充满死亡阴影之下表现出独特的浓香与奇艳，《中秋夜大观园即景联句》全诗也弥漫着同样的美感韵致，而黛玉无疑是书中表现此一风格之翘楚。在文学史上，这等风格以中晚唐时期的李贺与李商隐最为典型，由宋代到清代，关于李贺的许多诗评中往往表达出一种观点，即认为李贺的早逝与其作品中频繁的鬼魅、魂魄、死亡等负面意象有关，在当今崇尚科学的社会氛围中，此类的观点很容易被认为是迷信思想。不过，那般的推论可能也有其道理，毕竟现代医学早已证明，人的思想情绪与身体健康状况之间存在千丝万缕的密切联系，心理对生理具有直接的影响，而用字遣词又往往体现出诗人的思想情绪，因此那些词汇无形中传达出李贺内心的生命趋向，而这一趋向更加速了李贺的死亡步伐。湘云同样认为黛玉的诗句太过颓丧，在命如悬丝的状况下还创作如此过于"清奇诡谲"之语，会使病情雪上加霜，其实应该避免，而黛玉则坦言非如此不可的理由，笑道："不如此如何压倒你。下句竟还未得，只为用工在这一句了。"

这番回答表明，即便是十分灵活饱满的头脑也无法无限度地锤击而不虞匮乏，当灵感的运作到了搜索枯肠的境地，也就是创作才华山穷水尽的时刻。在累积式不断撷取的状态下，黛玉的创作能量已经接近枯竭，无以为继，而这个缺口必须要依靠情节来补足，因此作者在此一空档安排了妙玉现身，代黛玉继续创作下去，以完成诗篇。当时湘云、黛玉二人一语未了，只见栏外山石后转出一个人来，笑道：

"好诗，好诗，果然太悲凉了。不必再往下联，若底下只这样去，反不显这两句了，倒觉得堆砌牵强。"二人不防，倒唬了一跳。细看时，不是别人，却是妙玉。二人皆诧异，因问："你如何到了这里？"妙玉笑道："我听见你们大家赏月，又吹的好笛，我也出来玩赏这清池皓月。顺脚走到这里，忽听见你两个联诗，更觉清雅异常，故此听住了。只是方才我听见这一首中，有几句虽好，只是过于颓败凄楚。此亦关人之气数而有，所以我出来止住。如今老太太都已早散了，满园的人想俱已睡熟了，你两个的丫头还不知在那里找你们呢。你们也不怕冷了？快同我来，到我那里去吃杯茶，只怕就天亮了。"黛玉笑道："谁知道就这个时候了。"

妙玉的现身拦阻再度反映了《红楼梦》的诗谶观，她对黛玉所做诗句的判断延续了湘云的看法，所谓"此亦关人之气数而有"表明诗歌与诗人的命运直接相关，即诗歌作为命运的载体，所承载的是诗人的命运，这便是诗谶观的体现。而我们也要特别注意，《红楼梦》中诗谶的解读方式并不同于"谶谣"的解读方式，因为诗歌所呈现的是诗人的生命特质与心灵状态，反映了人物之内在精神的走向，而不是具体的命运遭遇，所以不应该从文字拆解的角度进行穿凿附会。根据《红楼梦》中的诗歌，我们可以大致推测人物的命运走向是悲剧的抑或是喜剧的（当然都属于不幸的结局），但至于人物命运的具体细节就无从得知了。因此，有人截取"冷月葬花魂"一句而声称黛玉将会投水而死的说法，便是不能成立的。

作者安排妙玉出来止住"颓败凄楚"的联句，又邀请黛玉和湘云到栊翠庵吃茶，接着又进一步以续诗加以翻转：

> 三人遂一同来至栊翠庵中。只见龛焰犹青，炉香未烬。几个老嬷嬷也都睡了，只有小丫鬟在蒲团上垂头打盹。妙玉唤他起来，现去烹茶。忽听叩门之声，小丫鬟忙去开门看时，却是紫鹃翠缕与几个老嬷嬷来找他姊妹两个。进来见他们正吃茶，因都笑道："要我们好找，一个园里走遍了，连姨太太那里都找到了。才到了那山坡底下小亭里找时，可巧那里上夜的正睡醒了。我们问他们，他们说，方才亭外头棚下两个人说话，后来又添了一个，听见说大家往庵里去。我们就知是这里了。"妙玉忙命小丫鬟引他们到那边去坐着歇息吃茶。自取了笔砚纸墨出来，将方才的诗命他二人念着，遂从头写出来。黛玉见他今日十分高兴，便

笑道:"从来没见你这样高兴。我也不敢唐突请教,这还可以见教否?若不堪时,便就烧了;若或可改,即请改正改正。"妙玉笑道:"也不敢妄加评赞。只是这才有了二十二韵。我意思想着你二位警句已出,再若续时,恐后力不加。我竟要续貂,又恐有玷。"黛玉从没见妙玉作过诗,今见他高兴如此,忙说:"果然如此,我们的虽不好,亦可以带好了。"妙玉道:"如今收结,到底还该归到本来面目上去。若只管丢了真情真事且去搜奇捡怪,一则失了咱们的闺阁面目,二则也与题目无涉了。"二人皆道极是。妙玉遂提笔一挥而就,递与他二人道:"休要见笑。依我必须如此,方翻转过来,虽前头有凄楚之句,亦无甚碍了。"

妙玉是一位孤高自许、万人不入其目的女尼,这里说妙玉"命"黛玉与湘云把方才的诗句念给她听,此一"命"字微妙地表现了妙玉的高傲姿态,带有一点居高临下的意味,但黛玉却不以为意而十分随和,实在与她早期目无下尘、过度敏感的个性大不相同。回顾先前第十八回在元妃省亲的过程中,黛玉曾表现出意图大展奇才压倒众人的高傲姿态,没想到元妃仅命众人各自作诗一首,为此她还感到心中不快,以至于草草了事,但到了此刻却十分谦虚有礼,确实判若两人,试看黛玉对妙玉说:"从来没见你这样高兴。我也不敢唐突请教,这还可以见教否?若不堪时,便就烧了;若或可改,即请改正改正。"这般极度谦逊的自贬说辞完全不是以前的黛玉所可能讲出口的,当时的黛玉只想当第一名,哪里会认为自己的作品不好,请人家帮忙改正,甚至还让对方可以直接烧掉!

妙玉听了黛玉的这番谦辞,便笑道:"也不敢妄加评赞。只是这才有了二十二韵。我意思想着你二位警句已出，再若续时，恐后力不加。我竟要续貂，又恐有玷。""续貂"即"狗尾续貂"，用以谦称自己的续作不比前面的品质，和后文所说的"又恐有玷"是一致的客套话。不过纵然如此客气，妙玉的言下之意，还是表明湘云、黛玉二人所创作的诗句带有凄楚之音，是悲凉之句，那会对她们的幸福造成阻碍，甚至暗示着寿命不长，因此妙玉有意翻转整首诗的意境，希望帮助二人转运。只不过严格说来，她所续之诗也并没有完全翻转整首诗的凄楚意味，可见悲剧乃是命中注定，无可挽回。最值得注意的是，黛玉其实未曾见过妙玉作诗，因此她无从得知妙玉的诗才高下与学问能力如何，然而却十分谦虚地说："果然如此，我们的虽不好，亦可以带好了。"可见自始至终，黛玉所说的每句话一直都是对妙玉的奉承与赞美，而一般来说，社会上人与人之间的相处，最为安全保险的方法就是奉承迎合，黛玉在此也表现出了同样的"虚礼周旋"。

换句话说，妙玉与黛玉之间的对话，是建立于黛玉完全不知妙玉之诗学造诣的前提下，但黛玉却对妙玉说了许多没有事实依据的颂美之辞，显示黛玉在这一情节中所呈现出来的，就是人际关系里的应酬性对话，而那其实是必要的，因为人类太复杂，为了避免不必要的麻烦和误解，我们对于不知底细的人确实不宜过于率真。由此也清楚可见，此际的黛玉不再是早期十分直率任性的性格了。

后来，妙玉的续诗让黛玉和湘云深感折服，二人异口同声地赞美妙玉为"诗仙"，而这时因为已经看到了妙玉的续诗，所以她们的赞赏便不是应酬性的空话。值得注意的是，第四十九回宝钗曾对湘云说："说你没心，却又有心；虽然有心，到底嘴太直了。"湘云这样一个"嘴太直"的人，于先前对妙玉的诗才一无所知时便一言不发，在看到妙玉的诗作之前她一直是沉默的，赞美妙玉的角色都由黛玉一个人单独承担，显示出湘云表现了一贯的诚恳坦率。对照之下，黛玉的表现更加特殊，呈现出极端反差的现象，也就是说，以心直口快著称的湘云尚未改变，但黛玉则已经学会了"虚礼周旋"，口说漂亮好听的空话，而大大推翻了读者对黛玉的一般认识。这类的细节对于理解黛玉前后期的变化十分重要，也足以证明此时的黛玉与前期截然不同的人际互动模式。

《芙蓉女儿诔》一幕

再则，第七十九回宝玉与黛玉二人就《芙蓉女儿诔》的创作问题所产生的讨论和争辩，也清楚表现出黛玉性格的转变，那同时来到了宝、黛双方于价值观上严重分歧的时刻。当宝玉念完祭文以后，黛玉道：

"原稿在那里？倒要细细一读。长篇大论，不知说的是什么，只听见中间两句，什么'红绡帐里，公子多情；黄土垄中，女儿薄命'。这一联意思却好，只是'红绡帐里'未免熟滥些。放着现成真事，为什么不用？"宝玉忙问："什么现成的真事？"黛玉笑道："咱们如今都系霞影纱糊的窗槅，何不说'茜纱窗下，公子多情'呢？"宝玉听了，不禁跌足笑道："好极，是极！到底是你想的出，说的出。可知天下古今现成的好景妙事尽多，只是愚人蠢子说不出想不出罢了。但只一件：虽然这一改新妙之极，但你居此则可，在我实不敢当。"说着，又接连说了一二十句"不

敢"。黛玉笑道："何妨。我的窗即可为你之窗，何必分晰得如此
生疏。古人异姓陌路，尚然同肥马，衣轻裘，敝之而无憾，何况
咱们。"宝玉笑道："论交之道，不在肥马轻裘，即黄金白璧，亦
不当锱铢较量。倒是这唐突闺阁，万万使不得的。如今我越性将
'公子''女儿'改去，竟算是你诔他的倒妙。况且素日你又待他
甚厚，故今宁可弃此一篇大文，万不可弃此'茜纱'新句。竟莫
若改作'茜纱窗下，小姐多情；黄土垄中，丫鬟薄命。'如此一
改，虽于我无涉，我也是惬怀的。"黛玉笑道："他又不是我的丫
头，何用作此语。况且小姐丫鬟亦不典雅，等我的紫鹃死了，我
再如此说，还不算迟。"宝玉听了，忙笑道："这是何苦又咒他。"
黛玉笑道："是你要咒的，并不是我说的。"宝玉道："我又有了，
这一改可妥当了。莫若说'茜纱窗下，我本无缘；黄土垄中，卿
何薄命。'"黛玉听了，怔然变色，心中虽有无限的狐疑乱拟，
外面却不肯露出，反连忙含笑点头称妙，说："果然改的好。再
不必乱改了，快去干正经事罢。才刚太太打发人叫你明儿一早快
过大舅母那边去。"

试看黛玉听了之所以会"怔然变色"，是因为宝玉最终修订的两句
诔文"茜纱窗下，我本无缘；黄土垄中，卿何薄命"带有不祥的双关
之意，使黛玉不自觉地进入彼此乖离的处境中，对她的命运似乎是一
个不祥的预告。"茜纱窗"最早正是出现在潇湘馆，由于潇湘馆周边多
绿竹丛绕，再用绿色的窗纱便无法衬托色彩，而显得太过单调，因此
第四十回在贾母的建议下而改糊银红色的霞影纱。宝玉第一次所改的
诔文"黄土垄中，丫鬟薄命"还在晴雯的脉络之下，不容易产生双关，

但一旦修改为"黄土垄中，卿何薄命"，"卿"字的涵盖范围扩大，这篇诔文就不再只能完全对应于晴雯了，加上"茜纱窗"的指引，直接导向了潇湘馆，很容易让黛玉感觉到其中不祥的双关性。黛玉如此珍惜的爱情竟然有这般不祥的预告，因此身心受到了巨大的冲击，但在"怵然变色，心中虽有无限的狐疑乱拟"的情况下，她却能够克制自己的情绪，反而连忙含笑点头称妙，可见黛玉已经"心口不一""表里不一"，不再是"率真任性"的那位林黛玉了。

更何况黛玉接着对宝玉说："果然改的好。再不必乱改了，快去干正经事罢。"其中，黛玉不仅又是先给予肯定与赞美，和之前对妙玉的应酬话如出一辙，尤其所谓的"正经事"一词最值得注意，因为与"正经事"相对的即"非正经事"，据此推敲黛玉的言外之意，乃暗指宝玉反复修改《芙蓉女儿诔》以悼念晴雯的私祭之举，是属于不正经的事情！如此一来，宝玉所看重的已经不被黛玉认可，宝、黛二人之间的价值判断已经出现了裂痕。相对地，黛玉所说的"正经事"则是指迎春的婚姻大事，她说道："才刚太太打发人叫你明儿一早快过大舅母那边去。"大舅母指邢夫人，而何以要特别叫宝玉过去一趟呢？黛玉接着说明原因："你二姐姐已有人家求准了，想是明儿那家人来拜允，所以叫你们过去呢。"二姐姐指迎春，迎春要嫁给"中山狼"孙绍祖，贾府已经开始进行正式的婚礼筹办活动，宝玉听了拍手道："何必如此忙？我身上也不大好，明儿还未必能去呢。"可想而知，宝玉对于那一类虚礼应酬之事是十分厌烦的，所以又要称病推托。

早在第三十六回便有宝玉厌烦虚礼应酬之事的描写，作者叙述道：

话说贾母自王夫人处回来，见宝玉一日好似一日，心中自是欢喜。因怕将来贾政又叫他，遂命人将贾政的亲随小厮头儿唤来，吩咐他："以后倘有会人待客诸样的事，你老爷要叫宝玉，你不用上来传话，就回他说我说了：一则打重了，得着实将养几个月才走得；二则他的星宿不利，祭了星不见外人，过了八月才许出二门。"那小厮头儿听了，领命而去。贾母又命李嬷嬷袭人等来，将此话说与宝玉，使他放心。那宝玉本就懒与士大夫诸男人接谈，又最厌峨冠礼服贺吊往还等事，今日得了这句话，越发得了意，不但将亲戚朋友一概杜绝了，而且连家庭中晨昏定省亦发都随他的便了，日日只在园中游卧，不过每日一清早到贾母王夫人处走走就回来了，却每每甘心为诸丫鬟充役，竟也得十分闲消日月。或如宝钗辈有时见机导劝，反生起气来，只说"好好的一个清净洁白女儿，也学的钓名沽誉，入了国贼禄鬼之流。这总是前人无故生事，立言竖辞，原为导后世的须眉浊物。不想我生不幸，亦且琼闺绣阁中亦染此风，真真有负天地钟灵毓秀之德！"因此祸延古人，除四书外，竟将别的书焚了。众人见他如此疯颠，也都不向他说这些正经话了。独有林黛玉自幼不曾劝他去立身扬名等语，所以深敬黛玉。

这段陈述表明：宝玉所厌弃的不仅是人与人之间所必需的种种形式的交际应酬，还包括家族中的婚丧礼仪大事，对于那些要戴着高帽子、穿着正式礼服的场合，宝玉更是抵触排斥。而贾母出于对宝玉的宠爱，给了他不需参加那类活动的特权，甚至连日常生活中问候父母长辈的基本礼数也都可以免除省去，那诚然是一种法外的失序状态，因为传统文化对于家庭伦理是极度崇尚和遵守的，特别是这等的贵族世家，就连日常吃饭的过程都有一套非常烦琐的礼仪要求，每个成员非得要适应这些规矩，否则便不可能融入家族之中。

我近几年来逐渐产生一些非常不同的体认，即宝、黛等人只是偶尔于某一些私下的空间中比较自由地去舒展自我，但那并不等于曹雪芹是在反对礼教。《红楼梦》表面上很少描写关于礼教的这一面，叙述的大多数是比较自由、平等、逍遥、性灵的那一面，主要是因为该内容情节属于他们的私人空间，本来就有比较多能够自我去掌控的场景，因此可写性较强，不同于每天行礼如仪、照表操课之类，由于固定化而容易重复，导致呆板乏味，减损了阅读情趣，所以可省则省，但这完全不等于是在反礼教、反封建。

元妃省亲的重大契机，提供了宝玉与众女儿们一处可以脱离荣、宁二府的私密空间——大观园，以至于《红楼梦》的叙事焦点较多地放在此等小儿女身上，但这个情况与反不反封建礼教其实没有任何关系。无论如何，宝玉在大多数的时候，绝对是一个文质彬彬、行礼如仪的侯门少爷，那是他从小到大一定要接受的一套规训，这套规训久而久之已经内化成为他内在自我的一部分。当然人总有比较自由放松的时候，宝玉私下时常会脱序一下，尤其在大观园怡红院这个几乎是颠覆了常态的环境中，更可以表现他淘气可爱又比较属于自然的一部分，可是这样的行为并不一定会和礼教构成冲突。

回到第七十九回，当黛玉劝宝玉不必再乱改诔文，快去干正经事时，即意指凌驾于个人空间的公众事务，诸如峨冠礼服、贺吊往还之类是更为重要的。宝玉此时又开始装病，以往只要他装病，大家便会给他豁免权，然而此时黛玉的反应已经远非昔比，她说："又来了，我劝你把脾气改改罢。一年大二年小……"黛玉口中的"又来了"这一句，背后所隐含的意味是：装病是个不正当、不能鼓励的幼稚做法，而宝玉却一再如此，实在太过任性，于是就劝宝玉把脾气改改吧，原因是"一年大二年小"，人生已经到了不同的阶段了，不可以再那么孩子气。所谓"一年大二年小"这种词汇都属于偏义复词，其重点在于"大"字，表示宝玉已经逐年长大了，不可以再像小孩子般不负责任，一味地想要逃避成人世界的压力和束缚。

再看黛玉说完这三句话之后，语意未完，所以现代标点用了省略号，接着写黛玉"一面说话，一面咳嗽起来"，这显然是作者的刻意设计，有其非常顺乎情理的逻辑性，也有美学上的必要性。第一，用一阵咳嗽来说明黛玉的病症越来越沉重，在风地里站得有点久了，加上黛玉的身体本就十分柔弱，经受不起风吹，于是便咳嗽起来。第二，非要用咳嗽的方式来打断两人之间的谈话，原因更在于这话再说下去，便会如同袭人、宝钗、湘云曾经对宝玉提过的劝说，而显得露骨、明确，失去了含蓄蕴藉的美学原则，也会让宝、黛的分裂乃至冲突过于尖锐，所以让黛玉的意思表达不形诸言语，以余音的方式让人自行领略。

其实，我们只要稍微咀嚼玩味，即会感觉到黛玉与宝玉之间已经"道不同，不相为谋"了，人终究要被时间推着往前走、推着往园外走，当所有的女孩子都意识到大观园不再是永恒的乐园时，唯独宝玉还一心一意地想要抗拒，他当然也知道抗拒是徒劳的，然而只要还有一线希望，他便表现出抓住不放的心思意愿。相对地，黛玉也在成长，她已经深刻地意识到时间之流不会停止，每个人终究要面对成人的世界，所以她劝宝玉改改脾气。但是如果她再继续说下去，话语便会变得太露骨，会更大地加深两人的裂痕，那将会让宝玉情何以堪？

他总不能像当初第三十二回中对待宝钗那般，"不管人脸上过的去过不去，他就咳了一声，拿起脚来走了"，或者对湘云当场下逐客令："姑娘请别的姊妹屋里坐坐，我这里仔细污了你知经济学问的。"所以作者刻意安排一阵咳嗽把两人的对话打断，以避免后续的难堪，这是非常含蓄的一种表述方式。

至于宝玉是否感觉到黛玉和他之间已经产生了"道不同"的分歧呢？事实上是有的，书中写道，当黛玉一面说话，一面咳嗽起来时，宝玉忙道：

> "这里风冷，咱们只顾呆站在这里，快回去罢。"黛玉道："我也家去歇息了，明儿再见罢。"说着，便自取路去了。宝玉只得闷闷的转步，又忽想起来黛玉无人随伴，忙命小丫头子跟了送回去。

请特别注意，宝玉此时的反应是"闷闷的转步"，这种举止表现了心中闷闷不乐，存有某一些压力和焦虑，不知如何排遣，于是在原地不断地来回转步；加上"闷闷"二字，很明显地，宝玉心中其实隐约感觉到他与黛玉之间的分歧，那般的分歧造成他情绪上的一种不堪承受，所以才会"闷闷的转步"。之后宝玉"又忽想起来黛玉无人随伴，忙命小丫头子跟了送回去"，由此看来，二人分歧所造成的"闷闷"的感觉，已经阻碍了宝玉对黛玉的关心，使得他对黛玉的体贴竟然落后了一步。可想而知，宝玉在情感心念上确然受到了一种挫折，即他意识到与黛玉之间的分歧，而构成了二玉之间在价值观上比较严重的第二度裂变。

不只如此，第七十九回同时告诉大家，黛玉连对宝玉也开始懂得

"虚礼周旋"了，于宝玉的面前都能够完全控制情绪，展现出"连忙含笑点头称妙"的一面，类似这般的反应都不是宝、黛先前的相处常态，可见黛玉的转变就像一个轴心，逐渐辐射、遍及她周遭包括宝玉在内的所有人等。至于宝、黛之间的关系，因为彼此不同的成长速度而造成了落差与分歧，这是我们必须要面对的客观事实，那也反映了人世间一种重大的可能性，发生在许许多多的夫妻恋侣之间。一般读者坚持宝、黛就是灵魂知己，他们应该密不可分、水乳交融、天长地久，这其实都是读者自己主观感性上的期望。《红楼梦》明白地告诉我们：人必须要成长，在成长的过程中，苦闷与挫折并进，但我们在此一过程中也认识到了另外的真理，原来世界很复杂、很奥妙，绝对不是只有天真、纯洁才有价值。

"宝玉虽素习和睦，终有嫌疑"

前面说第七十九回的情节是宝、黛之间的第二度分歧，那么他们的第一度分歧出现于哪里呢？就在第四十五回以及第六十二回。第四十五回中，蘅芜苑的一个婆子送来燕窝和洋糖之后，"黛玉自在枕上感念宝钗，一时又羡他有母兄；一面又想宝玉虽素习和睦，终有嫌疑。又听见窗外竹梢焦叶之上，雨声淅沥，清寒透幕，不觉又滴下泪来"。虽然作者为黛玉包装了还泪的神话，使她的眼泪变得凄美动人，但是黛玉的泪水并不全是为爱情而滴落，事实上几乎有一半的次数是因为伦理亲情而流下，为了思念她的母亲、父亲，为了她家族亲属的欠缺而涌出。所以，爱情到底是不是《红楼梦》所主张的唯一绝对的价值，而凌驾于其他的人伦价值之上，这是一个必须要好好检验的问题，而答案其实与爱情至上的现代价值观恰恰相反。

黛玉是孤独的一个人，所以她羡慕宝钗有母兄，但当她想起贾府中最好的朋友和知己——宝玉时，心中所想的竟然是"终有嫌疑"，彼此之间终究存在着"嫌疑"。这个情况是否有些奇怪呢？两人之前的感情不是"言和意顺，略无参商"，一切都不落言筌，可以心照不宣么？而黛玉此时感受到的"终有嫌疑"颠覆了我们过去对宝、黛关系的认识。

面对这个问题，我提出了一个解释，即贾府作为所谓的簪缨诗礼之家，礼教是非常森严的，而构成礼教最重要的一个主轴就是"男女之防"。包括男主外、女主内，居处的安排、职务的分派，其实都是以性别来规划的，例如第三回，当王夫人对黛玉说："我有一个孽根祸胎，是家里的'混世魔王'，今日因庙里还愿去了，尚未回来，晚间你看见便知了。你只以后不要睬他，你这些姊妹都不敢沾惹他的。"黛玉的回答是："况我来了，自然只和姊妹同处，兄弟们自是别院另室的，岂得去沾惹之理？"黛玉的反应很符合此等簪缨诗礼之家的礼教规定，男女是不可以有接触的，一旦有接触的机会便有沾惹的可能，所以黛玉才会觉得"终有嫌疑"。宝玉只是在贾母的宠爱之下打破常规，得到了一个法外的、可以满足个人的、超越礼教规范的私下空间，但男女之别对他们来说仍然是不可抹灭的，即便他们日常生活在一起，也必须注意很多小地方不可落于形迹，以免授人话柄；再加上由于有更多的接触机会，也容易会启人疑窦，造成很多是非，所以"终有嫌疑"说的是两人之间无法真正浑然到彼此无间的地步。

除此之外，到了第四十五回这个阶段，黛玉已是"及笄之年"，即十五岁，那是一个成长的标志，参照第二十二回贾母曾特别为宝钗过十五岁生日，便能够显示其意义。对黛玉来说，十五岁正意味着成长到了另一个阶段，她应该相应地对人际关系进行调整，对于她和宝玉之间的关系也慢慢地有了不同的认知。我们可以从这两个角度来理解黛玉所感慨的"终有嫌疑"。

而如此的"终有嫌疑"一旦落实之后，果真宝、黛两者之间即开始出现了价值观的分歧。考察第六十二回的故事内容，可见宝玉和黛玉对探春理家的表现已经有了不同的看法，探春所具有的政治家气度，不仅受到了王熙凤的赞美，也得到了黛玉的称誉，黛玉对宝玉说："你家三丫头倒是个乖人。虽然叫他管些事，倒也一步儿不肯多走。差不多的人就早作起威福来了。"这也证明了探春确实是一位有为有守的君子，不会被权力所腐化，不愿意滥用权力，黛玉用"乖人"来形容探春，即是这个意思。

但宝玉并不以为然，他说："你不知道呢。你病着时，他干了好几件事。这园子也分了人管，如今多掐一草也不能了。又蠲了几件事，单拿我和凤姐姐作筏子禁别人。最是心里有算计的人，岂只乖而已。"显然宝玉认为探春虽然树立了一个规范，但是他的自由却受到了限制，不能再任情纵性了，所以有些不满，便认为探春也是个"心里有算计的人"，岂止乖而已！没想到接着黛玉道：

> 要这样才好，咱们家里也太花费了。我虽不管事，心里每常闲了，替你们一算计，出的多进的少，如今若不省俭，必致后手不接。

可见黛玉并不是完全不食人间烟火的凌云仙子，她就活在现实人间，对于贾府运作中的经济危机其实也是深有体察的，因此她完全赞赏探春的做法。可是宝玉依旧很天真，他笑道："凭他怎么后手不接，也短不了咱们两个人的。"他总觉得世界永远不会崩溃，至少他自己一定可以毫发无伤，永远幸福快乐。然而覆巢之下无完卵，他和黛玉两人怎么可能不受影响？这番话足证宝玉有的时候确实是一个抗拒长大的阔少爷。

就以上的情节来说，宝玉可能还没有意识到他与黛玉之间的分歧，只当是一般的随口闲聊，可是在我们读者看来，这两人的差异是非常明显的，尤其黛玉所说的那段话完全是理家掌权之人王熙凤的言论翻版。第五十五回中，当王熙凤得知探春的理家作为后，便对平儿说道："你知道，我这几年生了多少省俭的法子，一家子大约也没个不背地里恨我的。我如今也是骑上老虎了。虽然看破些，无奈一时也难宽放；二则家里出去的多，进来的少。凡百大小事仍是照着老祖宗手里的规矩，却一年进的产业又不及先时。多省俭了，外人又笑话，老太太、太太也受委屈，家下人也抱怨刻薄；若不趁早儿料理省俭之计，再几年就都赔尽了。"其中的重点与黛玉所说的"出的多进的少，如今若不省俭，必致后手不接"简直是如出一辙。由此看来，黛玉和王熙凤一样，都具有敏锐的洞察力，对整个家族的经济处境也是心知肚明，关于探春的做法她会深表赞同，正与王熙凤把探春当作臂膀的延伸，道理相通。

那么，黛玉这样的反应到底算不算是违背曹雪芹既有的设计呢？当然不算，黛玉本来就不是一个无知之辈，她其实机谋深远，对此脂砚斋已经再三提点。再看第五十五回，当王熙凤细数"这里头的货"中有哪些人具有理家才能之际，便说"林丫头和宝姑娘他两个倒好"，可见黛玉事实上和宝钗一样都具有理家的才能，只是她平常没有表现出来而已，但王熙凤还是很精确地掌握到了。第五十五回已经是黛玉性格发展的后半期，而其实人的性格不会突然之间一夜改变，据此可以推论在黛玉性格发展的前期，也已经透露出她的算计，以及对于人情世道非常高明的洞察力。事实正是如此，试看第三十五回中，宝玉挨打后众人都来看视，络绎不绝，接着书中写道：

> 林黛玉还自立于花阴之下，远远的却向怡红院内望着，只见李宫裁、迎春、探春、惜春并各项人等都向怡红院内去过之后，一起一起的散尽了，只不见凤姐儿来，心里自己盘算道："如何他不来瞧宝玉？便是有事缠住了，他必定也是要来打个花胡哨，讨老太太和太太的好儿才是。今儿这早晚不来，必有原故。"一面猜疑，一面抬头再看时，只见花花簇簇一群人又向怡红院内来了。定睛看时，只见贾母搭着凤姐儿的手，后头邢夫人王夫人跟着周姨娘并丫鬟媳妇等人都进院去了。黛玉看了不觉点头，想起有父母的人的好处来，早又泪珠满面。

先时不见王熙凤的踪影，黛玉还心中盘算各种状况，一面猜疑，果然就见到贾母搭着王熙凤的手走向怡红院来，于是"不觉点头"，此处的"点头"其实有很复杂的意涵，显示她的判断正确，凤姐果然如她所料。由此可见，前期的黛玉并不是只关心作诗，沉浸在精神意境之中，也不是只会与鹦鹉念诗对话，她其实对人情世故掌握得颇为精当，这也反过来证明了黛玉后期的发展并不是忽然之间的人格突变，她对人情心机的掌握能力其实于前期阶段一直存在，只是没有被充分发展，也未曾被大幅显露而已。

人的性格终究是处在不断发展的状态中，过去比较强势而突显的面向，慢慢地因为受到碰撞打磨，会变得成熟而收敛，而昔日隐微不显的部分也可能逐渐发展出来，变成主要的特征，这就是性格中各个成分的消长调节，构成了改变。我们在人生经验中常常有一种情况，在长时间未见的情况下，发现到某个认识的亲友变得和以前不同，而感叹他脱胎换骨成了个陌生人，其实那算是一种误解，因为没有人可以脱胎换骨，真正的缘故是他内在各种性格成分的消长，对方仍然是同一个人，只是被凸显出来的主要面向有所不同而已。

黛玉正是在如此的消长状态中成长起来的，她逐渐掌握了人际互动关系的要领，更关键的是她愿意开始实践，如此一来，与不想长大的宝玉必然产生价值分歧的状况。所以第七十九回中，两人的对话虽然被一阵咳嗽打断，但是黛玉所引发的分歧感，仍然在宝玉心中激荡而形诸肢体行动，使得宝玉只得"闷闷的转步"，这是非常引人深思的现象。毕竟人必须长大，两个情感再要好、关系再深厚的知交或伴侣，如果成长的速度不一样，也势必会伤害到彼此间的关系。爱情与婚姻是人生中非常重要的事情，必须要时时刻刻用心去经营，主要是去维系彼此心智成长的速度以及成长方向的一致性，倘若做不到这一点，两人一定会渐行渐远，最终只能在日常生活中互相配合，照习惯过日子，但在心灵上却是陌生人，此种如空壳般的处境当然也不能够持久，对于婚恋关系必然造成很大的损害。事实上要维系彼此间的关系，必得好好努力地了解对方，两人共同参与生命中的某一个事业，在此一事业中包含着双方终极的关怀，也包含着对未来的希望。

宝、黛的爱情走到第七十九回的这一步，可想而知，再继续发展下去就会是一个本质性的悲剧，根本不需要人谋不臧之类外来的戕害。作者为了避免两人以如此不堪的方式陷入瓦解的状态，便必须让黛玉早夭。如果从这个角度来看，黛玉的早逝也是维系他们爱情之美的一种必要方式，让爱情在没有变质到彻底异化之前，就让它结束，至少还能够冻结住很美好的状态，让"宝黛之恋"以一种永恒的形貌，留存于当事人、作者与读者的心中。

《红楼梦》绝对不是一个"彼得·潘式的童话"，一旦接受这一点，或许我们也就更能够坦然地忍受、接受这个世间许许多多的不完美，甚至可以更积极地去看待很多的不完美，发现事实上换一个角度来看，不完美也是完美！这便是我一再重复说的："真理的相反也同样还是真理。"

黛玉与宝玉之间的价值观裂变，诚然是黛玉性格转变的另一个面向。而造成此一裂变的原因，主要是黛玉不断地成长，以致与宝玉产生了成长的速度差，这个速度差即导致两人关系上的根本性裂变。

宝、黛价值观裂变

我们先回溯宝、黛之间价值观裂变的过程。最初宝、黛的早期关系是第五回所说的"言和意顺，略无参商"，可以说非常符合"知己伴侣"此一定义的标准。例如第三十二回，当宝玉指出黛玉总是因为不放心的缘故才弄了一身的病，"林黛玉听了这话，如轰雷掣电，细细思之，竟比自己肺腑中掏出来的还觉恳切"；还有第三十六回提到，宝玉因为"林黛玉自幼不曾劝他去立身扬名等语，所以深敬黛玉"。将前期宝、黛之间种种相处的状况统合来看，可以很清楚地看到他们的想法确实是非常一致的。

然而到了后期就不这么单纯了，首先是上文提到过的，第四十五回黛玉自己一个人躺在床上感伤时，她思前想后之际，竟然感到"宝玉虽素习和睦，终有嫌疑"；到了第四十九回便非常明显了，当薛宝琴因受到贾母的非凡宠爱而获得凫靥裘时，众人便玩闹着起哄，猜想谁会心里过不去而生出嫉妒？当猜到黛玉的时候，湘云就不说话了，其意思很清楚，即默认黛玉便是那个多心的人，尤其她平常总是爱计较、独占心很强，因此合理推测此时黛玉的心中应该会有一点不平。但是当下宝钗却立刻站出来为黛玉洗刷了这个误解，宝钗忙笑道："更不是了。我的妹妹和他的妹妹一样。他喜欢的比我还疼呢，那里还恼？你信口云儿混说。他的那嘴有什么实据。"而面对这样一个反常的情况，宝玉的反应则是："素习深知黛玉有些小性儿，且尚不知近日黛玉和宝钗之事，正恐贾母疼宝琴他心中不自在，今见湘云如此说了，宝钗又如此答，再审度黛玉声色亦不似往时，果然与宝钗之说相符，心中闷闷不解。"显然他的看法和湘云一致，这更证明黛玉的小性儿是众所周知的客观事实。最值得注意的是，此际宝玉还不知道钗、黛二人已经冰释前嫌，当他看到黛玉与别人，特别是与宝钗和睦相处时，竟然感到"心中闷闷不解"，这与第七十九回当黛玉劝宝玉把脾气改一改时，"宝玉只得闷闷的转步"，其实都是出于同样的心理反应，隐含了意外，甚至彼此不合的失落感。

回到第四十九回，宝玉一方面"闷闷不解"，一方面又想："他两个素日不是这样的好，今看来竟更比他人好十倍。"再加上宝琴"又见诸姊妹都不是那轻薄脂粉，且又和姐姐皆和契，故也不肯怠慢，其中又见林黛玉是个出类拔萃的，便更与黛玉亲敬异常"，形成了姊妹情深的图景。对眼前这般其乐融融的场面，难怪宝玉的反应是"看着只是暗暗的纳罕"，因为此时的黛玉与他平常所认识的迥然不同，宝、黛彼此之间的距离事实上很明显地浮显出来，于是过后宝玉就去黛玉房中找她问明原因，宝玉笑道：

> "我虽看了《西厢记》，也曾有明白的几句，说了取笑，你曾恼过。如今想来，竟有一句不解，我念出来你讲讲我听。"黛玉听了，便知有文章，因笑道："你念出来我听听。"宝玉笑道："那《闹简》上有一句说得最好，'是几时孟光接了梁鸿案？'这句最妙。'孟光接了梁鸿案'这七个字，不过是现成的典，难为他这'是几时'三个虚字问的有趣。是几时接了？你说说我听听。"黛玉听了，禁不住也笑起来，因笑道："这原问的好。他也问的好，你也问的好。"宝玉道："先时你只疑我，如今你也没的说，我反落了单。"黛玉笑道："谁知他竟真是个好人，我素日只当他藏奸。"因把说错了酒令起，连送燕窝病中所谈之事，细细告诉了宝玉。宝玉方知缘故，因笑道："我说呢，正纳闷'是几时孟光接了梁鸿案'，原来是从'小孩儿口没遮拦'就接了案了。"

我们可以看到，当宝玉发现钗、黛之间是其乐融融的时候，竟然觉得自己落了单，有点遭到盟友撇下的被背叛感。很显然地，宝玉在黛玉的转变过程中依然停顿在原地，一旦意识到两人之间的差距时，他就感觉彼此产生了断裂，从两人知己同伴变成他被抛弃落单，因此造成心理上的闷闷不乐。

此外，在第五十七回"慧紫鹃情辞试忙玉"的情节中，如果将紫鹃试探宝玉的说法与第七十九回黛玉劝诫宝玉的言辞加以比对，也会发现如出一辙。第七十九回里，黛玉劝诫宝玉改改脾性的理由是"一年大二年小"，正可以验证紫鹃用来试探宝玉的论调是有根有据，不是她自己杜撰的虚词。且看文本的描述，当时紫鹃正在回廊上手里做针黹，宝玉一眼看见她穿着弹墨绫薄绵袄，外面只穿着青缎夹背心，便伸手向她身上摸了一摸，怕她太冷，没想到紫鹃却立刻说道：

> 从此咱们只可说话，别动手动脚的。一年大二年小的，叫人看着不尊重。打紧的那起混账行子们背地里说你，你总不留心，还只管和小时一般行为，如何使得。姑娘常常吩咐我们，不叫和你说笑。你近来瞧他远着你还恐远不及呢。

倘若将第五十七回所发生的这一段情节放到黛玉后期成长的整体背景中来看，紫鹃所说的一番话应该是有黛玉的实际交代作为根据，也就是开始认真落实男女有别的规范，两性之间必须避嫌，保持距离。由此可见，一段情节到底该怎么去解释它的真假，以及真的有几分、假的又有几分，都必须看它前后的整体脉络是如何安排的，有的时候情节中明显有虚构的成分，有的时候确实有七分根据，有的时候又是百分之百确凿，不能单看一个独立的情节便断章取义。据此，这段情节很值得我们重新去定位它的真实性，应该不是紫鹃编造出来用以测试宝玉的谎言。

因此，到了第七十九回中，黛玉会出现一个很明确地劝改宝玉的做法，实在是有迹可寻，而且正是在这样的脉络下，黛玉很彻底、很清楚地逐步达到她成长的最终境界。

回归传统女性价值观

就此，让我们来到黛玉成长变化的另一个重点，即对传统女性价值观的回归，这是我们现代人常常都不以为然的。但我要再度提醒，切莫用现代人的价值观去看过去的时代，因为"我们都是历史中的人"，必定会受到历史时空中各种意识形态的影响，因此，今天视为理所当然的价值观不一定适用于过去，也不一定适用于别的民族，这是我们必须要有的胸襟。其实，黛玉的回归是必然的结果，我们如果活在两百多年前也一定会如此，因为如果不遵守当代的价值观，那是会几乎活不下去的，这是一个很简单的道理，何况一旦从小就受到那样的价值观的影响，我们当然也会认可那样的价值观，对此现代人实在不应该大加批评。

特别应该说明的是，此处我用"回归"二字，便是要说明前期的黛玉虽然比较率性，但大前提是她并未反对传统的女性价值观，只是因为她很受宠爱纵容，所以对一些闺阁女性的相关要求便可以不予理会，仅此而已。换句话说，只是因为深受宠爱，她当然就比较任性一点，比较自由一点，不想多做那些琐碎的手工，只在乎自己喜欢的事物，这也类似小孩子的个性，所以完全谈不上具有什么反对传统的意识，何况在经过第四十二回和第四十五回的过渡仪式之后，黛玉确实很不一样了。

黛玉前期的性格特征极为鲜明，具体表现于许多地方，所以给读者留下了深刻印象。以第十八回来说，当时她存心在作诗上大展奇才，将众人压倒，但因为元妃只让一人吟咏一篇，让她觉得不足以好好地展其抱负，从而心中不快。此刻的黛玉将作诗视为体现个人价值的一种活动，当作是自我肯定的一件很重要的事务，而那其实并不符合传统的女性价值观。

又第二十五回中，黛玉与紫鹃、雪雁做了一回针线后，更觉烦闷；以及第三十二回通过袭人的口中，我们得知黛玉无意于针线女红。面对针黹女红这等事，湘云是必须做到三更半夜，而宝钗甚至自动承揽，因为那本是她们应该要努力从事的分内工作。但是此时的黛玉就与她们有很大的不同，虽说不见得是价值观层次上的差异，可确实黛玉一年的工夫才做了一个香袋，而且那个香袋还很可能是在宝玉的劳烦央求之下才做的，足证前期的黛玉比较不耐烦去执行这类的分内之事。

相较之下，黛玉后期的变化确实让人感觉到有些吃惊。例如在第四十八回，黛玉竟然自认作诗并不是认真的事，只是可有可无的闺中游戏，既非正道，也不严肃，完全不算是一种价值，还认定自己的诗作并不成诗，而与探春异口同声地说："谁不是顽？难道我们是认真作诗呢！若说我们认真成了诗，出了这园子，把人的牙还笑倒了呢。"这与黛玉之前将诗歌当作是自我实践中最重要的一个核心，堪称截然不同。以前面对作诗的时候，她丝毫不肯退让，觉得唯有诗作得成功才是个人生命价值的体现，因此想要大展奇才、争夺第一。但是，现在的黛玉竟然秉持非常典型的传统女性价值观，简直是改头换面。

再看第五十一回，当宝钗指出宝琴所作的《梅花观怀古》和《蒲东寺怀古》这两首诗无考，而建议另外再作时，黛玉说："这宝姐姐也忒'胶柱鼓瑟'，矫揉造作了。"很多读者看到这里，就直觉地断定黛玉之所以抨击宝钗，是因为立场不同，显示她反对宝钗的保守性，而趋向于支持才子佳人的婚恋观，但其实完全不是如此，恰恰相反，黛玉的立场和宝钗完全一致，差别只在于她认为宝钗忽略了这一类题材在社会传播上的普及性，以及因此所产生的合法性，所以才会过度撇清，而流于"矫揉造作"。不过对于闺阁小姐来说，她们确实不可以看《西厢记》和《牡丹亭》那些外传，宝钗的宣称完全合乎当时、尤其是上层阶级的千金小姐的家训规范，最重要的是，黛玉其实也认同宝钗"我们也不大懂得"的立场，所以她后面接着说"咱们虽不曾看这些外传，不知底里"，根本与宝钗之说合拍，在在都显示出从传统女性的价值观出发，她们对这些禁书极力回避的态度。

接着是第六十四回，黛玉作了一组歌咏古代优秀女性的《五美吟》，但她竟然不愿意给宝玉看，原因是她怕宝玉将自己的诗作抄给外面的人看去，这就完全符合《礼记·内则》中所提到的"内言不出，外言不入"思想，原来男女之别还包括内外之别——男主外、女主内，外与内是不可以混淆的。这是传统儒家经典中非常讲究的要求，所谓"内言不出"，指的是闺阁女性的言语不可以外传，如果外传出去，便等于是将女性暴露在外，那与女子在外抛头露面是同等严重的过失。当时的价值观认为，女性是一种非常隐秘、不可以暴露的存在，所以才有"大门不出，二门不迈"之说，也因此女眷外出是一件大事，甚至被比喻为如同搬家，《红楼梦》第二十九回中，绝无仅有地描写整个贾府女眷们"倾巢而出"，一起去清虚观打醮看戏，当小姐们下轿子之际，家下人赶紧拿起布帐和屏障围得密不透风，绝对不能让旁观的路人瞥见她们的容颜，整个防护措施十分严密，堪称滴水不漏，正是因为这个原因。

也是出于同样的道理，女性的诗作一方面在根本上不被视为大雅，另一方面也不可以流传在外，在外流传便等于将女性公之于世，形同抛头露面，而有失体统。虽然明清时期，确实有一些才女的诗词集被整理出来刊刻面世，但那是有特殊缘故的，必须另当别论，即当时有些做丈夫的或做儿子的观念比较开明，基于怀念或凝聚家族集体情感的一种心理，想要将妻子或母亲的诗词整理出版，但那些创作的当事人事实上是抗拒的，甚至当她们知道自己的作品要被整理出版时，有时候竟然会断然焚毁了自己的诗稿，从这个现象也可以看到传统女性价值观的深刻影响。同样地，黛玉在此正是站在"内言不出"的立场，而这些观念其实与探春和宝钗是完全一致的，那绝对是传统女性价值观的一个明确的反映。

还有，第七十回中湘云因见暮春时节柳花飘舞，有感而发写了一阕《如梦令》，很得意地拿来给黛玉、宝钗欣赏，黛玉看毕，笑道："好，也新鲜有趣。我却不能。"但，黛玉真的写不来吗？自然不是，黛玉后来所填的《唐多令》也写得缠绵悲戚，哪里不能？尤其黛玉在贬抑自己的诗才时，一点都没有勉强或客套的意味，可见此时的黛玉显然与宝钗十分类似，宝钗的诗明明也写得很好，然而她并不在意，从没有非得争第一的念头，对于是否被大家评为佼佼者，宝钗从未曾放在心上。

何况第七十六回中，在与妙玉那一番关于续诗的对话里，黛玉也表达出要向妙玉请教的低姿态，甚至还自贬地说"若不堪时，便就烧了；若或可改，即请改正改正"等语。这固然也是一种人际周旋的应酬话，可是若非价值观有所改变，大概也难以如此自然地说出口。读

者可以慢慢发觉后半期的黛玉实际上是越来越像宝钗，也难怪她们的
感情变得很好、很亲密，那都是有道理、有原因的。

从童贞之爱到婚姻之想

接下来有关黛玉在另一方面的改变，我不想太强调或者太落实，
以免过分解读。我只是期望读者稍微注意一下这个变化，即"从形上
的童贞之爱到实质的婚姻之想"，"实质"意指落实到现实生活中，爱
情要能够修成正果，当然是要进入婚姻，所谓的"有情人终成眷属"，
那就不仅止于纯粹的心灵契合而已。黛玉其实已经开始有婚姻的意
念，然而婚姻这样一个特殊的、女性生命中的重大课题，实际上是出
身大家族的青春未婚女性必须要回避的，无论是口头上的话题还是心
里的念头，都属于禁忌，即使婚姻不比私情那般会受到非常严厉的指
控，但世家少女都还是要尽量加以回避。

如果仔细观察、比较前后期的黛玉，便会发现她真的变得很不一
样，前期阶段如第二十三回和第二十六回，宝玉两度用《西厢记》中
的台词对黛玉作出情色的试探，其中带有男女关系的隐喻，都被黛玉
用非常严厉的态度来加以回击，几乎引起了很严重的风波。她的这种
反应很明显是完全割裂形上、形下的关系，对此时的黛玉来说，感情
并不可以涉及任何一种形而下的欲望层次，否则就是亵渎和羞辱。但
在第四十五回中，有一段情节却触及黛玉开始隐秘地透露出她心中对
婚姻有了意念，虽然并不是那么明显，我们也不要过度去强调，但确
实依稀存在着这一种臆想。

第四十五回写到，在雨夜萧瑟、秋雨霖霖的夜晚，黛玉作了一首《秋窗风雨夕》后，方要安寝，丫鬟回报说：

"宝二爷来了。"一语未完，只见宝玉头上带着大箬笠，身上披着蓑衣。黛玉不觉笑了："那里来的渔翁！"宝玉忙问："今儿好些？吃了药没有？今儿一日吃了多少饭？"一面说，一面摘了笠，脱了蓑衣，忙一手举起灯来，一手遮住灯光，向黛玉脸上照了一照，觑着眼细瞧了一瞧，笑道："今儿气色好了些。"黛玉看脱了蓑衣，里面只穿半旧红绫短袄，系着绿汗巾子，膝下露出油绿绸撒花裤子，底下是掐金满绣的绵纱袜子，靸着蝴蝶落花鞋。黛玉问道："上头怕雨，底下这鞋袜子是不怕雨的？也倒干净。"宝玉笑道："我这一套是全的。有一双棠木屐，才穿了来，脱在廊檐上了。"黛玉又看那蓑衣斗笠不是寻常市卖的，十分细致轻巧，因说道："是什么草编的？怪道穿上不像那刺猬似的。"宝玉道："这三样都是北静王送的。他闲了下雨时在家里也是这样。你喜欢这个，我也弄一套来送你。别的都罢了，惟有这斗笠有趣，竟是活的。上头的这顶儿是活的，冬天下雪，带上帽子，就把竹信子抽了，去下顶子来，只剩了这圈子。下雪时男女都戴得，我送你一顶，冬天下雪戴。"黛玉笑道："我不要他。戴上那个，成个画儿上画的和戏上扮的渔婆了。"及说了出来，方想起话未忖夺，与方才说宝玉的话相连，后悔不及，羞的脸飞红，便伏在桌上嗽个不住。

首先我们可以看到，宝、黛两人的爱情是融入日常生活中的体贴，他们能够经得起那般琐碎的日常生活的耗损，两人之情依然可以持恒十数年之久，这才是真正的爱情，所以爱情绝对不是灿烂的烟火，让人炫目却经不起现实生活的考验，很多人自认为的浪漫，其实往往只是浮夸的感觉而已。其次，当黛玉意识到自己说出渔翁、渔婆等具有夫妻联想的词汇时，她立刻害羞脸红，赶快用咳嗽的方式加以掩饰，然而我们看宝玉的反应是"却不留心"，宝玉根本没有放在心上。显然他早就打了退堂鼓，不再对黛玉有任何非分之想，要不是黛玉本身有了某一种隐微的思想脉络，其实也不会把渔翁和渔婆连结在一起，并且意识到这个连结具有指涉夫妻的意涵，而导致她内心的羞怯。必须说，她的反应未免有一点无中生有，我记得自己第一次意识到这一点时，忍不住失声笑出来，因为黛玉的反应实在太好玩了。

值得注意的是，另一方的当事人宝玉却完全没留意到黛玉的用词和反应，显示出夫妻的联想并不是必然的。对照之下，此一现象多少反映出黛玉自己的内心对于婚姻是有了一点憧憬，然而该憧憬事实上是违背妇德女教的，是她应该要回避的，所以她一出现这个念头，即立刻有所警觉，而且自己也觉得非常害臊。就此来说，黛玉确实有一小小的改变，当然对于这一点不宜太过强调，否则一旦过度解释便会对人物的塑造内涵造成一些破坏和负面成分。

高鹗续书并非一无是处

至于前面提到的有关宝、黛之间势必面临分裂的情感变化，高鹗续书则对此绝妙地加以继承。虽说续书常常受到批评，那些批评也都很有道理，但是后四十回确实仍有优点，毕竟它完成了《红楼梦》这部未完成的悲剧交响曲，使得《红楼梦》具备了一个整体的架构，这是续书的巨大贡献，从传播意义上来说，更给予《红楼梦》很大的帮助，因为喜欢看有结局的全本，乃是一般读者的心理趋向。我们一直说后四十回的文字表达往往味如嚼蜡，其中的人物虽然也在说话，也在举止动作，可是如同木雕泥塑，仿佛照本宣科一般，毫无气韵神采，但是将具体人物的具体情节加以比对之后，我赫然发现续书者的言语用词，包括语法结构都与前八十回很接近，然而为什么读起来的感觉，后四十回会与前八十回差异如此之大呢？不是在文字、语法、修辞上有所不同，而是整体的情味明显很不一样，只能说创作原来是一种很难言筌和分析的能量，那种说不出的能量散发出类似于本雅明（Walter Benjamin）所谓的灵光（aura），就是有办法把前八十回写得那么动人，让后四十回读起来令人感到索然乏味。

据我目前所整理的，前八十回和后四十回有差距的地方超过十项以上，比如说某个意象，包括主屋的附属建筑物抱厦，在前八十回出现的情况即与后四十回截然不同；还有前八十回常常提及的西洋舶来品，如自鸣钟、手表、鼻烟壶、洋糖等当时代表奢华的高级用品，到了后四十回便大多消失无踪。有人把西洋货物罕见于后四十回的现象解释为贾家已在败落，所以那些昂贵的奢侈品自然会越来越少见，可是这个推论并不合理，因为就算贾府落入窘况之中，必须要用拍卖货品的方式来度日，那类物件还是可以出现的，凤姐的典当情况便证明了这一点，可见主要是关乎作家如何去安排运用的功力。连植物也是如此，学者潘富俊专门研究古典文学中的植物，著有《红楼梦植物图鉴》一书，他对比前八十回与后四十回的植栽情况之后，即主张后四十回的作者另有其人，因为后四十回中的植物意象少得多，丰富度、优美度也大为降低。

总而言之，不管是从建筑、物品、植物、人物的思想价值观等各方面来比对，我们都无法同意前八十回与后四十回是出自同一个人的手笔，然而这并不意谓后四十回中没有曹雪芹的痕迹，因为纵然后四十回有这么多的不足之处，但是能够把那般繁复的情节驾驭得如此圆融，并且很大程度地对前面的情节给予合理延续，却也不是一般的作家做得到的。是故有人推测，八十回以后的内容应该是有曹雪芹之部分草稿的，那些底稿由于各式各样的原因而失踪或被隐匿，刚好落到一位叫作高鹗的人手中，他只是根据底稿再做修润，其文字表现的情味当然会大大走样，毕竟就算他具有加以合理收尾的整体能力，可是他所驾驭的那些材料、种种人物情节是如此庞杂，还是得要有曹雪芹底稿的基础才能够做到。我想这也不失为一个合理的猜测，倘若依黛玉成长变化的课题来看，此种推测恐怕更是可以增加其可能性。

高鹗续书中有关黛玉的两三段重要情节，历来都被人大为诟病，读者据以断定续书者完全脱离曹雪芹的原意，将这位作者无比宝爱的女子写得如此难堪；不过我想独排众议，因为我发现相关的描述虽然确实有很多缺点，例如太过刻露，把黛玉的性格变化表现得实在有点张牙舞爪，但那是美学判断的问题，不代表续书者对于黛玉之思想价值观的掌握是错误的。一般读者往往没有意识到黛玉是在成长变化的，大多数人脑海中黛玉的形象，永远是前期那一种弱不禁风、楚楚可怜、天上的仙子、多心善妒却率真可爱等样貌，当然对于续书的描

写便完全不能接受。然而，假设我们将黛玉后期的成长变化这一阶段
重构出来，将之视为黛玉整体形象不可或缺的一部分来加以考虑，就
会对续书那几段铺陈的内容产生不同的评价。重新观照后四十回中关
于黛玉的言行表现、价值观等情节叙述的合理性，我们可以发现续书
确实是依照曹雪芹所留下来的发展线索进一步展开的。

　　首先是第八十二回，当宝玉下学回来以后，与黛玉有了一番关于
读书的交谈，宝玉接着说道：

　　　　"还提什么念书，我最厌这些道学话。更可笑的是八股文
　　章，拿他诓功名混饭吃也罢了，还要说代圣贤立言。好些的，不
　　过拿些经书凑搭凑搭还罢；更有一种可笑的，肚子里原没有什
　　么，东拉西扯，弄的牛鬼蛇神，还自以为博奥。这那里是阐发圣
　　贤的道理。目下老爷口口声声叫我学这个，我又不敢违拗，你这
　　会子还提念书呢。"黛玉道："我们女孩儿家虽然不要这个，但小
　　时跟着你们雨村先生念书，也曾看过。内中也有近情近理的，也
　　有清微淡远的。那时候虽不大懂，也觉得好，不可一概抹倒。况
　　且你要取功名，这个也清贵些。"宝玉听到这里，觉得不甚入耳，
　　因想黛玉从来不是这样人，怎么也这样势欲熏心起来？又不敢在
　　他跟前驳回，只在鼻子眼里笑了一声。

　　必须指出，在续书的这一段描述中，处处都是问题，证明它绝非
曹雪芹的手笔。第一，宝玉说"目下老爷口口声声叫我学这个，我又
不敢违拗"，虽然乍看之下还挺像宝玉的口吻，但其实宝玉是绝对不会
说这种话的，因为真正的贵族世家子弟，他们根本不可能有违抗自己

父亲的念头，更不会说出那般的抱怨，由此便暴露出续书者绝非该等出身，所以才会写错，而流于小家气。请大家注意，即使是贾蓉、贾琏、贾珍等纨绔子弟，只要一涉及父亲，他们绝对是百分之百的顺从，当父亲看不到或者家教管不到的时候，贾蓉、贾珍等人虽然会偷偷做一些道德败坏的事，可是只要家族中的长辈发话，他们是根本不敢造次的，并且是由内而外地遵循服从，那是他们从小即培养出来的习性。所以在电影《金玉良缘红楼梦》（1977）中，就有很多地方不符合这个文化背景的情节，其中一段是：当林青霞反串扮演的宝玉在喝茶时，忽然听见老爷在他背后出声提醒，宝玉的反应是吓了一大跳，差一点被茶呛到，然后做出撇嘴、翻白眼、不耐烦的表情，那绝对不是一个世家大族的公子会有的反应，也显示出现代影视改编的局限之处。

　　回到文本叙述来看，当宝玉说完他的抱怨，接着黛玉道"我们女孩儿家虽然不要这个"，而这岂不正是"女子无才便是德"的反映吗？前八十回中确实已经可以看到，黛玉在很多地方都表现出对女性传统价值观的回归，所以她现在说这样的话，从逻辑上来说是很合理的。之后黛玉又劝宝玉读书，宝玉听了的反应是："觉得不甚入耳，因想黛玉从来不是这样人，怎么也这样势欲熏心起来？又不敢在他跟前驳回，只在鼻子眼里笑了一声。"此乃续书绝非出于曹雪芹手笔的第二个证明。

　　让我们想象一下宝玉嗤之以鼻的面部表情吧，那其实是很扭曲、很难看的，在前八十回中，绝无仅有地唯独赵姨娘一个人出现过这样的动作，第二十五回说她"鼻子里笑了一声"，极为符合她的低下身份与粗鄙教养，参照来看，宝玉"只在鼻子眼里笑了一声"的反应实在是不伦不类，简直荒天下之大唐。再试想，宝玉会对心爱的黛玉嗤之以鼻吗？那简直是令人匪夷所思！所以我认为这段描述真的不是曹雪芹的手笔，也难怪《红楼梦》的许多爱好者看到此处时，都觉得异常反感。但续书的这段情节固然写得不好，却未必等于违背曹雪芹的小说发展脉络，单以黛玉规劝宝玉要改变，以及二人之间清楚呈现出价值上的分歧来看，这两点实际上是前有所承的，而且是曹雪芹早就已经埋下来的线索，只不过续书者加以发展时，叙写的笔法不够得当。

　　同样在第八十二回，我们看到黛玉心中对于婚姻的那一种念想更加地明朗化了，书中写她"深恨父母在时，何不早定了这头婚姻"，也就是说，她对婚姻之现实结合的想法更加明确，而这一点也同样是前有所承。早在第三十二回，黛玉暗地里所感伤自悲者，即"父母早逝，虽有铭心刻骨之言，无人为我主张"，已经隐隐约约产生了婚姻的想望，而我们前面谈到关于黛玉的改变时，提及第四十五回中她从"渔翁渔婆"联想到夫妻关系而感到很害羞，虽然此一念头非常淡薄隐微，一闪而逝，却是明确存在的，而到了第八十二回，黛玉更生出想要与宝玉结成夫妻的强烈渴望，可惜父母不在，没有人为她说定，于是心中深恨。就此来说，显然续书者是一脉相承，掌握到前八十回曹雪芹对黛玉立体化塑造的进展，只不过问题又出现了，这一段写法还是与上层妇女的心态有所违背，因为该等阶级的少女们对婚姻话题是绝对要回避的，连有一丝念头都得立刻闪避，所以黛玉根本不会用如此露骨的方式去想象欲求，那实在有违贵宦阶级的教养，这也再度证明该段情节并不是曹雪芹的手笔。

　　此外，这一回还写到，当袭人听闻香菱被夏金桂折磨的悲惨命运时，不禁物伤其类，"忽又想到自己终身本不是宝玉的正配，原是偏房。宝玉的为人，却还拿得住，只怕娶了一个利害的，自己便是尤二姐香菱的后身。素来看着贾母王夫人光景及凤姐儿往往露出话来，自然是黛玉无疑了"，于是打算去"黛玉处去探探他的口气"。很明确地，袭人对症下药的对象是黛玉，怀着对将来妻妾关系的忧虑，她想去试探黛玉对香菱和夏金桂事件的判断和反应，因为有了了解以后才便于多做预防之计。于是袭人来到潇湘馆聊天，待紫鹃提到香菱时，袭人趁机道：

> "你还提香菱呢，这才苦呢，撞着这位太岁奶奶，难为他怎么过！"把手伸着两个指头道："说起来，比他还利害，连外头的脸面都不顾了。"黛玉接着道："他也够受了，尤二姑娘怎么死了！"袭人道："可不是。想来都是一个人，不过名分里头差些，何苦这样毒？外面名声也不好听。"黛玉从不闻袭人背地里说人，今听此话有因，便说道："这也难说。但凡家庭之事，不是东风压了西风，就是西风压了东风。"袭人道："做了旁边人，心里先怯了，那里倒敢去欺负人呢。"

整段话透露出一个很重要的信息，即贾家上上下下众望所归的宝二奶奶确实是黛玉无疑，这是续书者也把握到的线索。而紧接着后续的情节更可作为另一个证据，正当她们说着话，只见一个婆子在院子里问道：

> "这里是林姑娘的屋子么？那位姐姐在这里呢？"雪雁出来一看，模模糊糊认得是薛姨妈那边的人，便问道："作什么？"婆子道："我们姑娘打发来给这里林姑娘送东西的。"雪雁道："略等

等儿。"雪雁进来回了黛玉，黛玉便叫领他进来。那婆子进来请了安，且不说送什么，只是觑着眼瞧黛玉，看的黛玉脸上倒不好意思起来，因问道："宝姑娘叫你来送什么？"婆子方笑着回道："我们姑娘叫给姑娘送了一瓶儿蜜饯荔枝来。"回头又瞧见袭人，便问道："这位姑娘不是宝二爷屋里的花姑娘么？"袭人笑道："妈妈怎么认得我？"婆子笑道："我们只在太太屋里看屋子，不大跟太太姑娘出门，所以姑娘们都不大认得。姑娘们碰着到我们那边去，我们都模糊记得。"说着，将一个瓶儿递给雪雁，又回头看看黛玉，因笑着向袭人道："怨不得我们太太说这林姑娘和你们宝二爷是一对儿，原来真是天仙似的。"袭人见他说话造次，连忙岔道："妈妈，你乏了，坐坐吃茶罢。"那婆子笑嘻嘻的道："我们那里忙呢，都张罗琴姑娘的事呢。姑娘还有两瓶荔枝，叫给宝二爷送去。"说着，颤颤巍巍告辞出去。黛玉虽恼这婆子方才冒撞，但因是宝钗使来的，也不好怎么样他。等他出了屋门，才说一声道："给你们姑娘道费心。"那老婆子还只管嘴里咕咕哝哝的说："这样好模样儿，除了宝玉，什么人擎受的起。"黛玉只装没听见。

其中，很明显地透露出薛姨妈同样认为黛玉和宝玉是一对，因为私下所说的话最为真实，而这一点在前八十回中也确实有迹可循，第五十七回里，薛姨妈便曾说道："你宝兄弟老太太那样疼他，他又生的那样，若要外头说去，断不中意。不如竟把你林妹妹定与他，岂不四角俱全？"其意在帮黛玉与宝玉说亲，而且薛姨妈又接着说"我一出这主意，老太太必喜欢的"，如此种种的相关情节都在告诉读者：黛玉就是宝二奶奶的第一人选，且乃上意所定。

　　回到黛玉对香菱之妻妾纠纷所回应的"不是东风压了西风，就是西风压了东风"，这两句话将人际关系完全用现实的力量较劲来思考，着眼点确实过度势利，可见后四十回的问题都在于过分的刻露，即太暴露、太过火，人物的形象因此失去了含蓄蕴藉的美感。但是续书者在很多地方也确实掌握到前八十回的思想价值观，我们可能会觉得这种"不是东风压了西风，就是西风压了东风"的适者生存的现实主义态度，与我们所了解的黛玉有很大的差距，然而一旦对照黛玉后期的变化来看，便会发现这个差距或许不再那么巨大了。

　　接着到了第九十四回，那也是续书者把握到黛玉立体变化的再一个证据。这一段常常备受批评，被指责是严重违背了曹雪芹对黛玉的塑造原则，然而我认为该处并没有超出曹雪芹的原意，相反地，续书者确实掌握到曹雪芹所留下来的线索，只是发展得太过露骨，描写的手法不够细腻优美而已。在那一回里，怡红院中的海棠本来枯萎了几棵，今日又重新开得极好，但此刻已是入冬的十一月时节，错时而开，违背了自然原理，在老太太贾母看来觉得可能不是件好事，犹如第七十七回中，宝玉认为阶下好好的一株海棠花竟无故死了半边的异事，那灾难就应在晴雯身上。但毕竟这是十分奇特的现象，于是众多人都来瞧花，黛玉也听见了，知道老太太要来，便更了衣，叫雪雁去打听，她说：

　　　　"若是老太太来了，即来告诉我。"雪雁去不多时，便跑来说："老太太、太太好些人都来了，请姑娘就去罢。"黛玉略自照了一照镜子，掠了一掠鬓发，便扶着紫鹃到怡红院来。

黛玉此刻又有掠鬓发的动作，根据我之前所阐述的，黛玉掠鬓发的描写都出现在第四十二回至四十五回之前，此后则开始逐渐回归传统女性价值观，因此这时候还有如此举止，其实是不合乎后期的性格发展的。不过可以留意的是，此时黛玉对眼前的情况进行重点式的取舍，以贾母有没有莅临驾到，作为衡量自己要不要出门的决定性条件，显然也是很现实主义的，就这一点来说，续书者对于黛玉的后期性格给予一个还算合理的呈现。后来当大家群聚于怡红院内，说笑了一阵，接着谈到这花开得古怪的话题，为了不让贾母担心，王夫人便说道：

> "老太太见的多，说得是。也不为奇。"邢夫人道："我听见这花已经萎了一年，怎么这回不应时候儿开了，必有个原故。"李纨笑道："老太太与太太说得都是。据我的糊涂想头，必是宝玉有喜事来了，此花先来报信。"探春虽不言语，心内想："此花必非好兆。大凡顺者昌，逆者亡。草木知运，不时而发，必是妖孽。"只不好说出来。独有黛玉听说是喜事，心里触动，便高兴说道："当初田家有荆树一棵，三个弟兄因分了家，那荆树便枯了。后来感动了他弟兄们仍旧归在一处，那荆树也就荣了。可知草木也随人的。如今二哥哥认真念书，舅舅喜欢，那棵树也就发了。"贾母王夫人听了喜欢，便说："林姑娘比方得有理，很有意思。"

很显然地，此时的黛玉开始会投长辈之所好，说好听的话让长辈开心；她还把所谓的喜事定义在宝玉认真读书上，这与第八十二回黛玉劝宝玉多读书其实是一致的，也延续了第七十九回黛玉劝宝玉要改改脾气的线索。可很多的读者就是不能接受，觉得黛玉是宝玉的灵魂知己，怎么会逼宝玉去做他不喜欢的事情，而且还把宝玉不喜欢的事务认为是好事、喜事？所以一直以来，第八十二回与第九十四回都饱受批评。但是，如果把黛玉的后期变化加进来一并考虑，实际上她认为读书是对的、是正经事，以及劝宝玉要改改脾性，都是前有所承的。而她能够投长辈之所好，也有合情合理的地方，因为我们前面在众多的情节中，确实看得到后期的黛玉也会虚应周旋，面对宝玉也很懂得控制自己的情绪，压抑自我。因此，重新评价这两回的相关情节时，当然可以批评续书者的展现手法过于刻露，人物的描写得太过尖锐，几乎毫无美感，但却不能说那些情节所反映的价值观是违背曹雪芹之设定原则的，相反地，它们恐怕很符合曹雪芹的原意。

不仅如此，后四十回的续书者确实掌握到了一般读者都忽略掉的一些很小的细节，包括在前八十回中，宝玉一共提到过四次他要化成灰、化成烟的死法，而且是趁众女儿都在身边时他先行离世，如此一来对于他个人而言，乐园即变成了永恒，就这样，死亡非但不是一种悲观绝望的放弃，不是一种灰心丧志的了断，相反地，那是维护他个人乐园之永恒化的独特方式。巧妙的是，续书者在第一百回中也继承了此一用法，当时宝玉听到探春要出嫁之际，便一声哭倒在床上，吓得宝钗、袭人赶过来察看，问其缘由，宝玉便说："为什么散的这么早呢？等我化了灰的时候再散也不迟。"这么微小的细节，若非后来的续书者真的对前八十回浸淫甚深，实难掌握得到，否则便是应该有曹雪芹的若干底稿作为依据，然后再添枝加叶，扩展成全璧。

　　总而言之，虽然很多情节描写得有些走样，但是续书里确实让我们看到黛玉后期变化的延续发展，所以显然不是续书者对曹雪芹原意的违背。另外，续书的功过本来就是一个无法盖棺定论的问题，如果我们通过黛玉的专题可以注意到续书中细致的把握，那么或许可以同意：续书并非如通常所以为的那般一无是处。

附：林黛玉立体变化表

回数　　　相关内容

第五回——"孤高自许，目无下尘"；与宝玉之间"言和意顺，略无参商"。

第七回——周瑞家的送来宫花，黛玉表现出唯我独尊的专宠态势，冷笑道："我就知道，别人不挑剩下的也不给我。"周瑞家的听了，一声儿不言语。

第八回——鼓动宝玉赌气抗拒奶母的规劝，叫他"别理那老货，咱们只管乐咱们的"；而"说出一句话来，比刀子还尖"。

第十六回——以"臭男人拿过"之故，掷回宝玉珍重转赠的鹡鸰香串。

第十七回——行事往往"也只瞧我高兴罢了"。

第十八回——"将剪子一摔"。

第十八回——大观园作诗时，存心"大展奇才，将众人压倒"；又因"未得展其抱负，自是不快"。

第十九回——有"理鬓"的动作。

第二十回——湘云说："再不放人一点儿，专挑人的不好，见一个打趣一个"。

第二十一回——宝玉劝说道："谁敢戏弄你！你不打趣他，他焉敢说你。"

第二十二回——"本性懒与人共，原不肯多语"。

第二十二回——湘云批评黛玉"小性儿、行动爱恼人的人"。

第二十三回——对宝玉以《西厢记》比喻两人关系大为嗔怒。

第二十五回——宝玉脸上被灯油烫出一溜燎泡，因黛玉癖性喜洁，怕她嫌脏而不叫她瞧；黛玉亦知自己有此癖性。

第二十五回——同紫鹃雪雁做了一回针线，便"更觉烦闷"。

第二十五回——王熙凤开了黛玉"你既吃了我们家的茶，怎么还不给我们家作媳妇"的玩笑，被李纨笑赞"诙谐"，林黛玉立刻反驳道："什么诙谐，不过是贫嘴贱舌讨人厌恶罢了。"说着还啐了一口。

第二十五回——林黛玉被宝钗嘲笑，乃红了脸啐了一口，道："你们这起人不是好人，不知怎么死！再不跟着好人学，只跟着凤姐贫嘴烂舌的学。"一面说，一面摔帘子出去。

第二十六回——分钱时顺便抓两把给凑巧送茶叶来的丫头佳蕙，被视为意外的"好造化"。

第二十六回——对宝玉引用《西厢记》的情色试探悲愤交加。

第二十七回——宝钗认为："林黛玉素习猜忌，好弄小性儿"。

第二十七回——红玉谓："嘴里又爱刻薄人，心里又细"。

第二十八回——"把剪子一撂"。

第二十八回——"将手里的帕子一甩，向宝玉脸上甩来"。

第二十八回——"蹬着门槛子"。

第二十九回——拈酸歪派宝玉，掀起砸玉、绞穗的重大事件。

第三十回——紫鹃道："因小性儿，常要歪派宝玉，才有这么多争执"。

第三十一回——林黛玉天性喜散不喜聚，认为人不如不聚、花不如不开。

第三十二回——无意于针线女红，"旧年好一年的工夫，作了个香袋儿；今年半年，还没见拿针线"，且因贾母怕她劳碌着了，"谁还烦他做"。

第三十二回——因宝玉指出"总是不放心的原故，才弄了一身病"，而感到此话"竟比自己肺腑中掏出来的还觉恳切"，是故接下来还对有话要说的宝玉表示："有什么可说的，你的话我早知道了"。

第三十四回——刻薄无精打采、眼上带泪的宝钗。

第三十六回——宝玉因黛玉"自幼不曾劝他去立身扬名等语，所以深敬黛玉"。

第三十六回——湘云"知道林黛玉不让人，怕他言语之中取笑"宝钗。

第三十七回——被探春挑明"忙中使巧话来骂人"的做法。

第三十七回——"提笔一挥而就，掷与众人"。

第四十回——贾母笑道："他们姊妹们都不大喜欢人来坐着，怕脏了屋子。……我的这三丫头却好，只有两个玉儿可恶。回来吃醉了，咱们偏往他们屋里闹去"。

第四十二回——自认"昨儿失于检点，那《牡丹亭》《西厢记》说了两句，不觉红了脸"，并央告宝钗道："好姐姐，你别说与别人，我以后再不说了"。

第四十二回——对宝钗所规劝"女子无才为德"之"兰言"感到心悦诚服。

第四十二回——讥讽刘姥姥、嘲笑惜春、嗔赖李纨、打趣宝钗。

第四十二回——李纨称黛玉的恶赖指控为"刁话"。

第四十二回——因两鬓略松了些，忙开了妆奁，拿出李纨的抿子来对镜抿了两抿。

第四十二回——向宝钗告饶求情，软语自认"年纪小，不知轻重"。

第四十二回——宝钗又为她"拢发"。

第四十五回——"众人都体谅他病中，且素日形体娇弱，禁不得一些委屈，所以他接待不周，礼数粗忽，也都不苛责"。

第四十五回——自己因"渔翁渔婆"的联想而脸红，透露与宝玉结偶的秘

密心理。

第四十五回——宝玉见案上所作之诗，看后不禁叫好；黛玉听了，忙起来夺在手内，向灯上烧了。

第四十五回——刻意招待送燕窝来的婆子，并理解其聚赌之夜局活动而打赏几百钱，为"误了你发财"作补偿，成为"明白体下的姑娘"。

第四十五回——于雨夜独处时，想到"宝玉虽素习和睦，终有嫌疑"。

第四十八回——见香菱也进园来住，自是欢喜。

第四十八回——声言自己对作诗"不通"，又与探春异口同声地表示：自己作诗是"顽"而不是"认真"，且那些作品"并不成诗"，批评宝玉不该把诗传出去。

第四十九回——宝钗与宝琴、李纨与李纹李绮等各家亲戚团圆于贾府，而"黛玉见了，先是欢喜"，次则与新来乍到的薛宝琴亲密非常，以姊妹相称。

第四十九回——宝玉对钗、黛二人"今看来竟更比他人好十倍"的情状感到"闷闷不解"，并发出"我反落了单"的孤弃之言。

第五十一回——作出"咱们虽不曾看这些外传（指《西厢记》《牡丹亭》等禁书），不知底里"的不实宣称，等同于薛宝钗"我们也不大懂得"的立场。

第五十二回——宝钗姊妹与邢岫烟都在潇湘馆，四人围坐在熏笼上叙家常。

第五十二回——明知赵姨娘至潇湘馆探望乃是顺路人情，仍以"赔笑让坐""忙命倒茶"之虚礼相周旋，并使眼色支开立场尴尬的宝玉。

第五十七回——紫鹃以防嫌之理对宝玉说："一年大二年小的……姑娘常
　　　　　　　常吩咐我们，不叫和你说笑。你近来瞧他远着你还恐远不
　　　　　　　及呢。"

第五十七回——薛姨妈生日，"早备了两色针线送去"贺寿，并欲认薛姨妈
　　　　　　　做娘。

第五十八回——薛姨妈挪至潇湘馆和黛玉同住，黛玉便与宝钗、宝琴姊妹相
　　　　　　　称，俨似同胞共出。

第五十九回——为了"大家热闹些"，因此与同住的薛姨妈都往宝钗那里
　　　　　　　去，连饭也端了那里去吃。

第六十二回——黛玉自悔失言，忘了趣着彩云。自悔不及，忙一顿行令划拳
　　　　　　　岔开。

第六十二回——"算计"家计之入不敷出，认同探春治理大观园时兴利除弊
　　　　　　　的务实做法，造成与宝玉初步而隐微的观念分歧。

第六十二回——直接就宝钗饮过的杯子喝剩茶，不以为意。

第六十四回——嫌宝玉将自己的诗作写给人看去。

第六十七回——认为宝钗是"自家姊妹"，因此不必特意道谢。

第七十回——视"读书功课"之外的诗社诸事为"外事"。

第七十回——赞美湘云的《如梦令·咏柳絮》新鲜有趣，却自谦"我却不
　　　　　　能"。

第七十回——当"海棠社"没落而重建"桃花社"时，大家议定"林黛玉就
　　　　　　为社主，明日饭后，齐集潇湘馆"。

第七十三回——与宝钗、探春一起出面，共同为迎春之乳母讨情。

第七十六回——在未明妙玉的究里前，过度谦抑自己的诗作，而请教妙玉
　　　　　　　"或烧或改"，并对意欲续诗的妙玉奉承道："我们的虽不

好，亦可以带好了"；最后又与湘云同时出言赞美妙玉是"诗仙"。

第七十九回——虽然对"茜纱窗下，我本无缘"之谶语而"怵然变色"、"心中无限的狐疑乱拟"，竟一反过去率直无讳的性格，而"外面却不肯露出，反连忙含笑点头称妙"，呈现昔时罕见的表里不一；接着还以"一年大二年小"的理由劝宝玉改掉脾气，作些"峨冠礼服贺吊往还"的"正经事"，使宝玉"闷闷的转步"，形成二玉之间价值判断上较严重的第二度分歧。

——————————— 续书的继承发展 ———————————

第八十二回——明揭"女孩儿无须读书"的传统观念，并以"读书清贵"之言论令宝玉觉得"势欲熏心"而不甚入耳。

第八十二回——深恨父母在时何不早定这头婚姻，对婚姻之现实结合明朗化。

第八十二回——对薛家妻妾之间争宠较劲的家庭纷争，表示"但凡家庭之事，不是东风压了西风，便是西风压了东风"，显示出成王败寇、适者生存的现实主义态度。

第九十四回——以"二哥哥读书，舅舅喜欢"比喻海棠花开，讨贾母等欢心。

第五章

薛宝钗

我们都是历史中的人

关于宝钗，我要以一个导言做先行性的交代。宝钗这位人物完完全全诞生在传统文化之下，她彻底地符合传统的标准——无论是就女性的传统还是君子的传统而言，皆然，简单来说，她就是体现儒家文化最高理想的一位人物。我们不能用今天的价值观去认识她，或是抱着成见，将很多情节给予断章取义的、投射式的解释。为了解决这类常见的问题，我认为需要先对小说家应该做什么，或者已经做了什么等，有一个基本的、正确的把握。

请注意这一节的标题："我们都是历史中的人"，意思是指从本质上来看，一个人——他不必是小说家，也不必从事特定的文化工作或任何一种职业，就是一个人，他在生存的过程中究竟会面临怎样的根本问题？不要分男人或女人，也无须区分是小说的创作者还是读者，首先回归到作为一个人的本质性困境，或者他所受到的限制，以及他面对困境和限制时可能会有甚至必定会有的态度，我们先从此等最根本的问题来思考。而这便必然涉及"历史中的人"的本质，意指任何人都必然是在特定的时空环境中面对他的生命课题，无法未卜先知，不能预测未来。

"我们都是历史中的人"这句话，是法国哲学家萨特（Jean-Paul Sartre，1905—1980）的名言，单单一句话当然有其前后的论述脉络，于此我把它特别标示出来，是希望大家先认识到：这是一个哲学家从本质上来思考人类存在的问题而提出的论断。那么，萨特所谓的"我们都是历史中的人"，到底是什么意思？简单来说，历史是在时间变动之中涉及当代各式各样的因素所形成的产物，而个人是活在某一特定时空背景下的有限存在。作为一个个历史中的人，我们必然会面临许多问题，而在自身的时空环境之下，每个人对自己的处境会如何进行思考、取舍和反省？且看萨特提出的解释：

> 我们有义务满足于不时从目前看来对我们一切最好的选项中盲目选择，从而锻铸的我们自己的历史。……因为，我们都是历史中的人。

正因我们都是历史中的人，因此不要期望一个人成为历史的先知、前瞻性地超越他的时代，然后才承认他具有"人的价值"，那是一个大错特错的判断标准，因为谁也无法做到。于是萨特指出，"我们有义务满足于不时从目前看来对我们一切最好的选项中盲目选择"，换句话说，我们只能在眼前所知的各式各样的选项中进行选择，而那些被挑中的选项看起来对我们最好，这是人性必然的倾向，绝对没有人会在坏的选项中进行挑选。另外还必须特别注意，萨特在此说的是"盲目选择"，其中的"盲目"一词是最重要的，因为进行取舍的当事人其实也不知道，眼前那几个看起来最好的选项是否真的最好，所谓的"最好"只是在当下的判断而已。

所以，此处所说的"盲目选择"便是哲学家的洞察所在，也深刻地揭示出人类的局限！确实，我们只能够在目前看来对自己最好的选项中盲目地选择，然后借由这样的方式逐渐地锻铸我们自己的历史，而历史也就是如此发展下去的，永远是在摸索中尝试，很多的时候失败，让人后悔莫及；而有的时候成功，历史便往前进了一步。但是，没有人会故意选择错误，那些错误都是当时认为最佳选项中的一个，你选择了它，就同时选择了承受它背后所带来的其他可能性以及未来可能发生的变化，即便最后突然发现当时做错了，那也没有办法，因为历史已经又铸造完成了一个阶段。所以，请不要对小说中的人物投射太多自以为是的现代观念，两百多年前的《红楼梦》没有必要符合我们的价值观，毕竟这期间有两个半世纪的时间差，乃至文化、历史、价值观的彻底翻动。

既然我们都是历史中的人，所以有义务满足于不时从目前看来最好的选项中进行盲目的选择，从而锻铸出我们自己的历史。但是就历史而言，我们永远也不能坚守先前的成功经验，这一点更加悲哀，因为即便是过去成功的例子，后来的人也未必能够复制——未必可以再把成功的经验重新复制到现代。

这就是人类存在的本质，也是人类文明的本质，如果我们认识不到这一点，却要拿现在成功的例子去批评过去失败的情况，那实在未免太妄自尊大了。研究法律的学者苏力，便对于祝英台的父母到底应不应该把她嫁给马文才提出了不一样的见解，认为那是很合情合理的做法，可想而知，他给出的判断很容易受到批评和诟病。但是，如果换你去做父母，在当时的历史条件之下，你真的会认为自己的女儿嫁给马文才就是最不好的选择，一定要嫁给梁山伯才会幸福快乐吗？大家要考虑到，梁山伯很贫穷，而祝英台是位千金小姐，两人之间的落差会导致很多问题，不是单凭爱情就能够解决的。婚姻是生活，是非常漫长的人生，并且充满了琐碎与繁杂，结成婚姻的两个人并不单是需要有共同的价值观，有共同的信仰，其实还要有共同的生活习惯，否则每天必定摩擦不断，滴水足以穿石，难保不会渐行渐远，那么，门当户对便不是一个可笑的原则，而是比较有效的保障。所以苏力说："如果我们是作为历史进程中的行动者而不是作为回顾历史构建制度合理性的思考者时，我们——就如同梁祝二人一样——就不知道在某个具体问题上是应当坚持制度，还是创造一个特例。"

创造特例的结果很有可能便是悲剧，因为你不知道这般背弃主流、违反正统、脱离制度的独特选择是不是会真的成功，而没有人能够给你保证！那么是要干脆坚守制度，还是要创造特例？说实话，对这个问题根本无法给出答案。大多数人走向坚持制度的道路，却又把内心想做却又实际上做不到的，或是所希望的很多价值判断投射到过去，只要是不符合自己所期待的，就全部加以批评，殊不知事情绝对不是那么简单。譬如戏曲改编的梁祝故事里，舞台上的马文才永远长得猥琐粗鄙，一副配不上祝英台的模样，但是，难道马文才不可以又英俊潇洒，又斯文有礼，又满腹学问吗？他也是员外的儿子，是大家公子啊！倘若如此，大家的选择是否会不一样了呢？历史中存在着各种的可能，为什么我们非得坚持要某一种，为的是借此抨击父母之命、媒妁之言，以反对所谓的封建礼教？我们应该在那个时代背景下，结合具体的时空条件和各种情况去正确地、深刻地理解，而不是一味地用偏见加以简化，以致错失了宝贵的人文意义。

所以，不要总是站在后来的角度去思考先行者的问题，因为先行者只是历史进程中的一个行动者，他不可能作为回顾历史的人去深思制度的合理性，那不是他的任务。小说也是如此，小说是在历史进程中，作者对于自己的经历、观察、思考等活动的主观反映，作者并不能够也没有必要以批判者的身份脱离他当时所在的时空，去站在两三百年以后的高度回看并反思其所处的时代存在着哪些问题，这一点是我们一定要认识到的。

某一天我们自己也需要的那种宽容

在此，我想引述人类学家弗雷泽（James George Frazer）的一段感言进一步加以说明。弗雷泽有一部很知名的巨作，书名题为《金枝》（*The Golden Bough*），影响非常深远，这本书虽然研究的是原始人的巫术和宗教，但它也为人文学科提供了不少新的认识。弗雷泽此书中有很多洞见，我很喜欢他所采取的一种态度，尤其我们现在要阅读的《红楼梦》是与我们距离如此久远、存在那么巨大的时空阻隔的古典文献，他所建议的心态同样发人深省。他说：

> 蔑视和嘲笑，或者憎恶和污蔑是给予野蛮人及其方式的唯一的承认，这是十分常见的。然而我们应该感谢纪念的恩人，许多都是野蛮人，也许大部分都是野蛮人。因为，说来说去，我们和野蛮人相似的地方比我们和他们不同的地方要多得多：我们和他们共有的东西，我们认为真实有用而特意保存的东西，都应归之于我们野蛮的祖先，他们从经验里逐渐获得那些看来是基本的观念，并把这些观念传给我们，我们倒容易把它们看成新创的和本能的。我们像是一笔财产的继承人，这笔财产已经传了许多世代，对那些

积累这笔财产的人我们连记都记不得了。这笔财产的所有者现在似乎认为这笔财产自开天辟地以来就是他们种族的原本的不可变易的占有物。但是回忆和探索会使我们信服，我们原以为是我们自己的东西，有许多都应该归之于我们的祖先，他们的错误并不是有意的夸张或疯狂的呓语，而是一些假说，在提出它们的时候确实是假说，只是后来更充足的检验证明那些不足以构成假说罢了！只有不断地检验假说，剔除错误，真理才最后明白了，归根究底，我们叫作真理的也不过是最有成效的假说而已。

所谓"他们的错误并不是有意的夸张或疯狂的呓语，而是一些假说"，意思是指古老的初民之所以曾经存在一些错误，那并不是因为他们疯了，或他们太笨，或故意做不好，而是他们当时也是在自身所处的时空条件下去提出一些假说，作为生活的指导和社会发展的原则。那些假说被提出的时候确实是被当作真理，只是随着时间的发展，后来有了更充足的验证，证明它们并不足以构成真理，而只是一些错误的假说。再举个当下的例子，我们现在也提出一些自认为很好的信念，并且主张值得所有的人都去实践。然而当我们实践了一百年、两百年以后，却也可能赫然发现这些信念根本就是错误的。

基于同样的道理，过去的人也是如此。他们在当时同样很认真地提出一些想法，例如帝制的阶级概念与相关制度，只是过了几百年甚至几千年，历史证明那些假说已经不能成立。所以说，每一代人都会提出自己的假说，然而随着时间进展，之前的假说后来被证明是错误的，但却不能因此即断言当时的那些想法本身是错误的，是故弗雷泽才会说"只有不断地检验假说，剔除错误，真理才最后明白了"，可是

"归根究底，我们叫作真理的也不过是最有成效的假说而已"。站在我们如今的时空立足点上，当然是现在的假说比较有效，所以某些不合时宜的儒家文化才会被我们给抛弃，但却不能说它当时就是错的；而我们自以为的真理，也不过是在今天显得比较有效的假说而已，对于未来却未必适用，届时也可能被视为"有意的夸张或疯狂的呓语"。因此，弗雷泽又说：

> 检查远古时代人类的观念和做法时，我们最好是宽容一些，把他们的错误看成寻求真理过程中不可避免的失误，把将来某一天我们自己也需要的那种宽容给予他们。

确实，我们将来也会需要未来的人的宽容，因为数百年之后，今天所相信的真理可能会被推翻，到了那时，你会愿意接受未来的人批评我们是愚蠢的、错误的吗？所以我们需要这种宽容，将来总有一天会用到自己身上，因此也请你把你将来会需要的宽容用在过去的人身上。不只是对原始人，对于我们一百多年来一直反对的封建礼教，也应该持类似的宽容态度，不能因为我们现在是历史现场的发言者，现在的历史解释权掌握在我们的手上，又因为我们觉得唯独当下是最好的时代，就自以为有资格任意指摘古人的错误。因而，对过去的观念和做法给予宽容，这是从人类存在的本质，即作为"历史中的人"的角度出发，所必须抱持的态度。

小说家身为一个人，当然也应该要符合这样的要求，他只是从事着反映人性百态、社会万象的文字艺术工作而已，并不具备上帝的高度，事实上，我认为一个小说家面对自己的环境时也必须要有那般的心态，否则一定会被后世的读者给淘汰。假若小说家一味赞同他所处时代的价值观，一味强调并信仰他那个时代的真理，而反对过去、唾弃过去，这种小说家也同样会被未来的历史所抛弃。所以，小说家务必要做的一件事，就是努力去超越当代的盲目自信，而用以超越傲慢自大的一个很重要的心态，便是要有这种对古往今来一切的宽容，因为作家所要探索的是人类存在的本质问题，即使他所处的是一个特定的时空，该特定时空也还是会有其永恒的范畴、永恒的意义，而那才是作家应该要追求的重点。

曹公没有必要媚俗

接着再来看看米兰·昆德拉的说法。米兰·昆德拉不但有很好的创作，而且作为一个创作者，同时还能够以理论推演的方式去面对小说在历史中的价值与意义，而提出关于小说之本质的思考，创作者与思辨家这两种身份的双重结合让他对于小说给予很可贵的反省。米兰·昆德拉作为一位小说家，究竟如何看待时间距离的问题，譬如：要不要去顾虑未来的人会怎么看待我？是否需要未来的人来宽容我？是否希望未来的人来肯定、赞美我具有超越时代的前瞻性？小说家需不需要去讨好未来？

就此，米兰·昆德拉在《小说的艺术》中提出他的答案：

> 从前，我也一样，我把未来当作唯一有能力评价我们作品和行动的审判者。后来我才明白，与未来调情是最低劣的因循随

俗，是对最强者做出的懦弱奉承。因为未来总是强过现在。毕竟，将来审判我们的，正是未来。

这般的思考很值得我们咀嚼玩味。对曹雪芹而言，我们便是"未来"，相比过去，总会在某些方面有点点滴滴的历史进步。那么，过去的小说家就得为了让我们赞美他而迎合我们的价值观，从而在他的作品里反对他所处的时代和阶级，以便证明他具有所谓超越时代的前瞻性、革命性吗？如果真有一个小说家是抱着如此的心态在写作，则他其实是很懦弱的奉承者，那也注定伟大不了。米兰·昆德拉继续说：

> 如果未来在我眼里不具任何价值，那么我依恋的是谁：上帝？祖国？人民？还是个人？我的回答既可笑又真诚：我什么也不依恋，除了塞万提斯被贬低的传承。

他认为小说家倘若去迎合未来，向"未来"证明自己的价值，那实在是很媚俗的行为，表现出"最低劣的因循随俗"，而他根本不想做这般懦弱奉承的事，因此说"未来在我眼里不具任何价值"。那么他依恋的是什么？好比上帝、祖国和人民，还有个人，这些都是欧洲在文化发展历程中所信仰过的终极价值，所谓的"个人"不正是欧洲近两三百年所发展出来的个人主义吗？米兰·昆德拉却说"我的回答既可笑又真诚"，此处的"可笑"颇有些自我调侃、自我解嘲的意味，但并不妨碍他大无畏地宣称"我什么也不依恋，除了塞万提斯被贬低的传承"。西班牙文学家塞万提斯是《堂吉诃德》的作者，前文中我介绍过塞万提斯所展示的"落后的真理"，即"复杂的精神"，那正出自米兰·昆德拉于同书中所提及：

> 小说的精神是复杂的精神。每一部小说都对读者说："事情比你想象的复杂。"这是小说的永恒真理。

米兰·昆德拉的这番话完全呼应了我对曹雪芹的认知。我不认为曹雪芹有多少反封建礼教的主张，纵然《红楼梦》里偶尔有一点点类似的迹象，也只是在告诉读者，在他们的时代中即使有封建礼教，可还是能因为各式各样的具体条件而存在那么多的可能性，包括我们现代比较偏向的宝、黛之间知己式的爱情，而封建礼教本身实在有其珍贵甚至永恒的地方。米兰·昆德拉的态度很可以帮助我们正确认识曹雪芹创作《红楼梦》的基本心态，曹雪芹没有必要媚俗，更没有必要去取悦后来的我们，他大可以好好地充分用一个小说家的身份，很努力地认真告诉读者：原来人性、世态是如此复杂、深刻，复杂、深刻到超乎想象，然后通过他的作品将之加以呈现，这就是小说家终极的永恒真理。

因此，希望读者在进入薛宝钗专题，以及分析与宝钗具有类似价值观的人物时，切莫用当今的价值观去理解和认知他们。因为我们都是历史中的人，每一个时代的个体都有义务满足于不时从目前看来对他们最好的一切选项中进行盲目的选择，从而去锻铸自己的历史，屈原如此，杜甫如此，曹雪芹亦是如此。当杜甫看起来好像有一点迂腐、封建的时候，我们没有道理去批评他，因为他是一个历史进程中的行动者，他没有义务去充当回顾社会建构合理与否的思考者，却仍然可以做最伟大的诗圣。同样地，当曹雪芹并没有去反对礼教化的阶级制度时，后人也没有理由据以批评他是封建保守的；当他在作品里坚持制度而没有创造特例的时候，我们也不应该因此而指责他，更不应该因此就认为他不够伟大。

《红楼梦》到底有没有想要通过塑造贾宝玉或林黛玉等人物形象，去违反所处时代的主流价值，或是去创造所谓历史上的特例呢？我认为答案是否定的。曹雪芹只是在尽他作为一个小说家的责任，把复杂的人情事理予以传神、细腻、丰富地呈现，那才是他的工作，读者没有理由要求他去进行所谓历史回顾者的思考。我想这也是为什么黛玉终究要回归传统的原因：她本来就是那个时代的产物，常见所谓的创造特例的革命性、贵族身份的虚假性、阶级制度的必然衰亡等说法，都是我们这个时代的人，在相隔两百多年的历史距离、具备回顾历史的能力之后所赋予的概念投射，但我们实在不能要求传统时代的人去担负那些对他们而言并不存在的东西。

更何况，两百多年前的中国人已经积累了几千年丰富的文化内涵，却仅仅因为与我们的观念不同就被今人加以污蔑，殊不知，事实上他们所开展的文化内涵可能远比现代还更丰富、更高深。我再度引用米兰·昆德拉的《小说的艺术》，也是希望让大家知道，小说家的任务不是做为一个社会学家来思考时代的弊病，更不是作为一个革命家去批判他身处时代的问题，否则何不干脆都去做索尔仁尼琴（Aleksandr Solzhenitsyn），他是曾经透过文学去批判苏联政治的知名人物，但事过境迁，他的作品便难免降低了共鸣度，比较少人接触。因此，切勿把小说家狭隘地限定于与他无关的其他特定历史之下，要求他去做不需要负责、也不感兴趣的工作，何况哪怕他做到了，也很可能会被历史淘汰，毕竟每一个时代都有它自己的问题要解决。

必须说，文学的永恒性和普世价值并不建立在作者对所处时代之特殊状况的反应，而在于如何把他所感受到的丰富而复杂的经历与沉思呈现出来。正如《小说的艺术》所说，"与未来调情是最低劣的因循随俗，是对最强者做出的懦弱奉承"，其道理即因为未来握有话语权，故而讨好未来便等于是讨好权力者。如果一个小说家是为了怕被后世批评，或为了证明他具备对当代政治、主流思潮的批判力而写作，那么这位小说家恐怕就是一个懦弱奉承、低劣随俗的弱者，也注定难以创作出伟大的作品。

面对《红楼梦》，固然大部分的现代人都会比较欣赏所谓反传统的人物，但那些人物其实并没有反传统，林黛玉便是一个例证。从本质上来看，她的一些"脱轨"行为不过只是在那个时代的某些环境条件下所获得的一点任性的特权，仅此而已，根本谈不上反传统。她也从未曾反思礼教对个性的束缚、个体应该如何去反抗社会制度等课题，而且最后她也还是回归了传统。宝玉亦然，只不过他的表现模式更为复杂，放任自己的方式也与黛玉不同，那些情况在宝玉的专题中已经谈到。

作为读者，我们应该努力认识书中的每一个人物，仔细看待他们作为独特的个体，在当时的历史脉络下所呈现出的不同色彩，进而认真理解那些不同的色彩是如何产生、在怎样的情况下产生的。他们究竟经历了何等独特的人生遭遇，从而形成了如此的生命特质，这也是读者在面对《红楼梦》中非常传统的部分时应有的态度。

在这个世界上，真理并不是只有一种，真理的反面可能还是真理，它们有无数种甚至是相互矛盾却不彼此排斥的存在方式。我们的内心必须壮大到足以容纳这些情况，才能真正理解曹雪芹的创作。同理，对于中国传统文化下妇德教养最高、人格形象最完美的薛宝钗，根本不应该用现在的价值观作为评量标准，因为曹雪芹没有必要迎合今人，没有必要很懦弱地来奉承未来，讨好现代的我们。

一个正常而健康的人

关于薛宝钗这位人物，还有一些基本概念和认识值得做一整体的交代。

宝钗有一个很独特的地方，即在于她是个正常而健康的人，那也是她与林黛玉、贾迎春、贾惜春等人很不同的地方。以其所处的时代来说，她的为人处世不叫"虚伪"，其实用我们现代的标准也一样。人们通常会用"表里不一"来定义所谓的"虚伪"，但表里不一根本就是任何人都不可避免的现象，连小说中最率直的林黛玉、晴雯都是如此。何况一般人恐怕从来都没有想过，有时候表里不一甚至可以是一种很好的教养，一种文明的表现，所以真正的关键在于表里不一是否伤害了别人。居心不良却又巧言令色，这样的表里不一才能够叫作虚伪，但更正确的描述应该是"阴险"。

而宝钗很明白地了解到一个事实，即这个世界不是以自己为中心的，因此必须适时地体恤别人、配合别人、帮助别人，自己的好恶情绪并不那么重要，于是她把个人感受放在第二位。这是因为宝钗从小受到很好的母教，拥有很充盈的亲情，黛玉则缺少这一点，虽说是非战之罪，但却使黛玉后来即使在贾家获得深厚的爱宠，却依然执着于那些永远欠缺的东西，由此构成了她不快乐的主要根源。

个体心理学家阿尔弗雷德·阿德勒认为：人的心理问题都是来自人际关系，这也刚好是圣埃克苏佩里在《风沙星辰》中的一个重要体悟。人际关系包含着亲子关系、手足关系、朋友关系、夫妻关系、同僚关系、同业关系以及各式各样人与人之间的互动，一旦人际关系处理得不好，便会产生很多的心理障碍。不同于他的老师弗洛伊德将人的心理问题诉诸恋父情结、恋母情结、力比多满足之类的生理本能，阿德勒的学说主要是回到童年人格塑造的关键时期，以此来探究哪些因素会导致一个人的人格成长发生异化，并帮助人更好地解决这些问题，恢复正常而健康的生活。

阿德勒发现，母子关系是个体建立与他人之社会关系的雏形，母子之间早期互动的性质，从根本上决定了儿童日后能否以一种健康坦诚的态度来对待他人。《红楼梦》中，宝钗和宝玉都因为拥有健全的母子关系，从而具有充分的温暖和高度的安全感，不过其他人几乎都缺乏如此良好的母子关系，因为那个时代的卫生和医疗条件不如现在，丧父失母的情况很普遍，例如黛玉、湘云、迎春、惜春等都是如此，而迎春虽说有嫡母，但是关系疏离，只剩下压力；探春虽然有亲生母亲，但是困扰更大，也没有健全的母子关系。所以，不是有母子关系就能保证拥有健全的人际关系，事情复杂到不能一概而论。

结合文本的所有例证，宝钗毋庸置疑不是虚伪的人，她一路走来始终如一，人前人后明暗如一，这是一位非常标准的君子。但君子绝对不是顺其自然便能够产生的，因为个人非常有限，瑞士心理学家皮亚杰（Jean Piaget）即发现，儿童要成长为一个成熟的人，他一定得"去中心化"，因为儿童受限于认知能力的不足，本质上就是以自我为中心，所以每个人都应该在成长过程中学习如何"去中心化"，通过后天的教育引导而将自我从中抽离出来，这是前往君子境界的起点。宝钗当然不是与生俱来便是这般模样，她也是经过"去中心化"的历程以及后天的人文陶冶，然后塑造自我成为一个正常而健康的人。

宝钗是没有父亲的，第四回中交代了宝钗的家庭背景：幼年丧父，只剩寡母王氏与哥哥陪伴，幸而对一个女性来说，丧父不比丧母那般打击沉重。因为在古代这种教养深厚的家族之中，男女有别，性别分工所涵摄的范围也不同，男主外、女主内，而孩子的教育主要是由母亲所负责的，传统社会之所以强调母教的重要性，原因便在于此。更何况，女性不仅是在孩童时期与母亲有着从羊水一路延伸出来的亲密之情，在成长之后也要步入婚姻，走上为人母的同一道路，所以她始终都是在母亲的教育或影响之下成长。

事实上，从六朝的《世说新语》中，即可以看到母亲对于子女的未来包括事业都发挥了很大的作用，如陶侃年少时便有大志，家境却非常贫寒。同郡人范逵有一次到陶侃家做客，范逵的车马仆从很多，可是陶侃家却一无所有，如何善加招待？于是陶侃的母亲湛氏为了帮儿子结交俊杰之士，有助于发展未来的事业，便卖了自己的长发换来银钱，不仅为客人备上了精美的食物，随从的人也都饱餐一顿，也把马匹喂得饱足有力。陶母的行为实属难得，因为在古人的价值观念中，身体发肤受之父母，从而不敢毁伤，导致连洗头发也是很辛苦的，所以才有周公"一沐三握发，一饭三吐哺"之轶事。剪毁头发可以看作不孝的罪行，更是野蛮无文的象征，所谓的"断发纹身"即是此意，而且对于女性来说，剪掉头发其罪犹甚，那几乎等同于卖身。但是在古代，倘若一个女性是为了家庭中的父亲、丈夫、儿子等男性而牺牲，那么她的牺牲就会受到颂扬，所以湛氏的做法为自己与儿子赢得了许多的赞誉，她堪称一位贤母，被归到值得歌颂的女性类型中，而列入《世说新语·贤媛》篇。

"母亲"这一角色对古人的成长教育起着至关紧要的作用，特别对女性来说更为重要，因为男子到六岁便要上私塾，会受到正规教育，从此以后的教育开始主要是由父亲来施行，让那些男孩子将来有能力到社会中去承担责任，所以便出现了男女教育的分化。可是女孩子则不同，一直到十几岁出嫁之前，她们都是待在母亲的身边，学习女性的职能，故而对于女子来说，母亲角色的缺失所产生的剥夺感和空洞感是终身的，而且几乎会带来本质性的伤害。由此看来，黛玉的父母先后亡故，她又没有兄弟姊妹可以互相扶持，真的是非常可怜，这也是为什么大观园中的人都尽量包容她的重要原因。换句话说，大观园内的人之所以充分包容黛玉，不仅在于黛玉受到贾母的疼爱，更主要是因为她的处境在某种意义上确实十分悲惨。

回到宝钗的家世背景来看，宝钗虽然丧父，但是她还有母亲和哥哥可以依靠，对古人来说，长兄如父，至少对当事人而言，她是有家的，是有依靠的，相较于无父无母又没有兄弟姊妹的黛玉，宝钗的存在感受是完全不同的，是故第四十五回中，钗、黛二人谈起客居的处境，宝钗对黛玉道："这样说，我也是和你一样。"黛玉便纠正说："你如何比我？你又有母亲，又有哥哥。"再看宝钗的母亲，第四回说明道，"寡母王氏乃现任京营节度使王子腾之妹，与荣国府贾政的夫人王氏，是一母所生的姊妹，今年方四十上下年纪，只有薛蟠一子。还有一女，比薛蟠小两岁，乳名宝钗，生得肌骨莹润，举止娴雅"。宝钗本就出身于贵族世家，处在青云之上，她"肌骨莹润"的相貌也与宝玉比较接近，"当日有他父亲在日，酷爱此女，令其读书识字，较之乃兄竟高过十倍"，可见因为有父教的介入，才使得宝钗可以受到"女子无才便是德"之外的正统而正规的教育。其实黛玉也是如此，第二回说，林如海"今只有嫡妻贾氏，生得一女，乳名黛玉，年方五岁。夫妻无子，故爱如珍宝，且又见他聪明清秀，便也欲使他读书识得几个字，不过假充养子之意，聊解膝下荒凉之叹"。所以黛玉虽有一点点脱离妇道的轨迹，但却谈不上是反封建、反礼教，那只不过是因为她从小的教育中即包括一部分的男性成分，又十分受宠而可以放任所致。

宝钗的哥哥薛蟠老大无成，不学无术，而宝钗"自父亲死后，见哥哥不能依贴母怀，他便不以书字为事，只留心针黹家计等事，好为母亲分忧解劳"，这真是一个体贴孝顺的好女儿。而宝钗年纪尚小就懂得什么叫孝顺，那其实一点也不奇怪，因为黛玉也是如此，在她四五岁读书写字时，只要遇到母亲的名字，便坚持采取更读、缺笔的方式避讳，用以表达由衷的敬爱，显示了出身世族大家者应该有的教养。

母女深情图

宝钗具有这般很自然的孝顺心态，再加上母亲非常疼爱她，所以彼此之间建立起十分亲密的母女关系，从而使得她发展出很健全的社会意识。第五十七回中描绘了这对母女极为温馨的画面，当时黛玉提到邢岫烟与薛蝌联姻定亲之事，真是令人料想不到的发展，薛姨妈便说道：

我的儿，你们女孩家那里知道，自古道："千里姻缘一线牵。"
管姻缘的有一位月下老人，预先注定，暗里只用一根红丝把这两
个人的脚绊住，凭你两家隔着海，隔着国，有世仇的，也终久有
机会作了夫妇。这一件事都是出人意料之外，凭父母本人都愿意
了，或是年年在一处的，以为是定了的亲事，若月下老人不用红
线拴的，再不能到一处。比如你姊妹两个的婚姻，此刻也不知在
眼前，也不知在山南海北呢。

早在唐朝小说家李复言的小说集《续玄怪录》所收的《定婚店》
一篇中，就已出现"月老"形象，这其实也是中国历来的传统观念，
薛姨妈在此所说的话，完全不是如很多读者所认为的那样，意在讽刺
宝玉和黛玉，而只不过是反映了所有传统中国人的共通想法与普遍实
况。所以接下来她便举例"比如你姊妹两个的婚姻"，把话题带到了眼
前的宝钗和黛玉身上，一并说明这个道理。然而，当时未出嫁的女孩
遇到此一不能碰触的话题，当然会害羞不好意思，于是宝钗道："惟有
妈，说动话就拉上我们。"一面说，一面伏在母亲的怀里笑说："咱们
走罢。"

此时宝钗差不多是十七八岁的年纪，已经是一个很成熟的、可以
出嫁持家的少女，然而在母亲面前，她还是像小女孩一样地撒娇，可
见宝钗是很灵动的一个人。而她伏在母亲怀里这一很亲密温馨的母女
情深图，引起了黛玉的羡慕与感伤，黛玉笑道：

"你瞧，这么大了，离了姨妈他就是个最老道的，见了姨妈
他就撒娇儿。"薛姨妈用手摩弄着宝钗，叹向黛玉道："你这姐姐

就和凤哥儿在老太太跟前一样，有了正经事就和他商量，没了事
幸亏他开开我的心。我见了他这样，有多少愁不散的。"

其实，此一亲子之间温馨亲密的肢体互动，还体现于王夫人与宝
玉身上，前文也引述过，第二十五回说：宝玉"一头滚在王夫人怀里。
王夫人便用手满身满脸摩挲抚弄他，宝玉也扳着王夫人的脖子说长道
短的"。可见健全的母子关系都包含这一面。而宝钗没了事时会在母亲
面前撒撒娇，讨母亲开心，减轻母亲的重担，那是真正的孝顺。

宝钗成长的分水岭

宝钗之所以会成长为这样一位健康而正常的、完美的大家闺秀，
一方面是天赋使然，另一方面则是后天环境的影响，二者共同造就而
成。于第四十二回"蘅芜君兰言解疑癖"一段中，作者便很清楚地告
诉读者，后天教育对宝钗性格的重要影响，有人据以认为宝钗劝黛玉
不要读禁书，此举乃是虚伪的行为，因为宝钗自己肯定也读过禁书，
否则怎么会听得出来？但那真是很粗糙的逻辑推论，忽略了一个人在
前后时间上的不同变化，宝钗并没有自相矛盾或表里不一，她是在人
生成长的新阶段中反省以往不懂事时的行为失当，因而也由衷地劝告
黛玉：你已经不处于一个小孩子的阶段了，不能再做此等违禁的事，
这其实都是非常合情合理，而且是真心为黛玉好的做法。

换个角度思考，倘若宝钗真的有心要与黛玉敌对，甚至存有暗地
陷害黛玉的用意，则照理来说，对于那类在当时看来违背妇德的禁

书，她应该是鼓励黛玉多看、多公然引用才对吧？对手失分越多，自己就得分越多，这才是兵家的算计。但宝钗是在规劝黛玉做一件符合当时价值观的事情，能让她更受长辈的喜爱，而且还是冒着得罪黛玉的风险来给予劝告，此举显然也只有真心为对方好才能解释。宝钗纠正黛玉阅读邪书、禁书的行为堪称合情合理，并且当黛玉一再地认错时，宝钗也就住口不说了，不再穷追猛打，可见此人之温柔敦厚。

接着，宝钗向黛玉解释道"你当我是谁，我也是个淘气的"，所谓的"淘气"通常指无伤大雅，但是具有破坏性的行为。据一位外国传教士的手记提及，中国人对于小孩的看法，其中之一就是"淘气"，也对一些可以称为"淘气"的举止加以举例，透过传教士的眼光，我们知道中国的小孩确实常常被称为"淘气"，那是华人社会文化中的普遍现象。而《红楼梦》里也常常出现"淘气"这个词，都在形容一些具有小小破坏性的行为，以及不怎么中规中矩的表现，例如芳官，第五十八回麝月即笑道："提起淘气，芳官也该打几下。昨儿是他摆弄了那坠子，半日就坏了。"所以宝钗说自己小时候"淘气"，其实反映了很常见的童年情况。

宝钗在"七八岁上也够个人缠的"，是个淘气的小女孩，只不过后来发生了一些改变，她说："我们家也算是个读书人家，祖父手里也爱藏书。先时人口多，姊妹弟兄都在一处，都怕看正经书。弟兄们也有爱诗的，也有爱词的，诸如这些'西厢''琵琶'以及'元人百种'，无所不有。他们是偷背着我们看，我们却也偷背着他们看。"在传统大家族里，小时候姊妹兄弟都在一处，因为男女之间尚未有性别之防，可是到了七八岁以后男孩就必须去上私塾，女孩也得要回到妇德女教中，开始针黹女红的基本训练，所以读禁书是七八岁以前小孩淘气时期才会有的现象。

而哪些文类被归于不是正经书呢？除了《西厢记》《琵琶记》以及《元人百种曲》之外，其实就连诗词也不算正经书。因为诗词并非男人的分内之事，他们分内的首要之务是经世济民，与治理家国有关，诗词只能算是正经之余的一种抒情言志的表达，而所言的"志"还是要能够与家国、与整个世界的良好运作有关，否则还是不会被接受为上层境界的。

一旦到了七八岁，儿童开始正式进入正规的教育阶段，大人如果知道这些小孩子依然淘气不守规矩，一定是会严加管束，所以当时"大人知道了，打的打，骂的骂，烧的烧，才丢开了"。据此可知，宝钗是在七八岁时从一个淘气的、没有性别的小孩，正式进入到闺阁女性的教育体系内。可以说，黛玉在人生成长过程中的过渡仪式发生于十五岁，而宝钗人生成长变化的分水岭则是在七八岁，此一分水岭十分重要。

值得注意的是，宝钗说"所以咱们女孩儿家不认得字的倒好"，"所以"这个表示因果关系的连接词真的是发人深省，它解释了是何种原因导致"咱们女孩儿家不认得字的倒好"这般的结论出现，那就是前面所说的"大人知道了，打的打，骂的骂，烧的烧"，据此也隐微地阐释一个道理，即原来教育是导致成长而改变认知的关键。同样地，在第四回中，曹雪芹也针对李纨的家世背景非常巧妙且不着痕迹地告诉我们：教育对塑造一个人的价值观、思想认知起着十分重要的关键作用，甚至可以说是主要力量。

通过最近的研究，我发现作者对于贾宝玉、林黛玉、薛宝钗这些形形色色的重要人物的塑造真的是合情合理，曹雪芹完全认识到，人在成长过程中会受到父母、教育、人际互动等各方面的环境影响，而那些都直接关系到一个人的人格内涵。每个人都有与生俱来的某一种天赋，可是这种天赋只是有待发展的潜能，必须要受到后天的引导和发展，才会形成现有的人格样态。因此通过"蘅芜君兰言解疑癖"这一段情节，可以很清楚地看出宝钗也有成长的变化，而该变化主要发生于她七八岁的转捩点上，此后的宝钗也就是我们所熟悉的样子，但在此之前的宝钗其实与黛玉相差不多，她也会偷看《西厢记》等"邪书"，所以这两个人的差异并没有一般读者所以为的那般巨大。她们各有各的生命轨道，受到形形色色不同因素的影响，因此好像有了一些差异，但从实际来说并没有本质上的差别。

不慕浮华爱朴素

宝钗的天性再加上后天的教育，使得她认为妇德女教是女性的终极价值，那么，宝钗为我们所熟悉的形象还有哪些呢？在此，我们把书中相关的重要信息做一个整合。首先是第七回，由薛姨妈的口中我们知道，"宝丫头古怪着呢，他从来不爱这些花儿粉儿的"。宝钗从小天性本是如此，再加上七八岁之后所受到的教育，她觉得外在的装饰都只不过是浮华虚荣，那就更加不用重视了。体现宝钗不爱浮华装饰的另一证据在第五十七回，在这一回中，宝钗看到邢岫烟裙子上多了一块碧玉佩，便问道：

"这是谁给你的？"岫烟道："这是三姐姐给的。"宝钗点头笑道："他见人人皆有，独你一个没有，怕人笑话，故此送你一个。

这是他聪明细致之处。但还有一句话你也要知道，这些妆饰原出于大官富贵之家的小姐，你看我从头至脚可有这些富丽闲妆？然七八年之先，我也是这样来的，如今一时比不得一时了，所以我都自己该省的就省了。将来你这一到了我们家，这些没有用的东西，只怕还有一箱子。咱们如今比不得他们了，总要一色从实守分为主，不比他们才是。"

所谓的"七八年之先"，换算一下，当时大约十岁的宝钗就已经放弃那些富丽闲妆，不爱花儿粉儿，除了受到妇德教养之外，宝钗也意识到家族正在没落，可见其中也有出于现实原因的考虑。既然父亲早已去世，当家的哥哥又不成材，只懂得挥霍享乐，为了预防家族未来的败落，于是自己能省则省，她并没有去要求别人，而是自己能做的就尽量努力，这难道不是一种很好的人格表现吗？

宝钗一路下来始终里外如一，从实守分，反对浮夸与纯粹虚荣的矫饰，而除了衣饰简朴之外，她的生活环境也是如此。第四十回贾母等众人带着刘姥姥逛大观园时，行至蘅芜苑中，只见屋内有如"雪洞一般，一色玩器全无，案上只有一个土定瓶中供着数枝菊花，并两部书，茶奁茶杯而已。床上只吊着青纱帐幔，衾褥也十分朴素"。宝钗的屋内没有那些不切实际的点缀性装饰以及单供怡情养性的物品，通过不速之客突如其来的见证，显示出这是宝钗的生活常态，也是她的真实样貌。

再从书中描述器物名称的语感上，更烘托塑造出宝钗的性格：案上只有一个土定瓶，"土定"一词反映着朴实无华，却又具有非常真实而稳定的力量；瓶中插着菊花，而自从陶渊明以来，菊花便象征着道德自持，同莲花一样，在中国传统文化中都具有高度的人文涵。宝钗的桌案上虽只有两部书，但是她读过的书其实比黛玉等人都来得多，自贾政、湘云连同宝玉，诸多人物都指出了宝钗的饱学多闻，并且她都消化吸收成为自己的心灵素质和人格内涵，证明了知识的养分不必靠书籍的囤积。宝钗的床上吊挂着青纱帐幔，衾褥也十分朴素，实际上不只蘅芜苑是这般质朴，在她搬进大观园之前，住在梨香院的时候便是如此。第八回中宝玉去探望宝钗，透过宝玉的眼睛，我们看到宝钗的衣饰是"蜜合色棉袄，玫瑰紫二色金银鼠比肩褂，葱黄绫棉裙，一色半新不旧，看去不觉奢华"，这与蘅芜苑中简素的布置完全一致，足证宝钗一路走来始终如一，是一位真正的君子。

事事周详全备，处处雅俗共赏

很明显，宝钗在人际关系中的基本原则就是"雅俗共赏"，面面俱到，不在乎自我的主观好恶。例如贾母为她庆生时，考虑到老人家比较喜欢甜烂的食物和热闹的戏目，于是宝钗无论是点戏或在食物的选择上，主要都是诉诸贾母的喜好，她基本上将自己的好恶放在后面，这样的做法事实上非常合宜，而且本来也应该如此。再看第三十七回出手帮湘云邀社做东时，她对湘云说："既开社，便要作东。虽然是顽意儿，也要瞻前顾后，又要自己便宜，又要不得罪了人，然后方大家有趣。"湘云父母双亡，叔父婶母对她相当苛刻，一个月通共的银钱根本不够拿来做东，于是宝钗为她筹画、料理，无不显示了宝钗的处事风格就是瞻前顾后，在自己方便适宜的情况下去帮助别人，或不得罪别人。

又如第五十回贾母让众钗制作灯谜，以便元宵节取乐之用，大家一开始所做的灯谜都是引经据典，如果不回到历史语境下的传统文化中是难以理解的，例如李绮编的谜面是"萤"字，谜底打一个字，即宝琴所猜中的"花"字，其典故出自《礼记·月令》所记载："季夏之月……腐草为萤。"古人观察到萤火虫的幼虫在水边腐草中孵化成长，所以认为萤火虫乃是草化出来的，而草字头加上"化"便得出"花"字。虽然制作得很巧妙，但宝钗认为这类的灯谜太难，不能让大家都热络尽兴地参与其中，那便失去了节庆的意义，于是建议道："这些虽好，不合老太太的意思，不如作些浅近的物儿，大家雅俗共赏才好。"

再看第六十二回，众人一起为宝玉庆生，当场抓阄抽样看要玩什么游戏，当平儿抽到"射覆"时，因为此际参加游戏的还有晴雯、袭人等不识字的丫头，所以宝钗又建议另选雅俗共赏的，她说道："把个酒令的祖宗拈出来。'射覆'从古有的，如今失了传，这是后人纂的，比一切的令都难。这里头倒有一半是不会的，不如毁了，另拈一个雅俗共赏的。"

还有第六十七回，当薛蟠从江南贩货归来，宝钗便把兄长带回的江南土产分赠给贾家众人，通过赵姨娘的叙述，可见宝钗待人处事的面面俱到：

且说赵姨娘因见宝钗送了贾环些东西，心中甚是喜欢，想道："怨不得别人都说那宝丫头好，会做人，很大方，如今看起来果然不错。他哥哥能带了多少东西来，他挨门儿送到，并不遗漏一处，也不露出谁薄谁厚，连我们这样没时运的，他都想到了。"

所以说，宝钗的个性是事事周详全备，处处雅俗共赏，希望所有的人都可以感受到友善的对待。在第四十五回中，当黛玉对宝钗所送的燕窝表示感激时，宝钗道："这有什么放在口里的！只愁我人人跟前失于应候罢了。"对此，有些人觉得宝钗面对黛玉的真心感谢，竟只是用应酬的语言来回应，因此批评此人虚伪敷衍。但是，犹如法国文学家纪德（André Paul Guillaume Gide）在小说《窄门》中所说的："我们切勿用一个人的一瞬间来判断他的一生。"将一个人的一瞬间孤立地来看，其实便是断章取义，因为人生是很丰富、很复杂的整体面向，所以切莫以偏概全，用一个人的一瞬间来判断他的一生，也不应该只用一句话来盖棺论定。何况从整体来看，宝钗这时给予黛玉如此的回应也是合情合理的，毕竟她的处事原则本就是人人跟前不要失于应候，既然在所有地方都遵循着同一个原则，当然对黛玉也一样，因此她做出了如实的表态，并没有虚伪敷衍，更没有不一致，反倒处处体现出她的始终如一。从整体来看宝钗的为人处世，确实非常一贯，而且她是真心地信仰并且实践她所相信的道理，这个人其实很值得受到尊敬。

世俗人文主义

关于宝钗这位人物的评价，从清末到现在一直存在着一个主流化的倾向，即"贬钗褒黛"或曰"抑钗扬黛"，但用以贬低宝钗的很多论证，其逻辑本身都没有经过严格的要求，而且也不加以深思，不追求公平客观，这类的评论事实上是没有价值的。夏志清《中国古典小说史论》曾说：

> 　　除了少数有眼力的人之外，无论是传统的评论家或是当代的评论家都将宝钗与黛玉放在一起进行不利于前者的比较。……这种稀奇古怪的主观反应如前面所指出的那样，部分是由于一种本能的对于感觉而非对于理智的偏爱。……如果人们仔细检查一下所有被引用来证明宝钗虚伪狡猾的章节，便会发现其中任何一段都有意地被加以错误的解释。

　　确实，只要我们仔细检验有关钗、黛人物论述的内容，便会发现大部分都是有意的歪曲，而其中只有少数有眼力的人才能给予宝钗比较中肯的评析。夏志清认为，在有关宝钗的典型分析此一问题上，千云是少见的、以比较客观正面的观点来看待宝钗的一位，他指出：相较而言，宝玉认为凡是女人都是天地灵气之所钟，因而用自己的心灵去关心她们、温暖她们，为她们的命运或喜或悲，据此，宝玉对于人的同情具有更高的浪漫气息，而宝钗却是从人的实际处境上去了解人、关怀人，这种善良的同情则是世俗的、朴质的。

　　然而，此一说法固然从正面切入而看似有所平反，实则还是停留在一般层次。我认为，宝钗并不单是从人的实际处境上去了解他人而已，只不过作为一个闺阁女性，在当时所受到的环境条件的限制下，她对于别人的关怀只能够在现实处境中去施发、去表现，而无法与身为男性的宝玉一般，去做具有浪漫气息的表达。因此，虽然千云已经算是从比较正面、中肯的角度来看待宝钗，但是他仍然忽略了性别在当时是一个非常重要的影响因素。更何况，宝钗不只从人的实际处境上去了解人、关怀人，她对于人的了解与关怀实际上一点都不世俗、质朴，我们不能只看到她的关怀停留在日常生活的层次上，便认为那是世俗的、质朴的，因为天理即存在于日常之中，能够把握到这一点的便叫作"极高明而道中庸"，那是儒家的最高境界。

也就是说，此处所谈的问题在于：宝钗的这一种善良和同情真的是"世俗"的吗？"世俗"到底具有什么样的含义？我们难道只能够简单而素朴地去理解"世俗"这个词汇吗？关于"世俗"，其实存在着不同层次的意义。严格地说，宝钗的善良与同情虽然是"世俗"的，但是并不质朴，而且与其说她"世俗"，不如说是"世俗人文主义者"。所谓"世俗人文主义者"并不同于一般所以为的"世俗"，例如与经济利益挂钩，例如屈从于主流，例如很会算计、懂得现实的利害等，在此，我参照的是美国著名学者恩格尔哈特（H. Tristram Engelhardt, Jr）所界定的关于"世俗人文主义"的解释。虽说恩格尔哈特的"世俗人文主义"是从西方文化脉络下发展而来的，但在一定程度上还是可以适当地解释儒家的理想与价值，以及其根深蒂固的人文主义精神，而且又恰好可以描述宝钗这位由非常深厚、幽微、细腻的儒家思想所孕育出来的闺秀典型。

首先，恩格尔哈特认为"世俗"的意义之一是现世化，不诉诸一个超现实、形而上的神，而回归到日常生活的现实中，努力地呼吸、生活、挣扎并追求。人们要回归到日常生活，也就是存在于活生生的社会里，共同分享这个尘世结构，包括各式各样的伦理、人际关系；在尘世结构中，我们所关心的是属于人生范畴的世俗之事，即生老病死、喜怒哀乐等，那是我们每一个人都会面临的人生课题，这就叫作

"世俗"。"世俗"绝对不仅仅是只懂得利害关系，只会算计得失，只追求功利的价值，儒家的"世俗"是现世化的，是回归到日常生活中的人生安顿。

但是如果只有"世俗"，往往很容易便流于平浅，所以还要再加上"人文主义"，这才构成儒家两千多年来能够吸引中国最优秀的精英，并且生生不息的原因，儒家思想一定是有非常吸引人的内涵，才会让众多杰出人才所折服。徐复观认为，中国思想文化的一大变迁发生于周秦时期，在那期间人本精神得到了发扬；而恩格尔哈特指出，人文主义包括了良好的行为、优雅的风范、经典的知识以及一种特定的哲学。我认为"世俗人文主义"的内涵，恰好可以通向传统儒家的生命伦理价值体系，也非常符合宝钗的闺秀形象。宝钗真的是一片"流动的海洋"，蘅芜苑虽然只放了两部书，可是她所涉猎的知识其实比所有的金钗还要多，而且范围很广，不同于黛玉的有所偏嗜，不够全面。宝钗不但将所读的知识内化成为她精神灵魂的养分，又能活泼地加以运用，所以曹雪芹对她的一字定评是"时"字，也就是当任则任、当清则清、当和则和，那是必得有非常灵动的思想力量才有办法做到的，因此宝钗绝对不是封建僵化的人。

用"世俗人文主义"的定义来衡量宝钗，确实可以发现丝丝入扣，原因如下：一方面，宝钗表现出的对人的善良、同情与关怀都是处于尘世结构之中，虽然受限于女性的身份，但是她穷其所能地去实践。另一方面，就人文主义来说，宝钗是《红楼梦》中达到此一最高标准的女性，她有良好的行为、优雅的风范，堪称典型的侯府千金，绝对没有像黛玉用脚蹬着门槛子的动作，也没有粗野不文的"掷""摔""甩"等举止；优雅的风范是这类上层阶级的千金小姐从小内化到日常行言举止中的，种种要求已经变成了她们自身的一部分。另外，宝钗还习得经典的知识，以及保有特定的哲学，她的特定哲学其实便是儒家所说的"老者安之，朋友信之，少者怀之"。她面面俱到地让每一个人都受到照顾、获得安顿，把人伦发展到了极致：在亲子关系中，她既孝顺母亲，充满孺慕之情，又能形同益友般一起商讨问题，分忧解劳；对待朋友时，她竭尽所能地去理解对方的思想、情感和经验，然后给予真正的帮助与同情，给予他人真正需要的甘霖，这些都是非常不容易的境界；对于长辈以及周围遇到的状况，她能够恰如其分地反应，达到圆融得体；同时她奉行雅俗共赏的原则，不遗漏任何一处，从未有所厚薄，不让任何人受到冷落或被轻视，为每一个人都能够获取尊重而努力；她能瞻前顾后、盱衡全局，又要自己便宜，又要不得罪人。以上是对宝钗特定的人生哲学的一个明确总结。

简单地说，宝钗确实符合恩格尔哈特在西方文化脉络下所定义的"世俗人文主义"，可那当然不是人生的唯一形态，如同先秦诸子百家中有道家庄子的逍遥，也有墨子一心无我地为国为民而辛劳，更有法家一视同仁的客观冷肃，乃至名家精微深细的毫不逊色于现代科学逻辑的抽象思辨。形形色色的人格，只要是很真诚、很努力地在实践最好的自我，而且一路走来始终如一，便都是非常珍贵的人性风景。世界本是一阕多元并存、众声喧哗的复调交响曲，这是我们应该要有的本质认识！

回到两百多年前盛清的乾隆时期，宝钗作为一位侯府千金，在那个时代下表现出特定的哲学、优雅的风范、经典的知识、良好的行为，便是当时完美的女性典范，也是真正的"佳人"！真正的"佳人"与传统才子佳人故事中的"佳人"形象完全不同，才子佳人中的"佳人"所表现的自主举止，在《红楼梦》的文化脉络下其实是负面的教材，因为少女一见到清俊男子就不顾父母、抛弃礼教，共同去待月西厢，那完全是亵渎了"佳人"这个语词。第五十四回"史太君破陈腐旧套"一段里，贾母明确地指出："只一见了一个清俊的男人，不管是亲是友，便想起终身大事来，父母也忘了，书礼也忘了，鬼不成鬼，贼不成贼，那一点儿是佳人？便是满腹文章，做出这些事来，也算不得是佳人了。"整段话并非现代读者所以为的反讽，而是如实的、详尽的表述，一如脂砚斋于该回的回前总批所言："首回楔子内云：古今小说'千部共成（出）一套'云云，犹未泄真，今借老太君一写，是劝后来胸中无机轴之诸君子不可动笔作书。"而曹雪芹的胸中机轴，即是为真正才德兼备的女性留下永恒的写真。

"佳人"典范如何产生

那么，一位完美的、真正的"佳人"典范到底是如何产生的？借由脂砚斋的评论，我们可以发现脂砚斋对于人的认识也非常深刻而周延，他认为宝钗这种性情的成因应该归诸自然的天性与后天的教养，若非从这两个范畴出发，便不足以充分地了解一个人的性格内涵。人是活生生地存在于尘世结构之中的，无论心灵再如何脱俗，没有任何一种人格形态是纯粹靠着天赋即可以造就出来的，一定还要有后天的教养，因而不同的家庭环境对人格之形成便发挥了不同的影响力。

《红楼梦》里处处可见曹雪芹非常重视后天环境对一个人的影响，让读者真正了解到人性的塑造与培养的复杂性。例如第二十二回中，贾政也参与了元宵节猜灯谜的"家常取乐"活动，而大家见贾政在场，各自的表现即很不相同，且看文本叙述道：

> 往常间只有宝玉长谈阔论，今日贾政在这里，便惟有唯唯而已。余者湘云虽系闺阁弱女，却素喜谈论，今日贾政在席，也自缄口禁言。黛玉本性懒与人共，原不肯多语。宝钗原不妄言轻动，便此时亦是坦然自若。故此一席虽是家常取乐，反见拘束不乐。

脂砚斋在此批注云：

> 瞧他写宝钗，真是又曾经严父慈母之明训，又是世府千金，自己又天性从礼合节，前三人之长并归于一身。前三人向有捏作之态，故惟宝钗一人作坦然自若，亦不见逾规越矩也。

脂砚斋认为，宝玉、黛玉、湘云三人的长处都汇总于宝钗身上，她一个人便兼具了所有人的优点，因此在那般充满压力和束缚的状况下，唯有宝钗依旧能够做到坦然自若，又不逾规越矩，这已经接近于《论语·为政》所称孔子的"从心所欲，不逾矩"了。由此看来，脂砚斋也认为宝钗是最完美的女性典范，其人格与心灵的境界都是无比深邃而丰富，但又非常灵动与高明。

通过脂批，我们知道宝钗集众人之长的完美性格实际上有三个成因，即"又曾经严父慈母之明训，又是世府千金，自己又天性从礼合节"，可见单有天性是不够的，还需后天成长环境的陶冶，再加上父母的指导教育，才能够造就而成。没有受过教育的孩童，只能停留在天然的状态之中，也比较会以自我为中心，看待世界时容易采用一种个人主义观，其心灵和视野都非常有限，绝不会是人格的最高典范。

就此而言，有一个问题值得加以澄清。我们常常赞扬某个人有着赤子之心，《孟子·离娄》也曾说："大人者，不失其赤子之心者也。"到了晚明，李贽的"童心说"更是推崇此种人格样态，于是人们便非常素朴地、跳跃式地认为反礼教、反束缚、反社会便是真实自我的性灵表现。但是，重新仔细考虑孟子所说的"大人者，不失其赤子之心者也"，这句话其实是表示大人者仍然保有儿童般纯真活泼的一面，让他可以用一种很清明、很本真的眼光来看待世界，可不是说只要抱着童心，人格就会很伟大，孟子更不是认为人们只应该保有赤子之心才对，否则每一个小孩都可以当大人者了，又何必那么辛苦地成长？儒家提醒的是不要损害赤子童心，这个部分可以提供看待世界、体会人生、认识社会的一种很清明、很纯净的角度，但它并不防碍一个人同时从天性到后天都从礼合节。再者，一个完善的品格也得要经过"严父慈母之明训"，因此，那些会明训子女的双亲才是真正的好父母，一味宠溺孩子的长辈，事实上并不懂得什么是真爱的表现。父母对子女的爱当然是孩子们成长过程中不可或缺的重要因素，然而其中还必须包括教育和管束，唯有在宠爱与管束两者皆备的情况下，孩子才会健全、可爱，才会逐渐成熟。

更有甚者，我们切莫忘记《红楼梦》是描写贵族世家的故事，贵族环境对人格塑造提供了另一层次的重要外力，正如马克思、恩格斯所说的，贵族永远是贵族，因为那已经变成他们品性中不可或缺的内在部分。因此，宝钗除了受到严父慈母之明训的影响外，身为世府千金，阶级所带给她的影响也是极强大的，所以宝钗才能够面面俱到，不同于小家碧玉那般比较顺任自己的喜怒哀乐而行事。她的处世境界是"极高明而道中庸"，可以"从心所欲，不逾矩"，也因此才能够在别人都忸怩作态之际，还一派坦然自若而不见出格，真的是了不起的境界。只不过，这些隐含在叙事背后的有关人物塑造的价值观和哲理层次，是我们透过脂批才更加清楚地发现到的。

总而言之，我们必须要好好地重新认识宝钗这位人物，而如果不回到中华文化的传统脉络中，是不能够真切地了解她的。

假作真时真亦假

回到《红楼梦》中有关"真"与"伪"的讨论，那也是目前无法穷尽的议题，而我想抛出一些问题供大家一起思考，结论是开放的，但是推论时则必须是严谨的、客观的，从而在开放的、动态的、不断反复辩证的过程中，我们将可以更加体悟到"真"与"假"是一种很微妙的关系，而届时所抵达的认识也会更加深刻。

在第一回中，当甄士隐做白日梦时抵达太虚幻境之大石牌坊前，看到牌坊两侧的对联写道："假作真时真亦假，无为有处有还无。"对联内所包含的复杂辩证的道理并不是《红楼梦》所首创，其实早在老庄甚至唐诗中便有类似的修辞方式以及辩证内容，曹雪芹只是在一个非常丰富深刻的文化传统下加以吸收，并运用到他所认识的复杂世界里。"假作真时真亦假"绝对不是感慨人寰世间只有假、少有真，又或"真"很脆弱地容易变成"假"，一旦我们纯粹地只用如此简单、片面的方式去理解，实在是太限缩了《红楼梦》的复杂与精微，我认为倘若要深刻理解"假作真时真亦假"之义，可以参照严父慈母之明训与自己天性之从礼合节，从而统合成宝钗此一奥妙独特之个体的道理。说实在的，这是一个最复杂的问题，对此，就连今天的人格心理学以及各门现代学科都还无法真正做出完善的解释，其中机制之复杂也可想而知了！

但是，虽然没有明确的、唯一的答案，却并不妨碍可以不断地逼近真相，在理解"假作真时真亦假"时，我们不应该抱持着一般成见，以为曹雪芹是在批判世间的"真"很少，而且"真"也会变成"假"，于是感慨人性的虚伪，如果采取这样的角度来看，虽然确实也合乎现实社会中很常见的一部分，但由这个角度所看到的部分实在是太单薄、太片面也太简化。浦安迪曾经提出所谓的"二元补衬"观，他认为是非、荣枯、真假等种种看起来二元对立的概念，实际上真正在复杂的现实人间与人生中运作时，乃是处于辩证统一的关系中，即二元之间不一定是对立的，也可以是互补的，是彼此衬托的，甚至根本就是一体两面；真与假之间确实有界限的划分，但那道界限是滑移不定的，没有一个稳定不变、泾渭分明的界限可以用来判断绝对的真与假。浦安迪用二元补衬的观念来理解"假作真时真亦假"，我觉得很有道理，因为实际的情况也正是如此，天下并没有所谓纯粹而固定不变的东西。

关于"假作真时真亦假"，我试图提出另一种认识。首先，参照晚明所推崇的"唯情观""崇真观"，汤显祖通过对杜丽娘的塑造，宣扬"为情而生，为情而死，为情而复活"的"至情"说。但必须指出，这个定义其实充满了独裁心态，因为它十分绝对而极端，并且很明显地，古往今来所有的人包括汤显祖自己在内都做不到为情而复活，又怎么可以用一种没有人做得到的情况来定义"至情"呢？在此必须郑重提醒，千万不要因为加上生死的浪漫概念，我们就心向往之，那一类出于本能而非理性的感觉式反应并不能帮助我们更清楚地认识到真相。固然如周汝昌等都用这般的观念来理解《红楼梦》，觉得小说家是崇尚至死不渝的痴情，所以设计出从前生的木石前盟到今世的还泪而亡，而一般读者似乎也同样很习惯地运用、接受那一套高度评价"情痴"的思维。

然而值得思考的是，关于晚明将"情痴""至情""情病"提升到如此崇高的地位，康正果便对该现象提出了一大警示，于《边缘文人的才女情结及其所传达的诗意》这一篇文章中，他提醒我们一个很重要的关键，即"情痴"的问题不在于是否有真情、至情，因为每个人都有痴情与至情的时候，但是任何人都不可能一直处在痴情、至情的状态中，因此，如果一个人要时时至情、处处痴情，反倒会导致夸张不实的虚伪！并且，晚明的"情痴观"把痴情当成一种绝对的价值，将此一才子气十足的概念提升为至高无上并加以绝对化，那其实更不只是一种心灵状态，而是一种带有高下判断的价值观，如此一来，真情也就会变成了假意。

其中的道理即在于：当把至情的状态变成一种价值的时候，大家便会争相模仿与追求，因为有价值的事物，人们都会想要攫取、去得到，于是那些展现出情痴的人很容易被大家投以的羡慕眼光，而一旦掺入了虚荣的成分，人们更会做出至情的姿态以取得羡慕甚至追捧。可是当我们在模仿的当下，便已经不处于自然的状态中，所以事实上"真"已经变成了"假"。例如求婚时为什么一定要下跪，还要送上一颗钻戒？因为在广告以及各种媒体的耳濡目染之下，我们学习到钻石是久远甚至永恒的，应该与爱情连结在一起。但那其实只是商业化操作的结果，我们透过模仿来表达的爱，其中的真和假如何能够区隔？其中又有多少假的成分，恐怕连当事人自己都不知道！就此，"假作真时真亦假"便可以意味着：当我们在崇真、崇情、推崇不虚伪的时候，其实已经将"真"与"情"当作目标去努力追求，而此刻的我们已经是在假的状态中了。

　　一般普遍可见的情况是，人们不假思索地强调"真"，无论如何"真诚"都被视为一种好的人格状态，并且以为黛玉就代表真诚，因为她表里如一，忠于自我；而宝钗经过后天的教养，所以比较无我地努力去实践面面俱到的人生哲学，便以为她是"化性起伪"的那一类。但是，一定要如此素朴地区分这两个人的差异吗？并且即使用"真诚"作为标准，我们又该如何定义"真诚"呢？简单来说，"真诚"一般都定义为忠于自我。但什么叫"自我"？我们所要忠实的"自我"究竟是什么呢？对于大部分的人而言，这个问题同样是连他们自己恐怕都无法明确回答的！在此，可以引述美国哲学家莱昂内尔·特里林（Lionel Trilling）代表作《诚与真》的中译者刘佳林的一段综述，其中提供了很好的思考方向。他说，作为与"自我"密切相关的概念，一般而言，"真诚"主要是指公开表示的情感和实际的感情之间具有一致性，那就叫作对自我真诚；换句话说，让"社会中的我"和"内在的自我"一致，便是一般所以为的真诚。但这样的定义会带来一系列的问题，而且其中有些问题始终处于开放状态，永远没有定论，此即人性以及人世间的复杂性所在。

　　首先，我们所要忠实的自我究竟是什么？假如有那个"我"，则那个"我"存在于哪里？另外，要忠实的"自我"是否会随着社会的变化、文化的熏陶、制度的规训、自身的努力等的影响而不断改变？还是它具备了某一种生命体的坚硬性，即拥有固定不变的内容？其次，事实上我们自己所宣称的真诚是有待检验的，由此出现了真实性的问题，也就是说，不仅所宣称的"真诚"面临着是否真实的问题，个人的自我也面临着真实性的问题。因为宣称自己真诚并不等于自己就确实完全可靠，不是只要宣称自己此刻的感觉便等于真诚，而完全能够直接与那些相关的正面字眼画上等号。换句话说，"真实"与"自我"是一个缠绕不定的问题，又与社会文化以及无意识的层面互相交织，所以在根本上都不是可以简单认定的。

举例而言，根据弗洛伊德的精神分析理论，一个人的内在还可以分为"本我"（Id）、"自我"（Ego）、"超我"（Superego）三个层面，都属于真实的自我，而我们所要忠实的究竟是哪一个？这是必须很仔细去检查并思考的首要问题。所以，不是只有表里如一才叫作真诚，而表里如一所表达出来的情感与认知判断更不是所谓的真理，因为真诚所表达出来的言语举止仍然可以粗俗鲁莽，甚至可能带有嫉妒和隐含着偏私，那当然完全不等于真理。因而当我们讨论人格价值的时候，千万不要把原本很复杂的概念加以简单化，更不可将原本关系很复杂的推论又进行跳跃式的连接，以至于犯下人文研究中常常出现的弊病。

从弗洛伊德的理论来说，黛玉的真诚是因为她比较忠于"自我"的那一层面，是当下情绪的喜怒哀乐；而宝钗也一样真诚，她忠于的是"超我"的层面，这也是英国式"真诚"的含义。莱昂内尔·特里林在《诚与真》中指出："英国人要求一个真诚的人在交流时不要欺骗或误导，此外就是要求**对手头承担的不管什么工作专心致志。……是在行为、举止，即马修·阿诺德所谓的'差事'方面与自身保持一致——这就是英国的真诚。**"也即是说，在行为举止上与自身承担的工作保持一致。而这岂不是很符合宝钗为人处事的描述吗？她尽到作为儿女的义务，向母亲撒娇，为母亲分忧解劳，又对其他的各色人等恰如其分地面面俱到，那就是"英国的真诚"。

实际上《红楼梦》告诉我们，很多人都是真诚的，只是他们所忠实的自我层次并不相同，例如薛蟠，他很真诚地表现出人格结构中"本我"层次上的性欲望和各种原始冲动，本能地受快乐原则所支配，以满足生物性的食色之欲来作为他人生的追求，他的想法公开而暴露，根本不觉得羞耻，这也是一种真诚。只不过如此的真诚在莱昂内尔·特里林看来是"法国文学式的真诚"，即认识自己，并且公开自己，即使是处于一种很低的人性层次；反观宝钗的真诚则是忠于道德良知的超我，遵循的是完美原则。总而言之，真诚的形态或层次各异，因此真与假永远是一组无法厘清，也不可能绝对化的复杂概念。

此外，莱昂内尔·特里林也提醒我们："如果真诚是通过忠实于一个人的自我来避免对人狡诈，我们就会发现，不经过最艰苦的努力，人是无法到达这种存在状态的。"其中所说的道理，事实上与庄子的逍遥有着异曲同工之处，庄子笔下的"真人"境界也要经过最艰苦的努力才能达到；不是任性且依照情绪行事就叫作真诚，真正的真诚必须要经过最艰苦的努力才能够实现。所以不要误以为黛玉与宝玉便是代表真人，那其实是对庄子思想的错误运用，如清末评点家陈其泰曾说："《红楼梦》中所传宝玉、黛玉、晴雯、妙玉诸人，虽非中道，而率其天真，翻然泥而不滓。所谓不屑不洁之士者非耶。"

但是，果真如此吗？仅以晴雯为例，通过第七十四回抄检大观园前的一段情节，即可见晴雯十分懂得说谎撇清的伶俐，当时她被叫到王夫人跟前，见王夫人询问宝玉可好些，"他便不肯以实话对，只说：'我不大到宝玉房里去，又不常和宝玉在一处，好歹我不能知道，只问袭人麝月两个。'"其中所言堪称谎话连篇，何尝有一丁点的真诚？

再看王善保家的媳妇对王夫人所说的一段话，更可以显示晴雯的"真诚"其实也算不上是一种人格优点，她说道："别的都还罢了。太太不知道，一个宝玉屋里的晴雯，那丫头仗着他生的模样儿比别人标致些，又生了一张巧嘴，天天打扮的像个西施的样子，在人跟前能说惯道，掐尖要强。一句话不投机，他就立起两个骚眼睛来骂人，妖妖趫趫，大不成个体统。"这些话所描述的都是有源有本的客观事实，其中，晴雯生得漂亮却不自恃，那算是一种优点，但逾越分际的过度装扮确实也有可议之处，至于"一句话不投机，他就立起两个骚眼睛来骂人"更是大有问题，难道只要"真诚"就可以为所欲为，对人如此之暴躁无礼吗？换言之，我们往往混淆了许多层次而不自知，以至于把乱发脾气当作有个性，以真诚、率直合理化了粗鲁傲慢的不当。必须说，可以称之为人格价值的，都需要经过艰苦的努力才能够达到，人性中高贵迷人的内涵使得艰苦的努力得到了报偿，让我们觉得这般的艰苦努力是很值得的。

在此要补充的是，宝钗虽然是一个非常正统的儒家信徒，但她绝对不是一般所以为的那般封建保守又僵化，儒家也可以是非常灵动与丰富的，甚至"极高明而道中庸"。何况宝钗的思想观念并不只限于儒家，她同样可以欣赏完全不同于儒家而属于佛道的"赤条条来去无牵挂"的幻灭意趣，这也是她能够博大与灵动的力量来源。第二十二回宝钗过生日时，她在庆生宴上点的戏是"鲁智深醉闹五台山"，表面上听起来很热闹，其实却是在热闹中体验虚幻，那岂不正是一种悟道者的禀赋吗？当大家只看到表面上的热闹的时候，唯独她一人领略到其中一支《寄生草》于美妙辞藻背后所蕴含的幻灭美学，却又能够"人不知而不愠"，面对宝玉的误会与质疑毫不介意，显示出这是一位具有真正智慧的君子！她可以兼容并蓄，绝对不僵化死板，所以才能够成为宝玉出世哲学的思想启蒙者。宝钗在"卫道"与"悟道"之间出入自如，以她最后成为一名寡妇的结局来看，她可以说是殉道者；然而事实上她还有"悟道"的层面，可以在"实"与"虚"这两种不同的世界中自在舒卷，从而表现出一种通脱的性格。总括来说，宝钗既可以在所谓的尘世结构中安顿，也可以欣赏那超越现实世界之外的另一种人生意趣，由此便使得她的"卫道"不至于流于过度僵化，而能够在任何情况下都"坦然自若"。

整体来说，宝钗不断地在超越自我，并不局限于某一种特定的价值观，她的人格层次和思想内涵深不可测，但这一点却是一般人在探究宝钗的时候都没有注意到的。《寄生草》中所蕴蓄的幻灭美学，是黛玉终其一生都没有触及者，而正是在这个范畴上，二宝之间建立起思想的联结，宝钗与宝玉突然有了精神交会而擦出闪耀的火花，照亮了宝玉内心深层的一面，也使得宝玉瞬间得到了另外一种顿悟，对他的未来乃至终极选择发挥关键性的影响，堪称始料未及。这些都是我们在理解宝钗的性格时，不应该忽略的重要情节。

"给多于取"

　　心理学家阿德勒曾指出，社会兴趣与社会意识很健全的人往往处于"给多于取"的状态，在与人相处时，也大多随时可以配合别人进行合作，而最重要的是能够对他人的经验、思想和情感给予真正的理解，宝钗便完全达到这般的境界。世事之难就在于每个人都活在自我中心里，然而，一个人唯有去中心化，即超越自我中心之后才能够真正成熟，也才足以理解宝钗的人格形态。

　　在小说中，宝钗处处表现出"给多于取"的态度，由于性格健全再加上身家雄厚，故而她总是在帮助各式各样的人，比如对黛玉的照顾，第四十五回里，宝钗认为黛玉身体虚弱必须要滋补，而在传统认知中，滋阴补气的最好补品就是燕窝，因此宝钗送了一大包上等燕窝给黛玉以滋养病体。谈到这一点，我们可以补充说明一下时代的差异：西方学者指出，工业革命以后随着现代化进程的开启，人类生活的物质水准与生活形态都产生了很大的变动，以前只有少数上层阶级的人才能够享有的精品，在工业革命之后则普及到所有人都可以消费的程度。对于此一观察，真是"于我心有戚戚焉"，例如以前唯独贾府这等人家才吃得起的燕窝之类，到了现代也"飞入寻常百姓家"。再举一个例子：《红楼梦》里宝玉所享用的一种饮品叫"酥酪"，在当时非常珍贵，后来被宝玉的乳母李嬷嬷擅自喝掉了，由此闹出了一场风波。"酥酪"就是一种奶酪，于两百多年前只有上等人家才能品尝，而现在每个人都可以大量消费，从社会公平的角度来说，工业化也促进了物质享受的平等。

但以超越个人的全局立场来看，若考虑到人类的科技发展与整个生态环境，贾宝玉的时代更容易维持自然界的平衡，因为消费普及的结果是资源被以千万倍的速度加快消耗，比如以前只有少数人才能取用纸巾，而现在每个人都可以随手耗用纸制品，那么森林便会遭到大规模砍伐，加速自然环境的破坏与物种的灭绝，那是很恐怖的一种消耗方式。以这个角度而言，现代文明是否其实更野蛮呢？因此话说回来，我们实在不应该用绝对又单一的思维去判断一方文明、一种文化形式和一个历史阶段的成败得失，而人文的魅力和难处也正在于此，人文学科中很难只有一个绝对真理，这就是我们不能把"现代文明"当作唯一评判指标的原因。

回到文本的故事内容继续看，宝钗考虑到了黛玉客居的顾虑，因此她主动为黛玉供应燕窝。但值得注意的是，宝钗的供应必然是有一定限度的，不可能长年累月都源源不断，毕竟"救急不救穷"是颠扑不破的道理。到了第五十二回，宝玉便针对此一问题提了个头，却被突如其来的不速之客赵姨娘给打断，直至第五十七回，在紫鹃的追问下，宝玉才指出宝钗本身也是客人，让这位做客在外的少女为黛玉供应如此昂贵的滋补品，显然并非长久之计，因此宝玉已偷偷到贾母面前露了口风，并揣测现在应该是由贾家为黛玉供应燕窝了。

虽然宝玉说明了状况，但值得我们进一步推敲的是，为黛玉提供每日一两燕窝的，到底是贾府的哪一个单位呢？贾府很庞大，种种规矩和制度也相对复杂，因此在贾府中取用公共资源有着一整套的标准程序，并不能随意支领，而在第五十七回中提及，黛玉的丫鬟雪雁是从王夫人房中拿取了黛玉所需的人参，由此可知，为黛玉提供燕窝的人也应该是王夫人，即使她是受贾母之托，但人参确实是从她那里供应给黛玉的。换句话说，黛玉由于个人体质虚弱而需要燕窝补身，但并不能动用公共资源，而私人的给予只能由王夫人来提供。

宝钗除了赠予黛玉燕窝之外，还帮助过史湘云。第三十七回中，受邀参加诗社的湘云得要设宴还东道，但是她没有足够的钱财，而宝钗也知道她的困境，为了不使湘云失礼，宝钗自掏腰包为湘云置办了螃蟹、酒菜做面子，这也是宝钗体贴入微的表现。此外，第五十七回邢岫烟典当了衣服，也是宝钗偷偷地帮她赎回来，以免她冬天犯冷，可见宝钗时刻都在帮助弱势者。其实，对弱者施以援手，并不是所有的富豪都可以做到的，对于大部分的有钱人而言，别人的苦难永远只属于"他人之血"，他们是看不进眼里的，更别提会提供帮助和体贴。对比之下，宝钗确实是一位十分有教养和深富同情心的贵族，她能够体贴下位者的苦处并给予理解，同时乐于善用她所拥有的雄厚身家资产为那些人提供帮助。红学研究中欣赏宝钗的人历来总是占少数，反对和批评她的人则很多，有人指责宝钗这样做是为了收揽人心和交际应酬，但在我看来，这是一位大家闺秀本身应该具备的教养，做不到宝钗此等风范的才是没见过世面的小门小户，而那些会斤斤计较、不懂得与他人分享的人，更是无法理解宝钗的教养和处世之道，至于对宝钗所谓人事应酬交际之类的批评，恐怕也都是言之过甚。

宝钗是真正的大家闺秀而非一般的小家碧玉，因此很容易受到误解，这引发了我的思考：现代的中国人已经没有人具有贵族身份，也没有人真正生长在一个绵延百年的世家大族中或赫赫显耀的阶级里，毋庸置疑，我们很容易从平民的角度来曲解宝钗的所作所为。从某种角度来看，那也是无可厚非的，毕竟人实在太有限，然而一旦认识到这一点之后，我们便必须从心理上有所警觉，而不是素朴甚至无知地把宝钗当作我们身边的同学或上班族女郎来理解，实际上宝钗完全不是这类普通人，我们若总是不自觉地将宝钗投射在我们所认识的女性身上，就注定会产生误解。

滴翠亭事件

宝钗饱受争议的事件当属第二十七回的"滴翠亭杨妃戏彩蝶"，此一事件几乎成为宝钗身上挥之不去的烙印，甚至成为她的人格疤痕。许多红学研究者对此进行了负面的解读，他们之所以如此看待和诠释该事件，将宝钗钉在沉重的道德十字架上，首要原因是当今时代的社会价值观使然，故而不自觉地把现代的人际关系套用在《红楼梦》上，从而忽略了宝钗处于上下阶级非常严明的时代这一特点。其次，囿于对宝钗的成见，读者们更加理直气壮地从负面角度去解读宝钗的所做所为。鉴于滴翠亭事件是宝钗最受争议的事件，也即所谓的"嫁祸说"，我们不妨由此入手，探讨事情的原委和根本，还原真实的薛宝钗。

在第二十七回中，曹雪芹对宝钗的塑造是十分合乎情理而符合生活状况的，仿佛实有其人，甚至体现出了这名少女十足的活力和生命力，可见宝钗这位人物是一个有着心理变化的有机体，并于具体情境中产生相应的情绪和思考，而且宝钗的言语行动牵动着各种人际因素，由此也连带形成了后续相应的言语举止。这一回首先写道：

且说宝钗、迎春、探春、惜春、李纨、凤姐等并巧姐、大姐、香菱与众丫鬟们在园内玩耍，独不见林黛玉。迎春因说道："林妹妹怎么不见？好个懒丫头！这会子还睡觉不成？"宝钗道："你们等着，我去闹了他来。"说着便丢下了众人，一直往潇湘馆来。正走着，只见文官等十二个女孩子也来了，上来问了好，说了一回闲话。宝钗回身指道："他们都在那里呢，你们找他们去罢。我叫林姑娘去就来。"说着便逶迤往潇湘馆来。忽然抬头见宝玉进去了，宝钗便站住低头想了想：宝玉和林黛玉是从小儿一处长大，他兄妹间多有不避嫌疑之处，嘲笑喜怒无常；况且林黛玉素习猜忌，好弄小性儿的。此刻自己也跟了进去，一则宝玉不便，二则黛玉嫌疑。罢了，倒是回来的妙。想毕抽身回来。

从上述描写可知，此时宝钗心中原本要找的人是黛玉，但出于对黛玉之情绪的顾忌和照顾，宝钗便中途抽身离开了潇湘馆。而人的念头往往会残留在潜意识里，既然宝钗此前心心念念的是要去寻黛玉，因此她返身回来后心中的遗绪仍然是黛玉，黛玉有如残影一般潜伏于宝钗心中。接着小说家描述了宝钗的后续经历：

刚要寻别的姊妹去，忽见前面一双玉色蝴蝶，大如团扇，一上一下迎风翩跹，十分有趣。宝钗意欲扑了来玩耍，遂向袖中取出扇子来，向草地下来扑。只见那一双蝴蝶忽起忽落，来来往往，穿花度柳，将欲过河去了。倒引的宝钗蹑手蹑脚的，一直跟到池中滴翠亭上，香汗淋漓，娇喘细细。宝钗也无心扑了，刚欲回来，只听滴翠亭里边哂哂喳喳有人说话。

这一段描绘其实大有含义，宝钗此时"香汗淋漓，娇喘细细"与她所服用的冷香丸有所关联，而关于冷香丸我会在后文具体分析，此处暂且不表。宝钗无意中听到了红玉与坠儿之间的对话，那也是宝钗为人争议的根本所在：

> 　　宝钗在外面听见这话，心中吃惊，想道："怪道从古至今那些奸淫狗盗的人，心机都不错。这一开了，见我在这里，他们岂不臊了。况才说话的语音，大似宝玉房里的红儿的言语。他素昔眼空心大，是个头等刁钻古怪东西。今儿我听了他的短儿，一时人急造反，狗急跳墙，不但生事，而且我还没趣。如今便赶着躲了，料也躲不及，少不得要使个'金蝉脱壳'的法子。"犹未想完，只听"咯吱"一声，宝钗便故意放重了脚步，笑着叫道："颦儿，我看你往那里藏！"一面说，一面故意往前赶。那亭内的红玉坠儿刚一推窗，只听宝钗如此说着往前赶，两个人都唬怔了。宝钗反向他二人笑道："你们把林姑娘藏在那里了？"坠儿道："何曾见林姑娘了。"宝钗道："我才在河那边看着林姑娘在这里蹲着弄水儿的。我要悄悄的唬他一跳，还没有走到跟前，他倒看见我了，朝东一绕就不见了。别是藏在这里头了。"一面说，一面故意进去寻了一寻，抽身就走，口内说道："一定是又钻在山子洞里去了。遇见蛇，咬一口也罢了。"一面说一面走，心中又好笑：这件事算遮过去了，不知他二人是怎样。

这一段描述需要我们注意的是，按照当时的礼教标准来看，红玉与坠儿间的对话涉及了男女私情，红玉的手帕无意中丢失，到了贾芸手中，贾芸通过坠儿交换了自己的手帕，意味着男女双方私底下对婚恋的追求，作为中间人的坠儿还索讨谢礼，这才是一般所谓"才子佳人"的套式，而关键在于整个过程中的人谋心机，红玉的作为在当时是干犯礼教的重大禁忌。如同宝玉挨打之后怕黛玉担心，于是遣派晴雯专程送了一块旧手帕去潇湘馆给黛玉，根据交感巫术的思维来理解，一个人使用过的东西即带有本人的印记，而宝玉将用过的旧手帕赠予黛玉，便意味着这块帕子是他个人的延伸或分身，因此隐含了定情的意味。当黛玉体贴出宝玉送帕子的意涵时，她的内心是百感交集的，其中有几种感受正与畏惧有关，因为宝玉不避嫌疑私相传帕，那是当时的礼教制度所不容的。虽说"礼不下庶人"，红玉作为一个比庶人还低下的贱籍婢女，礼教制度对她的要求并不严格，但既然对象是个爷，事情就没那么简单了，在贾府此种等级的封建家族中，私相赠帕传情无论如何都是涉及个人隐私且为伦理道德所不允许的行为，换句话说，红玉因此种做法轻则或被撵出去，重则性命攸关，这一切都取决于上位者的决定。

红玉与坠儿的对话涉及的正是这一类见不得人的丑事，一旦东窗事发，红玉会付出非常惨烈的代价。贾芸是贾府的支脉，尽管贾芸这一支较为寒微，但他毕竟属于贾府的家族成员，红玉则不然，她是丫鬟，在传统的社会背景下，红玉是在法律上没有地位可言、可被任意买卖的贱民，她之所以"眼空心大"、钻营图谋也是出于此故。处于当时的环境条件中，丫鬟最好的出路就是当上姨娘，红玉最初锁定的目标是宝玉，但后来发现宝玉的身边被大丫鬟们围得密不透风，别人根本插不下手，晴雯、秋纹一干人等伶牙俐齿，充满刀光剑影，她还曾被晴雯抢白了一顿，因此内心灰了大半。既然此路不通，她又是一个非常有心机和手腕的人，十分懂得为自己把握机会甚至创造机会，并且一心一意向上攀爬，于是转向了贾芸所提供的机会，这才产生了滴翠亭事件。

从人性的角度来看，一个人的隐私被他人无意间听到，通常会恼羞成怒甚至狗急跳墙，何况红玉的性格在大观园中是与众不同的，她"素昔眼空心大，是个头等刁钻古怪东西"，而宝钗深谙人性，对红玉的观察也十分到位，她事先知晓红玉的个性，面对这样一个心机深重、目空一切、野心十足和争强好胜的人，宝钗因此在"料也躲不及"的情况下，为了避免红玉恼羞成怒而引发冲突，只能不得已采取特殊的方式，使出所谓"金蝉脱壳"之计。

宝钗备受争议的一点还在于她口中所说的"遇见蛇，咬一口也罢了"，这句话历来被看作钗、黛互为情敌、彼此对立的例证，但那是对文本的过度诠释。事实上，宝钗的一番话恰恰能够证明二人的亲密，她俩作为同辈小姐，当面开这些玩笑是无伤大雅的，例如第八回宝钗忍不住笑着，把黛玉腮上一拧，说道："真真这个颦丫头的一张嘴，叫人恨又不是，喜欢又不是。"遑论第四十二回黛玉编排了宝钗，探春听了笑着告状，宝钗也笑道："不用问，狗嘴里还有象牙不成！"一面说，一面走上来，把黛玉按在炕上，便要拧她的脸。而这两次黛玉都全不以为忤，由此可见彼此的亲近无间，何况宝钗也仅仅是在此处做戏给红玉看，因此证明不了钗、黛之间存在着敌意。

此外，就红玉与坠儿的反应而言，显然也不足以构成宝钗"嫁祸"的证据。书中写道：

      谁知红玉听了宝钗的话，便信以为真，让宝钗去远，便拉坠儿道："了不得了！林姑娘蹲在这里，一定听了话去了！"坠儿听说，也半日不言语。红玉又道："这可怎么样呢？"坠儿道："便是听了，管谁筋疼，各人干各人的就完了。"红玉道："若是宝姑娘听见，还倒罢了。林姑娘嘴里又爱刻薄人，心里又细，他一听见了，倘或走露了风声，怎么样呢？"二人正说着，只见文官、香菱、司棋、待书等上亭子来了。二人只得掩住这话，且和他们顽笑。

值得我们注意的是，红玉听完宝钗的话之后，错以为自己的隐私是被黛玉听去了，但她当下想到的是黛玉嘴里爱刻薄人、个性又十分直率，很可能会暴露出她的秘密，因此感到惊慌失措，而不是挟怨仇恨，这是许多囫囵吞枣的读者所忽略的重大差异，以至于失之千里。从阶级立场来看，作为丫鬟的红玉被黛玉这位贾府宝二奶奶的未来人选听到了隐私，是根本不可能怀有恨意的，她主要是担心和恐惧，因为被权力者握到了致命的把柄，那才是她唯一烦恼的地方。而曹雪芹对此一事件的描写也到此为止，其后续发展乃至最终结局都是不了了之，直到全书结束，无论是八十回的《红楼梦》，抑或一百二十回的《红楼梦》，这个事件都没有任何延续，那么所谓的"嫁祸"说更是无从谈起了，因为"祸"根本不存在，又何来"嫁祸"？

其实，黛玉在贾府中地位十分崇高，她是贾母眼前的红人，是能够与宝玉相提并论的宠儿，甚至是宝二奶奶的预定人选，一个身份低贱的小丫头又怎么可能奈何得了她？第六十回探春便指出："那些小丫头子们原是些顽意儿，喜欢呢，和他说说笑笑；不喜欢便可以不理他。便他不好了，也如同猫儿狗儿抓咬了一下子，可恕就恕，不恕时也只该叫了管家媳妇们去说给他去责罚。"可见她们无足轻重，形同猫儿狗儿，何况红玉还是一个连本房主子宝玉都不认识的低等丫头，连对同级的高等丫鬟如晴雯等都只能忍气吞声、逆来顺受，如何可能有机会去陷害黛玉？再何况从事件本身的属性而言，红玉给出的把柄是生死攸关的大事，面对这般困境她只会惊恐担忧，从此更讨好巴结而非憎恨黛玉，以这个角度来说，宝钗甚至是送给黛玉一个小礼物！因此这一事件根本谈不上嫁祸，果然小说里也并未涉及任何关于此事后续引发"灾祸"的描写。

选黛玉上演虚拟双簧

从事件的整个过程来看，前文中曾提到的千云是被视为少数有眼力的学者，与一般人的看法有别，他从不同的角度指出，当宝钗看到宝玉进入潇湘馆的时候，除了避嫌之外，她并无丝毫嫉妒之心，宝钗之所以选择离开，仅仅是出于对黛玉多心猜疑的考虑和担心，因此她走出潇湘馆以后被蝴蝶吸引住，便自然而然地扑蝶去了。若说宝钗有意识地要嫁祸于人，这在整个作品里是没有任何思想和情感线索可循的，而从作者的写作心情上来说也是难以理解的，在整部《红楼梦》中，作家并未给出任何思想和情感上的线索以制造宝钗和黛玉之间的不和，而不少读者却对此抱有偏见。所谓"嫁祸说"从创作者的角度也是难以理解的，曹雪芹用十分美好的文字描绘了宝钗戏彩蝶的场面，倘若宝钗是一个卑劣奸诈之徒，作者又为何要如此大费周章，先描绘宝钗的美好可爱继而揭示她的阴险歹毒？曹雪芹并非人格分裂的作家或疯子，因此我们理解这一事件时也不能过于主观或想当然耳。

此外，我认为当宝钗要使出金蝉脱壳之计时，会虚拟出黛玉与她上演虚构的双簧，其原因首先是出于心理惯性的作用。她本来就是要去潇湘馆寻找黛玉的，因此那个对象会在潜意识内留存下来，而在扑蝶的过程中黛玉便成为她脑海里的残影和残像，当在紧急情况下产生了迫切需要之际，即不自觉地从脑海里调取信息进行运用，这是一般人性之常的自然反应。

其次，更重要的是，要在紧急的瞬间找到一个很合适的人选，并且可以配合宝钗上演金蝉脱壳之计是很不容易的，因为唯有聪明睿智又有权力地位的对象才能对丫鬟产生震慑作用，从而使之有所忌惮，才能完善化解此一局面。假若宝钗虚拟出来的双簧对象是她的贴身丫鬟莺儿，乍看之下似乎顺当而可行，毕竟主仆同行同止又感情亲密，一起玩耍再合理不过，但其实这不仅无法对红玉产生任何压力，反倒还会陷害了莺儿！对红玉来说，被人听到那般不可告人的隐私，恐怕会让自己身败名裂甚至被撵出大观园、离开荣国府，而作为丫鬟的莺儿与红玉处于同一个等级，红玉难保不会对莺儿进行刁难、报复甚至加害以求封口。因此，宝钗不可能选择莺儿作为双簧戏的对象，那个人选必须拥有一定的地位与能力，才能够免除下位者因出于猜忌而做出暗箭伤人的行为，如此一来，也唯独主子辈才拥有这样的资格。

在封建时代的背景下，主子与下人之间的贵贱之别是十分显著的，下人无法撼动主子的地位，而主子的身份可以使下人们有所敬畏和忌惮，并因此免于不必要的麻烦，是故宝钗只能选择主子身份的人来上演这出双簧。点数大观园内，主子小姐辈还包括迎春、惜春、探春和湘云等人，但迎春是一个很软弱的姑娘，她是大观园里唯一会被下人们欺负的主子，因此宝钗绝不肯给迎春增添麻烦；惜春是一名性格孤僻的小女孩，她认为世间的一切都很肮脏，一心只想要出家，根本不可能在河边玩水；而探春堪称一位女英雄和女宰相，在河边玩水并不符合探春刚强大气的个性与形象。至于公子宝玉，他贵为人中龙凤，本来也很适合，但宝钗不能选择宝玉作为这出双簧的对象，因为在当时的礼教制度下，公子小姐单独相处又一起玩乐乃是违背妇德的行为，宝钗当然会尽量不使自己陷入那般的暧昧关系中。此外，适合作为备选名单的人还有史湘云，湘云性格爽朗又是小姐身份，尤其并不住在贾府，就算无意间听到了秘密，她也不会引发后续的是非风波，可以说是最完美的绝佳人选了，只可惜问题在于当时湘云并没有来贾府，因此宝钗无法将虚拟对象说成史湘云。退而求其次，备受贾母宠爱的黛玉便是不二人选。

此外，宝钗之所以选择黛玉还有一个很重要的原因，即黛玉的客人身份。黛玉客居在此，作为贾府的贵客，她与贾府的主要人物之间有着亲戚关系，但就贾府中盘根错节的主奴关系以及各种人际关系而言，事实上黛玉又是属于边缘的局外人，如第五十五回凤姐所说："林丫头和宝姑娘他两个倒好，偏又都是亲戚，又不好管咱家务事。"因此，贾府内部的许多人际纠葛也不大容易牵扯到黛玉身上。从某种意义来说，黛玉在贾府犹如孤儿的处境，使她的人际脉络十分简单，以至于在她身上产生了一种离心力，而脱离贾府复杂的人际纠葛也让黛玉产生了一种特殊功能，即一旦任何事情牵连到黛玉身上，都会由于离心力的关系而无法扩散，遂产生中断，换句话说，任何是非到了黛玉这里都会不了了之。正是由于黛玉客居的孤立性和身为宠儿的特权性，所有的麻烦事到了黛玉身上便如同遇上一道透明的屏障，而不再扩大甚至消解于无形，因此滴翠亭事件到最后也必定无疾而终。

应该说，滴翠亭事件充分表现出宝钗不愿意损害任何人，也不使自己陷入尴尬局面的处世哲学，体现了第三十七回所谓"又要自己便宜，又要不得罪了人"的原则。就这一事件而言，宝钗也并未殃及黛玉，小说中明明白白的客观事实是黛玉根本没有"祸"可言，所谓的"嫁祸说"当然是不能成立的。对此，我们一定要厘清真相，黛玉在贾府中具有独特的特权地位，因为受到贾母的宠爱，所以黛玉与宝玉一样都是贾府的权力中心，以至于对他人而言，黛玉有一种很特定的护身符效果。在这个护身符之下，黛玉拥有不可侵犯的豁免权，好几次发挥了消弭争端、保护遭罪者的功能，其中还有一次是得到了宝玉的首肯，详见下节的说明。总而言之，以红玉三流丫头的身份，根本无从对黛玉进行任何打击报复的行为，换句话说，作为不受待见的丫鬟，红玉要去对抗贾母心中最疼爱的孙女，那简直是以卵击石的做法。

宝、黛作为挡箭牌

黛玉在滴翠亭事件中被宝钗拿来当挡箭牌以纾解眼前困局的润滑角色，其关键就在于黛玉是贾府的宠儿，因此一般而言，当贾府的人们陷入两难的困局里时，常常会把黛玉或宝玉拿出来作挡箭牌以化解困境。

我们先以宝玉为例，宝玉作为宠儿承揽了很多烦难的烫手山芋，每当发生了可能会殃及众人的、难以解决的事况，往往都是宝玉挺身而出，最终息事宁人。譬如第二十五回，贾环推倒热滚滚的灯油想要烫瞎宝玉的眼睛，但失了手没有烫准，把宝玉的脸烫出一溜儿燎泡。这一恶性事件让宝玉受到了伤害，贾母是一定会追究的，此时宝玉担心老太太、太太会因生气而迁怒大家，便站出来说是自己失手烫的。

再看第六十一回发生了玫瑰露与茯苓霜的失窃案，情况十分复杂，牵连甚广，宝玉便立刻站出来说："也罢，这件事我也应起来，就说是我唬他们顽的，悄悄的偷了太太的来了。两件事都完了。"其中一件，是王夫人的贴身大丫头彩云在赵姨娘的央求之下，近水楼台地偷了王夫人的玫瑰露，如今事迹败露，彩云觉得自己做的事得自己来承担，于是决定主动去认罪，可大家劝她说，你就算认错，也还是会有一大群人无辜遭殃，尤其会让探春非常难堪，因为赵姨娘是探春的生母，而探春当时正在大观园内理家管事，此事一出，她必然有损脸面，并无端增添气恼，所以大家都希望在保全探春且不让她难堪的前提下去解决这件事。当下宝玉便对彩云劝说道："如今也不用你应，我只说是我悄悄的偷的唬你们顽，如今闹出事来，我原该承认。只求姐姐们以后省些事，大家就好了。"而这个事件发展的最终结果，也预先借平儿之口做了交代："竟不如宝二爷应了，大家无事，且除这几个人皆不得知道这事，何等的干净。"如此一来，整件事情突然之间完全冰消云散，不会再有人追究，果然彩云也即依允。

请注意彩云和彩霞在小说里似乎是二而一的人物，这个问题已经有学术界的人讨论过，于此便不多做辨析，总之我们可以把她们两个当作同一个人来看待。由此可见，所有的人都一致说明后果严重，最好是由宝玉来化解，因为宝玉是贾母的宠儿，贾母顶多责备他几句，也不会对他有怎样的严惩，这就是宝玉所发挥的功能，毕竟大家族人多口杂，是非纠葛剪不断、理还乱，因此大事化小、小事化无永远是最佳的处事原则。

黛玉事实上也发挥着同样的作用，唯一和宝玉不同的是，宝玉总是主动承揽，因为他觉得都是自家的事情，自己有这个能力便应该出一点力；而黛玉往往是在背后被别人拿来当挡箭牌，更正确地说，是她常常被利用来制造不在场证明，进而非常完美地化解纷争。第二十七回"滴翠亭杨妃戏彩蝶"一段中，宝钗利用黛玉让自己不得罪人，但从整部作品来看，黛玉被"利用"的类似情况绝不是孤例，利用者中还包括了宝玉。

例如在第四十六回，邢夫人想替贾赦讨娶鸳鸯，她想到了既是当家人又是贾母眼前当红宠儿的王熙凤，认为如果能够先得到王熙凤的协助，那么这件亲事便十拿九稳，于是就叫王熙凤过来商议。但是，王熙凤心知肚明，以鸳鸯的个性她根本不可能同意，说了也是白说，只会让自己难堪、自取其辱，所以凤姐提出了一番劝解的话，但此刻邢夫人却摆出了婆婆的姿态，责怪她不孝。王熙凤洞悉婆婆的脾气反正很难沟通又不讲道理，于是干脆顺着她的话说，但也深知一旦面对鸳鸯时一定会制造很大的难堪，以邢夫人的个性，场面预计会无法收拾。她想到在那样的状况下有一个人需要尽量回避，那就是平儿，因为平儿是下人，很容易被主子迁怒，被充作出气的替罪羊，于是便回到住处吩咐平儿先行离开，以免卷入而遭到无妄之灾。

偏偏很凑巧的是，平儿离开以后，走往大观园里闲逛，刚好遇到鸳鸯，鸳鸯很不高兴，她坦率地表示自己一点都不想做姨娘。这时鸳鸯的嫂嫂即金文翔媳妇赶来了，这位金嫂一味想着奉承当权者，极力要把鸳鸯送上所谓"姨娘"的位置上去，自己也趁机捞一些好处，却被鸳鸯当着众人的面狠狠一顿抢白，只好扫兴地去向邢夫人回话。

在鸳鸯嫂嫂复述事件的过程中，不知不觉又牵扯到了彼时也在现场的平儿，王熙凤为了保护平儿去嫌避祸，当下立刻做出一件很有意思的事，即与婢女丰儿合演了一场对口双簧，在完全没有预演的情况下配合得天衣无缝，足见她们主仆三人之间的默契程度，据此也可以推测出这种事一定不是第一次发生。我们来仔细回顾这段情节：

> 凤姐儿忙道："你不该拿嘴巴子打他回来？我一出了门，他就逛去了，回家来连一个影儿也摸不着他！他必定也帮着说什么呢！"金家的道："平姑娘没在跟前，远远的看着倒像是他，可也不真切，不过是我白忙度。"凤姐便命人去："快打了他来，告诉他我来家了，太太也在这里，请他来帮个忙儿。"丰儿忙上来回道："林姑娘打发了人下请字请了三四次，他才去了。奶奶一进门我就叫他去的。林姑娘说：'告诉你奶奶，我烦他有事呢。'"凤姐儿听了方罢，故意的还说"天天烦他，有些什么事！"

王熙凤所说的"快打了他来"并不是要真的这样做，而只是演给邢夫人看的，潜台词便是责怪平儿不懂事，目睹了那般的场景，也没有做出什么好的反应，例如帮着规劝鸳鸯之类的，是自己这个主子有失调教，现在要惩罚她给大家看。丰儿立刻会意，忙上来回复说因为林姑娘"打发了人下请字请了三四次"找平儿，所以平儿目前在黛玉那里，找不回来，凤姐还故意又说"天天烦他，有些什么事"，以加强丰儿所言的真实性，但此事根本没有发生，全属子虚乌有。为什么说是林姑娘找平儿去了，事情便可以结束？王熙凤"快打了他来"这句话说得很重，丰儿回复得也郑重其事，其实都是做给邢夫人看的，所以不但要逼真，而且要合情合理，更重要的是可以让平儿不用立刻来到现场担罪。由此可见，关键正在于林姑娘具有绝大的荣宠地位，被叫去她房里的人才不会被催促回来或继续追究，换成是别人请去的，恐怕就不会有同样的效果。

再来看第五十八回，相关情节中类似的安排乃是宝玉同意的，那更毋庸置疑。当时由于国丧，朝廷禁止筵宴音乐，梨香院的十二个女戏子都要被遣散，其中的细节也证明王夫人是非常仁慈的人，这部分等以后谈到王夫人的专论时再仔细讲解。在那十二个女伶中，没想到不想离开的反而比愿意走的还要多，大家宁可永远留在贾府做没有身份地位的戏子，也不愿回自己的家里与父母兄弟团聚，这种情况实在有违一般常情。很明显，在贾府此等的人家中，所谓的"常情"是不同于一般的，《红楼梦》在很多地方都力证了这一点。于是那些不愿意离开的女孩子们便被分拨到大观园各处做丫鬟，又因为她们是学戏的，不比平常人，所以享有比较独特的待遇。

接着事故发生了，被拨到黛玉房中使唤的藕官于大观园中烧纸钱，以奠祭死去的菂官，因为她们在平常练习时，戏文上都是情侣间十分温存体贴之事，所以两个人假戏真做，寻常饮食起坐也如同恩爱夫妻，正所谓"假作真时真亦假"，反之则"真作假时假亦真"，可见真与假并不能一刀两断，划分为完全不同的对立。虽然藕官与替补上来的蕊官又是一样的恩爱，但她从来没有忘记过菂官，仍然那般地深情缅怀思念，对此，《红楼梦》创造了一个很独特的词汇，叫作"痴理"，并堂而皇之地出现在回目上，即"茜纱窗真情揆痴理"，显示作者认为真正的"至情"是要情理兼备的，所以称之为"痴理"，与真情可以并存。藕官是"痴理"的体现者，也是用"痴理"来引导、启发宝玉智慧的一个启蒙者，让宝玉领略到原来生命、人生、世界是那么丰富而复杂，存在着各式各样同等高度或更高的可能性。

藕官的"痴理"在实践上便体现于没有淡忘死去的药官，所以每节烧纸以示不忘，却不小心刚好被素日不和的婆子撞见，于是婆子就得意洋洋，自以为抓到了把柄而趁机告状。烧纸钱这种与鬼神、死亡有关的行为，在大观园中是绝对的忌讳，而婆子们平时常被那些副小姐嫌弃、责骂，包括宝玉总是嫌她们脏臭，心里自然已经累积了不少的不满，一如第七十七回中便说周瑞家的等人"深恨他们素日大样"，因此一旦看到藕官犯忌，当然觉得一定要治她的违禁之罪，所以立刻去状告层峰，也奉命把藕官带过去。此时宝玉刚好来到附近，他"拔刀相助"，又是同样地挺身而出把事情揽下，说是自己托藕官祭杏花神，才会烧纸钱的，想要以此让婆子不再追究此事，从而保护藕官。

这个婆子其实也挺倒霉的，好不容易抓到一个把柄，结果不但没有得逞，反而还被迫承认说是自己看错了。宝玉不许婆子去回禀，可婆子已经奉命在身，倘若不把藕官带回，实在无法交代，上位者可能会治自己的失职之责，在百般为难中，她想到了一个化解之道，黛玉这个角色又派上了用场：

> 那婆子听了这话，忙丢下纸钱，赔笑央告宝玉道："我原不知道，二爷若回了老太太，我这老婆子岂不完了？我如今回奶奶们去，就说是爷祭神，我看错了。"宝玉道："你也不许再回去了，我便不说。"婆子道："我已经回了，叫我来带他，我怎好不回去的。也罢，就说我已经叫到了他，林姑娘叫了去了。"宝玉想一想，方点头应允。那婆子只得去了。

　　这种做法与前面提到的王熙凤的回圜之计如出一辙，现场必须要被拿去问罪的人全部都被"林姑娘叫了去了"！在此请特别注意宝玉的反应："宝玉想一想，方点头应允。"这个细节和王熙凤的那一段一模一样，事情的后续发展都是不了了之：上位者不再追究，没有再打了平儿来，也没有再捉藕官回去。把两段情节放在一起，我们便可以清楚地发现，即使黛玉不在场，但只要说相关人等是被她叫去的，那些人便能够因此脱身，化解现场为难尴尬的处境。那么同理可推，如果林姑娘在场的话，将事情追究到她身上更是绝无可能。

　　换句话说，正当婆子处于进退维谷的两难之地，黛玉又发挥了润滑功能，被用来充任一种能够两全其美的缓颊力量。请再注意一点，在此婆子所使用的借口，一方面可以使藕官脱身得干干净净，另一方面等着问罪的上位者也不会再追究，甚至就此把事情搁置，显然这是一个非常根本的解脱之道。事实上后续也果然没有出现任何余波，可见林姑娘的影响力非常彻底，很多事情不但眼前可以立刻解决，连事后的追究也可以完全化解。从婆子的角度出发，当处在如此两难的境地，她所想到的解决方法一定是使她自身能够脱罪、能够被保全的，而最终她所编造的藕官被林姑娘叫去的借口也确实发挥了这般的有效力量。

　　将王熙凤保平儿以及宝玉护藕官这两组事件放在一起来看，就能够清楚地发现，黛玉真的拥有一种很奇特的宠儿地位，特别是在她不知情的状况下，发挥着有如宝钗般周全四方的功能。尤其在这一回中宝玉也接受了婆子的计策，点头应允，而他绝对不可能为他心爱的黛玉去招惹罪责，所以宝玉的认可正表明了这确实是一个各方不损、圆满化解的办法。

　　以此作为参照，再来回顾"滴翠亭杨妃戏彩蝶"一段便可以发现，宝钗毫无嫁祸的心思，更没有所谓嫁祸的结果，毋宁说，宝钗正是如同王熙凤或者婆子和宝玉一样，都是在利用黛玉，这确实是利用，但宝钗的出发点、目的与事件结果都是良善的，那就是让所有无辜的人都可以免除难堪。

果然，脂砚斋也深知贾府这种世家大族内部独特又复杂的关系，他完全用正面和无尽的赞美态度来看待宝钗在滴翠亭旁的"金蝉脱壳"之举，也根本不认为宝钗是一个刻板、僵化、迂腐的女夫子，相反，她非常灵动机智，懂得临机应变。脂砚斋就此总评道：

> 池边戏蝶，偶而适兴；亭外（金蝉），急智脱壳。明写宝钗非拘拘然一迂女夫子。

我们不要忘记，作者给宝钗的一字定评是"时"，其中即有随机应变的意义在，并且宝钗的应变也不是像墙头草，而是能够恰如其分、完善地扮演她的角色，使所有事情都能得到圆满解决。所以脂砚斋说："闺中弱女机变如此之便，如此之急。"又道："像极，好煞，妙煞，焉得不拍案叫绝。"参照"滴翠亭杨妃戏彩蝶"的相关情节可以更清楚地显示，脂砚斋绝对是深明《红楼梦》创作底蕴的知音，对于帮助我们认识一个我们完全不了解的世界，他是绝佳的引路人。

金钏儿之死

与嫁祸论一样，通常被视为表现宝钗人格上的冷酷、工于心计，在同情的表面下隐藏着无情的相关情节之一，就是"金钏儿之死"，所以我把它放在嫁祸论之后来谈。

对此，我们同样也应该采取前面所运用的细读（close reading）做法，即对文章中的每一字句都要仔细推敲，推敲作者是在怎样的脉络下进行如此的描述，又是在何等的情况下去对这个描述做进一步的演绎说明，我们面对各种的环节都不应囫囵吞枣，更不可断章取义。但是，读者在解读宝钗这位人物时却很常见断章取义的现象，就连张爱玲也认为"滴翠亭杨妃戏彩蝶"一段是宝钗有心要嫁祸黛玉。张爱玲无疑是一位非常优秀的文学创作者，但她并不算是一个训练有素的文学批评者；文学批评活动所需要具备的心智训练与创作是完全不同的，优秀的创作者不一定是精细、公正的文学批评者。很多读者也常常在不够严谨也不够客观的情况下去进行文学诠释，因此容易囿于局外人的立场，而带着类似说风凉话的意味去评论书中人物。这种现象很常见，希望大家可以尽量超越出来，不要仅仅做一个很平凡的读者而已。

回到金钏儿事件，大多数学者都认为"金钏儿之死"可以用来证明宝钗的负面人格，有一种说法常见于各种论坛和红学研究中，即认为：对于金钏儿之死，宝钗是完全清楚的。请注意！这是一个断言，一个似乎是事实的陈述句。可事实真的是如此吗？真相是：对于金钏儿之死，宝钗其实是不知道原因的。稍后我们会一起细读文本，再一一地仔细推敲。

不幸的是，"宝钗知道金钏儿为什么死，还说了那样的话"这种认知变成了对该段情节的一切论证的起点，很多人由此认定：最能让人感受到冷美人透心彻骨的森然冷气的，莫过于宝钗在金钏儿投井、三姐饮剑、湘莲出家这一系列事件中的态度。于此其实涉及的是两个事件，即金钏儿之死和尤、柳事件——尤三姐及柳湘莲一个自刎而死、一个出家的事件，两件事都被视为宝钗个性冷漠无情，甚至可以说是彻心透骨般冷酷的证据，并且似乎已经被当成了不证自明的定论，然而这种奠基于非常粗疏的阅读和理解上的断言，就好比建立在沙滩上的城堡般不堪一击。只要结合第三十二回和第六十七回的相关情节和整个叙事过程，便会发现该等结论以及它们最初的前提事实上都不成立。

为了让大家体会什么是"close reading"，我们先来看第三十二回，其中的相关情节很清楚地告诉我们宝钗究竟知不知道金钏儿何以投井，而此一问题的答案攸关她接下来所说的话到底是不是"冷酷"。在金钏儿投井之后，以下是宝钗与袭人得知消息时的情节描述：

> 一句话未了，忽见一个老婆子忙忙走来，说道："这是那里说起！金钏儿姑娘好好的投井死了！"袭人唬了一跳，忙问"那个金钏儿？"那老婆子道："那里还有两个金钏儿呢？就是太太屋里的。前儿不知为什么撵他出去，在家里哭天哭地的，也都不理会他，谁知找他不见了。刚才打水的人在那东南角上井里打水，见一个尸首，赶着叫人打捞起来，谁知是他。他们家里还只管乱着要救活，那里中用了！"宝钗道："这也奇了。"袭人听说，点头赞叹，想素日同气之情，不觉流下泪来。宝钗听见这话，忙向王夫人处来道安慰。这里袭人回去不提。

首先请注意，为什么金钏儿的名字后面会加个"姑娘"？原来，因为金钏儿是王夫人的贴身大丫头，属于二层主子、副小姐，何况金钏儿与王夫人的关系还不止于此，对王夫人来说，金钏儿相当于她的女儿，她们日夜相处，甚至比其他的至亲还密切，平常有着母女般的关系和情感。回到上一段的引文，在婆子对金钏儿尊称"姑娘"的情况下，事情显得越发奇怪：一个地位在所有的奴仆辈中几乎属于最高层级的人，为什么要去投井？那显然是非常特异而出乎意料的重大事件，所以婆子才会这般忙忙走来禀告。果然，袭人"唬了一跳"，要注意，如果是个名不见经传的小丫头，绝对不会引起如此大的骚动，而现在连袭人这等重要的人物都给予该事件极大的关注，并且宝钗在此之外还要特别做一番作为，可见金钏儿的身份非比寻常。

　　果不其然，袭人"唬了一跳"，问说："那个金钏儿？"婆子答道："那里还有两个金钏儿？"可见大家都不愿也不敢相信是太太屋里的金钏儿投井了。接着婆子又说："前儿不知为什么撵他出去，在家里哭天哭地的，也都不理会他。"以常人的心理来说，大家都有各自的委屈，因此觉得金钏儿哭一哭过一阵子就好了，所以也没有特别去理会。"谁知找他不见了。刚才打水的人在那东南角上井里打水，见一个尸首，赶着叫人打捞起来，谁知是他。他们家里还只管乱着要救活，那里中用了！"根据人之常情，亲人最不舍、也最不能接受金钏儿已经死亡的事实，所以还一直拜托医生尽量急救，一定要抢救回来。人同此心，包含金钏儿亲人在内的所有人都为这个状况感到无比震撼，婆子连用了两个"谁知"，便充分显示出这一点。

　　除了下人们之外，就连宝钗也说"这也奇了"。一个可以算作半个千金小姐的少女，好好的为什么要自杀？婆子在此并没有提到金钏儿被撵出去的原因，大家也不认为她被撵出以后会去寻死。这段描述便体现出非常重要的两点信息：第一，大家都知道金钏儿被撵出去，但不知道原因；第二，大家看到金钏儿被撵出去之后在家里哭，但并没有特别在意。后面的这一点尤其重要，因为假如被撵出去是一种很严重的情况，而非大家习以为常、共同认知的普通事件，那么在金钏儿被撵出去之后，必定会有一大堆人包围着她、安慰她，提防她发生意外，绝对不会看到她哭还坐视不理。所以很明显地，对大家来说，被撵出去并不算什么大事，也因此老婆子一开始才会说"这是那里说起！金钏儿姑娘好好的投井死了"。

对于这个判断还有很多的证据，在此我只简单地说明一点，那就是在很多的例子中，"撵出去"事实上是一种开恩，让下人回到自己的原生家庭，从此便相当于自由、自主了，再也不用为奴为仆。既然如此，金钏儿为什么要那般哭天哭地呢？这又是一种很独特的案例，类似的情况可以参照晴雯。在第三十一回"撕扇子作千金一笑"中，晴雯的刁蛮激怒了宝玉，宝玉大发雷霆，气得要撵晴雯出去，而晴雯的反应是什么？她坚决地说"我一头碰死了也不出这门儿"，我曾提醒过大家注意这段奇怪的情节，一个人竟然宁愿做人家的奴婢也不愿出去，为什么？道理很简单，因为贾家的待遇太优厚，尤其是这类的贴身大丫头，属于所谓的二层主子、副小姐，比起回到自己的原生家庭，她们在贾府中能够享受更多的荣宠，吃穿用度也与主子不相上下，书中多次提到这一点，贾家的世交甄府亦然，而在第十九回里与袭人相关的情节也有同样的体现。对她们来说，无论是物质享受、荣誉地位还是贾府为她们打开的世面眼界，都不是平民出身的小小人家所能够提供的，因此她们愿意永远留在贾家，尤其是怡红院、王夫人屋里之类在贾府中地位又更高一层的地方。对她们来说，能够待在这些地方已经是升天级的待遇，而离开这种最高等级的屋子便相当于贬谪沦落。事实上，倘若不眷恋那些权力地位与物质享受，她们就能够得到自由，获得由自家决定命运的权利，然而结果却是宁愿加以放弃，并且将被撵逐视为莫大的灾祸，取舍之间，可见又是一个既复杂又微妙的情况。

回到之前的讨论，金钏儿之所以在被撵出去以后会哭天哭地，正是因为脱离了那样一个优渥的待遇和环境，她在突然之间失去了原本拥有的权势和地位，难免失落感伤，觉得自己很不幸，也感到一种被降级的羞愧，等于对外宣告自己的不适任，此即她向王夫人恳求时所说的："我跟了太太十来年，这会子撵出去，我还见人不见人呢！"以及第三十二回回目"含耻辱情烈死金钏"中的"耻辱"。然而即使如此，大家看到她被撵出以后也没有特别理会，从这个反应显然可以证明：被贾府中的主子撵出去其实不算什么大事，只是当事人会在物质、地位、名誉上产生损失，但也不至于严重到攸关生命的地步。

注意到这两点之后，再看宝钗的反应是：她觉得很奇怪，金钏儿是被撵出去没错，但为什么会去投井呢？二者之间显然没有必然连结，完全呼应了老婆子所疑惑的"这是那里说起！金钏儿姑娘好好的投井死了"。可想而知，对于一个副小姐般的丫鬟被撵出去一事，贾府从上到下完全没有人想到会让事主去自杀，也不认为那足以导致死亡，所以这类遭遇的后果根本上就取决于当事人如何去看待它，而其中并无必然导致死亡的逻辑。

因此，当婆子通报了金钏儿投井的消息，袭人听说后便"点头赞叹"，此处的"赞叹"可不是我们平常的"赞美"的意思，其实就是感叹，在心里有很强烈的冲击，那种强烈冲击使得她情不自禁地做出了身体上的反应，"想素日同气之情，不觉流下泪来"。再看宝钗又做何反应呢？她先是表示意外，说"这也奇了"，接着书中说：

> 宝钗听见这话，忙向王夫人处来道安慰。

请注意，这句话传递了多个信息：第一个信息，为什么是"忙"？"忙"字表示很匆忙，显然那是一件很急切的行动。而为什么金钏儿的死，会让宝钗要这般急切地做反应？原因就是前面刚刚提到的，因为金钏儿的地位非比寻常，她是副小姐、二层主子等级的大丫头，更重要的是，她和王夫人情同母女。试想，一个人失去女儿的时候该有多么伤心！那绝对是很重大的打击。宝钗了解王夫人现在的感受，所以要到王夫人处去"道安慰"。第二个信息，也是我最要提醒大家注意的重点之一，即宝钗去找王夫人的目的和动机。她是去兴师问罪的吗？是要像侦探一样去调查案件的吗，还是要像检察官一样去审讯犯人？都不是，文本中说得很清楚，她是要去"道安慰"。不要忘记，王夫人是她的长辈，是她的姨妈，长辈现在因为乍然痛失女儿，心情非常伤痛，宝钗作为晚辈，理当主动去给予安慰。

综上所述，可以得到几点结论：第一，宝钗并不知道金钏儿为什么被撵出去；第二，宝钗和其他人一样，不认为被撵出去会和自杀有直接的关联，因此听到那不幸的消息时也很诧异；第三，宝钗知道金钏儿的死，对王夫人而言是相当于痛失女儿的莫大悲剧，所以才会如此匆忙，一得到消息便立刻赶到王夫人那里去安慰她。

厘清以上几点之后，我们再来思考，作为一个劝慰者，宝钗当然不会兴师问罪，何况她根本不知道事情的真相，就算感觉到其间有一点点长辈的难言之隐，也绝对不会去揭发，否则一是有违身份和辈分，再者也违反宝钗现在的动机。且看书中如何描述宝钗的做法：

> 却说宝钗来至王夫人处，只见鸦雀无闻，独有王夫人在里间房内坐着垂泪。宝钗便不好提这事，只得一旁坐了。王夫人便问："你从那里来？"宝钗道："从园里来。"王夫人道："你从园里来，可见你宝兄弟？"宝钗道："才倒看见了。他穿了衣服出去了，不知那里去。"

因金钏儿的投井事件，大家都知道王夫人非常伤心，所以不敢造次，一干丫鬟都保持缄默，"独有王夫人在里间房内坐着垂泪"。宝钗"便不好提这事"，面对伤心的人千万不要主动去提他的伤心事，因为那会踩到人家的痛脚，懂得设身处地替人着想的人绝对不会在对方的伤口上再去挑起痛楚。在宝钗安慰王夫人的过程中，我们认真看王夫人如何述说这桩跳井事件的因由：

> 王夫人点头哭道："你可知道一桩奇事？金钏儿忽然投井死了！"宝钗见说，道："怎么好好的投井？这也奇了。"王夫人道："原是前儿他把我一件东西弄坏了，我一时生气，打了他几下，撵了他下去。我只说气他两天，还叫他上来，谁知他这么气性大，就投井死了。岂不是我的罪过。"

听到王夫人主动提起这件事，宝钗才顺着话题来谈，这是很懂事的人应有的做法。接下来要请大家注意的是，既然宝钗不知道金钏儿被撵的真正原因，则她所得到的所有信息便是都来自王夫人，所以她也只能根据王夫人提供的一面之辞来推论金钏儿为什么会突然投井。既然连王夫人都说金钏儿是忽然投井死的，足见这件悲剧对王夫人而言也是意料之外，于是宝钗才会继续问："怎么好好的投井？这也奇了。"在这一回的相关描述中，"奇"是反复出现的一个表现情绪和心理状态的用字，显然大家都觉得这件事情实在是太突兀，也不合一般的人情逻辑。

接着，王夫人为金钏儿之被撵提供了一个说法，该说法有一大半是真的，但唯独一个很重要的因素是假的。哪些是真的？就是金钏儿做错了一件事，王夫人很生气地打了她几下，撵了她下去。至于下面所说的话我认为也都是真的，即王夫人确实是只想着气她两天，还叫她上来，因为王夫人的个性正是如此，在气头上的时候常常很冲动，所做的事情会过火，但事过境迁之后便会恢复平静以及慈善作风，她事实上还是一个很好说话的人。我举一个例子作为佐证，书中于第七十四回进行了抄检大观园，到第七十七回的时候，晴雯等人被王夫人撵出了园子，试看晴雯被撵以后，袭人是如何劝慰宝玉的，她说：

> 你果然舍不得他，等太太气消了，你再求老太太，慢慢的叫进来也不难。不过太太偶然信了人的诽言，一时气头上如此罢了。

此中所言，并不全然是安慰宝玉的空话，事实上是袭人掌握到王夫人的个性，也因此才安慰得了宝玉。除此之外还有其他的证据，现在我们暂且先接受这个说法，即"只说气他两天，还叫他上来"乃是事实，只不过在当时的盛怒之下不会有这般的提前预告，按常理来说，人总不可能在生气的当下还向对方说"过几天还叫你上来"，那会成为笑话！所以，切莫用一个人正在生气的非常状态来否定他后面的所做所为，而是要根据这个人整体的人格特质来进行推论，才不会失了公道。

回到金钏儿跳井事件的真相来看，其中有一个关键，也就是金钏儿被撵的原因被王夫人模糊带过了，而且给出了一套"金钏儿把她的一件东西弄坏了"的假说辞，那么真正的原因是什么呢？请往回看前面第三十回的描述：

> 王夫人在里间凉榻上睡着，金钏儿坐在旁边捶腿，也乜斜着眼乱恍。宝玉轻轻的走到跟前，把他耳上带的坠子一摘，金钏儿睁开眼，见是宝玉。宝玉悄悄的笑道："就困的这么着？"金钏抿嘴一笑，摆手令他出去，仍合上眼。宝玉见了他，就有些恋恋不舍的，悄悄的探头瞧瞧王夫人合着眼，便自己向身边荷包里带的香雪润津丹掏了出来，便向金钏儿口里一送。金钏儿并不睁眼，只管嚼了。

从文本叙述来看，一开始金钏儿的举止还算颇有分寸，整个过程中都是宝玉在一味地挑逗，所以这件悲剧宝玉要负一半的责任。当宝玉"悄悄的探头瞧瞧王夫人合着眼"，就傻傻地以为王夫人睡着了，于是"自己向身边荷包里带的香雪润津丹掏了出来，便向金钏儿口里一送"，而金钏儿连眼睛都没睁开即张口嚼了，这代表什么意义？请大家设想，别人随便拿一个东西塞到你嘴里时，你会连看都不看，就直接吃下去吗？绝对不会吧，可金钏儿却这样做了，显然我们可以合理推测这种情况应该不是第一次发生，反正宝玉会塞到女孩子口中的东西应该都是又香又甜又美味，因此大家都习以为常，也对宝玉充满信任，不会怀疑。很明显，宝玉与金钏儿的关系相当亲近，亲近到可以完全不必设防。随后，宝玉又"上来便拉着手"，在男女授受不亲的古代，那不免已经过分了，由此可见，宝玉一直在逾越性别的界线和主仆之间贵贱等级的界线，何况他接下来又说了很不应该的话：

> 宝玉上来便拉着手，悄悄的笑道："我明日和太太讨你，咱们在一处罢。"金钏儿不答。

金钏儿当然不回答，因为奴仆的出入进退都不是个人可以决定的，那是主子的权力，如果回答的话则属逾越分际。但因为宝玉继续挑逗，金钏儿也便逾越分寸地回应了，从而把自己带向毁灭之路。且看书中叙述道：

> 宝玉又道："不然，等太太醒了我就讨。"金钏儿睁开眼，将宝玉一推，笑道："你忙什么！'金簪子掉在井里头，有你的只是有你的'，连这句话语难道也不明白？我倒告诉你个巧宗儿，你往东小院子里拿环哥儿同彩云去。"

金钏儿的这一番话为她招来了灾难，但归根究底，她自己也要为被擥负上很大的责任，并不能怪王夫人生气。请大家注意，在此金钏儿引用了一个很不恰当的歇后语："金簪子掉在井里头，有你的只是有你的。"关于歇后语的制作方式，通常前一句是对于客观状态的描述，同时它隐含了某一种抽象的喻意，由后一句揭露出来，例如"肉包子打狗——有去无回""吊死鬼抹粉——死要面子""棺材里伸手——死要钱"等，想必大家应该都听说过。《红楼梦》中引述了不少歇后语，这也是它的语言趣味之所在。但是，金钏儿在此处所引用的歇后语是很有问题的，所谓"金簪子掉在井里头，有你的只是有你的"，意思是说，该你的跑不掉，一切都是命中注定，即使是很难得的机缘凑巧，那支金簪就是该属于你。请注意其中还运用到了双关，意指"我这个'金簪'终究会属于你"，所以叫宝玉不要急。可是，此举很明显逾越了她应守的规矩，在贾家的家世背景下，一个丫鬟只有当上姨娘才会永远属于宝玉，而那是主子的权力，金钏儿的话说得实在僭越太过，这一点她自己真的难辞其咎。偏偏王夫人事实上也没睡着，听到这样的话，自然是觉得这个丫头太不像话，简直不成体统。

　　金钏儿接着又犯了一个很严重的错误，她竟然告诉宝玉说有个"巧宗儿"。"巧宗儿"是什么？那是指投资报酬率很高的好事，轻轻松松便能够获得很高报酬的差使。而这个"巧宗儿"具体是指什么呢？那就是"往东小院子里拿环哥儿同彩云去"。究竟环哥儿和彩云在东小院做什么？是在那边用功读书，讨论功课，然后看到宝玉去了，会拉他一起研究学问吗？当然绝对不是。事实上，贾环和彩云是在幽会，也因为正在偷情，只要拿住他们即等于捉住了一个绝佳的把柄，将来可以不断地勒索。书中的人物之一贾瑞便是做了贾环那般的事情，结果给自己惹来天大的麻烦，被迫签了借据又被人家追讨，到最后一命呜呼。足见类似的情况很多，只要这种时刻一出现，即有了大把银子进帐的大好机会，所以该类事情才会被叫作"巧宗儿"。

　　在王夫人这等的长辈眼中，教宝玉去做趁机勒索的事情当然是"把好好的爷们教坏了"！请看以下的叙述：

> 宝玉笑道："凭他怎么去罢，我只守着你。"只见王夫人翻身起来，照金钏儿脸上就打了个嘴巴子，指着骂道："下作小娼妇，好好的爷们，都叫你教坏了。"宝玉见王夫人起来，早一溜烟去了。

显然宝玉并不知道事情的严重性，所以笑嘻嘻地对金钏儿说："凭他们怎么去，我只守着你。"这时王夫人终于忍不住了，翻身起来打了金钏儿一巴掌，还骂她是"下作小娼妇"，因为她教宝玉去做的，的确是很不应该涉及的非礼教、不正当的情色事件，即后文所说的"无耻之事"，那是一个丫鬟不应该知道也不应该涉及的，就算知道也要假装不知道，必须极力避免沾染，结果她竟然不但积极主动地涉入，还教宝玉去加以利用，难怪王夫人会大为震怒。

在状况一发生时，宝玉的反应是：一看到王夫人醒了之后"早一溜烟去了"，只留下可怜的金钏儿独自承担王夫人的盛怒。由此我们可以看到，宝玉其实也很软弱、不负责任，自己"点了火"之后就跑掉了，却害得金钏儿几乎被"烧死"！所以说，宝玉的性格中其实也存在一些负面的地方，包括那种纨绔子弟的习性，曹雪芹并没有掩盖这一点。

因为宝玉"点火"与金钏儿"引火"，以至于王夫人冒火，而在盛怒下立刻撵逐金钏儿，请看金钏儿苦求王夫人不要把她撵出去的情节：

> 这里金钏儿半边脸火热，一声不敢言语。登时众丫头听见王夫人醒了，都忙进来。王夫人便叫玉钏儿："把你妈叫来，带出

你姐姐去。"金钏儿听说，忙跪下哭道："我再不敢了。太太要打
骂，只管发落，别叫我出去就是天恩了。我跟了太太十来年，这
会子撵出去，我还见人不见人呢！"王夫人固然是个宽仁慈厚的
人，从来不曾打过丫头们一下，今忽见金钏儿行此无耻之事，此
乃平生最恨者，故气忿不过，打了一下，骂了几句。虽金钏儿苦
求，亦不肯收留，到底唤了金钏儿之母白老媳妇来领了下去。那
金钏儿含羞忍辱的出去，不在话下。

在这一段情节中，最重要的是金钏儿自己的尊严问题。金钏儿一
听王夫人要把她妈妈叫来，就知道是要把她撵出去，所以立刻跪下
来哭求。金钏儿提到"跟了太太十来年"，那是一段很长的时间，倘
若金钏儿真的被撵，别人自然会合理推测她一定做了很不堪或者罪大
恶极的丑事，否则以贾府如此宽柔待下的贵族大家，以王夫人这般仁
厚慈爱的女主人，怎么会平白无故将一个大丫头给撵出去？所以被撵
这件事真的会给金钏儿带来面子上的严重受损。书中接着叙述王夫人
的反应：

> 王夫人固然是个宽仁慈厚的人，从来不曾打过丫头们一下，
> 今忽见金钏儿行此无耻之事，此乃平生最恨者。

王夫人最讨厌情色之类的事情，这就是她的"地雷"。事实上，
每一个人都有最忌讳的问题点，譬如有的人极为洁癖，有的人特别讨
厌情色，那是每个人的个性，我们都必须给予了解和尊重。很不幸的
是，金钏儿刚好踩到了王夫人最忌讳的一个"地雷"，以至于遭到被撵

出去的命运，但是前面提醒过，这是王夫人在盛怒下的激烈反应，说不定过了几天以后事情还有转圜的余地。而当我们厘清事情的真相之后，就可以发现金钏儿实在不应该说那些话、做那些事，她并不是清白无辜的弱者和不幸者，自己要对这个后果负一半以上的责任。

　　但值得注意的是，为什么王夫人无论如何都不肯说出事情的真相，而只说是金钏儿弄坏了她的东西这种有点无关紧要的小事？难道她是为了卸责吗？当然不是，以当时的社会法理而言，撵出一个不称心的丫鬟完全属于主子的权力，何况金钏儿并非被虐杀而死，王夫人对此根本谈不上责任，则王夫人的谎言势必另有原因。回到当时的生活脉络中去看，在贾府此等的诗书簪缨之家，尤其是那些少爷小姐们，他们被森严的上流阶级礼教规范所约束，其中一个最大的禁忌便是不合礼教的情色关系，只要稍一触碰便很容易身败名裂，《红楼梦》中处处都在提醒这一点。因此，王夫人不愿说出事情的真相，并不止是要维护宝玉，也同时还要维护死去的金钏儿！一方面，古人非常注重逝者的名声，何况又是情同女儿的亲近侍女，如果提这样的事情，那么连死去的金钏儿都会受辱蒙羞，为了维护逝者的体面，不去涉及那些不堪的往事，这其实是非常合理而且厚道的反应。另一方面，王夫人当然也不愿意让她的宝贝儿子沾染此等丑闻，所以要找一个与宝玉不相干的原因，显然那和她是否要推卸自己的责任完全没有关系，何况在当时的环境下，王夫人并没有任何责任或罪过可言。其实，读者只要代入书中人物的立场，回归他们各自的身份角色和当时的思想价值观，便不会特别去针对某些人做出过分的批评，这一点是我深切体会并且多次重申的。

"姨娘是慈善人"

必须说，除了事件的真正原因之外，王夫人其余的阐述都是事实。王夫人是真的没有想到金钏儿会做出如此偏激的行为，所以她说"谁知他这么气性大就投井死了"，那也不是避重就轻的好听说法，同时更照应了我之前所提醒的：所有人对于金钏儿的死都深感意外，没有人想得到金钏儿竟然会为了这般事情去自杀。我一再强调这一点，是希望引起大家的注意，因为接下来宝钗的反应也完全是依照这个逻辑，她一点儿都没有到"冷酷无情"的地步。且看小说家的描述：

> 宝钗叹道："姨娘是慈善人，固然这么想。据我看来，他并不是赌气投井。多半他下去住着，或是在井跟前憨顽，失了脚掉下去的。他在上头拘束惯了，这一出去，自然要到各处去顽顽逛逛，岂有这样大气的理！纵然有这样大气，也不过是个糊涂人，也不为可惜。"王夫人点头叹道："这话虽然如此说，到底我心不安。"宝钗叹道："姨娘也不必念念于兹，十分过不去，不过多赏他几两银子发送他，也就尽主仆之情了。"

很显然，王夫人始终没有把错误完全归咎到金钏儿身上，她觉得无论如何，其中多少有自己的责任，所以她还是非常内疚的，并且一心想要弥补，由此足证她的厚道。宝钗说"姨娘是慈善人"实际上正是认证了这一点，也让王夫人感受到她非常良善的用心，而王夫人的

"慈善"也完完全全是客观的事实。在《红楼梦》前八十回中，有很多证据都能够证明她的慈善，但我们现在不宜歧路亡羊，所以只举一个例子来看。大家都知道，贾府为了元妃省亲，到苏州采买了十二个女伶，并且找来教习指导她们唱戏，以便应付各种节庆仪典的需要。后来因为老太妃薨逝，有戏班的人家都得要遣散那些伶人，贾府也不例外，第五十八回写道：

> 又见各官宦家，凡养优伶男女者，一概蠲免遣发，尤氏等便议定，待王夫人回家回明，也欲遣发十二个女孩子，又说："这些人原是买的，如今虽不学唱，尽可留着使唤，令其教习们自去也罢了。"王夫人因说："这学戏的倒比不得使唤的，他们也是好人家的儿女，因无能卖了做这事，装丑弄鬼的几年。如今有这机会，不如给他们几两银子盘费，各自去罢。当日祖宗手里都是有这例的。咱们如今损阴坏德，而且还小器。如今虽有几个老的还在，那是他们各有原故，不肯回去的，所以才留下使唤，大了配了咱们家的小厮们了。"尤氏道："如今我们也去问他十二个，有愿意回去的，就带了信儿，叫上父母来亲自来领回去，给他们几两银子盘缠方妥当。若不叫上他父母亲人来，只怕有混账人顶名冒领出去又转卖了，岂不辜负了这恩典。若有不愿意回去的，就留下。"王夫人笑道："这话妥当。"

这一段情节中有个细节很值得注意，即当贾府准备遣散那十二个女孩子时，王夫人竟然提出要尊重当事人的个人意愿，有想回家的便发给盘缠让她们返乡。天下有这样的好事情吗？那十二个女孩子本是花钱买来的，本质上属于贾家的财产，贾家可以完全按照自己的需要随意处置，但王夫人并没有这么做，不但免费解约还另外奉送路费！相较之下，尤氏提出的建议则很不相同，她提议把她们留下来分到各处，作为奴仆使唤，而这般的想法在那个时代是天经地义的，客观上也很合理。两相对照，王夫人的想法确实堪称十分慈善。

于此还有一个细节必须留意，即因为王夫人已经表态要宽厚处置，尤氏也就改弦更张，还特别进一步建议，送那些要回家的女孩子离开时一定要亲自交给父母，这真的更是体贴入微，细腻周到地为那些戏子们设想。为什么要叮嘱到这等层次？因为担心如果女孩子被其他的亲人领去，说不定又会被偷偷转卖，而辜负了贾家的恩典，所以一定要交给亲生父母，虽然亲生父母也还是有可能会害自己的子女，但几率总会相对低些，于是对女孩子的保护便更周延了。尤氏会进一步注意到这个细节，完全是顺着王夫人设定的处理原则而来，果然也获得了王夫人的肯定，可见她内心的慈善。

接着继续看小说家对相关情节的描写：

> 尤氏等又遣人告诉了凤姐儿。一面说与总理房中，每教习给银八两，令其自便，凡梨香院一应物件，查清注册收明，派人上夜。将十二个女孩子叫来面问，倒有一多半不愿意回家的：也有说父母虽有，他只以卖我们为事，这一去还被他卖了；也有父母已亡，或被叔伯兄弟所卖的；也有说无人可投的；也有说恋恩不舍的。所愿去者止四五人。王夫人听了，只得留下。将去者四五人皆令其干娘领回家去，单等他亲父母来领；将不愿去者分散在园中使唤。

从这一段引文可以看到，经过一一询问以后，发现那十二个女孩子之中竟然有大半的人不想回家，这与晴雯、袭人死都不肯回家去是相同的心态。因为贾家的待遇实在是太好了，比起回去之后的命运仍是一样贫困，甚至继续被父母转卖，家里的亲情反倒不如贾府给她们的益处，因此她们都宁愿在贾家为奴为仆，也不想以自由之身回家去，而王夫人尊重她们的意愿，所以就都留下来了。至于留下来的女孩子被如何安排了呢？她们被"分散在园中使唤"，也即被发放到大观园的各个房内，例如藕官被分到黛玉处，芳官被分到怡红院等。但由于她们实际上是不会工作的，所以根本只是在大观园里享乐，仿佛出了笼的小鸟，整天在大观园里玩耍，然而贾家却得要继续负担她们的生活费，那还不够慈善吗？可见如何仔细地把《红楼梦》读熟、读透，真的是我们一般读者需要补课的部分。

回到前面所引述宝钗与王夫人的对话，宝钗说王夫人是"慈善人"，这般赞誉一点都不过分，也没有违背现实，上文只是一个例子，相关的例证还有很多，在此先不赘述。

推断金钏儿死因

对于金钏儿的死，宝钗接下来做了一些推断，虽说出发点是为了安慰王夫人，但整个推断过程都未曾违反客观的情理逻辑，而且井井有条、层次分明。她是一层层去设想：一个好好的人怎么会因为一件小事就投井自杀，那实在太违背常情，也违反人性。但斯人已逝，无法再去询问当事人，只能努力想办法，用常理去推敲。下面便是宝钗推敲出来的几种可能性：

首先，是"他并不是赌气投井。多半他下去住着，或是在井跟前憨顽，失了脚掉下去的"，"多半"意指最有可能的一种逻辑，亦即她设想最有可能的原因是金钏儿"在井前憨顽"，一不小心失了脚掉下去。显然宝钗将坠井的最大可能解释成意外，而为什么会出现这种意外？宝钗又推测说："他在上头拘束惯了，这一出去，自然要到各处去顽顽逛逛，岂有这样大气的理！"以奴仆的身份来说，尤其是那等的贴身大丫头，日日夜夜伺候位高权重的女家长，确实时时刻刻都处在一种待命的紧张状态，纵然已经工作得很熟练，很了解王夫人的脾性，可仍是日日夜夜都要应候主子的差遣所需，真的是很拘束。因此得了闲会去玩耍放松，这就提供了意外的可能性。

接着宝钗说"岂有这样大气的理！"意指单单因为被撵而自杀，那样的行为是无法用一般常情去理解的，毕竟一个丫头自幼以服侍别人为任务，注定会有受委屈的状况，何况其实又有谁没受过委屈呢？连呼风唤雨的王熙凤都难免为此而暗自饮泣，下位者通常更应该是习以为常，怎么会连一点委屈都无法忍受？倘若金钏儿真是因此自杀的，那么这个人的脾气已经大到超越常理的地步，连一点小小的挫折都不能够承担，实在是违背常情、常理、常性，所以宝钗才会说"岂有这样大气的理"。

再看宝钗又继续说了几句话，那几句话常常被很多讨厌宝钗的人拿来断章取义。她说的是："纵然有这样大气，也不过是个糊涂人，也不为可惜。"必须注意到，"纵然"这个词后接的是一个虚拟式的让步句，意思是说：姑且退后一步承认情况是这个样子，但其实不是。宝钗在前面的一段话中已经表明，她认为这件事的发生多半是出于意外，所以基本上不认为金钏儿是因为脾气太大而过分地放大自我，只要一点不如意便很刚烈决绝，不惜用生命去表示抗议。而在此一姑且让步的前提下，宝钗才提到如果还有别的可能，则是因为"这样大气"，那其实也在呼应王夫人说过的一句话，即金钏儿"气性大"，再从回目上的"含耻辱情烈死金钏"来看，"情烈"确实是她之所以会自杀的真正原因，王夫人果然很了解这个情同女儿的贴身丫鬟。而宝钗非常细腻和聪明，她并没有去否定王夫人的判断，因为如果只说前半段的意外论，就等于是在反对王夫人的说法，身为晚辈，那样是不礼貌的。所以她先用常理、常情来推测最大的可能性是意外，再来则尊重王夫人的想法，说王夫人的解释也可能是对的，而如果真是如此，才有了下面的补充说明，即"也不过是个糊涂人，也不为可惜"。

"纵然"只是一个虚拟式的让步，是在一定的前提下才推论后面的"是个糊涂人"。说实话，我觉得这等判断其实很客观也很真切，一个人怎么可以那般不知轻重，受不得一点委屈，竟然会因为一件微不足道的小事，就将自己宝贵的生命如此轻率处置，那确实糊涂！换句话说，宝钗是想表达此人不知轻重、不知主从之别，才会如此任性地把最珍贵的生命葬送在没有意义的赌气上。大家在阅读时要注意人物对话的层次和逻辑，而且得考虑到其中还有现场的各种人际互动的微妙关系，实在不能断章取义。

因此我要再提醒一点，即宝钗说这番话还有一个更根本的目的，就是为了安慰王夫人，宝钗的这一趟"探望"根本上是要向姨妈"道安慰"，是为了减轻生者的自疚自责之情，而不是来加重姨母的心理负担，区分了这一点，我们才能够正确理解宝钗所说的话及其意义。在听完宝钗的劝解之后，王夫人点头叹道：

"这话虽然如此说，到底我心不安。"宝钗叹道："姨娘也不必念念于兹，十分过不去，不过多赏他几两银子发送他，也就尽主仆之情了。"

很多评论者也同样把这几句话孤立地挑出来，用以指责宝钗是一个冷漠无情的人，因为那些话说得似乎是要用钱把一条生命给打发了，该是多么冷酷、多么轻贱人命。可这一类的评判并不公道。首先，我必须再度强调，如果此时的谈话对象不是王夫人，那么这番话确实可以用来证明宝钗冷漠无情，但宝钗此时是为了要来"道安慰"，是希望替王夫人减轻心灵的负担，本来便不是以厘清事情真相或以兴师问罪为目的，因此她所提供的建议是确切可行的，是真的可以借由那般的做法而减轻王夫人的心理负担。因此，我们必须在限定场域和特殊语境中来理解宝钗所说的言论，要先仔细把握其专属的个案状况，再来看她的话是否轻重得宜。其次，人都已经去世了，王夫人还能够做什么事呢？实际上她所能做的也确实只有发送银子了，不是吗？让金钏儿的家人尽可能地把后事筹办好，让死者的亲属得到安慰，也照料她的遗族，让逝者不要有更多的遗憾。换句话说，生者真正能做的除了在心里"尽心"，此外便是在物质层面"尽力"，这确实是唯一可以实践的。

至于宝钗的话到底有没有过火？我还在第三十三回发现一个颇有意思的证据。那段情节很有趣，作者描写一般的下人，也就是与金钏儿同等级的其他奴仆，她们是如何去看待金钏儿投井一事的，而这幕场景正可以用来印证宝钗之所言并无不妥：

那宝玉听见贾政吩咐他"不许动"，早知多凶少吉，那里承望贾环又添了许多的话。正在厅上干转，怎得个人来往里头去捎信，偏生没个人，连焙茗也不知在那里。正盼望时，只见一个老姆姆出来。宝玉如得了珍宝，便赶上来拉他，说道："快进去告诉：老爷要打我呢！快去，快去！要紧，要紧！"宝玉一则急了，说话不明白；二则老婆子偏生又聋，竟不曾听见是什么话，把"要紧"二字只听作"跳井"二字，便笑道："跳井让他跳去，二爷怕什么？"宝玉见是个聋子，便着急道："你出去叫我的小厮来罢。"那婆子道："有什么不了的事？老早的完了。太太又赏了衣服，又赏了银子，怎么不了事的！"

耳聋的婆子把"要紧"听成了"跳井"，从而引发了她对金钏儿跳井一事的看法和议论。她说："有什么不了的事？老早的完了。太太又赏了衣服，又赏了银子，怎么不了事的！"由此看来，对下人们来说，主子这般的做法已经是完全妥善地安顿够了，又是衣服又是银子，非常仁至义尽，所以婆子认为那还有什么"不了事的"。大家必须切记，婆子和金钏儿同属一个阶级，她们的立场和思维判断是最接近的，所以站在她们的角度来说，自己这样的阶级能够受到如此的照顾已经很感满足。我们可能真的很难接受尊卑有别的差异，这是时代的进步使然，但是我一再强调，想要了解过去的人，千万不要忽略他们所关心的问题。他们遭遇到的难题不是今天所面对和关心的，因此不能总是拿我们所在意的价值观去衡量以往的人们。

宝钗的"不忌讳"

再回到第三十二回，生者一味自责固然有心，可并不能把整件事妥善安顿，所以宝钗便提出了很切实的建议，也就是提供物质帮助，让逝者风光入殓，弥补遗憾。在筹办金钏儿的后事时，王夫人对宝钗道：

> "刚才我赏了他娘五十两银子，原要还把你妹妹们的新衣服拿两套给他妆裹。谁知凤丫头说可巧都没什么新做的衣服，只有你林妹妹作生日的两套。我想你林妹妹那个孩子素日是个有心的，况且他也三灾八难的，既说了给他过生日，这会子又给人妆裹去，岂不忌讳。因为这么样，我现叫裁缝赶两套给他。要是别的丫头，赏他几两银子也就完了，只是金钏儿虽然是个丫头，素日在我跟前比我的女儿也差不多。"口里说着，不觉泪下。宝钗忙道："姨娘这会子又何用叫裁缝赶去，我前儿倒做了两套，拿来给他岂不省事。况且他活着的时候也穿过我的旧衣服，身量又相对。"王夫人道："虽然这样，难道你不忌讳？"宝钗笑道："姨娘放心，我从来不计较这些。"一面说，一面起身就走。王夫人忙叫了两个人来跟宝姑娘去。

大家知道五十两银子价值几何吗？《红楼梦》里的金钱数字非常重要，人们言行的反应，甚至价值观的呈现往往与金钱密切相关。书中第三十九回提供了一个参照系，那便是宝钗在大观园里为湘云筹办了螃蟹宴，正在做客的刘姥姥看到贾府仆人谈起这顿宴席，便结合市价粗略计算了价钱，说道：

> 这样螃蟹，今年就值五分一斤。十斤五钱，五五二两五，
> 三五一十五，再搭上酒菜，一共倒有二十多两银子。阿弥陀佛！
> 这一顿的钱够我们庄家人过一年了。

二十两银子可以供刘姥姥一家人过一年，参照刘姥姥的这一番话，再看第五十回提到"袭人的妈死了，听见说赏银四十两"，可见此处的五十两银子是一笔非常丰厚的赏赐。

因为情同母女的关系，王夫人还想让金钏儿在入殓时更为风光，能够顺利地到达另一个世界，所以说："原要还把你妹妹们的新衣服拿两套给他妆裹。谁知凤丫头说可巧都没什么新做的衣服，只有你林妹妹作生日的两套。"显然王夫人一开始是想用春字辈姊妹们的衣裳，没想到恰好逢缺，只能退一步想别的来路，所以考虑林妹妹的衣服可不是欺负黛玉，何况她是贾府中最尊贵的女孩子之一，所以拿她的衣服来给女儿般的金钏儿妆裹，无形中既肯定了黛玉，又肯定了金钏儿。对王夫人来说，取最尊贵的人的衣服给自己最心爱的婢女，这是对双方地位的肯定。当然，我们都知道黛玉很多心，然而换做任何人，谁不多心呢？加上黛玉也是多病之躯，对古人来说确实会认为有一种连动关系。试想李贺为什么会被称为"诗鬼"？一方面当然是因为他的诗风，另一方面，宋代以后开始有诗评家认为：李贺早逝的原因是因为太过逾越了阴阳界限，以至于深入幽冥世界所致，这是古人的思维，或许并非没有道理。因为当一个人的心境总保持在如此阴沉绝望的状态，从某个意义来说便相当于在慢性自杀，那并不是"迷信"二字即

可以全然反驳的。

回到小说来看，因为黛玉自身也三灾八难的，则"岂不忌讳"，故此王夫人又提出让裁缝赶制两套给金钏儿，说："要是别的丫头，赏他几两银子也就完了，只是金钏儿虽然是个丫头，素日在我跟前比我的女儿也差不多。"一边说，一边又流下泪来，可见王夫人的真性情。宝钗看到王夫人落泪，作为晚辈又得赶紧减轻她的心理负担，所以立刻承揽了这样一件为难的任务，主动提出可以拿出自己的衣服来为金钏儿妆裹。其中还有两句话很重要，她说"况且他活着的时候也穿过我的旧衣服，身量又相对"，这又印证了金钏儿确实拥有二层主子、副小姐般的地位，才有资格领受那些额外的赏赐。看到宝钗出面接手这件犯忌讳的事，王夫人忍不住担心道：

> "虽然这样，难道你不忌讳？"宝钗笑道："姨娘放心，我从来不计较这些。"一面说，一面起身就走。王夫人忙叫了两个人来跟宝姑娘去。

必须说，宝钗的"不忌讳"一点也不是虚伪。上文提到过，想要了解宝钗的思想行为，一开始就必须从她的人生哲学切入，她的人生哲学便是"未知生，焉知死""未能事人，焉能事鬼"。对她来说，活着的人永远是最重要的，虽说对死者要尽心，然而尽心的主要目的其实还是在安顿生者，这便是儒家精神。对儒家而言，死者已经从现世除籍，所以我们对他们的所作所为固然是对生命本身的尊重，更重要的是以此来纾解生者心中不舍难遣的那份哀情。对宝钗来说，她并不计较这些，因为在她看来，死者和另一个世界根本没有忌讳可言，更何况儒家不也是"敬鬼神而远之"吗？这就是很典型的世俗人文主义精神的体现，宝钗的待人处世都是以此为主轴来辐射和实践的。宝钗作为一位非常传统而深刻的儒家世俗人文主义者，她所有的关切都在仍然活着、仍然受苦的人们身上。

关于这一段情节，脂砚斋的批语也需要大家格外注意，他说：

> 善劝人，大见解。惜乎不知其情，虽精金美玉之言，不中奈何！

在脂砚斋看来，宝钗是一个很懂得劝慰别人的人，她思虑细腻、体贴入微，既能够照顾到各方之间的身份和互动关系，又了解对方现在的心理感受，那实在是非常成熟、有智慧的人才做得到的。现代人的普遍看法都与脂砚斋的评论不同，我则宁愿选择相信脂砚斋，毕竟他最接近曹雪芹的时代，甚至和曹雪芹有着相同的出身，因此他的价值观、对于事情的是非判断更能贴近《红楼梦》的语境，而我的研究成果也都支持了他的看法。

此外读者还必须注意到，我们作为旁观者，能够站在作者的全知角度看到整件事情的来龙去脉，然而宝钗作为剧中人却并不知道，当时的她只能根据王夫人所给的一面之辞来进行推理和判断，脂砚斋说"惜乎不知其情"，"情"是事实的意思，但宝钗不知道事实并不是她的错，她没有被赋予上帝的视角，又怎么会知道事情的真实情况到底是什么？即便她确实没有切中问题的核心，但也请不要忘记：这根本不是她的错，也不是她"虚伪"，纯粹只因为她本来就是一个局外人！

那么，宝钗何时才得知事情的真相呢？小说中继续写道：

一时宝钗取了衣服回来，只见宝玉在王夫人旁边坐着垂泪。王夫人正才说他，因宝钗来了，却掩了口不说了。宝钗见此光景，察言观色，早知觉了八分，于是将衣服交割明白。

原来是宝钗安慰过了王夫人，并返家取衣服再回来之后，看到宝玉和王夫人互动的情景，才自行猜着的，并且以她的聪明也只猜到了八分，即金钏儿的死和宝玉有关，而原因应与男女之间的行为不检有关；至于宝钗猜不到的那二分，则是事情发生的具体状况，那确实是再聪明的人都猜不到的。由此可见，宝钗知道金钏儿的死因是在事后，这更证明了"宝钗知道金钏儿为什么死，还说了那样的话"之类的论断，完全是主观成见之下的栽赃诬陷。

对于"金钏儿之死"一段情节，很多读者都认为宝钗"冷酷无情"，然而脂砚斋却是用"大见解"和"精金美玉之言"来称赞她，可见读者心中已经积放太多太久的成见，想要一时半刻加以扭转确实不容易。但我们应该懂得调整自己，积极去做出尝试，因为拥有一个开放的心灵才能够更快、更好、更准确地掌握住作品的真正内涵，也不会辜负借由经典来提升自己的机会。

尤、柳事件的起因

宝钗所抱持的伦理价值观与生命哲学观，在金钏儿事件中已经呼之欲出，即所谓的"世俗人文主义"，换言之，便是以生者为优先，如儒家所说的"未知生，焉知死""未能事人，焉能事鬼"。这套价值观、哲学观也同样体现于尤、柳事件上。

首先来看尤、柳事件的起因。第六十六回中，因尤三姐情牵柳湘莲，贾琏便居中说媒想要定下这门亲事。在往平安州的路上，贾琏刚好遇到了柳湘莲，考虑到对方平时萍踪浪迹，行游不定，贾琏连忙趁机提出三姐的聘嫁一事：

> 因又听道寻亲，又忙说道："我正有一门好亲事堪配二弟。"说着，便将自己娶尤氏，如今又要发嫁小姨一节说了出来，只不说尤三姐自择之语。

此处必须提醒一下：其实不仅是读者，就连贾琏都知道柳湘莲是被尤三姐看中的，但贾琏在和对方说亲时绝不能道出实情，不可表现出女方的主动，因为那违反了"贞静"二字，此二字也是当时社会对女性妇德要求的最高标准。一个贞静的女孩子不应该私自动心，有了私情，更不可以由自己做出婚姻的选择，即所谓的私订终身，宝钗便是符合这个标准的范例。请大家在阅读中要注意这些小细节，因为细节处往往是作者之价值观最真实的反映。

由于贾琏的媒合，柳湘莲当下同意了婚事，并拿出祖传的鸳鸯剑作为定礼。但是，事后柳湘莲很快就产生了疑惑，即使贾琏没有将尤三姐"自择"这种女方的主动性表现出来，柳湘莲还是不大敢直接认定这门亲事。他觉得太奇怪了，只是偶然在路上匆忙遇到，贾琏便急急忙忙帮自己说亲，而且立刻要一个定礼，那未免显得女方有一点太过主动，而且操之过急，其中很可能存在着问题。这样的想法当然不是柳湘莲自己的个人反应，而是那个时代所给予他的必然反应。在古代，整个婚礼的议婚过程很长，从三媒六聘到纳彩、问名等，还需要两方家族上告祖宗等，才显得隆重其事，如今却是在匆忙间于路途中就定下亲事，并立刻索取定礼，这对任何人来说都会觉得实在太不寻常，失于草率，因此柳湘莲开始感到疑惑。随后，他找到宝玉询问对方的人品底细，以便弄清楚为什么有如此违背常理的情况，当二人碰面后，宝玉先是表示恭喜，并夸言称赞二姐的绝色美貌，于是湘莲道：

> 既是这样，他那里少了人物，如何只想到我。况且我又素日不甚和他厚，也关切不至此。路上工夫忙忙的就那样再三要来定，难道女家反赶着男家不成。我自己疑惑起来，后悔不该留下这剑作定。所以后来想起你来，可以细细问个底里才好。

大家得要知道，传统社会对于婚恋的看法真是和今日大相径庭，所谓"女家反赶着男家"实际上是颠覆当时的伦理观的，那个时代应该是男方来提亲，而不是女方如此积极主动。听完柳湘莲的疑问后，宝玉道：

> 你原是个精细人，如何既许了定礼又疑惑起来？你原说只要一个绝色的，如今既得了个绝色便罢了，何必再疑？

在此需要留意一个问题："定礼"到底是"定情之礼"还是"订婚之礼"？从情节的铺陈来看，当然是订婚之礼。于此之前，柳湘莲根本不认识尤三姐，如何"定情"，又何来定情之礼？但是，常有文章直接断定鸳鸯剑就是"定情礼"，并以此来批判柳湘莲反复轻浮，那是十分不合理的曲解。

在这段故事情节的末尾，尤三姐婚姻梦碎，最终以自刎来了结心中的绝望。对于如此的悲剧结局，宝玉其实要负一半的责任，因为他对柳湘莲所说的话，事实上等于间接肯定了尤三姐是一个"淫奔无耻"之人。仔细回顾宝玉所说的语句，就会发现其中有许多用词不但存在着很深的性别歧视，而且也暗含着强烈的女性贞节观，那其实也是作者的价值观呈现。但此处无暇多说，请大家参考相关之处的说明。

总而言之，柳湘莲最后因尤三姐自刎而发现她如此贞烈的一面，顿时感到非常后悔，并以"贤妻"来称呼她。但换个角度来想，倘若尤三姐不自杀，便不能澄清她的贞洁，柳湘莲根本不会去认可尤三姐的品格。这就是人性以及世事的复杂面，然而，需要用死才能证明自己的品性也实在是一个太悲惨的要求，我们作为旁观者及局外人，不能要求一个人用这般极端的方式来证明自己，但当事人一旦真的选择以此来自证时，便可想而知她有着何等的可贵情操。

"宝钗听了，并不在意"

尤三姐因情困而自刎，香消玉殒；柳湘莲因情误而挥剑斩情丝，削发出家。当这个消息传来之后宝钗的反应，也被很多的读者、学者认为是证明她冷酷无情的一个重要证据，且看第六十七回叙述道：

> 宝钗听了，并不在意，便说道："俗语说的好，'天有不测风

云，人有旦夕祸福'。这也是他们前生命定。"

一般人只看到这里，都会觉得宝钗对于别人的死竟然毫不在意，此人实在很无情，那是我们于一般情况下很容易生发的初级反应，但此种反应是凭感觉而不是凭理智所产生的。而我们又该如何凭理智去看待这一段情节呢？首先要把相关的描写完整地看完，宝钗接着说道：

> 前日妈妈为他救了哥哥，商量着替他料理，如今已经死的死了，走的走了，依我说，也只好由他罢了。妈妈也不必为他们伤感了。倒是自从哥哥打江南回来了一二十日，贩了来的货物，想来也该发完了。那同伴去的伙计们辛辛苦苦的，回来几个月了，妈妈和哥哥商议商议，也该请一请，酬谢酬谢才是。别叫人家看着无礼似的。

当宝钗说完这番话以后，请注意其他人的各种后续反应：

> 母女正说话间，见薛蟠自外而入，眼中尚有泪痕。一进门来，便向他母亲拍手说道："妈妈可知道柳二哥尤三姐的事么？"薛姨妈说："我才听见说，正在这里和你妹妹说这件公案呢。"薛蟠道："妈妈可听见说柳湘莲跟着一个道士出了家了么？"薛姨妈道："这越发奇了。怎么柳相公那样一个年轻的聪明人，一时糊涂，就跟着道士去了呢。我想你们好了一场，他又无父母兄弟，只身一人在此，你该各处找找他才是。靠那道士能往那里远去，

左不过是在这方近左右的庙里寺里罢了。"薛蟠说："何尝不是呢。我一听见这个信儿，就连忙带了小厮们在各处寻找，连一个影儿也没有。又去问人，都说没看见。"

在《红楼梦》的众多人物中，薛蟠是特别真性情的一位，我以前表达这个看法时有人不以为然，但其实只要不带成见，从纯粹客观的角度来看，并且仔细揣摩每一段相关的情节，便会发现薛蟠真的是《红楼梦》中唯一彻彻底底里外如一的人，他也确实是很热血和真性情的，因此，当他一听见柳湘莲出家的消息，便连忙带着小厮各处去询问寻找，发现杳无踪迹之后还为此伤心落泪，精神委顿，打不起精神，可见他真是很爱护这位朋友。我们不能因他很莽撞又没文化就对他抱有成见，也不应该刻意忽略他的优点。下面继续看文本对宝钗的性格描述：

薛姨妈说："你既找寻过没有，也算把你作朋友的心尽了。焉知他这一出家不是得了好处去呢。只是你如今也该张罗张罗买卖，二则把你自己娶媳妇应办的事情，倒早些料理料理。咱们家没人，俗语说的'夯雀儿先飞'，省得临时丢三落四的不齐全，令人笑话。再者你妹妹才说，你也回家半个多月了，想货物也该发完了，同你去的伙计们，也该摆桌酒给他们道道乏才是。人家陪着你走了二三千里的路程，受了四五个月的辛苦，而且在路上又替你担了多少的惊怕沉重。"薛蟠听说，便道："妈妈说的很是。倒是妹妹想的周到。我也这样想着，只因这些日子为各处发货闹的脑袋都大了。又为柳二哥的事忙了这几日，反倒落了一个空，白张罗了一会子，倒把正经事都误了。要不然定了明儿后儿下帖儿请罢。"薛姨妈道："由你办去罢。"

从中可见，薛姨妈和薛蟠都肯定宝钗具有"想的周到"的特质，并没有人认为她"无情"。但对于这一段描写，一般论者都批评宝钗是一个冷静到冷酷的人，甚至连薛蟠都比宝钗有人情味，更因此认为这一段情节体现出作者对宝钗入骨剔髓的贬斥，而这样的观点我并不赞同。毕竟宝钗和柳湘莲根本没有任何往来和关联，在那个"男女授受不亲"的时代，薛、柳二人一个在深宅大院，一个在外面如飘蓬一般流浪大江南北，二人从未见过面，也没有任何交集，要她出现强烈反应不但是强人所难，简直更是陷人于罪！薛蟠则不同，他对柳湘莲的感情是完全不一样的，薛蟠之所以苦苦追寻柳湘莲的下落并为之感伤落泪，是因为他们的生命在此之前有非常密切的交关互涉。

试看最早他们的关系是什么？是薛蟠对柳湘莲有毒打之恨。第四十七回"呆霸王调情遭苦打"一段描写柳湘莲眼见薛蟠想要调戏沾染他，而深感羞辱愤怒，于是决定恶整他一番，最后把薛蟠打得遍体鳞伤。不过，最终柳湘莲还是手下留情，并没有伤到薛蟠的筋骨，只是打得他鼻青脸肿、又痛又难看，一个月出不了门。柳湘莲这个人其实也很有意思，他虽然生气暴怒，手段也太激烈，可并没有真正伤害到对方。事后，挨打的薛蟠在家休养、不敢见人，气到"睡在炕上痛骂柳湘莲，又命小厮们去拆他的房子，打死他，和他打官司"，可见薛蟠此时对柳湘莲是恨之入骨，已经到了杀之才能泄愤的地步。

妙的是，明明有如此深仇大恨，二人之间的情分却又在后来的情节中突然走向另外一个极端。蟠、柳二人化敌为友的转折出现于第六十六回，当时薛蟠在带伙计去贩货物的途中遭遇了盗匪劫掠，正当危急之际刚好碰到柳湘莲，柳湘莲便以一位义侠的姿态出手救了他们。救命之恩深刻入骨，于是二人尽释前嫌，结为兄弟。从仇家到兄弟，这两个人的关系自始至终是两个极端，每一个极端都可以让自己与对方产生一种终身无法分割的牵连，从极仇恨到极亲近，其关系程度恐怕比夫妻还要更来得深刻。夫妻毕竟是听从父母之命、媒妁之言，或自由恋爱而生活在一起，在情绪的反应上并没有达到那么极端。

综上所述，薛蟠对于尤、柳事件有如此强烈的反应堪称天经地义、理所当然，这并不能证明薛蟠还比宝钗更有人情味。由此再度显示人文学科很容易产生的一个问题，就是在没有把各种差异、各种不同层次区分清楚之前便一概而论。毒打之恨与救命之恩的两极化的交缠，使薛蟠、柳湘莲二人构成了几近于生死之交的深刻连结，相比之下，宝钗根本不认识柳湘莲，怎能要求她产生强烈的反应？何况对方又是个少女必须回避的异性男子，那实在太强人所难！更何况，请大家结合自己的经历来反思，东南亚的大海啸让几十万人失去生命，大家又有怎样强烈的反应呢？大部分的人可能只是看着电视新闻感慨一下，顶多捐一点款，然后很快又去继续过自己的生活，忘掉了那个还在进行中的悲剧。然而这是合理的，对于我们完全不认识的人，其存在与否只是一个抽象的符号，即使数量如此众多，那也是空洞的数字，因此我们不能要求别人一定要产生非常强烈的反应。同样，宝钗与事件的两位主角也就是尤三姐、柳湘莲素昧平生，没有任何交往的情分，因此旁人实在很不应该强宝钗之所难，这是必须要特别提醒读者的。

宝钗没有产生如薛蟠那般强烈的反应是理所当然的，除了上面的分析之外，书中还有一段很有意思的情节，我们一并来对照比较。当我们特别对宝钗求全责备的时候，也请大家参考一下书中其他人对于类似情况的反应。以宝玉为例，第三十四回他挨打以后重伤躺在床上，人在疼痛至极时很容易心思涣散、昏昏沉沉，宝玉也是：

> 这里宝玉昏昏默默，只见蒋玉菡走了进来，诉说忠顺府拿他之事；又见金钏儿进来哭说为他投井之情。宝玉半梦半醒，都不在意。忽又觉有人推他，恍恍忽忽听得有人悲戚之声。宝玉从梦中惊醒，睁眼一看，不是别人，却是林黛玉。

作者此处的描写很是发人省思，他竟然说宝玉在这般的情况下是"半梦半醒，都不在意"。大家不要忘记，蒋玉菡与宝玉之间是怎样的情分？他二人最初才刚一见面即互换贴身汗巾，后来蒋玉菡逃离忠顺王府之后躲在哪里、干什么营生，宝玉全都知情，他们是这等的挚交好友，金钏儿更不用说了，她是因为宝玉的关系而自杀的，但面对这两个人，宝玉的反应竟然是"都不在意"。或许有人会说，那是因为当时他处在昏昏沉沉的状态，不能作准；可是他毕竟还有意识，何况梦境往往是潜意识的流露，所以这样的反应仍然可以作为参照，而难道我们可以因此就认定宝玉是一个冷酷到极点的人吗？当然不能。我举这个例子是想要说明，不要只择取一句话便过度诠释，那样往往很容易断章取义。当你想要主张宝钗对于尤、柳事件的不在意是表现出她的冷酷无情时，请回过头来看第三十四回宝玉的这段情节，将二者放在一起思考，便会发现我们对于宝钗往往是过分苛责，而对于宝玉则过分宽容。

　　总而言之，一般读者对宝钗给予了太多双重标准之下的不公正判断，原因当然是心里预先有了成见，所谓的宝钗冷酷之说实际上并不能成立。既然不能成立，便需要我们对她的表现给出一个良好的解释，也就是更合情合理、更契合宝钗性格而不是读者自身想法的解释。而要回答宝钗何以对尤、柳之事并不在意的这个问题，则需要再次回到儒家的生命哲学观和伦理价值观，才能给予公正的论断。

出家之于中国人

　　首先请注意，尤、柳事件的主角之一尤三姐此时已经自刎，逝者已经从世俗的尘世结构中脱离出去，不再属于这个世界，就某种意义而言，确实不是儒家信徒比较关切的对象。其次，柳湘莲的出家又代表什么意义呢？对于现代的我们来说，出家的情况实在太习以为常了，甚至我们身边即有一些人做出这样的人生选择。譬如我从前中学时代的一个同班同学，她从中文系毕业一年后便出家了，住在山上的铁皮屋里，自己种菜，潜心修佛，据说非常快乐；此外，同是那一班的另一位同学现在则是一名传教士，专心侍奉上帝。大体上，这般的宗教修炼道路已经是现在能够被认可的一种智慧之路，所以可以赞美它、欣赏它甚至向往它。但大多数的人可能不知道，单单"出家"此一词语，它背后其实具有非常深厚的儒家思想脉络，是特定的文化产物。很多事物在我们这个时代看来并没什么特别，然而那些事物的背后都存在着攸关我们正确理解书中人物的钥匙，尤其是宝钗这类儒家信徒对出家的反应，她的"不在意"事实上具有特定的背景为其原因。

有一位美籍华人王乃骥，他或许并不是非常专业的学者，但我常常从他的文章中受到启发，在此便先借他的说法让大家了解什么是"出家"，"出家"又何以与儒家文化息息相关。王乃骥于《漫说出家——从家化社会特有的名词谈到金红结局》一文中指出：

> 出家的名词，早就出现于北宋真宗天禧三年（1019）道诚所辑《释氏要览》之中，但佛教起源于印度，印度的僧侣却并不称为出家人；唯独中国有"出家"这个代用词，越南亦然，这就产生了为什么皈依佛道为出家？家与佛道宗教之间有何必然关联的问题。
>
> 其答案是因为儒家文化的核心在家，随之而来的即为政治、经济、法律、宗教、思想的泛家化，家化程度之深，往往会浮现于常用的口语中而不自觉，"出家"就是一个很好的例子。这个名词（兼作动词或动名词）非常普遍，却是儒家社会特有的术（俗）语，因此，以出家与在家之分野，作为佛道代用词的指标，实与儒家人伦文化息息相关。"在家"的最高准则是以儒家伦常思想为依归，个人要想单独行动，遁入空门，就必须先要走出纲常的轨道，斩断与家人的一切关系，有如出轨另走新路，因此出家与在家必然冲突对立。为僧为道之所以有"出家"此一别称，这是儒家社会特有的现象。

于此先补充一点："出家"一词出现的时间其实比北宋的《释氏要览》还更早，至少在一千年多前，魏晋南北朝的佛教经典中便已经大量出现了，而佛教传入后确实与儒家的孝道产生了冲突，因为一旦出家就无法再奉养父母尽孝道，这在中国文化中自然是大逆不道。对于此一历史中常见的冲突和重大议题，佛家有另外一套方式加以消弭，只是历史非常复杂，我们暂时不再多说。从原理的层面来看，"在家"与"出家"是必然产生冲突对立的，所以"出家就有如出轨"，是要另走一条新的路，那是为僧为道的必要条件。因此，所谓的"修道""遁入空门"会有"出家"的别称，都是儒家社会所特有的现象。

就此，我们可以再参照一段情节，虽然目前无法看到八十回之后的内容，但作者早在前面已经预告了十二金钗中惜春最后出家的结局。小说的前八十回里当然还没有出现关于惜春出家时的具体描述，但参照后四十回可知，惜春在打算出家时受到了贾家上上下下极尽全力的拦阻，如此的景况诚属于合情合理的描写。说到这一点，我又想起多年前有一批包含台大学生在内的青年男女，汇聚到台中某座寺庙准备要集体出家，据新闻报导当时的场面非常火爆，因为这些青年的家长都急切地赶赴现场，哭天喊地、拼命阻止他们的孩子出家，还爆发了很严重的冲突。我那时心中便出现了一个疑惑，觉得很奇怪：我们的社会明明已经非常地多元化，那些人只是选择了另外一条完全不同的道路，为什么他们的家长竟会产生如此强烈的反应？仿佛与自己的孩子即将面临死别，因此做家长的必须要拼命拉住他，否则便会永远失去这个孩子似的。通过上述一段有关出家的阐释，我才彻底地明白，原来对这些家长而言，出家就是从正常的尘世除籍，彻彻底底与亲人断绝任何人伦的关系，出家的孩子在见到生身父母时也只能以一声"施主"相称，这让为人父母者情何以堪！他们自己可能并没有自觉到心中存在着那般坚固的儒家立场，可事实上他们的确深受其影响。

可见，虽然现在的儒家观念很淡薄，但是我们对伦理的认识、对人伦之情的看重，实际上都还深受儒家的影响，仍然处于"在家"的观念辐射之下。所以，无论是后四十回里贾家对于惜春出家的反应，或是我们在现实世界中偶尔会看到的对于出家的观感，都必须要在如此的思想背景下去理解和认识。交代这一点是想提醒大家，对宝钗而言，柳湘莲的出家和尤三姐的死亡在本质上并无不同，都是脱离了正常的尘世结构，不再属于人伦世界，生者对此也已经无所着力，以至于宝钗才会说："如今已经死的死了，走的走了，依我说，也只好由他罢了。"既然死者不能复生，出家又等同于死亡，那确实都是前生命定，再也没有人为转圜的余地，则作为生者，当然是把自己有限的力量放在还可以尽心尽力的对象上。而宝钗想到的是那些伙计们，他们还活着并辛苦地工作，应该要好好地安顿他们，这纯粹是世俗人文主义者所应有并且很合理的反应。

诚所谓的"死者已矣，生者何堪"，活着的人是最苦的，因此儒家主张我们要尽力去善待那些还活着、还在受苦、还在承担许多煎熬的人，尽全力对他们温厚一点、宽大一点、付出一点，这是儒家最重要的情感核心之一。

"极高明而道中庸"

谈了这么多宝钗的人生哲学以及价值观，据此，恐怕很不适合采取什么"现实世界的高手""娴熟于人情世故"，甚至"圆滑"之类的言语来描述宝钗，因为我们所使用的语言会反映出自己对种种现象认识的深度，而显示出只是关注了表面，没有让自己看到另外的景深，也缺乏更大的学问，以至于将宝钗的那些人生哲学与价值观，即其心灵精华与深妙高远的部分加以世俗化地解释，因而恐怕无法体会到儒家的"极高明而道中庸"，因为只看到所谓的"中庸"而没有发现"极高明"的层次。

宝钗并未以学理解说的方式来告诉人们，她的心灵有多么崇高深邃，而只是在日常生活中加以体现，倘若欠缺她的学问背景，就会看不出她的极高明之处。关于这一点，我想借朱子来做一些补充。一听到朱子，或许很多人当下便开始反感，称他为"朱夫子"。其实不然，诸如朱熹这样很有学问的人，其价值观纵然与现代人不同，若干想法也确实不合乎现在的时宜，可我们不能说他是错的，更不能说他比我们浅薄。朱子熟知儒家各种经典，参透了其中的奥妙，学问非常深邃广博，在此引述他的《中庸》一诗，看看他是如何地理解"中庸"：

> 过兼不及总非中，离却寻常不是庸。二字莫将容易看，只斯为道用无穷。

原来，非但"过"或者"不及"都不是中道，而偏离了寻常也不是"庸"。"庸"显然不是平庸、平凡之义，而是意指处在人人可以理解、人人可以领略的层次，使人可以接触或是领受到非常玄妙且高明的道，同时在这个道的感化中寂然合道而行。再者，儒家观点认为，凡人之事都是"可亲乃可久，可久乃可大"，即那个道理要可亲近才能够持久，才能够延续下去，也才能够愈来愈宏大。倘若一开始就去谈论很玄妙深奥的部分，那只会造成阳春白雪、曲高和寡，把所有的人都赶走，只留下几个人孤芳自赏；唯有让人可以持续学一个道理才能够不断地丰富、扩大，而其中的"道"也才会更为恢弘广博。简单来说，"可亲"便是不离却"寻常"，让人能够亲近这个"道"，共领共赏并且易于执行，那是道德实践的一个很重要的前提。随后，朱子又提醒"二字莫将容易看"，即不要以为"中庸"二字是很容易的，"只斯为道用无穷"，只要将这两个字来回参透，则其妙用是无穷的。"道"并不是口头上说一说，它需要实践，所谓"用无穷"便意指唯有"中"和"庸"才能够让"道"得以实现，并且"可久又可大"。

至于宝钗是如何"极高明"，这当然不是我们现在所能谈论的，小说的任务也不是向读者分析那些高深的哲学，它只是以生动传神的故事情节来告诉读者：在不同的哲理背景下，受到影响的人是怎样的状态，而种种影响在生活中又是如何体现出来的。倘若想要了解其中奥妙不可测的部分，恐怕得要先建设自己，让自己的学问更高深，然后才能够更多地了解它背后不容易被看到的、很深刻且很值得玩味的地方。

就我而言，早已脱离了"喜不喜欢书中某一个人物"的感性层次，身为一名研究者，希望的是能够好好地、深刻地理解宝钗这位人物，那是我完全乐意从事的任务。当然，本书中的相关理解不一定是唯一的诠释，但我们实在不应该只因为不喜欢宝钗便任意给予批评，只因为喜欢她就一直说她的好话。所以，读者也不需要担心自己有任何不同的看法，每个人的看法都值得尊重，其实我更关心的是能不能看得很深入。如果看得很深刻、很有道理，那便是有价值的，至于这样的看法到底与谁相同、与谁不同，那都是很表层的、不需要在意的事情。

"任是无情也动人"

《红楼梦》内蕴含了许多哲理深刻的言论，于是曾经有人选出了《红楼梦》里的一百句来加以重点发挥，但如果要我从书中选一段真正富有智慧与启发性的话语，我的首选绝对不是大家所喜欢的那些爱情名言，例如："任凭弱水三千，我只取一瓢饮。"这两句出现在高鹗的续书里，未必出于曹雪芹的手笔。在当今这个时代，我们往往会认为爱情是人生中，尤其是年轻人生命中最重要的价值，因此世人喜爱这句话的缘由是可以理解的。但对我而言，人生远远不止如此，所以我所选择的名言与一般所喜好的不同，我最欣赏的是第五十六回整顿大观园时，宝钗与探春有一番引经据典的对谈，宝钗最后的总结所说：

> 学问中便是正事。此刻于小事上用学问一提，那小事越发作高一层了。不拿学问提着，便都流入市俗去了。

确实，日常生活中的小事即便十分平凡而琐碎，但一旦小事的背后有学问作为支撑，那么小事便会被提高一层，因为我们能在小事中看到更大的方向与更深的意义，甚至在微小中参透一个世界，领略"一沙一世界，一花一天堂"的奥秘。因此，从小事就可以显示一个人的眼光，而眼光是要从学问中获得的；学问并不等于知识，知识是人类认知的结果，而唯有将自身各种认知的结果融会贯通，并应用于生命里的实践和思考，才足以称之为"学问"。在《红楼梦》中，能够这样知行合一的人大概仅有薛宝钗，因此宝钗的话是非常发人深省的。

一般来说，日常在与他人沟通的过程中，许多看似呕心沥血的交谈却大都处于市俗的层次，各说各话、跳跃松散，在旁观的他人看来，这样的交谈是非常浅薄的，是流于"市俗"的交流，但当事人往往身在其中而不自知。教育最大的困难就在于此，我们的教育可以传授学生很多专业知识、方程式或技术方法，但那般的教育层次是非常有限的，因此所谓的"阳春白雪"往往乏人问津，这也是为什么《庄子》会对那些"大言炎炎"的人多持嗤之以鼻的态度。经过反复斟酌宝钗的这一段话，我认为宝钗是一个真正有学问的人，她不仅仅是博学多闻，而且往往把学问融入个人的生命与灵魂里，并体现于生活中，更将学问转化为她内在的一股力量。

前面提到过，第六十三回宝钗抽到了"任是无情也动人"的花签，而这句签诗历来都被读者断章取义，其中的"无情"往往被当作宝钗在情榜上的恶评。脂批里几度提到了"情榜"，榜单中排名第一的是贾宝玉，其次为林黛玉，再次应该是薛宝钗。脂批所提到的情榜在将每一个人物进行排序后，还给予相应的描述或评语，以接近"盖棺定论"的方式总结了人物的人格特质或生命内核。宝玉的情榜评语是"情不情"，其中的第一个"情"字是动词，表示以情相待，而"不情"指的是草木鸟兽之类的无情之物，因为人类自认为万物之灵，而草木虫鱼鸟兽之类的生物则被贬为无情物，反映出人类的傲慢与偏见。在如此的等差系统中，宝玉的"情"超越了人际乃至物种之间各种人我、物我的界限，他对于"不情"之物也都能够平等地深情相待，难怪会去灌溉一株路边偶然看到的小草。第二名是林黛玉，情榜的批语是"情情"。相对于宝玉而言，黛玉之"情"的范围是狭窄的，她只能够对"有情"的对象抱有深情，尤其是对她个人有情的对象，其范围相较于宝玉无疑是狭隘多了。

第三名是薛宝钗。宝钗这个人物在小说叙事中举足轻重，其重要不单是篇幅和质性上的重要，实际上宝钗与黛玉、宝玉是鼎足而立的，此三人是支撑整部《红楼梦》叙事架构的主轴。既然宝、黛、钗是鼎立的三足，假如其中一足太弱或厚度不够，那么整部小说的叙事主轴就会有所倾斜，而作品的整个架构也会遭受破坏，落入曹雪芹自己所批判的才子佳人套式的陈腐庸俗中。因此，关于宝钗"无情说"的观点引发了我们的思考，如果宝钗真的是一个无情的人，她如何担当得起小说叙事的支柱，又如何能够成为与宝玉、黛玉一体的角色呢？

更进一步来看，在宝、黛、钗三人鼎立合一的关系中，据脂砚斋的指点，宝钗与宝玉之间的关系是"远中近"，而宝玉与黛玉二人则是"近中远"。乍看之下这实在有点耸人听闻，不过其中的道理却是十分发人深省。就"远"与"近"的概念而言，宝、黛二人表面上很亲近，因此黛玉对宝玉毫不设防，也毫无保留，在宝玉面前非但无所顾忌，直接表达感受或任意宣泄情绪，甚至不惜给对方造成压迫和伤害。

从某种意义上来说，宝、黛之间的密切关系也误导了读者，使我们的爱情观念产生了偏差，以至于我们往往认为在亲密关系中，可以任意对亲近的人宣泄一切。然而，当我们在亲密关系中为所欲为，甚至作践、冤枉、欺侮和伤害对方，还以对方的容忍来证明其感情，那是十分令人质疑的做法。如此流入市俗的感情观是否包含了人与人之间应有的尊重与珍惜呢？实在很值得我们反复思考。

一个人通过为所欲为来证明彼此之间情感的亲密程度，诚然是一个十分流行的谬论，在我看来，关于爱情的许多定义里，"我爱你，因为世上有你"是最为言简意赅却也是意义深远的说法。这句话对爱情的理解显示：爱一个人并不是因为对方拥有的条件，而是单纯因为对方本身，"因为世上有你"表明爱情是使彼此生命更加完整的存在，因之你会尊重对方、珍惜对方、感谢对方，而不愿恣意妄为以致伤害对方。其实不仅限于爱情，包括亲子之情、朋友之情也都应该如此。

从更深层的角度而言，宝、黛、钗这三个人之间的关系都是十分亲近的，宝、黛双方是没有界限的浓烈爱情，但二宝彼此的情感却是在相互尊重和珍惜之下能够带来心灵启发的关系。也因此脂砚斋才会认为，宝玉与宝钗的关系是"远中近"，而宝玉与黛玉的关系则是"近中远"，故而"金玉良姻"的问题恐怕没有那么简单。确切来说，以三人鼎立与三人一体的两种角度来看，宝钗确实是非常重要的人物，但她不只是在叙事结构上有着不可或缺的必要性，于宝玉的生命中尤其是在心灵层面上，她同时也具有另一层次的重要性，而能够担任宝玉之出世思想的启蒙者。

对于宝钗"任是无情也动人"的签诗，我起初也十分困惑，认为"无情"此一词汇难以理解。这是因为初读《红楼梦》时，我们都十分年轻，欠缺相关知识，因此并不能够读懂那一句诗，而只是对诗中的"无情"两个字印象深刻，但是我们不应该停留在初读《红楼梦》的年龄，我们的文化知识也不能止步于连皮毛都谈不上的粗浅阶段。曹雪芹处在深厚渊博的文学与文化传统背景中，他所掌握的古典知识远远超过我们，因此，唯有回到《红楼梦》自身的历史脉络里才能理解这部巨作，宝钗的花签"任是无情也动人"也必须回到整首诗的来龙去脉中才能正确理解。

回到文本来看，第六十三回里宝钗抽到的花签是牡丹花，书中描写道：

> 说着，晴雯拿了一个竹雕的签筒来。里面装着象牙花名签子，摇了一摇，放在当中。又取过骰子来，盛在盒内，摇了一摇，揭开一看，里面是五点，数至宝钗。宝钗便笑道："我先抓，不知抓出个什么来。"说着，将筒摇了一摇，伸手掣出一根，大家一看，只见签上画着一支牡丹，题着"艳冠群芳"四字，下面又有镌的小字一句唐诗，道是：
>
> **任是无情也动人。**
>
> 又注着："在席共贺一杯，此为群芳之冠，随意命人，不拘诗词雅谑，道一则以侑酒。"众人看了，都笑说："巧的很，你也原配牡丹花。"说着，大家共贺了一杯。

曹雪芹有着深厚渊博的古典文学知识修养，我们当然不能从一个完全无知于古典诗词的角度来认识这句诗。意识到这一点之后，我终于领会，不该从一个对中国传统诗词一窍不通，纯粹只喜欢《唐诗三百首》的小女孩的视角来理解"任是无情也动人"的意义，因此花了一番功夫将之放回原诗里、放回叙事的现场中，以中古时代的语言表达及当场的情境脉络（situational context）来理解，并借由此一诗句来尝试重新认识文化的丰富性乃至复杂性。

宝钗抽到的签诗为"任是无情也动人"，"无情"便被视为《红楼梦》情榜上对宝钗的评语，而这也成为后人断定宝钗"无情"的铁证。

但是，书中在场的人物看到这句签诗时的反应却很值得我们深思："众人看了，都笑说：'巧的很，你也原配牡丹花。'说着，大家共贺了一杯。"试想，如果宝钗是无情的，何以在场众人皆持赞美之辞，以花王牡丹来盛誉宝钗？他们对古典诗词的造诣可是比我们高出太多，怎么可能反倒会看不出来！何况在祝寿的吉庆场合，作者所安排的花签也必须符合吉祥佳话的标准，以配合当时的欢乐氛围。据此都足以证明该诗句并没有负面的意义。

在《红楼梦》里，签词具有丰富的隐含意义，我曾在谶语专题中指出，为了要达到衬托的作用，曹雪芹在第六十三回这一回内都使用"引诗"策略来设计众人的花签词，因此签诗仅仅是人物命运的冰山一角。按照《红楼梦》的安排逻辑，为了暗示人物的悲剧命运，作者会用其余剩下的隐藏诗句预示签主的人生走向，这是曹雪芹创作《红楼梦》的特殊手法。但需要特别留意的是，无论是被引用的那一句诗，还是其他隐藏的部分，都只是用来暗示命运，而不涉及人格评论。

比如探春，她抽到的花签诗是"日边红杏倚云栽"，暗示探春会踏上她姐姐元春的后尘，成为王妃。李纨抽到的签词是"竹篱茅舍自甘心"，李纨是一位丈夫早逝的寡妇，但她对命运并无不满，反而处之泰然，该句诗正道中她的心声。湘云抽到的花签是"只恐夜深花睡去"，那是既优美又浪漫的画面。而香菱这位命运悲惨的女孩子，她抽到的签诗是"连理枝头花正开"，喻指夫妻恩爱的美好。至于袭人抽到的签句"桃红又是一年春"也都是正面的内涵，并且桃花是春天的象征，因此这一签诗洋溢着鲜丽幸福的光彩图像。

综观众人的签词本身，寓意皆是幸福美好的光景，当然这些人的签诗仅仅只是浮露在阳光之下的冰山顶层，她们的幸福也仅仅是冰山的一角。再看黛玉的签词"莫怨东风当自嗟"则是相对带有一点负面的语感，书中描写黛玉抽签的场景道：

> 黛玉默默的想道："不知还有什么好的被我掣着方好。"一面
> 伸手取了一根，只见上面画着一枝芙蓉，题着"风露清愁"四
> 字，那面一句旧诗，道是：
>
> 　莫怨东风当自嗟。
>
> 注云："自饮一杯，牡丹陪饮一杯。"众人笑说："这个好极。
> 除了他，别人不配作芙蓉。"黛玉也自笑了。

从黛玉的想法可知，她对抽签此一活动也抱有一定的迷信想法，希望自己抽得上上签，反映了人之常情。而掣得芙蓉花签之后，众人都认为黛玉堪比芙蓉，并且签上还将芙蓉、牡丹相提并论，可见那是极高的赞美，而黛玉本人对这一签词的解读也颇为满意。另外，麝月抽到的花签是"开到荼蘼花事了"，荼蘼花开之后即代表繁华的春天即将消逝，因此这句签诗也就隐喻了大观园终将人去楼空，并且此一安排还暗示着曹雪芹把麝月作为最后一个留在宝玉身边的少女。宝玉看了该句花签后感到不祥的意味，连忙把签给藏了，但即使如此，这句签诗仍然具有含蓄蕴藉的美感，也并未涉及任何意义层面的人格批判。

换句话说，曹雪芹所设计的那些花签尽管或明或暗、或多或少地带有些许的悲剧意义，但整体来看，其本身基本上都是自然界植物之生命规律或存在样态的客观反映，众人抽到的也多是寓意美好的诗句，未曾涉及对签主的人格批判，则同理可推，宝钗"任是无情也动人"的签诗当然也一无负面意义了。足见作为一个伟大作家的曹雪芹，

他不曾通过签诗去批评宝钗无情，更不会用这般露骨的方式刻意去诋毁小说人物，因此读者们更不应以此签为凭据去指责宝钗的人格。在解读宝钗"任是无情也动人"的签词时，我们理应以曹雪芹含蓄美好的设计原则为出发点，更必须要回到小说文本与诗歌出处的原始脉络中，结合古典文学及传统文化的知识背景，掌握全诗的语序和意脉，而不宜简单地断章取义。

罗隐《牡丹花》原诗

宝钗的这句签诗出自晚唐诗人罗隐的《牡丹花》，那是一首非常标准的"咏物诗"，咏物诗自六朝以降便发展出一套法则，即全首诗都要环绕着所歌咏的对象进行不同角度的描述，从而表现出精密贴切的观察能力与写作技巧，并传达诗人自身的情志寄托。《牡丹花》此篇便全面展现了牡丹花的风华绝代，但也涉及它所可能面对到的悲剧命运，而这也正是整首诗的主旨所在。诗人写道：

> 似共东风别有因，绛罗高卷不胜春。若教解语应倾国，任是无情也动人。芍药与君为近侍，芙蓉何处避芳尘。可怜韩令功成后，辜负秾华过此身。

签诗的"任是无情也动人"出现在第二联，而我们该知道，律诗的法则要求额联与颈联的上下句都要对仗，包括在语法上平行，"若教解语应倾国，任是无情也动人"即是对仗句，接续的"芍药与君为近侍，芙蓉何处避芳尘"也是写牡丹的名句。先说"芍药与君为近侍"这一句，我曾认为它的涵义在于：芍药与牡丹都是贴近主流价值的尊贵花卉，二者的美也是一般人所能够欣赏和认同的。不过有学者指出，"芍药与君为近侍"意指芍药只能够作为牡丹花的贴身丫鬟，诗人借此以凸显牡丹的崇高。翻阅《全唐诗》之后，我发现唐诗中确实有类似的用法，因而这不失为对此篇诗作的一种理解。例如"与君"一词在元稹的《遣悲怀三首》之一中出现过："今日俸钱过十万，与君营奠复营斋。"诗人悼念亡妻，希望用最丰富的祭品、最隆重的仪式来弥补对妻子生前的亏欠，表达了他对亡妻的愧疚与追忆，"与君"在这里可以理解为为对方做事，即"营奠复营斋"。由此可见，古典文化的学问是深刻而渊博的，我们每一个人都十分有限，更难以穷尽那般艰深复杂的学问，故而于此，我将以上的两种解读并存。

不过还是必须说，宋代以后流行诸多的"花谱"中，芍药往往名列前茅，甚至有"花相"之称，确实可以和牡丹相提并论。而牡丹更是艳冠群芳，使得其他花卉都黯然失色、退避三舍，因此有"芙蓉何处避芳尘"的感叹。整部《红楼梦》在"金玉良姻"预言的笼罩下，黛玉为情受苦而最终不得修成正果，但其实作为群芳之首的牡丹花也不能所向无敌，即便牡丹花如此崇高得以傲视群芳，同样无法免于悲惨的待遇，最后只落得"可怜韩令功成后，辜负秾华过此身"的下场。牡丹艳冠群芳，却终究遭到抛弃，这也是宝钗最后孤寡终身之结局的写照。

回到"若教解语应倾国，任是无情也动人"两句，其中的"若"字是明显具有假设性的词语，"任"字其实也是，两句诗分别再通过连接词"应"字、"也"字而各自构成了假设复合句。所谓的假设复合句，是将前后两个分句结合在一起，形成"若……应……，任……

也……"的句型，而构成一个完整的表述，此一语法形态在修辞学里是非常重要的类型。人活在世上，会对世事万物做出各式各样的思考与推演，因此假设复句在一般生活里即经常出现，而于文学中，假设复句更是作家表达思考的一种形式。假设复句不同于一般的叙述句和判断句，此种句型比较复杂，在构句形式上并不是单纯地叙述一个行为或者事件，假设复句的语义内涵也不是对一个现象、状况或事物属性的描写，更不具备判断所指事物的属性与类型的功能。因此，把"任是无情也动人"简单地理解为陈述句或判断句，据以断定为"无情"，完全是违背诗歌语法结构的做法。

接下来我们要借由语法修辞学对此联诗句进行重点分析。在语法学上，这类的复合句所包含的两个句子，分别叫作前分句和后分句，于假设复句中，前分句所指涉的意涵可以包括非事实性的存在。回到这句签诗来看，"任是无情也动人"的"任是"乃表示假设，再进一步细分，整个诗句又属于假设复句中的让步句，让步句是指退一步着想，意谓着即使在姑且承认前分句之假设状况的前提下，后分句的结论也能够成立；但事实上前分句的假设情况是不存在的，而后分句则是在承认假设状况存在的前提下，从不同的方面做出结论，目的是为了强调结论的重要性。

从假设的内容状况来说，让步句还可以分为虚让（虚拟式的让步）与实让（实际的让步），实让句所假设的条件发生的概率很低，但还是存在着发生的可能性；而虚让句所假设的条件基本上不存在发生的可能性，属于子虚乌有。为了方便理解，我举一个浅显的例子，比如说"即使你变得又老又丑，我对你都还是深情不渝"，而变得又老又丑是未来可能发生的，虽然现在并非事实，因此这是一种实让句。再比如说"即便明天太阳打从西边出来，我都不会改变我对你的许诺"，但我们都知道，太阳东升西落，就目前人类的知识来看，太阳根本不可能从西边升起，因此所谓的"即便明天太阳打从西边出来"便是虚让句。

回到宝钗的签诗来看，以让步句的修辞法而言，"任是无情也动人"意指即使宝钗无情，她也还是很动人的。那么这是实让还是虚让呢？倘若是实让的话，则"无情"便是可能存在的解释。而我认为它是虚让的意思，理由在于对仗的上句"若教解语应倾国"是虚让的用法，该句诗的意思是说，如果让牡丹花懂得说话，则牡丹就会倾国倾城了。但牡丹是植物，植物并不会开口讲话，然而尽管如此，那并不妨碍牡丹花倾国倾城的地位。在律诗的对仗法则之下，上下两句的语法必须平行，如"鱼对鸟，鹊对鸠，翠馆对红楼"之类的口诀，我们也耳熟能详，简单来说，即名词与名词相对，形容词与形容词相对，动词与动词相对，除此之外，一联诗中的出句与对句在语法结构上也必须是一致的。因此，前一句"若教解语应倾国"是在退一步虚拟牡丹花"解语"的情况，以加强它倾国倾城的程度，真正的意思是承认国色天香的牡丹花即使不"解语"也依然"倾国"，则下一句的"任是无情也动人"也是如此，"无情"是在虚拟的情况之下所做的让步性假设，那是一个不存在的事实，而在姑且承认一个不存在的事实的前提下，后分句所强调的"动人"仍然能够成立。

总结来说，"若教解语应倾国，任是无情也动人"这一联假设复句属于虚让句，从理性的角度看，虚让是对假设情况的让步，而前分句中所假设的情况如"解语""无情"都是不存在的，并且由后分句从相反方向来推翻前分句的虚拟情况，以强调后分句的结论如"倾国""动人"不受前分句假设条件的影响或约束。而之所以如此描写的目的，是为了通过修辞语法来强调牡丹花倾城倾国的动人程度。

　　我从修辞学中找到了正确的解释，不只如此，小说中还出现过类似的表达，提供了绝佳的内证。与"任是无情也动人"如出一辙的，是关于第一回绛珠、神瑛建立木石前盟的一段，脂砚斋批云：

　　古人之"一花一石如有意，不语不笑能留人"，此之谓耶？

　　其中引述古人所说的两句诗，来自唐朝刘长卿的"一花一竹如有意，不语不笑能留人"，为了符合木石前盟中神瑛侍者与绛珠仙草的设定，便将原诗中的"竹"改为"石"，是对木石前盟的譬喻性说法，意指这段神话故事平平淡淡，但却令人感动留驻，玩味不已。需要补充说明的是，刘长卿此诗题为《戏赠干越尼子歌》，是写给一位尼姑的。在世俗的印象中，尼姑断绝七情六欲，不仅削去三千烦恼丝，并且必须穿着颜色灰暗的袈裟，体现出不引人注目的低调形象，以专注于修行，但在这首作品中，刘长卿认为，即便没有那些外在的表情动作，那位不语不笑的尼姑也还是十分动人，让人徘徊在她身边流连忘返。

　　由此可见，"不语不笑能留人"与"任是无情也动人"都是在强调：即使尼姑与牡丹花并没有表现出任何情感的反应，但二者依然十分动人，因此这两句诗的重点不在于尼姑的笑与不笑、说与不说，也不在于牡丹有情或无情，而是在于她们能够"留人"与"动人"，此所以能够打动诗人的真正魅力。

　　以上，我们回到原诗的完整脉络中观察，并且从修辞学和语法学的角度来理解，证明了"无情"在原诗里并没有指涉无情的意思。除此之外，下文还尝试从另一个角度来思考，即承认"无情"是一个被接受的可能事实，那么我们又该如何理解宝钗的"无情"，是否仍然可以从正面的角度来理解"无情"？

"情顺万物而无情"

一般认为，"无情"意指冷酷绝情，性情冷漠，与人们互助共享的美好情感是不同的，因此很难将"无情"与人类正面的人格境界相联系。但那其实是我们在自身贫乏的既有知识背景下想当然耳，并未回到传统文化的思想脉络中加以思考。事实上，在中国传统哲学思辨的范畴内早就包括了"无情"的议题，并且"无情"乃是非常崇高的圣人境界！曹雪芹这些世家大族的精英子弟活在大传统里，于经学、史学、子学、文学领域都有着深厚的修养，而在中国思想史上，"无情"是哲学发展过程中非常重要，并一再引发了深刻讨论的一个议题，绝非冷僻的边缘观念。

由于古典哲学十分艰深，我们无法对"无情"议题进行十分深入的哲理性说明，因此现在只能够引述相关概念，从完全不同的角度来解读"无情"。究竟什么是无情？从字面上看，无情一词中有一个"情"字作为焦点，而"无"则否定了"情"的存在价值。由于现代人对于"情"秉持着高张的态度，无论是私人之间的浪漫爱情还是其他形式的情感，只要是发自内心的感受，都是我们现代人所着重的神圣价值，这一现象的产生有着复杂的社会文化背景，是中西文化在近代发展出来的结果，现代人因此对于所谓的"无情"便直接产生反感。然而，"情"所包含的范围其实很广，绝不限于真挚热诚的温情，何况人们往往将"情"与"欲"相混淆，将二者相提并论，而情欲在现代文化语境下又被放大和彰显，甚至将情欲解放等同于自我的个性觉醒，那完全是现代化的价值观。但是，"情"的内涵或范畴仅限于此吗？我们是否只能如此片面而单薄地理解"情"的所指呢？这个问题牵涉了源远流长的文化背景，从先秦以来，"情"的问题便是一个"大哉问"，而且涉及十分复杂的辩证关系，因此这一问题不是轻易能够获得答案的。

简单来说，"情"是一种主观感受的发用，是故会受到主体的局限而带有偏私的性质，因此存在着"私情"的提法。认识到情的私人性以后，一旦我们想要超越情的偏私与局限，就需要去否定主观偏执的情。从这个角度来看，"无情"即意谓着超越个人之偏私与局限的开阔境界，不仅庄子早已有所阐发，魏晋玄学、宋明理学中的"无情"也正是如此。"无情"要求我们超越个人的偏私，在看待世间事物及应对众人之时不局限于个人的感受，而达到超越个人主体的廓然大公的无上境界。

程颢与程颐兄弟属于宋代最重要的理学家，二人对"无情"有着十分精彩的论证。程颢在《答横渠张子厚先生书》（即《定性书》）中写道：

> 夫天地之常，以其心普万物而无心；圣人之常，以其情顺万物而无情。故君子之学，莫若廓然而大公，物来而顺应。

程颢指出，天地是一个超越性的极大的存在，为了要照顾到万物，天地必须放弃自己的特定性，因为只要有了特定性便会使自身受限，而无法扩及万物。同样，"圣人之常"是圣人以其情顺应万物而无所偏私，为了要顺应万物各式各样的情，圣人只能超越其个人的情。例如，大象有大象的情，要了解大象的情，我们就不能从自身的角度来指引大象甚至改变大象；同样，那小如蝼蚁者也有蝼蚁的情，蝼蚁的需求与大象的需求当然是很不同的。总归来说，天下万物形形色色，每一个生命都有其个体的特性以及个别的需要，而圣人要到达最高的境界，必须在超越自我的个体局限同时也要顺应众多个别的需求。

程颢接着指出"君子之学，莫若廓然而大公"，君子理应以圣人作为最高境界的榜样，并且朝着圣人的方向超越自我。"廓然"是空阔的状态，一个人的心要达到十分宽广的境界才能超越自身的局限性，从而达到"大公"的层次，唯有"大公"的状态始得以实现自身与万物的圆满互动，如此一来，个体面对万物时也就可以十分融洽地顺应与接受。总而言之，如果一个人的自我意识太强，那只会把自我看作绝对唯一的标准，更不用提站在对方的角度和立场来考虑问题了。用最粗浅的方式来说，"无情"其实是传统文人耳熟能详的思想概念，尽管这一概念的内涵可以更精致和复杂，但"无情"理应包含了这种正面的意涵，并且为君子向圣人之最高境界付出努力提供了一个方向。

宋明理学中的"无情"说为我们带来了新的启发，"无情"即是一种不限定、不执着，并且顺应大公、普施万物的超然表现，而那与宝钗待人处事的君子之道是完全合拍的。脂砚斋在第二十一回的批语中便提及：

> 逐回细看，宝卿待人接物，不疏不亲，不远不近；可厌之人，亦未见冷淡之态，形诸声色；可喜之人，亦未见醴密之情，形诸声色。

　　宝钗待人接物的时候不会特别疏远谁，也不会特别亲近谁，她不会刻意与他人保持距离，也不会与别人过度狎昵。面对一个讨人厌的对象，宝钗并不会把情绪表现在声调脸色上，而是同样以礼相待，表现出个人的修养。通常来说，出于现实利害的考虑，"可厌之人，亦未见冷淡之态，形诸声色"对一般人而言是可以做到的，但宝钗对于可喜之人表现出的态度才更值得我们敬佩和学习。面对一个十分可爱值得亲近的人，宝钗也"未见醴密之情，形诸声色"，"醴"指甘泉，甘泉是非常甜美的，但面对可喜之人，宝钗也并未将醴密之情形诸声色。相比之下，现代人面对值得尊敬的人往往会竭力亲近和赞美，并尽量鼓励大家如此表现出来，这是现代人的一种直率，也符合欧美文化的价值观。

　　但是必须提醒大家，宝钗面对可喜之人的态度是令人敬佩的一种大智慧，她表现出了更高的境界。用最粗浅的话来说，我们喜欢一个人时会特别亲近对方，并且把不假思索的想法毫无保留地宣泄出来，固然在一时半刻的短期之间可以得到胶漆般的快感，但长此以往，这样的关系很容易会变得疏远甚至破灭。因为在亲近的关系中，我们为了表示友好亲密而总是不断迫近对方，以此获得亲密互动时的愉悦畅快，但如此的相处方式会带来的问题在于：毫无保留、没有距离的相处形态，久而久之一定会造成某一方的不堪承受，毕竟每个人都需要自我空间，也不可能永远与对方一致，当不能配合或不想回应的时候，便会产生彼此的期望落差，倘若缺少智慧来化解这一紧张压迫感，最后必然会导致双方关系的破灭。何况在亲近关系中很容易涉及个人隐私，往往出于喜欢对方而把自己"不足为外人道也"的一些隐私和盘托出，但由于个人的隐私或许涉及阴暗的领域，而那些领域并非所有人都能接受或了解，一旦长期累积这一类的负面信息，最后也很容易会造成伤感情，而伤感情的结果便导致二人的关系破裂。

中国有个成语典故，叫作"破镜重圆"，但事实上，破镜是无法重圆的，无论如何弥补，人际关系中的裂痕都难以真正消除。因此，为了避免裂痕的产生，富有智慧的人会选择合适的方式尽早化解紧张的关系，而人与人之间关系裂变的压力需要靠智慧来识别。即使只是在有限的人生经验中，各式各样的关系破裂也是屡见不鲜的，在那些人生经验中，或许是我们充当施压于人的一方，或许是他人担任施压于我们的角色，但都造成彼此的伤害，印证了庄子所说的"相刃相靡"。人与人之间的关系是需要用智慧来经营的，我们要用智慧来了解人性的多样与复杂，从而掌握到人与人相处的底线与分寸。拥有智慧的处世方式是一种十分难得的教养，有待我们不断去学习和掌握。最重要的是，我们不能因为喜欢一个人就毫不设限，或过度随便，而错以为那是亲近关系的反映，这是应该要被纠正的观念。

回到脂砚斋对宝钗的评价，我终于明白"可喜之人，亦未见醴密之情"的难能可贵，那才是一种让彼此关系可长可久的正面方式。随着人生经验的增长，我对人性的认识也越来越深刻，而慢慢地了解到，正是出于对对方的珍惜和喜爱，我们才必须要懂得适可而止，不能仅凭借一腔热情鲁莽地与人相处。脂砚斋对宝钗的描述实质上与"圣人之常，以其情顺万物而无情"是一致的，她廓然而大公，物来而顺应，因此对外界事物没有强烈的亲疏远近之差异，这是君子之所为，也是"无情说"的另一层奥义。我慢慢了解到，而对自己讨厌的人不将冷淡之心形诸声色，乃是君子的修养，而懂得尊重自己喜欢的人的感受，并懂得退后一步给对方留下足够的空间，让双方能够可长可久地交谈与相处，更是君子之所为。出于对对方的珍惜，我们要懂得如何控制自己，这一类的感受在宋明理学中有更精致、更深刻的表述，有待读者继续深入了解。

小说本是从人情世态来反映生命哲学的文体，宝钗泯除了主观的执着与个人的好恶，甚至超越了亲疏远近的情感差序格局，她才可以做到不偏不倚地权衡裁量，事事都尽量回归到"天钧"的状态，让自身臻及随运任化的自在境界。在这样的人生态度之下，宝钗不仅对亲疏远近一视同仁，连个人遭遇的炎凉甘苦、天地万物的聚散无常，也都可以怡然自安而不受影响，诚然是十分难得而可贵的。宝钗的"无情"是超越了个人的主观好恶与偏私，同时对于自我的得失荣辱亦皆一并超越，而帮助宝钗达到这一境地的深层原因也与冷香丸有关。

冷香丸

现在，我们来探讨"冷香丸"的命名以及它的象征意义。在全面爬梳《红楼梦》的文本内容与反复思考之后，可以发现冷香丸的含义绝对不是一般人所认为的那样，即"冷"是指宝钗的人格冷酷无情，而"香"是指她的外表美艳。试想，为什么不可以反其道而行之呢？即"冷"是形容外貌的冷静，而"香"是在赞美人格的芬芳，犹如屈原的香草譬喻！既然"冷香"这两个字乃是相提并论，则任何片面取舍的单一诠释都是不妥的。倘若宝钗并非一个冷酷无情的人，那么很显然地，冷香丸的"冷"字也不能作"冷酷无情"之解，而"香"也不一定只是单指她的外表。

在推翻既有的诠释框架之后，我们应如何重新认识冷香丸的含义呢？首先可以参照脂砚斋的解释：

历看炎凉，知看甘苦，虽离别亦能自安，故名曰冷香丸。

也就是说，在看遍了世态炎凉、得失荣辱后，宝钗深深了解到人生各种甘苦的况味，而使得她能够在历尽沧桑之余获得一种稳定与平衡的智慧，如此超然的心态能让一个人在面对"离别"这种人生最痛楚的遭遇时亦能自安。南朝文学家江淹在《别赋》中开宗明义便感叹道："黯然销魂者，唯别而已矣。"李商隐《离亭赋得折杨柳二首》其一也曾说"人世死前唯有别"，"离别"可以说是除了死亡之外，生命中最痛入骨髓、最惨彻心魂的一种经历，也是人生痛苦的一大来源。而宝钗这一类受到儒家高度教化并具有超越性人格的人，他们能够在离别的遭遇中做到自我安顿，那真的是由学问所带来的一种灵魂高度的持平，据脂砚斋的说法，这般的人格才是冷香丸真正的象征意义！

回顾整部小说，曹雪芹是否对宝钗"虽离别亦能自安"的心灵境界有所同步表现呢？答案是肯定的，而且处处可见。参照众金钗在第七十回桃花诗社的活动中，宝钗于《临江仙·咏柳絮》一阕里写道："万缕千丝终不改，任他随聚随分。"便意谓着无论这个世道如何地动荡不定，都不改其志，因此面对聚散无常、随聚随分的外在变化，内心依然稳定安详，仍旧谨守人格的重量，不失平衡。那岂不正是"虽离别亦能自安"的绝佳呼应吗？通过宝钗《柳絮词》所做的抒情言志的自我表达，再联系脂砚斋对冷香丸的诠释，证明这才是一种合理的解读方式。

因此，冷香丸的"冷"字可以解释为宝钗的冷静，"香"也可以理解为一种道德所散发出来的人格芳香，例如宝钗的住所名为"蘅芜苑"，源自蘅芜苑中遍地所种的香草，包括杜若、蘅芜、藤萝、薜荔、茝兰、清葛等等，见第十七回、第四十回，而"香草"意象早在《楚辞》的系统中便被比拟为君子贤人的道德象征。所以，有关冷香丸复杂的象征意涵，绝对不能望文生义和断章取义地孤立去看待。

其实，作者在设计冷香丸的象征意涵时也煞费苦心，小说中处处呈现了冷香丸的象征寓意，故而面对冷香丸所对治的疾病以及宝钗生病的缘由，我们都需要进行一种全面性的思考，宝钗之所以需要服用冷香丸，其中一定存在着一些特殊的缘故。清末以来喜欢《红楼梦》的人，尤其是抑钗扬黛派常常认为，书中为了衬托黛玉于是将宝钗设计成一个坏人，如清代解盦居士《石头臆说》所言："此书既为颦颦而作，则凡与颦颦为敌者，自宜予以斧钺之贬矣。宝钗自云从胎里带来热毒，其人可知矣。"

但是，这一番话根本上便存在很大的问题，首先，《红楼梦》一书真的是为了颦颦一个人而作的吗？当然不是，这部巨作呈现了对个人、家族甚至整个世界的种种哲理性的反思，并且通过很多具体的人物与事件来呈现世间万象、人性百态，形成一种无比丰富多元而复杂奥妙的复调交响曲，林黛玉只不过是其中的人物之一。第二，解盦居士说凡是与颦颦为敌者，都要用斧钺来贬低，那其实已经是抱有很强的好恶成见之心，正是我们应该要尽量避免的。事实上，连是否有人与黛玉为敌都还有待仔细考察，读者实在不应该自行去创造敌人，而流于党同伐异。

无名之症

回归文本内容，我们来仔细看看小说家如何描述宝钗生病的原因以及治病的原理。在第七回中，周瑞家的因这几日不见宝钗，便问道：

> "这有两三天也没见姑娘到那边逛逛去，只怕是你宝兄弟冲撞了你不成？"宝钗笑道："那里的话。只因我那种病又发了，所以这两天没出屋子。"周瑞家的道："正是呢，姑娘到底有什么病根儿，也该趁早儿请个大夫来，好生开个方子，认真吃几剂药，一势儿除了根才是。小小的年纪倒作下个病根儿，也不是顽的。"宝钗听了便笑道："再不要提吃药。为这病请大夫吃药，也不知白花了多少银子钱呢。凭你什么名医仙药，从不见一点儿效。"

从宝钗的口中可以得知，她的病是长期的宿疾，请了多少名医仙药都不奏效，这一点恰恰与黛玉有些近似，试看第三回中，众人见黛玉先天有着不足之症，便问她吃什么药，黛玉道："我自来是如此，从会吃饮食时便吃药，到今日未断，请了多少名医修方配药，皆不见效。"由此可见，黛玉与宝钗所罹患的都不是一般的疾病，一般的疾病来自于筋骨形骸所产生的问题，那是可以通过一般的世间药方而对症下药的。

再看宝钗接着说："后来还亏了一个秃头和尚，说专治无名之症，因请他看了。"据此更证明了这两个人所患的疾病都可称为"无名之症"，也就是一般的医理没办法解释的疾病。《红楼梦》为黛玉后设了一个"木石前盟"的神话，用以解释黛玉为何总是爱哭、忧愁幽思、风露清愁的根由。而在此要特别提醒一下，我们不能用科学的逻辑去解读《红楼梦》中的神话，因为那些神话根本上只是为了要说明人物的性格特质。在了解这一点之后，我们再继续比对这两位少女医治疾病的方法。

首先，两人所患的都是"无名之症"，而度化她们的也都是和尚。其次，和尚提供给黛玉的疗治之道是要化她去出家，而提供给宝钗的对症方法则是一帖"海上方"。之所以同中有异，关键在于两个人的性格完全不一样，所以医治的方法也不相同：黛玉的个性太钻牛角尖，以致病根太重，加上身体又太柔弱，所以必须要出家才能够彻底断了病根；而宝钗先天浑厚，性格比较健全，体质又比较强壮，所以只要服用冷香丸便可缓解疾病。和尚说宝钗的病是："从胎里带来的一股热毒，幸而先天壮，还不相干。"也就是说，宝钗无论是身心还是其他方面都比较强健，所以能够抗拒得了疾病所带来的影响而不至于致命，这也是两人之间最大的不同。

黛玉的不足之症是一眼便能够看得出来的，作者给予对应的神话解释，即黛玉的前世为一株绛珠仙草，不幸奄奄一息，只因有神瑛侍者恰巧路过，发了好心灌溉甘露给她，否则仙草是要枯死的。绛珠仙草那种非常脆弱的先天不良的体质，从前生带到了今世，所以黛玉看起来十分消瘦，"病如西子胜三分"，而宝钗则拥有健全的先天特质与后天环境，包含母亲的教养以及家世的背景各方面，所以这种"无名之症"就不会对她产生重大的影响。

原书在形容宝钗"幸而先天壮，还不相干"两句旁，有脂砚斋侧批道："浑厚故也，假使颦凤辈，不知又何如治之。"批语所说的"浑厚"指的不仅是宝钗的体质，还包括她的心量，她不会为了一些小小的情感刺激便大喜大悲、情绪动荡。脂砚斋接着指出，如果让黛玉与王熙凤此等人物得了这种所谓胎里带来的热毒，那么纵然是冷香丸也不能够压制、解决得了。换句话说，黛玉先天即有不足之症，再加上后天爱哭，时常处在一种心神焦虑的状态中，古人知道那样其实非常伤身，《圣经》中也提及："忧伤的灵，使骨枯干。"难怪黛玉会病势沉重。而王熙凤虽然精明能干，但是她常常渴望实践自身的才能，以致过度耗损，有失保养，这种十分积极实现自我的欲望也是很难根治的，所以王熙凤在小产之后，病情不但没有好转反而加剧，无不可见健康状况其实都与她们内在的心灵状态有关。

那么，冷香丸究竟是从何而来呢？针对宝钗所言："他就说了一个海上方，又给了一包药末子作引子，异香异气的，不知是那里弄了来的。"甲戌本上有脂砚斋批道：

> 卿不知从"那里弄来"，余则深知是从放春山采来，以灌愁海水和成，烦广寒玉兔捣碎，在太虚幻境空灵殿上炮制配合者也。

而参照第五回，可知"放春山""灌愁海"正是太虚幻境的所在，在这一回中，宝玉刚刚进入太虚幻境之际见到一位仙姑，那仙姑自云："吾居离恨天之上，灌愁海之中，乃放春山遣香洞太虚幻境警幻仙姑是也。"所以根据脂批，我们得知冷香丸来自太虚幻境。再对比太虚幻境的其他产物包括"千红一窟""群芳髓""万艳同杯"，更清楚显示了冷香丸的意涵绝对不是一般读者所以为的那么简单，因为它与千红一窟、群芳髓、万艳同杯具有孪生的关系，也因此具有同样的象征意义，即女性的集体悲剧！此外，宝钗服用的冷香丸是用"灌愁海水"所调和而成的，这又与黛玉的前身绛珠草"饥则食蜜青果为膳，渴则饮灌愁海水为汤"有着共通性。

由此可见，曹雪芹在塑造全书的两大女主角时，都用了一种非常有趣又合情合理的安排来刻画她们的先天禀赋。通过脂批的补充，我们知道与黛玉的性格特质息息相关的灌愁海水，实际上也同样是宝钗人格因素的来源之一，而为什么宝钗如此一位得体大方的大家闺秀，要服用由灌愁海水所和成的药丸呢？很明显地，那是在暗示这两位女主角都不能摆脱"愁"的命运，但是彼此又有所不同，一个是先天性的，是饮灌愁海水为汤；一个是后天的，所以要用灌愁海水调成的药丸来达到治病的效果。这便是两人都有"无名之症"的原因。

胎里带来的热毒

能称为"无名之症"的显然便不是一般的身体病患，那种疾病可能带有一些先天性以及一种身心连贯的影响，很大程度上与人格的先天特质和后天因素有关，所以是一种所谓的"身心症"。关于宝钗从胎里带来的一股热毒，一般的读者很容易望文生义，用自己所熟悉的知识系统去加以理解，这种做法虽说是人性的弱点，不算什么大错，但却注定会导致误解，于己无益、于书无补，因此我们不应该停留在目前的知识水平上，而是要察觉到自身的渺小以及知识范围的狭窄，努力通过读书来扩大眼界，让我们更了解这个世界中人性可能存在的复杂。在此，我要引用苏联学者伊·谢·科恩的一番提醒，他说：

> 一知半解者读古代希腊悲剧，天真地以为古代希腊人的思想感受方式和我们完全一样，放心大胆地议论着俄狄浦斯王的良心折磨和"悲剧过失"等等。可是专家们知道，这样做是不行的，古人回答的不是我们的问题，而是自己的问题。专家通过精密分析原文、词源学和语义学来寻找理解这些问题的钥匙。

科恩虽然是以古希腊悲剧为例，但其道理对于我们理解《红楼梦》也是完全适用的。事实上，我们连对同时代、同环境的人都了解甚少，虽然彼此呼吸着同样的空气，受到相同价值观的洗礼，甚至是在同一套社会制度的运作下成长，但是我们背后还是有各式各样的家庭背景、彼此不同的成长经历，而导致了许许多多的差异，更何况是与存在着时代鸿沟的古人。经过民国初年以来历史文化的巨大断裂，传统与现代之间横亘着一段极为遥远的时空距离，我们对古人的所知也就更少。

与科恩所言相同的情况，我们也常用一知半解的方式在理解《红楼梦》，认为和尚说宝钗有"胎里带来的热毒"便是在否定这个人物，并将冷香丸视为宝钗性格冷酷的证物，那是因为我们常常忽略《红楼梦》所回答的是他们自己的问题，即这种世家大族面临末世的状况下所会遇到的问题，而不是我们现代人的问题，事实上我们很难体会处于那等的独特阶级里，当遇到毁灭的转捩点之际，其中的感受究竟如何。所以我们要通过精密地分析原文，通过词源学和语义学来寻找正确理解这些问题的钥匙。

接下来我们便先探讨所谓的"热毒"。通过爬梳、整理《红楼梦》前八十回的文本以及参考脂批，我注意到作者在解释书中人物的独特性以及个别的差异性时，会不断地去追溯他们先天所禀赋的一种性格内核，同时更探索他们后天的成长环境类型，双管齐下地说明他们的性格成因，也就是说，即使是同一种先天的性格内核，如"正邪两赋"，都会通过后天教育的分殊化而导致塑造出不同的人格特质。为了解释这个问题，曹雪芹在文本里以及脂砚斋在批语中都不断地强调"先天"的概念，而其中相关类似的，也暗含"先天"概念的词汇，便包括"从胎里带来的"。

那么，这一股先天上与生俱来的热毒又是什么呢？由于我们对"热毒"这样的字眼完全没有什么好感，觉得是一种具有杀伤力、非常邪恶的词语，因此很容易朝着负面的方向去解释宝钗。比如解盦居士便给予这样的诠释，其《石头臆说》道："薛氏之热毒本应分讲，热是热中之热，毒是狠毒之毒。"现在很多相关的文章万变不离其宗，惯于把"热"解释为热衷功名利禄、现实利益等，而"毒"更是被视为形容宝钗的邪恶。所以解盦居士接着说，从"热毒"一词就可以看出曹雪芹"其痛诋薛氏处，亦不遗余力哉！"该类简单地、片面地把"热毒"解释为热切追求现实功利之欲望的说法，堪称比比皆是，但是面对《红楼梦》这样一部集各式各样丰富内涵的文化百科全书，以如此浅俗的认知方式去解释"热毒"这个词，真的妥当吗？

下面要提供脂砚斋对"热毒"的解释，它指引了截然不同的方向。甲戌本在"从胎里带来的一股热毒"句下批云："凡心偶炽，是以孽火齐攻。"其中的两个用语实在意义深长。回顾小说内容的书写，"凡心偶炽"这个词汇首先出现在第一回中，当时石头因"凡心已炽"而恳求一僧一道携带它进入红尘，在那富贵场中、温柔乡里受享几年。此外，与石头有关的神瑛侍者也出现同样的描述："恰近日这神瑛侍者凡心偶炽，乘此昌明太平朝世，意欲下凡造历幻缘，已在警幻仙子案前挂了号。"可见无论石头还是神瑛侍者，想要下凡到人间的前提都是"凡心偶炽"，这是石头幻形入世的动机，也是宝玉入世的主要根源，由此更证明了石头和神瑛侍者是二而一的关系，都属于贾宝玉的前身。值得注意的是，脂砚斋同时将"凡心偶炽"用在"热毒"的解释上，所以对于"热毒"的理解，必须要联系宝玉之所以来到人间的原因一并考察，因为他们共有同一个术语，并且享有同样的语义，那是文本内在互证的一个绝佳的客观参照。

不仅如此，脂砚斋还将"凡心偶炽"用"孽火"来补充说明，这更可以回到中国传统的文化背景里获得解释。"孽"字加上个"火"字其实具有很鲜明的佛教思维，对佛教而言，这个世界如同"火宅"，我们来到人间虽然得到了很多的感官享乐，可是那些感官享乐其实是伤害了自身，使人有了烦恼和痛苦。所以"受享"一词从另外一个层面来说，也等于是来到人间受苦，因为人生有得必有失，一僧一道便是以此劝阻石头道："那红尘中有却有些乐事，但不能永远依恃；况又有'美中不足，好事多磨'八个字紧相连属，瞬息间则又乐极悲生，人非物换，究竟是到头一梦，万境归空，倒不如不去的好。"而且当人有得的时候，贪婪的心便会想要得到更多而变成了无底洞，以至于处在一种永远不满足的追求中，由此陷入沉重的焦虑不安，此一状态本质上已经如同地狱。脂砚斋所说的"孽火齐攻"便是告诉我们，当一个人凡心炽热的时候，即会遭受被火焚烧的痛苦，所得到的孽报即是来到人间受罪。这也表明宝钗的"热毒"与石头"凡心偶炽"想要幻形入世一样，都是人性先天的本能欲望，和狠毒之类的人格概念完全无关。

上述所举的佛家观念，是通过脂批的"凡心偶炽"所找到的一个线索，从石头幻形入世的欲望来理解"热毒"。此外，我们还可以参照另一处的情节来理解"热毒"这个词汇，堪称为文本中的一个绝佳内证。第三十四回中，当宝玉被贾政毒打一番而伤重卧床时，宝钗在第一时间送来了丸药，并向袭人吩咐道："晚上把这药用酒研开，替他敷上，把那淤血的热毒散开，可以就好了。"这是第一处提到"热毒"。接下来王夫人因为担心宝玉，而找袭人去问话，此时袭人道：

> "宝姑娘送去的药，我给二爷敷上了，比先好些了。先疼的躺不稳，这会子都睡沉了，可见好些了。"王夫人又问："吃了什么没有？"袭人道："老太太给的一碗汤，喝了两口，只嚷干渴，要吃酸梅汤。我想着酸梅是个收敛的东西，才刚挨了打，又不许叫喊，自然急的那热毒热血未免不存在心里，倘或吃下这个去激在心里，再弄出大病来，可怎么样呢。"

这是第二次提到"热毒"。单单宝玉挨打的一段情节中便有两次提到"热毒"，那很可以提供关于宝钗从胎里带来的"热毒"的正确解释。

统合整段情节的相关描述，有两个重点可以注意：第一，宝玉的热毒是从何而来的？答案很明显，必须先要遭受毒打，受到外力强大的侵逼迫害，才会产生淤血与热毒。第二，宝玉的热血、热毒之所以会那么严重，就在于不许叫喊，他是处在一种压抑和痛苦不得宣泄的状态下，其痛其苦都蓄积在身体之内无法化解，所以才形成了热毒、热血存在心中。而宝钗从胎里带来的"热毒"是否与宝玉"热毒"产生的缘由具有交叉互证之处呢？

我想，为了避免望文生义、穿凿附会，应该先借由传统的医学概念来把握"毒"的意义，而且前提在于这个"毒"是身体内在的某一种东西，不能用外在诸如砒霜之类的毒药来理解。除医学概念的解释之外，再参考训诂书籍的说法，道理便会更清楚了，如《广雅》将"毒"字解释成：痛也，苦也，惨也，这是一种从生理状况延伸出去而可以与心灵状态有关的解释。又另一种解释则是佛教中有所谓的"三毒"之说，即贪、嗔、痴，也就是贪欲、嗔恚、愚痴，此三毒是对灵魂的毒害，能够伤害到自身的佛性，破坏了出世的善心，使众生的身心感到"逼迫""热恼"，"热恼"即烦恼，因此处于"孽火齐攻"的状态下，不能获得安定与沉静。

据此而言，宝钗从胎里所带来的"热毒"固然是与生俱来，但"热毒"其实是指进入人世的那一种凡心，一旦有了凡心之后，心灵便处在"孽火齐攻"的状态中，事实上那是所有的人都不可能完全避免的。因为"三毒"或多或少都会对个人造成干扰与影响，使我们感到痛苦，诚属所有人与生俱来的一种存在本质。而我将这种"热毒"解释为一种对于人生的热情，包含着希望、追求、期待以及喜、怒、哀、乐、贪、嗔、痴、爱等种种好恶情绪，是一种很基本的人性本能。当人性本能过度受到压抑以后，热情欲望无法自然地宣泄或是合理地疏导、转化与升华，痛苦也就产生了，何况就算没有去压抑，对很多人来说，欲望的煎熬本身其实便是一种痛苦。对照宝玉挨打所产生的"热毒热血"，可见小说的文本与脂砚斋的批语事实上更为一致，因此我才会不断呼吁要尽量回归文本，回归到作者的时代脉络里，才能客观且深入地去理解其中真正的文化意涵。

　　"热毒"既然是谁都不能避免的人生本质，则对于治疗这种从胎里带来的热毒而设计的药丸，或许可以找到比较合理的答案。我们应该先追问宝钗发病时的症状到底如何？关于这个疑问，宝钗自己做出了说明："也不觉甚怎么着，只不过喘嗽些，吃一丸下去也就好些了。"但奇怪的是，喘嗽岂不是我们每个人都会有的日常生活经验吗？那根本谈不上是一种疾病，最多只能算是身体的轻微反应，伤风会喘嗽，劳动稍微激烈一点也会喘嗽，甚至情绪感触非常激动的时候也会喘嗽，所以喘嗽根本是一个非常普通的生理现象。这般平凡轻微的病症简直与对治的冷香丸极端不相称，因为冷香丸的配方十分烦琐，在一般正常的状况下甚至需要十年的时间才能配制而成，并且冷香丸又是和尚所给的海上方，既然灵丹妙药总是用来克制顽疾，则依常理推断，冷香丸所对治的疾病应该是很严重、甚至足以致命的，不会只是一般性的喘嗽。孰知竟然只不过如此！据此而言，问题显然不在于一般意义下的生理反应，而是另有深层的隐喻，我们必须尽量去理解这里的喘嗽到底有哪些可能。

　　宋淇曾认为宝钗的喘嗽是轻微的哮喘，虽不会致命，但是也不能根治。而引发哮喘的原因各式各样，宋淇又主张宝钗主要是因花粉热而产生的哮喘，所以她的喘嗽属于过敏症，这完全是从生理的角度来理解此一喘嗽现象。我认为或许可以从另一个角度来认识宝钗的喘嗽，即它是来自精神心灵状况的一种身心症，而非单纯地因受到外来的刺激所产生的过敏反应。所谓"从胎里带来的"也就是与生俱来的一种本能的热情，携带这种热情进入人世，便会遭受很多痛苦，因为我们一定会因欲望被压抑，或者面临很多的失落和不能满足而产生痛苦感。

简单来说，宝钗的病因是一种与生俱来的热情，那是每个人都具有的，也是我们来到人世间以后无法也根本不需要完全根除的人性本能。这种人性的本能有好有坏，好的就如孟子所谓的"四端"："恻隐之心，仁之端也；羞恶之心，义之端也；辞让之心，礼之端也；是非之心，智之端也。"坏的本能即包括贪婪自私、自我中心等，所以需要后天不断地扩充和涵养"四端"，努力将不好的人性本能所带来的影响减到最低，然后才可以成为一名君子，那便是为什么后天教育也一样非常重要的原因。幸而宝钗是先天壮，心理状态很是浑厚均衡，她的豁然大度也使得她对别人的怨怼浑然不觉，所以心理的不平衡感便相对减少，再加上她的体质也比王熙凤和黛玉来得健全，所以才产生了与二者不同的对治方式。

在全书中，黛玉是喘嗽最频繁、最强烈的代言人，这或许可以帮助我们解释宝钗的喘嗽。首先，喘嗽是一种正常现象，而在《红楼梦》中，喘嗽应该是一种情感疾病的表征，也正是所谓的"热毒"，此毒即"三毒"之类，可以扩充到人的喜怒哀乐等种种本性来理解，热毒通过身体转化之后外显出来的症状便是喘嗽。所以当宝钗喘嗽时，便表示此时内心失去了平衡，需要服用一点冷香丸以恢复原先的平静与冷静。

回到冷香丸药材的设计原理来看，既然喘嗽是正常的情感表现，又为什么要大费周章地制作冷香丸去对治它？黛玉吃的是人参养荣丸，因为她先天不足，所以需要滋养。可是黛玉的情感表征更为强烈，而且对她来说，情感是源自先天"饥则食蜜青果为膳，渴则饮灌愁海水为汤"所造就而成的独特的人格禀赋，那么何以黛玉不用服食冷香丸呢？在此一对照之下，或许可以让我们体会到作者在设计黛玉的时候，是刻意安排她既具备特殊的先天禀赋，后天生长的环境又比较不受压抑，因为黛玉在本家是一个娇养的独生女，来到贾府之后又是炙手可热的宠儿，相对可以率性而为，因此黛玉是不大需要克制自我的人，以至于她的喘嗽也就出现得较为频繁。宝钗则不一样，她一有喘嗽的症状便得服用冷香丸，以恢复到平时周全均衡的情绪和为人处事的浑厚状态中。在这般的理解层面下，冷香丸所代表的其实即一个人的内心状况，由曹雪芹所设计的海上方，足见冷香丸显然有其独特的象征意义与意涵。

配制冷香丸

关于配制冷香丸的药材，首先要注意所需的花蕊都是白色："春天开的白牡丹花蕊十二两，夏天开的白荷花蕊十二两，秋天的白芙蓉蕊十二两，冬天的白梅花蕊十二两。"试想，当所有的花都是白色的时候，看起来会是什么感觉？此时这些花就只有大小的差别，而远远看过去一片都是洁白，其实大小的差异也不大。尤其白色在中国文化中又往往与悲剧有关，如丧事等，所以我认为白色其实是带有特定的文化意涵的，那些白花并无点染春天时的缤纷色彩，象征着缟素与苍白，也象征着纯净与淡泊。

此外，配制冷香丸的药材计量单位都与数字"十二"有关，如花蕊十二两、雨水十二钱、露水十二钱、霜十二钱、雪十二钱，还有十二钱的蜂蜜、十二钱的白糖，以及十二分的黄柏。搭配春夏秋冬四季的花蕊以及二十四节气的要求，也都包含了"十二"的基数，则首先可以产生的象征寓意，即意味着终年不断。

此外，关于"十二"这个数字，《红楼梦》一定有其自身想要表达的象征意义，该象征意义也都需要我们回到源远流长的中国传统文化里去理解。在《左传·哀公七年》中便提到十二是"天之大数"，乃宇宙运行的基本节奏，构成了世界的秩序，例如一年有十二个月，再细分为二十四节气，推而扩之，十二年也叫一纪年，还有十二地支、十二生肖等。"十二"是一个非常重要的轮回与循环的单位，从古到今，这个"天之大数"深深地烙印在我们的生活文化里，是我们理解整个世界的一个基本范畴。《红楼梦》中也有奠基于文化传统的数字使用，如补天弃石的尺寸大小是"高经十二丈、方经二十四丈"，并且更将"十二"用在十二金钗上，而有正十二钗、副十二钗、又副十二钗的统整归类，显然是代表所有女性的意思。正因如此，在第七回叙述冷香丸的药方时，甲戌本脂砚斋侧批道："凡用'十二'字样，皆照应十二钗。"

由此可见，冷香丸并不完全是宝钗个人专属的独特象征，而是作者借由宝钗作为代表，将所有的女性悲剧加以展示出来。回想冷香丸不正是由太虚幻境的灌愁海水调制而成的吗？黛玉的前生饮用的是灌愁海水，宝钗来到今世以后也要服用带有灌愁海水成分的药丸，这两者之间恐怕有一个同样的根源，那就是人类与生俱来的、每一个人都有的本性，如前面所述的三毒之类。举例来说，圣严法师在其回忆录里便谈到，佛教中人首要克服的两个基本原始本性即"食"与"色"，而在漫长的修行过程里，最初的那些年，他对于"色"其实还是没办法完全不动心，所以在修行过程中一直不断地努力克服。圣严法师是把佛法实践在现实人间，使得人人都可行可为，也因此变得更好的一位非常了不起的人物，初期却也不能免于那一类的考验。由此看来，我们与生俱来的本性真的需要靠后天不断的努力、不断的升华。

换言之，每一个人的内在其实都有灌愁海水的成分，小说中的十二金钗也都同样受到这般的痛苦，一旦将冷香丸制作过程中的数字"十二"与十二金钗相互联系，则通过这个线索可以更清楚地看到，春夏秋冬的四种花品恰巧也是六位金钗的代表花。春天开的牡丹是宝钗的代表花，夏天开的荷花是香菱的代表花，秋天开的芙蓉是黛玉以及晴雯的代表花，冬天开的梅花是李纨乃至妙玉的代表花。这六人所展现的都是活生生的真实样貌，有青春少女的春心，也有完美淑女的浑厚，而早寡的李纨从一出生便受到封建礼教的洗礼，所以她很快地进入白梅花的状态，至于年幼出家的妙玉，则还是色泽艳丽如胭脂的红梅花。

以李纨的白梅花作为一个参照，作者告诉我们：牡丹花变成了白色，荷花也漂白了，就连芙蓉也不能够免除缟素的命运。从春天到冬天，白色会不会是礼教的象征呢？有的从一出生便接受礼教，有的人是中途深受礼教的收编，有的人则很早便已经变成礼教中最完美的淑女，因此都用"白"来显示，包括芙蓉花黛玉都要走向一条非常完美的闺秀道路，那也是身为贵族女性的十二金钗所不能避免的终极命运。

综合来看，由数字"十二"与"白色"再加上各人的代表花，根据我个人的专题研究成果，冷香丸的设计便是要呈现所有的女性都不能够免除礼教的深刻影响，如同冷香丸炮制而成的地方是在太虚幻境，而那里的薄命司以及"千红一窟""群芳髓""万艳同杯"等物品，不也都是女性悲剧命运的代名词吗？如此一来，冷香丸的"冷"字或许可以解释为冷却，即脂批所说的"香可冷得"，指冷却那些美好的芳香。而"香"在《红楼梦》以及传统文化中都有象征美丽女性的含义，例如所谓的软玉温香、怜香惜玉，所以冷香丸的意涵或许是指这些美丽的少女们终究都要步向缟素，接受礼教的洗礼收编。从这个角度来说，"冷香丸"便是与"千红一窟""群芳髓""万艳同杯"互为形容女性悲剧命运的同义词。

试看宝钗只要一喘嗽就得服用冷香丸，那么回顾全书，宝钗又是在什么状况下会喘嗽呢？于第二十七回宝钗扑蝶之际，作者便形容她"香汗淋漓，娇喘细细"，这是宝钗难得展现出活泼童心的一面，可此时也许即得服用冷香丸了。前面说过，喘嗽其实是一种与生俱来的欲望、本能的热情，既然人不可能完全变成槁木死灰，则宝钗也难免有这般游戏玩耍的时刻，于是一不克制便出现了流汗喘气的情况，那确实和她平常稳重和平的形象大相径庭。

再看配制冷香丸的成分还有雨水、霜、露水、雪，中医将这四样归纳于"天水类"，认为它们是从天而降的水。在考察了《本草纲目》以后，我发现天水类具有以下几个特征：第一，它们都是从天而降，所以古人认为它们非常洁净，没有受到大地上各种人类活动、风土尘埃的污染。就连汉武帝求仙时，也刻意打造了一座高出云表的金铜仙人，手掌中托有承露盘，用意是以最干净的露水调制而成的仙药会比较有效。第二，它们都是所谓的结晶品，尤其是霜、雪等水的结晶，是纯净到了极点才会变成的精华产物。以这四样东西入药便具有去毒、解毒的功能，可想而知，要化解宝钗从胎里带来的热毒须得用到这些天水。

但上述所言只是一个单一的层次，或许还有其他不同层面可以来解读冷香丸。表面上冷香丸是在压抑人性，使得所有缤纷的色彩都被化约成单一的白色，显得非常无情，仿佛礼教只是负面地在戕害人性，然而，真的是这样吗？我认为实际上并非如此，礼教也有其非常正面的地方，如同天水类的洁净有其正面的意涵。毕竟人性并不保证都是最可贵的，生物本能、心理情绪本身并不等于是一种正面价值，要成为正面价值，一定得要经过后天的努力。同样地，孟子虽然主张性善，但只不过是说我们与生俱来便有"四端"，即恻隐之心、羞恶之心、辞让之心、是非之心，而这四端只是一个很微小的萌发点，有善端并不等于就是一个善人，每个人都必须努力向善，使得先天的良好禀赋得以扩充、涵养，才能够不断地提高自我的人格层次。一旦没有后天的扩充与涵养，"四端"很快即会被淹没，因为人有太多的邪念与恶意，还有更多由敷衍、随便、冷漠所构成的"平凡的罪恶"，会使得四端很快地消失死亡。所以如果从正面来看，后天的教育、各式各样的道德涵养甚至包括礼教，都可以说是非常良好的提升一个人的环境力量。

以上我们从各种不同的角度来理解冷香丸，这正显示了小说家的宏大与宽广，以及小说作品的深不可测，所以确实是一个正确的解读方向。

何时开始服用冷香丸

接着，我们针对宝钗开始服用冷香丸的年龄再做一点补充。比对《红楼梦》的相关文本之后，以下的几点信息可以帮助我们推断宝钗服用冷香丸的大约年龄。

第一，如果冷香丸的功效在于压抑、对抗或是陶铸、转化人人皆有的一种天性本能，则我们可以回到宝钗的成长经历来看看是否如此。第四十二回中宝钗对黛玉说：

> 你当我是谁，我也是个淘气的。从小七八岁上也够个人缠的。我们家也算是个读书人家，祖父手里也爱藏书。先时人口多，姊妹弟兄都在一处，都怕看正经书。弟兄们也有爱诗的，也有爱词的，诸如这些"西厢""琵琶"以及"元人百种"，无所不有。他们是偷背着我们看，我们却也偷背着他们看。后来大人知道了，打的打，骂的骂，烧的烧，才丢开了。

这一段话清楚说明了七八岁以前的宝钗也是淘气的，与遭到大人们"打的打，骂的骂，烧的烧"而改过自新以后大为不同，所以我将七八岁看成是她生命中的一大转捩点。巧合的是，在古代，孩子们到了七八岁便要开始上私塾，接受正规的教育，从顺任本能的原始天然状态中脱离出来。宝钗小时候的淘气便表现于"姊妹弟兄都在一处，都怕看正经书。弟兄们也有爱诗的，也有爱词的，诸如这些'西厢''琵琶'以及'元人百种'，无所不有。他们是偷背着我们看，我们却也偷背着他们看"。而她开始脱离淘气的阶段，是在大人们"打的打，骂的骂，烧的烧"的教育之后，足见"打骂"对于这种世家大族成长中的年轻一辈来说，是他们甚至成年以后都不能避免的一种教育形态，事实上只要做父亲的尚在，他们基本上都是用打骂的方式来教育下一代。

回想一下《红楼梦》中的几个成年男子，有的已经是担当理家大任的成熟大人，可是只要父亲不高兴，他们还是会遭到夹头夹脑的答打。例如贾琏，于第四十八回中，只因为他不赞同用下三滥的手段夺取石呆子的扇子来孝敬给父亲贾赦，而对贾雨村的做法表示不以为然，就被贾赦打了个动弹不得。但纵然如此，贾琏也完全没有批评父亲收受他人不当之物的过错，那是他们身为世家大族的子弟根本不敢做的，因为对他们而言，父亲乃是天大地大、神圣至尊，父亲所说的话便是圣旨，他们彻骨没有任何反抗的意念。因此连平儿提到此事时，咬牙切齿所骂的也是贾雨村，可见世家大族的教育形态真的与我们现代大不相同，我们不能因为不理解他们的教育信念便妄加批评。事实上，贾政答挞宝玉一点都不能称为残酷，尤其宝玉"在外流荡优伶，表赠私物，在家荒疏学业，淫辱母婢等"，对于此等世家大族来说，这种行为将置祖宗颜面于何在？

总而言之，"打的打，骂的骂，烧的烧"属于该类大家族的教育常态，宝钗在七八岁之后也即与别的兄弟一样，回归到贵族阶层所要求的教育常轨之中，把一些所谓淘气、不合规矩的作为给丢开。

第二，在第五十七回宝钗与邢岫烟的一番对话中，也显示出宝钗由富丽转向简朴的转变。当时她看到岫烟身上多了一个玉佩，询问之下获悉是探春赠送的，于是对岫烟说道：

　　他见人人皆有，独你一个没有，怕人笑话，故此送你一个。这是他聪明细致之处。但还有一句话你也要知道，这些妆饰原出于大官富贵之家的小姐，你看我从头至脚可有这些富丽闲妆？然七八年之先，我也是这样来的，如今一时比不得一时了，所以我都自己该省的就省了。将来你这一到了我们家，这些没有用的东

西，只怕还有一箱子。咱们如今比不得他们了，总要一色从实守
分为主，不比他们才是。

从两人的对话可知，薛家应该已经处于外强中干的状况，宝钗也
十分了解事实，以至于她从自己开始做起，知其不可而为之地力挽狂
澜。宝钗说七八年之先，她也是富丽闲妆，这显示出喜欢打扮是人性
中一种很本然的心理，何况还有环境的要求，但是在此之后，她的衣
饰都淡雅素净、一色半新不旧，蘅芜苑也被她布置得如同雪洞一般。
将相关的文字段落整合来看，我们可以推测出宝钗在七八岁时开始受
到一些外力，如礼教道德的介入，使得她的本性有了转变与升华，让
她远离了浮面不实的富丽闲妆。我想这样的一个推论是合理的，因为
富丽闲妆确实是外在的装饰，当我们发现内在有一种更为充实的力量
时，外在的装饰也就可以不怎么放在心上。

根据以上两点，我们大概可以推断宝钗的发病年龄应该是在"打
的打，骂的骂，烧的烧"，即七八岁之际天性横遭压抑，待活泼的天性
和热情被压抑一段时间之后，也就转化为身心症，而开始外显出来呈现
喘嗽的病状。所以对宝钗的成长来说，七八岁是一个很重要的关键点。

再考虑第三个文本证据，即冷香丸的制作很有可能要花上十年的
时间才能够完成，显然宝钗的病症其实并不是很严重，否则缓不济
急，早已致命，也证明了所谓的宿疾只是一个人在成长学习的过程中
进行自我超越时所会遇到的关卡。

对人们来说，面对自己、改变自己本来就是一件很困难的事，在
这个蜕变的过程中，必须要与自我搏斗，才能够改变自我。而一般人
所谓的"个性"是：只要我喜欢，便可以不惜违抗周遭外在的各种规

范，以为如此即是自我的实践，但这是一个非常简化的、甚至错误的观念。事实上，"个性"是一个人很清楚自己可以活成的某种样貌，那是自身所认可的更高价值，在清楚认识到这一点之后，为了此一更高的价值而努力通过实践去自我改造。我们不惜辛苦地改变自己，违背一些既有的天性，诸如自私自利、好逸恶劳、贪生怕死、嫉妒贪婪等，只为了让自己成为一个更好的人，而最终所达到的那种性格特质才有资格称为"个性"，所以"个性"是在千锤百炼之后才能铸成的。人之所以活着，并不只是来满足物质世界的各种追求而已，我们还必须要了解这个世界，尊重这个世界，不应该让自己构成这个世界的负担，最好是更可以有所贡献，因此要让自己有所改变与超越。换句话说，违背自己的天性并不完全是一件不好的事，绝不能单用"礼教吃人"来解释所谓的压抑个性，因为人性必须要升华，个性真的是需要打造的，灵魂更是需要雕琢，没有一种与生俱来的东西可以叫作"价值"，"价值"是生命升华以后才会产生的。

所以，我们不能因为冷香丸的功效是抑制胎里带来的热毒，便把它当作一个负面的东西来反对，更何况冷香丸的药料制作有可能真要花上十年的时间，据此便足以证明冷香丸所对治的疾病并不是多么严重，毕竟自我成长的过程十分漫长，并非一蹴可几。由此也让我们意识到本性真的必须要有所升华，进而调整自己的个性，希望灵魂的造型可以雕琢得更美，这是值得我们现代人努力和进一步思考的问题。

那么，究竟花了多久的时间才配成冷香丸呢？宝钗说道："一二年间可巧都得了，好容易配成一料。如今从南带至北，现在就埋在梨花树底下呢。"如果宝钗是七八岁时开始有了喘嗽的症状，之后再寻医治疗，等到秃头和尚给了海上方，再花一两年的时间将药丸配成，如此一来，我们只能很粗略地估计宝钗是在十岁左右开始服用冷香丸。到此为止，我们对于冷香丸的所有方面大概都做了一个完整的交代。

"外静而内明"

接下来再探讨宝钗启人疑窦的其他方面，尤其是不喜欢她的人都将一些客观的文本描述解释成她的罪证，但是那其实存在着很大的误解。首先，这根本违背了整部小说对于宝钗的整体设计；第二，有一些批评，其实是批评者想当然耳的推断，他们对于传统社会中的世家大族一无所知，对于整部小说以及脂批中的评论也不予理会，那些轻率的论断其实毫无价值可言。成见建立于无知之上，然后又把成见当作真理，这都是我们需要自我检讨的地方。

让我们再回到冷香丸的象征寓意作为讨论的基点。二知道人原名蔡家琬，是一位颇有见地的《红楼梦》评点家，发表了许多真知灼见。虽然二知道人的部分观点我并不赞同，但他对于冷香丸的理解是值得我们思索的，相关说法也符合脂砚斋所给出的方向，其《红楼梦说梦》中写道：

> 宝钗外静而内明，平素服冷香丸，觉其人亦冷而香耳。

此处所说的"外静而内明"与宝钗所服用的冷香丸有关，但问题仍在于"冷而香"的"冷"，究竟是"冷酷"抑或"冷静"之意？两者堪称天差地别，不可不加以区辨，给予正确判断的关键便在于"冷而香"的"而"字。从修辞学的角度来看，"而"这个字作为连接词可以有两种不同的用法，一是对等并列，一是反向转折。比如说一个人聪明而善良，此时的"而"是对等并列的用法，相当于"并且"的意思，因为聪明、善良都是正面的价值。再举另一个例子：说某个人很丑而温柔，此处的"而"则是相反转折的用法，相当于"却""然而"的意思，因为丑和温柔属于正反不同的范畴。那么，"冷而香"中的"而"到底是指宝钗"冷酷却美丽"，还是同一个范畴的对等连接，指"冷静且美好"呢？

幸而这段文字还有绝佳的文本内证作为参照系，试看前面的第一句说宝钗"外静而内明"，按二知道人的表述逻辑，"外静"与"内明"都是正面的肯定，可见"而"字是表示前后同等并列的用法。既然在对仗的情况下，前后两句中的语法应该是一致的，也就是"冷而香"与"外静而内明"的"而"字用法一致，则"冷而香"即同属前后同等并列的用法。据此，便无形中传达出二知道人对于"冷"与"香"的正面态度，"冷"字在这里明显并非"冷酷无情"的负面批评之意，而是相应于"外静"，指外在所呈现的冷静沉稳，"香"则是相应于"内明"，指内在的明智通透，其语序和语意的对应关系如下：

冷而香＝外静而内明

冷＝外静

香＝内明

顺着这般的思路来思考，"冷"与"香"、"外静"与"内明"都具有相近的道德意涵，则小说家乃是用"冷香"传达出传统礼教所隐含的道德高度与正面价值。

仔细探究文本，宝钗"外静而内明"的处世方式诚然合乎宋明理学的传统。只可叹一提起宋明理学，世人往往会想起"存天理，灭人欲"这句广为人知的标语，并以此来批驳宋明理学，但那是现代人的断章取义。事实上，从"存天理，灭人欲"六个字在上下文中的整体脉络，以及背后所蕴含的学术思想和哲学体系来看，其实理学家并非是要否定人欲，而是向世人揭示许多欲望对人类的损害，并引导人们通过更高的、如天理般的价值来提升自身。因此，"存天理，灭人欲"的完整语境与意涵与后人断章取义之后的理解是不同的。后人过分夸大了其中的极端性，那是对理学家的严重误解。简单来说，"存天理，灭人欲"并非要求人们走向极端，而是在一定程度下指引人们向上提升并超越自我的一种方向。

宝钗的"外静"与"内明"有着传统深厚的学术思想或文化根据，不能简单地把"静"与"明"当作一般的语词来理解。明代理学家王阳明《山东乡试录》一文中便曾提及："修身惟在于主敬，诚使内志静专，而罔有错杂之私，中心明洁，而不以人欲自蔽，则内极其精一矣。"修身是为了能够成为一个越来越好的人，因此修身最重要的，就是让自己的心安静下来，不受外在的干扰。而唯有超越世界上各式各样的功名利禄与形形色色的竞争比较，我们才能免除外界的干扰，并以此作为自己修身的起点。如此，人才有可能做到"中心明洁"，实现内心的清明与洁净，并有机会达到对自我的超越。宋代理学家周敦颐在《通书》里也曾指出"学圣之要"是："无欲也。无欲则静虚动直，静虚则明，明则通；动直则公，公则溥。明通公溥，庶矣乎！"众所周知，周敦颐以《爱莲说》名扬后世，而他对于莲花的喜爱是有一整套哲学作为基础的，即"无欲则静虚动直，静虚则明，明则通"，这是要求我们安静下来，不要被外在的事物以及躁动的欲望所填满，唯有如此，我们的内心才能敞亮，从而实现"明则通"。

王阳明和周敦颐所提到的"静"与"明"，完全符合宝钗服用冷香丸以后所形成的人格特质，这一理念背后蕴含了一系列有关理学的思想涵养，乃是非常厚实而深奥的。由此可见，我们不仅要仔细阅读文本，还必须增广学问，才能掌握书中所隐含的文化底蕴，正如第二回中，曹雪芹借贾雨村之口所说的："若非多读书识事，加以致知格物之功、悟道参玄之力，不能知也。"

前文提到过，"冷"与"香"都带有至深的道德含义，"冷"来自于宝钗廓然大公而带来的冷静，而"香"则不仅表现了宝钗的容貌丰美，同时也具有人格上的道德意涵。宝钗住在蘅芜苑，得名于院中种了很多的香草，包括藤萝薜荔、杜若蘅芜、芭兰清葛之类，而香草明确是来自屈原《楚辞》的象征性意象，代表君子或贤人，由此所形成的"香草美人"更是传统古典文学中具有高度道德意涵的寓托，因此冷香的"香"理应具备同样的意涵。而且，袭人是宝钗的重像，她的名字来源是因为宝玉读到了陆游的一首诗中说"花气袭人知昼（骤）暖"，所以便把姓花的这位丫头改名为"袭人"，可见"袭人"之名是为了强调"花气"，也就是"花香"。

在此需要注意的是，"花气袭人知骤暖"一句在《红楼梦》里都被错引为"花气袭人知昼暖"，而这并不是单一的孤例，《红楼梦》中的引诗常常会出现某个单字的错误，有时是因为音近，有时是因为义近，显示小说家大而化之的一面，我们不论是阅读或引用时都必须留意这一点。陆游的该句诗意在说明，当一阵花香迎面袭来的时候，即代表天气突然变暖和了，因为天气变暖时花香会格外浓烈，这是对大自然进行精密观察之后如实细腻的创作反映。而曹雪芹改为"花气袭人知昼暖"，意思便略有不同了，变成是白天的温暖带来了花香，则不免一般化、通俗化了，对环境的观察显得没那般精细、富有气候的微妙变化性。

"花气袭人知骤暖"句中的"花气"就是指花香，由于律诗有平仄的要求，而"花香"的发音并不符合格律的规范，因此将花香改作"花气"。并且"香"与袭人的性格密切相关，作为宝钗的人物重像，袭人的存在是从"香"与"品德"两个范畴来衬托宝钗的，作者在第八回中提到，服用冷香丸以后会散发出"一阵阵凉森森甜丝丝的幽香"，脂砚斋对此指出"这方是花香袭人正意"。"凉森森甜丝丝"正是冷香之意，而"花香袭人"更完全指涉袭人，因此把"香"与袭人的改名相联系，并且与宝钗所服用的冷香丸相结合是完全合理的。第七十七回中，宝玉对袭人的评价是"至善至贤之人"，贾府众人也一致公认袭人是"久已出了名的贤人"，再根据一字定评的安排，作者给予袭人的评语也是"贤"字，因此，小说以"贤"来评价袭人的观点是一致的，而非读者所认为的明褒暗贬，宝钗的"香"字亦然，是为道德所散发的芬芳。

如何看待礼教

作者取"香"字来传达宝钗的道德之美，那正是得益于礼教对宝钗人格的铸造与升华。由此可见，对于任何一件事情，我们都不应该仅从单一角度来看，更不宜只就一个层次去看待事情的变化。从积极层面来看，礼教对人并非全然是负面的压抑，在适度的情况下，礼教其实是提升人性的绝佳外在助力。"适度"一词要求我们在做事情时不能太过或不及，面对礼教之际亦然，我们不能轻率地全然加以否定而走向个人主义的极端。

礼教是否完全压抑人性，并要求人们"存天理，灭人欲"，这很值得我们深入思考。清中叶的学者沈钦韩《妻为夫之兄弟服议》一文对礼教问题进行了论述：

> 原夫圣人之制礼，因人本有之情而道之。莫可效其爱敬，莫可磬其哀慕，则有事亲敬长之礼、吉凶丧祭之仪，所以厌饫人心，而使之鼓舞浃洽者也。后贤之议礼，则逆揣其非意之事，设以不敢不得之科多方以误之。

礼教制度起源于周公制礼，直至清代，礼教制度仍是传统文化的核心。沈钦韩的这一段话表明，圣人制礼的根本原因在于要引导"人本有之情"，原来礼教制度是为了顺应并引导人本身的情感而设的，与我们今天所以为的压抑人性完全相反。人类的喜怒哀乐与七情六欲是自然的情感，但我们不能放任这些情感不加任何束缚，而是应该对自己的情感进行引导而提升。人的内心存在着强烈的感情，诸如深刻的爱与强烈的悲哀，在礼教制度产生以前，对于这样的情感，我们"莫可效其爱敬，莫可磬其哀慕"，无法表达出对父母的敬意与爱慕，也无法把失去父母至亲或爱侣知己的哀痛完全释放出来，因此圣人制礼便是为了让人们充分表现情感，以"厌饫人心"，使我们的心灵得到满足，达到圆满的境界。因为只有把情感抒解开来，我们才不会一直纠结缠陷其中，破坏了心理的平衡，甚至失去正常生活下去的力量。

认识到这一点以后，我对礼教的看法开始有了一些改观。举个例子，有一位老师不幸于几年前失去了唯一的孩子，她十分悲伤，在如同致命的打击之下失魂茫然，如同行尸走肉。在为孩子筹办告别仪式时，一位友人建议这位老师把丧礼办得烦琐隆重。当时我十分不解，在我的观念里，孔子所说的"礼，与其奢也宁俭；丧，与其易也宁戚"代表了儒家对待丧葬礼仪的观点，仪式的隆重周至远不如感情上的悲戚。但此一案例使我对人心的另一层面有了不同的认识，这位老师筹办的丧礼虽然繁文缛节，却使得整个仪式更加隆重庄严，在漫长的打理过程中也疏导了她心中沉重的悲痛。

这便引发了我的思考，我们从小只知道"礼"是一种外在形式，但实际上，人心对于礼的需求是不可或缺的，哀戚与隆重并不冲突，甚至可以共存，与暴发户庸俗可笑的铺张炫耀完全不同。沈钦韩也告诉了我们，庄重的仪式能够"厌饫人心"，因为在筹备仪式的过程中，遗族投入的心血精力越发充足，内心的哀伤就有了投注的对象，而能够转移心境，使之趋于平缓。于是我体会到，沈钦韩所说的"因人本有之情而道之"确实才是制礼的主要目的。经过此一事件，我对于礼教、仪式有了不同以往的理解和观点，与其说礼教与仪式是束缚行为的外在制度，不如说，礼教和仪式是引导人们面对自己的内心和情感的管道。

当然，事情总是没那么简单，关于"礼"是否为虚礼的问题，就连子贡都曾为此而与孔子产生争执，《论语·八佾》记载：

子贡欲去告朔之饩羊。子曰："赐也，尔爱其羊，我爱其礼。"

　　子贡想要省去每个月初一举行告朔之礼时必须宰杀来供奉的活羊，既然"礼"已经成为虚礼，那么是否还有必要"行礼如仪"？在世人只是行礼如仪、情不由衷的前提下，这些动物是否还要被白白牺牲掉呢？但在孔子看来，"礼"是不可荒废的。如今尽管虚礼大行其道，但如果连虚礼都不存在，那么后人便失去了观摩的凭借而不再会去学习"礼"，许多重要的制度仪式也因此被废弃，那就完全丧失了以礼提升人心的机会。中国文化博大精深，制礼作乐影响了古代社会两千余年，因此从正常的逻辑来看，礼乐制度一定有着非常深刻的道理，以至于最后即使演化为虚礼仍具有被维系的价值。

　　对此，曹雪芹提供了另外一个非常有意思的例子，即黛玉侍亲敬长的态度。长期以来，黛玉和宝玉一样，被认为是个人主义反叛礼教的典范，实则大谬不然。我们往往戴着有色眼镜看待《红楼梦》中的人物，因而忽略了黛玉遵守礼教制度的一面，例如在第二回冷子兴演说荣国府时，其中提到了黛玉对于母亲"莫可效其爱敬"的敬爱，并以礼教的方式来表达。由于当时的黛玉还是一个小孩子，其实并不需要接受其他许多形式的行为规范，然而，她却自行严格遵守伦理要求，在读书时只要遇到母亲的名字，黛玉便主动选择"更读"或者"缺笔"的避讳方式。黛玉的母亲叫作贾敏，因此黛玉每每写到"敏"字就会故意缺一笔，读到该字的时候也故意念错音，两种情况都属于礼教所要求的避讳。在黛玉身上，我们清清楚楚地看到圣人之制礼是"因人本有之情而道之"，并由此发展出一套侍亲敬长之礼，避讳便是其中之一，黛玉正是借此以帮助她表达出对母亲的敬爱。由此可见，礼教并非完全压抑人性或者流于形式的外在虚礼，在黛玉身上，"情"与"礼"合而为一。

不仅如此，第六十四回中黛玉私下祭奠父母，也表现出了对父母的爱敬。作者描述宝玉往潇湘馆去看望黛玉：

> 将过了沁芳桥，只见雪雁领着两个老婆子，手中都拿着菱藕瓜果之类。宝玉忙问雪雁道："你们姑娘从来不吃这些凉东西的，拿这些瓜果何用？不是要请那位姑娘奶奶么？"

根据雪雁的说明，当时更具体、完整的情况是：

> 今日饭后，三姑娘来会着要瞧二奶奶去，姑娘也没去。又不知想起了甚么来，自己伤感了一回，提笔写了好些，不知是诗是词。叫我传瓜果去时，又听叫紫鹃将屋内摆着的小琴桌上的陈设搬下来，将桌子挪在外间当地，又叫将那龙文鼑放在桌上，等瓜果来时听用。

但种种做法都不像是要请客或点香，因此她也莫名所以。宝玉听了心内细想，推测是：

> 或者是姑爹姑妈的忌辰，但我记得每年到此日期老太太都吩咐另外整理肴馔送去与林妹妹私祭，此时已过。大约必是七月因为瓜果之节，家家都上秋祭的坟，林妹妹有感于心，所以在私室自己奠祭，取《礼记》："春秋荐其时食"之意，也未可定。

　　黛玉的父母虽已去世多年，但正如宝玉所推测的那般，尽管不是黛玉父母的生辰或忌日，她出于由衷的孝心，仍会遵守"春秋荐其时食"的传统，以表达对父母深重的思慕之心，而《礼记》正是黛玉表达情感的绝佳依据。从黛玉对父母的孝敬可知，她祭奠父母绝非是形式上的虚礼，而是发自内心真诚的爱敬。

　　借由黛玉的事例，我们也可以看出宝钗时时刻刻遵守礼教并不是对个性的压抑，而是封建社会的贵族少女及正统大家闺秀本身应有的一套教养，此一教养是由内而外地形成的，绝非仅仅只是一套虚礼。脂砚斋在谈论这种世家大族的教育时，用了现代人耳熟能详的一个俗语，即"习惯成自然"，一个人受到的教育与自身性格的养成同样合乎这个逻辑，显示人的性格是可以培养的，犹如天性一般。事实上，人与社会之间不一定是对立的关系，文化也并非总是在侵夺个人的空间，相反地，人与文化是相辅相成的，二者关系十分复杂，必须说，文化对人的滋养和影响十分深刻，我们不能用简单的二分法的对立逻辑来加以看待。

　　借由黛玉"春秋荐其时食"的事例，我们可以明白，《礼记》带给黛玉、宝钗等人的熏陶与训练是深远且持久的，她们深刻了解到礼教的深厚内涵，并打从心底由衷地服膺礼教，更由内而外地将之融入生活中。除了礼教所赋予女孩子的道德之美以外，黛玉身上所表达出的孝心也是极美好动人的。从这些事例来看，礼教是否应该被完全否定和废弃，实在很值得人们反思，我们在"自然成习惯"的时代思维钳制之下，以为天生自然的就是真正的自我，殊不知，养成好的习惯其实可以塑造出更好的自我，以至于往往误入歧途而不自知，忽略了自我完善化的重要。总而言之，确实应该尽力摆脱"以自然为自我"的通俗思维定式。

学问中便是正事

宝钗的道德之美还有一个很重要的来源，那就是"学问"，这对我们现代人也很有深刻的启发意义。礼教与学问有别，但二者在一定范围和程度上可以相通，并且各自都兼具不同的范畴，因此我把学问独立出来，作为认识宝钗的另一个切入点。在第五十六回中，宝钗指出：

> 学问中便是正事。此刻于小事上用学问一提，那小事越发作高一层了。不拿学问提着，便都流入市俗去了。

人真正该做的当然不是顺从荒嬉游乐的淘气本性，而是要升华自己的灵魂，学问正是让一个人活得更美好、更深刻的重要桥梁，所以说"学问中便是正事"。并且正如宝钗所说的，于小事上用学问一提，小事便能够作高一层，而不拿学问提着，就会流入市俗，停留在平庸泛泛的一般层次，因为学问不但能够令人获得升华，同时也可以帮助人拥有看得更深远的眼光，不被眼前耳目所及的表象世界所限制。学问使我们不会短视而急功近利，导致一叶障目而不见泰山，由此才能够实现对自我的超越，走向更接近真理的道路。宝钗的学问在《红楼梦》中得到了一致的肯定甚至称颂，此外还有脂砚斋，他虽然对黛玉、晴雯等女性也都赞誉有加，然而对宝钗与袭人给予了更为频繁和更加高扬的赞美。

　　整部《红楼梦》的人物风景，犹如第二十二回脂砚斋所评点："总写宝卿博学宏览，胜诸才人。颦儿却聪慧灵智，非学力所致，皆绝世绝伦之人也。"以宝钗为例，学问的升华对于她自身的道德完善是十分必要的。从贵族阶层的立场来看，《红楼梦》里的大家闺秀绝非《西厢记》《牡丹亭》之类故事的才子佳人，对曹雪芹而言，传统才子佳人叙事中的佳人，看到一个清俊貌美的男人就动了心，甚至待月西厢去自由恋爱，这与守礼法的大家闺秀是完全不同的，因为只有风尘女子才会做出那样的行为。类似的行迹也只能存在于李娃、霍小玉、崔莺莺此等风尘女子的身上与价值观中，而该类女性并不能称之为"佳人"。《红楼梦》里足以担任"佳人"的完美女性典范也唯有宝钗和袭人，但鉴于袭人的丫鬟身份，因此仍把宝钗作为佳人的典型，那也有脂批为依据。

　　宝钗除了道德上无可非议之外，学问对她的人格境界乃是至关重要的。脂砚斋曾在第二十二回给予评价：

　　　　瞧他写宝钗，真是又曾经严父慈母之明训，又是世府千金，自己又天性从礼合节，前三人之长并归于一身。前三人向有捏作之态，故惟宝钗一人作坦然自若，亦不见逾规踏矩也。

　　当时是元宵节庆，内闱女眷团聚说笑取乐，但因为贾政在场，大家都不免感到拘束，这一段脂批中提到的"前三人"分别指宝玉、黛玉和湘云，三个人的个性十分不同，但宝钗却能够将他们的优点都并归于一身，而兼具众人之长，堪称一位集大成的女性。因此前三人在贾政面前都有扭捏之态，唯独宝钗能够坦然自若，却亦不见逾规越矩，达到了只有古稀之年的孔子才能企及的境界，即"从心所欲，不逾矩"。

此外，第二十回脂砚斋还评论宝钗道：

> 若一味浑厚大量涵养，则有何令人怜爱护惜哉。然后知宝钗袭人等行为，并非一味蠢拙古版，以女夫子自居。当绣幌灯前，绿窗月下，亦颇有或调或妒，轻俏艳丽等说。不过一时取乐买笑耳，非切切一味妒才嫉贤也，是以高诸人百倍。不然，宝玉何甘心受屈于二女夫子哉，看过后文则知矣。

可见宝钗是一位活泼灵动的君子，绝非迂腐古板的女夫子，这也才是真正懂学问的人会具备的特征。关于宝钗与黛玉二人的差异，脂砚斋的另一段批语给出了不同于一般的认识视角：

> 宝钗可谓博学矣，不似黛玉只一《牡丹亭》，便心身不自主矣。真有学问如此，宝钗是也。

以黛玉作为参照系，在第二十三回里，她听到《牡丹亭》中"如花美眷，似水流年"与"良辰美景奈何天"之类的语句，身心便受到了很大的震撼，从而"如醉如痴，站立不住……不觉心痛神痴，眼中落泪"。对读者而言，这是十分感人且具有强烈感染力的画面，也是阅赏文学作品能够达到的高妙境界，但脂砚斋为我们提供了另外一种看法，即认识事物并不是只有一种角度，除直接的、强烈的感觉之外，还有一种理性的、智慧的洞视。黛玉在阅读中表现出了个性的灵慧，她拥有纤细易感的灵魂，对于充满诗性感伤的戏曲语词有着很大的反应，因此她是一位十分灵动的女孩子。然而从另外一个角度来看，不过几句话便足以令黛玉心动神摇，几乎承受不住，那么黛玉人格的稳定力是十分值得怀疑的。从文本的描写，以及脂砚斋的评论，可知当黛玉的心灵被触动以后，对身体的控制也随之完全弱化，整个人蹲倒在山石上流泪，可见她这个人的自主性、自我控制力太过薄弱，容易受到影响，此之谓"心身不自主"。相较之下宝钗则大不相同，她的博学带给她一种高度的人格稳定力，并且可以从中获得超越，因此宝钗能够从更大的整体范畴来看待眼前当下的感动，使得那般强烈的感动不至于动摇到自己的根基，这便是学问带给宝钗的一种力量。

如果我们据此推测宝钗缺乏文学审美能力，那就大谬不然了。实际上，宝钗不仅所作的诗可与黛玉平分秋色，艺术才华之高无可置疑，此外她更能够欣赏唯独解脱开悟者始能触及的幻灭美学，那便不是黛玉之所能。试看在第二十二回宝钗的生日宴上，她点了《鲁智深醉闹五台山》这出戏，内有《寄生草》一支，曲文道："漫揾英雄泪，相离处士家。谢慈悲剃度在莲台下。没缘法转眼分离乍。赤条条来去无牵挂。那里讨烟蓑雨笠卷单行？一任俺芒鞋破钵随缘化！"当时宝玉误以为那只是一出哗众取宠的热闹戏，而宝钗却能够领略《寄生草》的空无、茫然与幻灭，这岂非一种灵透的禀赋？并且宝钗对此出戏文的欣赏玩味与黛玉痛哭流泪的感动截然不同，她能够默默领会和静静欣赏戏文的苍凉之美，并把戏文吸收成为自己内在心灵的另一种深度，而不是像黛玉一样身心不能自主。

总归一句话，真正的佳人不仅要合乎礼教，要得体大方，能够面面俱到，最重要的是要培养出一种厚实稳定的心灵力量，学问即提供了一大助力。《红楼梦》对佳人的要求在于：不能因为肚子很饿，就像刘姥姥一样地狼吞虎咽，也不能因为青春萌动或情窦初开，便去待月西厢，那非但不是佳人之举，反而是人性本能的奴隶。脂砚斋提供了一个不同的思考，让我们深入去认识《红楼梦》的女性：知道自己想要做怎样的人，并努力去铸造那般的个性，甚至去改造自己的本能，这才是脂砚斋所要表达的个性的意义。就人性的角度而言，我十分认同脂砚斋的批语。总而言之，脂砚斋告诉我们，学问使灵魂得以升华，同时也是带给个人新生自主的强大且真实的力量来源。学问是帮助我们心灵成长壮大，进而成就自我的一种力量，不唯对宝钗是如此，对每一个人也都适用。

另一个可用来佐证宝钗之完美的案例，即第五回贾宝玉神游太虚幻境时聆听的套曲之一《终身误》，那是针对宝钗所安排的，且看曲文说道：

> 都道是金玉良姻，俺只念木石前盟。空对着，山中高士晶莹雪；终不忘，世外仙姝寂寞林。叹人间，美中不足今方信。纵然是齐眉举案，到底意难平。

值得注意的是，其中的"金玉良姻"往往被写作"金玉良缘"，属于文本流传时所产生的讹误，也表现出读者常见的粗疏大意，以至于想当然地错用。这段歌词表现了宝玉对黛玉坚如磐石、韧如蒲苇般忠贞不移的情感，然而我们却不能因此便推论宝钗不好，更不可就此断定宝玉讨厌宝钗。读者的直觉式推论常常粗略又不合逻辑，需要我们仔细地澄清：这阕曲文固然表明了宝玉对黛玉情有所钟，但我们绝不能据此便认为黛玉是各方面都完美无缺的人，俗话说"情人眼里出西施"，人与人之间的爱情大多出自于一种无法解释的原因，而该种动因并不完全与对方的好坏直接相关联，以至于爱上以后才发现对方有问题的情况屡见不鲜，更何况，如果我们是盘算过对方的客观条件以后才对他（她）抱持爱情，那样的真情恐怕也十分令人怀疑。

因此，由宝玉对黛玉的偏爱而推论黛玉是最好、最完美的人，乃是读者很容易出现的一种盲点，殊不知，爱情的神奇之处就在于：尽管又遇到了一个更好的人，可是内心仍然情有所钟！宝玉对宝钗便是如此，宝玉心中的空缺只能由黛玉来填补。而宝钗虽然是一位完美的女性，但宝玉已经先一步钟情于黛玉，于是只好辜负宝钗，此所以第二十回宝玉在安抚黛玉时，说的便是："你这么个明白人，难道连'亲不间疏，先不僭后'也不知道？我虽糊涂，却明白这两句话。"其中完全没有批评宝钗的意味。

宝钗在曲文里被称为"山中高士晶莹雪"，典故出自明代高启的《梅花九首》之一，诗中云："雪满山中高士卧，月明林下美人来。"足证其崇高人格得到高度的赞美，由此可见，我们必须用谨慎、仔细和静谧的态度来思考作者之意，倘若把很多东西混在一起，最终只能得到自己的成见，那根本对自己的成长毫无帮助。"山中高士晶莹雪"绝无以负面角度去批评宝钗的意涵，相反地，那是一种客观的赞扬，小说家的重点在于强调爱情是不讲道理的，而爱情的浪漫特质也在于此。经过客观条件的计算才爱上对方，那般的情感随时会被取代，真正的爱情绝非如此。因而，我们绝不能混淆范畴并做出错误的推论，并对特定的人物横加抨击和否定，这是特别需要读者注意的地方。